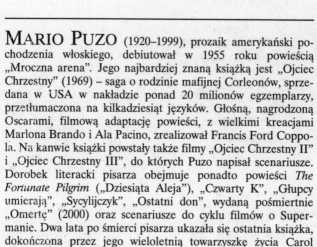

D0544741

MARIO PUZO (1920–1999), prozaik amerykański pochodzenia włoskiego, debiutował w 1955 roku powieścią „Mroczna arena". Jego najbardziej znaną książką jest „Ojciec Chrzestny" (1969) – saga o rodzinie mafijnej Corleonów, sprzedana w USA w nakładzie ponad 20 milionów egzemplarzy, przetłumaczona na kilkadziesiąt języków. Głośną, nagrodzoną Oscarami, filmową adaptację powieści, z wielkimi kreacjami Marlona Brando i Ala Pacino, zrealizował Francis Ford Coppola. Na kanwie książki powstały także filmy „Ojciec Chrzestny II" i „Ojciec Chrzestny III", do których Puzo napisał scenariusze. Dorobek literacki pisarza obejmuje ponadto powieści *The Fortunate Pilgrim* („Dziesiąta Aleja"), „Czwarty K", „Głupcy umierają", „Sycylijczyk", „Ostatni don", wydaną pośmiertnie „Omertę" (2000) oraz scenariusze do cyklu filmów o Supermanie. Dwa lata po śmierci pisarza ukazała się ostatnia książka, dokończona przez jego wieloletnią towarzyszkę życia Carol Gino – „Rodzina Borgiów".

MARIO PUZO

CZWARTY K

Z angielskiego przełożyli
ANDRZEJ NOWAK
BARBARA SŁAWOMIRSKA

DUNDEE CITY
COUNCIL

LOCATION

ACCESSION NUMBER

SUPPLIER   PRICE

CLASS No.   DATE

Seria LITERKA

Wydawnictwo
A. Kuryłowicz

WARSZAWA 2004

Tytuł oryginału:
THE FOURTH K

Copyright © Mario Puzo 1990

Copyright © for the Polish edition
by Wydawnictwo Albatros A. Kuryłowicz 2002

Redakcja: Anna Matkowska

Ilustracja na okładce: Jacek Kopalski

Projekt graficzny okładki i serii: Andrzej Kuryłowicz

Pierwsze polskie wydanie książki ukazało się
nakładem Wydawnictwa Dolnośląskiego

ISBN 83-7359-128-1

Wyłączny dystrybutor

Firma Księgarska Jacek Olesiejuk
Kolejowa 15/17, 01-217 Warszawa
tel./fax (22)-631-4832, (22)-632-9155, (22)-535-0557
www.olesiejuk.pl/www.oramus.pl

WYDAWNICTWO ALBATROS
ANDRZEJ KURYŁOWICZ
adres dla korespondencji:
skr. poczt. 55, 02-792 Warszawa 78

Warszawa 2004
Wydanie IV (II w tej edycji)
Druk: OpolGraf S.A., Opole

DUNDEE CITY
COUNCIL

LOCATION
SCIENCE AND BUSINESS

ACCESSION NUMBER
C00523901X

SUPPLIER
DONATION

PRICE

£k

CLASS No.
891.85

DATE
16/6/04

Dla moich dzieci

Anthony'ego
Dorothy
Eugene'a
Virginii
Josepha

Księga I

WIELKI PIĄTEK

NIEDZIELA WIECZOREM

Rozdział 1

Oliver Oliphant miał już sto lat, lecz umysł niezwykle jasny. Na nieszczęście dla niego.

Był to umysł tak przenikliwy, a zarazem tak subtelny, że chociaż łamał wiele praw moralnych, dbał również o czystość sumienia swego właściciela. Umysł tak przebiegły, że Oliver Oliphant nigdy nie wpadał w omal niemożliwe do uniknięcia pułapki codziennego życia: nigdy się nie ożenił, nigdy nie zabiegał o żaden urząd polityczny i nigdy nie miał przyjaciela, któremu by ufał bez reszty.

I oto właśnie teraz, przebywając w swej wielkiej, doskonale strzeżonej i położonej na uboczu, acz oddalonej ledwie o dziesięć mil od Białego Domu posiadłości, Oliver Oliphant, najbogatszy człowiek w Ameryce i prawdopodobnie najbardziej wpływowa osoba prywatna tego kontynentu, oczekiwał przybycia swojego chrześniaka, Prokuratora Generalnego Stanów Zjednoczonych, Christiana Klee.

Czar osobisty Oliphanta równał się jego błyskotliwości. Natomiast jego potęga wspierała się na obu tych talentach. I nawet teraz, gdy już osiągnął mocno zaawansowany wiek stu lat, jego rady były cenione tak dalece, iż wielu ludzi, skłonnych polegać na jego analitycznych zdolnościach, zwało go wprost Wyrocznią.

Jako doradca prezydentów Wyrocznia przepowiadał kryzysy ekonomiczne, wielkie krachy na Wall Street, spadki kursu dolara, odpływy kapitału zagranicznego czy oszalałe wahania cen ropy. Przepowiedział zarówno polityczny ferment w Związku Radzieckim, jak i nieoczekiwane wybuchy sympatii dotychczasowych rywali z Partii Republikańskiej i Demokratycznej. Lecz nade wszystko zgromadził dziesięć miliardów dolarów. Jest rzeczą naturalną, że rady tak bogatego człowieka musiały być cenione, choćby nawet były złe. Ale Wyrocznia prawie nigdy nie popełniał omyłek.

Lecz teraz, w Wielki Piątek, głównym zmartwieniem Wyroczni była jedna zasadnicza sprawa: przyjęcie urodzinowe gwoli uczczenia stu lat jego pobytu na ziemi. Przyjęcie mające się odbyć w Niedzielę Wielkanocną w Ogrodzie Różanym Białego Domu, którego gospodarzem miał być nie kto inny, jak tylko sam prezydent Stanów Zjednoczonych, Francis Xavier Kennedy.

Była to drobna próżność ze strony Wyroczni, fakt, iż owa spektakularna uroczystość sprawiała mu aż tak wiele radości. Na jedną krótką chwilę świat znów sobie o nim przypomni. Lecz będzie to, pomyślał ze smutkiem, jego ostatnie pojawienie się na deskach sceny.

W Rzymie, w tenże sam Wielki Piątek, siedmiu terrorystów dokonywało ostatnich przygotowań do zamachu na papieża. Owa grupa — złożona z czterech mężczyzn i trzech kobiet — wierzyła, że stanowi rękojmię wyzwolenia ludzkości. Dlatego też jej członkowie nazwali samych siebie Chrystusami Przemocy.

Przywódcą tej jakże szczególnej grupy był młody Włoch, człowiek dobrze obeznany z praktyką terroryzmu. Z myślą o tej konkretnej operacji przyjął pseudonim Romeo. Zadowalało to jego młodzieńcze poczucie ironii, sentymentalny charakter tego miana zaś osładzał mu wysublimowanie intelektualne umiłowanie ludzkości.

W Wielki Piątek, późnym popołudniem, Romeo odpoczywał w pewnym bezpiecznym schronieniu, które zapewniła mu Międzynarodówka Sto. Leżąc na zmiętych prześcieradłach, poplamionych popiołem z papierosów i wilgocią nocnego spotnienia, czytał kieszonkowe wydanie *Braci Karamazow*. Mięsień łydki ogarnął mu skurcz, spowodowany być może napięciem nerwowym, a być może zwyczajnym strachem. Nieważne. Sam przejdzie, tak jak zazwyczaj przechodził. Niemniej obecna misja była tak odmienna, tak bardzo skomplikowana i pociągała za sobą tak wiele niebezpieczeństw względem ciała i ducha! W tej akcji rzeczywiście będzie Chrystusem Przemocy. Owo miano wydało mu się nagle tak jezuickie, że przyprawiło go o wybuch śmiechu.

Romeo przyszedł na świat jako Armando Giangi, zrodzony z bogatych rodziców, przedstawicieli wyższych sfer, którzy poddali go rozlazłemu, luksusowemu i klerykalnemu systemowi wychowania, straszliwej kombinacji oddziaływań, które tak dalece raniły jego ascetyczną naturę, że w wieku szesnastu lat wyrzekł się wszelkich doczesnych dóbr oraz przynależności do Kościoła katolickiego. Toteż w wieku dwudziestu trzech lat, cóż mogłoby być dlań większym przejawem buntu niż zabicie papieża? A jednak Romeo nadal odczuwał przesądny lęk. Jako chłopiec był bierzmowany przez kardynała w czerwonym kapeluszu. Wciąż jeszcze pamiętał ten złowróżbny czerwony kapelusz, kapelusz tej samej barwy, co wszystkie ognie piekła.

Tak więc utwierdzony przez Boga w każdym z rytuałów, Romeo gotował się do popełnienia zbrodni tak strasznej, by setki milionów istot ludzkich przeklęło jego imię, gdyż wówczas jego prawdziwe imię wychynie wreszcie z cienia. Albowiem zostanie pojmany. To właśnie było częścią planu. Lecz w swoim czasie on, Romeo, zostanie okrzyknięty bohaterem, który dopomógł zmienić istniejący okrutny porządek społeczny. To, co w jednym wieku zostało okrzyknięte infamią, w następnym będzie uznane za świętość. I na odwrót, pomyślał z uśmiechem. Pierwszy papież, który całe wieki temu przybrał imię Innocentego — a więc niewinnego — wydał bullę przyzwalającą na tortury, toteż wielbiono go za propagowanie niezłomnej wiary w możność uratowania heretyckich dusz.

Młodzieńczemu poczuciu ironii Romea odpowiadało również to, że Kościół z całą pewnością wyniesie na ołtarze papieża, którego on zaplanował usunąć ze świata. A zatem to właśnie on stworzy nowego świętego. Jakże ich nienawidził, wszystkich tych papieży! Ten cały Innocenty, Pius, Benedykt! Och, stanowczo zbyt wielu spośród nich okrzyknięto świętymi, choć byli tylko zachłannymi na bogactwo ciemiężycielami prawdziwej wiary i ludzkiej wolności, nadętymi szamanami zdolnymi dławić wszystkich nędzarzy świata magią swej ignorancji i odpowiadać głęboką pogardą na ich łatwowierność.

On, Romeo, jeden z Pierwszych Stu Chrystusów Przemocy, pomoże zetrzeć z powierzchni ziemi tę prymitywną magię. Wulgarnie nazywana bandą terrorystów, Pierwsza Setka obejmowała zasięgiem swych wpływów Japonię, Niemcy, Włochy, Hiszpanię, a nawet tulipanową Holandię. Warto zauważyć, że w Ameryce nie było żadnych przedstawicieli Pierwszej Setki. Bo tamta demokracja, tamto miejsce narodzin wolności, wydawało na świat co najwyżej intelektualnych rewolucjonistów, którzy mdleli na widok krwi. Rewolucjonistów podkładających bomby w pustych budynkach, po uprzednim ostrzeżeniu ludzi, by je opuścili. Buntowników, którzy uznali, że publiczna kopulacja na schodach instytucji państwowych jest aktem idealistycznej rebelii. Jakże godni byli oni pogardy! Nic dziwnego, że Ameryka nie przysporzyła Pierwszej Setce ani jednego człowieka.

Romeo przerwał swe marzenia na jawie. Tam do licha, nie było ich nawet stu! Może ledwie pięćdziesięciu albo sześćdziesięciu, gdyż tamta cyfra była czysto symboliczna. Jedynym faktem nieulegającym żadnej wątpliwości było po prostu to, że on, Romeo, należał do grupy Pierwszych Stu, podobnie jak jego przyjaciel i współkonspirator, Yabril.

W jednym z wielu kościołów Rzymu uderzono w dzwony. Dochodziła niemal szósta wieczór. Za godzinę przybędzie Yabril, żeby jeszcze raz sprawdzić cały mechanizm skomplikowanej operacji. Zabicie papieża będzie wstępnym ruchem wspaniale obmyślonej partii szachów, serii śmiałych aktów, które zachwyciły romantyczną duszę Romea.

Yabril był jedynym człowiekiem, który zdołał wzbudzić podziw Romea, zarówno pod względem fizycznym, jak i umysłowym. Yabril znał wszelkie matactwa rządów, hipokryzję legalnej władzy, zgubny optymizm idealistów, zadziwiające uchybienia pod względem lojalności u nawet najbardziej oddanych terrorystów. Lecz nade wszystko Yabril był geniuszem walki rewolucyjnej. Pogardzał wszelkimi drobnymi przejawami łaski i infantylnej litości, właściwymi dla większości ludzi. Miał tylko jeden cel: oswobodzenie przyszłości.

I Yabril był bardziej wyzbyty litości, niż to nawet Romeo mógł sobie wyobrazić. Romeo mordował niewinnych ludzi, zdradzał rodziców i przyjaciół, zabił sędziego, który pewnego razu udzielił mu ochrony. Romeo rozumiał, że zabójstwo polityczne może być rodzajem szaleństwa — i gotów był zapłacić tę cenę. Ale kiedy Yabril powiedział mu: „Jeżeli nie potrafisz wrzucić bomby do przedszkola, to nie będziesz prawdziwym rewolucjonistą", Romeo odpowiedział: „Tak, chyba nigdy nie potrafię tego zrobić".

Za to mógł zgładzić papieża.

Niemniej podczas ostatnich ciemnych rzymskich nocy, potwornie małe monstra, zaledwie płody snów, okryły ciało Romea sączonym z lodu potem.

Romeo westchnął, zsunął się ze swego brudnego barłogu, aby wziąć prysznic i ogolić się, nim przybędzie Yabril. Wiedział, że Yabril oceni jego czystość jako dobry znak, znak, iż morale grupy w obliczu nadchodzącej akcji jest wysokie. Yabril, tak jak i wielu jemu podobnych, wierzył w znaczenie niewielkiej choćby dozy przepychu i blasku. Romeo, prawdziwy asceta, mógł żyć nawet w łajnie.

Krocząc przez ulice Rzymu wprost do kryjówki Romea, Yabril nie zaniechał swych zwykłych środków ostrożności.

Lecz tak naprawdę wszystko opierało się raczej na wewnętrznym poczuciu lojalności kadr bojowników, na uczciwości Pierwszych Stu. Choć oni — podobnie zresztą jak i Romeo — nie znali prawdziwego zasięgu swojej misji.

Yabril był Arabem, który bez trudu mógł uchodzić za Sycylijczyka, podobnie jak spora część jego ziomków. Miał szczupłą, ciemną twarz, lecz dolna jej część, broda oraz szczęka, były zadziwiająco masywne i grube, jak gdyby natura wyposażyła je w dodatkową warstwę kości. Toteż zapuszczał jedwabiste runo brody, by ukryć ową masywność. Lecz kiedy przydzielano go do jakiejś operacji, golił się starannie. Bo jako Anioł Śmierci ukazywał wrogowi swą prawdziwą twarz.

Oczy Yabrila były bladobrązowe, we włosach miał tylko pojedyncze pasma siwizny, a ociężałość szczęki powtarzała się w potężnej budowie klatki piersiowej i barków. Nogi — w stosunku do tułowia — miał bardzo długie. Maskowały one dość skutecznie zawartą w swych mięśniach moc. Nic jednak nie było w stanie ukryć bystrej inteligencji jego oczu.

Yabril nie znosił ideologii Pierwszych Stu. Uważał ją za modną sztuczkę reklamową, pogardzał jej formalnym wyrzeczeniem się posiadania dóbr materialnych. Ci kształceni na uniwersytetach rewolucjoniści, tacy jak Romeo, byli zbyt romantyczni w swym idealizmie, zbyt niechętni kompromisowi. Yabril rozumiał, że odrobina zepsucia w zaczynie rewolucji jest rzeczą konieczną.

Już dawno temu porzucił całą moralną próżność. Miał czyste sumienie, właściwe ludziom, którzy wierzą i wiedzą, iż całą swą duszę poświęcają ludzkości. I nigdy nie robił sobie wyrzutów, jeżeli dokonywał czegoś z myślą o własnym, prywatnym interesie. Zawierał często umowy z szejkami naftowymi, którzy pragnęli się pozbyć swych politycznych rywali. Dokonywał sporadycznych morderstw na zamówienie nowo kreowanych głów państw afrykańskich, owych polityków, którzy — choć wykształceni w Oksfordzie — nie pozbyli się jeszcze swych starych nawyków. Nie stronił też od aktów terroru na rzecz przeróżnych szacownych przywódców politycznych, tych, którzy posiedli już wszystko na świecie, z wyjątkiem władzy nad życiem i śmiercią.

Owe poczynania nigdy nie dotarły do świadomości Pierwszych Stu. Rzecz jasna, nie zwierzał się też z tych spraw Romeowi. Brał honoraria od holenderskich, angielskich i amerykańskich towarzystw naftowych, pieniądze od rosyjskiego i japońskiego wywiadu, a nawet — już bardzo dawno temu — przyjął również zapłatę od amerykańskiej CIA za niezwykle delikatną, tajną misję skrytobójczą. Ale wszystko to zdarzyło się już dawno, kiedy był jeszcze znacznie młodszy.

Teraz żył całkiem dostatnio i wcale nie był ascetą. W końcu nacierpiał się kiedyś biedy, choć nie urodził sie biedakiem. Lubił dobre wino i wyszukane potrawy, sypiał w luksusowych hotelach, cenił sobie hazard i często ulegał ekstazie zmysłowych zespoleń z kobietą. Zwykł za to płacić pieniędzmi, podarunkami lub też jedynie osobistym czarem. Bał się natomiast miłości romantycznej.

Mimo tych „rewolucyjnych słabostek" Yabril słynął w swych kręgach z niezwykłej siły woli. Nie odczuwał żadnego lęku przed śmiercią, co dało się jeszcze zrozumieć, a nadto — rzecz szczególna — nie bał się wcale bólu. I może z tego powodu był taki bezwzględny.

Wykazał się w ciągu lat. Nie sposób go było złamać żadnym rodzajem fizycznej czy psychicznej perswazji. Przeżył więzienie w Grecji, Francji i Rosji, a także dwa miesiące przesłuchań prowadzonych przez izraelskie służby bezpieczeństwa, których znajomość rzeczy wzbudziła jego podziw. Wytrzymał być może dlatego, iż jego ciało, dręczone nazbyt długo, broniło się w końcu utratą czucia. W końcu wszyscy to zrozumieli: pod wpływem bólu Yabril zamieniał się w granit.

Kiedy sam więził innych, często oczarowywał swoje ofiary. Fakt, że sam wyczuwał w sobie pewne szaleństwo, był częścią jego czaru, a nadto częścią lęku, jaki wywoływał. A może rzecz tkwiła w tym, że w jego okrucieństwach brak było złośliwości? Ogólnie rzecz biorąc, umiał cieszyć się życiem, był radosnym terrorystą. Nawet teraz radował się wonią Rzymu i wielkopiątkowym zmierzchem, wypełnionym biciem niezliczonych dzwonów. A przecież przygotowywał najbardziej niebezpieczną akcję swego życia.

Wszystko było na swoim miejscu. Sekcja Romea. Bo grupa dowodzona przez Yabrila miała przyjechać do Rzymu dopiero następnego dnia. Obie sekcje miały się znajdować w oddzielnych kryjówkach, a łączność między nimi winni stanowić jedynie ich dwaj przywódcy. Yabril wierzył, iż jest to wielka chwila. Ta nadchodząca Niedziela Wielkanocna — a także dalsze dni — wejdą bowiem w skład wielkiego cyklu tworzenia.

On, Yabril, pchnie narody drogami, po których dotąd nie ośmielały się nawet stąpać. Odrzuci zwierzchność wszystkich swych mrocznych panów — staną się oni teraz zaledwie jego pionkami — i poświęci ich wszystkich, nawet biednego Romea. Jedynie śmierć lub nerwy mogą pokrzyżować jego plany. Lub, by być bliższym prawdy, jeden z setki możliwych błędów w trudnej rachubie czasu. Lecz cała operacja była tak skomplikowana i tak pomysłowa, że aż sprawiała mu radość. Przystanął na chwilę, by móc się rozkoszować pięknem katedralnych wież, widokiem uszczęśliwionych twarzy mieszkańców Rzymu i swymi melodramatycznymi spekulacjami na temat przyszłości.

Ale jak wszyscy ludzie, którzy sądzą, że potrafią zmienić bieg historii jedynie za sprawą swej własnej woli, własnej inteligencji i siły, Yabril nie przykładał godziwej wagi do przypadków i zbiegów wydarzeń dziejowych ani też do prawdopodobieństwa, że mogą istnieć ludzie jeszcze groźniejsi od niego. Ludzie wychowani wewnątrz sztywnych struktur społecznych, strojni w maski dobrotliwych twórców prawa, a jednak daleko bardziej bezwzględni i okrutni.

Podczas gdy obserwował na ulicach Rzymu pobożnych i radosnych pielgrzymów, ufnych we wszechmoc Boga, przepełniało go poczucie własnej niezwyciężoności. On — najzwyczajniej wykroczy poza zasięg przebaczenia ich Boga, gdyż w najodleglejszych kresach zła musi się z konieczności zaczynać dobro.

Yabril znajdował się teraz w jednej z najuboższych dzielnic Rzymu, gdzie łatwiej było ludzi zastraszyć lub przekupić. Kiedy dotarł do kryjówki Romea, zapadł właśnie zmierzch. Stara czteropiętrowa kamienica miała duże podwórko, przegrodzone w połowie kamiennym murem. Wszystkie tutejsze mieszkania kontrolowały organa podziemnego ruchu rewolucyjnego. Yabrila wpuściła jedna z trzech kobiet-członkiń sekcji Romea. Była chuda, ubrana w dżinsy i niebieską drelichową koszulę, rozpiętą niemal aż do pasa. Nie nosiła stanika, ale nie sposób było dopatrzyć się jakiejkolwiek krągłości jej piersi. Brała już przedtem udział w jednej z operacji Yabrila. Nie lubił jej, ale podziwiał jej zawziętość. Starł się z nią kiedyś w kłótni, lecz ona nie zmieniła zdania.

Kobieta nosiła imię Annee. Kruczoczarne włosy przycięte miała na pazia, co być może schlebiało jej twarzy o silnych, topornych rysach, ale zarazem zwracało uwagę na płomienne oczy, które mierzyły każdego — nawet Romea i Yabrila — z przedziwną jakąś furią. Nie pouczono jej jeszcze w pełni co do zadań misji, lecz samo pojawienie się Yabrila uświadomiło jej, że będzie to rzecz najwyższej wagi. Uśmiechnęła się bez słowa, a następnie zamknęła drzwi, gdy tylko Yabril wszedł do środka.

Yabril zauważył z obrzydzeniem, że wnętrze domu stało się dziwnie plugawe. Brudne naczynia i szklanki, resztki jedzenia rozrzucone w living-roomie, podłoga zasłana gazetami. Sekcja Romea składała się z czterech mężczyzn i trzech kobiet; wszyscy byli Włochami. Kobiety odmawiały sprzątania; wykonywanie domowych prac w czasie akcji było sprzeczne z ich rewolucyjną wiarą, chyba że mężczyźni zechcieliby dzielić z nimi wszystkie te obowiązki. Mężczyźni, studenci uniwersytetu, ludzie wciąż jeszcze młodzi, podzielali wprawdzie ową wiarę w prawa kobiet, lecz byli też skądinąd ukochanymi synkami swoich włoskich matek, a ponadto wiedzieli, że sekcje posiłkowe oczyszczą przecież dom z wszelkich kompromitujących śladów. Milczące porozumienie zasadzało się na tym, iż brud miano ignorować. Drażnił on co najwyżej Yabrila.

Powiedział więc do Annee: „Ależ z was świnie". Annee spojrzała nań z chłodną pogardą.

— Nie jestem pomocą domową — odrzekła.

I Yabril od razu rozpoznał jej klasę. Nie bała się go, tak samo zresztą, jak żadnego innego mężczyzny czy kobiety. Ona po prostu wierzyła. I całkiem chętnie spłonęłaby na stosie.

Romeo zbiegł po schodach z położonego wyżej mieszkania — taki przystojny i taki pełen werwy, że Annee aż opuściła wzrok — i objął Yabrila z prawdziwą czułością, a następnie zaprowadził go na podwórko, gdzie przysiedli na małej kamiennej ławce. Nocne powietrze przesycone było wonią wiosennych kwiatów; dobiegał ich też stłumiony gwar, echo głosów niezliczonych tysięcy pielgrzymów, rozmawiających i podnoszących wrzawę na ulicach wielkopostnego Rzymu. Ponad tym wznosił się, to znów opadał łoskot setek kościelnych dzwonów, obwieszczających zbliżanie się Niedzieli Wielkanocnej.

Romeo zapalił papierosa i powiedział:

— Nasz czas w końcu nadszedł, Yabrilu. I obojętne, co się teraz stanie, nasze imiona nie pójdą w zapomnienie.

Yabrila rozśmieszył patos tej wypowiedzi. Poczuł lekką pogardę dla pragnienia czczej osobistej chwały.

— Okryjemy się niesławą — odparł. — Stajemy bowiem w szranki z długą historią terroru. — Myślał o ich uścisku. Tym rutynowym geście uczucia z jego strony, podszytym jednak pamięcią o akcie terroru. Czuli się teraz niby dwaj mordercy, stojący nad zwłokami wspólnie zamordowanego ojca.

Wzdłuż murów podwórka paliły się słabe lampy elektryczne, niemniej twarze ich obu skrywała nadal ciemność. Romeo powiedział:

— O wszystkim dowiedzą się z czasem. Ale czy docenią nasze motywy? Czy też odmalują nas jako szaleńców? Tam do diabła! Poeci przyszłości z pewnością nas zrozumieją!

— Nie możemy się tym teraz aż tak bardzo martwić — odrzekł po chwili Yabril. Wprawiało go w zakłopotanie, ilekroć Romeo stawał się teatralny; to sprawiało, iż kwestionował przydatność swego towarzysza, jakkolwiek ów dowiódł jej już wiele razy. Romeo, pomimo delikatnych urodziwych rysów i naiwności swych poglądów, potrafił być naprawdę niebezpieczny. Jednak istniała między nimi podstawowa różnica: Romeo był człowiekiem w zbyt dużym stopniu pozbawionym strachu, natomiast Yabril — być może zbyt przebiegłym.

Zaledwie rok temu szli razem przez ulice Bejrutu. Na ich drodze znalazła się nagle brązowa papierowa torba, pozornie pusta, poznaczona plamami tłuszczu od jedzenia, które wcześniej się w niej znajdowało. Yabril obszedł ją. Natomiast Romeo kopnął i strącił do rynsztoka. Dwa odmienne instynkty. Yabril wierzył, że wszystko na tej ziemi jest niebezpieczne. Natomiast Romeo odnosił się do wszystkiego z naiwną ufnością.

Różnic tych było więcej. Yabril był brzydki, miał małe, brązowe paciorkowate oczy. Romeo — w zasadzie piękny. Yabril był dumny ze swej brzydoty, Romeo zaś — wstydził się swojej urody. Yabril rozumiał, że kiedy niewinny młody człowiek oddaje się bez reszty rewolucji, musi to w końcu prowadzić do morderstwa. Romeo doszedł do tego przekonania dopiero niedawno, a uczynił to nad wyraz niechętnie. Jego nawrócenie miało charakter czysto intelektualny.

Romeo odnosił erotyczne zwycięstwa za sprawą swej fizycznej urody, natomiast pieniądze jego rodziny chroniły go przed ekonomicznymi upokorzeniami. Był na tyle inteligentny, by wiedzieć, że jego powodzenie nie jest moralnie właściwe, toteż samo dobro jego życia napawało go odrazą. Zatopił się w literaturze i studiach, co utwierdziło go jeszcze w stosownych poglądach. Było rzeczą nieuchronną, iż da się przekonać swym radykalnym profesorom, że powinien dopomóc w uczynieniu tego świata znacznie lepszym.

Nie chciał być taki jak ojciec, nie chciał być Włochem, który spędza więcej czasu u fryzjera niż u płatnej miłości. Nie chciał też trawić życia na pogoni za pięknymi kobietami. Przede wszystkim nigdy nie będzie trwonił pieniędzy zroszonych potem biedaków. Biednych trzeba uczynić wolnymi i szczęśliwymi, a wówczas i on będzie mógł zakosztować szczęścia. I tak oto sięgnął po swą Drugą Komunię, do książek Karola Marksa.

Nawrócenie się Yabrila było, zda się, bardziej dogłębne. Jako dziecko żył w Palestynie niczym w raju. Był szczęśliwym, niezwykle inteligentnym chłopcem, przy tym nad wyraz posłusznym rodzicom — zwłaszcza ojcu, który co dnia spędzał z nim godzinę na lekturze *Koranu*.

Jego rodzina mieszkała w dużej willi, nader zasobnej w służbę, położonej na rozległym terenie, baśniowo wprost zielonym na tle pustynnych połaci reszty kraju. Ale pewnego dnia, kiedy Yabril miał ledwie pięć lat, wygnano go z owych rajskich rozłogów. Jego ukochani rodzice gdzieś zniknęli, a willa i ogrody rozpłynęły się w chmurze fioletowego dymu. I oto nagle zamieszkał w małej brudnej wiosce u stóp wzgórza, jako sierota na łasce krewnych. Jego jedynym skarbem był *Koran* ojca, drukowany na welinie, pełen złoconych zdobień oraz inicjałów na błękitnym tle. Pamiętał doskonale, iż ojciec odczytywał na głos wszelkie nakazy muzułmańskiego zakonu. Były to prawdy od Boga, przekazane prorokowi Mahometowi, słowa na temat których nie można dyskutować ani się z nimi spierać. Już jako dorosły mężczyzna, Yabril zwrócił uwagę swemu żydowskiemu przyjacielowi: „Co *Koran*, to nie *Tora*". I obaj się roześmiali.

Prawda o wygnaniu z Edenu została mu wyjawiona prawie od razu, ale pojął ją w pełni dopiero w kilka lat później. Jego ojciec wspierał potajemnie ruch wyzwolenia Palestyny spod władzy państwa Izrael; był przywódcą podziemia. Padł ofiarą zdrady i zginął podczas akcji policyjnej, a matka popełniła samobójstwo, kiedy Izraelczycy wysadzili w powietrze willę i przyległe ogrody.

Dla Yabrila fakt przystania do terrorystów był rzeczą najnaturalniejszą pod słońcem. Jego krewniacy i nauczyciele z miejscowej szkoły nauczyli go nienawidzić wszystkich Żydów, choć nie udało im się to w pełni. Znienawidził jednak również swego Boga. Za to, że wygnał go z raju dzieciństwa. Kiedy miał osiemnaście lat, sprzedał *Koran* swego ojca za znaczną sumę i zapisał się na uniwersytet w Bejrucie. Tam większą część swej fortuny wydał na kobiety i w końcu, po dwóch latach, został członkiem podziemnych sił wyzwolenia

Palestyny. I z biegiem lat stał się śmiercionośną bronią tej sprawy. Ale wolność jego ludu nie była dlań celem ostatecznym. W jakiś sposób cała jego działalność przekształciła się w poszukiwanie wewnętrznego spokoju.

Teraz, gdy tak siedzieli razem na podwórku domu-kryjówki, omówienie każdego szczegółu misji zabrało Romeowi i Yabrilowi ponad dwie godziny. Romeo palił bez przerwy. Denerwował się jedną rzeczą.

— Czy aby jesteś pewny, że mnie wydadzą? — pytał.

Yabril odrzekł łagodnie:

— Jakżeż mogą tego nie zrobić, przetrzymując takiego zakładnika? Wierz mi, w ich rękach będziesz bezpieczniejszy, niż ja w Sherhabenie.

Uścisnęli się nawzajem w ciemności, czyniąc to po raz ostatni. Bowiem ta Wielkanoc miała ich już rozłączyć na zawsze.

W tenże sam Wielki Piątek prezydent Francis Xavier Kennedy spotkał się ze swoim zespołem głównych doradców i wiceprezydentem, aby przekazać im wiadomość, która — jak wiedział — unieszczęśliwi ich.

Spotkał się z nimi w Żółtym Pokoju Owalnym Białego Domu, swoim ulubionym pomieszczeniu, większym i wygodniejszym niż słynny Gabinet Owalny. Ów Żółty Pokój sprawiał raczej wrażenie salonu i było tam znacznie poręczniej pić angielską herbatę.

Kiedy ochrona wprowadziła prezydenta do pokoju, Kennedy ruchem ręki nakazał swemu zespołowi zająć miejsca, każąc zarazem ochronie wyjść i czekać na zewnątrz. Podczas trwania tej scenki zirytowały go dwie rzeczy. Pierwszą z nich było to, że zgodnie z protokołem musiał osobiście rozkazać ludziom z Secret Service, ażeby wyszli z pokoju, a drugą — fakt, iż wiceprezydent musiał również powstać na znak szacunku dla jego urzędu. Drażniło go to dlatego, że wiceprezydent była kobietą, a kurtuazja polityczna okazała się nagle czymś nadrzędnym w stosunku do kurtuazji towarzyskiej. Ponadto wiceprezydent, Helen Du Pray, była odeń o dziesięć lat starsza, niemniej prezentowała się jeszcze wcale dobrze, będąc zarazem kobietą niezwykle wyrobioną towarzysko i inteligentną. Było to, rzecz jasna, powodem, dla którego wybrał ją sobie za współtowarzyszkę w wyborach, mimo oporu twardogłowych z Partii Demokratycznej.

— Do licha, Helen — powiedział Francis Kennedy. — Przestań wreszcie wstawać, gdy wchodzę do pokoju. Teraz będę musiał nalać wam wszystkim herbaty, aby móc udowodnić moją skromność.

— Chciałam po prostu wyrazić swą wdzięczność — powiedziała Helen Du Pray. — Myślałam, że wezwałeś wiceprezydenta na spotkanie swojego zespołu, bo przecież ktoś będzie musiał pozmywać naczynia. — Oboje roześmiali się. Lecz cała reszta nie.

Romeo wypalił ostatniego papierosa, siedząc wśród mroków podwórka. Ponad kamiennymi murami mógł widzieć kopuły wielkich katedr Rzymu. Potem wrócił do środka. Nadszedł czas, by poinstruować ludzi z sekcji.

Annee pełniła funkcję zbrojmistrza, toteż otworzyła kluczem ogromny kufer, by rozdać broń i amunicję. Jeden z mężczyzn rozpostarł na podłodze salonu brudne prześcieradło, na którym Annee ułożyła smar i szmaty. Będą czyścić i oliwić broń, słuchając zarazem instrukcji. Słuchali tak godzinami, zadając jednocześnie pytania i analizując wszystkie swe przyszłe kroki. Annee wydała im stroje bojowe. Żartowali sobie z nich. W końcu zasiedli razem do posiłku, który przygotował Romeo i pozostali mężczyźni. Młodym wiosennym winem wznieśli toast za powodzenie akcji, a potem paru z nich grało przez godzinę w karty, nim w końcu udali się do swoich pokoi. Nie było potrzeby trzymać straży; byli bezpiecznie zamknięci, a obok łóżek mieli swoją broń. Lecz mimo to wszyscy mieli kłopoty z zaśnięciem.

Było już po północy, kiedy Annee zapukała do drzwi Romea. Romeo czytał. Wpuścił ją, a ona czym prędzej rzuciła jego egzemplarz *Braci Karamazow* na podłogę. Zapytała niemal z pogardą:

— Znowu czytasz to gówno?

Romeo wzruszył ramionami, uśmiechając się.

— Facet mnie bawi. Jego postaci przypominają mi Włochów, którzy bardzo starają się być poważni.

Rozebrali się szybko i położyli na zbrukanych prześcieradłach, oboje na wznak. Ich ciała były napięte, nie tyle wskutek seksualnego podniecenia, co raczej za sprawą jakiejś tajemniczej grozy. Romeo wpatrywał się prosto w sufit, natomiast Annee zamknęła oczy. Leżała po jego lewej stronie, toteż użyła swej prawej ręki, aby powoli i łagodnie drażnić jego członek. Ich ramiona prawie się nie stykały, a ciała były całkiem oddalone. Kiedy poczuła, że Romeo doznał wzwodu, nadal pieściła go prawą ręką, sama zarazem onanizując się lewą. Był to ciągły powolny rytm, w trakcie którego Romeo wyciągnął nieśmiało rękę, by dotknąć jej drobnej piersi, lecz ona skrzywiła się niczym dziecko i mocno zacisnęła powieki. Teraz jej ruchy stały się silniejsze i bardziej namolne, a pieszczoty nerwowe i jakby mniej rytmiczne, póki Romeo nie doznał orgazmu. Kiedy nasienie bryznęło Annee na dłoń, ona również osiągnęła szczyt napięcia, rozwarła oczy, a jej drobne ciało zdawało się niemal wzbijać w powietrze, unosząc się i zwracając do Romea, jak gdyby chciała go pocałować, ale w ostatniej chwili uchyliła głowę i tylko na moment wtuliła twarz w jego pierś, póki jej ciało nie opadło, dygocąc. Potem usiadła i rzeczowo wytarła rękę o brudne prześcieradło. Następnie wzięła papierosy i zapalniczkę Romea z marmurowego blatu nocnego stolika, po czym głęboko zaciągnęła się dymem.

Romeo poszedł do łazienki i zwilżył ręcznik. Wrócił, przetarł jej dłonie, a potem obmył sam siebie. Później podał jej ręcznik i Annee wytarła sobie krocze.

Robili to już kiedyś przed jakąś inną akcją i Romeo rozumiał, że jest to jedyny rodzaj manifestacji uczucia, na jaki ona może sobie pozwolić. Była tak zagorzałą wielbicielką swej niezależności, iż nie mogłaby znieść, aby mężczyzna, którego nie kochała, mógł wnikać w głąb jej trzewi. A co się tyczy *fellatio* lub *cunnilingus*, które on sugerował, były one dla niej jedynie inną formą poddania się i zależności. To, co zrobiła, było jedynym sposobem, w jaki mogła zaspokoić swe żądze, nie zdradzając zarazem wyznawanych przez siebie ideałów niezależności.

Romeo obserwował jej twarz. Nie była już teraz aż tak bardzo surowa, a żar tlący się w jej oczach jak gdyby nieco przygasł. Jest jeszcze taka młoda, pomyślał. Jakże więc mogła stać się w tak krótkim czasie prawdziwym aniołem zagłady?

— Czy chcesz spać ze mną dziś w nocy, ale tylko dla towarzystwa? — zapytał.

Annee zdusiła papierosa.

— Och, nie — powiedziała. — Dlaczegóż miałabym chcieć? Oboje mamy już to, czego nam było potrzeba.

Zaczęła się ubierać.

— Mogłabyś przynajmniej powiedzieć coś czułego, zanim stąd wyjdziesz — stwierdził żartobliwie Romeo.

Na chwilę stanęła w drzwiach, a potem odwróciła się nagle. Przez moment sądził, że wróci do łóżka. Uśmiechała się i po raz pierwszy ujrzał w niej młodą dziewczynę, którą byłby w stanie pokochać. Lecz już niebawem Annee wspięła się na palce i powiedziała:

— Romeo, Romeo, gdzie jesteś, Romeo? — Zagrała mu na nosie i zniknęła.

W Brigham Young University, w Provo w stanie Utah, dwóch studentów, David Jatney i Cryder Cole, przygotowywali swój ekwipunek do odbywającego się raz w semestrze morderczego polowania. Zabawa ta znów wróciła do łask, wraz z wyborem

Francisa Xaviera Kennedy'ego na prezydenta Stanów Zjednoczonych. Według zasad gry, dwóch studentów miało dwadzieścia cztery godziny na dokonanie zabójstwa — to znaczy na wystrzelenie z zabawkowych pistoletów do kartonowego wizerunku prezydenta Stanów Zjednoczonych z odległości nie większej niż pięć kroków. Zapobiegać ich akcji miało bractwo obrony, stworzone w celu przestrzegania prawa i porządku, liczące ponad stu studentów. Wygrana ze „zwycięskiego zakładu" miała zostać zużyta na opłacenie bankietu kończącego polowanie.

Profesorowie i administracja college'u, będący pod wpływem Kościoła mormońskiego, nie pochwalali tych zabaw, ale stały się one popularne w całych Stanach Zjednoczonych — dostarczając przykładu denerwujących ekscesów, właściwych dla przedstawicieli wolnego społeczeństwa. Zły smak i upodobanie do prostactwa — stały się częścią składową zabaw młodych ludzi. Tego rodzaju igraszki stanowiły jednak wentyl bezpieczeństwa dla niechęci wobec władzy, formę protestu tych, którzy jeszcze niczego nie osiągnęli, względem tych, którzy zdołali już odnieść sukces. Był to protest czysto symboliczny, jednakże z pewnością lepszy od demonstracji politycznych, sporadycznych wybuchów przemocy i strajków. Zabawa w polowanie stanowiła więc godziwy zawór dla burzących się hormonów.

Dwaj myśliwi, David Jatney i Cryder Cole, przechadzali się ręka w rękę po campusie. Jatney był planistą, a Cole aktorem, dlatego Cole mówił, a Jatney przytakiwał, kiedy zmierzali ku grupie członków bractwa, pilnujących wizerunku prezydenta. Tekturowa postać bardzo przypominała Francisa Kennedy'ego, niemniej była ekstrawagancko pokolorowana, toteż prezydent miał na sobie niebieski garnitur, zielony krawat i czerwone skarpetki, za to nie nosił butów. Tam gdzie powinien mieć buty, widniała rzymska cyfra IV.

Grupa stróżów prawa i porządku postraszyła Jatneya i Cole'a swoimi dziecięcymi pistoletami, toteż obaj myśliwi musieli zboczyć z drogi. Cole wykrzyknął jakąś żartobliwą obelgę, ale

Jatney miał ponury wyraz twarzy. Bardzo poważnie podchodził do swojej misji. Jatney raz jeszcze prześledził w myślach swój mistrzowski plan i już w tej chwili odczuwał dziką satysfakcję z powodu jego gwarantowanego powodzenia. Ów spacer na oczach wroga miał za zadanie pokazać, że obaj mieli na sobie narciarskie stroje; miał ponadto określić ich wizualną tożsamość i przygotować zebranych na późniejszą niespodziankę. A także ugruntować przeświadczenie, że obaj opuszczają campus, udając się na weekend.

Zasady gry w polowanie wymagały, by opublikowano trasę podróży wizerunku prezydenta. Wizerunek miał być obecny na bankiecie, który zaplanowano jeszcze na ten wieczór przed północą. Jatney i Cole zamierzali dokonać uderzenia tuż przed upływem ostatecznego terminu, czyli o północy.

Wszystko poszło tak, jak było zaplanowane. Jatney i Cole spotkali się ponownie o szóstej po południu w umówionej restauracji. Właściciel nic nie wiedział o ich planach. Byli po prostu dwoma studentami, którzy pracowali dla niego przez ostatnie dwa tygodnie. Okazali się bardzo dobrymi kelnerami, zwłaszcza Cole, toteż był nimi zachwycony.

O dziewiątej tego wieczoru, kiedy strażnicy prawa i porządku, w sile stu osób, weszli do restauracji wraz z wizerunkiem prezydenta, ustawiono tam straże przy wszystkich wejściach. Wizerunek został umieszczony pośród kręgu stołów. Właściciel zacierał ręce, ciesząc się ze spodziewanych dużych obrotów, i dopiero kiedy wszedł do kuchni i ujrzał, że jego dwaj młodzi kelnerzy chowają zabawkowe pistolety do waz na zupę, zrozumiał wreszcie, o co chodzi.

— Och, na litość boską! — wykrzyknął. — To znaczy, że wy dwaj rzucacie dzisiaj pracę?

Cole uśmiechnął się do niego szeroko, ale David Jatney rzucił mu groźne spojrzenie. Obaj weszli do sali jadalnej, z wazami na zupę trzymanymi na tyle wysoko, by zasłaniały im twarze.

Strażnicy wznosili właśnie triumfalne toasty, kiedy Jatney i Cole ustawili wazy na środkowym stole, zdjęli z nich pokrywy i wyciągnęli swe pistolety. Przystawili lufy do kiczowato pokolorowanej postaci i oddali niezbyt głośne strzały. Cole wystrzelił tylko raz i natychmiast wybuchnął śmiechem. Jatney, mierząc powoli, oddał aż trzy strzały, a następnie rzucił pistolet na podłogę. Nie poruszył się ani nie uśmiechnął, póki strażnicy nie otoczyli go, gratulując i klnąc, i póki wszyscy nie siedli do obiadu. Jatney kopnął wizerunek tak, że prezydent osunął się na podłogę, gdzie wcale nie było go widać.

Było to jedno ze zwykłych polowań. W innych college'ach w całym kraju zabawa ta bywała znacznie bardziej skomplikowana. Wznoszono przemyślne konstrukcje zabezpieczające, wizerunki pluły syntetyczną krwią, i tak dalej.

W Waszyngtonie D.C., Prokurator Generalny Stanów Zjednoczonych, Christian Klee, miał swoją własną kartotekę zabawowych morderców. I właśnie teraz fotografie i dane dotyczące Jatneya i Cole'a zwróciły jego uwagę. Zrobił więc notatkę, by wydzielono ekipę dochodzeniową, która mogłaby zbadać życiorysy Davida Jatneya i Crydera Cole'a.

W piątek przed Wielkanocą, dwaj młodzi poważni ludzie przyjechali z Instytutu Technologicznego w Massachusetts do Nowego Jorku, składając małą walizkę w schowku bagażowym budynku Zarządu Portu. Ze wstrętem omijali gromadki pijanych bezdomnych włóczęgów, bystrookich alfonsów i kurew, które wystawały po hallach budynku. Obaj byli geniuszami: w wieku dwudziestu lat zostali już docentami fizyki i uczestnikami zaawansowanego programu badań uniwersyteckich. Walizka zawierała maleńką bombę atomową, którą skonstruowali, używając kradzionych materiałów laboratoryjnych oraz niezbędnego tlenku plutonu. Kradzież tych materiałów z laboratoriów zabrała im aż dwa lata. Musieli to robić stopniowo, fałszując raporty i sprawozdania z doświadczeń, tak aby nie zauważono braku.

Adam Gresse i Henry Tibbot zostali uznani za geniuszów,

27

ledwie tylko skończyli dwanaście lat. Rodzice wychowali ich tak, by byli świadomi swej odpowiedzialności względem reszty świata. Nie mieli żadnych wad, z wyjątkiem ogromnej wiedzy. Ich szczególna inteligencja sprawiała, iż pogardzali wszystkimi tymi nałogami, które niczym rak toczyły tkankę ludzkości, nosząc nazwy alkoholizmu, hazardu, prostytucji, obżarstwa i narkomanii.

Oni sami ulegali jedynie przemożnemu narkotykowi precyzyjnego myślenia. Posiadali instynkt sprawiedliwości społecznej i dostrzegali zło nagromadzone na świecie. Wiedzieli, iż produkowanie broni atomowej jest rzeczą ze wszech miar złą i że los ludzkości zawisł wskutek tego na włosku. Postanowili zatem zrobić, co tylko się da, aby odwrócić piekielną katastrofę. Tak więc po roku iście chłopięcych dyskusji, postanowili doświadczyć rząd. Dowiodą, jak łatwo jest jednostce-szaleńcowi zadać ludzkości nader poważne straty. Skonstruowali maleńką bombę atomową, o mocy zaledwie pół kilotony, tak aby można ją było umieścić w dowolnym miejscu, a potem powiadomić o jej istnieniu władze. Uważali siebie i swój zamierzony czyn za coś jedynego w swoim rodzaju, coś niemalże boskiego. Nie wiedzieli, że dokładnie właśnie taka sytuacja zostanie przewidziana w psychologicznych raportach prestiżowego banku myśli, ufundowanego przez rząd, gdzie potraktowano rzecz jako jedno z możliwych zagrożeń ery atomowej.

Po paru godzinach spędzonych w Nowym Jorku Adam Gresse i Henry Tibbot wysłali ostrzegawczy list do „New York Timesa", wyjaśniając motywy swojego działania i prosząc, aby ów apel został opublikowany przed doręczeniem go władzom. Redagowanie listu trwało bardzo długo, i to nie tylko dlatego, iż musiał on zawierać niezwykle precyzyjne sformułowania, ażeby nikt nie doszukał się w nim żadnej złej intencji, ale również dlatego, że posłużyli się techniką wycinania nożyczkami z gazet słów i liter, które później naklejali na czyste kartki papieru.

Bomba nie wybuchnie do następnego czwartku. Do tej pory

list znajdzie się w rękach władz i wówczas urządzenie zostanie z pewnością znalezione. Winno to być ostrzeżeniem dla władców świata.

A w Rzymie, właśnie w ów Wielki Piątek, Theresa Catherine Kennedy, córka prezydenta Stanów Zjednoczonych, sposobiła się do zakończenia narzuconego sobie przez siebie samą europejskiego wygnania i powrotu do Białego Domu, do ojca.

Przydzielony jej oddział Secret Service zakończył już wszystkie przygotowania do podróży. Posłuszni jej zaleceniom agenci zarezerwowali nawet bilet na lot w Niedzielę Wielkanocną z Rzymu do Nowego Jorku.

Theresa Kennedy miała dwadzieścia trzy lata i studiowała w Europie filozofię, wpierw na Sorbonie, a następnie na uniwersytecie w Rzymie, gdzie właśnie przerwała dość długo już trwający romans z pewnym włoskim studentem, młodym radykałem, co nastąpiło ku ich obopólnej uldze.

Kochała swego ojca, ale nienawidziła faktu, iż jest on prezydentem, bo była zbyt lojalna, by publicznie dać wyraz swym własnym, odmiennym poglądom. Wierzyła kiedyś w socjalizm; teraz stała się zwolenniczką braterstwa ludzi i siostrzanych związków pomiędzy kobietami. Była feministką w amerykańskim stylu; niezależność ekonomiczna winna stanowić fundament wolności, toteż nie odczuwała żadnego kompleksu winy w związku z funduszami powierniczymi, które gwarantowały jej wolność.

W poczuciu dziwnych, niemniej bardzo ludzkich przekonań moralnych odrzuciła jakąkolwiek myśl o przywilejach i odwiedziła swego ojca w Białym Domu. A może podświadomie obwiniała go o śmierć matki, albowiem ubiegał się on o władzę polityczną, podczas gdy jego żona umierała? Potem chciała zagubić się gdzieś w Europie, ale na mocy prawa musiała być chroniona przez Secret Service, jako członek najbliższej rodziny prezydenta. Próbowała zrezygnować z tej ochrony, lecz ojciec ubłagał ją, by tego nie robiła. Francis Kennedy powiedział, że nie zniósłby nawet myśli o tym, aby miało jej się coś przydarzyć.

Oddział dwudziestu ludzi, podzielony na trzy zmiany, przez całą dobę strzegł Theresy Kennedy. Kiedy szła do restauracji lub kiedy wybierała się ze swym chłopcem do kina, goryle już tam byli. Wynajmowali mieszkania w tym samym budynku, używali furgonetki jako punktu dowodzenia. Nigdy nie była sama. Ponadto każdego dnia musiała przekazywać swój harmonogram zajęć dowódcy oddziału.

Jej strażnicy byli zaiste dwugłowymi potworami: na wpół sługami, na poły jej władcami. Za pomocą skomplikowanych urządzeń elektronicznych mogli wsłuchiwać się w odgłosy miłości, ilekroć tylko sprowadzała mężczyznę do mieszkania. Byli wprost przerażający — poruszali się niczym wilki, sunęli bezszelestnie, węsząc przy tym czujnie, czy aby nie złapią tropu, ale w istocie wytężali głównie słuch, wzmocniony przez radiowe urządzenia odbiorcze.

Theresa nie zgodziła się na bezpośrednią ochronę. Sama prowadziła swój wóz, nie pozwoliła, by ludzie z obstawy wynajęli sąsiednie mieszkanie, nie zgodziła się również, by wokół niej kręcili się stale goryle. Nalegała na to, by agenci stosowali „ochronę na dystans", tworząc wokół niej strefę zaporową, przywodzącą na myśl jakby rozległy ogród. W ten sposób mogła prowadzić nieco bardziej swobodne życie osobiste. Układ ten doprowadził do kilku kłopotliwych momentów. Pewnego dnia poszła na zakupy i potrzebowała drobnych na rozmowę telefoniczną. Wydało jej się, że zobaczyła jednego ze swoich goryli, który udawał, że kupuje coś w pobliżu. Podeszła więc doń i zapytała: „Czy możesz mi dać ćwierć dolara?". Mężczyzna popatrzył na nią zaszokowany, a ona zdała sobie sprawę, że popełniła błąd, że facet nie był członkiem jej obstawy. Wybuchnęła śmiechem i przeprosiła go. Mężczyzna również bardzo się ucieszył i był zachwycony. Wręczył jej ćwierćdolarówkę. „Wszystko dla Kennedych" — oświadczył żartobliwie.

Podobnie jak wielu młodych ludzi, Theresa Kennedy wierzyła — nie poszukując nawet specjalnych dowodów — że ludzie są „dobrzy". Wierzyła zresztą także, że i ona sama jest dobra. Uczestniczyła w marszach protestacyjnych, przemawiała na rzecz sprawiedliwości i przeciwko krzywdzie. W życiu codziennym starała się nigdy nie popełniać żadnych drobnych świństw. Jeszcze jako dziecko, oddała zawartość swojej skarbonki na fundusz Indian amerykańskich.

Była jednak w dość niezręcznej sytuacji, kiedy jako córka prezydenta Stanów Zjednoczonych przemawiała na rzecz aktywistów opowiadających się za możnością dokonywania aborcji i gdy popierała swym nazwiskiem radykalne lewicowe organizacje. Dość łatwo znosiła zniewagi mass mediów i obelgi ze strony przeciwników politycznych.

W jakiś niewinny sposób starała się być uczciwa we wszystkich swych romansach; wierzyła w absolutną szczerość i nie znosiła oszustwa.

W czasie lat spędzonych za granicą przeżyła parę incydentów, z których powinna była wynieść cenną nauczkę. W Paryżu, gdy wałęsała się po mieście w poszukiwaniu kolorytu lokalnego, próbowała ją zgwałcić grupa kloszardów mieszkających pod jednym z mostów. W Rzymie, kiedy dawała jałmużnę, dwóch żebraków usiłowało wyrwać jej torebkę i w obu tych przypadkach uratowała ją czujna grupa Secret Service. Ale nie zmieniło to w niczym jej ogólnej wiary, że ludzie są dobrzy. Każda ludzka istota skrywa bowiem w swej duszy nieśmiertelne ziarno dobroci, a łaska odkupienia dotyczy wszystkich w jednakowym stopniu. Jako feministka słyszała oczywiście o tyranii mężczyzn, lecz nie rozumiała w pełni owej brutalnej siły, jaką stosowali mężczyźni, rozstrzygając sprawy swego własnego świata. Nie miała nawet pojęcia, do jak fałszywych i okrutnych sposobów może uciec się człowiek, zdradzając drugiego człowieka.

Szef obstawy, mężczyzna już nazbyt leciwy, by powierzano mu ochronę ważniejszych ludzi z rządu, był przerażony jej naiwnością i próbował ją w jakiś sposób dokształcić. Opowiadał jej potworne historie o przeróżnych zajściach, z jakimi miał do czynienia w czasie swej wieloletniej służby; był wobec niej bardziej szczery, niż zdarzało mu się to zazwyczaj, albowiem ochrona Theresy stanowiła jego ostatnie zadanie przed pójściem na emeryturę.

— Jesteś zbyt młoda, żeby zrozumieć ten świat — powiadał. — A przy twojej pozycji musisz być bardzo ostrożna. Uważasz, że jeśli ty wyrządzisz komuś dobro, to on też musi odpłacić ci dobrem. — Właśnie poprzedniego dnia zabrała autostopowicza, który uznał, że była to zachęta natury seksualnej. Szef obstawy zadziałał natychmiast; dwa samochody jego ludzi zmusiły wóz Theresy do zjechania na skraj szosy, ledwie tylko autostopowicz położył jej dłoń na kolanie.

— Pozwól, że ci opowiem pewną historię — powiedział szef grupy. — Pracowałem kiedyś dla najinteligentniejszego i najmilszego człowieka w ekipie ochrony rządu. Tylko raz dał się przechytrzyć i złapać w pułapkę, tak że znalazł się nagle na łasce przeciwnika. A ten mógł go po prostu rozwalić. Bo był po prostu bardzo wrednym facetem. Ale z jakiegoś tam powodu puścił mojego szefa wolno i powiedział: „Pamiętaj, że jesteś mi winien jeden raz". No cóż, spędziliśmy sześć miesięcy, tropiąc tego gościa, i w końcu dopadliśmy go. A wtedy mój szef go rozwalił, nie dał mu nawet szansy, aby tamten się poddał albo został „podwójnym". A wiesz dlaczego? Sam mi to wytłumaczył. Ten jego przeciwnik, wredniak, posiadł kiedyś moc boską i dlatego był nazbyt niebezpieczny, aby pozwolić mu żyć. I mój szef nie poczuwał się wcale do wdzięczności, twierdził, że litość ze strony tamtego faceta była tylko jego widzimisię, a przecież na widzimisię nie sposób nigdy liczyć.

Lecz dowódca obstawy nie powiedział Theresie, że owym jego szefem był człowiek o nazwisku Christian Klee.

Wybór Francisa Xaviera Kennedy'ego na prezydenta okazał się cudem amerykańskiej polityki. Został wybrany ze względu na magię nazwiska i swe niezwykłe fizyczne oraz intelektualne talenty, pomimo faktu, iż odsłużył w senacie tylko jedną kadencję.

Nazywano go „bratankiem" Johna F. Kennedy'ego, zamordowanego w 1962 roku prezydenta. Znajdował się jednak poza zorganizowanym klanem Kennedych, wciąż jeszcze aktywnym w polityce amerykańskiej. W rzeczywistości był tylko kuzynem, i to jedynym spośród bardzo rozgałęzionej rodziny, który odziedziczył charyzmę swych dwóch sławnych krewniaków — Johna i Roberta.

Francis Kennedy był powszechnie uznanym geniuszem w dziedzinie prawa; w wieku dwudziestu ośmiu lat został profesorem na Harvardzie. Później zorganizował własną firmę prawniczą, która wiodła krucjatę o szerokie liberalne reformy w rządzie i w prywatnym sektorze biznesu. Jego firma nie zrobiła zbyt wielkich pieniędzy — co nie było dla niego istotne, jako że odziedziczył znaczną fortunę — przysporzyła mu jednak sławy w całym kraju. Walczył o prawa mniejszości i o dobrobyt dla ekonomicznie upośledzonych; bronił bezradnych i słabych.

Kennedy, w ramach swej kampanii prezydenckiej, podbił cały kraj. Ogłosił, że podpisze nową umowę społeczną z narodem amerykańskim. „Co sprawia, że cywilizacja trwa nadal?" — pytał wyborców. Sprawia to umowa pomiędzy rządzącymi a rządzonymi. Rząd musi obiecać, że zabezpieczy jednostkę przed zbrodnią, przed ekonomicznym wyzyskiem; musi obiecać każdemu obywatelowi stosowne prawa i środki, iżby ten mógł realizować swoją własną wizję osobistego szczęścia w życiu. I wówczas, dopiero wówczas, rządzeni będą zobowiązani przestrzegać powszechnych praw, które zapewniają byt cywilizacji. Kennedy zaproponował, aby częścią owej umowy społecznej był wymóg, aby wszystkie kwestie sporne w społeczeństwie amerykańskim były rozstrzygane na drodze referendum, a nie za sprawą decyzji podejmowanych przez Kongres, Sąd Najwyższy czy prezydenta.

Obiecał, że zlikwiduje przestępczość. Obiecał, że zlikwiduje biedę, która jest podporą zbrodni i zbrodnią samą w sobie. Obiecał wprowadzić narodowy program ubezpieczeń zdrowotnych, finansowany przez państwo, a także system zabezpieczeń socjalnych, zapewniający ludziom pracy godziwe emerytury.

Gwoli potwierdzenia wierności owym ideałom i usunięcia przegrody własnego bogactwa, ogłosił w telewizji, że odda osobisty majątek w wysokości czterdziestu milionów dolarów

Skarbowi Stanów Zjednoczonych. Nastąpiło to w ramach aktu prawnego, którego podpisanie transmitowały wszystkie stacje telewizyjne w kraju. Ów wspaniały gest Francisa Kennedy'ego musiał wywrzeć ogromne wrażenie na każdym wyborcy.

Kennedy odwiedził wszystkie większe miasta w kraju, towarzysząca mu kolumna samochodów dotarła ponadto do wielu małych miast. Podróżujące wraz z nim żona i córka podkreślały jeszcze swą urodą jego męski czar. Jego trzy dysputy z republikańskim kandydatem na prezydenta uwieńczone zostały triumfem. Melanż swady, inteligencji i młodzieńczego wigoru, jakim się wówczas wykazał, całkowicie pognębił przeciwnika. Żaden prezydent nie obejmował nigdy swego urzędu, będąc bardziej ukochanym przez ludność. Zwyciężył wszystko — z wyjątkiem losu. Jego żona zmarła na raka tuż przed wprowadzeniem Francisa do Białego Domu.

Pomimo przytłaczającego smutku, Francis Xavier Kennedy zdołał wcielić w życie pierwszy punkt swego programu. Mianowicie wykonał śmiały ruch polityczny i z góry wytypował swą przyszłą ekipę, tak by elektorat mógł ją zaaprobować. Powołał Oddblooda Graya, czarnego aktywistę, na swego łącznika z Kongresem w sprawach polityki wewnętrznej. Swym zastępcą mianował kobietę, wiążąc ją również za sprawą innych funkcji z resztą swej ekipy. Pozostałe nominacje były bardziej konwencjonalne. Lecz właśnie ta ekipa pomogła mu osiągnąć pierwsze zwycięstwo, rewizję praw opieki społecznej, przepisów gwarantujących, że każdy człowiek pracy, po przejściu na emeryturę, otrzyma dość pieniędzy na godziwe życie. Środki na sfinansowanie tych posunięć miano uzyskać dzięki podatkowi ściąganemu od wielkich korporacji amerykańskich, które natychmiast stały się śmiertelnymi wrogami Kennedy'ego.

Niemniej po tym początkowym zwycięstwie można było odnieść wrażenie, że Kennedy stracił cały rozmach. Jego projekt, by rozstrzygnąć za sprawą referendum wszelkie ważniejsze kwestie, został odrzucony przez Kongres, podobnie zresztą jak i jego wezwanie do uchwalenia narodowego planu ochrony zdrowia. Kennedy, zda się, tracił energię, stojąc przed kamiennym murem, który wzniósł przed nim Kongres. Choć Kennedy i jego ekipa z Białego Domu walczyli z niemal desperacką zajadłością, coraz więcej ich planów kończyło się fiaskiem.

Świadomość, że w ostatnim roku swej prezydentury przegrywa bitwę, napełniła go rozpaczliwym gniewem. Wiedział, że walczy o słuszną sprawę, stojąc po stronie tego, co sprawiedliwe, że nadal trwa na moralnych wyżynach i że równie mądrych posunięć nie było dotąd w dziejach Ameryki. Lecz teraz wydawało mu się również, że inteligencja i moralność chyba w ogóle się w polityce nie liczą.

Prezydent Kennedy odczekał, aż każdemu z jego starszych doradców podano herbatę.

— Chyba nie będę zabiegał o reelekcję — rzucił beznamiętnie. I, patrząc w stronę wiceprezydenta, dodał: — Helen, chcę, żebyś się przygotowała do kampanii wyborczej jako kandydatka na stanowisko prezydenta.

Wszystkich zamurowało, lecz Helen Du Pray uśmiechnęła się doń tylko. Fakt, iż uśmiech ten był jedną z jej potężnych politycznych broni, nie uszedł uwagi zgromadzonych mężczyzn. Powiedziała:

— Francisie, uważam, że decyzja o nieubieganiu się o ponowny wybór wymaga przedyskutowania tego przez twój zespół pod moją nieobecność. Jednakże zanim wyjdę, pozwól, że to powiem. Wiem, jak bardzo jesteś zniechęcony, zwłaszcza teraz. Ale ja nie będę w stanie zrobić nic lepszego, nawet zakładając, że zostanę wybrana. Uważam, że powinieneś być cierpliwy. Twoja druga kadencja może się okazać bardziej efektywna.

Prezydent odrzekł zniecierpliwiony:

— Helen, wiesz równie dobrze jak ja, że prezydent Stanów Zjednoczonych ma więcej możliwości podczas pierwszej kadencji niż w trakcie drugiej.

— W większości wypadków jest to prawda — odparła Helen Du Pray. — Ale może uda nam się zorganizować wówczas inną Izbę Reprezentantów. I pozwól, że powiem coś we własnym interesie. Jako wiceprezydent, który zaliczył jedną tylko kadencję, jestem w dużo gorszej sytuacji, niż gdybym miała za sobą aż dwie kadencje. A twoje poparcie, jako prezydenta po dwóch kadencjach, byłoby cenniejsze niż jako prezydenta, który dał się przegnać z urzędu przez swój własny demokratyczny Kongres.

Kiedy zabrała już swoją teczkę z dokumentami i szykowała się do wyjścia, Francis Kennedy powiedział:

— Nie musisz wychodzić.

Du Pray obdarzyła wszystkich swym słodkim uśmiechem.

— Jestem pewna, że twoi doradcy będą mówić swobodniej, kiedy mnie tu nie będzie — powiedziała i wyszła z Żółtego Pokoju Owalnego.

Czterej mężczyźni siedzący wokół Kennedy'ego milczeli. Byli jego najbliższymi współpracownikami. Kennedy mianował ich osobiście i odpowiadał tylko przed nimi. Prezydent był czymś na kształt przedziwnego cyklopa z jednym mózgiem i czterema ramionami. To właśnie starsi doradcy tworzyli owe cztery ramiona. Byli również jego najlepszymi przyjaciółmi i — od czasu śmierci żony — jego jedyną rodziną.

Helen Du Pray zamknęła za sobą drzwi. Zrobiło się małe zamieszanie, gdyż mężczyźni jęli porządkować swoje teczki z papierami, a później sięgnęli po herbatę i kanapki. Szef sztabu prezydenta, Eugene Dazzy, rzucił od niechcenia:

— Helen jest chyba najbystrzejszą osobą z całej tej naszej grupy.

Kennedy uśmiechnął się do Dazzy'ego, który znany był ze swej słabości do pięknych kobiet.

— I co ty na to, Euge? — zapytał. — Czy uważasz, że powinienem być cierpliwszy i walczyć o reelekcję?

Dziesięć lat wcześniej Eugene Dazzy był szefem ogromnej firmy komputerowej. I właśnie wówczas Francis Kennedy pojawił się na arenie politycznej. Dazzy był rekinem, człowiekiem, który potrafił pożerać konkurencyjne firmy, niemniej pochodził z biednej rodziny i zachował swe poczucie sprawiedliwości, wynikające bardziej ze zmysłu praktycznego niż z romantycznego idealizmu. Doszedł do wniosku, że wielki kapitał ma nazbyt wiele władzy w Ameryce i że na dłuższą metę zniszczy prawdziwą demokrację. Toteż kiedy Francis Kennedy wkroczył na scenę polityczną pod sztandarem prawdziwej społecznej demokracji, Dazzy zorganizował finansowe poparcie, które pomogło Kennedy'emu wznieść się na stanowisko prezydenta.

Był rosłym, sympatycznym mężczyzną, którego wielką zaletą była umiejętność robienia sobie wrogów z ludzi, którym prezydent odmówił spełnienia ważnych życzeń i zadośćuczynienia specjalnym prośbom. Dazzy pochylił łysiejącą głowę nad notatkami; krępa górna część jego ciała napinała plecy dobrze skrojonej marynarki.

— Dlaczegóż by nie? — powiedział swobodnym tonem. — Będziesz miał miłą, acz niezbyt mądrą pracę. Kongres będzie ci mówił, co robić, i nie będzie się zgadzał na to, co zechcesz, aby zostało zrobione. Wszystko pozostanie bez zmian. Z wyjątkiem polityki zagranicznej. Tutaj możesz mieć trochę zabawy. Możesz nawet zrobić coś dobrego. Spójrzmy na to w ten sposób. Nasza armia cierpi na pięćdziesięcioprocentowy niedobór; tak dobrze wykształciliśmy nasze dzieci, że są teraz zbyt sprytne, by móc być patriotami. Mamy technologię, ale nikt nie chce kupować naszych towarów. Nasz bilans płatności przedstawia się wprost beznadziejnie. Może tylko iść w górę. Więc daj się ponownie wybrać, odpręż się trochę i baw się dobrze przez dalsze cztery lata. No bo, do diabła, to całkiem niezła fucha, a pieniądze na pewno ci się przydadzą. — Dazzy uśmiechnął się i pomachał ręką, by dać mu do zrozumienia, że co najmniej w połowie traktuje całą tę rzecz jako żart.

Czterej mężczyźni z grupy doradców, mimo pozornie niedbałych póz, bacznie przyglądali się Kennedy'emu. Nikt z nich nie uznał, że Dazzy zwraca się do prezydenta bez należytego szacunku; żartobliwość jego wypowiedzi stanowiła bowiem część sposobu bycia, do jakiego Kennedy zachęcał go w ciągu minionych trzech lat.

Arthur Wix, doradca do spraw bezpieczeństwa narodowego, gburowaty mężczyzna o twarzy nowojorskiego mieszczucha — urodzony z ojca Żyda i matki Włoszki — potrafił zdobyć się na złośliwy dowcip, lecz zarazem onieśmielał go trochę urząd i sama osoba prezydenta.

Wix poznał Kennedy'ego dziesięć lat wcześniej, kiedy ten po raz pierwszy kandydował do Senatu. Był liberałem ze Wschodniego Wybrzeża, profesorem etyki i nauk politycznych na Uniwersytecie Columbia. Był zarazem bardzo bogatym człowiekiem, okazującym głęboką pogardę dla pieniędzy. Ich znajomość przerodziła się w przyjaźń, wyrosłą na obustronnych talentach intelektualnych. Kennedy uważał Arthura Wixa za najinteligentniejszego mężczyznę, jakiego tylko zdarzyło mu się spotkać w życiu. A Wix uważał Kennedy'ego za najmoralniejszego człowieka w świecie polityki. Nie było to — bo i nie mogło być — fundamentem gorącej przyjaźni; stanowiło jednakże podstawę związku opartego na wzajemnym zaufaniu.

Będąc doradcą do spraw bezpieczeństwa narodowego, Wix uważał, że jego obowiązki wymagają od niego poważniejszego tonu niż ten, na jaki mogli sobie pozwolić inni. Przemawiał spokojnym tonem, w którym wciąż jeszcze pobrzmiewał nowojorski akcent.

— Euge — powiedział, wskazując na Dazzy'ego — mówił to wprawdzie żartem, niemniej jednak faktem jest, że mógłbyś oddać w ten sposób cenną przysługę polityce zagranicznej naszego kraju. Mamy znacznie większe możliwości nacisku, niż to się może wydawać Europie czy Azji. Uważam, że to konieczne, abyś ubiegał się o ponowny wybór. Cokolwiek by rzec, w polityce zagranicznej prezydent Stanów Zjednoczonych posiada władzę równą monarsze.

Kennedy zwrócił się do mężczyzny siedzącego po jego lewej stronie. Oddblood „Otto" Gray był najmłodszy w jego zespole doradców — zaledwie dziesięć lat temu ukończył college. Uwolnił się od wpływów skrajnie lewicowych ideologii dzięki Harvardowi i stypendium Rhodesa. Wysoki, imponujący mężczyzna, był w czasach uniwersyteckich znakomitym naukowcem i pierwszorzędnym mówcą. Kennedy dostrzegł w nim człowieka o wrodzonej kurtuazji i dogłębnym wyczuciu dyplomacji, kogoś, kto potrafi narzucać swoją wolę innym, nie stosując zarazem gróźb. Później, już w trakcie groźnej sytuacji w Nowym Jorku, Kennedy zyskał sobie podziw i zaufanie Graya. Kennedy wykorzystał bowiem wówczas dla rozładowania napięć swe nadzwyczajne umiejętności prawnicze, swoją inteligencję i urok osobisty, a nadto oczywisty brak jakichkolwiek przesądów rasowych, zyskując w ten sposób podziw obu skłóconych stron.

Począwszy od tamtych chwil, Oddblood Gray wspierał Kennedy'ego w karierze politycznej i namawiał go, by ubiegał się o urząd prezydenta. Kennedy powołał Graya do swego zespołu na stanowisko łącznika z Kongresem, czyniąc zeń człowieka zdolnego w razie potrzeby przeforsować projekty ustaw prezydenta. Młodzieńczy idealizm Graya zmagał się wówczas z jego wrodzonym geniuszem politycznym. I w końcu, rzecz oczywista, idealizm ów zaczął ponosić klęski, ponieważ Gray był po prostu znakomicie zorientowany, w jaki sposób powinien działać rząd, w jakich sytuacjach można stosować presję, kiedy wypada użyć brutalnej przemocy, kiedy należy zwolnić tempo oddziaływań, a kiedy — najzwyczajniej — trzeba wycofać się z wdziękiem.

— Otto — zapytał Kennedy. — Jak ty oceniasz sytuację?

— Powinieneś to wszystko rzucić — stwierdził Gray. — Bo po prostu przegrywasz. — Kennedy uśmiechnął się, a pozostali mężczyźni odpowiedzieli mu uśmiechami. — Chcesz wiedzieć, co o tym myślę? — ciągnął Gray. — Otóż zgadzam się z Dazzym. Kongres ma cię głęboko w dupie, a w nagrodę za usilną pracę zbierasz same kopniaki. Przeróżne lobby i wielki biznes zdołały już dawno zdusić wszystkie twoje programy. Natomiast ludzie pracy i intelektualiści są zdania, że ich zdradziłeś. Prowadzisz tego wielkiego zafajdanego cadillaca, jakim jest nasz kraj, nie wiedząc nawet o tym, że układ kierowniczy jest zupełnie spieprzony. A ty byś jeszcze chciał dać każdemu zasranemu wariatowi w tym kraju dodatkową szansę, te dalsze cztery lata, ażeby każdy, kto tylko chce, mógł cię wygwizdać i zgnoić? Mówię ci, wynośmy się stąd wszyscy, do ciężkiej cholery!

Kennedy robił wrażenie zachwyconego. Pociągłe, irlandzkie rysy jego przystojnej twarzy rozjaśnił uśmiech, a niebieskie oczy rozbłysły radośnie.

— To bardzo zabawne — stwierdził. — Ale bądźmy poważni. — Wiedział, że próbują go nakłonić, aby znów ubiegał się o fotel prezydencki, odwołując się przy tym do jego wrodzonej dumy. Żaden z nich nie chciał opuścić owego centrum władzy, jakim jest Waszyngton oraz Biały Dom. Lepiej już wszak być lwem pozbawionym pazurów niż przestać nim być w ogóle. — Więc chcecie, żebym ubiegał się o ponowny wybór? — ciągnął. — Ale w jakim celu?

Otto Gray oświadczył:

— Jasne, że chcę, żebyś się o to ubiegał. Podjąłem pracę u ciebie, ponieważ prosiłeś mnie, żebym dopomógł swoim ludziom. Wierzyłem w ciebie i nadal wierzę. Pomogliśmy i możemy pomóc jeszcze w niejednej sprawie. Zostało nam bardzo wiele rzeczy do zrobienia. Bogaci się bogacą, biedni ubożeją i tylko ty mógłbyś to jakoś zmienić. Nie wycofuj się więc z walki właśnie teraz.

— Ale jak, u diabła, mógłbym w niej zwyciężyć? Kongres znajduje się pod kontrolą Klubu Sokratesa! — powiedział Kennedy.

Gray obrzucił swego szefa spojrzeniem pełnym zaciekłości i siły, jakie spotkać można jedynie u ludzi młodych.

— Nie wolno nam tak myśleć. Pomyśl, ile wygraliśmy mimo tak wielu potwornych przeciwności. I znów możemy wygrywać. A jeśli nawet nie wygramy, cóż może być ważniejsze od podjęcia próby?

Przez chwilę w pokoju panowała cisza, tak jakby wszyscy jednocześnie uświadomili sobie milczenie jednego ze współobecnych, który miał tu największy wpływ na Francisa Kennedy'ego. Szło o Christiana Klee. Więc wszystkie oczy skupiły się teraz na nim. Klee darzył Kennedy'ego swoistą nabożną czcią, choć skądinąd byli bliskimi przyjaciółmi. Kennedy'ego zawsze to dziwiło, ponieważ Klee, ceniący sobie odwagę i męstwo, dobrze wiedział, iż Kennedy lęka się zamachu na swoje życie. To właśnie Christian błagał Francisa, aby ubiegał się o wybór na prezydenta, i gwarantował mu bezpieczeństwo osobiste, jeżeli tylko ów mianuje go prokuratorem generalnym, a także szefem FBI i Secret Service. Teraz więc kontrolował faktycznie cały wewnętrzny system bezpieczeństwa Stanów Zjednoczonych, ale Kennedy uiścił za to słoną cenę polityczną. Musiał odstąpić Kongresowi prawo mianowania dwóch sędziów Sądu Najwyższego i obsadzenia ambasady w Wielkiej Brytanii.

Kennedy wbił wzrok w Christiana i Klee w końcu przemówił.

— Wiesz, co najbardziej martwi ludzi w tym kraju? Bo gówno ich w gruncie rzeczy obchodzą stosunki międzynarodowe. Gówno ich obchodzi ekonomia. Nie dbają o to, czy ziemia wyschnie jak rodzynek. W dużych i małych miastach martwią się tym, że nie mogą wieczorami chodzić bezpiecznie po ulicach. Że nie mogą spokojnie spać w swoich własnych łóżkach, nie trzęsąc się ze strachu przed włamywaczami i mordercami. Żyjemy w stanie anarchii. Rząd nie wypełnia swych zobowiązań wynikających z umowy społecznej i nie otacza ochroną każdego obywatela. Kobiety żyją w ciągłym strachu, że mogą zostać zgwałcone, natomiast mężczyźni boją się, że padną ofiarą mordu. Wpadamy w otchłań marazmu i zezwierzęcenia. Bogaci niszczą ubogich, a przestępcy grabią klasę niższą i średnią. A ty, Francisie, jesteś jedynym, który potrafi wydźwignąć nas na wyższy poziom. Wierzę w to, wierzę, że potrafisz uratować ten kraj. Dlatego przystąpiłem do współpracy z tobą. A ty teraz chcesz nas porzucić. — Klee przerwał na chwilę. — Musisz spróbować jeszcze raz, Francisie. Tylko przez następne cztery lata.

Prezydent Kennedy był wzruszony. Stwierdził, że ci czterej mężczyźni wciąż jeszcze w niego wierzą. Poza tym coś podpowiadało mu, że przecież to on sam zmusił ich w jakiś sposób, by ujawnili swoje przekonania; skłonił ich, ażeby potwierdzili swoją wiarę w niego, i sprawił, że poczuli się odpowiedzialni w równym stopniu co i on. Uśmiechnął się do nich z prawdziwą satysfakcją.

— Przemyślę to jeszcze — powiedział. Zrozumieli jego słowa jako sygnał do odejścia i wszyscy, z wyjątkiem Christiana Klee, opuścili pokój.

— Czy Theresa zjawi się w domu na święta? — rzucił od niechcenia Christian.

Kennedy wzruszył ramionami.

— Jest teraz w Rzymie, wraz ze swoim nowym przyjacielem. Przyleci w samą Niedzielę Wielkanocną. Jak zwykle. Poczytuje sobie za punkt honoru ignorowanie wszelkich świąt religijnych.

— Cieszę się, że stamtąd wyjeżdża — powiedział Christian. — Naprawdę, nie sposób jej chronić w Europie. Uważa, że może tam robić, co jej się żywnie podoba, a tutaj nikt nie będzie nic o tym wiedział. — Przerwał na chwilę. — Jeżeli będziesz się ubiegał o ponowny wybór, musisz ukryć gdzieś swoją córkę albo też wyrzec się jej na zawsze.

— Nie mogę. Jeżeli się zdecyduję stanąć do wyborów, będę przecież potrzebował głosów radykalnych feministek.

Christian roześmiał się.

— W porządku — powiedział. — No a teraz *à propos* przyjęcia urodzinowego dla Wyroczni. On rzeczywiście myśli o tym z utęsknieniem.

— Nie martw się — odrzekł Kennedy. — Będzie miał pełną obsługę. Na Boga, ma już sto lat, a nadal jeszcze marzą mu się przyjęcia urodzinowe!

— Był i w dalszym ciągu jest wielkim człowiekiem — oświadczył Christian.

Kennedy rzucił mu ostre spojrzenie.

— Zawsze lubiłeś go bardziej niż ja. Miał swoje niedociągnięcia i popełniał błędy.

— Jasne — odparł Christian. — Ale nigdy nie widziałem, żeby ktoś lepiej umiał kształtować własne życie. — Zamilkł na chwilę. — Jem z nim dziś wieczorem obiad, więc powiem mu po prostu, że przyjęcie się odbędzie.

Kennedy uśmiechnął się blado.

— Możesz mu to śmiało powiedzieć — stwierdził.

Pod koniec dnia Kennedy podpisał parę dokumentów w Gabinecie Owalnym, a potem usiadł przy biurku i spoglądał przez okno. Widział wierzchołki bram wiodących na tereny Białego Domu, czarne żelazne kraty zakończone białymi kolcami pod prądem. Jak zawsze czuł się nieswojo, myśląc o bliskości ulic i tłumów ludzi, chociaż wiedział, że ta pozorna łatwość ataku jest tylko iluzją. Był bardzo dobrze chroniony. Aż siedem ochronnych stref strzegło Białego Domu. W promieniu dwóch mil na dachach i w mieszkaniach okolicznych budynków znajdowały się grupy ludzi z obstawy. Wszystkie ulice prowadzące do Białego Domu miały swe punkty dowodzenia, wyposażone w szybkostrzelną broń maszynową. Turyści, którzy całymi setkami przychodzili tu co rano zwiedzać parter Białego Domu, pilnowani byli przez agentów Secret Service, krążących bez przerwy w tłumie i biorących udział w przygodnych rozmowach. Każdy cal terenu Białego Domu, przynajmniej w jego części udostępnionej do zwiedzania i oddzielonej liniami, objęty był zasięgiem kamer telewizyjnych i specjalnych urządzeń nasłuchowych, które mogły wychwycić nawet ściszone szepty. Uzbrojeni strażnicy siedzieli przy specjalnych biurkach, które w razie potrzeby mogły służyć jako barykady, blokujące każdy zakręt korytarza. W porze napływu turystów Kennedy zawsze przebywał na nowym, specjalnie dobudowanym czwartym piętrze, które służyło mu jako prywatne mieszkanie. Mieszkanie chronione przez specjalnie wzmocnione drzwi, ściany i sufity.

I teraz, siedząc w słynnym Gabinecie Owalnym, z którego rzadko korzystał — chyba że podpisywał oficjalne dokumenty w trakcie specjalnych uroczystości — Francis Kennedy odprężył się nieco, rozkoszując się jedną z owych niewielu minut, kiedy był całkowicie sam. Z podstawki na biurku wziął długie, cienkie kubańskie cygaro, wyczuwając opuszkami palców chropowatość liściastej osłonki. Odciął koniuszek, zapalił je z namaszczeniem, wciągnął pierwszy haust aromatycznego dymu i spojrzał przez kuloodporne okno. Widział siebie jako dziecko, idące poprzez ogromny trawnik od strony pomalowanej na biało wartowni, by potem ruszyć biegiem na powitanie swoich dwóch stryjów, Jacka i Roberta. Jakże bardzo ich kochał! Stryj Jack, taki jakby dziecinny i pełen sobie tylko właściwego uroku, lecz zarazem taki potężny i krzepki, że aż odnosiło się niekiedy wrażenie, iż niewinne dziecko byłoby w stanie sprawować władzę nad światem. I stryj Robert, z jednej strony zawsze taki poważny i uroczysty, lecz z drugiej — niezwykle łagodny i skłonny do żartów. W tym miejscu Francis Kennedy zadumał się na chwilę. Ach nie, nazywaliśmy go przecież stryjem Bobbym, nie stryjem Robertem. Chociaż może czasami? Nie mógł sobie przypomnieć.

Za to pamiętał ów dzień, sprzed ponad czterdziestu lat, kiedy pędził przed siebie tym oto trawnikiem, pragnąc co prędzej przywitać swych stryjów. Pamiętał również, iż ci ujęli go za ręce i dźwignęli do góry, tak że w czasie dalszej drogi do Białego Domu jego stopy ani na moment nie dotknęły ziemi.

Lecz oto teraz przyszło mu zająć ich miejsce. Ich niegdysiejsza potęga i moc, która tak bardzo zadziwiła go w dzieciństwie, stała się jego udziałem. Szkoda, że pamięć ludzka, która umie przywołać wspomnienie piękna, potrafi również ożywić bezmiar bólu i ogrom rozczarowań. Nie, nie chciał teraz zgłębiać przyczyny ich śmierci.

W ów Wielki Piątek Francis Xavier Kennedy nie spodziewał się nawet, jak przeogromne zmiany wywoła fakt, iż oto w Rzymie przystąpiło do urzeczywistnienia swych planów dwóch właściwie nic nieznaczących rewolucjonistów.

Rozdział 2

Rano, w Niedzielę Wielkanocną, Romeo i jego sekcja, składająca się z czterech mężczyzn i trzech kobiet, wysiadła z furgonetki w pełnym oporządzeniu bojowym. Na ulicach w pobliżu placu Świętego Piotra wmieszali się w świątecznie odziany tłum — ciżbę kobiet obnoszących pastelowe barwy wiosny, jakże teatralnych w swych odświętnych kapeluszach, i mężczyzn, wystrojonych w jedwabne kremowe garnitury, z żółtymi krzyżami z palmowych liści przyszytymi do klap marynarek. Dzieci prezentowały się jeszcze bardziej olśniewająco: małe dziewczynki nosiły rękawiczki i plisowane sukienki, chłopcy zaś — granatowe ubranka od bierzmowania, a nadto czerwone krawaty i śnieżnobiałe koszule. W tłumie znajdowali się również księża, ślący swym wiernym dostojne, acz pogodne uśmiechy.

Romeo był tu raczej ponurym pielgrzymem, nachmurzonym świadkiem cudu Zmartwychwstania, uświęcającego ten wielkanocny poranek. Miał na sobie niemal żałobny czarny garnitur, białą sztywno nakrochmaloną koszulę i biały krawat, prawie zupełnie niewidoczny na jej tle. Czarne buty, które wzuł dziś na nogi, miały gumowe podeszwy. Zapiął starannie płaszcz z wielbłądziej wełny, aby przysłonić zawieszony w specjalnej pochwie karabin. Przez ostatnie trzy miesiące odbywał z nim nieustanne ćwiczenia strzeleckie, aż w końcu osiągnął morderczą wprost celność.

Czterej mężczyźni z jego grupy przebrani byli za mnichów-
-kapucynów, toteż nosili długie powłóczyste habity brudno-
brązowego koloru, ściągnięte szerokimi płóciennymi pasami.
Ich tonsury przysłaniały niewielkie czapeczki. Owe luźne stroje
miały skrywać granaty i ręczne pistolety.

Trzy kobiety — wśród nich była także Annee — przebrały
się za zakonnice. Miały na sobie czarno-białe szaty, które
również kryły w swych fałdach broń. Annee i dwie inne „siost-
ry" szły przodem, gdyż ludzie skwapliwie ustępowali im z drogi,
tak iż Romeo podążał tylko ich śladem. Za Romeem szli czterej
„mnisi" z jego sekcji, baczni na wszystko, gotowi przyjść mu
z pomocą, jeśliby zatrzymała go policja papieska.

W ten sposób ludzie Romea zmierzali w stronę placu Świętego Piotra, wtopieni w ogromny tłum, który gęstniał z każdą
chwilą. I w końcu, niczym czarne korki unoszone wielobarwną
falą, spiskowcy zatrzymali się przy odległej pierzei placu, gdzie
tyły zabezpieczały im marmurowe kolumny i kamienne ściany.
Romeo przystanął nieco na uboczu. Wypatrywał sygnału z drugiej strony placu, gdzie Yabril i jego sekcja zajęci byli przymo-
cowywaniem świętych figurek do murów.

Grupa Yabrila składała się z trzech mężczyzn i trzech kobiet,
ubranych na sportowo, w luźne kurtki. Mężczyźni wyposażeni
byli w pistolety, natomiast kobiety mozoliły się nad figurkami,
małymi statuetkami Chrystusa, wypełnionymi środkami wybu-
chowymi i zaprojektowanymi w ten sposób, aby eksplodowały
za sprawą impulsu radiowego. Figurki te przylepiały do murów
klejem, i to tak silnym, że w żaden sposób nie ustąpiłby on pod
naporem rąk przypadkowych ciekawskich. Owe Chrystusiki
były doskonale obmyślane i wykonane z delikatnej masy plas-
tycznej, zabarwionej na biało i uformowanej na drucianym
szkielecie. Sprawiały wrażenie, iż stanowią część pozostałych
wielkanocnych dekoracji, więc jako takie były nietykalne.

Wykonawszy zadanie, Yabril poprowadził swój oddziałek
przez tłum, zmierzając z placu Świętego Piotra do czekającej
nieco dalej furgonetki. Wysłał jednego ze swych ludzi do
Romea, by wręczył mu nadajnik przesyłający impulsy radiowe,

niezbędne do zdetonowania figurek. A potem, zająwszy wraz ze swą sekcją miejsca w furgonetce, popędził w stronę rzymskiego lotniska. Papież Innocenty miał się pojawić na balkonie dopiero w trzy godziny później. Działali zatem zgodnie z harmonogramem.

W furgonetce, odcięty od wielkanocnego zgiełku Rzymu, Yabril rozmyślał o pierwszych swoich planach, od których wszystko się zaczęło...

W czasie pewnej akcji, już parę lat temu, Romeo wspomniał, że papież ma najskuteczniejszą ochronę ze wszystkich europejskich głów państwa. Yabril roześmiał się i powiedział: „A komuż przyszłoby do głowy zabijać papieża? To tak, jak zabijać węża, który nie ma jadu. Bezużyteczna stara kukła, za którą stoi z tuzin innych bezużytecznych starych mężczyzn, gotowych ją zastąpić. Oblubieńcy Chrystusa, zespół dwunastu wapniaków w czerwonych kapeluszach. A cóż się zmieni na świecie wraz ze śmiercią papieża? Rozumiem, że można go porwać, bo jest najbogatszym facetem tego świata. Ale zabicie go przypominałoby ukatrupienie jaszczurki wygrzewającej się na słońcu".

Romeo wysuwał argumenty na korzyść swojej tezy i zaintrygował nimi Yabrila. Papieża czczą setki milionów katolików na całym świecie. Ponadto jest on symbolem kapitalizmu, toteż popierają go burżuazyjne zachodnie społeczności chrześcijan. Papież jest jedną z głównych podpór budowli, jaką wzniosło to społeczeństwo. Tak więc, jeśliby został zabity, byłby to szok i straszliwy cios psychiczny dla wrogiego świata, gdyż papież jest uważany za przedstawiciela Boga na ziemi. Rodziny panujące Rosji oraz Francji zostały wymordowane dlatego, że one także uważały, iż prawo do rządzenia zostało im dane przez Boga, lecz owe zabójstwa pchnęły ludzkość na drogę postępu. Bóg — to oszustwo ze strony bogatych, to opium dla biedaków, papież zaś jest głównym ziemskim dysponentem jego ponurej mocy. Niemniej nadal był to tylko bardzo mglisty zamysł. Dopiero Yabril rozwinął ową koncepcję.

Teraz operacja nabrała rozmachu, który zadziwił Romea i napełnił Yabrila samouwielbieniem.

Romeo, pomimo całej swej gadaniny i poświęceń, nie był kimś, kogo Yabril mógłby uważać za prawdziwego rewolucjonistę. Yabril studiował dzieje włoskich terrorystów. Byli oni bardzo dobrzy, gdy szło o mordowanie głów koronowanych; uczyli się tego od Rosjan, którzy w końcu, po wielu próbach, zdołali sprzątnąć swojego cara. W rzeczy samej Włosi zapożyczyli od Rosjan nazwę, której Yabril nie znosił — Chrystusowie Przemocy.

Yabril zetknął się raz z rodzicami Romea. Ojciec, człowiek bezużyteczny, pasożyt na ciele ludzkości. Miał wszystko — szofera, osobistego służącego i wielkiego, podobnego do owcy psa, którego używał na wabia, by móc zaczepiać kobiety na bulwarach. Posiadał jednak również nienaganne maniery. Było wprost rzeczą niemożliwą nie lubić go. Chyba że było się jego synem.

Matka — również piękność, w typowy dla systemu kapitalistycznego sposób pazerna na pieniądze i klejnoty, żarliwa katoliczka. Wspaniale ubrana, chodziła codziennie rano na mszę wraz z orszakiem służących. Po dopełnieniu tego obowiązku resztę dnia poświęcała na przyjemności. Podobnie jak jej mąż była względem siebie bardzo pobłażliwa, wiarołomna i niezwykle oddana swemu jedynemu synowi, Romeowi.

I oto teraz ta szczęśliwa rodzina zostanie w końcu ukarana. Ojciec, kawaler maltański, matka, kobieta podtrzymująca codzienną więź z Chrystusem, a ich syn — morderca papieża. Więc nie ma w tym cienia zdrady, rozmyślał Yabril. Ech, biedny Romeo, spędzisz parę kiepskich dni, kiedy dowiesz się o mojej zdradzie.

Jeśli nie liczyć owych kroków ostatecznych, ukartowanych przez Yabrila, Romeo znał cały plan akcji. ,,Dokładnie tak jak w szachach — mówił. — Szach królowi, szach królowi i mat. Po prostu piękne".

Yabril spojrzał na zegarek. Jeszcze następne piętnaście minut. Furgonetka z umiarkowaną prędkością zmierzała autostradą w kierunku lotniska.

Pora było zaczynać. Zebrał od swego oddziału wszystkie pistolety i granaty i włożył je do walizki. Gdy furgonetka przystanęła przed terminalem lotniska, Yabril wysiadł pierwszy. Wóz pojechał dalej, by wysadzić resztę oddziału przy innym wejściu. Yabril powoli przeszedł przez terminal, niosąc walizkę i wypatrując tajnych agentów ochrony. Tuż przed punktem kontrolnym wszedł do sklepu z upominkami i kwiatami. Na drzwiach wisiała wywieszka ZAMKNIĘTE, wypisana jaskrawoczerwonymi i zielonymi literami. Był to znak, że może tam wejść bezpiecznie, a nadto że do sklepu nie będą zaglądać żadni inni klienci.

Kobieta w sklepie była tlenioną blondynką o przesadnym makijażu i całkiem przeciętnej urodzie, ale za to o ciepłym zachęcającym głosie i bujnym ciele, korzystnie wyglądającym w prostej wełnianej sukience, mocno ściągniętej w talii paskiem.

— Przykro mi — powiedziała do Yabrila. — Na wywieszce jest całkiem wyraźnie napisane, że już zamknęliśmy. W końcu jest to przecież Niedziela Wielkanocna. — Ale jej głos był przyjazny, nie raził opryskliwością. Uśmiechnęła się łagodnie.

Yabril rzucił jej w odpowiedzi zaszyfrowane zdanie, po prostu sygnał rozpoznawczy:

— Chrystus wprawdzie zmartwychwstał, ale ja nadal muszę podróżować w interesach.

Wyciągnęła rękę i wzięła odeń walizkę.

— Czy samolot odlatuje o czasie? — zapytał Yabril.

— Tak — odparła kobieta. — Macie całą godzinę. Czy zaszły jakieś zmiany?

— Nie — powiedział Yabril. — Ale pamiętaj, wszystko zależy od ciebie.

A potem wyszedł. Nigdy przedtem nie widział tej kobiety i nigdy więcej jej już nie zobaczy, a ona znała jedynie pewną konkretną fazę operacji. Sprawdził na tablicy czas odlotu. Tak, samolot wystartuje o czasie.

Kobieta była jedną z nielicznych członkiń Pierwszej Setki. Umieszczono ją w sklepie trzy lata temu, jako właścicielkę, i w ciągu tego czasu, działając nader ostrożnie i korzystając ze swych uwodzicielskich talentów, nawiązała stosunki z personelem terminalu linii lotniczej, a także ze strażnikami ochrony. Sprytnie upowszedniła zwyczaj omijania skanerów na punktach kontrolnych, by móc doręczać paczki ludziom w samolotach. Nie robiła tego zbyt często, a jednak trudno mówić, by zdarzało się to jej rzadko. W trzecim roku pracy nawiązała romans z jednym z uzbrojonych strażników, który mógł gestem swojej ręki otworzyć drogę przez nieskanerowane przejście. Jej kochanek miał tego dnia dyżur; obiecała mu lunch i sjestę na zapleczu sklepu. Toteż zgłosił się na ochotnika na służbę w Niedzielę Wielkanocną.

Lunch czekał już na stole na zapleczu, gdy opróżniała walizkę, by upchnąć broń w wesołych kolorowych pudełkach z prezentami od Gucciego. Wsunęła pudełka do liliowych papierowych reklamówek i czekała, póki do odlotu nie zostało już tylko dwadzieścia minut. Potem, trzymając torbę obiema rękami, gdyż była ona tak ciężka, iż zachodziła obawa, że papier może się rozerwać, niezdarnie pobiegła w kierunku korytarza, gdzie znajdowało się przejście bez skanera. Jej kochanek z galanterią przepuścił ją na drugą stronę. Obdarzyła go czułym uśmiechem. Kiedy wchodziła na pokład samolotu, stewardesa rozpoznała ją i powiedziała, chichocząc: „Jak zwykle, Livio". Kobieta przeszła przez klasę turystyczną i wreszcie zobaczyła Yabrila, który siedział tam wraz z trzema mężczyznami i trzema kobietami ze swojej sekcji. Jedna z kobiet wyciągnęła ręce, by przejąć ciężką paczkę.

Kobieta znana jako Livia oddała pakunek w stęsknione ramiona tamtej, a następnie odwróciła się i wybiegła z samolotu. Wróciła do sklepu i skończyła na zapleczu przygotowania do lunchu.

Strażnik ochrony, Faenzi, był jednym z tych wspaniałych włoskich samców, stworzonych, zda się, jedynie po to, aby zachwycać kobiety. Fakt, że był przystojny, stanowił tylko najdrobniejszą z jego zalet. Co ważniejsze, był jednym z tych mężczyzn o cudownym usposobieniu, którzy są całkowicie zadowoleni z gamy swych talentów i zasięgu ambicji. Faenzi nosił mundur pracownika lotniska z dostojeństwem godnym napoleońskiego marszałka; jego wąsy były równie schludne i zadbane jak zadarty nosek subretki. Łatwo było dostrzec, że uważa, iż ma odpowiedzialną pracę i spełnia ważny obowiązek względem państwa. Na przechodzące kobiety spoglądał czule i dobrotliwie, gdyż znajdowały się one pod jego ochroną. Kobieta o imieniu Livia dostrzegła go prawie natychmiast w pierwszym dniu jego służby i oznakowała jako swoją własność. Początkowo traktował ją z doskonałą synowską kurtuazją, lecz ona wkrótce położyła temu kres, stosując lawinę zalotnych pochlebstw, kilka czarujących podarków, które sugerowały tajone bogactwo, a następnie wieczorne przekąski w swoim butiku. Toteż pokochał ją, a przynajmniej był jej oddany niczym pies swemu pobłażliwemu panu. Była bowiem źródłem smakołyków.

Livia też czuła się przy nim dobrze. Był wspaniałym i pogodnym kochankiem, któremu nigdy nie postała w głowie żadna bardziej ważka myśl. Toteż wolała go w łóżku od tych ponurych młodych rewolucjonistów, zżeranych przez poczucie winy, dręczonych wyrzutami sumienia, z którymi sypiała tylko z tej przyczyny, że byli jej towarzyszami w politycznej wierze.

Stał się jej ulubieńcem. Nazywała go czułym imieniem Zonzi. Kiedy wszedł do sklepu i zamknął drzwi na klucz, podeszła doń, przepełniona najgorętszym pragnieniem i uczuciem, niemniej z nieczystym sumieniem. Biedny Zonzi. Włoska brygada antyterrorystyczna wszystko zaraz wyśledzi i spostrzeże jej zniknięcie ze sceny. Zonzi niechybnie przechwalał się swym sukcesem miłosnym — w końcu była przecież dojrzałą i doświadczoną kobietą, a więc nie musiał aż do przesady strzec jej honoru. Ich związek zostanie odkryty. Biedny Zonzi, ten lunch będzie jego ostatnią godziną szczęścia.

Zaczęli się więc kochać. Spokojnie i ze znawstwem z jej strony, a z entuzjazmem i radością, gdy szło o jej partnera. Livia zastanawiała się nad ironią faktu, że oto oddaje się czynności, która sprawia jej dogłębną radość, a jednak służy zarazem jej celom rewolucjonistki. Zonzi poniesie karę za swoją dumę i arogancję, za swe protekcjonalne uczucie do niemłodej już przecież kobiety. I właśnie to ona odniesie taktyczne i strategiczne zwycięstwo. A jednak żal jej Zonziego. Jakiż był piękny nagi! Ta oliwkowa skóra, te wielkie sarnie oczy, smoliste włosy, wspaniały wąs i penis oraz jądra twarde niczym z brązu. „Ach, Zonzi, Zonzi — szeptała wtuliwszy wargi w szczelinę jego ud. — Pamiętaj, że cię kocham". Nie było to prawdą, lecz może wspomnienie tych słów pozwoli mu scalić rozbite *ego*, gdy będzie odsiadywał swój wyrok w więzieniu.

Nakarmiła go do syta, wypili butelkę znakomitego wina, a potem znów się kochali. Zonzi ubrał się, pocałował ją na pożegnanie i odszedł w radosnym przeświadczeniu, iż naprawdę zasługuje na tak przychylny los. Gdy wyszedł, rozejrzała się po sklepie. Zebrała wszystkie swe rzeczy wraz z zapasowymi ubraniami i wpakowała je do walizki Yabrila. Było to częścią instrukcji. Po Yabrilu nie powinno tu zostać ani śladu. Jej ostatnim zadaniem było starcie wszystkich odcisków palców, jakie mogła zostawić w sklepie, lecz stanowiło to jedynie działanie pozorne. Prawdopodobnie nie uda się jej zetrzeć wszystkich. Następnie wzięła walizkę, wyszła ze sklepu, zamknęła go i opuściła terminal. Na zewnątrz, w jaskrawym wielkanocnym słońcu, czekała na nią w samochodzie kobieta z jej własnej sekcji. Wsiadając do wozu, Livia pocałowała ją na powitanie i stwierdziła niemal z żalem:

— Dzięki Bogu, że to już koniec.

Tamta odpowiedziała:

— Nie było to takie złe. Zarobiłyśmy dzięki sklepowi.

Yabril i jego grupa zajęli miejsca w sektorze klasy turystycznej, ponieważ Theresa Kennedy, córka prezydenta Stanów Zjednoczonych, podróżowała pierwszą klasą z sześcioma ludźmi obstawy. Yabril nie chciał, aby ci zobaczyli, jak jego sekcja odbiera przesyłkę z bronią, opakowaną na podobieństwo prezentów. Wiedział także, że Theresa Kennedy wsiądzie dopiero tuż przed odlotem, że wcześniej wewnątrz samolotu ochrony nie będzie, bo ci faceci nigdy nie mieli pojęcia, kiedy córka prezydenta zmieni swe zamiary. Yabril pomyślał więc, że musieli się pewnie z czasem stać bardzo niedbali i rozleniwieni.

Samolot, odrzutowiec jumbo, świecił raczej pustkami. Niewielu ludzi we Włoszech wybiera się gdzieś w podróż w samą Niedzielę Wielkanocną, toteż Yabril zastanawiał się, dlaczego robi to akurat córka prezydenta. Tak czy owak była katoliczką, choć ostatnio uległa cokolwiek wpływom nowej religii liberalnej lewicy, najbardziej pogardzanej tendencji politycznej. Ale fakt, iż w samolocie nie było zbyt wielu pasażerów, odpowiadał jego planom. Stu zakładników łatwiej jest kontrolować.

W godzinę później, kiedy samolot znajdował się już w powietrzu, Yabril pogrążył się w fotelu, a tymczasem kobiety zaczęły zrywać z pakunków papier firmowy Gucciego. Trzej mężczyźni natomiast użyli swoich ciał jako parawanów, nachylając się nad poręczami foteli i wiodąc ożywione rozmowy ze swymi towarzyszkami. A jako że w pobliżu nie siedzieli żadni inni pasażerowie, ścieśnili się jak gdyby w małym prywatnym kręgu. Kobiety wręczyły Yabrilowi granaty owinięte w ozdobny papier, a on szybko ukrył je pod odzieżą. Trzej mężczyźni otrzymali krótkie pistolety maszynowe i schowali je pod marynarkami. Yabril również wziął pistolet, a trzy kobiety same zadbały o swoje uzbrojenie.

Kiedy już wszystko było gotowe, Yabril zaczepił przechodzącą środkiem stewardesę. Zobaczyła granaty i rozpylacz, nim jeszcze Yabril wyszeptał swoje rozkazy i ujął ją za rękę. Znany był mu ów jakże typowy wyraz zdziwienia, a następnie szoku i strachu. Ściskał jej spoconą dłoń i uśmiechał się. Dwóch jego ludzi ustawiło się tak, by trzymać w szachu sektor turystyczny. Yabril, wciąż ściskając rękę stewardesy, wszedł do pierwszej klasy. Goryle z Secret Service natychmiast go zobaczyli, zauważyli granaty i spostrzegli pistolet. Yabril uśmiechnął się do nich.

— Pozostańcie na swoich miejscach, panowie — powiedział.

Córka prezydenta z wolna odwróciła głowę i spojrzała Yabrilowi w oczy. Twarz jej jak gdyby nieco zesztywniała, ale nie przestraszyła się zbytnio. Jest dzielna, pomyślał Yabril. I taka ładna. Naprawdę szkoda. Poczekał, aż trzy kobiety z jego oddziału zajmą swe stanowiska z sektorze pierwszej klasy, a potem kazał stewardesie otworzyć drzwi prowadzące do kabiny pilotów. Yabril czuł, że oto wnika w mózg ogromnego wieloryba i sprawia, że cała reszta ciała staje się bezradna.

Kiedy Theresa Kennedy spostrzegła Yabrila, od razu go rozpoznała, a jej ciałem wstrząsnął dreszcz obrzydzenia. Był tym demonem, przed którym ją ostrzegano. W jego pociągłej śniadej twarzy czaił się jakiś dziki wyraz, a masywna dolna szczęka przydawała całości cech oblicza z koszmaru. Zawieszone na marynarce granaty, a także i ten jeden, który ściskał w ręce, wyglądały jak ociężałe, zielonkawe ropuchy. Potem ujrzała jeszcze trzy kobiety ubrane w ciemne spodnie i białe marynarki, z pistoletami maszynowymi w rękach. Po pierwszym szoku następnym odruchem Theresy Kennedy była reakcja dziecka, które coś przeskrobało. Do diabła, wpakowała ojca w kłopoty i nigdy już nie zdoła pozbyć się swoich ludzi ze służby specjalnej. Patrzyła, jak Yabril zmierza do kabiny pilotów, nadal trzymając stewardesę za rękę. Odwróciła głowę, żeby wymienić spojrzenie z dowódcą swej obstawy, ale ten w napięciu przyglądał się uzbrojonym kobietom.

W tej samej chwili jeden z ludzi Yabrila wszedł do pierwszej klasy, trzymając w ręku granat. Któraś z kobiet kazała drugiej stewardesie podnieść słuchawkę interkomu. Przez głośnik popłynęły słowa. Dało się w nich uchwycić nieznaczne tylko drżenie.

— Wszyscy pasażerowie, proszę zapiąć pasy. Samolot został opanowany przez grupę rewolucyjną. Proszę zachować spokój i czekać na dalsze instrukcje. Proszę nie wstawać z miejsc. Proszę nie sięgać do bagażu podręcznego. Proszę zachować spokój. Przede wszystkim spokój.

W kabinie pilotów podekscytowany kapitan zwrócił się do wchodzącej stewardesy:

— Hej, w radiu właśnie mówili, że ktoś dopiero co strzelił do papieża. — Potem zobaczył wchodzącego w ślad za stewardesą Yabrila i jego usta zamarły w niemym „O", słowa uwięzły w ustach. Niczym na ilustracji z komiksu, pomyślał Yabril, wznosząc zarazem rękę, w której trzymał granat. Ale ten pilot mówił, że ktoś „strzelał do papieża". Czyżby Romeo chybił? Czyżby cała akcja skończyła się fiaskiem? Tak czy owak Yabril nie miał innego wyjścia. Nakazał pilotowi, żeby zmienił kurs i skierował jumbo jeta do arabskiego państwa Sherhaben.

Romeo i jego grupa pożeglowali poprzez odmęty tłumu i dotarli do rogu placu, osłoniętego przez kamienny mur, gdzie utworzyli swą własną wysepkę. Annee, ubrana w habit zakonnicy, stała tuż przed Romeem, kryjąc w fałdach swej szaty gotowy do strzału pistolet. Miała osłaniać dowódcę, tak aby dać mu czas niezbędny do wystrzelenia. Inni członkowie sekcji, w podobnych przebraniach, utworzyli krąg o takiej średnicy, by Romeo mógł zachować odpowiednią swobodę ruchów. Do przybycia papieża pozostały im jeszcze trzy godziny.

Romeo oparł się o kamienny mur, przymrużył oczy, chroniąc je przed blaskiem wielkanocnego, porannego słońca, i jeszcze raz przebiegł myślą przećwiczone już wcześniej etapy całej akcji. Kiedy pojawi się papież, Romeo klepnie w ramię mężczyznę stojącego tuż obok, po lewej stronie, a ten natychmiast uruchomi aparat wysyłający impuls radiowy, który z kolei zdetonuje święte figurki po przeciwnej stronie placu. W chwili eksplozji Romeo wyciągnie karabin i wystrzeli — rzecz musi być dokładnie zgrana w czasie, tak aby jego wystrzał zdawał się tylko echem pozostałych wybuchów. Potem upuści broń, mnisi i zakonnice skupią się wokół niego, a później wspólnie spróbują wymknąć się z placu. Pośród figurek znajdowały się również świece dymne, toteż cały plac Świętego Piotra spowiją niebawem obłoki dymu. Powstanie okropne zamieszanie i wybuchnie panika. W tych warunkach powinno mu się udać zbiec. Ci spośród widzów, którzy będą tuż obok, mogą okazać się niebezpieczni, bo zdadzą sobie sprawę z jego wyczynu, ale napór uciekających tłumów rychło ich rozdzieli. Ci, którzy będą na tyle uparci, że ruszą za nim w pogoń, zostaną zastrzeleni.

Romeo czuł, iż pierś zrasza mu zimny pot. Ogromny tłum wymachujący w górze kwiatami stał się teraz morzem bieli i fioletu, różu i czerwieni. Dziwił się radości tych ludzi, ich wierze w Zmartwychwstanie, ich ekstazie nadziei wyrażającej sprzeciw wobec samej śmierci. Wytarł ręce o płaszcz i poczuł pod materiałem ciężar zawieszonego na szelkach karabinu. Stwierdził, że nogi zaczynają go boleć i drętwieć. Przestał jednak rozmyślać o dolegliwościach ciała, aby móc jakoś przetrwać owe długie godziny, które przyjdzie mu spędzić w oczekiwaniu, aż papież pojawi się na balkonie.

Znów odżyły zapomniane sceny z dzieciństwa. Przygotowywany do bierzmowania przez pewnego romantycznego księdza, wiedział, iż starszy kardynał w czerwonym kapeluszu sprawdza zgon kolejnych papieży, stukając ich w czoła srebrnym młotkiem. Czy rzeczywiście robi się tak nadal? Tym razem ów młotek musiałby być chyba mocno zakrwawiony. Ciekawe, jak też może wyglądać taki młotek? Czy jest wielkości zabawki? Ciężki i na tyle duży, by można nim było wbić gwóźdź? Z pewnością jest to jakaś pamiątka z czasów Renesansu, cały wysadzany drogimi kamieniami, prawdziwe dzieło sztuki. Tak czy owak, zbyt mało dziś zostanie z głowy papieża, aby móc w nią postukać; karabin, który miał przy sobie, naładowany był pociskami z ekrazytem. A Romeo nie wątpił w celność swego strzału. Wierzył w swoją leworęczność; być *mancino* znaczyło odnosić sukcesy w sportach, w miłości i oczywiście — we wszystkich morderczych poczynaniach.

Trwając w oczekiwaniu, Romeo dziwił się, że nie dręczą go żadne wyrzuty sumienia ani też uczucie, że oto stoi w obliczu świętokradztwa. W końcu wychowano go przecież na prawowitego katolika, do tego mieszkał w mieście, którego każda ulica i budynek przypominały dzieje wczesnego chrześcijań-stwa. Nawet stąd widział kopulaste dachy świątyń, podobne do marmurowych dysków przysłaniających niebo, słyszał głębokie, niosące pociechę, a jednak zarazem onieśmielające tony dzwo-nów kościelnych. Na wielkim okrągłym placu widział figury męczenników, wdychał powietrze aż duszne od niezliczonych wiązanek wiosennych kwiatów, przyniesionych tutaj przez prawdziwych wyznawców Chrystusa.

Ogarnął go nagle zniewalający zapach wielkich ilości kwie-cia. Przypomnieli mu się matka i ojciec, a także kosmetyki, których zwykli używać, aby rozproszyć odór swych miękkich i wypielęgnowanych śródziemnomorskich ciał.

I wówczas ogromny tłum, odziany w odświętne ubrania, wybuchnął nagle wrzawą: „Papież, papież, papież!". Stojąc w żółtawym blasku słońca wczesnej wiosny, w dole, u stóp kamiennych rzeźb aniołów, ludzie niestrudzenie domagali się błogosławieństwa swojego pasterza. W końcu pojawiło się dwóch spowitych w czerwone szaty kardynałów i wyciągnęło ręce w geście błogosławieństwa. Niebawem też na balkonie ukazał się papież Innocenty.

Był bardzo starym człowiekiem. Okrywał go śnieżnobiały ornat; na nim nosił złoty krzyż oraz haftowane w krzyże pallium. Na głowie miał białą piuskę, a na stopach — tradycyjne niskie, czerwone pantofle, z wyszytymi na noskach złotymi krzyżami. Na palcu dłoni, wzniesionej teraz w powitalnym geście, widniał pontyfikalny pierścień rybaka, świętego Piotra.

Tłum rzucał w górę całe naręcza kwiatów, ludzie wznosili okrzyki, a cały balkon migotał w blasku słońca, tak jakby miał również zamiar opaść, wespół z płatkami kwiatów.

W tej właśnie chwili Romeo poczuł lekki dreszcz, taki sam, jaki we wczesnej młodości wywoływały u niego wszelkie symbole wiary. Przypomniał sobie kardynała, który udzielał mu sakramentu bierzmowania, człowieczka w czerwonym ka-peluszu, o twarzy poznaczonej śladami po ospie, twarzy iście diabelskiej. A potem doznał uniesienia, które pogrążyło go w odmętach błogostanu i najwyższej radości. Romeo klepnął w ramię swego podwładnego, ażeby ten wysłał czym prędzej odpowiedni sygnał radiowy.

Papież uniósł ramiona spowite w białe rękawy. Czynił to, by odpowiedzieć na chóralne wołanie *Papa! Papa!* Aby wszystkich pobłogosławić, by uczcić święto Wielkiej Nocy, Zmartwychwstania Pańskiego, by wreszcie pozdrowić kamienne anioły rozmieszczone tuż obok murów. Romeo wysunął karabin spod płaszcza; dwaj mnisi z jego grupy, którzy stali tuż przed nim, przyklęknęli, odsłaniając mu widok. Annee ustawiła się tak, aby mógł wesprzeć lufę na jej ramieniu. Mężczyzna — stojący teraz za nim — nadał sygnał radiowy, mający zdetonować figurki-miny po drugiej stronie placu.

Wybuchy wstrząsnęły posadami ścian, chmura dymu buchnęła w powietrze, a zapach kwiatów nasycił się wonią zgnilizny za sprawą swądu przypalanego mięsa. I w tym właśnie momencie Romeo, wycelowawszy najpierw starannie, pociągnął za spust. Eksplozje po drugiej stronie placu zamieniły powitalny krzyk tłumów w coś, co brzmiało niczym skwir stada niezliczonych mew.

Na balkonie postać papieża uniosła się jakby w górę, biała piuska pofrunęła w powietrze, zawirowała w gwałtownych podmuchach zagęszczonego powietrza, a potem — już jako okrwawiony strzęp — poszybowała w dół, wprost na głowy tłumu. Jęk zgrozy, przerażenia i zwierzęcej wściekłości wypełnił teraz plac, bowiem ciało papieża osunęło się bezwładnie na poręcz balkonu. Złoty krzyż kołysał się swobodnie, a pallium nasiąkało czerwienią.

Nad placem przetaczały się chmury kamiennego pyłu. Runęły marmurowe złomy rozbitych aniołów i świętych. Zapanowała upiorna cisza, tłum zamarł na widok zwłok arcykapłana. Wszyscy widzieli teraz jego zdruzgotaną głowę. I wybuchła panika. Ludzie uciekali z placu, tratując szwajcarskich gwardzistów, którzy usiłowali odciąć im drogę. Barwne renesansowe mundury utonęły wśród ciżby przerażonych wiernych.

Romeo upuścił karabin na ziemię. Otoczony przez swoją grupę uzbrojonych mnichów i zakonnic, pozwolił unieść się z placu na ulice Rzymu. Mogłoby się wydawać, że stracił chwilowo wzrok, gdyż zataczał się niczym ślepiec. Annee ujęła go za ramię i wepchnęła do czekającej już furgonetki. Romeo przysłaniał uszy dłońmi, aby nie słyszeć wrzasków, trząsł się zmożony szokiem, a następnie falą bezbrzeżnego zdumienia, jak gdyby dokonane morderstwo było tylko snem.

Yabril i jego grupa objęli teraz pełną kontrolę nad jumbo jetem, lecącym zgodnie z planem z Rzymu do Nowego Jorku. Sektor pierwszej klasy został opróżniony ze wszystkich pasażerów, z wyjątkiem Theresy Kennedy.

Theresa była teraz chyba bardziej zaciekawiona niż przestraszona. Zafascynowało ją to, że porywacze tak łatwo uporali się z jej oddziałem służb specjalnych, pokazując obstawie po prostu środki wybuchowe, które mieli rozmieszczone po całym ciele, co oznaczało w praktyce, że jakikolwiek wystrzelony pocisk może przekształcić samolot w garść odłamków, rozrzuconych gdzieś po niebie. Zauważyła, że trzej mężczyźni i trzy kobiety byli bardzo szczupli i mieli napięte, nerwowe twarze, takie jakie mają zazwyczaj wybitni lekkoatleci w chwilach intensywnego wysiłku i emocji walki. Mężczyzna-porywacz wypchnął naraz jednego z jej agentów ochrony, a potem wlókł go dalej przez otwarte przejście w klasie turystycznej. Towarzysząca mu kobieta trzymała wprawdzie pistolet w pogotowiu, niemniej zachowywała pewien dystans. Kiedy któryś z goryli wzbraniał się opuścić Theresę, kobieta uniosła broń i przystawiła mu lufę do głowy. Jej groźne spojrzenie zdawało się dowodzić, iż naprawdę byłaby gotowa pociągnąć za spust; rozwarła lekko wargi, aby ulżyć napięciu mięśni wokół ust. W tym momencie Theresa odepchnęła swojego strażnika i stanęła oko w oko z kobietą, która uśmiechnęła się z ulgą i ruchem ręki dała jej znać, by usiadła.

Theresa obserwowała teraz kierującego akcją Yabrila. Zachowywał on dystans wobec wszelkich wydarzeń, był niczym reżyser, który śledzi grę swoich aktorów. Zdawało się, iż nie wydaje rozkazów, lecz co najwyżej udziela wskazówek i rzuca drobne sugestie. Uśmiechając się łagodnie, dał jej znak, by nie ruszała się z miejsca. Było to zachowanie człowieka, który dogląda kogoś, kogo powierzono jego specjalnej pieczy. Potem wszedł do kabiny pilotów. Jeden z porywaczy, stojąc w części turystycznej, pilnował wejścia do pierwszej klasy. Dwie kobiety stały nieopodal Theresy, plecami do siebie, i trzymały broń w pogotowiu. Stewardesa obsługiwała interkom. Pod nadzorem porywacza przekazywała pasażerom najświeższe wiadomości. Wszyscy ci terroryści wydawali się jacyś dziwnie mali, jak na sprawców aż tak doniosłego aktu terroru.

Yabril udzielił pilotowi pozwolenia, by nadał przez radio wiadomość, iż samolot został uprowadzony, i by określił nową trasę lotu do Sherhabenu. Władze amerykańskie dojdą w ten sposób do wniosku, że ich jedynym problemem jest wynegocjowanie zwykłych żądań arabskich terrorystów.

Tymczasem samolot kontynuował lot w nowym kierunku i pozostawało jedynie czekać. Yabril marzył o Palestynie, takiej jaką znał, gdy był jeszcze dzieckiem, a jego dom stał pośród zielonej oazy na pustyni, gdy jego ojciec i matka byli świetlistymi aniołami, a piękny *Koran*, który spoczywał na biurku ojca, w każdej chwili mógł umocnić go w wierze. I wszystko to się skończyło, pośród morderczych szarych obłoków dymu, wśród ognia i odłamków bomb spadających z góry. Przyszli Izraelczycy i oto doszedł nagle do wniosku, że całe dzieciństwo przyjdzie mu spędzić w jakimś wielkim obozie jenieckim złożonym z nędznych chat, w wielkiej osadzie przepełnionej jednym tylko uczuciem — nienawiścią do Żydów. Do tych samych Żydów, których tak chwalił *Koran*.

Pamiętał, że nawet na uniwersytecie niektórzy wykładowcy zwykli nazywać spartaczoną robotę „robotą po arabsku". Sam Yabril użył tego określenia w stosunku do rusznikarza, który dostarczył mu wadliwej broni. Ach, tyle że spraw dnia dzisiejszego nikt nie ośmieli się nazwać „robotą po arabsku".

Zawsze nienawidził Żydów — nie, nie Żydów, Izraelczyków. Pamiętał, że kiedy był jeszcze czteroletnim dzieckiem, no, może już pięcioletnim, ale na pewno nie starszym, izraelscy żołnierze przypuścili atak na osiedle, w którym miał chodzić do szkoły. Otrzymali fałszywą informację, ot, „arabska robota", że w osiedlu ukrywają się terroryści. Rozkazano wszystkim mieszkańcom wyjść z domów na ulice z rękoma podniesionymi do góry. Łącznie z dziećmi, przebywającymi w długim, pomalowanym na żółto blaszanym baraku, w którym mieściła się szkoła i który stał tuż za osiedlem. Yabril i inni mali chłopcy oraz dziewczynki zbili się w grupkę, płacząc, unosząc rączki wysoko ku górze, wołając, że się poddają, i piszcząc z przerażenia. I Yabril zapamiętał na zawsze jednego z młodych izraelskich żołnierzy, przedstawiciela nowej żydowskiej rasy, jasnowłosego niczym nazista, który wpatrywał się w dzieci z przerażeniem, a po jasnej skórze jego twarzy spływały obfite łzy. Ów Izraelczyk zniżył lufę i krzyknął do dzieci, żeby przestały i opuściły ręce. „Nie macie się czego bać — powiedział — takie małe dzieci nie powinny się bać". Ów żołnierz mówił niemal doskonale po arabsku, a kiedy dzieci nadal stały z uniesionymi ramionami, jął chodzić pośród nich, próbując opuścić im ręce i cały czas płacząc. Yabril na zawsze zapamiętał tego właśnie żołnierza, a już o wiele później postanowił sobie, że nigdy nie będzie kimś takim jak on i nigdy nie pozwoli, by rozmiękczyła go litość.

Teraz, spoglądając w dół, widział pustynie Arabii. Niebawem lot się skończy i wylądują w sułtanacie Sherhabenu.

Sherhaben jest jednym z najmniejszych krajów świata, lecz posiada tak wielkie zasoby ropy, że setki dzieci i wnuków sułtana, jeżdżących wcześniej na wielbłądach, już wkrótce poczęły się rozbijać mercedesami i kształcić na najlepszych zagranicznych uniwersytetach. Sam sułtan był właścicielem ogromnych przedsiębiorstw przemysłowych w Niemczech i Stanach Zjednoczonych i zmarł jako największy bogacz na świecie. Tylko jeden z jego wnuków przeżył mordercze intrygi przyrodnich braci i został obecnym sułtanem — Maurobim.

Sułtan Maurobi był wojowniczym i fanatycznie pobożnym muzułmaninem, a obywatele Sherhabenu — teraz bardzo bogaci — byli równie pobożni. Żadna kobieta nie mogła chodzić w kraju bez zasłony, żadnych pieniędzy nie wolno było pożyczać na procent, na całej tej wyschłej pustyni sułtanatu nie sposób by się doszukać choć kropli alkoholu, chyba że na terenie obcych ambasad.

Przed laty Yabril pomógł sułtanowi przejąć i umocnić władzę, zabijając czterech najbardziej niebezpiecznych przyrodnich braci sułtana. Ze względu na dług wdzięczności i z powodu własnej nienawiści do wielkich mocarstw, sułtan zgodził się pomóc Yabrilowi w całej operacji.

Samolot wiozący Yabrila i jego zakładników wylądował i teraz toczył się powoli w kierunku małego przeszklonego terminalu, odbijającego bładożółte promienie pustynnego słońca. Za lotniskiem rozciągała się bezkresna połać piachu, cała upstrzona szybami naftowymi. Kiedy samolot przystanął, Yabril spostrzegł, że lotnisko otacza co najmniej tysiąc żołnierzy sułtana Maurobiego.

Teraz rozpocznie się ta najbardziej skomplikowana i najmilsza sercu część akcji, choć zarazem najbardziej niebezpieczna. Będzie musiał być bardzo ostrożny, i to tak długo, dopóki Romeo nie znajdzie się w zaplanowanym miejscu. I będzie musiał podjąć ogromne ryzyko, bowiem nie sposób przewidzieć, jak zareaguje sułtan na ów jego sekretny i ostateczny krok. Nie, to nie była „robota po arabsku".

Z powodu różnicy w stosunku do czasu europejskiego, Francis Kennedy otrzymał pierwszy raport o zastrzeleniu papieża dopiero o szóstej rano, w Poniedziałek Wielkanocny. Przekazał mu go sekretarz prasowy, Matthew Gladyce, który pełnił w czasie świąt dyżur w Białym Domu. Eugene Dazzy i Christian Klee zostali o tym powiadomieni już wcześniej i znajdowali się teraz w Białym Domu.

Francis Kennedy zszedł schodami z części mieszkalnej i wkroczył do Gabinetu Owalnego, gdzie czekali na niego Dazzy i Christian. Obaj mieli bardzo ponure miny. Z daleka, od strony ulic Waszyngtonu, dobiegało zawodzenie syren. Kennedy usiadł za biurkiem. Spojrzał na Eugene'a Dazzy'ego, który, będąc szefem sztabu, winien był udzielić mu informacji.

— Francisie, papież nie żyje. Został zamordowany w czasie wielkanocnego nabożeństwa.

Kennedy był zaszokowany.

— Kto to zrobił? I dlaczego?

— Nie wiemy — powiedział Klee. — Ale są jeszcze gorsze wiadomości.

Kennedy próbował wyczytać coś z twarzy mężczyzn, którzy przed nim stali, i poczuł nagle głęboki niepokój.

— Cóż może być jeszcze gorszego?

— Samolot, w którym znajdowała się Theresa, został uprowadzony i jest teraz w drodze do Sherhabenu — powiedział Klee.

Francis Kennedy poczuł, jak ogarnia go fala mdłości. Potem usłyszał jeszcze słowa Eugene'a Dazzy'ego:

— Porywacze panują nad sytuacją, na pokładzie nie doszło do żadnych incydentów. Jak tylko wylądują, będziemy negocjować, wykorzystamy wszystkie swoje atuty. I wszystko będzie w porządku. Nie sądzę, żeby nawet wiedzieli, że chodzi o Theresę.

— Arthur Wix i Otto Gray są już w drodze. A teraz CIA, Obrona i wiceprezydent. Wszyscy będą na ciebie czekać za pół godziny w Sali Gabinetowej — oznajmił Christian.

— W porządku — odparł Kennedy. Uspokoił się nieco. — Czy oba te fakty mają ze sobą jakiś związek? — zapytał.

Stwierdził, że Christian wcale się tym nie zdziwił, natomiast Dazzy nic nie zrozumiał.

— To znaczy zabójstwo papieża i to porwanie — dodał po chwili Kennedy. A ponieważ żaden z nich nie odpowiadał, rzekł: — Więc zaczekajcie na mnie w Sali Gabinetowej. Potrzebuję kilka chwil dla siebie.

I wyszli.

Sam Kennedy był dla zabójców właściwie nieosiągalny, lecz wiedział doskonale, że nigdy nie zdoła w pełni zabezpieczyć

63

córki. Była zbyt niezależna, nie pozwalała mu ograniczać swej swobody. Ale nie sądził, że może jej grozić coś aż tak poważnego. Nie przypominał sobie, by córka głowy państwa była kiedykolwiek przedmiotem ataku. Ktokolwiek więc poważył się na ten krok, znajdował się teraz w dość kiepskiej sytuacji.

Po objęciu przez ojca urzędu prezydenta Theresa poszła swą własną drogą, użyczając swego nazwiska paru organizacjom radykalno-feministycznym, podkreślając zarazem, że jest osobą prywatną, stąd też nie należy jej w żaden sposób wiązać z instytucją Białego Domu. A ojciec nigdy nie usiłował jej skłonić, by zachowywała się inaczej, by przedstawiała opinii publicznej fałszywy obraz swej osobowości. Miłość ojca wystarczała jej zupełnie. A kiedy w czasie swych krótkich pobytów w Stanach odwiedzała Biały Dom, spędzali razem sporo czasu, spierając się na tematy wielu spraw politycznych i roztrząsając różne aspekty sprawowania władzy.

Żadna gazeta — konserwatywna, republikańska ani też brukowa — nie próbowała wykorzystać tego faktu z myślą o zaszkodzeniu Kennedy'emu. Theresa została kilkakrotnie sfotografowana podczas marszu w szeregach feministek, demonstrujących przeciwko broni nuklearnej, a raz nawet przyłapano ją na tym, że brała udział w manifestacji na rzecz własnego państwa dla Palestyńczyków. Byłaby więc teraz nie lada pożywką dla ironicznych artykułów w gazetach.

Dziwna sprawa, ale społeczeństwo amerykańskie odniosło się do Theresy Kennedy serdecznie, i to nawet wówczas, gdy okazało się, że dziewczyna mieszka w Rzymie wraz z pewnym włoskim radykałem. Pojawiły się zdjęcia, na których spacerowali po zabytkowych brukowanych ulicach, całowali się i trzymali za ręce. Opublikowano również zdjęcie balkonu mieszkania, które wspólnie zajmowali. Młody włoski kochanek był bardzo przystojny; Theresa Kennedy również była ładna, z tymi swoimi blond włosami, mlecznobiałą irlandzką cerą i błękitnymi oczyma rodu Kennedych. A jej niezwykle szczupła, również typowa dla klanu Kennedych postać, odziana we włoski kostium, sprawiała tak ujmujące wrażenie, iż podpisy pod zdjęciami wcale nie zawierały jadu.

Fotografia prasowa, na której Theresa osłaniała swego młodego włoskiego kochanka przed pałkami policji włoskiej, przywiodła starszym Amerykanom na pamięć dawno już pogrzebane uczucia, wspomnienia o minionym, jakże strasznym dniu w Dallas.

Theresa była bardzo dowcipna i błyskotliwa. W czasie kampanii wyborczej reporterzy telewizyjni przyparli ją do muru i zapytali: „A więc zgadza się pani z ojcem, jeśli chodzi o politykę?". Gdyby odpowiedziała „nie", wrzeszczące gazetowe tytuły podkreśliłyby fakt, że nie popiera ojca w wyścigu do prezydenckiego fotela. Lecz ona wykazała polityczny geniusz Kennedych. „Oczywiście, jest przecież moim tatą — stwierdziła, ściskając ojca. — I wiem, że jest porządnym facetem. Ale jeśli zrobi coś, co mi się nie spodoba, będę wrzeszczeć na niego, i to dokładnie tak, jak to robicie wy, dziennikarze". W telewizji wypadło to wspaniale. Ojciec kochał ją za to. A teraz znalazła się w śmiertelnym niebezpieczeństwie.

Gdyby choć pozostała bliżej niego, gdyby była bardziej kochającą córką i zamieszkała z nim w Białym Domu; gdyby miała nieco mniej radykalne przekonania — wówczas nic podobnego nie mogłoby się wydarzyć. I po cóż był jej właściwie ten cudzoziemski kochanek, student-radykał, który ani chybi udzielił porywaczom jakichś istotnych danych? Lecz już później prezydent kpił sobie z samego siebie. Odczuwał rozdrażnienie typowe dla ojca, który pragnie, by jego dziecko przysparzało mu możliwie jak najmniej kłopotów. Kocha córkę, a zatem musi ją ocalić. To było przynajmniej coś, z czym mógł walczyć, nie tak jak w wypadku straszliwie długiej i bolesnej agonii żony.

Przyszedł Eugene Dazzy i powiedział mu, że już najwyższy czas. Że wszyscy czekają w Sali Gabinetowej.

Kiedy Kennedy wszedł, wszyscy powstali z miejsc. Czym prędzej dał im znak, żeby usiedli ponownie, lecz oni podchodzili doń kolejno, żeby przekazać mu swe wyrazy współczucia. Kennedy ruszył w kierunku długiego owalnego stołu i usiadł na krześle w pobliżu kominka.

Dwa rzucające jaskrawe światło kandelabry odbarwiły głęboki brąz stołu i rozjaśniły czerń obitych skórą krzeseł — po sześć z każdej strony — a także tych innych, ustawionych wzdłuż ściany. Na ścianach znajdowało się zresztą jeszcze parę kinkietów. Obok dwóch okien, wychodzących na Ogród Różany, zwisały dwie flagi: pasiasta, Stanów Zjednoczonych, i flaga prezydencka, gładź głębokiego błękitu usiana bladymi gwiazdami.

Sztab Kennedy'ego zajął miejsca obok swego zwierzchnika, kładąc na owalnym stole notatniki z danymi i arkusze raportów. Dalsze krzesła zajęli członkowie gabinetu i szef CIA, natomiast u drugiego krańca stołu zasiadł przewodniczący Połączonych Sztabów, generał w regulaminowym mundurze, tworzącym jaskrawą plamę na stonowanym tle monotonnie ubranej grupy. Wiceprezydent Du Pray także usiadła po przeciwnej stronie stołu, z dala od Kennedy'ego, jedyna kobieta przebywająca w tym pomieszczeniu. Miała na sobie modny ciemnoniebieski kostium i białą jedwabną bluzkę. Jej urodziwa twarz nabrała teraz surowego wyrazu. Wonie z Ogrodu Różanego wypełniały pokój, sącząc się przez ciężkie zasłony i draperie, które osłaniały przeszklone drzwi. Poniżej draperii rozpościerał się dywan koloru akwamaryny, sprawiając, że ściany nabrały zielonkawego odcienia.

O sytuacji poinformował zebranych Theodore Tappey, szef CIA. Tappey, który był niegdyś szefem FBI, nie miał raczej opinii człowieka przesadnie błyskotliwego ani też nie przejawiał szczególnych ambicji politycznych. Za to nigdy nie naruszył regulaminu CIA wskutek ryzykownych, nielegalnych, czy też samowolnych poczynań. Jego zdanie bardzo się liczyło w osobistym sztabie Kennedy'ego; szczególnie cenił je sobie Christian Klee.

— W ciągu tych paru godzin, które mieliśmy do dyspozycji, udało nam się zdobyć trochę ważkich informacji — oznajmił

Tappey. — Zabójstwa papieża dokonała grupa składająca się wyłącznie z Włochów. Natomiast porwania samolotu, na którego pokładzie znajdowała się Theresa, dokonała sekcja mieszana, dowodzona przez Araba znanego powszechnie pod imieniem Yabril. Fakt, że oba incydenty nastąpiły tego samego dnia i miały miejsce w tym samym mieście, wydaje się dziełem przypadku. Czego, rzecz oczywista, nie możemy być absolutnie pewni.

— W tej chwili zabójstwo papieża nie jest dla nas sprawą pierwszoplanową. Teraz głównym naszym zadaniem jest rozwikłanie kwestii uprowadzenia. Czy porywacze przedstawili już jakieś żądania? — powiedział cicho Kennedy.

Odpowiedź Tappeya była szybka i stanowcza.

— Nie. I już to, samo w sobie, stanowi bardzo dziwną okoliczność.

— A więc — znów zabrał głos Kennedy — nawiążcie kontakt w sprawie negocjacji i osobiście składajcie mi sprawozdania z każdego etapu waszych poczynań. — Odwrócił się do sekretarza stanu i zapytał: — Które kraje mogą przyjść nam z pomocą?

— Wszystkie — odparł sekretarz. — Nawet kraje arabskie są tak bardzo przerażone tym zajściem, iż sama myśl, że twoja córka może być przetrzymywana jako zakładniczka, napełnia je odrazą. Godzi to bowiem w ich poczucie honoru, a ponadto przychodzą im wówczas na myśl własne obyczaje związane z waśniami rodowymi. Dlatego są przekonane, że nic dobrego dla nich stąd nie wyniknie. Dobre układy z sułtanem ma Francja. Jej rząd zaproponował więc, że wyśle tam obserwatorów, działających na naszą rzecz. Wielka Brytania i Izrael nie będą w stanie nam pomóc. Nikt im tam nie ufa. Ale dopóki porywacze nie wyjawią swoich żądań, wisimy jak gdyby w próżni.

— Na to może być jeszcze za wcześnie. Albo też pragną zagrać jakąś zupełnie inną kartą — stwierdził Kennedy.

W Sali Gabinetowaj zapadła przygnębiająca cisza. Za sprawą czerni obić wysokich, ciężkich krzeseł i jaskrawego blasku kinkietów na ścianach skóra ludzi zebranych w tym pomieszczeniu sprawiała wrażenie jasnoszarej. Kennedy czekał, aż wszyscy się wypowiedzą. Słuchał ich propozycji zastosowania sankcji i zagrożenia blokadą morską, a także zablokowania kont Sherhabenu w Stanach Zjednoczonych. Zabierający głos liczyli się również z tym, że porywacze będą starali się grać na zwłokę, aby możliwie najpełniej wykorzystać reklamę, jakiej przysparzała im telewizja i doniesienia prasowe na całym świecie.

Po pewnym czasie Kennedy stwierdził niespodziewanie, zwracając się do Oddblooda Graya:

— Ustal dla mnie i dla mojego sztabu spotkanie z przywódcami Kongresu i z przewodniczącymi odpowiednich komitetów. — I dodał, odwracając się w stronę Arthura Wixa: — Niech twój sztab do spraw bezpieczeństwa narodowego opracuje plany, na wypadek gdyby ta historia miała rozwinąć się w coś na szerszą skalę.

A potem wstał, zbierając się do odejścia. Zwrócił się jeszcze do wszystkich.

— Moi państwo — oświadczył. — Pragnę wam powiedzieć, że nie wierzę w aż taki zbieg okoliczności. Nie wierzę, aby było to tylko dziełem przypadku, iż papież został zamordowany dokładnie tego samego dnia, w którym uprowadzono córkę prezydenta Stanów Zjednoczonych.

Adam Gresse i Henry Tibbot zarezerwowali sobie Niedzielę Wielkanocną jako zwykły dzień roboczy. Nie chodziło im jednak o pracę nad ich projektami naukowymi; chcieli po prostu zatrzeć wszelkie ślady swej zbrodni. Wpierw wysprzątali gruntownie mieszkanie. Zebrali na stertę wszystkie stare gazety, z których wcześniej wycinali litery użyte do przekazania wiadomości. Za pomocą odkurzacza usunęli najdrobniejsze skrawki ciętego nożyczkami papieru. Pozbyli się nawet samych nożyczek i kleju. Zmyli starannie ściany. A potem udali się do swego uniwersyteckiego laboratorium, by pozbyć się również wszystkich narzędzi i aparatury, z których korzystali przy konstruowaniu bomby. Nie przyszło im jednak na myśl, by włączyć telewizor. Uczynili to dopiero wówczas, gdy wykonali już swe zadanie. Kiedy usłyszeli wiadomość o zamordowaniu papieża i porwaniu córki prezydenta, spojrzeli po sobie i uśmiechnęli się. Adam Gresse powiedział:

— Henry, sądzę, że wreszcie nadeszła nasza pora.

Była to wyjątkowo długa Niedziela Wielkanocna. Biały Dom zapełnił się ludźmi z przeróżnych komitetów i organizacji, powołanych doraźnie do życia przez CIA, armię, marynarkę i Departament Stanu. Wszyscy zgadzali się co do tego, że najbardziej zaskakujący był fakt, iż jeszcze do tej pory terroryści nie zgłosili swych żądań warunkujących zwolnienie zakładników.

Na zewnątrz ulice zapchane były samochodami. Dziennikarze telewizyjni i prasowi zjeżdżali tłumnie do Waszyngtonu. Funkcjonariusze agend rządowych, mimo iż była to Wielkanoc, zostali wezwani na stanowiska pracy. A Christian Klee rozkazał ponadto wezwać tysiąc ludzi ze służb specjalnych i z FBI, dla zapewnienia dodatkowej ochrony Białego Domu.

Linie telefoniczne Waszyngtonu był przeciążone. Panowało totalne zamieszanie, ludzie biegali tam i z powrotem, z Białego Domu do budynku administracji. Eugene Dazzy usiłował zapanować nad tym wszystkim.

Pozostała część dnia w Białym Domu upłynęła Kennedy'emu na przyjmowaniu raportów z gabinetu operacyjnego, uczestniczeniu w długich, poważnych konferencjach, gdzie rozważano skuteczność poszczególnych rozwiązań, i wysłuchiwaniu relacji z rozmów telefonicznych pomiędzy głowami obcych państw a członkami gabinetu Stanów Zjednoczonych.

Już późnym wieczorem członkowie sztabu prezydenta zjedli z nim obiad i przygotowali się do trudów następnego dnia. Słuchano na bieżąco wiadomości telewizyjnych, które nadawane były teraz bez przerwy.

W końcu Kennedy postanowił pójść spać. Był pewny, że jego sztab będzie czuwał przez całą noc i obudzi go, jeśli to będzie konieczne. Kiedy zmierzał na górę przez małą klatkę schodową, prowadzącą do części mieszkalnej na trzecim piętrze Białego Domu, poprzedzał go agent ze służb specjalnych. Drugi taki agent podążał w ślad za nim. Obaj wiedzieli, że prezydent nie cierpi korzystać w wind Białego Domu.

Na górze schody wychodziły na hall, w którym znajdowało się biurko-centralka łączności, obsługiwana przez dwóch innych agentów. Przemierzywszy ów hall, Kennedy wkraczał do swych prywatnych pomieszczeń mieszkalnych, obsługiwanych jedynie przez osobistą służbę: pokojówkę, kamerdynera i garderobianego, do którego obowiązków należała troska o bogato zaopatrzoną prezydencką garderobę.

Kennedy nie wiedział o tym, że nawet i ten najbliższy mu personel składał się również z ludzi służb specjalnych. To Christian Klee wymyślił ten podstęp. Stanowił on zaledwie część całościowego planu zabezpieczenia prezydenta, lecz zarazem oszczędzenia mu stresów wynikających z niechęci do aż tak bardzo rozbudowanej sieci osłony, jaką wokół niego utkano.

Kiedy Christian instalował owo podwójne zabezpieczenie w systemie ochrony, pouczył pluton mężczyzn i kobiet, wydzielony ze służb specjalnych:

— Będziecie, do ciężkiej cholery, zespołem najlepszych fagasów na świecie i jeśli was stąd wyleją, będziecie mogli pójść prosto do pałacu Buckingham i załapać tam pracę. Wiecie już, że waszym pierwszym obowiązkiem jest przejmowanie na siebie wszelkich możliwych pocisków wystrzelonych w stronę prezydenta. Lecz waszym obowiązkiem będzie również czynienie jego życia osobistego możliwie jak najbardziej wygodnym.

Szefem wydzielonego plutonu był człowiek, który miał pełnić służbę właśnie tej nocy. Z oficjalnego punktu widzenia był to czarny steward, podoficer marynarki o nazwisku Jefferson.

W rzeczywistości jednak posiadał on najwyższy stopień w całych służbach specjalnych i był wyjątkowo dobrze wyszkolony w walce wręcz. Był urodzonym sportowcem i studiując w college'u, grywał w ogólnoamerykańskiej lidze futbolowej. Jego iloraz inteligencji wynosił sto sześćdziesiąt. Miał również poczucie humoru, które sprawiało, że znajdował szczególną przyjemność w doskonaleniu swych cnót służącego.

I oto teraz Jefferson pomógł Kennedy'emu zdjąć marynarkę, którą umieścił starannie na wieszaku. Wręczył mu też jedwabny szlafrok, ponieważ wiedział już, że prezydent nie lubi, kiedy pomaga mu się go wkładać. Gdy Kennedy podszedł do małego barku w saloniku swego apartamentu, Jefferson był tam już przed nim, mieszając wódkę z tonikiem i lodem.

— Panie prezydencie, pańska kąpiel jest już gotowa — oświadczył po chwili.

Kennedy spojrzał nań z lekkim uśmiechem. Jefferson był w swej roli stanowczo za dobry, aby być autentykiem. Odpowiedział mu poleceniem:

— Proszę wyłączyć wszystkie telefony. Jeśli będę potrzebny, możesz mnie zbudzić osobiście.

Leżał w gorącej kąpieli przez blisko pół godziny. Bicze wodne w wannie uderzały o plecy i uda, łagodząc zmęczenie mięśni. Woda miała przyjemny zapach, a parapet wokół wanny wypełniał asortyment mydeł, olejków oraz przeróżnych czasopism. Był tam nawet plastikowy koszyk, w którym znajdował się stos notatek.

Wychodząc z wanny, Kennedy włożył biały frotowy szlafrok z wyhaftowanymi na czerwono, biało i niebiesko literami, które tworzyły słowo BOSS. Był to podarunek od samego Jeffersona, który uważał, że wręczenie chlebodawcy takiego właśnie prezentu stanowi po prostu część roli, jaką mu przyszło odgrywać. Francis Kennedy otulił swe białe, niemal pozbawione owłosienia ciało szlafrokiem. Pragnął się osuszyć. Zawsze drażniła go ta bladość skóry i brak owłosienia.

W sypialni Jefferson zaciągnął story i włączył lampkę nocną. Odwinął również brzeg kołdry. Obok łóżka znajdował się mały stolik z marmurowym blatem i specjalnie przytwierdzonymi kółkami, a w pobliżu stał wygodny fotel. Stolik nakryty był pięknie haftowanym bladoróżowym obrusem, na którym stał ciemnoniebieski dzbanuszek z gorącą czekoladą. Czekolada została już nalana do jaśniejszej, błękitnoniebieskiej filiżanki. Na ozdobionym skomplikowanym wzorem półmisku znajdowało się sześć gatunków herbatników. Mile dla oka wyglądał śnieżnobiały pojemnik z bladym, niesolonym masłem i cztery różnorodne pojemniczki zawierające przeróżne dżemy: zielony — jabłkowy, niebieski w białe kropki — malinowy, żółty — pomarańczowy, i czerwony — wypełniony dżemem truskawkowym.

— Wspaniale to wygląda — powiedział Kennedy.

Jefferson wyszedł z pokoju. Kennedy czuł, że z jakiejś tam przyczyny owe drobne oznaki atencji pocieszają go bardziej, niż powinny. Siedział w fotelu i pił czekoladę, próbował schrupać herbatnik, ale nie mógł. Odsunął stolik i wszedł do łóżka. Zaczął czytać jakiś arkusik wzięty ze stosu notatek, ale był zbyt zmęczony. Zgasił światło i usiłował zasnąć.

Poprzez miękkie osłony kotar dobiegał doń jednak zgiełk, który narastał wciąż przed Białym Domem, gdzie zbierali się przedstawiciele środków masowego przekazu z całego świata, by czuwać tu przez całą dobę. Z pewnością były tam dziesiątki wozów transmisyjnych wraz ze swymi zbrojnymi w kamery ekipami. Gwoli zwiększenia bezpieczeństwa przed gmachem ustawiono batalion marynarzy.

Francis Kennedy miał teraz owo głębokie przeczucie, iż stanie się coś strasznego, przeczucie, które nawiedziło go dotąd tylko raz w życiu. Pozwolił sobie na bezpośrednie myślenie o swojej córce, Theresie. Spała teraz tam, w samolocie, otoczona zgrają mężczyzn o morderczych zamiarach. I nie było to pierwsze przykre zrządzenie losu, jakiego doznał w życiu. Los zgotował mu wiele podobnych doświadczeń. Jego dwaj stryjowie zostali zabici, kiedy był jeszcze chłopcem. A potem, ponad trzy lata temu, jego żona, Catherine, umarła na raka.

Pierwszą wielką klęskę życiową poniósł Francis już wówczas, gdy Catherine Kennedy odkryła jakiś gruzełek na piersi. Na sześć miesięcy przed tym, jak jej mąż zdobył nominację na kandydata. Po diagnozie stwierdzającej raka Kennedy zaproponował, że wycofa się z walki politycznej, ale ona mu zabroniła, mówiąc, iż bardzo pragnie mieszkać w Białym Domu. Twierdziła, że wyzdrowieje, a jej mąż nigdy w to nie wątpił. Początkowo martwili się tym, że straci pierś, i Kennedy zasięgał opinii ekspertów z całego świata. Chodziło o ewentualność zabiegu, który pozwoliłby na usunięcie samej tylko rakowatej narośli. Jeden z najlepszych onkologów w Stanach Zjednoczonych przestudiował uważnie dane choroby Catherine i zalecił odjęcie piersi. Tak właśnie radził, i Francis Kennedy na zawsze zapamiętał jego słowa: „To wyjątkowo złośliwa odmiana raka".

Przechodziła właśnie chemoterapię, kiedy on, w lipcu, uzyskał nominację na kandydata z ramienia Partii Demokratycznej. Lekarze odesłali ją do domu. Wkroczyła już w okres remisji. Przybrała na wadze; jej żebra ponownie skryły się pod warstwą ciała.

Wiele odpoczywała, nie mogła opuszczać domu, lecz zawsze zrywała się z łóżka, aby przywitać się z nim, kiedy wracał. Theresa powróciła do szkoły, a Kennedy wyruszył na szlak kampanii. Niemniej tak zorganizował cały swój harmonogram, by móc co kilka dni polecieć do domu i być wraz z nią. Za każdym razem, kiedy wracał, wydawało mu się, że zastaje ją silniejszą, i te dni były wprost cudowne. Nigdy bardziej się nie kochali. Przywoził jej prezenty, a ona robiła mu na drutach szaliki i rękawiczki.

Pewnego razu dała wolny dzień pielęgniarkom i służbie, tak aby mogli wraz z mężem być sami w domu, by mogli się zadowolić tą prostą kolacją, jaką przygotowała. Jej stan wyraźnie się polepszał. Był to najszczęśliwszy moment w jego życiu i nic nie mogło równać się właśnie z tym. Kennedy ronił łzy radości, wolny od niepokoju, od ciągłej obawy. Następnego dnia poszli na spacer pośród zielonych wzgórz okalających dom, a ona objęła go ramieniem. Zawsze była próżna, gdy szło o jej wygląd, toteż niepokoiła się, jak będzie wyglądać w nowych sukienkach i kostiumach kąpielowych z wydatnym drugim podbródkiem. Lecz teraz nawet sama dokładała starań, by przybrać na wadze. Bo doszła do przekonania, że gdy spacerowali tak razem, przytuleni, on wyczuwał w jej ciele wszystkie pojedyncze kości. Kiedy wrócili, przyrządził jej śniadanie, a ona zjadła je z apetytem. A przy tym zjadła więcej niż kiedykolwiek.

Jej remisja dała Kennedy'emu siłę i w ramach dalszej kampanii prezydenckiej wzniósł się na szczyty swoich możliwości. Łamał wszelkie przeszkody, wszystko zdawało mu się dziwnie miękkie, możliwe do ukształtowania zgodnie z jego szczęśliwym przeznaczeniem. Jego organizm wytwarzał ogromną energię, a umysł pracował z nadzwyczajną precyzją.

I wtedy, w czasie jednej z podróży do domu, trafił znów w otchłań piekła. Catherine znowu się pogorszyło, nie wyszła mu na powitanie. Wszystkie jego prezenty, cała jego energia, straciły teraz sens.

Catherine był dlań dobrą żoną. Nie dlatego, że była niezwykłą kobietą. Należała po prostu do tych, które wydawały się niemal genetycznie stworzone do miłości. Miała w sobie to, co wydawało się naturalną słodyczą natury, czymś wręcz niezwykłym. Nigdy nie słyszał, by kiedykolwiek wypowiedziała o kimś złe słowo; wybaczała ludziom ich błędy, nigdy nie czuła się obrażona lub pokrzywdzona. Nigdy też nie żywiła uraz.

Pod każdym względem była niezwykle sympatyczna. Miała smukłe, wiotkie ciało, a jej twarz kryła w sobie spokojne piękno, które w prawie każdym mężczyźnie budziło uczucie tkliwości. Miała jednak, rzecz jasna, również pewną słabostkę: uwielbiała się stroić i była trochę próżna. Lecz można się z nią było droczyć na ten temat. Była inteligentna, nie będąc równocześnie złośliwą czy zgryźliwą, i nigdy nie ulegała stanom przygnębienia. Posiadała gruntowne wykształcenie i zanim wyszła za mąż, zarabiała na życie jako dziennikarka. Przejawiała także inne talenty. Była doskonałą pianistką, a drugie jej wielkie hobby stanowiło malowanie. Doskonale wychowywała córkę, zyskując sobie jej gorącą miłość; potrafiła być wyrozumiała dla męża i nigdy nie zazdrościła mu jego osiągnięć. Jako istota zadowolona z życia i nader szczęśliwa, stanowiła wśród istot ludzkich wprost rzadki przypadek.

Nadszedł jednak dzień, gdy lekarz zatrzymał Francisa Kennedy'ego w korytarzu szpitalnym, aby brutalnie, lecz całkiem szczerze powiedzieć mu, że jego żona umrze. Wyjawił mu wszystko. Kości Catherine Kennedy drążą liczne otwory, jej szkielet rychło się rozpadnie. W mózgu znajdują się guzy, póki co maleńkie, ale z całą pewnością rozrosną się. Jej krew nieubłaganie wytwarza śmiercionośne toksyny.

Francis Kennedy nie mógł podzielić się tymi wiadomościami z żoną. Nie mógł, bo sam w nie jeszcze nie potrafił uwierzyć. Siląc się więc na spokój, skontaktował się ze wszystkimi swoimi wpływowymi przyjaciółmi. Skonsultował się nawet z Wyrocznią. Pozostała już tylko jedna nadzieja. W przeróżnych ośrodkach badawczych, rozsianych po całych Stanach Zjednoczonych, przeprowadzano badania nad nowymi i niebezpiecznymi lekami, eksperymenty, którym poddawano jedynie tych, których uznano za skazanych na śmierć. Ponieważ te nowe leki miały mocno toksyczne działanie, aplikowano je tylko ochotnikom. Lecz owych skazanych było tak wielu, że na każde miejsce w podobnym programie badawczym przypadała setka ochotników.

Tak więc Francis Kennedy dopuścił się czegoś, co normalnie uznałby za czyn niemoralny. Użył całej swej władzy, by umieścić swą żonę w szeregach królików doświadczalnych; wprawiał w ruch wszystkie sznurki, by Catherine mogła zażywać tamte śmiercionośne, lecz również podtrzymujące życie trucizny. Udało mu się to. Więc znów odzyskał ufność. Kilkoro pacjentów powróciło w tych centrach badawczych do zdrowia. Dlaczegóż więc Catherine miałaby nie wyzdrowieć? Dlaczego nie miałby jej ocalić? W ciągu swego życia odnosił same tylko zwycięstwa, więc teraz też zwycięży.

Lecz potem nastało władanie ciemności. Wpierw był to program badawczy w Houston. Umieścił tam żonę w szpitalu i przebywał u jej boku podczas trwania kuracji, która tak ją osłabiła, że nie była już w stanie podźwignąć się z łóżka. Nakłoniła go, żeby ją pozostawił, aby kontynuował swoją kampanię prezydencką. Poleciał z Houston do Los Angeles, żeby wygłaszać swoje mowy wyborcze, śmiałe, inteligentne i skrzące się dowcipem. Potem, późnym wieczorem, wrócił samolotem do Houston, by spędzić kilka godzin z żoną. A później wyruszył na trasę kolejnego etapu kampanii, gdzie odgrywał tym razem rolę prawodawcy.

Kuracja w Houston nie powiodła się. W Bostonie dokonano resekcji guza mózgu i operacja zakończyła się pomyślnie, chociaż nowotwór okazał się złośliwy. Złośliwe były również nowo powstałe guzki w płucach. Dziury w kościach, jak wykazało prześwietlenie, powiększyły się. W innym bostońskim szpitalu nowe leki i nowa terapia dokonały cudu. Guz w mózgu przestał rosnąć, a guzy w pozostałej jeszcze piersi zmniejszyły się. Co wieczór Francis Kennedy przylatywał z miast, gdzie odbywał kampanię, by pobyć trochę wraz z żoną, aby jej czytać lub pożartować z nią. Czasami przylatywała też ze swej szkoły w Los Angeles Theresa i odwiedzała matkę. Ojciec i córka jedli wówczas razem obiad, a następnie szli do chorej, do jej szpitalnej izolatki, żeby posiedzieć przy niej w mroku. Theresa opowiadała zabawne historie o swoich przygodach w szkole, a Francis relacjonował swe przeżycia na trasie kampanii prezydenckiej. Catherine śmiała się.

Oczywiście Kennedy znowu zaproponował rezygnację z kampanii, chcąc bez przerwy pozostawać z żoną. Rzecz jasna Theresa chciała opuścić szkołę, by cały czas przebywać u boku matki. Ale Catherine powiedziała im, że nie chce, że nie może, nie zniesie, aby postępowali w ten sposób. Być może jej choroba potrwa bardzo długo. Muszą więc nadal prowadzić normalne życie. Tylko to może natchnąć ją nadzieją i dać jej siłę do zniesienia cierpień. Nie można jej było nakłonić, żeby zmieniła zdanie: groziła, że wypisze się ze szpitala i wróci do domu, jeżeli nie będą się zachowywali tak, jak gdyby całe ich życie toczyło się normalnie.

W czasie swych długich nocnych podróży Francis dziwił się jej wytrwałości. Catherine, z organizmem przepełnionym chemiczną trucizną, zwalczającą jednakże toksyny jej własnego ciała, żarliwie czepiała się wiary, że wyzdrowieje i że dwoje ludzi, których tak bardzo kochała, nie pogrąży się rychło wraz z nią w czeluściach mroku.

A później można było odnieść wrażenie, że koszmar dobiega końca. Znów nastąpiła remisja. Francis mógł zabrać żonę do domu. Jeździli po całych Stanach. Przebywała w siedmiu różnych szpitalach, które przeprowadzały kuracje eksperymentalne, i wydawało się, że ów wielki zalew chemikaliów odniósł wreszcie jakiś skutek. Francis szalał z radości. Odwiózł żonę do domu, do Los Angeles, a potem, pewnego wieczoru, wybrał się z nią i z Theresą na obiad. Była to piękna letnia noc, upajało ich balsamiczne kalifornijskie powietrze. Zdarzył się tylko jeden dziwny epizod. Otóż kelner uronił z półmiska maleńką kroplę sosu na rękaw nowej sukienki Catherine. Rozpłakała się, a kiedy kelner odszedł, zapytała przez łzy: „Dlaczego musiał mi zrobić coś takiego?". Było to dla niej tak nietypowe — dawniej skwitowałaby podobny incydent śmiechem — że Francisa Kennedy'ego ogarnęło nagle dziwnie złe przeczucie. Przeszła przez mękę wszystkich operacji, poprzez tortury usuwania piersi i wycięcia guza z mózgu, znosiła ból powiększających się narośli i nigdy nie płakała ani nie narzekała. A teraz ta plama na rękawie jak gdyby dopełniła miary. Catherine była niepocieszona.

Nazajutrz Kennedy miał odlecieć do Nowego Jorku w związku z dalszą kampanią wyborczą. Rano Catherine zrobiła mu śniadanie. Była promienna, a jej uroda zdawała się bardziej olśniewająca niż kiedykolwiek. Wszystkie dzienniki zamieszczały sondaże, które dowodziły, że Kennedy prowadzi i że to on zwycięży w wyborach. Catherine odczytywała to wszystko na głos. „Och, Francisie — powiedziała — zamieszkamy w Białym Domu i będę mieć własną służbę. A Theresa będzie mogła przywozić swych przyjaciół na weekendy i wakacje. Pomyśl tylko, jacy będziemy szczęśliwi. A ja przestanę chorować. Obiecuję. Dokonasz wielkich rzeczy, Francisie, wiem, że ich dokonasz". Objęła go ramionami i płakała ze szczęścia przepełniona uczuciem. „Pomogę ci we wszystkim — mówiła jeszcze. — Będziemy się razem przechadzać po tych pięknych pokojach, a ja pomogę ci układać plany. Będziesz największym prezydentem w dziejach tego kraju. A ja wyzdrowieję, kochanie, bo tyle mam do zrobienia. Będziemy tacy szczęśliwi. I tacy dobrzy dla wszystkich. Czeka nas tyle szczęścia. Czyż nie tak?".

Zmarła jesienią: blask październikowego słońca okazał się jej całunem. Fracis Kennedy stał wśród blednących zielonych wzgórz i płakał. Srebrne drzewa znaczyły linię horyzontu, a on w geście niemego bólu zasłonił sobie oczy dłońmi, aby oddzielić się jakoś od świata. I w owej chwili mroku doznał nagle wrażenia, że pęka mu mózg.

Czuł, że opuszczają go siły. Po raz pierwszy w życiu jego błyskotliwa inteligencja straciła wszelką wartość. Jego władza polityczna oraz pozycja w świecie nic teraz nie znaczyły. Nie potrafił ocalić swej żony przed śmiercią. I dlatego wszystko stało się niczym. Odsłonił oczy i całym wysiłkiem woli podjął walkę z nicością. Pozbierał jakoś okruchy swego świata, odnalazł siły, aby walczyć z bólem. Do wyborów został już niecały miesiąc, toteż Francis musiał się zdobyć na ostateczny wysiłek.

Wkroczył do Białego Domu bez żony, jedynie z córką, Theresą. Theresą, która usiłowała być szczęśliwa, lecz przepłakała całą pierwszą noc spędzoną na nowym miejscu, albowiem matki nie było już wśród żyjących.

A teraz, w trzy lata po śmierci żony, Francis Kennedy, prezydent Stanów Zjednoczonych, jeden z najbardziej wpływowych ludzi na świecie, leżał samotnie w łóżku, nękany strachem o życie swej córki, i nie mógł przywołać snu.

Nie mogąc spać, próbował oddalić lęk, który przeszkadzał mu w zaśnięciu. Tłumaczył sobie, że porywacze nie ośmielą się przecież skrzywdzić Theresy i jego córka wróci bezpiecznie do domu. W tym wypadku nie był wszak bezsilny, nie musiał teraz polegać na słabych i omylnych bogach medycyny, nie musiał walczyć z niezwyciężonymi jak dotąd komórkami raka. O nie! Mógł ocalić życie własnej córki. Wykorzystać potęgę swego kraju, użyć całej swej władzy. Wszystko spoczywało w jego rękach i, dzięki Bogu, nie musiał mieć tutaj żadnych politycznych skrupułów. Jego córka była jedyną rzeczą, jaka mu pozostała na ziemi, kimś kogo naprawdę kochał. Ocali ją więc.

Ale wówczas niepokój, fala tak przemożnego strachu, iż zda się grożącego wstrzymaniem pracy serca, sprawiły, że zapalił nocną lampkę nad głową. Wstał z łóżka i usiadł w fotelu. Przysunął sobie marmurowy stolik i wysączył z filiżanki resztki zimnej czekolady.

Wierzył, że samolot został uprowadzony tylko dlatego, iż na pokładzie znajdowała się jego córka. Uprowadzenia nie dało się wykluczyć, gdyż wszystkie osoby należące do establishmentu są z reguły narażone na zakusy zdeterminowanych, bezwzględnych i, najprawdopodobniej, kierujących się pobudkami ideowymi terrorystów. Za inspirację posłużyć mógł fakt, iż on, Francis Kennedy, prezydent USA, był wszak szczególnym symbolem establishmentu. Tak więc, za sprawą swojego pragnienia, by zostać prezydentem Stanów, ponosił odpowiedzialność za narażenie swej córki na niebezpieczeństwo.

Znów zabrzmiały mu w mózgu słowa lekarza: „To wyjątkowo złośliwa odmiana raka", lecz teraz pojmował już ich pełne znaczenie. Wszystko było bardziej niebezpieczne, niż mogło się wydawać. Jeszcze tej nocy musi ułożyć plan, by móc się bronić. Ma przecież dostateczną władzę, ażeby móc się przeciwstawić owemu zrządzeniu losu. Sen nigdy nie zdoła wkroczyć do komnat jego umysłu, obwarowanych tyloma minami.

Czegóż sobie życzył? Wynieść na szczytne wyżyny nazwisko Kennedych? Ale był tylko kuzynem. Pamiętał swego stryjecznego dziadka, Josepha Kennedy'ego, legendarnego wręcz kobieciarza, posiadacza znacznych ilości złota, człowieka obdarzonego wprost wyjątkowo ostrym umysłem, gdy szło o teraźniejszość; lecz nieomal ślepego, ilekroć w grę wchodziły jakieś sprawy przyszłe. Z wielką czułością wspominał Starego Joe, choć ten, gdyby żył dzisiaj, byłby z całą pewnością politycznym przeciwnikiem Francisa. Stary Joe, gdy Francis był jeszcze mały, dawał mu w ramach urodzinowych prezentów spore okruchy złota i ustanowił dla niego fundusz powierniczy. Tak, ten facet prowadził niezwykle samolubne życie: rżnął hollywoodzkie gwiazdy i windował na odpowiednie stanowiska swych synów. To nieważne, że był właściwie politycznym dinozaurem. I wreszcie ten tragiczny koniec. Kres przychylnego losu: morderstwa na osobach jego dwóch synów, takich młodych i znajdujących się już tak wysoko. Stary człowiek został pokonany, a ostateczny cios eksplodował mu w mózgu.

Czy uczynienie syna prezydentem może przysporzyć radości ojcu? I czyżby stary ojciec królów poświęcił swoich synów ot tak, dla niczego? A może to bogowie zechcieli go pokarać, i to nie tyle z racji jego dumy, co może wskutek nadmiaru szczęścia? Lub może wszystko było tylko dziełem ślepego trafu? Jego synowie, Jack i Robert, tacy bogaci, tacy przystojni i tacy utalentowani, zginęli z rąk owych zdesperowanych przeciętniaków, pragnących wejść do historii dzięki zamordowaniu znacznie lepszych od siebie. Nie, w tym przecież nie mógł kryć się żaden cel, tu wszystko było po prostu dziełem przypadku. Tak wiele różnych drobiazgów może odwrócić los, podczas gdy z kolei zupełnie nic nieznaczące środki ostrożności potrafią skutecznie zatrzymać bieg tragedii.

A jednak... a jednak miał wrażenie, iż w jakiś sposób odczuwa dziwny bieg przeznaczenia. Dlaczegóż to niby wiąże się fakt zamordowania papieża z uprowadzeniem córki prezydenta? Po cóż ta cała zwłoka z ogłoszeniem żądań? Jakież inne motywy mogą się jeszcze kryć w tym labiryncie tajemnic? A wszystko to za sprawą człowieka, o którym nigdy dotąd nie słyszał, tajemniczego Araba imieniem Yabril oraz włoskiego młodzieńca, zwanego z pogardliwą wręcz ironią Romeem.

Siedział w mroku, przerażony samą myślą o tym, jak cała rzecz może się zakończyć. Odczuwał również przypływ znanej, z trudem tylko powstrzymywanej wściekłości. Przypomniał sobie ów straszliwy dzień, w którym usłyszał pierwszą, szeptem wypowiedzianą wiadomość, iż jego stryj John nie żyje, a potem długi, przeraźliwy skowyt matki.

A wówczas, litościwie, rozwarły się podwoje komnat jego umysłu i wspomnienia uciekły. Zasnął w fotelu.

Rozdział 3

Spośród wszystkich członków sztabu prezydenckiego największy wpływ na Kennedy'ego miał prokurator generalny. Christian Klee był potomkiem bogatej rodziny, której korzenie sięgały pierwszych dni niepodległości. Jego fundusze powiernicze osiągnęły teraz wysokość ponad stu milionów dolarów, a wszystko to dzięki kontroli i radom jego ojca chrzestnego — Wyroczni — Olivera Oliphanta. Nigdy niczego mu nie brakowało i nic nie wskazywało również na to, aby i w przyszłości mógł skarżyć się na jakieś niedostatki. Był zbyt inteligentny i nazbyt energiczny, by stać się jeszcze jednym zamożnym próżniakiem, który inwestuje w filmy, ugania się za kobietami, nadużywa narkotyków i alkoholu lub też stacza się wprost w bigoteryjną zgorzkniałość. Za to dwaj ludzie, Wyrocznia i Francis Xavier Kennedy, sprowadzili go w końcu na grunt polityki.

Christian po raz pierwszy spotkał Kennedy'ego w Harvardzie, nie jako studenta-kolegę, lecz jako studenta-nauczyciela. Kennedy był najmłodszym profesorem, jaki wykładał tutaj prawo. Mając dwadzieścia kilka lat, był już uznanym geniuszem. Christian wciąż jeszcze pamiętał ów wykład inauguracyjny. Kennedy zaczął od słów: „Każdy z was słyszał o majestacie prawa lub też doświadczył go na własnej skórze. Albowiem jest to władza, w jaką wyposażono państwo z myślą o kontrolowaniu istniejących organizacji politycznych, które pozwalają istnieć cywilizacji. To prawda. Bez rządów prawa bylibyśmy straceni. Lecz pamiętajcie również, że prawo potrafi być także grajdołem pełnym gówna".

Potem uśmiechnął się do swego studenckiego audytorium. „Potrafię obejść każdy przepis prawny, jaki tylko zdołacie wymyślić. Prawo można tak długo naginać, aż w końcu zatraci ono kształt, wspierając funkcjonowanie wrogiej cywilizacji. Bogaci mogą uciec przed prawem, a czasem nawet i biedni dostąpią tego szczęścia. Niektórzy juryści traktują prawo tak, jak alfonsi swoje dziwki. Sędziowie kupczą prawem, sądy je zdradzają. Wszystko to szczera prawda. Ale pamiętajcie, że nie mamy w tej mierze żadnych innych skuteczniejszych mechanizmów. I nie ma innej drogi stworzenia kontraktu społecznego, regulującego wszelkie stosunki z naszymi bliźnimi i współbraćmi".

Kiedy Christian Klee ukończył prawo na Harvardzie, nie miał najbledszego nawet pojęcia, co począć z własnym życiem. Nic go nie interesowało. Jego majątek wart był miliony, ale pieniądze nie zajmowały go, ani też — tak naprawdę — nie czuł żadnego pociągu do nauk prawnych. Był romantykiem, podobnie jak wielu młodych ludzi w jego wieku.

Podobał się kobietom. Był przystojny, lecz w jakiś dziwny, zda się nieco rozmyty sposób, to znaczy klasyczne rysy jego twarzy były jakby trochę zwichrowane. Słowem, doktor Jekyll, który zaczynał się właśnie zmieniać w pana Hyde'a, lecz można to było zauważyć tylko wtedy, gdy wpadał w złość. Miał wykwintne maniery, wpajane wszystkim patrycjuszom u progu edukacji. Pomimo tego wszystkiego inni mężczyźni darzyli go instynktownym szacunkiem z racji jego nadzwyczajnych talentów. Był niczym żelazna pięść obciągnięta aksamitną rękawiczką Kennedy'ego, miał jednak na tyle inteligencji i taktu, aby ten fakt ukrywać. Lubił kobiety, miewał przelotne romanse, nie potrafił jednak wzbudzić w sobie uczucia prawdziwej wiary w miłość, które prowadzi do namiętnego związku. Desperacko szukał czegoś, czemu mógłby poświęcić życie. Interesował się sztuką, nie miał jednak w sobie pasji twórczej, nie przejawiał talentów w dziedzinie malarstwa, muzyki czy literatury. Paraliżowało go poczucie bezpieczeństwa społecznego, lecz nie czuł się nieszczęśliwy; był raczej tym wszystkim głęboko zdumiony.

Próbował, oczywiście, przez jakiś czas narkotyków, stanowiło to przecież w końcu integralną część kultury amerykańskiej, tak jak kiedyś fakt ten współtworzył koloryt epoki cesarstwa chińskiego. I po raz pierwszy odkrył w sobie zaskakującą rzecz. Nie mógł znieść momentów utraty kontroli nad sobą, o co zazwyczaj przyprawiały go narkotyki. Nie przeszkadzało mu, że jest nieszczęśliwy, byle tylko mógł zachować nadzór nad swym umysłem i ciałem. Utrata tejże kontroli była dlań czymś ostatecznym, akceptowanym jedynie w stanach bezbrzeżnej rozpaczy. Aliści narkotyki nie pozwalały mu nawet przeżywać owej ekstazy, jaka była udziałem innych. Tak więc w wieku dwudziestu dwóch lat, mając właściwie cały świat u stóp, nie żywił żadnych chęci zrobienia czegokolwiek. Nie odczuwał nawet tego, co czuje większość młodych ludzi: pragnienia naprawy świata, na którym przyszło mu żyć.

Poradził się swojego ojca chrzestnego, Wyroczni, podówczas siedemdziesięcioletniego „młodzieńca", człowieka niezwykle zachłannego na życie, który miał aż trzy kochanki, maczał palce właściwie w każdej sprawie, a nadto przynajmniej raz na tydzień konferował z prezydentem Stanów Zjednoczonych. Wyrocznia posiadł, zda się, tajemnicę sztuki życia.

I Wyrocznia powiedział: „Wybierz sobie najbardziej bezużyteczne zajęcie, jakie tylko mógłbyś wykonywać, i niech zaprzątnie ci ono następnych kilka lat. Coś, o czym nigdy byś nawet nie pomyślał, że mógłbyś to robić, rzecz, której wcale nie pragniesz. Lecz niech będzie to coś, co poprawi twój stan fizyczny i umysłowy. Naucz się części świata, której — jak sądzisz — nigdy nie uczynisz częścią swego życia. Nie marnuj czasu. Ucz się. Bo ja właśnie w ten sposób wkroczyłem w świat polityki. I choć to bardzo zdziwiło wszystkich moich przyjaciół, to naprawdę nie interesowały mnie w tym wypadku pieniądze. Zrób coś, czego nienawidzisz. Za trzy czy cztery lata znacznie więcej rzeczy okaże się możliwymi, a to, co jest możliwe, stanie się czymś o wiele bardziej atrakcyjnym.

Następnego dnia Christian złożył prośbę o skierowanie do West Point i w ciągu następnych czterech lat kształcił się na oficera Armii Stanów Zjednoczonych. Wyrocznia był wpierw zdumiony, a potem wpadł w zachwyt. „Właśnie o to chodziło — powiedział. — Bo przecież nigdy nie będziesz żołnierzem. Co najwyżej rozwiniesz w sobie odruch nieposłuszeństwa".

Christian, spędziwszy cztery lata w West Point, przez następne cztery lata pozostał w armii, szkoląc się w szeregach oddziałów specjalnych, zdobywając biegłość w walce z bronią i bez broni. Przeświadczenie, iż jego ciało sprosta teraz każdemu zadaniu, które przed nim postawi, było dla niego czymś na kształt poczucia nieśmiertelności.

W wieku trzydziestu lat zrezygnował z kariery wojskowej i przyjął posadę w oddziałach operacyjnych CIA. Został oficerem od sekretnych poruczeń, toteż następne cztery lata spędził w Europie. Stamtąd aż na sześć lat udał się na Bliski Wschód, gdzie awansował wysoko w sekcji operacyjnej Agencji, lecz wówczas eksplozja bomby pozbawiła go stopy. Było to następne wyzwanie. Nauczył się posługiwać protezą i czynił to tak sprawnie, że w ogóle nie kulał. Niemniej był to już kres jego kariery liniowej, toteż wrócił do domu, by podjąć pracę w prestiżowej firmie prawniczej.

Wówczas po raz pierwszy zakochał się, a później ożenił z dziewczyną, którą uznał za ideał wszystkich swoich młodzieńczych marzeń. Była inteligentna, dowcipna, bardzo ładna i na pewno namiętna. Przez następne pięć lat żył małżeńskim szczęściem, jako ojciec dwojga dzieci, szukając nadto satysfakcji w politycznym labiryncie, po którym pilotował go Wyrocznia.

Uznał, że jest człowiekiem, który w końcu odnalazł swoje miejsce w życiu. Lecz później przyszło nieszczęście: jego żona zakochała się w innym mężczyźnie i wystąpiła o rozwód.

Christian wpierw aż oniemiał, lecz później wpadł we wściekłość. Był przecież taki szczęśliwy! Dlaczegóż więc jego żona miałaby szukać szczęścia gdzie indziej? Co ją tak odmieniło? Kochał ją, spełniał każde jej życzenie. Rzecz jasna, pochłaniała go praca, robienie kariery. Ale był wszak bogaty, toteż niczego jej nie brakowało. Zapamiętawszy się w gniewie, postanowił przeciwdziałać każdemu jej żądaniu, walczyć o opiekę nad dziećmi, nie odstępować jej domu, którego tak bardzo pragnęła, i zredukować wszelkie pieniężne rekompensaty, jakie zazwyczaj przysługują rozwiedzionej kobiecie. Przede wszystkim był zaskoczony tym, że chciała zamieszkać w ich domu wraz ze swym nowym mężem. Prawda, była to iście pałacowa posiadłość, ale cóż chciała począć ze swymi wspomnieniami chwil, które tam razem przeżyli? On sam był wiernym mężem.

Znów udał się do Wyroczni, aby wyjawić mu swe żale i ból. Lecz ku jego zdziwieniu Wyrocznia w ogóle mu nie współczuł. „Ty byłeś wierny i to ci każe sądzić, że twoja żona także miała być ci wierna? A niby czemu, skoro przestałeś ją interesować? Tak, niewierność o wiele bardziej przystoi mężczyźnie. Niewierność jest czymś na kształt ubezpieczenia ostrożnego mężczyzny, który wie, że jego żona może go w sposób jednostronny pozbawić domu i dzieci, i to bez żadnej przyczyny natury moralnej. A ty, żeniąc się, przyjąłeś ten układ. Więc teraz musisz przy nim wytrwać". Później Wyrocznia roześmiał mu się w twarz: „Twoja żona miała całkowitą rację, że cię puściła kantem — powiedział. — Przejrzała cię na wylot, chociaż muszę przyznać, że odstawiłeś niekiepskie przedstawienie. Wiedziała, że nigdy nie byłeś naprawdę szczęśliwy. Ale wierz mi, że to najlepsze wyjście. Jesteś teraz człowiekiem gotowym zająć swoją prawdziwą pozycję w życiu. Masz teraz wolną drogę, bowiem żona i dzieci byłyby tylko przeszkodą. W gruncie rzeczy jesteś facetem, który musi żyć samotnie, gdyż tylko wtedy może dokonać naprawdę wielkich rzeczy. Wiem to, bo sam byłem taki. Żony są zagrożeniem dla mężczyzn o wielkich ambicjach, a dzieci stają się istnym źródłem tragedii. Rusz swoim zdrowym rozsądkiem i zrób użytek z prawniczego wykształcenia. Daj jej wszystko, czego tylko zechce, uczyni to ledwie niewielką rysę na twojej fortunie. Twoje dzieci są jeszcze bardzo małe, więc zapomną. Pomyśl o tym w ten sposób. Teraz jesteś wolny. I sam będziesz kierował swoim życiem".

I tak też się stało.

Tak więc późnym wieczorem w Niedzielę Wielkanocną prokurator generalny Christian Klee opuścił Biały Dom, by odwiedzić Olivera Oliphanta i poprosić go o radę, a także by poinformować, iż jego setne przyjęcie urodzinowe zostało przełożone przez prezydenta.

Wyrocznia mieszkał w otoczonej murem posiadłości, pilnie strzeżonej kosztem znacznych nakładów. Niemniej jej system ochrony ujawnił w zeszłym roku aż pięciu przedsiębiorczych włamywaczy. Tamtejsza ekipa służących, dobrze opłacanych i zabezpieczonych na przyszłość, obejmowała fryzjera, garderobianego, kucharza i pokojówki, gdyż nadal sporo ważnych ludzi przychodziło do Wyroczni po radę, toteż trzeba im było serwować wymyślne obiady lub nawet służyć noclegiem.

Christian cieszył się na myśl o spotkaniu z Wyrocznią. Lubił jego towarzystwo, historie, jakie ten opowiadał o straszliwych wojnach staczanych na polach bitewnych mamony, o strategiach ludzi szamoczących się pomiędzy presją ojców, matek, żon i kochanek. Wyrocznia pouczał, jak należy bronić się przed rządem, przed jego okrutną siłą, przed arcyślepą sprawiedliwością, zdradzieckimi prawami i do cna przeżartym korupcją systemem wolnych wyborów. Nie żeby Wyrocznia był wyjątkowym cynikiem; po prostu widział wszystkie fakty niezwykle wyraziście. I utrzymywał stanowczo, że można wieść szczęśliwe i udane życie, stosując się do wszystkich tych etycznych wartości, dzięki którym trwa jeszcze prawdziwa cywilizacja. Wyrocznia potrafił być wprost zaskakujący.

Przyjął Christiana w swym apartamencie na drugim piętrze, który składał się z wąskiej sypialni, ogromnej łazienki wyłożonej niebieskimi kafelkami, gdzie znajdował się również bidet oraz kabina natrysku z marmurową ławeczką i wykutymi w ścianie uchwytami. Był tam także gabinet z imponującym kominkiem, biblioteka oraz przytulny salonik z kolorową sofą i fotelami.

Wyrocznia znajdował się w saloniku, odpoczywając w specjalnie skonstruowanym samobieżnym wózku inwalidzkim. Obok niego stał stolik, a przed nim fotel i stół zastawiony do popołudniowej herbaty.

Christian zajął miejsce w fotelu naprzeciwko Wyroczni, nalał sobie herbaty i sięgnął po jedną z małych kanapek. Jak zawsze ujął go wygląd gospodarza i jego intensywność widzenia wszystkich spraw, tak niezwykła u kogoś, kto przeżył już sto lat. I Christianowi wydawało się to logiczne, że Wyrocznia ewoluował z etapu swojskiego sześćdziesięciopięciolatka, osiągając stopniowo poziom imponującego matuzalema. Skórę miał białą niczym gipsowa skorupa, a czaszkę łysą, usianą wątrobianymi plamami, ciemnymi jak zacieki nikotyny. Cętkowane niczym skóra lamparta ręce wysuwały się z rękawów garnituru o doskonałym kroju — starczy wiek nie zdołał przemóc jego próżności, gdy szło o ubiory. Szyja, otoczona luźno jedwabnym krawatem, była dziwnie łuskowata i pofałdowana, natomiast szerokie plecy sprawiały wrażenie mocno już zaokrąglonych. Klatka piersiowa uderzała swą znikomą objętością, w pasie można go było objąć dłońmi, a nogi były niewiele grubsze niż dwie nitki pajęczej sieci. Lecz rysy jego twarzy nie zostały jeszcze naznaczone piętnem zbliżającej się śmierci.

Christian napełnił Wyroczni filiżankę, toteż przez pierwsze kilka minut uśmiechali się tylko do siebie, popijając herbatę.

Wyrocznia odezwał się pierwszy.

— Jak się domyślam, przyszedłeś, żeby odwołać moje przyjęcie urodzinowe. Razem z sekretarzami oglądałem telewizję. Powiedziałem im, że przyjęcie zostanie pewnie odłożone. — Jego głos pobrzmiewał nieco głuchym charkotem zużytej krtani.

— Tak — odparł Christian. — Ale tylko o miesiąc. Czy myślisz, że uda ci się pożyć aż tak długo? — Uśmiechnął się.

— Jestem przekonany, że tak — odrzekł Wyrocznia. — To gówno leci już w każdej stacji telewizyjnej. Posłuchaj mojej rady, chłopcze, i kup sobie akcje towarzystw telewizyjnych. Oni zrobią na tej tragedii fortunę, podobnie jak i na wszystkich następnych tragediach. To hieny naszego społeczeństwa. — Przerwał na chwilę i dodał łagodniej: — A jak to znosi twój ukochany prezydent?

— Podziwiam tego człowieka bardziej niż kiedykolwiek — odparł Christian. — Nigdy nie widziałem, by ktokolwiek w jego sytuacji spokojniej znosił tak straszliwy cios. Jest teraz znacznie silniejszy niż po śmierci żony.

Wyrocznia powiedział sucho:

— Kiedy najgorsze, co może ci się zdarzyć, rzeczywiście ci się przydarza, a ty to jakoś znosisz, wtedy jesteś najsilniejszym człowiekiem na świecie. Co w istocie wcale nie musi być aż tak dobre.

Przerwał na chwilę, by pociągnąć łyk herbaty, jego bezbarwne wargi zwarły się w cienką białawą linię, przypominającą zadrapanie na jego twarzy, zszytej, zda się, ze skrawków skóry koloru nikotyny. A potem dorzucił:

— Jeżeli nie uznasz, że będzie to złamanie przysięgi czy też wykroczenie przeciw lojalności wobec prezydenta, mógłbyś mi chyba powiedzieć, jakie kroki przedsięwzięto.

Christian wiedział, że ów starzec właśnie po to żyje. Ażeby być możliwie jak najbliżej władzy.

— Francis jest bardzo zaniepokojony tym, że porywacze do tej pory nie zgłosili jeszcze żadnych żądań. Minęło już dziesięć godzin — powiedział. — Uważa, że w tym milczeniu jest coś złowrogiego.

— Bo jest — odparł Wyrocznia.

Zamilkli na dłuższą chwilę. Oczy Wyroczni straciły swoją bystrość, zdawały się teraz przygaszone przez nawisłe pod nimi worki trupieszejącej skóry.

— Naprawdę martwię się o Francisa — oświadczył wreszcie Christian. — On już więcej nie zniesie. Jeśli coś jej się stanie...

— Dojdzie do bardzo niebezpiecznej konfrontacji — powiedział Wyrocznia. — Wiesz, pamiętam Francisa Kennedy'ego jako małego chłopca. Nawet wtedy uderzył mnie sposób, w jaki górował nad swymi kuzynami. Był urodzonym bohaterem, nawet jeszcze jako mały chłopiec. Bronił słabszych, narzucał innym pokój. Lecz czasami czynił więcej szkody, niż zrobiłby to którykolwiek z łobuzów. Oczy podbite w imię cnoty.

Wyrocznia przerwał, a Christian dolał mu trochę gorącej herbaty, choć jego filiżanka była więcej niż w połowie pełna. Wiedział, że starzec nie może niczego smakować, jeśli to coś nie jest dość gorące albo dostatecznie zimne.

— Cokolwiek prezydent każe mi zrobić, zrobię to — powiedział.

Oczy Wyroczni nabrały nagle niespodziewanego blasku i wyrazistości.

— W ciągu tych ostatnich lat stałeś się bardzo niebezpiecznym człowiekiem, Christianie — rzekł w zamyśleniu. — Ale nie nazbyt oryginalnym. W przeciągu całych dziejów byli jacyś tam ludzie, czasami nawet uznani za „wielkich", którzy musieli wybierać pomiędzy Bogiem a ojczyzną. I niektórzy, nawet bardzo religijni, stawiali ojczyznę przed Bogiem, wierząc, że pójdą do wiecznego piekła i uważając to za bardzo szlachetne. Ale, Christianie, dożyliśmy takich czasów, w których musimy zdecydować, czy oddamy nasze istnienia za ojczyznę, czy też dopomożemy w tym, by cywilizacja zdołała jakoś przetrwać. Żyjemy w epoce nuklearnej. To nowa i interesująca kwestia,

kwestia nigdy przedtem jeszcze niestawiana pojedynczemu człowiekowi. Pomyśl o tym w takim właśnie kontekście. Jeżeli staniesz po stronie prezydenta, to czy narazisz ludzkość na jakieś niebezpieczeństwo? To nie takie proste, jak odrzucenie Boga.

— To nieważne — odparł Christian. — Wiem, że Francis jest lepszy niż Kongres, Klub Sokratesa czy terroryści.

— Zawsze zastanawiałem się nad twoją bezgraniczną lojalnością wobec Francisa Kennedy'ego — powiedział Wyrocznia. — Są tacy wulgarni plotkarze, którzy twierdzą, że to wręcz jakaś pedalska historia. Z twojej strony. Nie z jego. A to bardzo dziwne, jeśli zważyć, że ty masz kobiety, a on nie, i to od śmierci żony, aż trzy lata temu. Ale dlaczego ludzie w otoczeniu Kennedy'ego odnoszą się do niego z takim uwielbieniem, skoro dał im się poznać jako polityczny bałwan? Wszystkie te reformatorskie i regulatorskie dekrety, które próbował przeforsować za sprawą naszego Kongresu dinozaurów. Myślałem, że jesteś inteligentny, ale załóżmy, że zostałeś przegłosowany. Lecz tak czy owak to twoje nadzwyczajne uczucie wobec Kennedy'ego pozostaje dla mnie tajemnicą.

— On jest po prostu człowiekiem, jakim ja zawsze pragnąłem być — oświadczył Christian. — To chyba proste.

— Lecz wówczas ty i ja nie bylibyśmy od tylu lat przyjaciółmi — powiedział Wyrocznia. — Bo nigdy nie lubiłem Francisa Kennedy'ego.

— On jest po prostu lepszy od wszystkich — stwierdził Christian. — Znam go od ponad dwudziestu lat i jest on jedynym politykiem, który był uczciwy w stosunku do społeczeństwa, nie okłamywał go.

— Człowiek, którego tu opisałeś — rzekł sucho Wyrocznia — nigdy nie mógłby być wybrany na prezydenta Stanów Zjednoczonych. — Wydawało się, że nadyma swe owadzie ciało. Jego palce o błyszczącej skórze stukały w przyciski kontrolne wózka inwalidzkiego. Odchylił się nieco do tyłu. Za sprawą garnituru, koszuli barwy kości słoniowej i prostej niebieskiej smugi krawata pod szyją jego gładka twarz wyglądała jak kawałek mahoniu. — Jakoś nie chwytam tych jego uroków, a ponadto nigdy się nie zgadzaliśmy. Teraz muszę cię ostrzec — mówił dalej. — Każdy człowiek w ciągu życia popełnia wiele pomyłek. To ludzkie i nieuniknione. Chodzi jednak o to, by nigdy nie popełnić błędu, który przywiedzie cię do zguby. Strzeż się swego przyjaciela Kennedy'ego, który jest aż tak bardzo cnotliwy. Pamiętaj, że zło może wyniknąć z pragnienia czynienia dobra. Bądź ostrożny.

— Charakter się nie zmienia — powiedział z przekonaniem Christian.

Wyrocznia zatrzepotał ramionami. Przypominał teraz ptaka.

— Ależ tak — powiedział. — Ból zmienia charakter. I smutek też. Poza tym, oczywiście, czynią to miłość i pieniądze. Nadszarpuje go czas. Pozwól, że opowiem ci pewną historyjkę. Kiedy byłem już mężczyzną pięćdziesięcioletnim, miałem kochankę, która była ode mnie o trzydzieści lat młodsza. Miała brata, o dziesięć lat starszego od siebie, około trzydziestoletniego. Byłem jej nauczycielem, tak jak w przypadku wszystkich moich kobiet. Bowiem ich sprawy leżały mi na sercu. Jej brat był graczem na Wall Street oraz człowiekiem bardzo nieostrożnym, co później wpędziło go w spore kłopoty. Cóż, nigdy nie byłem zazdrosny — a ona umawiała się z młodymi mężczyznami. Ale na jej dwudzieste pierwsze urodziny ów brat wydał przyjęcie i dla żartu wynajął męskiego striptizera, aby wystąpił przed nią i jej przyjaciółmi. Wszystko odbyło się bez zarzutu, bo nie zrobili z tego tajemnicy. Lecz ja zawsze zdawałem sobie sprawę z przeciętności swej urody i faktu, że nie budzę fizycznego pociągu u kobiet. Toteż poczułem się urażony, co było rzeczą poniżej mej godności. Pozostaliśmy jednak przyjaciółmi, a potem ona wyszła za mąż i zrobiła karierę. A ja znalazłem sobie młodsze kochanki. Dziesięć lat później jej brat wpadł w kłopoty finansowe, jak to często się zdarza tym typkom z Wall Street. Dawał poufne informacje, obracał powierzonymi mu pieniędzmi. Była to nielicha afera, która wpakowała go na kilka lat do więzienia i oczywiście zwichnęła mu karierę.

Miałem już wówczas sześćdziesiąt lat i nadal się z nimi przyjaźniłem. Nigdy nie prosili mnie o pomoc, bo po prostu nie znali zakresu moich możliwości. Mogłem go uratować, ale nawet nie kiwnąłem palcem. Pozwoliłem, żeby się stoczył. A w dziesięć lat później dotarło do mnie, że ponoć nie dopomogłem mu z powodu jego głupiego zagrania, tego że pozwolił, aby jego siostra ujrzała ciało mężczyzny o tyle młodszego ode mnie. I nie była to seksualna zazdrość, obraza mojej władzy lub też władzy, którą sądziłem, że mam. Często o tym myślałem. Jest to jedna z niewielu rzeczy w moim życiu, których się wstydzę. Nigdy bym nie popełnił podobnego czynu w wieku trzydziestu albo siedemdziesięciu lat. A więc dlaczego wówczas, gdy miałem ich sześćdziesiąt? Charakter naprawdę się zmienia. Jest to triumf człowieka i zarazem jego tragedia.

Christian sięgnął po brandy, którą zaproponował mu Wyrocznia. Była przepyszna i bardzo droga. Wyrocznia zawsze serwował tylko to, co najlepsze. Christianowi bardzo smakowała, chociaż nigdy by jej nie kupił, bo mimo że urodził się bogatym, nigdy nie uważał, iż zasługuje na to, aby tak sobie dogadzać.

— Znam cię od urodzenia, ponad czterdzieści pięć lat, lecz w ciągu tego czasu nie zmieniłeś się wcale — powiedział. — W przyszłym tygodniu skończysz sto lat. I nadal jesteś tym samym wielkim człowiekiem, za którego cię zawsze uważałem.

Wyrocznia potrząsnął głową.

— Znasz mnie jedynie z okresu mej starości, od sześćdziesięciu lat do stu. To nic nie znaczy. Bo wtedy zanika już trucizna i siła i nie sposób ich nikomu narzucać. To żadna sztuka być cnotliwym w późnym wieku, o czym wiedział zresztą ten hucpiarz Tołstoj. — Przerwał i westchnął. — No i co z tym moim przyjęciem urodzinowym? Twój przyjaciel Kennedy nigdy mnie tak naprawdę nie lubił i wiem, że to ty forsowałeś tę całą fetę w Ogrodzie Różanym Białego Domu i chciałeś zrobić z tego wielkie wydarzenie dla mediów. Czy zatem on skorzysta teraz z sytuacji, aby się wyłgać?

— Nie, nie — zaprzeczył Christian. — On docenia pracę twojego życia i chce tę rzecz doprowadzić do skutku. Oliverze, byłeś i jesteś wielkim człowiekiem. Poczekaj tylko. Do diabła, cóż to znaczy tych kilka miesięcy, jeśli skończyło się aż sto lat? — Przerwał. — Ale jeśli tak wolisz, bo nie lubisz Francisa, możemy zapomnieć o jego wielkich planach dotyczących twojego przyjęcia, zmasowanego natarcia mediów, a nadto twego nazwiska i zdjęć we wszystkich gazetach i w telewizji. Zawsze mogę, ot tak, od ręki, urządzić dla ciebie małe prywatne przyjęcie i skończyć z tym wszystkim. — Uśmiechnął się do Wyroczni, aby pokazać, że mówi to tylko żartem. Bowiem czasami starzec brał go zbyt dosłownie.

— Dziękuję ci, ale nie — odrzekł Wyrocznia. — Chcę mieć coś, dla czego mógłbym żyć. A mianowicie przyjęcie urodzinowe wydane przez prezydenta Stanów Zjednoczonych. Ale pozwól, że coś ci powiem. Twój Kennedy jest bardzo przebiegły. Wie, że moje nazwisko nadal jeszcze coś znaczy. Reklama uwydatni jego *image*. Twój Francis Xavier Kennedy jest równie przebiegły, jak i jego stryj, Jack. Z kolei Bobby chciałby mi dowieść, że nie stosuje żadnych tricków.

— Żaden z twoich rówieśników nie żyje — powiedział Christian. — Ale twoi protegowani to kilkoro najbardziej liczących się mężczyzn i kobiet w tym kraju, i pragną oddać ci ten honor. Włącznie z prezydentem. On wciąż jeszcze pamięta, że dopomogłeś mu uzyskać to stanowisko. Zaprasza nawet twoich kumpli z Klubu Sokratesa, choć nienawidzi ich. Będzie to twoje najlepsze przyjęcie urodzinowe.

— I ostatnie — stwierdził Wyrocznia. — Czepiam się życia już tylko końcami cholernych paznokci.

Christian roześmiał się. Wyrocznia nigdy nie używał mocnych słów przed skończeniem dziewięćdziesięciu lat, toteż teraz wypowiadał je równie niewinnie jak dziecko.

— No to załatwione — powiedział Wyrocznia. — Teraz

pozwól, że powiem ci coś o wielkich ludziach, włączając w to Kennedy'ego i mnie samego również. Oni trawią w końcu siebie samych i innych, tych wokół siebie. Nie w tym rzecz, żebym twierdził, że ten twój Kennedy jest wielkim człowiekiem. Fakt, został prezydentem Stanów Zjednoczonych. Zgoda, owładnął całą strukturą władzy. Jak sądzisz, długo to może trwać? I dlaczego nazywa się to strukturą władzy? To przecież tylko sztuczka godna iluzjonisty. Czy wiesz, nawiasem mówiąc, że w show-biznesie panuje przekonanie, iż magik to ktoś całkowicie pozbawiony talentu artystycznego? — W tym momencie Wyrocznia przekrzywił głowę, nabrawszy zadziwiająco sowiego wyglądu. — Przyznam, że Kennedy nie jest typowym politykiem — ciągnął po chwili. — Jest idealistą, jest też niezwykle inteligentny i posiada zasady moralne, choć zastanawiam się, czy powściągliwość seksualna jest rzeczą zdrową. Ale wszystkie te cnoty są przeszkodą na drodze do politycznej wielkości. Człowiek bez wad? To jakby żaglówka bez żagla!

— Nie pochwalasz zatem jego czynów? A jakie kroki byś podjął, będąc na jego miejscu? — zapytał Christian.

— To bez znaczenia — odparł Wyrocznia. — Przez całe te trzy lata ni to wpychał swojego ptaszka, ni to go wyjmował, a coś takiego zawsze przysparza kłopotów. — W tym momencie wzrok Wyroczni zachmurzył się nieco. — Mam nadzieję, że to nie powstrzyma na zbyt długo daty mego przyjęcia urodzinowego. Miałem życie, nie? Kto sobie pożył lepiej niźli ja? Urodziłem się w biedzie, potrafiłem więc docenić bogactwo, które później zdobyłem. Mężczyzna o przeciętnej urodzie, który nauczył się fascynować i zdobywać piękne kobiety. Bystry umysł i nabyta umiejętność współczucia, o ileż lepsza od tej genetycznej. Ogromna energia, wystarczająca, aby zachować siły jeszcze w starczym wieku. I dobre zdrowie, bo tak naprawdę, to nigdy w życiu nie chorowałem. Wspaniałe życie! I jakie długie! W tym tylko kłopot, że może aż za długie. Nie mogę teraz znieść własnego odbicia w lustrze, ale — jak powiedziałem — nigdy nie byłem zbyt przystojny. — Przerwał na chwilę, a potem rzucił znienacka: — Rzuć służbę państwową. Odetnij się od wszystkiego, co się tu teraz dzieje.

— Nie mogę tego zrobić — powiedział Christian. — Już za późno. — Przyglądał się piegowatej głowie starca i zachwycał jego umysłem, który nadal był tak żywy. Wpatrywał się w wiekowe oczy, zasnute teraz mgłą niczym bezkresne morze. Czy i on sam dożyje kiedyś tak późnej starości i czy jego ciało również skurczy się wówczas niczym powłoczka martwego owada?

A Wyrocznia, patrząc na niego, myślał: „Jakże wszystkich łatwo przejrzeć na wylot, niczym naiwne i niemądre dzieci". Dla Wyroczni było oczywiste, że za późno udzielił swej rady i że Christian zdradzi sam siebie.

Christian dopił brandy i wstał, gotując się do wyjścia. Otulił starca kocami i zadzwonił na pielęgniarki, by weszły do pokoju. A potem wyszeptał do ucha Wyroczni, obciągniętego zwiędłą choć połyskliwą skórą:

— Powiedz mi prawdę o Helen Du Pray. Była przecież jedną z twoich protegowanych, nim w końcu wyszła za mąż. Wiem, że zaaranżowałeś jej pierwsze wejście w świat polityki. Czy rżnąłeś ją wtedy, czy też wówczas byłeś na to za stary?

Wyrocznia potrząsnął głową.

— Nigdy nie byłem za stary, dopóki nie przekroczyłem dziewięćdziesiątki. I pozwól, że ci powiem, iż dopiero wówczas, gdy kutas obwiśnie ci do reszty, wiesz, co to prawdziwa samotność. Ale wracając do twojego pytania. Nie podobałem się jej, gdyż nie uznała mnie jakoś za skończoną piękność. Muszę przyznać, że bardzo mnie to rozczarowało. Bo ona była bardzo piękna i bardzo inteligentna. Mój ulubiony zestaw. Nigdy nie potrafiłem kochać inteligentnych brzydul. Zbyt były do mnie podobne. Potrafiłem wprawdzie kochać piękne i głupie, lecz kiedy trafiła mi się piękna i inteligentna, byłem wprost w siódmym niebie. Helen Du Pray... No cóż, wiedziałem, że daleko zajdzie, bo była bardzo twarda i miała silną wolę. Tak, próbowałem, ale mi nic nie wyszło, rzadki przypadek fiaska, że tak powiem. Jednak zawsze byliśmy dobrymi przyjaciółmi. To właśnie potrafiła, odmówić mężczyźnie tych rzeczy, a jednak pozostać z nim w zażyłej przyjaźni. To bardzo rzadki talent. Już wtedy wiedziałem, że jest naprawdę ambitną kobietą.

Christian dotknął jego ręki. Miał uczucie, że dotyka blizny.

— Zadzwonię albo też będę wpadał do ciebie codziennie — powiedział. — Będę ci o wszystkim donosił na bieżąco.

Wyrocznia po wyjściu Christiana był bardzo zajęty. Musiał przekazać uzyskaną od niego informację do Klubu Sokratesa, którego członkowie byli ważnymi osobistościami w strukturze społecznej Ameryki. Nie uważał tego za zdradę wobec Christiana, którego czule kochał. Bo miłość zawsze była dlań na drugim miejscu.

Musiał podjąć jakieś działanie; jego kraj żeglował teraz po niebezpiecznych wodach. Musiał mu więc pospieszyć z pomocą, ażeby go skierować do bezpiecznego portu. A cóż innego mógł zrobić człowiek w jego wieku, chcąc w jakiś sposób ubarwić swoje życie? Choć, prawdę mówiąc, nigdy nie znosił legendy Kennedych. I oto powstała szansa, ażeby ją unicestwić na zawsze.

W końcu Wyrocznia pozwolił, by pielęgniarka zajęła się nim i przygotowała mu łóżko. Wspomniał czule Helen Du Pray i czynił to bez cienia goryczy. Była wówczas bardzo młoda, miała dwadzieścia kilka lat, a ogromna witalność dodawała blasku jej urodzie. Nie szczędził jej nauk na temat władzy, jej zdobycia oraz stosowania i — co najważniejsze — powstrzymywania się od jej użycia. A ona przysłuchiwała mu się z cierpliwością, jakże niezbędną dla zdobycia władzy.

Powiedział jej, że jedną z największych zagadek ludzkości jest fakt, iż ludzie częstokroć działają wbrew własnym interesom. Ukłucia dumy rujnują im życie. Zawiść i samozakłamanie prowadzą ich ścieżkami, które wiodą w nicość. Dlaczego więc zachowanie swego własnego wizerunku jest czymś tak ogromnie ważnym? Są tacy, którzy nigdy nie chcą się płaszczyć, przypochlebiać, nie chcą kłamać, nigdy się nie cofają, nigdy nikogo nie zdradzają ani nie oszukują. Są tacy, którzy żyją w zawiści i w zazdrości o szczęśliwszy los innych.

Wszystko to było swoistym rodzajem błagania i ona przejrzała jego grę. Odtrąciła go i poszła dalej, już bez jego pomocy, ażeby spełnić własne marzenia o władzy.

Jednym z problemów, jeśli w wieku stu lat masz umysł absolutnie trzeźwy i zdrowy, jest fakt, że obserwujesz u siebie wykluwanie się podświadomej podłości, toteż szukasz jej źródła w czasach, które już dawno minęły. Był upokorzony, kiedy Helen Du Pray nie chciała mu się oddać. Wiedział, że ma innych kochanków, nie była pruderyjna. Niemniej w wieku siedemdziesięciu lat — rzecz zadziwiająca — nadal był próżny.

Pojechał do ośrodka przeprowadzającego kuracje odmładzające, poddał się chirurgicznemu usunięciu zmarszczek, łuszczeniu skóry, wstrzykiwaniu w żyły miazgi zwierzęcego płodu. Ale nie sposób było zaradzić kurczeniu się szkieletu, sztywnieniu stawów czy wreszcie przemienianiu się krwi w wodę.

Chociaż nic mu to już nie dawało, Wyrocznia wierzył, że rozumie zakochanych mężczyzn i kobiety. Nawet kiedy skończył sześćdziesiąt lat, jego młode kochanki uwielbiały go. Cały sekret polegał na tym, żeby nigdy nie narzucać im żadnych zasad zachowania, nigdy nie być zazdrosnym i nigdy nie ranić ich uczuć. Brały więc sobie młodych mężczyzn na prawdziwych kochanków i traktowały Wyrocznię z niedbałym okrucieństwem. Nie miało to dlań znaczenia. Obsypywał je kosztownymi podarunkami, obrazami i biżuterią w najlepszym gatunku. Pozwalał im korzystać ze swej władzy w celu osiągania niezasłużonych korzyści i używać jego pieniędzy w dość znacznych, byle nie rozrzutnych ilościach. Był człowiekiem rozważnym i zawsze miał trzy lub cztery kochanki równocześnie. Gdyż one także miały swoje prywatne życie. Zakochiwały się, a potem zaniedbywały go, udawały się w dalekie podróże i pracowały ciężko, by zrobić karierę. Nie stawiał zbyt wielu żądań co do ich czasu. Ale kiedy potrzebował kobiecego towarzystwa (nie

tylko gwoli zażycia seksu, niekiedy po prostu z chęci roz-
koszowania się słodkim brzmieniem ich głosów i niewinną
przebiegłością ich podstępów), przynajmniej jedna z nich czterech bywała osiągalna. A oczywiście to, że widywano je w jego
towarzystwie, przy ważnych okazjach, dawało im wstęp do
kręgów, w które trudno by im było samodzielnie przeniknąć.
Towarzyskie układy stanowiły część jego majątku.

Nie robił żadnych tajemnic; wszyscy o sobie wszystko nawzajem wiedzieli. Uważał, że w głębi duszy kobiety nie lubią
mężczyzn o monogamicznych skłonnościach.

Jakie to okrutne, że lepiej pamiętał o złych uczynkach,
których zdarzyło mu się dopuścić, niż o tych dobrych. Jego
pieniądze wznosiły centra medyczne, kościoły, domy opieki
dla starców, czyniły wiele dobrych rzeczy. Ale jego wspomnienia o sobie samym nie były zbyt dobre. Na szczęście
często myślał o miłości. W jakiś przedziwny i szczególny
sposób była to chyba najbardziej komercyjna rzecz w jego
życiu. A przecież był właścicielem firm na Wall Street, banków
i linii lotniczych!

Naznaczony potęgą pieniądza, bywał zapraszany do brania
udziału w wydarzeniach, które wstrząsały światem. Był doradcą
ludzi niezwykle możnych. Dopomógł ukształtować ten właśnie
świat, na którym żyli inni. Fascynujące i jakże ważkie życie.
A jednak według oceny jego stuletniego umysłu, daleko bardziej
istotne było kierowanie niezliczonymi rzeszami kochanek. Ach,
te inteligentne, uparte piękności, jakże były rozkoszne i jak
dalece potwierdziły jego sąd o większości z nich! Były teraz
sędziami, kierowały redakcjami pism, zajmowały poczesne
miejsca na Wall Street i królowały w dziennikach telewizyjnych. Jakże przebiegłe były w czasie swoich z nim romansów
i z jaką radością je później przechytrzał. Lecz nigdy nie okpił
ich, pozbawiając tego, co im się należało. Nie miał poczucia
winy, odczuwał jedynie żal. Gdyby któraś z nich naprawdę go
kochała, wyniósłby ją pod niebiosa. Lecz wówczas chłodny
umysł przypominał mu, iż nie zasługiwał na to, by tak go
kochano.

Dopiero w wieku osiemdziesięciu lat jego szkielet począł się kurczyć w swej cielesnej powłoce. Wraz z tym malało fizyczne pożądanie, a rozległy ocean młodzieńczych, zaginionych gdzieś wizerunków jął zalewać mu umysł. I w tym właśnie okresie stwierdził, iż jest rzeczą konieczną, aby zatrudniał młode kobiety, które leżałyby niewinnie w jego łóżku, tak iżby mógł na nie patrzeć. Och, ta perwersja, tak pogardzana w literaturze, tak wykpiona przez młodych, którzy przecież i tak muszą się w końcu zestarzeć! A jednak ileż spokoju dawało to jego rozsypującemu się ciału! Owa możność przypatrywania się pięknu, którego nie mógł już pożreć. Jakież to było czyste! Krągłe pagórki piersi, jedwabiście biała skóra zwieńczona maleńką czerwoną różyczką. Tajemnicze uda, ich obłe kształty roztaczające złocisty blask. Zadziwiający trójkąt włosów — bogata gama barw — a potem, z drugiej strony, przyprawiające o skurcz serca pośladki, podzielone na dwie wspaniałe półkule. Tyle piękna, umarłego i straconego już dla jego cielesnych doznań, zapalającego jednak miliardy migotliwych iskierek w jego mózgu. A ich twarze, owe tajemnicze muszle uszu spływające spiralami w odmęty jakiegoś wewnętrznego morza i te głęboko osadzone oczy, wraz ze swym żarem błękitu, szarości, brązu i zieleni, ze swym nagromadzeniem tajemnych komórek, owe płaszczyzny twarzy ześrodkowane wokół, zda się, bezbronnych warg, otwartych zarówno na przyjemności, jak i na rany. Wpatrywał się w nie przed zaśnięciem. Wyciągał rękę i dotykał gorących ciał, jedwabiu ud i pośladków, dotykał płomiennych warg i — och, stanowczo zbyt rzadko! — gładził falistą ruń łona, ażeby poczuć pod nią przyspieszone tętno. Tyle w nim było ukojenia, że od razu zasypiał, a rytm uderzeń serca łagodził grozę jego snów. Bo w snach nienawidził bardzo młodych kobiet i pożerał je. Śnił o ciałach młodych mężczyzn leżących w okopach, spiętrzonych w wysokie stosy, o tysiącach żeglarzy zawisłych głęboko pod powierzchnią morza, o rozleg- łym niebie zasnutym chmurami ciał ubranych w kosmiczne kombinezony zdobywców przestworzy, bez końca wsysanych przez czarne dziury wszechświata.

Śnił na jawie. Lecz zarazem na jawie zdawał sobie sprawę, że jego sny są formą starczego szaleństwa, odrazy wobec własnej cielesności. Nienawidził swojej skóry, która błyszczała niczym tkanka rany, nienawidził też brązowych plam na dłoniach i łysej czaszce, owych złowróżbnych cętek śmierci, swojego słabnącego wzroku, słabości swych kończyn i bijącego szybko serca; owego zła toczącego niczym rak klarowny dotąd umysł.

Och, jaka szkoda, że trzy wróżki-matki chrzestne schylały się wyłącznie nad kołyskami nowo narodzonych dzieci, aby obdarzyć je możnością spełnienia trzech magicznych życzeń! Gdyż owe dzieci nie potrzebowały ich; to raczej starzy ludzie, tacy właśnie jak on, winni otrzymywać ich dary. Szczególnie ci o umysłach przejrzystych jak kryształ.

Księga II

TYDZIEŃ WIELKANOCNY

Rozdział 4

Poniedziałek

Ucieczka Romea z Włoch została zaplanowana w najdrobniejszych szczegółach. Z placu Świętego Piotra furgonetka zabrała jego oddział do meliny, gdzie zmienił ubranie i gdzie dostarczono mu niemal idealnie podrobiony paszport. Stąd również zabrał spakowaną już walizkę, a potem konspiracyjnymi trasami przeprowadzono go przez granicę do południowej Francji. Tam, w Nicei, wsiadł do samolotu zmierzającego do Paryża, ażeby potem udać się do Nowego Jorku. Choć przez ostatnie trzydzieści godzin obywał się bez snu, Romeo miał się na baczności. Wszystko zależało niekiedy od szczegółów. Gdyż czasem pozornie łatwa część operacji kończyła się fiaskiem z powodu jakiegoś idiotycznego niedociągnięcia lub błędu w planowaniu.

Obiady i wino w samolotach Air France zawsze były dobre, toteż Romeo rozluźnił się stopniowo. Spoglądał w dół, na bezkresną bladozieloną wodę i połacie białolazurowego nieba. Wziął dwie mocne tabletki nasenne. Ale jakiś wciąż jeszcze rozedrgany nerw nie pozwalał mu zasnąć. Myślał o tym, jak będzie przechodził przez odprawę celną w Stanach Zjednoczonych — czy może tam coś wypaść nie tak? Ale nawet gdyby został tam nakryty, nie wywoła to żadnych zmian w planach Yabrila. Zdradziecki instynkt samozachowawczy nie pozwalał mu zasnąć. Romeo nie miał złudzeń co do rozlicznych cierpień, jakie staną się wkrótce jego udziałem. Zgodził się na akt samopoświęcenia, by okupić grzechy swojej rodziny, swojej klasy i swego kraju, ale teraz ów tajemniczy nerw strachu nie pozwalał mu się rozluźnić.

W końcu tabletki podziałały i zasnął. Śniło mu się, że właśnie oddał strzał i oto biegnie co tchu, uciekając z placu Świętego Piotra. W trakcie tej ucieczki obudził się. Samolot lądował na lotnisku imienia Kennedy'ego w Nowym Jorku. Stewardesa podała mu marynarkę, a on sięgnął po swoją podręczną torbę, leżącą na półce nad głową. Przechodząc przez odprawę celną, doskonale odegrał swoją rolę i dzięki temu wyniósł teraz torbę na centralny plac przed portem lotniczym.

Natychmiast zauważył łączników. Dziewczyna miała na głowie zieloną narciarską czapkę w białe paski. Młody mężczyzna wyjął czerwoną czapkę z daszkiem i włożył ją na głowę tak, że ukazał się niebieski napis „Yankees". Sam Romeo nie posiadał żadnych znaków rozpoznawczych; chciał zachować wolny wybór. Schylił się i zajął swoimi torbami, otwierając jedną z nich i grzebiąc w środku, a równocześnie śledząc dwoje łączników. Nie zauważył niczego podejrzanego. Niczego, co mogłoby mieć jakieś znaczenie.

Dziewczyna był chudą blondynką, zbyt kanciastą jak na gust Romea, niemniej jej twarz kryła w sobie pewną surową kobiecość, tak typową dla poważnych i stanowczych dziewcząt, które zawsze mu się podobały. Zastanawiał się, jaka też mogła być w łóżku, i miał nadzieję, że uda mu się pozostać na wolności na tyle długo, by móc ją uwieść. Nie powinno to być zbyt trudne. Zawsze był atrakcyjny dla kobiet. Pod tym względem górował nad Yabrilem. Toteż ona odgadnie, iż miał jakiś związek z zabójstwem papieża, a dla poważnej, rozumnej rewolucjonistki dzielenie z nim łóżka może się okazać ziszczeniem romantycznych marzeń. Zauważył, że w ogóle nie zbliżała się do mężczyzny, który jej towarzyszył, ani też nie zwracała się nawet ku niemu.

Ów młody człowiek miał tak niezwykle sympatyczną i szczerą twarz, a nadto promieniował tak bardzo amerykańską dobrodusznością, że Romeo czym prędzej go znielubił. Amerykanie są właśnie takim bezwartościowym gównem, gdyż wiodą zbyt wygodne życie. Pomyśleć tylko, że w przeciągu ponad dwustu lat nie pokusili się nawet o założenie jakiejkolwiek partii rewolucyjnej. I to w kraju, który powstał za sprawą rewolucji. Młody mężczyzna wysłany na jego powitanie był typowym przykładem wspomnianej rozlazłości. Romeo dźwignął swe torby i podszedł wprost do nich.

— Przepraszam — odezwał się z silnym obcym akcentem. — Czy mogą mi państwo powiedzieć, skąd odjeżdża autobus na Long Island?

Dziewczyna zwróciła ku niemu twarz. Z bliska była znacznie ładniejsza. Dostrzegł na jej brodzie maleńką bliznę i to obudziło w nim pożądanie.

— Czy chce się pan dostać na północny brzeg, czy też na południowy? — zapytała.

— Do East Hampton — odparł Romeo.

Dziewczyna uśmiechnęła się, był to ciepły uśmiech, być może nawet krył w sobie coś na kształt podziwu. Młody mężczyzna wziął jedną z toreb Romea i powiedział:

— Proszę za nami.

Wyprowadzili go z terminalu. Romeo szedł za nimi. Zaskoczył go cokolwiek hałas ruchu ulicznego i zwartość tłumów. Czekał na nich samochód z kierowcą, który również nosił czerwoną baseballową czapkę. Obaj młodzi Amerykanie usiedli z przodu, natomiast dziewczyna zajęła tylne siedzenie, tuż obok Romea. Kiedy samochód włączył się już do ruchu, wyciągnęła rękę, mówiąc:

— Nazywam się Dorothea. Proszę się o nic nie martwić.

Dwaj młodzi faceci z przodu również wymamrotali swoje imiona. Potem dziewczyna powiedziała:

— Będzie ci bardzo wygodnie i będziesz mógł się czuć zupełnie bezpiecznie. — W tym momencie Romeo poczuł nagły ból, jakiego kiedyś musiał doznawać sam Judasz.

Tego wieczoru para młodych Amerykanów zadała sobie sporo trudu, gotując Romeowi dobry obiad. Dostał wygodny pokój z widokiem na ocean, chociaż łóżko było tu bardzo nierówne, co jednak nie miało znaczenia, ponieważ Romeo wiedział, że prześpi w nim tylko jedną noc, jeśli w ogóle zdoła jakoś zasnąć. Dom był umeblowany kosztownie, choć bez należytego gustu; ot, nowoczesna plażowa Ameryka. Cała trójka spędziła spokojny wieczór, rozmawiając w żargonie włosko- -amerykańskim.

Dziewczyna, Dorothea, zaskoczyła go. Okazała się równie inteligentna co i ładna. Poza tym nie przejawiała skłonności do flirtu, co zniweczyło nadzieje Romea na wypełnienie ostatniej nocy wolności ciągiem seksualnych igraszek. Młody mężczyzna, Richard, również okazał się bardzo poważny. Było jasne, że odgadli, iż Romeo wmieszany jest w zabójstwo papieża. A jednak nie zadawali szczegółowych pytań. Po prostu traktowali go z przerażającym wprost szacunkiem, który ludzie zwykli okazywać komuś, kto powoli umiera na nieuleczalną chorobę. Romeo również był pod ich wrażeniem. Mieli takie zwinne ciała. Mówili w sposób inteligentny, żywili współczucie dla wszystkich nieszczęśliwych, promieniując ufnością w swe przekonania i swoje możliwości.

Spędzając ten spokojny wieczór z dwojgiem młodych ludzi, tak szczerych w swych poglądach i całkiem nieświadomych konieczności wywołania prawdziwej rewolucji, Romeo poczuł niejakie obrzydzenie do swego całego życia. Czy było konieczne, aby tych dwoje zostało zdradzonych wraz z nim? Bo przecież on zostanie w końcu uwolniony — wierzył wszak w plan Yabrila, który obmyślił to wszystko w sposób nader prosty i elegancki. I zgłosił się na ochotnika, nadstawiając głowę pod pętlę. Lecz tych dwoje młodych również było prawdziwymi wyznawcami, ludźmi po ich stronie. Niemniej zostaną zakuci w kajdanki i zaznają wszystkich możliwych cierpień przeznaczonych dla rewolucjonistów. Przez chwilę myślał o tym, by ich ostrzec. Ale konieczne było, ażeby świat dowiedział się o tym, iż w spisek zamieszani są Amerykanie; ci dwoje mieli być właśnie ofiarnymi barankami. Lecz potem złościł się na siebie, że ma zbyt miękkie serce. To prawda, nigdy nie potrafiłby wrzucić bomby do przedszkola, do czego zdolny był Yabril, ale rzecz jasna zdołałby przecież uśmiercić paru dorosłych. W końcu to przecież on zabił papieża.

I jakaż to niby krzywda im się stanie? Odsiedzą parę lat w więzieniu. Ta cała Ameryka jest jakaś taka dziwnie miękka, że może nawet wykręcą się sianem. Ameryka jest krajem prawników, którzy sieją wokół siebie taki strach, jaki wzbudzali niegdyś rycerze Okrągłego Stołu. Bo oni również potrafili wydobyć każdego na wolność.

Próbował zasnąć. Ale wszystkie potworności ostatnich kilku dni powróciły wraz z falą oceanicznego powietrza wpadającego przez otwarte okno. I oto znów podnosił karabin, znów widział, jak papież pada, znów pędził poprzez plac i słyszał, jak zebrani pielgrzymi krzyczą z przerażenia.

O świcie następnego dnia, w poniedziałek, w dwadzieścia cztery godziny po tym, jak zabił papieża, Romeo postanowił, że przejdzie się amerykańskim wybrzeżem oceanu i po raz ostatni odetchnie wolnością. Kiedy schodził po schodach, dom był zupełnie cichy. Rychło też ujrzał Dorotheę i Richarda śpiących na dwóch kanapach w salonie, jak gdyby trzymali straż. Trucizna zdrady wygnała go na zewnątrz, pod słoną bryzę plaży. Już od pierwszego spojrzenia znienawidził ten obcy spłacheć piasku, te barbarzyńskie szare zarośla, wysokie pożółkłe chwasty oraz promienie słońca odbijające się od srebrno-czerwonawych puszek po wodzie sodowej. Nawet sam blask słońca był w tym dziwnym kraju jakiś dziwnie wodnisty, a wczesna wiosna zdawała się zimniejsza. Lecz był zadowolony, że w momencie, w którym dokonała się zdrada, znajduje się na zewnątrz. Nad głową przeleciał mu helikopter i zaraz potem zniknął z pola widzenia. Na powierzchni wód unosiły się dwie nieruchawe motorówki, lecz na ich pokładach nie było widać śladu życia. Słońce wstało w kolorze krwistej pomarańczy, a potem, wznosząc się wyżej, przybrało barwę ciekłego złota. Szedł długo; osiągnął łuk zatoki i stracił dom z oczu. Nie wiedzieć czemu wprawiło go to w panikę, a może spowodował to widok prawdziwego lasu cienkich, wysokich szaro nakrapianych chwastów, który schodził prawie do samej wody. Zawrócił.

Wtedy właśnie usłyszał syreny policyjnych samochodów. Daleko na plaży dostrzegł błyski sygnałów i szybko ruszył w ich kierunku. Nie odczuwał żadnego strachu, żadnego zwątpienia, gdy szło o Yabrila, choć nadal jeszcze mógł przecież uciekać. Czuł pogardę dla amerykańskiego społeczeństwa, które nawet nie potrafiło właściwie zorganizować jego pojmania. Jakże byli głupi! Ale wówczas na niebie ponownie ukazał się helikopter, a dwie łodzie, które zdawały się tak nieruchome i opuszczone, pognały ku brzegowi. Poczuł przypływ paniki i strachu. Teraz, kiedy nie było już żadnej szansy ucieczki, chciał tylko biec, biec i biec. Lecz opanował się i poszedł w kierunku domu, otoczonego już przez ludzi i sprzęt. Nad dachem zawisł helikopter. W górę i w dół plaży szło jeszcze więcej ludzi. Romeo uporządkował nieco swą szaradę winy i lęku; zaczął biec w stronę oceanu, ale z wody wyłonili się nagle mężczyźni w maskach. Odwrócił się i ruszył na powrót w kierunku domu, i wówczas to zobaczył Richarda i Dorotheę.

Byli skuci kajdankami, stalowe sznury przygważdżały ich ciała do ziemi. Szlochali. Romeo wiedział, co teraz czują — on sam wpadł kiedyś w ten sposób, już dosyć dawno temu. Szlochali ze wstydu i upokorzenia, odarci ze swego poczucia siły. Dręczyła ich teraz niewysłowiona wprost groza, lęk, że są całkowicie bezradni, a o ich losie nie decydują już kapryśni, choć może litościwi bogowie, lecz nieubłagani współbracia.

Romeo obdarzył ich oboje uśmiechem bezradnego współczucia. Wiedział, że jego uwolnienie jest tylko kwestią dni; wiedział, że zdradził tych prawdziwych wyznawców swojej

110

własnej wiary, ale mimo wszystko była to decyzja taktyczna, daleka od jakichś złośliwych pobudek. Lecz wtedy właśnie otoczyli go uzbrojeni ludzie. Omotali stalowymi sznurami i zakuli w ciężkie żelaza.

Daleko, po drugiej stronie świata, tego świata, którego niebieskie sklepienie oplecione było siecią szpiegowskich satelitów i którego powłokę ozonu patrolowały tajemnicze radary, za morzami pełnymi amerykańskich okrętów wojennych, zdążających do Sherhabenu, hen, za kontynentami upstrzonymi silosami pocisków atomowych i bazami stacjonujących armii, wrytymi w ziemię i mającymi działać jako zapalniki śmierci, Yabril spożywał właśnie wraz z sułtanem śniadanie w pałacu.

Sułtan Sherhabenu był zwolennikiem arabskiej wolności i prawa Palestyńczyków do własnej ojczyzny. Uważał Stany Zjednoczone za podporę Izraela — Izrael nie mógłby się przecież utrzymać bez amerykańskiego poparcia. Dlatego właśnie Ameryka była dlań głównym wrogiem. A zatem plan Yabrila, zakładający naruszenie autorytetu Ameryki, łatwo doń przemówił. Możność upokorzenia wielkiej potęgi przez Sherhaben, militarnie tak bardzo słaby, przepełniła go zachwytem.

Sułtan miał w Sherhabenie władzę absolutną. Posiadał ogromne bogactwo; na każde skinienie udostępniano mu wszelkie rozkosze życia, ale wszystko to stawało się z czasem dziwnie nudne i nieświeże. Sułtan nie miał żadnych wad, które dodawałyby smaku jego żywotowi. Przestrzegał muzułmańskiego prawa, prowadził cnotliwe życie. Standard życiowy w Sherhabenie, zważywszy na ogromne dochody tego kraju, płynące z wydobycia ropy, był jednym z najwyższych na świecie. Sułtan budował nowe szkoły i nowe szpitale. W istocie jego marzeniem było uczynienie z Sherhabenu Szwajcarii świata arabskiego. Jego jedynym dziwactwem była mania czystości w odniesieniu do własnej osoby i do swego państwa.

Sułtan wziął udział w spisku, gdyż sprawiał mu przyjemność zawarty w nim posmak przygody, świadomość gry o wysoką stawkę oraz walki o wzniosłe ideały. Ponadto nie było w tym wszystkim żadnego ryzyka dla niego i dla kraju, albowiem chroniła go magiczna tarcza, miliardy baryłek ropy, ukrytych bezpiecznie pod piaskiem pustyni.

Drugim istotnym motywem była jego sympatia i wdzięczność wobec Yabrila. Kiedy sułtan był jeszcze ledwie pomniejszym księciem, w Sherhabenie doszło do zażartej walki o władzę, zwłaszcza gdy roponośne pola okazały się aż tak rozległe. Amerykańskie towarzystwa naftowe popierały przeciwników sułtana, którzy — naturalnie — sprzyjali amerykańskim interesom. Sułtan, wykształcony za granicą, rozumiał prawdziwą wartość roponośnych pól i walczył o utrzymanie ich dla Sherhabenu. Wybuchła wojna domowa. To właśnie wówczas bardzo młody Yabril dopomógł sułtanowi uzyskać władzę, uśmiercając jego przeciwników. Sułtan, choć w życiu osobistym był człowiekiem niezmiernie cnotliwym, rozumiał, że walka polityczna rządzi się własnymi prawami.

Po objęciu władzy udzielił Yabrilowi niezbędnego schronienia na cały okres minionych dziesięciu lat. Yabril spędził więcej czasu w Sherhabenie niż w jakimkolwiek innym kraju. Przyjął inną tożsamość, wraz z całym domem, służbą, żoną i dziećmi. W tym właśnie wcieleniu został zatrudniony jako pomniejszy specjalny funkcjonariusz rządowy. I owej tożsamości nigdy nie przeniknęły żadne obce służby wywiadowcze. W ciągu dziesięciu lat on i sułtan stali się sobie bardzo bliscy. Obaj studiowali *Koran*, obu kształcili cudzoziemscy nauczyciele oraz połączyła ich wspólna nienawiść do Izraela. Podkreślali przy każdej okazji, że nie nienawidzą Żydów jako Żydów; nienawidzą natomiast oficjalnego ich państwa.

Sułtan Sherhabenu miał jeszcze pewne sekretne marzenia, tak bardzo ekscentryczne, że nie ośmielał się nikomu ich wyjawić, nawet Yabrilowi. Marzył, iż pewnego dnia Izrael zostanie zniszczony, a Żydzi znowu rozproszą się po całym

112

świecie. I wówczas on, sułtan, zwabi żydowskich mędrców i uczonych do Sherhabenu. Założy wielki uniwersytet, który zgromadzi żydowskie umysły. Bo czyż historia nie udowodniła, że rasa ta posiada geny wielkości umysłu? Einstein i inni żydowscy naukowcy dali światu bombę atomową. Jakich więc innych tajni boskich i jakich sekretów natury nie potrafiliby rozwiązać? I czyż nie są ponadto również Semitami? Czas zniweczy nienawiść; Żyd i Arab będą mogli żyć wspólnie w pokoju i uczynią Sherhaben wielkim. Och, zwabi ich bogactwami i słodką życzliwością; uszanuje wszelkie ich uparte kaprysy kulturowe. Kto wie, co wówczas się zdarzy? Sherhaben może stać się drugimi Atenami. Ta myśl sprawiła, że sułtan uśmiechnął się z politowaniem. Ale jednak cóż szkodzi pomarzyć?

Jednakże spisek Yabrila może również okazać się koszmarem. Sułtan wezwał Yabrila do swego pałacu, porwał go z samolotu, aby upewnić się, że jego drapieżność będzie kontrolowana. Yabril miał na swym koncie cały rejestr samowolnych uzupełnień, jakimi zwykł wzbogacać ściśle zaplanowane operacje. Sułtan nalegał, aby Yabrila wykąpano, ogolono i przydzielono mu jedną z pięknych pałacowych tancerek. Potem, gdy Yabril się już odświeżył, zaciągnąwszy u sułtana nowy niewielki dług, usiedli na oszklonym, klimatyzowanym tarasie.

Sułtan czuł, że może mówić szczerze.

— Muszę ci pogratulować — powiedział Yabrilowi. — Twój plan był doskonały i, należy to przyznać, powiódł się znakomicie. Bez wątpienia Allach ma cię w swej pieczy. — W tym momencie uśmiechnął się czule do Yabrila. A potem ciągnął: — Otrzymałem wiadomość z góry, że Stany Zjednoczone spełnią wszelkie twoje żądania. A więc ciesz się. Upokorzyłeś największy kraj na świecie. Zabiłeś największego światowego przywódcę religijnego. Uzyskasz uwolnienie swego zabójcy papieża, i będzie to tak, jakbyś nasiusiał im w twarz. Lecz nie posuwaj się dalej. Pomyśl o tym, co nastąpi później. Będziesz najgorliwiej ściganym człowiekiem w historii tego stulecia.

Yabril wiedział, o co chodzi. Szło bowiem o wydobycie informacji na temat, w jaki sposób zamierza teraz prowadzić negocjacje. Przez chwilę zastanawiał się, czy aby sułtan nie spróbuje przejąć tej operacji.

— Będę siedział bezpiecznie tutaj, w Sherhabenie — powiedział Yabril. — Jak zawsze.

Sułtan potrząsnął głową.

— Wiesz równie dobrze jak ja, że kiedy to wszystko się skończy, wszystkie działania tamtych skoncentrują się na Sherhabenie. Będziesz musiał znaleźć sobie jakieś inne schronienie.

Yabril roześmiał się.

— Zostanę więc żebrakiem w Jerozolimie. Ale ty powinieneś martwić się o siebie. Oni będą wiedzieli, że miałeś w tym swój udział.

— To nie jest takie proste — powiedział sułtan. — Ponadto siedzę na całym oceanie najtańszej ropy, jaka istnieje na świecie. Zważ także na fakt, że Amerykanie zainwestowali tutaj pięćdziesiąt miliardów dolarów, ponieśli koszty budowy miasta ropy naftowej Dak. A nawet wydali jeszcze więcej. O nie, sądzę, że wybaczą mi znacznie szybciej niż tobie i twojemu Romeowi. Cóż, mój przyjacielu, znam cię dobrze, tym razem zaszedłeś już bardzo daleko, zdobyłeś się na naprawdę wspaniały wyczyn. Ale, proszę, nie zniszcz wszystkiego jednym z tych twoich gwałtownych ruchów na samym końcu gry. — Przerwał na chwilę. — Kiedy więc mam przedstawić twoje żądania?

— Romeo jest już na miejscu — odparł cicho Yabril. — Złóż im dziś po południu ultimatum. Muszą się zgodzić przed jedenastą we wtorek rano czasu waszyngtońskiego. Nie będę negocjował.

— Bądź bardzo ostrożny, Yabrilu. Daj im więcej czasu — powiedział sułtan.

Uścisnęli się, a potem Yabril wyruszył na powrót do samolotu, który był teraz kontrolowany przez trzech ludzi z jego oddziału i czterech innych, którzy weszli na pokład w Sherhabenie. Wszyscy zakładnicy znajdowali się w turystycznym sektorze samolotu, razem z załogą. Samolot stał odosobniony na środku lotniska. Tłumy gapiów wraz z ludźmi z telewizji z ich wozami transmisyjnymi z całego świata odsunięto o pięćset jardów od samolotu, wokół którego armia sułtana utworzyła teraz kordon.

Yabrila przemycono z powrotem do środka jako członka ekipy ciężarówki dostawczej, która przywoziła żywność i wodę dla zakładników.

W Waszyngtonie, D.C., nastał wczesny poniedziałkowy świt. Ostatnią rzeczą, jaką Yabril powiedział sułtanowi Sherhabenu było: „A teraz zobaczymy, z jakiej gliny jest ulepiony ten cały Kennedy".

Rozdział 5

Bywa częstokroć rzeczą niebezpieczną dla wszystkich zainteresowanych, gdy ktoś odrzuca rozkosze tego świata i poświęca swe życie wspomaganiu bliźnich. Prezydent Stanów Zjednoczonych, Francis Xavier Kennedy, był właśnie kimś takim.

Nim jeszcze zajął się polityką, przed ukończeniem trzydziestki, odniósł spektakularny sukces i osiągnął bogactwo. Następnie jął się zmagać z problemem, co warto robić w życiu. Ponieważ był wierzący, posiadał wyrobiony zmysł moralny i — kiedy był jeszcze dzieckiem — przeżył tragedię utraty stryjów, wierzył, że nie może zrobić nic lepszego, jak tylko ulepszyć świat, na którym żyje. Krótko mówiąc — poprawić samo fatum.

Kiedy został wybrany prezydentem, oświadczył, że jego administracja wypowie wojnę wszystkim ludzkim niedolom. Będzie reprezentować miliony ludzi, których nie stać na utworzenie własnego lobby czy innych grup nacisku.

W normalnych okolicznościach wszystko to byłoby daleko zbyt radykalne dla głosujących rzesz Ameryki, gdyby nie magiczna obecność Kennedy'ego na ekranie telewizyjnym. Był przystojniejszy niż jego dwaj słynni stryjowie i był daleko lepszym aktorem niż którykolwiek z nich. Poza tym przewyższał ich inteligencją i wykształceniem. Ot, prawdziwy uczony.

Potrafił wesprzeć swą retorykę danymi statystycznymi lub też przedstawić zarys cudzych planów, przygotowanych przez wybitnych specjalistów. Czynił to z oszałamiającą wprost swadą, acz z nieco kostycznym poczuciem humoru.

— Mając dobre wykształcenie — zwykł był mówić — każdy włamywacz, bandzior czy zbój będzie wiedział tyle, że winien kraść, nie robiąc nikomu krzywdy. Będzie umiał kraść tak samo jak ludzie w Wall Street, nauczy się unikać płacenia podatków, podobnie jak szanowani członkowie naszego społeczeństwa. Być może poszerzymy wówczas szeregi przestępców--biurokratów, ale przynajmniej nikomu nie stanie się krzywda.

— Dla lewicy jestem reakcjonistą, a dla prawicy — postrachem — powiedział Kennedy do Christiana Klee w dniu, kiedy wręczył mu nowy statut FBI, dający o wiele szersze możliwości działania. — Kiedy człowiek popełnia coś, co nazywa się aktem przestępczym, wyczuwa, że to grzech. Moją teologią jest wprowadzenie rządów prawa. Człowiek, który popełnia czyn przestępczy, sprawuje władzę boską nad inną istotą ludzką. Wówczas jest to już decyzja ofiary, czy winna zaakceptować tego innego boga w swoim życiu. Jeżeli ofiara czy społeczeństwo w jakikolwiek sposób akceptują czyn przestępczy, niszczą w ten sposób wolę przetrwania naszego narodu. Społeczeństwo, a nawet jednostka, nie ma prawa wybaczać ani umniejszać kary. Dlaczegóżby narzucać tyranię przestępcy praworządnej ludności, która stosuje się do zasad umowy społecznej? Gdyż w potwornych przypadkach morderstwa, zbrojnego napadu czy gwałtu przestępca obwieszcza swoją boskość.

— A więc wpakować kogo się tylko da do mamra? — zapytał z uśmiechem Christian.

— Nie mamy na to dość więzień — odparł ponuro Kennedy.

Christian wręczył mu ostatni skomputeryzowany raport statystyczny na temat przestępczości w Ameryce. Kennedy studiował go przez kilka minut. A potem wpadł w szał.

— Gdyby tylko ludzie znali dane statystyczne dotyczące

przestępczości! — zawołał. — Gdyby tylko wiedzieli o zbrodniach, które nigdy nie wzbogacą danych statystycznych! Włamywacze, którzy mają już wyroki, rzadko idą siedzieć. Ów dom, którego suwerenności rząd nigdy nie naruszy, ta cenna wolność, owa święta umowa społeczna, święte ognisko domowe, jest ustawicznie nękane przez hordy uzbrojonych współobywateli, którzy pragną jedynie kraść, mordować i gwałcić. — Kennedy wyrecytował swój ukochany fragment angielskiego prawa: — „Deszcz może wejść, wiatr może wejść, ale król nie jest mocen". — I dodał: — Co za wierutna bzdura. — A potem mówił dalej: — W samej Kalifornii zdarzyło się w ciągu roku sześć razy tyle morderstw, co w całej Anglii. W Ameryce mordercy odsiadują w więzieniu mniej niż pięć lat. I to pod warunkiem, że jakimś cudem uda się ich skazać.

Powiedział, że Sąd Najwyższy w swej majestatycznej ignorancji spraw codziennego życia, sądy niższe ze swą sprzedajnością, armia zachłannych adwokatów, gotowych walczyć niczym samuraje, ochraniają przestępców tak bezprzykładnie złych, że mogliby pochodzić z baśni braci Grimm; że socjolodzy, psychiatrzy i luminarze etyki odziali tych zbrodniarzy w ochronną pelerynę niewłaściwego środowiska, a ogół społeczeństwa dostarczył im przysięgłych, nazbyt tchórzliwych, by mogli wydać wyrok skazujący.

— Naród amerykański jest sterroryzowany przez kilka milionów szaleńców — oświadczył Kennedy. — Boi się chodzić nocą po ulicach. Strzeże swych domów za sprawą prywatnych środków bezpieczeństwa, które kosztują trzydzieści miliardów dolarów rocznie.

Stwierdził również, że biali boją się czarnych, czarni boją się białych, a bogaci boją się biednych. Starsi obywatele noszą broń w torbach na zakupy, gdyż boją się młodych. Kobiety, w obawie przed gwałcicielami, starają się zdobyć czarny pas, a tysiące spośród nich nosi przy sobie broń palną.

— Nasza pieprzona konstytucja! — wołał. — Mamy najwyższy współczynnik przestępczości w całym cywilizowanym świecie.

Lecz szczególnie nie znosił jednego aspektu sprawy.

— Czy wiesz, że dziewięćdziesiąt osiem procent przestępstw pozostaje bez kary? — pytał. — Nietzsche określił to już dawno temu: „Społeczeństwo, kiedy staje się miękkie i tkliwe, staje po stronie tych, którzy wyrządzają mu krzywdę". Instytucje religijne, z całym tym swoim gównianym miłosierdziem, wybaczają zbrodniarzom, wszystkim tym sukinsynom. Najgorszą rzeczą, jaką widziałem, była ta matka w telewizji, której córkę zgwałcono i zabito w tak okropny sposób. I wiesz co powiedziała? „Wybaczam im!". A kto jej niby dał jakieś zasrane prawo, żeby wybaczać zbrodniarzom?

A następnie, ku odrobinę snobistycznemu zaskoczeniu Christiana, Kennedy powołał się na literaturę.

— Orwell w *Roku tysiąc dziewięćset osiemdziesiątym czwartym* wszystko pokiełbasił — powiedział. — To jednostka jest bestią. A Huxley w *Nowym wspaniałym świecie* wykazał, że jest ona czymś złym. Ale ja mógłbym żyć w tym nowym wspaniałym świecie. Jest lepszy niż ten nasz. To właśnie jednostka jest tyranem, nie rząd.

Christian przerwał mu gorliwie i jakby trochę usłużnie.

— Naprawdę zaskoczyły mnie dane z tego raportu, który ci przedstawiłem. Ludność naszego kraju jest wręcz sterroryzowana.

— Kongres ustanowił potrzebne nam prawa. Prasa i inne media wykrzykują o gwałceniu praw obywatelskich, o świętej konstytucji. — Kennedy przerwał, by móc ocenić swego przyjaciela. Klee wyglądał na lekko zaszokowanego. Prezydent uśmiechnął się i mówił dalej: — Pozwól, że rzucę trochę światła na tę sprawę, czy się z tym zgodzisz, czy nie. Najdziwniejsze, że omawiałem tę sytuację z autentycznymi potentatami w tym kraju, z tymi, którzy zgarnęli pod siebie całą tutejszą forsę. Wygłosiłem mowę w Klubie Sokratesa, myślałem, że może ich to zainteresuje. Ale cóż za niespodzianka. Mieli możliwość, żeby poruszyć Kongres, a nie zrobili tego. I nawet za milion lat nie odgadłbyś przyczyny. Bo ja nie odgadnąłem — przerwał, jak gdyby oczekiwał, że Christian coś mu wyjaśni.

119

Wykrzywił twarz w grymasie, który mógłby być zarówno uśmiechem, jak i wyrazem pogardy.

— W tym kraju bogaci i potężni potrafią się chronić. Nie muszą liczyć na policję czy agendy rządowe. Otaczają się kosztownym systemem bezpieczeństwa. Mają prywatnych goryli. Są odizolowani od całej społeczności przestępczej. A ci co przezorniejsi nie zadają się ze zwariowanym elementem narkomańskim. I w nocy śpią spokojnie za swymi murami pod wysokim napięciem.

Christian poruszył się niespokojnie i pociągnął łyk brandy. A Kennedy kontynuował.

— W porządku — powiedział. — Chodzi właśnie o to. Powiedzmy, że ustanowimy prawa, które zniweczą przestępczość, i wówczas ukarzemy czarnych przestępców bardziej niż ktokolwiek inny. Ale gdzież wtedy się podzieją wszyscy ci pozbawieni talentu i wykształcenia ludzie? Do czegóż innego mogą się jeszcze uciec w obronie przed naszym społeczeństwem? Jeżeli nie znajdą upustu w zbrodni, zwrócą się ku działaniom politycznym. Staną się aktywnymi radykałami. I zniweczą polityczną równowagę tego kraju. Możemy wówczas przestać być demokracją kapitalistyczną.

— Czy rzeczywiście w to wierzysz? — zapytał Christian.

— O Jezu, któż to może przewidzieć! — westchnął Kennedy. — Ale ludzie, którzy rządzą tym krajem, mocno w to wierzą. Myślą sobie, niech się szakale żywią bezbronnymi. Cóż mogą ukraść? Kilka miliardów dolarów? To bardzo niska cena. A że całe tysiące ludzi są gwałcone, ograbiane, mordowane i napadane? To nieważne. To przydarza się tylko płotkom. Lepsza już jakaś pomniejsza szkoda niż rzeczywisty przewrót polityczny.

— Posuwasz się za daleko — stwierdził Christian.

— Możliwe — odparł Kennedy.

— A kiedy już zajdziesz za daleko — ciągnął Christian — będziesz miał wówczas do dyspozycji wszelkiego rodzaju grupy nadzorujące, faszyzm w amerykańskim wydaniu.

— Lecz jest to rodzaj działania politycznego, które da się

120

kontrolować — odparował Kennedy. — I w istocie dopomoże on ludziom, którzy rządzą naszym społeczeństwem.

Obaj zamilkli.

— Przynosisz mi ten pieprzony raport komputerowy — podjął Francis Kennedy. — Czy mam z tego powodu zemdleć? Kiedy byliśmy jeszcze na wydziale prawa na Harvardzie, widziałem podobne dane zapisywane krwią. Mężowie, którzy rzucili się z siekierami na żony, a potem odsiedzieli zaledwie pięć lat w mamrze. Młodzi naćpani rozrabiacze, którzy mordują staruszki dla ich przekazu z rentą, dla marnych dziewięćdziesięciu dolców. Tyle że potem mordercy odchodzą sobie wolno, bo niby pogwałcono ich swobody osobiste. Włamywacze, bandziory, rabusie, wszystko to przypomina walkę o złoty medal. Kiepski żart. Słuchaj, widziałem, jak rodzice zamordowanych dziewcząt szlochali, ich życie zostało na zawsze zrujnowane, a zabójcy dostawali tylko cokolwiek po łapach, bo mieli wpływowego adwokata, grupkę przysięgłych-idiotów, a nadto wstawił się za nimi jakiś zramolały słynny kaznodzieja. A cóż by się stało z tymi zabójcami, gdybyś jednak ich skazał? Nasz system penitencjarny to zupełna tragedia. Ludzie, którzy rządzą tym krajem, bogacze, kler, politycy, moi koledzy z palestry chcą, żeby właśnie tak było. To nigdy nie miało sensu.

Uśmiechnął się do Christiana i sięgnął po raport.

— Chciałbym to zatrzymać — powiedział. — Po to tylko, żeby oprawić to w ramki i powiesić na ścianie w moim gabinecie, jako pamiątkę sprzed dnia, w którym Christian Klee został prokuratorem generalnym i szefem FBI.

W Wielkanocny Poniedziałek, o siódmej rano, członkowie sztabu prezydenta Kennedy'ego, jego gabinet i wiceprezydent Helen Du Pray, zebrali się w Sali Gabinetowej Białego Domu. I właśnie w ten poniedziałkowy ranek miotał nimi niepokój, jaką też akcję zechce przedsięwziąć prezydent.

Szef CIA, Theodore Tappey, odczekał, aż Kennedy da znak, a następnie otworzył posiedzenie.

— Przede wszystkim pozwólcie mi donieść, że z Theresą wszystko w porządku — powiedział. — Nikt nie jest ranny. A jednak nie zgłoszono żadnych konkretnych żądań. Niemniej do wieczora żądania te zostaną przedstawione i dostaliśmy już ostrzeżenie, że musimy je spełnić natychmiast, bez żadnych negocjacji. Ale to normalne. Przywódca porywaczy, Yabril, to postać słynna w kręgach terrorystów i rzeczywiście figuruje w naszych kartotekach. To indywidualista, zazwyczaj przeprowadza swoje operacje z pomocą jakiejś zorganizowanej grupy terrorystycznej, jak na przykład Sto.

— Czyżby tej mitycznej, Theo? — przerwał mu Klee.

— To nie jest tak jak z Ali Babą i czterdziestoma rozbójnikami. Tu chodzi jedynie o współdziałanie pomiędzy terrorystami z różnych krajów.

— Mów dalej — rzucił krótko Kennedy.

Tappey zajrzał do swoich notatek.

— Nie ulega wątpliwości, że sułtan Sherhabenu współdziała z Yabrilem. Jego armia ochrania lotnisko, żeby uniemożliwić jakąkolwiek próbę odbicia porwanych. Równocześnie sułtan udaje naszego przyjaciela i oferuje swoje usługi jako negocjator. Trudno odgadnąć, jaki ma w tym cel, ale jest to na naszą korzyść. Sułtan to człowiek rozsądny i podatny na naciski. A Yabril to niewiadoma karta.

Szef CIA zawahał się, ale gdy Kennedy skinął głową, niechętnie ciągnął:

— Panie prezydencie, Yabril próbuje prać mózg pańskiej córce. Odbyli kilka dłuższych rozmów. Wygląda na to, iż on uważa ją za potencjalną rewolucjonistkę i że byłoby to wspaniałym osiągnięciem, gdyby ona wygłosiła jakieś przychylne dla nich oświadczenie. Nie wydaje mi się, żeby się go bała.

Pozostali zebrani milczeli nadal. Woleli nie pytać Tappeya, w jaki sposób uzyskał te informacje.

Z korytarza przed Salą Gabinetową dobiegał szmer głosów, słychać było podniecone okrzyki ekip telewizyjnych, czekających na trawniku przed Białym Domem. Do sali wpuszczono jednego z asystentów Eugene'a Dazzy'ego, który wręczył swemu zwierzchnikowi napisaną odręcznie notatkę. Szef sztabu Kennedy'ego ogarnął ją jednym spojrzeniem.

— Czy wszystko to zostało potwierdzone? — zapytał swego pomocnika.

— Tak jest, proszę pana.

Dazzy spojrzał na Kennedy'ego.

— Panie prezydencie — powiedział. — Mam niezwykłą wiadomość. Zabójca papieża został schwytany tu, w Stanach Zjednoczonych. Więzień przyznaje, iż to on jest mordercą, a jego pseudonim brzmi Romeo. Odmawia podania prawdziwego nazwiska. Zostało to sprawdzone u włoskich służb bezpieczeństwa, a więzień podaje szczegóły, które potwierdzają jego winę.

Arthur Wix wybuchnął, jakby szło o jakiegoś nieproszonego gościa, który wtargnął nagle na czysto prywatne przyjęcie:

— Co on do diabła tu robi? Nie wierzę w to!

Dazzy cierpliwie wyjaśnił wszystkie przesłanki. Włoskie służby bezpieczeństwa schwytały już część grupy terrorystów i ludzie ci przyznali się oraz zidentyfikowali Romea jako swego przywódcę. Szef włoskich służb bezpieczeństwa, Franco Sebbediccio, słynie ze swej umiejętności wydobywania zeznań. Ale nie potrafił się dowiedzieć, dlaczego Romeo uciekł do Ameryki i jak to się stało, że tak łatwo go pojmano.

Francis Kennedy podszedł do drzwi balkonowych wychodzących na Ogród Różany. Przyglądał się oddziałom wojskowym patrolującym tereny Białego Domu i przyległych ulic. Znowu poczuł znajomy dreszcz strachu. Nic w jego życiu nie działo się przypadkiem, gdyż życie stanowiło śmiercionośną umowę, powstałą nie tylko pomiędzy istotami ludzkimi, ale także pomiędzy wiarą i śmiercią.

Kennedy odwrócił się od okna i podszedł do stołu konferencyjnego. Rozejrzał się po sali wypełnionej najwyższymi rangą funkcjonariuszami w kraju, najmądrzejszymi i najinteligentniejszymi planistami oraz strategami.

— O co zakład, chłopcy, że jeszcze dziś dostaniemy komplet żądań od porywaczy? A jednym z nich będzie, żebyśmy wypuścili tego zabójcę papieża — stwierdził niemal żartobliwie.

Pozostali popatrzyli na Kennedy'ego ze zdziwieniem.

— Panie prezydencie, to byłaby stanowczo przesada — powiedział Otto Gray. — To bezczelne żądanie, o które nie sposób negocjować.

— Wywiad nie wykazał żadnego związku pomiędzy tymi dwoma czynami — zauważył Tappey. — W istocie jest to niewyobrażalne, by jakakolwiek grupa terrorystyczna wykonała aż dwie tak ważne akcje w tym samym mieście i tego samego dnia. — Przerwał na chwilę i zwrócił się do Christiana Klee: — Panie prokuratorze generalny! W jaki właściwie sposób złapaliście tego człowieka? — I dorzucił z niesmakiem: — Tego całego Romea.

— Za sprawą informatora, z którego usług korzystamy od lat — odparł Klee. — Myśleliśmy, że to niemożliwe, ale mój zastępca, Peter Cloot, przeprowadził operację na znaczną skalę, która chyba się powiodła. Muszę przyznać, że sam jestem zaskoczony. Bo to nie ma sensu.

— Odłóżmy to spotkanie do czasu, gdy porywacze zgłoszą swoje żądania — powiedział spokojnie Francis Kennedy.

W jednym przebłysku paranoicznego objawienia pojął cały plan, ów owoc przebiegłości i dumy Yabrila. Teraz po raz pierwszy naprawdę zaczął się bać o bezpieczeństwo swej córki.

Żądania Yabrila dotarły poprzez Centrum Komunikacyjne Białego Domu, przekazane przez, zda się, życzliwego sułtana Sherhabenu. Pierwsze żądanie dotyczyło okupu, pięćdziesięciu milionów dolarów za samolot; drugie — uwolnienia sześciu arabskich więźniów przebywających w izraelskich więzieniach. Trzecie dotyczyło uwolnienia dopiero co schwytanego zabójcy papieża, Romea, i przerzucenia go do Sherhabenu. Stwierdzono również, że jeśli żądania nie zostaną spełnione w ciągu dwudziestu czterech godzin, jeden z zakładników zostanie zastrzelony.

Francis Kennedy i jego osobisty sztab spotkali się w północno-zachodniej jadalni na drugim piętrze Białego Domu, by przedyskutować żądania Yabrila. Antyczny stół zastawiono dla Helen Du Pray, Otto Graya, Arthura Wixa, Eugene'a Dazzy'ego i Christiana Klee. Kennedy miał zasiąść przy końcu stołu, którego owa część nie była bardzo zastawiona, tak że prezydent miał tam nieco więcej miejsca niż inni.

Francis Kennedy próbował pójść tropem rozważań terrorystów. Był to jego szczególny dar, zdolność przenikania w cudzą umysłowość. Nadrzędnym celem porywaczy było upokorzenie Stanów Zjednoczonych i podważenie ich prestiżu w oczach świata, a nawet w oczach przyjaznych im narodów. I Kennedy uważał to za psychologicznie mistrzowskie pociągnięcie. Kto kiedykolwiek zdoła brać Amerykę poważnie, jeśli kilku uzbrojonych ludzi i mały roponośny sułtanat zdołały rzucić całą jej potęgę na kolana? Czyż taka musi być cena bezpiecznego sprowadzenia córki na powrót do domu? Jednakże mimo to odgadywał, że scenariusz nie jest jeszcze kompletny, że będą dalsze niespodzianki. Ale nic nie powiedział. Pozwolił, by pozostałe osoby w jadalni rozpoczęły swe sprawozdania.

Eugene Dazzy, szef sztabu, otworzył dyskusję. W jego głosie wyczuwało się ogrom zmęczenia; nie spał od trzydziestu godzin.

— Panie prezydencie — powiedział. — Według naszego osądu, powinniśmy się w pewnej mierze zgodzić na żądania terrorystów. Wydać Romea, ale nie Yabrilowi, tylko rządowi włoskiemu, co z prawnego punktu widzenia jest słuszne i właściwe. Nie zgodzimy się jednak na wypłacenie okupu i nie możemy zmusić Izraela do uwolnienia więźniów. W ten sposób nie będziemy wyglądać na zbyt słabych, ale też i nie sprowokujemy ich. Kiedy Theresa wróci, wtedy zajmiemy się terrorystami.

— Obiecuję, że problem ten zostanie rozwiązany w ciągu roku — powiedział Klee.

Francis Kennedy milczał przez dłuższą chwilę.

— Nie sądzę, żeby się to udało — stwierdził w końcu.

— Ale to nasza oficjalna odpowiedź — powiedział Arthur Wix. — Po cichu możemy im obiecać, że Romeo zostanie całkowicie uwolniony, że zapłacimy okup i że wywrzemy nacisk na Izrael. Naprawdę sądzę, że to poskutkuje. Przynajmniej da im punkt zaczepienia i będziemy mogli negocjować dalej.

— To nic nie zaszkodzi — dodał Dazzy. — W takich sytuacjach ultimatum są tylko częścią procesu negocjacyjnego. To oczywiste, granica dwudziestu czterech godzin nic tutaj nie znaczy.

Kennedy zastanowił się chwilę.

— Nie sądzę, żeby to się udało — powiedział wreszcie.

— My uważamy, że tak — rzekł Oddblood Gray. — I, Francisie, musisz być bardzo ostrożny. Kongresman Jintz i senator Lambertino powiedzieli mi, że może Kongres poprosi cię, byś się całkowicie odsunął od spraw obecnego kryzysu z racji osobistego zainteresowania tą sprawą. A wydarzenia przybierają bardzo niebezpieczny obrót.

— Do tego nigdy nie dojdzie — powiedział Kennedy.

— Pozwól, że ja się zajmę Kongresem — odezwała się wiceprezydent Du Pray. — Będę piorunochronem. Będę głosem, który zaproponuje wszelkie ustępstwa z naszej strony.

Dazzy podsumował ich słowa:

— Francisie, w tej sytuacji musisz zaufać zbiorowemu osądowi naszego sztabu. Wiesz, że będziemy cię chronić i zrobimy to, co będzie dla ciebie najlepsze.

Kennedy westchnął, zamilkł na dłuższy czas, a w końcu powiedział:

— No to bierzcie się do roboty.

Peter Cloot udowodnił, że jest wprost rewelacyjnym i nader kompetentnym zastępcą szefa FBI. Był bardzo szczupły, jego ciało zdawało się stanowić płaską płytę mięśni. Miał maleńki wąsik, który wcale nie łagodził rysów kościstej twarzy. Mimo swych zalet Cloot miał również wady. Był zbyt bezwzględny w wykonywaniu swych obowiązków, zbyt żarliwy w wypełnianiu poleceń i nazbyt wierzył w system bezpieczeństwa wewnętrznego. I tego właśnie wieczoru, przyoblekłszy twarz w jakąś ponurą minę, powitał Christiana z plikiem notatek i trzystronicowym listem, który wręczył mu osobno.

Był to list ułożony z liter wyciętych z gazet. Christian przeczytał go. Zawierał jeszcze jedno zwariowane ostrzeżenie, że w Nowym Jorku wybuchnie zrobiona domowym sposobem bomba atomowa.

— I tylko z tego powodu wyciągasz mnie z biura prezydenta? — zapytał Christian.

— Odczekałem, aż rzecz przejdzie przez wszystkie sprawdziany. Ale zakwalifikowano ją jako prawdopodobną.

— O Chryste — westchnął Christian. — Tylko nie teraz. — Przeczytał list powtórnie, ale znacznie dokładniej. Zdezorientowały go różne rodzaje druku. List wyglądał jak ekscentryczny awangardowy obraz. Usiadł przy swoim biurku i przeczytał go powoli, słowo po słowie. Zaadresowany był do „New York Timesa". Najpierw przeczytał akapity zaznaczone grubym zielonym markerem dla podkreślenia bardziej istotnych fragmentów.

Zaznaczone ustępy listu brzmiały:

„Umieściliśmy bombę nuklearną o minimalnym potencjale półtora, maksimum dwóch kiloton, na terenie Nowego Jorku. Napisaliśmy ten list do waszej gazety, byście mogli go wydrukować i ostrzec mieszkańców miasta, ażeby wynieśli się stąd i uniknęli zagłady".

„Urządzenie jest tak ustawione, że wybuchnie w siedem dni od powyższej daty. Wiecie więc, jak ważne jest, byście opublikowali ten list natychmiast".

Klee spojrzał na datę. Wybuch miał nastąpić w czwartek. Czytał dalej:

„Podjęliśmy tę akcję, by udowodnić narodowi Stanów Zjednoczonych, że rząd musi się połączyć z resztą świata na zasadach równorzędnego partnerstwa, by kontrolować przypadki zastosowania energii atomowej, gdyż inaczej nasza planeta rozsypie się w pył".

„Nie sposób nas przekupić pieniędzmi ani żadnymi innymi dobrami materialnymi. Publikując ten list i zmuszając Nowy Jork do ewakuacji, ocalicie tysiące istnień ludzkich".

„Jeżeli chcecie mieć pewność, że nie jest to list szaleńca, dajcie tę kopertę i papier do zbadania w laboratoriach rządowych. Znajdziecie na nich osad tlenku plutonu".

„Wydrukujcie ten list natychmiast". Resztę stanowił wykład na temat moralności politycznej i żarliwe żądanie, by Stany Zjednoczone zaprzestały produkcji broni nuklearnej.

— Czy kazałeś to przebadać? — zapytał Christian Petera Cloota.

— Tak — odparł Cloot. — Obecność tlenku została potwierdzona. Litery tekstu są wycięte z gazet i magazynów ilustrowanych. To utrudnia robotę, ale stanowi też pewien ślad. Te — lub ci — którzy ten list pisali, byli na tyle sprytni, by wykorzystać gazety z całego kraju. Ale gazet z Bostonu jest statystycznie najwięcej. Przydzieliłem szefowi tamtejszego biura dodatkowych pięćdziesięciu ludzi.

— Mamy przed sobą bardzo długą noc — westchnął Christian. — Nie nadawajmy temu rozgłosu. I niech się to nie dostanie do środków masowego przekazu. Punkt dowodzenia będzie w moim biurze, a wszystkie gazety przysyłajcie do mnie. Prezydent ma już dość zmartwień, więc zatuszujcie tę hecę. To stek bzdur, jak wszystkie podobne listy pomyleńców.

— W porządku — powiedział Peter Cloot. — Ale wiesz, któregoś dnia jeden z nich może okazać się prawdziwy.

To była istotnie długa noc. Cały czas przychodzili jacyś dziennikarze. Szef Agencji do spraw Energii Atomowej został poinformowany, tak aby w każdej chwili można było zaalarmować ekipy poszukiwawcze jego instytucji. Ekipy te składały się ze specjalnie zwerbowanego personelu, wyposażonego w znakomite urządzenia, pozwalające na niezwłoczne wykrycie bomb nuklearnych.

Christian kazał przynieść kolację dla siebie i dla Cloota i zabrał się do lektury raportów. Rzecz jasna, „New York Times" nie opublikował listu; jak zwykle w podobnych wypadkach przekazano go FBI. Christian zatelefonował do wydawcy „Timesa" i poprosił go o przemilczenie całej sprawy, dopóki śledztwo nie zostanie zakończone. To także należało do rutyny. W ciągu ubiegłych lat gazety otrzymały krocie podobnych listów. Ale właśnie z powodu zbagatelizowania sprawy list dotarł do nich dopiero w poniedziałek, zamiast już w sobotę.

Gdzieś przed północą Peter Cloot wrócił do swego biura, by pokierować własnym personelem, który otrzymał setki telefonów od agentów w terenie, w większości z Bostonu. Christian czytał wszystkie raporty na bieżąco. Przede wszystkim nie chciał, by jeszcze i to przysporzyło dodatkowych trosk prezydentowi. Przez kilka chwil rozważał możliwość, iż jest to jeszcze jeden element intrygi porywaczy, ale nawet oni nie ośmieliliby się grać o tak wysoką stawkę. Musi to być zatem produkt jakiegoś zboczenia, swoisty przejaw patologii społecznej. Podobne przypadki zdarzały się już wcześniej, gdyż wielu pomyleńców utrzymywało, że podłożyli tu i ówdzie bomby atomowe własnej produkcji, po czym żądali okupu w wysokości od dziesięciu do stu milionów dolarów. W jednym liście żądano nawet pakietu akcji z Wall Street, udziałów w IBM, General Motors, Sears, Texaco i w niektórych firmach zajmujących się inżynierią genetyczną. Kiedy ów list oddano Departamentowi Energetyki dla przeprowadzenia analizy psychologicznej, uzyskano opinię, że nie oznacza on poważnej groźby, ale że terrorysta wie bardzo wiele na temat kursów akcji. Doprowadziło to do aresztowania pewnego pomniejszego maklera giełdowego z Wall Street, który zdefraudował pieniądze swoich klientów, a teraz szukał wyjścia.

To musi być jeden z tych wariatów, pomyślał Christian, ale póki co przysporzy nam wielu kłopotów. Wyda się na to setki milionów dolarów. Na szczęście środki masowego przekazu

nie opublikują tego listu. Są pewne rzeczy, z którymi te bez-
względne psubraty nie ośmielą się igrać. Wiedzą, że jeśli chodzi
o przepisy dotyczące kontroli broni atomowej, to istnieją pewne
ściśle tajne punkty, których nie wolno podważać i które mogą
sprawić, że w tym zaklętym murze praw obywatelskich może
pojawić się wyłom. Następne godziny spędził, modląc się, aby
to wszystko już wreszcie minęło. Żeby nie musiał iść rano do
prezydenta i zwalać przed nim całej tej kupy gówna.

Rozdział 6

Tymczasem Yabril stał w drzwiach uprowadzonego samolotu, przygotowując się do następnego czynu, jakiego przyszło mu dokonać. Lecz potem jego napięte mięśnie i nerwy zelżały i pozwolił sobie na rozejrzenie się po otaczającej go pustyni. Sułtan zarządził, by pociski umieszczono na stanowiskach, a nadto uruchomiono radar. Kordon dywizji pancernej wokół samolotu stanowił krąg o takiej średnicy, że wozy transmisyjne telewizji nie mogły podjechać bliżej niż na tysiąc jardów, natomiast za nimi zgromadził się ogromny tłum. Yabril pomyślał, że jutro przyjdzie mu wydać rozkaz, by wozy transmisyjne i tłumy mogły podsunąć się bliżej, znacznie bliżej. Nie było niebezpieczeństwa ataku; samolot był szczodrze zaminowany i Yabril wiedział, że mógłby wszystko rozwalić w drobny mak, tak iż odłamków metalu, a także strzępów mięsa i kości należałoby szukać, przesiewając piaski pustyni.

W końcu porzucił swe stanowisko w drzwiach samolotu i usiadł obok Theresy Kennedy. Znajdowali się sami w kabinie pierwszej klasy. Terroryści przetrzymywali zakładników w sektorze turystycznym, trzymając ponadto straż w kabinie pilotów i załogi.

Yabril robił, co mógł, by uspokoić Theresę. Doniósł jej, że współpasażerowie, również zatrzymani jako zakładnicy, traktowani są bardzo dobrze. Rzecz jasna, nie było im zbyt wygodnie, lecz ona również nie narzekała na nadmiar komfortu, podobnie zresztą jak i on sam. Powiedział jeszcze, krzywiąc twarz w grymasie:

— Wiesz, że w mym interesie leży, aby nic złego ci się nie przytrafiło.

Theresa uwierzyła mu. Mimo wszystko ta ciemna twarz o płomiennych oczach zdawała jej się sympatyczna. Chociaż wiedziała, że ma do czynienia z nader niebezpiecznym osobnikiem, nie mogła go jakoś znienawidzić. W swej naiwności wierzyła, iż wysoka pozycja społeczna czyni ją nietykalną.

A Yabril mówił niemal tonem prośby:

— Możesz nam pomóc. Możesz też pomóc swym towarzyszom podróży. Nasza sprawa jest słuszna. Kilka lat temu sama to raz przyznałaś. Ale klika amerykańskich Żydów jest zbyt silna. Zmusili cię do milczenia.

Theresa potrząsnęła głową.

— Jestem pewna, że masz coś na swoje usprawiedliwienie, bo wszyscy zawsze coś mają. Lecz ci niewinni ludzie w tym samolocie nigdy nie wyrządzili krzywdy ani tobie, ani tej twojej sprawie. Są takimi samymi ludźmi, jak i wy. Nie powinni więc cierpieć za grzechy waszych wrogów.

Fakt, że była odważna i inteligentna, sprawił Yabrilowi szczególną przyjemność. Jej twarz, tak regularna i tak na swój amerykański sposób wdzięczna, również zdawała mu się bardzo sympatyczna. Zupełnie jakby Theresa była czymś w rodzaju amerykańskiej lalki.

Znów zaskoczyło go to, że dziewczyna się go nie boi; nie lęka się tego, co może ją spotkać. Znów ta ślepota dzieci plutokratów, którym obce są wyroki losu, owa pycha bogatych i potężnych. No i oczywiście cała legenda dziejów jej rodziny.

— Panno Kennedy — powiedział uprzejmym głosem, którego ton skłaniał ją do słuchania. — Doskonale wiemy, że nie jest pani zwykłą zepsutą amerykańską kobietą i że kieruje pani swą sympatię ku biednym i uciśnionym tego świata. Żywi pani nawet pewne wątpliwości co do tego, czy Izrael ma prawo wypędzać ludzi z ich własnej ziemi po to, aby budować tam swe własne wojujące państwo. Gdyby zechciała pani nagrać podobną wypowiedź na kasetę wideo, wówczas usłyszałby to cały świat.

Theresa Kennedy przyglądała się badawczo twarzy Yabrila. Jego brązowe oczy były wilgotne i ciepłe, a uśmiech sprawiał, że ciemna i wychudła twarz stawała się niemal chłopięca. Theresę wychowano tak, by ufała światu, ufała innym istotom, a nadto swojej inteligencji i swym własnym przekonaniom. Wiedziała, że ten człowiek naprawdę wierzy w to, co robi. W dziwny sposób wzbudzał jej szacunek.

Dlatego też, odmawiając, była niezwykle uprzejma.

— Może to, co mówisz, jest prawdą. Ale nigdy nie zdobędę się na nic, co mogłoby zranić mego ojca. — Przerwała na moment, a potem mówiła dalej: — I nie uważam, by wasze metody były inteligentne. Nie sądzę, by morderstwa i terror cokolwiek mogły zmienić.

Yabril poczuł bezbrzeżny przypływ pogardy. Odparł jednak łagodnie:

— Izrael powstał dzięki terrorowi i amerykańskim pieniądzom. Czy nie mówiono ci o tym w twoim amerykańskim college'u? Nauczyliśmy się tego od Izraela, odrzucając jednakże jego hipokryzję. Nasi arabscy szejkowie naftowi nigdy nie byli tak szczodrzy dla nas, gdy szło o pieniądze, jak wasi żydowscy filantropi dla Izraela.

— Wierzę w państwo Izrael — powiedziała Theresa. — Wierzę również w to, że naród palestyński powinien mieć swoją ojczyznę. Nie mam żadnego wpływu na ojca, cały czas się sprzeczamy. Ale nic nie usprawiedliwia tego, co teraz robicie.

Yabril zniecierpliwił się.

— Musisz zdać sobie sprawę, że stanowisz dla mnie prawdziwy skarb — powiedział. — Zgłosiłem już swoje żądania. Co godzina po wyznaczonym terminie zostanie zastrzelony jeden z zakładników. A ty pójdziesz na pierwszy ogień.

Ku zdziwieniu Yabrila na jej twarzy nadal nie było cienia

strachu. Czyżby była tak głupia? Czy traktowana w ten sposób kobieta może być aż tak odważna? Dałby wiele, aby się tego dowiedzieć. Do tej pory odnoszono się do niej bardzo dobrze. Odizolowano ją w kabinie pierwszej klasy, a strażnicy traktowali ją z największym szacunkiem. Wyglądała na rozwścieczoną, niemniej uspokoiła się, sącząc herbatę, którą jej podał.

Podniosła na niego wzrok. Zauważył, że jej jasnoblond włosy okalają delikatne rysy twarzy jakąś dziwnie surową aureolą. Oczy były podkrążone wskutek zmęczenia, a niepociągnięte szminką usta zdawały się mocno wyblakłe.

Powiedziała bezbarwnym, jednostajnym tonem:

— Dwóch moich stryjecznych dziadków zostało zamordowanych przez takich ludzi jak ty. Moja rodzina wyrosła ze śmierci. A mój ojciec martwi się o mnie, odkąd tylko został prezydentem. Ostrzegał mnie, że na świecie są tacy ludzie jak ty, ale nie chciałam mu wierzyć. A teraz jestem ciekawa, dlaczego postępujesz tak po łotrowsku? Czy myślisz, że uda ci się wystraszyć cały świat, mordując młodą dziewczynę?

Może nie, ale zabiłem już papieża, pomyślał Yabril. A ona o tym nie wie. Jeszcze nie. Przez chwilę kusiło go, żeby jej to wyjawić. Powiedzieć o całym planie. O podważeniu autorytetów, czego tak bardzo obawiają się wszyscy ludzie, głowy wielkich narodów i wielkich kościołów. I o tym, jak ludzka obawa przed władzą może lec w gruzach, nadwerężona pojedynczymi aktami terroru.

Ale tylko wyciągnął rękę, by dotknąć jej uspokajającym gestem.

— Z mojej strony nie spotka cię żadna krzywda — powiedział. — Oni będą negocjować. Każdy straszny czyn, każde słowo obrazy lub pochwały jest negocjowaniem. Więc nie bierz tego, co ci powiedziałem, zbyt poważnie.

Roześmiała się.

Był zadowolony, że uważa go za dowcipnego. Przypominała mu Romea; przejawiała ten sam instynktowny entuzjazm wobec drobnych życiowych przyjemności, nawet wobec słownych gier.

Kiedyś Yabril powiedział do Romea: „Bóg jest terrorystą ostatecznym", Romeo zaś aż klasnął w dłonie z zachwytu.

A teraz serce Yabrila zamarło, poczuł nagły przypływ mdłości. Wstydził się tego, że chce oczarować Theresę Kennedy. Wierzył, że osiągnął taki okres w życiu, kiedy nie zagrażają mu już podobne słabości. Gdyby tylko udało mu się nakłonić ją do nagrania wideokasety, nie musiałby jej wówczas uśmiercać.

Rozdział 7

Wtorek

We wtorek, po uprowadzeniu w Niedzielę Wielkanocną samolotu i po zamordowaniu papieża przez terrorystów, prezydent Francis Kennedy wszedł do sali projekcyjnej Białego Domu, żeby obejrzeć film, przeszmuglowany przez CIA z Sherhabenu.

Sala projekcyjna Białego Domu była wprost skandaliczna, z brudnozielonymi fotelami dla garstki uprzywilejowanych i metalowymi składanymi krzesłami dla wszystkich zajmujących niższe stanowiska niż członka rządu. Publiczność stanowił personel CIA, sekretarz stanu, sekretarz obrony, ich odpowiednie ekipy i starsi rangą pracownicy Białego Domu.

Kiedy wszedł prezydent, wszyscy powstali. Kennedy zajął zielony fotel. Dyrektor CIA, Theodore Tappey, stał obok ekranu, aby móc wydawać polecenia.

Zaczęła się projekcja. Ciężarówka dostawcza zatrzymała się z tyłu uprowadzonego samolotu. Rozładowujący ją robotnicy mieli na głowach szerokoskrzydłe kapelusze chroniące przed słońcem. Ubrani byli w brązowe drelichowe spodnie i brązowe bawełniane koszule z krótkimi rękawami. Film pokazywał, jak robotnicy opuszczają samolot, a następnie kamera zatrzymała się na jednym z nich. Pod miękkim rondem kapelusza można było dostrzec oblicze Yabrila, ciemną, kanciastą twarz o błyszcących oczach, z lekkim uśmiechem na ustach. Yabril wsiadł do ciężarówki wraz z pozostałymi robotnikami.

Zatrzymano film i rozległ się głos Tappeya:

— Ta ciężarówka udała się do zabudowań pałacowych sułtana Sherhabenu. Mamy informacje, że odbył się tam huczny bankiet, nawet z tancerkami. Później Yabril w ten sam sposób powrócił do samolotu. Z całą pewnością sułtan Sherhabenu jest współudziałowcem tych aktów terroryzmu.

W ciemności rozległ się donośny głos sekretarza stanu:

— Rzecz pewna tylko dla nas. Tajny materiał wywiadowczy jest zawsze podejrzany, a nawet gdybyśmy mogli to udowodnić, nie zdołamy rozgłosić całej tej historii. Zakłóciłoby to całą równowagę polityczną w Zatoce Perskiej. Bylibyśmy zmuszeni do podjęcia działań odwetowych, a byłoby to sprzeczne z naszymi interesami.

— Jezu Chryste! — mruknął Otto Gray.

Christian Klee po prostu się roześmiał.

Eugene Dazzy, który potrafił pisać po ciemku — co, jak zawsze wszystkim mówił, stanowiło bez wątpienia oznakę geniuszu administracyjnego — robił notatki w bloku.

— Nasza informacja sprowadza się na razie do tego — kontynuował szef CIA. — Później dostaniecie państwo notatki. Wydaje się, że jest to oddział operacyjny finansowany przez międzynarodową grupę terrorystyczną, nazywaną Pierwszą Setką lub niekiedy Chrystusami Przemocy. Powtarzając to, co powiedziałem na poprzednim spotkaniu, jest to w istocie grupa łącznikowa pomiędzy marksistowskimi grupami rewolucyjnymi z elitarnych uniwersytetów w różnych krajach, która udostępnia kryjówki i materiały. Jej działalność ogranicza się w zasadzie do Niemiec, Włoch, Francji i Japonii, lecz czasem uwidacznia się sporadycznie w Irlandii i Anglii. Ale według naszych informacji nawet Pierwsza Setka nie wiedziała tak naprawdę, co tu się dzieje. Uważali, że operacja zakończyła się wraz z zabiciem papieża. Więc cała rzecz sprowadza się do tego, iż na czele spisku stoi tylko ten człowiek, Yabril, którego wspiera sułtan Sherhabenu.

Znowu puszczono film. Widać na nim było odizolowany na płycie lotniska samolot oraz kordon żołnierzy i dział przeciwlotniczych, strzegących dojść do samolotu. Tłum gapiów trzymano na dystans około stu jardów.

Ponad szmerem przewijającej się taśmy górował głos dyrektora CIA:

— Ten film i inne źródła dowodzą, iż nie może być mowy o żadnej misji ratunkowej. Chyba że postanowimy najzwyczajniej w świecie podbić cały Sherhaben. Lecz oczywiście Rosja nigdy na to nie pozwoli i chyba inne państwa arabskie także nie. Nadto ponad pięćdziesiąt miliardów dolarów amerykańskich poszło na zbudowanie ich miasta Dak, co dodatkowo stanowi jakby rodzaj zastawu. Nie wysadzimy przecież w powietrze pięćdziesięciu miliardów dolarów naszych inwestorów. Bazy pocisków są wprawdzie w większości przypadków obsługiwane przez amerykańskich najemników, niemniej w tym momencie dochodzimy do czegoś znacznie ciekawszego.

Na ekranie pojawiło się niewyraźne ujęcie wnętrza porwanego samolotu. Rzecz najwidoczniej filmowano z ręki i kamera wędrowała wzdłuż przejścia w sektorze turystycznym, aby ukazać ciżbę zalęknionych, przywiązanych do foteli pasażerów. Następnie kamera przeniosła się z powrotem do kabiny pierwszej klasy i zatrzymała na siedzącej tam osobie. Później w pole widzenia kamery wszedł Yabril. Miał na sobie mlecznobrązowe bawełniane spodnie i beżową koszulę z krótkimi rękawami, kolorem przypominającą pustynię na zewnątrz samolotu. Obiektyw ujawnił również siedzącą obok niego postać, jak się okazało — Theresę Kennedy. Yabril i Theresa zdawali się pogrążeni w ożywionej i przyjaznej rozmowie.

Na twarzy Theresy widniał lekki uśmiech rozbawienia, co sprawiło, że jej ojciec, zapatrzony tak jak inni w ekran, omal nie odwrócił głowy. Był to uśmiech, który pamiętał z własnego dzieciństwa, uśmiech ludzi okopanych w świątyniach władzy, ludzi, którym nigdy nawet się nie śni, że może ich dosięgnąć ogrom zła współbraci. Francis Kennedy często widział ten uśmiech na twarzach swych stryjów.

— Jak dawno zrobiono ten film i skąd go masz? — zapytał dyrektora CIA.

— Dwanaście godzin temu — odparł Tappey. — Kupiliśmy go za duże pieniądze, najpewniej od kogoś, kto jest blisko z terrorystami. Mogę panu przekazać szczegóły na osobności zaraz po tym spotkaniu, panie prezydencie.

Kennedy machnął ręką. Szczegóły nie interesowały go.

— Dalsze informacje — ciągnął Tappey. — Żadnego z pasażerów nie potraktowano źle. I co dosyć ciekawe, żeńska część oddziału porywaczy została wymieniona, z pewnością przy współudziale sułtana. Uważam ten rozwój wydarzeń za nieco złowróżbny.

— A to dlaczego? — zapytał ostro Kennedy.

— Terroryści, którzy strzegą teraz samolotu, to sami mężczyźni — odparł Tappey. — Jest ich co najmniej dziesięciu. Są nielicho uzbrojeni. Może chodzi o to, że są zdecydowani na wymordowanie zakładników, jeżeli tylko ktoś by ich atakował. Może są zdania, że kobiety nie byłyby w stanie urządzić takich jatek. Nasza ostatnia instrukcja wywiadowcza zabrania jakichkolwiek akcji ratunkowych przeprowadzonych przy użyciu siły.

— Może korzystają z zupełnie nowych sił jedynie dlatego, że jest to już inna faza operacji — rzucił ostro Klee. — A może po prostu Yabril lepiej się czuje w towarzystwie mężczyzn. W końcu to przecież Arab.

Tappey uśmiechnął się do niego.

— Chris, wiesz równie dobrze jak ja, że ta zamiana nie jest normalna. Sądzę, że przydarzyło się to przedtem tylko raz. Z własnego doświadczenia wiesz cholernie dobrze, że to wyklucza bezpośredni atak w celu oswobodzenia zakładników.

Kennedy nadal milczał.

Obejrzeli pozostały maleńki fragment filmu. Yabril i Theresa rozmawiali z ożywieniem, wydawali się coraz bardziej przyjaźnie do siebie nastawieni. I w końcu Yabril poklepał ją po ramieniu. Było oczywiste, że ją uspokaja, że przekazuje jej jakąś dobrą wiadomość, bo Theresa roześmiała się uradowana. Następnie Yabril wykonał przed nią prawie dworski ukłon, gest wyrażający przeświadczenie, iż dziewczyna jest pod jego ochroną i że nic złego jej się nie stanie.

— Boję się tego faceta — powiedział Klee. — Wydostańmy stamtąd Theresę.

Eugene Dazzy siedział w swoim biurze i rozpatrywał wszelkie możliwości dopomożenia prezydentowi. Najpierw zatelefonował do swojej kochanki, żeby jej powiedzieć, iż nie będzie mógł się z nią spotykać, dopóki cały ten kryzys się nie skończy. Następnie zatelefonował do żony, żeby sprawdzić, jaki mają rozkład zajęć towarzyskich, i wszystko odwołać. Po długim namyśle zatelefonował jeszcze do Berta Audicka, który w ciągu ostatnich trzech lat był jednym z najbardziej zawziętych wrogów administracji Kennedy'ego.

— Musisz nam pomóc, Bert — powiedział. — Będziesz miał u mnie naprawdę duży dług wdzięczności.

— Posłuchaj, Eugene — odparł Audick. — W tej sytuacji wszyscy jesteśmy po prostu Amerykanami.

Bert Audick zdołał już połknąć dwa ogromne amerykańskie towarzystwa naftowe, łykając je najzwyczajniej tak, jak żaba muchy, co zwykli byli podkreślać jego wrogowie. W istocie wyglądał jak żaba, z szerokimi ustami, kanciastymi szczękami i lekko wyłupiastymi oczyma. A jednak robił wrażenie; był wysoki, zwalisty, o wielkiej, masywnej głowie. Całe życie był nafciarzem. Zda się poczęty w ropie naftowej i wychowany w ropie, dojrzewał również pośród wyziewów ropy. Urodzony w bogactwie, pomnożył to bogactwo stokrotnie. Towarzystwo naftowe, w którym posiadał aż pięćdziesiąt jeden procent udziałów, miało wartość dwudziestu miliardów dolarów. Teraz, mając już siedemdziesiąt lat, wiedział o ropie naftowej więcej niż ktokolwiek w Ameryce. Znał każde miejsce na ziemi, gdzie tylko była ukryta.

W jego głównej kwaterze w Houston ekrany komputerów wyświetlały wielką mapę świata, na której uwidocznione były wszystkie niezliczone tankowce na morzu wraz z ich macierzystymi portami i portami przeznaczenia. Podawały, kto był ich właścicielem, za ile zostały kupione i ile ton przewoziły. Bert mógł wcisnąć każdemu krajowi miliard baryłek ropy równie łatwo, jak światowiec wciska kelnerowi pięćdziesiątaka napiwku.

Część swojej wielkiej fortuny zbił dzięki panice w latach siedemdziesiątych, kiedy zdawało się, że państwa OPEC przyłożyły światu nóż do gardła. Lecz tak naprawdę przyłożył go Bert Audick. Zrobił miliardy dolarów na braku, który — jak dobrze wiedział — był tylko elementem zagrywki.

Nie zrobił tego jednak z czystej chciwości. Kochał ropę i oburzał go fakt, że tę życiodajną siłę można kupić tak tanio. Pomagał w windowaniu cen ropy z romantycznym entuzjazmem młodzieńca buntującego się przeciwko niesprawiedliwościom społecznym, aby następnie oddawać większą część swego łupu czcigodnym instytucjom charytatywnym.

Zbudował nieprzynoszące mu zysku szpitale, wznosił darmowe domy starców i muzea. Ustanowił tysiące stypendiów dla uczniów szkół średnich pochodzących z niezamożnych rodzin, bez względu na rasę czy wyznanie. Zaopiekował się, rzecz jasna, swymi krewnymi i przyjaciółmi, dopomógł się wzbogacić dalekim kuzynom. Kochał swój kraj i swoich rodaków, Amerykanów, i nigdy nie przeznaczał pieniędzy na żaden cel wybiegający poza granice Stanów Zjednoczonych. Wyjątek stanowiły niezbędne łapówki dla cudzoziemskich oficjeli.

Nie kochał politycznych władców swej ojczyzny ani ich druzgocącej machiny rządowej. Zbyt często bywali mu wrodzy, wraz ze swymi prawami regulacyjnymi, procesami przeciwko wielkim korporacjom i wtrącaniem się w jego prywatne sprawy. Bert Audick był żarliwie lojalny wobec swego kraju, lecz jego interesy, jego demokratyczne prawa pozwalały mu na dokręcanie śruby współobywatelom, na zmuszanie ich do płacenia za ropę, którą tak bardzo czcił.

Audick wierzył, że powinien przetrzymywać ropę w ziemi tak długo, jak tylko to będzie możliwe. Często myślał z miłością o wszystkich tych miliardach dolarów, które leżą w wielkich kałużach gdzieś pod pustynnymi piaskami Sherhabenu i innych państw i są tam wprost bezgranicznie bezpieczne. A on zakupi tę ropę należącą do innych, wykupi inne towarzystwa naftowe. Będzie wiercił w oceanach, wgryzie się w północne wybrzeże Anglii, posiądzie kawałek Wenezueli. No i jest jeszcze Alaska. Tylko on znał rozmiary tamtej ogromnej fortuny, która leży pod lodem.

W swych handlowych poczynaniach był zręczny niczym baletmistrz. Miał przemyślny aparat wywiadowczy, który dostarczał mu daleko dokładniejszych ocen rezerw ropy naftowej w Związku Radzieckim niż te, które mogłaby opracować CIA. Owymi informacjami nie dzielił się jednak z rządem. Bo i dlaczegóż miałby to czynić, jeżeli płacił za nie ogromne sumy w gotówce, a ich wartość polegała głównie na wyłączności?

Podobnie jak wielu Amerykanów szczerze wierzył — a w istocie uważał to za podstawę demokratycznego społeczeństwa — że wolny obywatel w wolnym kraju ma prawo przedkładać osobiste interesy nad cele wybieralnych urzędników rządowych. Bo gdyby każdy obywatel miał na względzie głównie własny dobrobyt, wówczas i cały kraj prosperowałby tak, jak należy.

Pod wpływem rekomendacji Dazzy'ego Kennedy zgodził się na spotkanie z Audickiem. W oczach opinii publicznej Bert był mocno niewyraźną postacią, przedstawianą w gazetach i w magazynie „Fortune" jako karykaturalny Car Ropy Naftowej. Niemniej miał on ogromne wpływy wśród wybieralnych członków Kongresu i funkcjonariuszy Białego Domu. Miał również wspólników wśród tych kilku tysięcy ludzi, którzy kontrolowali najważniejsze gałęzie przemysłu USA i należeli do Klubu Sokratesa. Członkowie tego klubu nadzorowali drukowane środki przekazu oraz telewizję, zarządzali towarzystwami, które określały zasięg handlu zbożem; byli gigantami Wall Street, kolosami przemysłu elektronicznego, Templariuszami Pieniądza i władcami banków. A co najważniejsze, Audick był osobistym przyjacielem sułtana Sherhabenu.

Berta Audicka zaprowadzono do Sali Gabinetowej, gdzie Francis Kennedy spotykał się ze swoim zespołem i odpowiednimi członkami gabinetu. Wszyscy rozumieli, że przyszedł nie tylko po to, żeby pomóc prezydentowi, ale także aby go ostrzec. Towarzystwo naftowe Audicka zainwestowało pięćdziesiąt milionów dolarów w pola naftowe Sherhabenu i w główne miasto Dak. Sam Audick zaś miał iście magiczny głos; przyjacielski, przekonywujący i tak pewny tego, co mówił, iż wydawało się, że na końcu każdego jego zdania pobrzmiewa katedralny dzwon. Mógłby zostać znakomitym politykiem, gdyby nie fakt, że przez całe swoje życie nie potrafił kłamać w kwestiach politycznych, a jego przekonania były tak skrajnie prawicowe, że nie mógł kandydować nawet w najbardziej konserwatywnych okręgach wyborczych kraju.

Zaczął od wyrażenia najgłębszych wyrazów współczucia. Uczynił to z taką szczerością, że nie mogło być żadnych wątpliwości, iż ocalenie Theresy Kennedy było głównym powodem, dla którego zaoferował swe usługi.

— Panie prezydencie — powiedział — skontaktowałem się ze wszystkimi ludźmi w krajach arabskich, jakich tylko znam. Odżegnują się oni od tej strasznej sprawy i pomogą nam w każdy możliwy sposób. Jestem osobistym przyjacielem sułtana Sherhabenu i postaram się wywrzeć na niego wszelkie możliwe naciski. Poinformowano mnie, że istnieją pewne dowody, iż sułtan należy do spisku morderców papieża i porywaczy samolotu. Zapewniam pana jednak, że bez względu na wszelkie dane, sułtan jest po naszej stronie.

Słowa te zaalarmowały Francisa Kennedy'ego. Skąd Audick wiedział o dowodach przeciwko sułtanowi? Tylko członkowie gabinetu i jego własny zespół posiadali tę informację, a została ona zaklasyfikowana jako ściśle tajna. Czy mogłoby się zdarzyć, ażeby Audick stanowił darmową przepustkę sułtana na wolność, kiedy już cała ta sprawa dobiegnie wreszcie końca? Kto wie, czy z czasem nie ujawni się scenariusz, w którym sułtan i Audick okażą się zbawcami jego córki?

A Audick mówił dalej:

— Panie prezydencie, doradzałbym panu spełnienie żądań porywaczy. To prawda, iż będzie to ciosem dla prestiżu Ameryki. Ale to można będzie naprawić później. I niech pan pozwoli, że dam panu słowo honoru w tej sprawie, jakże bliskiej pańskiemu sercu. Pańskiej córce nikt nie wyrządzi żadnej krzywdy. — Katedralny dzwon w jego głosie pobrzmiewał teraz z przekonaniem. To właśnie owa stanowczość tonu sprawiła, że Kennedy mu nie dowierzał. Wiedział bowiem z własnego doświadczenia, nabytego w trakcie walk politycznych, że całkowite przekonanie jest u każdego przywódcy cechą najbardziej podejrzaną.

— Uważa pan zatem, że powinniśmy im wydać człowieka, który zabił papieża? — zapytał Kennedy.

Audick źle zrozumiał pytanie.

— Panie prezydencie, wiem, że jest pan katolikiem. Ale niech pan pamięta, że w tym kraju przeważają protestanci. Po prostu patrząc na to jako na kwestię polityki zagranicznej, nie musimy czynić z zabójstwa katolickiego papieża najważniejszej dla nas sprawy. Dla przyszłości naszego kraju jest natomiast sprawą konieczną, abyśmy zachowali nasz życiodajny krwiobieg ropy. Potrzebujemy Sherhabenu. Musimy działać ostrożnie, inteligentnie, a nie pod wpływem emocji. I raz jeszcze pana zapewniam, że pańska córka jest bezpieczna.

Był niewątpliwie szczery i dzięki temu robił spore wrażenie. Kennedy podziękował mu i odprowadził go do drugich drzwi. Kiedy Audick wyszedł, Kennedy zwrócił się do Dazzy'ego i zapytał:

— Co on, do diabła, tak naprawdę powiedział?

— Wydaje mi się, że chce panu uzmysłowić pewne rzeczy — odparł Dazzy. — I być może nie chce, żeby panu wpadło do głowy wykorzystać to jego pięćdziesięciomiliardowe miasto Dak jako atut przetargowy. — Przerwał na chwilę, a potem dodał: — Sądzę, że on może nam pomóc.

Christian nachylił się do ucha Kennedy'ego.

— Francisie, muszę się z tobą spotkać na osobności.

Kennedy przeprosił zebranych i wyszedł, zabierając Christiana do Gabinetu Owalnego. Chociaż Kennedy nie cierpiał korzystać z tego małego pokoju, pozostałe pomieszczenia

Białego Domu wypełniali teraz doradcy i eksperci, czekający na ostateczne instrukcje.

Natomiast Christian lubił Gabinet Owalny. Światło dochodzące z trzech długich, kuloodpornych okien, dwie flagi — wesoła czerwień, biel i błękit gwiaździstego sztandaru po prawej stronie małego biurka, po lewej zaś — flaga prezydencka, która była poważniejsza w tonacji, gdyż ciemnoniebieska.

Kennedy ruchem ręki wskazał Christianowi, żeby usiadł. Christian zastanawiał się, jakim właściwie cudem ten człowiek może sprawiać wrażenie aż tak opanowanego. Chociaż przez wiele lat byli bliskimi przyjaciółmi, nie mógł dostrzec u prezydenta żadnego śladu wzburzenia.

— Mamy jeszcze inne kłopoty — powiedział Christian. — Tu, na miejscu. Nie chciałem cię niepokoić, ale to konieczne.

Przedstawił Kennedy'emu sprawę listu o bombie atomowej.

— Wszystko to prawdopodobnie jest bzdurą — powiedział. — Jest jedna szansa na milion, że taka bomba istnieje. Ale jeżeli istnieje, może zniszczyć dziesięć kwartałów miasta i zabić tysiące ludzi. Ponadto opad radioaktywny sprawi, że cały obszar będzie niezamieszkiwalny przez Bóg wie jak długo. Tak więc musimy traktować tę jedną szansę na milion poważnie.

Francis Kennedy przerwał mu ostro:

— Mam nadzieję, że chyba, do diabła, nie powiesz mi jeszcze, iż jest to w jakiś sposób związane z porywaczami?

— Kto wie? — odparł Christian.

— W każdym razie nie nadawaj temu rozgłosu i załatw rzecz po cichu. Zaklasyfikuj to jako tajemnicę atomową — rozkazał Kennedy. Nacisnął przycisk głośnika do biura Eugene'a Dazzy'ego. — Euge — powiedział. — Załatw mi egzemplarze tajnej ustawy o tajemnicy atomowej. A także dostarcz mi wszystkie medyczne kartoteki na temat badań mózgu. I ustal spotkanie z doktorem Annacone. Ustal to spotkanie w terminie, kiedy już skończy się kryzys z zakładnikami.

Kennedy wyłączył interkom. Stał i patrzył przez okna Gabinetu Owalnego. Nieświadomym ruchem przesunął dłonią po

145

fałdach amerykańskiej flagi stojącej przy jego biurku. Przez długi czas stał tak, rozmyślając.

Christiana zdziwiła jego zdolność izolowania się od wszelkich wydarzeń.

— Uważam, że jest to problem wewnętrzny — powiedział. — Jakiś psychologiczny błąd, który został przewidziany w badaniach psychiki zbiorowej już całe lata temu. Zawężamy więc podejrzenia do kilku osób.

Kennedy znów stanął przy oknie, pogrążony w myślach. A później powiedział cicho:

— Chris, zabezpiecz to przed wszystkimi sekcjami rządu. To sprawa tylko między tobą a mną. Nawet Dazzy ani inni członkowie mojej ekipy nie mogą się o tym dowiedzieć. To po prostu za wiele w połączeniu z wszystkim innym.

Miasto Waszyngton przepełnione było specjalistami od mass mediów i ich ekipami napływającymi z całego świata. W powietrzu zawisł ów swoisty szmer, niczym na przepełnionym stadionie, a na ulicach tłoczyli się ludzie, zbici w ogromne tłumy przed Białym Domem, jak gdyby chcieli współdzielić z prezydentem jego cierpienie. Niebo przecinały transportowce i specjalnie wynajęte transkontynentalne samoloty pasażerskie. Doradcy rządowi wraz ze swymi ludźmi udawali się do innych państw, by konferować w sprawie kryzysu. Przylatywali też specjalni wysłannicy. Sprowadzono dodatkową dywizję piechoty, by patrolowała miasto i strzegła dostępu do Białego Domu. Wydawało się, że ogromne tłumy są zdecydowane na całonocne czuwanie, jakby chciały zapewnić prezydenta, że nie jest osamotniony w nieszczęściu. Głuchy pomruk owego ludzkiego morza spowijał Biały Dom i przyległe tereny.

Wszystkie stacje telewizyjne zawczasu zrezygnowały z normalnego programu, chcąc nadawać uroczystości żałobne w związku ze śmiercią papieża. Programy radiowe były wręcz przeładowane transmisjami nabożeństw ze wszystkich możliwych wielkich katedr świata, szlochem bezmiernych tłumów przybranych w żałobną czerń. Cały ten smutek zdominowało jednak pragnienie zemsty, choć przecież w kazaniach mówiono o chrześcijańskim miłosierdziu. Podczas nabożeństw modlono się również o szczęśliwe uwolnienie Theresy Kennedy.

Zaczęły krążyć przecieki, że prezydent skłonny jest uwolnić zabójcę papieża, byle tylko osiągnąć zwolnienie zakładników i córki. Eksperci zwerbowani przez sieci telewizyjne sprzeczali się co do słuszności takiego posunięcia, niemniej uważali, że początkowe żądania mogą jeszcze ulec okrojeniu w trakcie negocjacji, tak jak to już bywało w wielu innych przypadkach podczas minionych lat. Zgadzali się mniej więcej co do tego, że prezydent uległ panice z powodu niebezpieczeństwa zagrażającego jego dziecku.

A tymczasem tłumy przed Białym Domem rosły coraz bardziej. Ulice Waszyngtonu zablokowane były pojazdami oraz grupami pieszych, skupiającymi się w symbolicznym sercu kraju. Wielu z nich zaopatrzyło się na to długie czuwanie w prowiant i picie. Mieli spędzić bezsenną noc, towarzysząc swemu prezydentowi, Francisowi Xavierowi Kennedy'emu.

Kiedy we wtorek wieczorem Kennedy udał się do swej sypialni, modlił się, by następnego dnia zakładnicy zostali zwolnieni. Na tym etapie gry Yabril z pewnością zwycięży. Na razie. Na nocnym stoliku Kennedy'ego leżał stos papierów przygotowanych przez CIA, Radę Bezpieczeństwa Narodowego, sekretarza stanu, sekretarza obrony i odnośne notatki jego własnego personelu. Jego kamerdyner, Jefferson, przyniósł mu gorącą czekoladę i herbatniki, toteż Kennedy usadowił się wygodniej, aby spokojnie przestudiować raporty.

Czytał między wierszami. Sprowadzał do wspólnego mianownika pozornie sprzeczne punkty widzenia przeróżnych agencji. Starał się lepiej wczuć w rolę głównego politycznego rywala, który zyskałby sobie dostęp do tych dokumentów. Przeciwnik ów doszedłby zapewne wówczas do przekonania, że Ameryka jest krajem stojącym na ostatnich już, dekadenckich nogach, otyłym artretycznym gigantem, który pozwala się ciągnąć za nos złośliwym urwisom. Że w samym sercu giganta szaleją już zapewne wewnętrzne krwotoki. Bogaci robią się coraz bogatsi, biedni zapadają się coraz bardziej w otchłań nędzy. A klasa średnia desperacko walczy o swój udział w lepszym życiu.

Kennedy stwierdził, że ów ostatni kryzys, zabójstwo papieża, uprowadzenie samolotu, porwanie jego córki i upokarzające żądania, są świadomie zaplanowanym ciosem w moralny autorytet Stanów Zjednoczonych.

Tak, niemniej nastąpił również atak wewnętrzny. Groźba użycia bomby atomowej. Rak od środka. Badania psychologiczne przewidziały, że może dojść do takiej sytuacji, toteż podjęto środki ostrożności. Lecz te nie wystarczały. Musiała to być jednak sprawa czysto wewnętrzna, albowiem podobna zagrywka, owo nachalne łaskotanie otyłego giganta, mogłaby się okazać dla terrorystów czymś nazbyt niebezpiecznym. Była to nieprzewidziana karta, której terroryści — nawet w przypływie straszliwej desperacji — nigdy nie ośmieliliby się wprowadzić do gry. Otworzyłoby to bowiem istną puszkę Pandory i rozpętało represje, gdyż terroryści wiedzieli, że jeśli niektóre rządy, a zwłaszcza rząd Stanów Zjednoczonych, zawieszą prawa i swobody obywatelskie, z łatwością można będzie zniszczyć wszystkie organizacje terrorystyczne.

Kennedy studiował raporty, które sumowały dane na temat znanych grup terrorystycznych i państw udzielających im zazwyczaj pomocy. Zdziwił się, kiedy stwierdził, że Chiny udzielają arabskim ugrupowaniom terrorystycznym pomocy finansowej. Szereg organizacji nie było raczej związanych z operacją Yabrila; była ona zbyt ekscentryczna i przy dużym nakładzie kosztów nie dawała żadnego wymiernego zysku. Rosjanie nigdy nie opowiadali się za swobodną inwencją w ramach terroryzmu. Istniały jednakowoż pewne grupy arabskie, Front Arabski, Saiqua, OWP-G i cała gama innych, oznaczonych jedynie skrótami. No i były Czerwone Bragady. Japońska, a nadto włoska i niemiecka. Ta ostatnia zresztą wchłonęła w ramach morderczej wojny wewnętrznej wszystkie inne odpryski i odłamy rzeczników niemieckiego terroryzmu.

W końcu Kennedy uznał, iż jego siły zostały wyczerpane. Rano, w środę, zakończą się negocjacje i zakładnicy zostaną uwolnieni. Teraz mógł co najwyżej czekać. Rzecz przekraczała granice dwudziestu czterech godzin, ale wszystko zostało już uzgodnione. Jego zespół zapewnił go, że terroryści będą z pewnością cierpliwi.

Nim zasnął, pomyślał o córce i jej pogodnym, pewnym siebie uśmiechu podczas rozmowy z Yabrilem, reinkarnowanym uśmiechu jego nieżyjących już stryjów. Potem zapadł w męczące koszmary senne i jęcząc, wzywał pomocy. Kiedy Jefferson wpadł biegiem do sypialni, popatrzył na umęczoną twarz prezydenta, odczekał chwilę, a potem wydobył go z dokuczliwych majaków. Przyniósł mu jeszcze jedną filiżankę gorącej czekolady i dał pigułkę nasenną, którą przepisał lekarz.

Środa rano
Sherhaben

Kiedy Francis Kennedy jeszcze spał, Yabril zdążył już wstać z łóżka. Kochał wczesne poranne godziny na pustyni, chłód umykający przed wewnętrznym żarem słońca i niebo zmieniające się w rozświetloną czerwień. W owych chwilach zawsze rozmyślał o mahometańskim Lucyferze zwanym Azazelem.

Anioł Azazel, stojąc przed Panem, odmówił uczczenia dzieła stworzenia człowieka, toteż Pan wypędził Azazela z Raju, iżby przekształcił pustynne piaski Wschodu w prawdziwie piekielny ogień. Och, żeby tak być Azazelem! — pomyślał Yabril. Kiedy był młody i romantyczny, użył imienia Azazel jako swojego pierwszego pseudonimu.

Dzisiaj rano rozpalone słońce sprawiło, że zakręciło mu się w głowie. Chociaż stał w zacienionych drzwiach klimatyzowanego samolotu, straszny podmuch palącego powietrza odrzucił go do tyłu. Poczuł mdłości i zastanawiał się, czy może to być spowodowane tym, co ma zrobić. Teraz dokona ostatecznego, nieodwracalnego czynu, wykona ostatni ruch w swej partii szachów terroru, o którym nie wspomniał ani Romeowi, ani sułtanowi Sherhabenu, ani wspierającym go oddziałom Czerwonych Brygad. Będzie to ostateczne bluźnierstwo.

Daleko, przy dworcu lotniczym, spostrzegł kordon oddziałów sułtana, które trzymały na wodzy tysiące dziennikarzy prasowych i telewizyjnych. Na nim skupiła się uwaga całego świata; przetrzymywał córkę prezydenta Stanów Zjednoczonych. Miał większą publiczność niż jakikolwiek władca, jakikolwiek papież, jakikolwiek prorok. Swoimi dłońmi mógł przesłonić świat. Yabril odwrócił się od otwartych drzwi i stanął twarzą do wnętrza samolotu.

Czterech ludzi z jego nowego oddziału jadło śniadanie w kabinie pierwszej klasy. Minęły dwadzieścia cztery godziny od czasu, kiedy przedstawił swoje ultimatum. Termin minął. Kazał im się pospieszyć, a potem wysłał ich z poleceniami. Jeden poszedł z pisemnym rozkazem Yabrila do dowódcy oddziałów otaczających samolot, by zezwolił ekipom telewizyjnym podejść bliżej maszyny. Inny członek oddziału dostał stos ulotek głoszących, że skoro żądania Yabrila nie zostały spełnione w ciągu dwudziestu czterech godzin, na jednym z zakładników zostanie wykonany wyrok.

Dwóm ludziom z oddziału rozkazano przyprowadzić córkę prezydenta z odizolowanego przedniego rzędu kabiny turystycznej na powrót do kabiny pierwszej klasy i przed oblicze Yabrila.

Kiedy Theresa Kennedy weszła do kabiny pierwszej klasy i zobaczyła czekającego tam Yabrila, jej twarz rozluźniła się w uśmiechu ulgi. Yabril dziwił się, że można tak ładnie wyglądać, spędziwszy parę dni w samolocie. To skóra, pomyślał. Na jej skórze nie ma warstwy tłuszczu, która zbierałaby brud. Odwzajemnił jej uśmiech i powiedział na wpół żartobliwie:

— Wyglądasz pięknie, ale trochę niechlujnie. Odśwież się, zrób makijaż, uczesz włosy. Czekają na nas kamery telewizyjne. Cały świat będzie patrzył, toteż nie chcę, żeby myśleli sobie, że źle cię traktowałem.

Przepuścił ją do toalety samolotowej i czekał. Zajęło jej to prawie dwadzieścia minut. Słyszał spływającą wodę i wyobraził ją sobie, jak siedzi niczym mała dziewczynka. Poczuł, iż ból na podobieństwo igły przeszywa mu serce, i modlił się: „Azazelu, Azazelu, bądź teraz ze mną". I wtedy usłyszał wielki, przypominający grzmot ryk tłumu stojącego w palącym pustynnym słońcu; przeczytali ulotki. Usłyszał, jak podjeżdżają bliżej ruchome jednostki telewizyjne.

Pojawiła się Theresa. Yabril zobaczył na jej twarzy wyraz smutku. A także upór. Postanowiła, że nie będzie mówić, nie pozwoli się zmusić do nagrania taśmy wideo. Była umyta, ładna, pełna wiary we własne siły. Ale straciła niewinność swoich uczuć. Uśmiechnęła się do Yabrila i oświadczyła:

— Niczego im nie powiem.

Yabril wziął ją za rękę.

— Chcę tylko, żeby cię zobaczyli — powiedział. Podprowadził ją do otwartych drzwi samolotu, stanęli na progu. Ich ciała opromieniło czerwone powietrze pustynnego słońca. Sześć telewizyjnych ciągników zdawało się strzec samolotu niczym prehistoryczne potwory, niemalże przysłaniając ogromny tłum poza kordonem wojska. — Uśmiechnij się tylko do nich — dodał jeszcze Yabril. — Chcę, żeby twój ojciec widział, że jesteś bezpieczna.

Pogłaskał ją po głowie, dotykając jej jedwabistych włosów w ten sposób, aby odsłonić kark, obnażyć skrawek jej skóry barwy kości słoniowej, jakże bladej, z jedną tylko skazą, maleńkim czarnym znamieniem, które zdawało się spływać gdzieś w dół, jakby ku ramieniu.

Zadrżała pod jego dotykiem i odwróciła się, żeby zobaczyć, co robi. Wzmógł ucisk i zmusił ją do odwrócenia głowy, tak by kamery telewizyjne uchwyciły piękno jej twarzy. Pustynne słońce obramowało ją złotem, a jego ciało zdawało się teraz jakby jej cieniem.

Z jedną ręką podniesioną i wspartą dla równowagi o sklepienie drzwi, przywarł do jej pleców, tak że zakołysali się na samej krawędzi progu niczym w czułym uścisku. Prawą ręką wyciągnął pistolet i przyłożył do obnażonej skóry jej szyi.

A następnie, zanim zdołała pojąć sens dotyku metalu, pociągnął za spust i pozwolił, by jej ciało straciło kontakt z jego ciałem.

Zdawało się, że pożeglowała w górę, w powietrze, ku słońcu, w aureoli swojej własnej krwi. A potem całe jej ciało skuliło się tak, że nogi skierowały się ku niebu, później znów wykonało obrót i wreszcie Theresa uderzyła o beton pasa startowego, przekraczając wszelkie możliwe granice śmierci, z roztrzaskaną czaszką, cała skąpana w palących promieniach słońca. Początkowo jedynym towarzyszącym tej scenie dźwiękiem był szum kamer telewizyjnych, warkot silników wozów i chrzęst piasku pod ich kołami, lecz rychło po pustyni przetoczył się jęk tysięcy ludzi, niekończący się skowyt przerażenia.

Owa pierwsza reakcja, daleka od oczekiwanego wybuchu radości, zaskoczyła Yabrila. Odstąpił od drzwi i wszedł do wnętrza samolotu. Zobaczył, iż ludzie z jego oddziału patrzą nań z przerażeniem, z obrzydzeniem i niemal ze zwierzęcym strachem.

— Niech Allach będzie pochwalony — powiedział do nich, lecz nie odpowiedzieli mu. Odczekał dłuższą chwilę, a potem rzucił krótko: — Teraz już świat będzie wiedział, że nie żartujemy. I będą musieli nam dać wszystko, o co prosimy. — Przekonał się niezbicie, że w ryku tłumów nie było owej ekstazy, jakiej się spodziewał. Reakcja jego ludzi również zdawała się złowróżbna. Egzekucja córki prezydenta Stanów Zjednoczonych, unicestwienie wyjątkowego symbolu, gwałciło pewne tabu, jakiego nie wziął pod uwagę. Ale niech będzie i tak.

Przez chwilę pomyślał o Theresie Kennedy, jej słodkiej twarzy i fiołkowym zapachu bladej szyi, a także o jej ciele ujętym w czerwoną aureolę pyłu. I pomyślał: Niech idzie do Azazela, strącona ze złotych ram niebios po wsze czasy w dół, w pustynne piaski. Jego umysł zachował ostatni obraz jej ciała i luźnych białych nogawek spodni, odsłaniających obute w sandały stopy. Fala słonecznego żaru przetoczyła się przez samolot i Yabril oblał się potem. I pomyślał: Jestem Azazelem.

Waszyngton

Przed świtem w środę rano, pogrążony w koszmarze wypełnionym niespokojnym rozgwarem wielkiego tłumu, prezydent Kennedy poczuł nagle na ramieniu dłoń Jeffersona. I co dziwne, chociaż już się obudził, nadal słyszał donośny zgiełk grzmiących głosów, które przenikały przez mury Białego Domu.

Jefferson był jakiś inny — nie wyglądał teraz na kogoś, kto przyrządza gorącą czekoladę i szczotkuje ubrania, na owego kornego sługę. Raczej już sprawiał wrażenie człowieka, który naprężył mięśnie całego ciała i twarzy, gotując się na przyjęcie potwornego ciosu. Powtarzał w kółko:

— Panie prezydencie, niech się pan obudzi, niech się pan obudzi.

Ale Kennedy przebudził się już i zapytał:

— Co to za hałas, do diabła?

Cała sypialnia zalana była światłem z górnego żyrandola, a za Jeffersonem stała grupa mężczyzn. Rozpoznał oficera marynarki, który pełnił obowiązki lekarza Białego Domu, i podoficera, któremu powierzono sprawę nuklearnej piłki futbolowej; byli także Eugene Dazzy, Arthur Wix i Christian Klee. Poczuł, że Jefferson niemal podnosi go z łóżka i stawia na nogach, a następnie szybkim ruchem wsuwa w płaszcz kąpielowy. Nie wiedzieć czemu, ugięły się pod nim kolana, lecz Jefferson go podtrzymał.

Wszyscy mężczyźni zdawali się porażeni grozą, mieli trupio blade twarze i nienaturalnie szeroko rozwarte oczy. Kennedy stał, patrząc na nich w oszołomieniu, a następnie z obezwładniającym wprost lękiem. Na moment stracił do reszty zmysł wzroku i słuchu, albowiem przemożny strach zatruwał całe jego jestestwo. Oficer marynarki otworzył czarną torbę i wyjął zawczasu przygotowaną strzykawkę, ale Kennedy powiedział:

— Nie.

Spojrzał kolejno na pozostałych mężczyzn, lecz oni milczeli. Powiedział jakby na próbę:

— W porządku, Chris, wiedziałem, że on to zrobi. Zabił Theresę, prawda? — A potem czekał, aby Christian zaprzeczył, żeby powiedział, iż chodzi o coś innego, że to jakaś naturalna katastrofa, wybuch instalacji nuklearnej, śmierć głowy wielkiego państwa, zatonięcie krążownika w Zatoce Perskiej, potworne trzęsienie ziemi, powódź, pożar, zaraza. Cokolwiek innego. Ale Christian, z twarzą bladą jak papier, odparł:

— Tak.

I wydało się Kennedy'emu, że przetoczyła się przez niego jakaś długa choroba, jakaś ukryta gorączka. Poczuł, jak jego ciało mięknie, a następnie zdał sobie sprawę, że obok niego jest Christian, który jak gdyby chciał go osłonić przed pozostałymi ludźmi w pokoju; po jego twarzy spływały rzęsiste łzy i z trudem łapał oddech. Potem wydało mu się, że wszyscy podeszli bliżej, że lekarz wbił igłę w jego ramię, a Jefferson i Christian złożyli go na łóżku.

Czekali, aż Francis Kennedy otrząśnie się z szoku. W końcu, kiedy odzyskał już nieco kontrolę nad sobą, wydał instrukcje. Postawić na nogi wszystkie niezbędne sekcje. Ustanowić kontakty z przywódcami Kongresu. Usunąć tłumy z ulic miasta i okolic Białego Domu. Ponadto zabronić wstępu wszelkim środkom masowego przekazu. Z ich przedstawicielami spotka się dopiero o siódmej rano.

Tuż przed świtem Kennedy kazał wszystkim wyjść. Jefferson przyniósł zwyczajową tacę z gorącą czekoladą i herbatnikami.

— Będę czekał za drzwiami — powiedział. — I będę tu zaglądał co pół godziny, jeżeli nie ma pan nic przeciwko temu, panie prezydencie. — Kennedy skinął głową i Jefferson wyszedł.

Zgasił wszystkie światła. W pokoju zapanował półmrok nadchodzącego świtu. Zmusił się do precyzyjnego myślenia. Jego ból był częścią planowego ataku wroga, toteż starał się ten ból odeprzeć. Spojrzał w długie owalne okna, pamiętając jak zwykle, że zrobione są one ze specjalnego szkła, że może przez nie patrzeć, ale nikt z zewnątrz nie zdoła zajrzeć do środka, i że są kuloodporne. Przed nim rozpościerały się tereny Białego

Domu, dalsze budynki zajmowane przez personel służb specjalnych, park wyposażony w ukryte czujniki i nadzorowany przez patrole z psami. On sam był zawsze bezpieczny; Christian dotrzymał obietnicy. Ale nie było sposobu, żeby zapewnić bezpieczeństwo Theresie.

A teraz już koniec. Ona nie żyje. I teraz, po początkowej fali bólu, dziwił się własnemu spokojowi. Czy to dlatego, że po śmierci matki uparła się żyć własnym życiem? Odmówiła dzielenia z nim życia w Białym Domu, bo była zbyt na lewo od obu partii i była jego politycznym przeciwnikiem? Czyżby w grę wchodził brak miłości do córki?

Rozgrzeszył się czym prędzej. Kochał Theresę, a ona już nie żyła. Lecz szok umniejszał fakt, że w ciągu ubiegłych dni przygotowywał się na tę śmierć. Jego podświadoma i przebiegła paranoja, tkwiąca swymi korzeniami głęboko w dziejach rodu Kennedych, wysłała mu już wcześniej sygnały ostrzegawcze.

Zachodził ścisły związek pomiędzy zamordowaniem papieża a uprowadzeniem samolotu, na którego pokładzie znajdowała się córka przywódcy najpotężniejszego państwa na świecie. Nastąpiła zwłoka w wysunięciu żądań, dopóki zabójca nie znalazł się na miejscu, pojmany w Stanach Zjednoczonych. A potem ta świadoma bezczelność żądania, by uwolnić mordercę papieża.

Najwyższym wysiłkiem woli Francis Kennedy usunął z myśli wszelkie osobiste odczucia. Starał się pójść logiczną linią rozumowania. Bo naprawdę było to proste: papież i młoda dziewczyna postradali życie. Patrząc na to obiektywnie, ów fakt nie był aż tak istotnie ważny w skali światowej. Przywódców religijnych można kanonizować, młode dziewczęta opłakiwać, nie szczędząc im cklivych żalów. Lecz tu było coś jeszcze. Ludzie na całym świecie będą żywić pogardę dla Stanów Zjednoczonych i ich liderów. Nastąpią jeszcze inne trudne do przewidzenia ataki. Autorytet, który został opluty, nie jest w stanie utrzymać wewnętrznego ładu. Autorytet wykpiony i pokonany nie może rościć sobie prawa do umacniania tkanki tej szczególnej cywilizacji. Jakże więc on mógłby ją obronić?

Drzwi sypialni otwarły się i wpadło do niej światło z korytarza. Lecz stłumił je rychło sączący się przez okna blask wschodzącego słońca. Jefferson, w świeżej koszuli i w marynarce, wtoczył stolik ze śniadaniem i podsunął go Kennedy'emu. Rzucił nań badawcze spojrzenie, jak gdyby pytając, czy ma zostać, ale w końcu wyszedł.

Kennedy poczuł na policzkach łzy i nagle zrozumiał, że są to łzy bezsilności. Ponownie zdał sobie sprawę, że jego ból już minął, i dziwił się temu. A później poczuł, iż jego mózg zalewają fale krwi niosące potworną wściekłość, nawet na własną ekipę, która go zawiodła, wściekłość, jakiej nigdy dotąd nie zaznał i jaką przez całe życie pogardzał, obserwując najwyżej jej wybuchy u innych. Starał się więc jej oprzeć.

Myślał teraz o tym, w jaki sposób jego ludzie starali się go pocieszyć. Christian wykazał swoje osobiste przywiązanie, jakie żywił doń od lat, Christian objął go i położył do łóżka. Oddblood Gray, zazwyczaj taki chłodny i bezosobowy, ujął go za ramiona i wyszeptał pospiesznie: „Przykro mi, cholernie mi przykro". Arthur Wix i Eugene Dazzy zachowali większą rezerwę. Uścisnęli mu przelotnie dłonie i wymamrotali coś, czego nie dosłyszał. Kennedy spostrzegł, iż Dazzy i jego szef sztabu byli jednymi z pierwszych, którzy wyszli z sypialni, żeby zorganizować sprawy w pozostałej części Białego Domu. Wix wyszedł wraz z Dazzym. Jako szef Narodowej Rady Ochrony miał wiele pilnych prac i być może obawiał się, że usłyszy jakiś szalony rozkaz odwetu z ust człowieka przytłoczonego ojcowskim bólem.

W ciągu krótkiego czasu, zanim Jefferson wrócił ze śniadaniem, Francis Kennedy pojął, że teraz jego życie będzie całkowicie inne i być może wymknie mu się spod kontroli. Ze swego ciągu rozumowania starał się jednak wyłączyć gniew.

Przypomniał sobie narady strategiczne, na których omawiano podobne wydarzenia. Przypomniał sobie Iran, Irak.

Cofnął się myślą o niemal czterdzieści lat. Był siedmioletnim chłopcem i bawił się na skalistych brzegach Hyannis z dziećmi stryja Johna i stryja Bobby'ego. I owi dwaj stryjowie, tacy wysocy, szczupli i jasnowłosi, bawili się wraz z nimi przez dobre kilka minut, nim weszli niczym bogowie do czekającego już helikoptera. Jako dziecko zawsze bardziej kochał stryja Johna, ponieważ znał pewne jego tajemnice. Raz zobaczył go, jak całował kobietę, a później poprowadził ją do sypialni. I widział, jak wychodzili stamtąd w godzinę później. Nigdy nie zapomni miny stryja Johna, takiej uszczęśliwionej, jak gdyby dostał jakiś niebywały prezent. Wcale nie zauważyli małego chłopca schowanego za jednym ze stołów w korytarzu. W tamtych niewinnych czasach służba bezpieczeństwa nie kręciła się tak blisko osoby prezydenta.

Były też jeszcze inne sceny z dzieciństwa, żywe obrazy potęgi i mocy. Obaj jego stryjowie podejmowani niby członkowie rodziny królewskiej przez mężczyzn i kobiety znacznie starszych niż oni sami. Orkiestra, która zaczynała grać, gdy stryj John wchodził na trawnik, milknięcie wszelkich rozmów, póki nie przemówił. Jego obaj stryjowie, którzy dzielili się władzą, i ich wdzięk w obnoszeniu tej władzy. Z jaką swobodą czekali, żeby helikoptery opadły wprost z nieba, jak bezpieczni się wydawali otoczeni silnymi mężczyznami, którzy osłaniali ich przed niebezpieczeństwem, jak dumnie ulatywali w niebiosa i jak wspaniale zstępowali z wysokości...

Ich uśmiechy zdawały się świetliste, ich boskość niemal skrzyła się w źrenicach, rzucających błyski wiedzy i nakazujących posłuszeństwo; ich ciała promieniowały magnetyzmem. A przy tym wszystkim mieli jeszcze czas, by pobawić się z małymi chłopcami i dziewczynkami, którzy byli ich synami i córkami, bratanicami i bratankami, zachowując podczas zabawy krańcową powagę... Bogowie, którzy nawiedzili maleńkich śmiertelników oddanych im pod opiekę. A potem... A potem...

Oglądał w telewizji wraz ze swoją szlochającą matką pogrzeb stryja Johna, widział lawetę, konia bez jeźdźca i miliony ogarniętych bólem ludzi. Zobaczył również swego małego towarzysza zabaw jako jednego z aktorów tej sceny. I swojego stryja Bobby'ego oraz ciotkę Jackie. W którymś momencie matka wzięła go w ramiona i powiedziała: „Nie patrz, nie patrz". A wtedy oślepiły go jej długie włosy i wilgoć łez.

I oto promień światła z otwartych drzwi przeciął nagle jego wspomnienia i zobaczył, że Jefferson wtacza następny stolik. Kennedy rzekł spokojnie:

— Zabierz to i daj mi godzinę. Nie przeszkadzaj mi wcześniej.

Rzadko kiedy odzywał się tak szorstko, toteż Jefferson obrzucił go taksującym spojrzeniem. Potem powiedział:

— Tak jest, panie prezydencie. — Wytoczył na powrót stół i zamknął drzwi.

Słońce było na tyle silne, by oświetlić sypialnię, lecz jeszcze nazbyt słabe, aby móc ją ogrzać. Za to do pomieszczenia wdarły się już odgłosy Waszyngtonu. Telewizyjne wozy transmisyjne wypełniały ulice przed bramami, a niezliczone silniki samochodów czyniły zgiełk gigantycznego roju owadów. Nad głowami bez przerwy latały samoloty — jedynie wojskowe, gdyż przestrzeń powietrzna została zamknięta dla ruchu cywilnego.

Potem Francis Kennedy przygotował się do zrobienia tego, czego najbardziej się obawiał od chwili, gdy doniesiono mu o śmierci córki. Zaciągnął zasłony, pogrążając pokój w mroku. Później skorzystał ze swojego odbiornika telewizyjnego i wsunął doń taśmę wideo z Yabrilem i swoją córką w samolocie. Z ostatnimi chwilami jej życia.

Starał się zwalczyć ogarniającą go wściekłość, gorzki posmak żółci w ustach. To co miało być największym triumfem jego życia, okazało się jego największym nieszczęściem. Został wybrany na prezydenta, lecz jego żona umarła, zanim objął urząd. Jego wielkie projekty zbudowania wspaniałej, nierealnej Ameryki zostały podkopane przez Kongres. A teraz jego córka zapłaciła za wszystkie te ambicje i marzenia. Mdląca ślina sprawiła, że zaczął się dławić. Jego ciało zdawało się wypełniać trucizną, która osłabiała wszystkie członki, przesycając uczuciem, że tylko wściekłość może go uleczyć. I w tej oto chwili dokonało się coś w jego mózgu, nastąpiło jakieś elektryczne wyładowanie, zdolne przemóc chorobę cielesnych komórek.

Przez jego ciało przepłynęło tyle energii, że wyrzucił przed siebie zaciśnięte pięści, w stronę wypełnionych teraz słońcem okien.

Ma władzę i użyje tej władzy. Może sprawić, że jego wrogowie zadrżą, może sprawić, że ślina zgorzknieje im w ustach. Może zmieść wszystkich tych małych, nic nieznaczących ludzi, wszystkich tych, którzy omroczyli tragedią jego życie i jego rodzinę.

Poczuł się teraz jak człowiek, który — będąc przez dłuższy czas zupełnie niedołężny — został w końcu uleczony z poważnej choroby i oto pewnego ranka budzi się i stwierdza, że odzyskał siły. Poczuł radość, niemal tchnienie spokoju, jakiego nie odczuwał od chwili śmierci żony. Usiadł na łóżku i spróbował opanować swe uczucia, odzyskać znów rozwagę i racjonalny sposób myślenia. Spokojnie rozważył raz jeszcze możliwe do podjęcia kroki, ocenił wszelkie zagrożenia, aby wreszcie ustalić, co powinien zrobić i jakie niebezpieczeństwa ominąć. I po raz ostatni przejęła go nagłym bólem myśl, że jego córka nie żyje.

Księga III

— Lecz jakiż mógł być cel tak potwornego i skomplikowanego scenariusza? W dzisiejszym świecie panuje pogarda dla wszelkich autorytetów, zwłaszcza autorytetu państwa, a szczególną już pogardą otacza się moralny autorytet Stanów Zjednoczonych. Sięga to znacznie dalej niż zwykła historyczna pogarda dla władzy, jaką często wykazują ludzie młodzi, co często nawet bywa rzeczą dobrą. Celem owego terrorystycznego planu jest zdyskredytowanie Stanów Zjednoczonych jako symbolu stabilności i ładu. Nie tylko w świadomości miliardów zwykłych ludzi, lecz również w oczach innych światowych rządów. Kiedyś musimy odpowiedzieć na te wyzwania, a pora właśnie nadeszła. Gwoli porządku: państwa arabskie nie mają z tym spiskiem nic wspólnego. Z wyjątkiem Sherhabenu. Jest sprawą oczywistą, że terrorystyczne podziemie o zasięgu światowym, znane jako Pierwsza Setka, udzieliło tutaj materialnego i osobistego wsparcia. Ale dowody wskazują na to, iż kierował tym wszystkim tylko jeden człowiek. I można domniemywać, że on nie zgadza się na uznanie cudzego kierownictwa. Być może z wyjątkiem sułtana Sherhabenu.

Znowu przerwał.

— Wiemy teraz z pewnością, że sułtan jest wspólnikiem. Jego oddziały strzegą samolotu przed atakiem z zewnątrz, wcale nie kwapiąc się do niesienia nam pomocy. Sułtan utrzymuje, że działa w naszym interesie, ale w rzeczywistości jest zamieszany w spisek. Jednakże, by oddać mu sprawiedliwość, istnieją dowody na to, iż nie wiedział, że Yabril zamorduje mi córkę.

Omiótł wzrokiem stół, żeby raz jeszcze zrobić na nich wrażenie swym opanowaniem. A potem powiedział:

— Po drugie: prognoza. Nie jest to sytuacja normalna, gdy idzie o wzięcie zakładników. To po prostu sprytny plan, mający na celu upokorzenie Stanów Zjednoczonych do granic możliwości. Pragną zmusić Stany Zjednoczone, aby błagały o uwolnienie pasażerów, wycierpiawszy uprzednio cały szereg poniżeń, które sprawią, że wydamy się całkiem bezsilni. Relacje środków masowego przekazu z całego świata zdyskontują tę sytuację w ciągu paru tygodni. Nie będzie cienia gwarancji, że wszyscy pozostali zakładnicy zostaną nam zwróceni i nic im się nie stanie. W tych warunkach mogę sobie jedynie wyobrazić chaos, jaki potem zapanuje. Nasz własny naród przestanie nam wierzyć, zatracając też wiarę we własny kraj.

Znów przerwał, śledząc skutek swoich słów. Widział, że zebrani doskonale rozumieją, iż ma bezsprzeczną rację. Ciągnął więc:

— Środki: przestudiowałem raport na temat dostępnych nam środków. Uważam, że są one wprost nieporadne, takie jak w przeszłości. Sankcje ekonomiczne, zbrojne wojskowe misje ratownicze, przeróżne polityczne gesty i potajemne ustępstwa. A wszystko to przy oficjalnych stwierdzeniach, że nigdy nie będziemy negocjować z terrorystami. Obawa, że Związek Radziecki nie pozwoli nam na przeprowadzenie skutecznej akcji w Zatoce Perskiej. Wszystko to sugeruje, że powinniśmy się poddać i uznać nasze upokorzenie w oczach świata. A według mnie może zginąć znacznie więcej zakładników.

Przerwał mu sekretarz stanu.

— Mój wydział dopiero co otrzymał stanowcze zapewnienie sułtana Sherhabenu, że porywacze zwolnią wszystkich zakładników, gdy tylko ich żądania zostaną spełnione. Sułtan, oburzony postępkiem Yabrila, twierdzi, iż gotów jest teraz przypuścić szturm na samolot. Wymusił na Yabrilu obietnicę, że zwolni on natychmiast pięćdziesięciu zakładników, aby wykazać swoją dobrą wolę.

Kennedy wpatrywał się weń przez chwilę. Jego lazurowe oczy sprawiały wrażenie, jakby były upstrzone maleńkimi czarnymi plamkami. Następnie głosem zimnym od wymuszonej, zda się, uprzejmości i tak opanowanym, że jego słowa brzmiały wręcz metalicznie, powiedział:

— Panie sekretarzu, kiedy skończę, każdy z tu obecnych będzie miał czas się wypowiedzieć. Do tej pory proszę mi nie przerywać. Ich propozycja zostanie zatuszowana i nie ujawnimy jej środkom masowego przekazu.

Sekretarz stanu był najwyraźniej zdumiony. Prezydent nigdy dotąd tak chłodno doń nie przemawiał i nigdy w tak jaskrawy sposób nie okazywał swej władzy. Pochylił zatem głowę, by przestudiować swój egzemplarz raportu, jedynie policzki lekko mu się zaczerwieniły.

Kennedy mówił dalej:

— Rozwiązanie: niniejszym polecam szefowi sztabu zaplanowanie ataku lotniczego na pola naftowe Sherhabenu oraz na przemysłowe miasto Dak. A także przejęcie dowództwa nad całokształtem tej operacji. Celem ataku będzie zniszczenie wszelkich urządzeń wydobywczych, szybów, rurociągów i temu podobnych. Miasto winno lec w gruzach. Cztery godziny przed bombardowaniem na miasto zostaną zrzucone ulotki ostrzegające mieszkańców i nakłaniające ich do ewakuacji. Atak lotniczy nastąpi dokładnie w trzydzieści sześć godzin od chwili obecnej. To znaczy w czwartek o jedenastej wieczorem czasu waszyngtońskiego.

W pomieszczeniu, w którym siedziało ponad trzydzieścioro ludzi, dzierżących wszelką władzę w Ameryce, zapanowała martwa cisza.

— Sekretarz stanu nawiąże kontakt ze wszystkimi krajami, z którymi będzie to konieczne, w celu uzyskania zezwolenia na wejście w ich strefę powietrzną — kontynuował Kennedy. — Uzmysłowi im jasno fakt, że jakakolwiek odmowa pociągnie za sobą ustanie wszelkiej ekonomicznej tudzież wojskowej współpracy. I że skutki takiego faktu mogą być żałosne.

Sekretarz stanu sprawiał wrażenie, jakby za chwilę miał w ramach protestu lewitować wprost ze swego krzesła, ale z najwyższym trudem zdołał się powstrzymać. W pokoju rozległ się szmer zdziwienia, czy nawet zaskoczenia.

Kennedy wprawdzie uniósł gniewnie ramiona, niemniej na jego twarzy gościł jakiś dziwnie spokojny uśmiech. Mogłoby się nawet wydawać, że stał się teraz władczy, niemal bezpośredni. Uśmiechał się więc do sekretarza stanu i mówił wprost do niego:

— Przyśle pan do mnie niezwłocznie ambasadora sułtanatu Sherhabenu. A ja przekażę ambasadorowi te słowa: sułtan musi do jutra po południu dostarczyć zakładników. Dostarczy też terrorystę Yabrila, i to w taki sposób, aby ten nie mógł odebrać sobie życia. Jeżeli sułtan odmówi, wówczas całe państwo Sherhaben przestanie istnieć. — Kennedy przerwał na chwilę. — Nasze spotkanie jest ściśle tajne. Nie będzie żadnych przecieków. Jeżeli takowe nastąpią, pozostaną mi najsurowsze środki, jakie tylko przewiduje prawo. A teraz oddaję wam głos.

Wiedział, że słuchacze są zaszokowani jego słowami i że sztab spuścił oczy, unikając wzroku pozostałych osób.

Kennedy usiadł, rozpierając się wygodnie w swym czarnym skórzanym fotelu; nogi sterczały mu spod stołu i były widoczne aż po drugiej stronie. Wpatrywał się w Ogród Różany. A tymczasem spotkanie toczyło się nadal.

Usłyszał głos sekretarza stanu:

— Panie prezydencie, ponownie muszę się sprzeciwić pańskiej decyzji. Będzie to klęska dla Stanów Zjednoczonych. Używając całej naszej siły dla zgniecenia małego kraju, staniemy się pariasem wśród narodów świata. — I głos ten brzmiał nadal, ale on już nie słyszał słów.

Potem rozległ się głos sekretarza spraw wewnętrznych, głos niemal bezbarwny, jednakże zmuszający do uwagi.

— Panie prezydencie, jeśli zniszczymy Dak, zniszczymy pięćdziesiąt miliardów amerykańskich dolarów. To pieniądze amerykańskiego towarzystwa naftowego, pieniądze, jakie amerykańska klasa średnia wydała, by kupić akcje towarzystw naftowych. Obetniemy także nasz import ropy. Cena benzyny dla nabywców w tym kraju podwoi się.

Następnie rozpętał się bezładny zgiełk innych argumentów. Dlaczego należy zniszczyć Dak, zanim jeszcze uzyska się jakąś satysfakcję? Należy wpierw wypróbować inne metody. Niebezpieczeństwo leży w zbyt pochopnym działaniu. Kennedy spojrzał na zegarek. Trwało to już ponad godzinę. Wstał.

— Dziękuję każdemu z was za radę — powiedział. — Sułtan Sherhabenu z całą pewnością zdoła ocalić miasto, jeżeli tylko natychmiast spełni moje żądania. Ale on tego nie zrobi. Miasto Dak musi zatem zostać zniszczone, gdyż w przeciwnym razie nasze pogróżki będą zignorowane. Alternatywą jest to, że możemy rządzić krajem, który każdy człowiek — dostatecznie zuchwały i dobrze uzbrojony — jest w stanie upokorzyć. Lecz w takim wypadku należałoby oddać cały sprzęt naszej armii i marynarki wojennej na złom, oszczędzając w ten sposób znaczne sumy. Widzę teraz jasno właściwy dla nas kurs i będę nim podążał. A co się tyczy pięćdziesięciomiliardowej straty amerykańskich akcjonariuszy. Bert Audick stoi na czele konsorcjum, które jest właścicielem tych pól. On już zarobił swoje pięćdziesiąt miliardów, a nawet więcej. Oczywiście zrobimy, co tylko w naszej mocy, ażeby mu dopomóc. Dam panu Audickowi szansę, by w inny sposób ratował swoje inwestycje. Wyślę samolot do Sherhabenu w celu zabrania zakładników i samolot wojskowy w celu przetransportowania terrorystów do naszego kraju i postawienia ich przed sądem. Sekretarz stanu zaprosi pana Audicka, by poleciał do Sherhabenu jednym z tych samolotów. Jego zadaniem będzie pomoc w nakłonieniu sułtana do przyjęcia naszych warunków. W uzmysłowieniu mu, że jedynym sposobem ocalenia miasta Dak, państwa Sherhaben i amerykańskiej ropy w tym kraju jest zgoda na moje żądania. Że inaczej się nie da.

— Jeżeli sułtan się nie zgodzi, będzie to oznaczało, że stracimy jeszcze dwa samoloty, Audicka i zakładników — powiedział sekretarz obrony.

— Najprawdopodobniej tak — odparł Kennedy. — Zobaczymy, czy Audick to facet z jajami. Ale to cwaniak. Będzie wiedział równie dobrze jak ja, że sułtan musi się zgodzić. Jestem o tym tak dalece przekonany, że wysyłam tam również doradcę do spraw obrony narodowej, pana Wixa.

— Panie prezydencie — powiedział szef CIA — musi pan wiedzieć, że baterie dział przeciwlotniczych wokół Daku obsługują Amerykanie, którzy są na cywilnym kontrakcie z rządem Sherhabenu i amerykańskimi towarzystwami lotniczymi. Są specjalnie wyszkoleni i obsługują wyrzutnie pocisków. Mogą podjąć walkę.

Kennedy uśmiechnął się.

— Audick przekaże im rozkaz ewakuacji. Oczywiście, jako Amerykanie, jeśli podejmą z nami walkę, będą zdrajcami, a inni nasi rodacy, którzy im teraz płacą, również zostaną oskarżeni o zdradę.

Dał im chwilę, ażeby rzecz w pełni do nich dotarła. Audick zostanie postawiony przed sądem. Zwrócił się do Christiana:

— Chris, możesz już zająć się tą sprawą od strony prawnej.

Wśród obecnych byli dwaj przedstawiciele prawa. Przywódca większości w Senacie, Thomas Lambertino, i przewodniczący Izby Reprezentantów, Alfred Jintz. To właśnie senator przemówił pierwszy.

— Uważam, że jest to krok zbyt drastyczny, aby go podejmować bez pełnej dyskusji w obu izbach Kongresu.

— Mówiąc z całym szacunkiem, nie ma na to czasu — odpowiedział mu uprzejmie Kennedy. — A podjęcie tych działań leży w mojej mocy, jako głównego przedstawiciela władzy wykonawczej. Bez wątpienia legislatywa może to później zrewidować i podjąć takie działania, jakie uzna za stosowne. Ale mam szczerą nadzieję, że w tej ekstremalnej sytuacji Kongres i naród mnie wesprą.

— Sprawa jest nader ponura, konsekwencje mogą być poważne — powiedział niemal ze smutkiem senator Lambertino. — Zatem nalegam, panie prezydencie, aby nie działał pan tak pospiesznie.

Po raz pierwszy Francis Kennedy stał się nieuprzejmy.

— Kongres zawsze mi się sprzeciwiał — powiedział. — Możemy dyskutować nad wszystkimi skomplikowanymi sposobami wyjścia z sytuacji aż do chwili, gdy wszyscy zakładnicy będą już martwi, a Stany Zjednoczone staną się przedmiotem kpin w każdym kraju i w każdej wiosce na świecie. Trwam przy mojej analizie i moim rozwiązaniu; mogę podjąć decyzję w ramach uprawnień, jakie posiadam, będąc głównym przedstawicielem władzy wykonawczej. Kiedy będzie już po kryzysie, stanę przed narodem i przedłożę mu pełne sprawozdanie. Do tej jednak chwili, przypominam wam wszystkim, niniejsza dyskusja jest ściśle tajna. No, a teraz ruszajmy do swoich zajęć. O postępie prac informujcie mojego szefa sztabu.

Odpowiedział mu Alfred Jintz, przewodniczący Izby Reprezentantów.

— Panie prezydencie — oświadczył — miałem nadzieję, że nie będę musiał tego mówić. Kongres nalega jednak, by odsunął się pan od udziału w negocjacjach. Dlatego muszę pana powiadomić, że już dzisiaj Kongres i Senat zrobią wszystko, by nie dopuścić do podjęcia proponowanych przez pana kroków, jako iż pańska osobista tragedia czyni pana niekompetentnym.

Kennedy milczał przez chwilę. Jego twarz o regularnych rysach była niczym maska, a niebieskie oczy stały się równie ślepe, jak oczy posągu.

— Robicie to na własne ryzyko — powiedział. — I na ryzyko całej Ameryki.

Po czym opuścił pokój.

W Sali Gabinetowej nastąpiło poruszenie i podniósł się zgiełk głosów. Oddblood Gray naradzał się gorączkowo z senatorem Lambertino i kongresmanem Jintzem. Ale ich twarze były ponure, a głosy zimne.

— Nie możemy pozwolić, by do tego doszło. Uważam, że sztab prezydenta jest winien tego, iż nie odradził mu podjęcia takiej akcji — oświadczył kongresman.

— Przekonał mnie, że nie działa powodowany osobistym gniewem — odparł Oddblood Gray. — Że jest to najskuteczniejsze rozwiązanie problemu. Może nazbyt ponure, to jasne, ale takie są czasy. Nie możemy pozwolić na to, aby ta sytuacja ciągnęła się bez końca. To może być wprost katastrofalne.

— Po raz pierwszy widzę, by Francis Kennedy działał w tak despotyczny sposób — powiedział senator Lambertino. — Zawsze dotąd był bardzo uprzejmy w stosunku do ciał ustawodawczych. Mógł przynajmniej udawać, że my wszyscy również uczestniczymy w podejmowaniu tej decyzji.

— Jest w wielkim stresie — tłumaczył Oddblood Gray. — Byłoby bardzo pomocne, gdyby Kongres nie pogarszał sytuacji, wzmagając jeszcze ten stan. — Lecz mówiąc to, pomyślał, iż właściwie nie widzi w tej mierze żadnej szansy.

— Stres może się tu okazać nader ważną rzeczą — powiedział zmartwiony kongresman Jintz.

A Oddblood Gray pomyślał: „Tam do kata!", czym prędzej się pożegnał i pobiegł do swojego biura, aby wykonać setki telefonów do członków Kongresu. Chociaż gwałtowność Kennedy'ego zaskoczyła go, był zdecydowany przekonać Kapitol co do linii polityki prezydenta. Był to przecież w końcu kryzys międzynarodowy; nikt nie był w stanie o niczym wyrokować.

Doradca do spraw bezpieczeństwa narodowego, Arthur Wix, próbował wybadać sekretarza obrony. I upewnić się, czy dojdzie do natychmiastowego spotkania z szefami Połączonych Sztabów. Ale sekretarz obrony sprawiał wrażenie, jakby był oszołomiony zdarzeniami i mamrotał coś w odpowiedzi, zgadzając się z nim wprawdzie, ale niczego nie proponując.

Eugene Dazzy zdał sobie sprawę z trudności, jakie Oddbloodowi Grayowi sprawiali członkowie legislatywy. Spodziewał się poważnych problemów. Zwrócił się do Helen Du Pray:

— Co o tym sądzisz?

Spojrzała na niego chłodno. Jest bardzo piękną kobietą, pomyślał Dazzy. Muszę zaprosić ją na obiad.

— Uważam, że ty i reszta sztabu prezydenta zawiedliście go — odparła wiceprezydent. — Jego odpowiedź na kryzys jest stanowczo zbyt drastyczna. I gdzie, do diabła, podział się teraz Christian Klee, który mógłby od razu się tym zająć? — Klee zniknął, co bardzo zdziwiło Helen Du Pray. Znikanie w tak przełomowym momencie było czymś do niego zupełnie niepodobnym.

Dazzy był zły.

— Jego stanowisko jest logiczne i nawet jeśli się z nim nie zgadzamy, musimy go popierać.

— Tak to przedstawił Francis — stwierdziła Helen Du Pray. — To oczywiste, że Kongres będzie próbował odsunąć go od negocjacji. Będą próbowali zawiesić go w sprawowaniu urzędu.

— Po trupach jego sztabu — odparł Dazzy.

— Proszę cię, bądź ostrożny. Nasz kraj znajduje się teraz w wielkim niebezpieczeństwie — powiedziała łagodnie Helen Du Pray.

Rozdział 9

Owego środowego popołudnia Peter Cloot był z pewnością jedynym urzędnikiem w Waszyngtonie, który prawie nie zwrócił uwagi na wiadomość, że córka prezydenta została zamordowana. Skupił swoją energię na groźbie wybuchu bomby atomowej.

Na niego, jako na zastępcę szefa FBI, spadała niemal całkowita odpowiedzialność za tę instytucję. Christian Klee był tytularnym szefem, ale tylko po to, by trzymać wodze władzy, i tym samym jeszcze mocniej ją podporządkować kierownictwu biura Prokuratora Generalnego, na czele którego stał przecież osobiście Klee. To połączenie urzędów zawsze denerwowało Petera Cloota. Denerwowało go i to, że Secret Service także podległo Christianowi. Jak na gust Cloota było to zbyt wielkie spiętrzenie władzy. Wiedział również, że istnieje nadto oddzielny elitarny wydział, mieszczący się pozornie w ramach struktury FBI, którym zarządza bezpośrednio Klee, i że ten specjalny wydział bezpieczeństwa składa się z byłych kolegów Christiana Klee z CIA. To stanowiło dlań kamień obrazy.

Zmartwieniem Cloota była natomiast groźba uderzenia nuklearnego. Cała ta sprawa spoczywała właśnie na jego głowie. Ale na szczęście istniały specjalne dyrektywy, którymi mógł się kierować. Uczęszczał też na seminaria intelektualistów, które zajmowały się bezpośrednio problemem wewnętrznych zagrożeń nuklearnych. I jeśli ktoś w tej szczególnej sytuacji zasługiwał na miano eksperta, człowiekiem tym był Cloot. A tak czy owak nie brakowało mu ludzi. W czasie kadencji Christiana Klee liczebność personelu FBI wzrosła trzykrotnie.

Gdy po raz pierwszy zobaczył list z pogróżkami i towarzyszące mu wykresy, Cloot podjął natychmiastową akcję, przewidzianą zresztą w obowiązujących wytycznych. Poczuł jednak dreszcz strachu. Do tej pory miał do czynienia już z całymi setkami podobnych pogróżek. Lecz tylko kilka z nich uznano za prawdopodobne i żadna z nich nie była tak przekonywająca jak ta. Wszystkie wcześniejsze zostały utrzymane w tajemnicy. Też zgodnie z dyrektywami.

Cloot natychmiast przesłał list do jednostki dowodzenia Departamentu Energii w Marylandzie, korzystając ze specjalnych udogodnień komunikacyjnych, istniejących wyłącznie w tym celu. Zaalarmował również działy poszukiwawcze Departamentu Energii stacjonujące w Las Vegas, zwane NEST. NEST wysłało już do Nowego Jorku swój transportowiec z przyrządami i sprzętem do wykrywania. Innymi samolotami miał przylecieć do miasta specjalnie wyszkolony personel, który będzie korzystał z zamaskowanych furgonetek, wyposażonych w specjalistyczny sprzęt, z myślą o przeczesywaniu ulic Nowego Jorku. Zostaną użyte helikoptery, a nadto piesi funkcjonariusze, zaopatrzeni w teczki z licznikami Geigera, będą bez przerwy przemierzać ulice miasta. Ale nie to było głównym zmartwieniem Cloota. Musiał po prostu dostarczyć uzbrojonych strażników FBI do ochrony poszukiwaczy z NEST-u. Zadaniem Cloota było znalezienie winnych.

Ludzie z Departamentu Energii w Marylandzie zbadali list i przesłali mu psychologiczny wizerunek autora. Ci faceci naprawdę są niesamowici, pomyślał Cloot. Nie miał zielonego pojęcia, jak oni to robią. Oczywiście jedną z wyraźnych wskazówek był fakt, że list nie zawierał prośby o pieniądze. A także to, że określał wyraźnie opcję polityczną autora. Gdy tylko Cloot otrzymał ów wizerunek, wysłał aż tysiąc ludzi na poszukiwania.

Portret psychologiczny mówił, że autor listu jest prawdopodobnie bardzo młody i gruntownie wykształcony. Że najpewniej jest studentem fizyki na jakimś prestiżowym uniwersytecie. I na podstawie tej tylko informacji już w ciągu kilku godzin mógł Cloot wytypować dwóch doskonałych podejrzanych. A potem wszystko okazało się zadziwiająco łatwe. Przepracował całą noc, kierując swoimi ekipami poszukiwawczymi. Kiedy poinformowano go o zamordowaniu Theresy Kennedy, rozsądnie usunął tę wiadomość z głowy, pozostawiając w niej tyko odruchowy wniosek, że może to wszystko jest ze sobą w jakiś sposób związane. Ale dzisiaj wieczorem jego zadaniem było znalezienie autora listu z pogróżką użycia broni nuklearnej. Dzięki Bogu, ten sukinsyn był idealistą. Łatwiej go będzie wytropić. Były miliony chciwych sukinsynów, którzy zrobiliby coś takiego po prostu dla pieniędzy. Dlatego też odszukanie ich byłoby ciężką sprawą.

Czekając na informację, przepuścił przez swój komputer kartoteki wszystkich poprzednich gróźb użycia bomby nuklearnej. Jak dotąd nigdy nigdzie nie wykryto bomby, a szantażyści, których nakryto, gdy próbowali odebrać pieniądze, wyznali, że nigdy takowej nie było. Kilku z nich posiadało nieco wiedzy fachowej. Inni zaczerpnęli potrzebne informacje z lewicującego magazynu, który wydrukował artykuł opisujący, jak zrobić bombę atomową. Naciskano na magazyn, by nie drukował tego artykułu, ale wydawcy zwrócili się do Sądu Najwyższego, który orzekł, że wstrzymanie tekstu byłoby naruszeniem wolności słowa. Nawet teraz, gdy o tym myślał, Peter Cloot aż trząsł się z wściekłości. Ten cholerny kraj sam siebie zniszczy. Odnotował z zainteresowaniem, że w ani jednym z ponad dwustu przypadków nie wchodziła w grę kobieta, czarny, czy nawet zagraniczny terrorysta. Wszyscy byli najprawdziwszymi chciwymi Amerykanami.

Kiedy skończył z kartotekami komputerowymi, przez chwilę pomyślał o swoim szefie, Christianie Klee. Naprawdę nie podobał mu się sposób, w jaki Klee prowadził ten cały interes. Klee uważał, że jedynym zajęciem godnym FBI jest pilnowanie prezydenta Stanów Zjednoczonych. Klee używał nie tylko oddziału służb specjalnych, ale nawet w każdym biurze FBI w kraju miał specjalne grupy, których główne zadanie polegało na szukaniu wszelkich możliwych źródeł niebezpieczeństw, mogących zagrozić osobie prezydenta. Klee odwołał znaczną część ludzi od innych operacji FBI, aby zajęli się wyłącznie tą jedną sprawą. Cloot bardzo podejrzliwie oceniał rządy Klee i jego specjalny wydział eks-pracowników CIA. Co oni, u diabła, robili? Tego Peter Cloot nie wiedział, a przecież miał wszelkie prawo wiedzieć. Ten wydział składał raporty bezpośrednio Christianowi Klee, a było to czymś bardzo niewłaściwym w agencji rządowej, do tego tak szczególnie wrażliwej na opinię publiczną jak FBI. Do tej pory nic się jeszcze nie stało. Cloot spędził sporo czasu, zabezpieczając sobie tyły, pilnując, by się nie znaleźć na linii ognia wówczas, kiedy ten wydział specjalny wytnie jakiś numer, który ściągnie im na głowy Kongres z jego specjalnymi komisjami śledczymi.

O pierwszej nad ranem przyszedł asystent Cloota, aby mu przekazać, że dwóch podejrzanych jest już pod nadzorem. Mają w ręku dane, które zbiegają się z wizerunkiem psychologicznym, a nadto istnieją jeszcze dowody poszlakowe. Potrzeba tylko nakazu aresztowania.

— Najpierw muszę przekazać to szefowi — powiedział Cloot do swojego zastępcy. — Zostań tutaj, kiedy będę do niego dzwonił.

Cloot wiedział, że Klee będzie w biurze szefa sztabu albo że wszechmocni operatorzy centrali telefonicznej w Białym Domu znajdą go gdzie indziej, gdyby tylko zaszła taka potrzeba. Złapał go jednak już przy pierwszej próbie.

— Rozwiązaliśmy ten szczególny przypadek — powiedział mu Cloot. — Ale uważam, że powinienem cię zapoznać ze sprawą, zanim jeszcze ich przymkniemy. Czy możesz tu przyjść?

— Nie, nie mogę. Muszę teraz być z prezydentem, z pewnością to rozumiesz. — W głosie Christiana brzmiało napięcie.

— Czy mam posuwać się naprzód, a potem ci wszystko wyjaśnić? — zapytał Cloot.

Po drugiej stronie linii zapanowała długa cisza. A potem Klee powiedział:

— Myślę, że mamy dość czasu, abyś to ty tu przyszedł. Jeśli mnie nie zastaniesz, to po prostu zaczekaj. Ale musisz się pospieszyć.

— Już pędzę — odparł Cloot.

Żaden z nich nie uważał za wskazane przekazywać informacji przez telefon. Nie wchodziło to w ogóle w rachubę. Wszak mógł przechwycić ją każdy z niezliczonych przekaźników kosmicznych.

Cloot przyjechał do Białego Domu i został zaprowadzony do małego pokoju konferencyjnego. Klee już tam na niego czekał; zdjął protezę i przez skarpetkę masował sobie kikut stopy.

— Mam tylko kilka minut — powiedział Klee. — Bo czeka mnie poważne spotkanie z prezydentem.

— O Boże, jak mi przykro — odrzekł Cloot. — A jak on to znosi?

Klee potrząsnął głową.

— Z Francisem nigdy nic nie wiadomo. Wygląda na to, że się jakoś trzyma. — Potrząsnął głową, jakby ze zdziwieniem, a potem rozkazał: — No, dobra, mów. — Spojrzał na Cloota jakby z obrzydzeniem. Wygląd zewnętrzny tego człowieka zawsze go drażnił. Cloot nigdy nie sprawiał wrażenia zmęczonego i był jednym z tych mężczyzn, których koszula i garnitur nigdy się nie mną. Zawsze nosił robione na drutach wełniane krawaty z kwadratowymi węzłami, zazwyczaj jasnoszare, a czasami jakieś takie krwistoczerwone.

— Wyśledziliśmy ich — powiedział Cloot. — To dwa dzieciaki, mają po dwadzieścia lat, pracują w laboratoriach nuklearnych MIT. Geniusze, iloraz inteligencji powyżej stu sześćdziesięciu, pochodzą z zamożnych rodzin. Ojciec jednego z nich jest niższej rangi członkiem Klubu Sokratesa, lewicujący, brał udział w marszach antynuklearnych. I te dzieciaki mają dostęp do ściśle tajnych danych. Pasują do wizerunku psychologicznego. Siedzą w Bostonie w swoim laboratorium, pracując nad jakimś tam rządowym czy uniwersyteckim programem. Kilka miesięcy temu przyjechali do Nowego Jorku; kumpel załatwił im dobrą dziwę i strasznie im się to spodobało. Był pewien, że robią to po raz pierwszy. Mordercza mieszanka, idealizm i szalejące hormony młodości. A teraz ich zdrutowałem.

— Czy masz jakiś niepodważalny dowód? — zapytał Christian. — Coś konkretnego?

— Nie będziemy ich sądzić, nawet nie postawimy ich w stan oskarżenia — powiedział Cloot. — Jest to areszt prewencyjny, dopuszczalny według prawa o zagrożeniu atomowym. Jak już ich będziemy mieć, przyznają się i powiedzą, gdzie jest ta cholerna bomba, jeśli w ogóle coś takiego istnieje. Bo ja tam myślę, że nie ma żadnej bomby. Uważam, że to bzdura. Za to z pewnością oni napisali ten list. Pasują do wizerunku psychologicznego. A także data na liście to dzień, w którym znajdowali się w „Hiltonie" w Nowym Jorku. To już rozstrzyga sprawę.

Christiana zawsze zachwycały możliwości wszystkich rządowych agencji z ich komputerami i wysokiej klasy urządzeniami technicznymi. Zadziwiające było to, że potrafili każdego podsłuchać, gdziekolwiek był, bez względu na podjęte przez niego środki ostrożności. Że komputery mogły przetrząsnąć rejestry hotelowe w całym mieście w czasie krótszym niż godzina. I inne skomplikowane i poważne rzeczy. Oczywiście, potwornie dużo to kosztowało.

— Dobrze, bierzemy ich — zgodził się Christian. — Ale nie jestem pewien, czy potrafisz ich zmusić do przyznania się. To sprytne dzieciaki.

Cloot spojrzał Christianowi w oczy.

— W porządku, Chris, niech się nie przyznają, jesteśmy przecież cywilizowanym krajem. Pozwolimy po prostu, żeby bomba wybuchła i zabiła tysiące ludzi. — Przez moment uśmiechał się niemal złośliwie. — Albo pójdziesz do prezydenta i nakłonisz go do podpisania nakazu przesłuchania medycznego. Paragraf dziewiąty Ustawy o kontroli broni atomowej.

To było właśnie to, do czego Cloot przez cały czas zmierzał. Christian przez całą noc unikał tej samej myśli. Zawsze szokowała go świadomość, że takie państwo jak Stany Zjednoczone mają tak bardzo utajnione prawo. Prasa mogła je z łatwością odkryć, ale, z drugiej strony, istniało porozumienie między właścicielami środków masowego przekazu i rządzącymi krajem. Tak więc opinia publiczna nie wiedziała faktycznie o istnieniu tego prawa, co było prawdziwe również w odniesieniu do wielu przepisów dotyczących teorii badań nuklearnych.

Christian doskonale znał paragraf IX. Jako prawnik nigdy nie mógł go pojąć. Owo barbarzyństwo prawa zawsze go odpychało.

Paragraf IX dawał w istocie prezydentowi prawo wydania nakazu przeprowadzenia chemicznego badania mózgu, jakie zostało opracowane w celu zmuszenia kogokolwiek do wyznania prawdy. Wykrywacz kłamstw umieszczano wówczas dokładnie w mózgu. Prawo to zatwierdzono z myślą o uzyskiwaniu informacji o miejscach zlokalizowania niebezpiecznych urządzeń nuklearnych. Doskonale pasowało do obecnego przypadku. Nie będzie żadnych tortur, ofiara nie dozna żadnego fizycznego bólu, po prostu neurony mózgu zostaną pobudzone w taki sposób, że osobnik na zadane pytania będzie udzielał wyłącznie prawdziwych odpowiedzi. Sprawa całkiem humanitarna; jedyny szkopuł mógł tkwić tylko w fakcie, że nikt naprawdę nie widział, co po takiej operacji dzieje się z mózgiem. Doświadczenia wykazały, że tylko w nielicznych przypadkach następuje pewna niewielka utrata pamięci oraz pewne drobne zakłócenia funkcjonowania umysłu. Badany nie powinien też doznać żadnych zahamowań w rozwoju — gdyż to raczej trudno byłoby sobie wyobrazić — niemniej tak naprawdę wszystko miało wyjść na jaw dopiero w praktyce. Zasadniczym problemem był fakt, że istniało aż dziesięć procent prawdopodobieństwa, iż u badanego może nastąpić całkowita utrata pamięci. Całkowita długotrwała amnezja. A wówczas cała przeszłość badanego uległaby zatarciu.

180

— To bardzo daleki strzał, ale czy rzecz może być powiązana z uprowadzeniem samolotu i z papieżem? — zapytał Christian. — Nawet schwytanie tego faceta na Long Island wygląda na jakiś niezbyt jasny numer. Czy może to być częścią jakiejś większej całości, zasłoną dymną, pułapką?

Cloot przyglądał mu się przez dłuższą chwilę, jak gdyby medytując nad odpowiedzią.

— Możliwe — odparł — ale podejrzewam, że jest to jeden z tych słynnych historycznych zbiegów okoliczności.

— Które zawsze prowadzą do tragedii — stwierdził kwaśno Christian.

— Te dwa chłopaki — ciągnął Cloot — to na swój sposób genialni wariaci. Przejmują się losami świata. Żyją obsesją zagrożenia nuklearnego. Ale nie interesują ich bieżące pyskówki polityczne. Gówno ich obchodzą Arabowie, Izrael czy biedni i bogaci w Ameryce. Albo demokraci i republikanie. Chcą po prostu, żeby kula ziemska mogła się szybciej obracać na swojej osi. Wiesz — uśmiechnął się z pogardą — im wszystkim się wydaje, że są samym Bogiem. Nic im nie może się stać.

Ale Christian był spokojny co do jednej rzeczy. W ślad za tymi dwoma problemami wszędzie świstały polityczne odłamki. Nie posuwaj się za szybko, pomyślał. Francis znajdzie się teraz w potwornym niebezpieczeństwie. Kennedy'ego należy otoczyć opieką. Może uda im się wygrać jedną sprawę przeciwko drugiej.

— Słuchaj, Peter — powiedział więc do Cloota. — Chcę, żeby to była najtajniejsza z operacji. Nie dopuść do niej nikogo innego. Chcę, żeby te dzieciaki złapano i wsadzono do szpitalnego więzienia, które mamy tu, w Waszyngtonie. Tylko ty i ja, i agenci z Wydziału Specjalnego, których tu użyjemy. Podsuń agentom pod nos Ustawę o bezpieczeństwie atomowym. Całkowita tajemnica. Nikt się z nimi nie może widywać, niech nikt z nimi nie gada z wyjątkiem mnie. Osobiście poprowadzę przesłuchanie.

Cloot obrzucił go dziwnym spojrzeniem. Nie podobało mu się to, że operacja zostaje przekazana specjalnemu oddziałowi Christiana.

— Personel medyczny, nim zacznie wstrzykiwać tym dzieciakom chemikalia do mózgów, będzie chciał zobaczyć rozkaz prezydenta.

— Poproszę prezydenta — odparł Christian.

— Czas jest w tej sprawie bardzo istotną rzeczą, a powiedziałeś, żeby nikt ich nie przesłuchiwał z wyjątkiem ciebie. Czy ja także jestem w to włączony? A co, jeśli będziesz zajęty u prezydenta?

Christian Klee uśmiechnął się.

— Nie martw się, będę tam. Nikt, tylko ja, Peter. A teraz podaj mi szczegóły. — Myśli zajmowało mu teraz coś zupełnie innego. Wkrótce spotka się z szefami swojego specjalnego oddziału FBI i wyda im rozkaz założenia elektronicznego oraz komputerowego podsłuchu u najważniejszych członków Kongresu i Klubu Sokratesa.

Adam Gresse i Henry Tibbot podłożyli swą mikroskopijną bombę atomową, bombę, którą skonstruowali z ogromnym wysiłkiem i nakładem niebywałej wprost pomysłowości. Być może byli tak dumni ze swej pracy, że nie zdołali się powstrzymać przed użyciem jej w tak szczytnym celu.

Pilnie czytali gazety, ale ich list nie pojawił się na pierwszej stronie „New York Timesa". Nie było żadnych wiadomości. Nie dano im szansy doprowadzenia władz do miejsca ukrycia bomby i wreszcie nie spełniono ich żądań. Zignorowano ich. To ich przestraszyło, a równocześnie przyprawiło o wściekłość. Teraz bomba wybuchnie i spowoduje tysiące śmiertelnych ofiar. Ale, być może, obróci się to na dobre. Bo w jakiż inny sposób można uczulić świat na niebezpieczeństwo związane z użyciem potęgi atomowej? Czyż inaczej ludzie dzierżący ster władzy podejmą konieczne środki i każą zainstalować właściwe zabezpieczenia? Obliczyli, że bomba zniszczy przynajmniej sześć kwartałów mieszkalnych Nowego Jorku. Mieli czyste sumienie; upewnili się, że da ona minimalny opad radioaktywny. Żałowali, że tak się musi stać, gdyż pochłonie to pewną liczbę istnień ludzkich. Ale będzie to niewielka cena, jaką ludzkość zapłaci, aby zobaczyć, że kroczy złą drogą. Muszą powstać takie systemy zabezpieczające, których nie da się sforsować; wszystkie narody świata winny zakazać produkowania broni nuklearnej.

W środę Gresse i Tibbot pracowali w laboratorium tak długo, aż w końcu wszyscy w instytucie poszli już do domu. Pokłócili się na temat tego, czy powinni zatelefonować i zaalarmować władze. Początkowo istotnie mieli zamiar pozwolić na to, by bomba wybuchła. Chcieli zobaczyć swój list ostrzegawczy wydrukowany w „New York Timesie", a następnie planowali wrócić do Nowego Jorku i rozbroić bombę. Ale teraz wydawało się, że jest to wojna nerwów. Czy mieli pozwolić na to, by ich traktowano jak dzieci, szydzono z nich, mimo iż tyle zdołali zrobić dla ludzkości? Czy ktoś zechce ich wysłuchać? Nie mogliby z czystym sumieniem kontynuować swojej pracy naukowej, gdyby polityczny establishment miał ją wykorzystać w złym celu.

Na miejsce akcji wybrali Nowy Jork, ponieważ w czasie ich pobytów w tym mieście tak bardzo przeraziło ich tchnienie zła, które — jak uważali — przenikało tam wszystkie ulice. Agresywni żebracy, bezczelni kierowcy pojazdów mechanicznych, nieuprzejmi ekspedienci w sklepach, niezliczone włamania, napaści na ulicach i morderstwa. Szczególną odrazą napawał Times Square, ten obszar tak zatłoczony ludźmi, że aż sprawiający wrażenie ogromnego zlewu pełnego karaluchów. Na Times Square alfonsi, handlarze narkotyków i kurwy mieli tak groźny wygląd, że Gresse i Tibbot z przerażeniem wycofali się do swojego pokoju hotelowego w centrum miasta. Toteż, pałając uzasadnionym gniewem, postanowili umieścić bombę na samym Times Square.

Adam Gresse i Henry Tibbot byli zaszokowani w równym stopniu, co i reszta narodu, kiedy na ekranie telewizyjnym pokazano zamordowanie Theresy Kennedy. Ale byli również trochę rozdrażnieni, że odwróciło to uwagę od ich własnej akcji, która, w ostatecznym rozrachunku, była ważniejsza dla losów ludzkości.

Stali się jednak nerwowi. Adam usłyszał dziwny stukot w słuchawce telefonu i zauważył, że jego samochód jest chyba śledzony; kiedy pewni ludzie mijali go na ulicy, odczuwał jakby strefę elektrostatycznych zaburzeń. Opowiedział o tym Tibbotowi.

Henry Tibbot był bardzo wysoki, bardzo szczupły i wydawało się, że jego ciało tworzą połączone druty, które z kolei pokryte zostały przezroczystą skórą. Miał chłodny umysł naukowca, silniejsze nerwy i był bardziej opanowany niż Adam.

— Reagujesz w ten sam sposób, co wszyscy kryminaliści — powiedział Adamowi. — To normalne. Za każdym razem, kiedy rozlega się pukanie do drzwi, myślę, że to agenci FBI.

— A jeśli kiedyś będą to rzeczywiście oni? — zapytał Adam Gresse.

— To trzymaj buzię zamkniętą, dopóki nie zjawi się adwokat — odparł Henry Tibbot. — To najważniejsza rzecz. Dostalibyśmy dwadzieścia pięć lat za samo tylko napisanie tego listu. Więc jeśli bomba wybuchnie, dostaniemy tylko kilka lat więcej.

— Czy sądzisz, że mogą nas wytropić? — nie ustępował Adam.

— Nie mają najmniejszej szansy. Pozbyliśmy się wszystkiego, co mogłoby stanowić dowód rzeczowy. O Jezu, przecież chyba jesteśmy od nich inteligentniejsi, czyż nie?

To uspokoiło Adama, lecz wahał się jeszcze przez chwilę.

— Może powinniśmy zatelefonować i powiedzieć im, gdzie jest bomba? — powiedział.

— Nie — odrzekł Henry Tibbot. — Są teraz czujni. Po naszym telefonie mogliby nas namierzyć. To będzie jedyna szansa, żeby nas złapać. Pamiętaj tylko, jeśli coś się nie powiedzie, trzymaj buzię na kłódkę. No, bierzmy się do pracy.

Tego wieczoru Adam i Henry pracowali do późna w laboratorium, właściwie dlatego, że chcieli być razem. Chcieli porozmawiać o tym, co zrobili, jakimi środkami dysponują. Byli młodymi ludźmi o silnej woli, wychowanymi tak, by mieć odwagę bronić własnych przekonań, by pogardzać władzą, która

184

odmawia wysłuchania sensownych argumentów. Choć wymyślali matematyczne formuły zdolne zmienić los ludzkości, nie mieli pojęcia o skomplikowanych związkach wewnątrz cywilizacji. Ci dwaj wspaniali zdobywcy jeszcze nie wrośli w ludzkość.

Kiedy szykowali się do wyjścia, zadzwonił telefon. Był to ojciec Henry'ego. Powiedział doń tylko:

— Synu, słuchaj uważnie. Zostaniesz teraz aresztowany przez FBI. Nic im nie mów, dopóki nie pozwolą ci się zobaczyć z adwokatem. Nic nie mów. Wiem...

W tej chwili otworzyły się drzwi i do środka wpadli uzbrojeni mężczyźni.

Rozdział 10

Bogaci ludzie w Ameryce posiadają bez wątpienia bardziej rozwiniętą świadomość społeczną niż bogacze w jakimkolwiek innym kraju na świecie. Odnosi się to, naturalnie, zwłaszcza do ludzi niezwykle bogatych, tych, którzy zarządzają ogromnymi korporacjami, wywierają ekonomiczny nacisk na życie polityczne i uprawiają propagandę we wszystkich dziedzinach kultury. A szczególnie tyczyło się to członków Golfowo-Tenisowego Klubu Południowej Kalifornii, czyli Klubu Sokratesa, założonego prawie siedemdziesiąt lat wcześniej przez potentatów handlu nieruchomościami, środków masowego przekazu, przemysłu filmowego i rolnictwa, jako liberalna organizacja poświęcona rekreacji. Był to klub niezwykle ekskluzywny: musiało się być bardzo bogatym, żeby do niego wstąpić. Pozornie można było być czarnym czy białym, Żydem lub katolikiem, kobietą czy mężczyzną, artystą czy magnatem. W rzeczywistości należało tam jednak bardzo niewielu czarnych i ani jedna kobieta.

Klub Sokratesa, jak go powszechnie nazywano, przekształcił się w końcu w klub dla bardzo oświeconych i nader odpowiedzialnych bogaczy. Przezornie zatrudniał on byłego zastępcę dyrektora do spraw operacyjnych CIA jako szefa służby bezpieczeństwa, a jego elektronicznie strzeżone ogrodzenia uchodziły za najwyższe w Ameryce.

Cztery razy do roku Klubu używano jako miejsca odosobnienia dla grupy od pięćdziesięciu do stu mężczyzn, którzy byli właścicielami niemal wszystkiego, co tylko znajdowało się w Ameryce. Przyjeżdżali na tydzień i w ciągu tego tygodnia służbę redukowano do minimum. Sami słali sobie łóżka, przyrządzali drinki, a czasem nawet wieczorami przygotowywali posiłki, piekąc mięso na rożnach na świeżym powietrzu. Było tu, oczywiście, kilku kelnerów, kucharzy i parę pokojówek. Przybywali tam również niezbędni adiutanci tych bardzo ważnych ludzi, gdyż mimo wszystko świat amerykańskiego biznesu nie mógł stanąć w miejscu, podczas gdy oni ładowali swe duchowe baterie.

W czasie tygodniowego pobytu ludzie ci zbierali się w małych grupach i spędzali czas na prywatnych dyskusjach. Uczestniczyli w seminariach prowadzonych przez znakomitych profesorów z najsłynniejszych uniwersytetów. Seminaria te dotyczyły kwestii etycznych, filozoficznych i odpowiedzialności uprzywilejowanej elity względem mniej uprzywilejowanych obywateli. Słuchali wykładów wygłaszanych przez słynnych naukowców na temat dobrodziejstw atomistyki i zagrożenia bronią nuklearną, na temat badań mózgu, podboju kosmosu i ekonomii.

Grali również w tenisa, pływali, brali udział w turniejach brydża oraz tryktraka, i długo w noc prowadzili dyskusje na temat cnoty i podłości, kobiet i miłości, na temat małżeństwa i swobody erotycznej. Byli to ludzie odpowiedzialni, najbardziej odpowiedzialni w całym amerykańskim społeczeństwie. Niemniej próbowali dokonać dwóch rzeczy: chcieli stać się lepszymi, odzyskując swą młodzieńczość, a nadto pragnęli zjednoczyć swe wysiłki w dążeniu do stworzenia lepszego społeczeństwa, takiego, jakim oni je pojmowali.

Po spędzonym wspólnie tygodniu wracali do swojego normalnego trybu życia, ożywieni nową nadzieją, pragnieniem, by pomagać ludzkości i wyraźniejszym postrzeganiem faktu, iż wszelkie ich działania winny się zazębiać. Bogatsi o nowe osobiste związki, które mogły im później pomóc w interesach.

Obecny kryzys rozpoczął się w Poniedziałek Wielkanocny. Z powodu faktu, iż zamordowano papieża i uprowadzono samolot, na którego pokładzie znajdowała się córka prezydenta i jej zabójca, liczba obecnych w Klubie spadła poniżej dwudziestu.

George Greenwell był najstarszym pośród zebranych. Mając osiemdziesiąt lat, nadal jeszcze potrafił grać debla w tenisa, lecz wskutek swej pieczołowicie kultywowanej uprzejmości nie narzucał się młodszym mężczyznom, którzy byliby zmuszeni dawać mu fory. Jednakże nadal był rekinem ciągnących się w nieskończoność rozgrywek tryktraka.

Greenwell uważał, że kryzys państwowy wcale go nie interesuje, chyba żeby w jakiś sposób dotyczył zboża, gdyż jego firma była prywatną własnością i kontrolowała większość cen pszenicy w Ameryce. Swoje najlepsze chwile przeżył trzydzieści lat temu, kiedy to Stany Zjednoczone nałożyły embargo na eksport zboża do Rosji, traktując to jako polityczny chwyt mający pchnąć Rosję ku zimnej wojnie.

George Greenwell był patriotą, ale nie głupcem. Wiedział, że Rosja nie ugnie się pod taką presją. Wiedział również, że nałożone przez Waszyngton embargo zrujnuje amerykańskich farmerów. Nie posłuchał więc prezydenta Stanów Zjednoczonych i wysłał zakazane zboże poprzez obce towarzystwa handlowe, które z kolei przekazały je Rosji. Ściągnął sobie na głowę gniew amerykańskiej administracji. Przedstawiono w Kongresie projekty ustaw, które by mogły ukrócić potęgę jego firmy znajdującej się w rękach rodziny, uczynić ją publiczną, objąć jakąś regulacyjną kontrolą. Ale pieniądze Greenwella, przekazane kongresmanom i senatorom, w szybkim czasie położyły kres tym bzdurom.

Greenwell kochał Klub Sokratesa, gdyż był on instytucją luksusową, nie na tyle jednak luksusową, by wywoływać zawiść u mniej uprzywilejowanych. A także dlatego, że nie był znany środkom masowego przekazu — jego członkowie byli właścicielami większości stacji telewizyjnych, gazet i magazynów. Ponadto Klub pozwalał mu się czuć młodym, umożliwiał towarzyskie uczestniczenie w życiu młodszych ludzi, którzy dorównywali mu potęgą.

Zarobił sporo dodatkowych pieniędzy w czasie owego embarga na zboże, kupując pszenicę i kukurydzę od znękanych amerykańskich farmerów i drogo je sprzedając zdesperowanej Rosji. Ale robił, co mógł, by te pieniądze przyniosły korzyść narodowi amerykańskiemu. To, co zrobił, było kwestią zasady, polegającej na tym, że jego inteligencja przewyższała inteligencję funkcjonariuszy rządowych. Te dodatkowe pieniądze, setki milionów dolarów, zostały skierowane do muzeów, fundacji edukacyjnych i programów kulturalnych w telewizji — zwłaszcza tych muzycznych, gdyż muzyka była pasją Greenwella.

Greenwell szczycił się tym, że jest człowiekiem kulturalnym, co wynikało z faktu, że chodził do najlepszych szkół, gdzie uczono go odruchów społecznych, jakie obowiązują odpowiedzialnych bogaczy, i cywilizowanego uczucia serdeczności w stosunku do bliźniego. To, że był surowy w prowadzeniu interesów, stanowiło jego formę uprawiania sztuki; matematyka milionów ton zboża brzmiała w jego umyśle równie wyraźnie i słodko, jak muzyka kameralna.

Jedna z nielicznych chwil nieszlachetnego gniewu przydarzyła mu się wówczas, kiedy pewien bardzo młody profesor muzyki w katedrze uniwersyteckiej, powołanej przez jedną z jego fundacji, opublikował esej, który wynosił jazz i muzykę rockową ponad Brahmsa i Schuberta, a nadto ośmielił się nazywać muzykę klasyczną muzyką „pogrzebową". Greenwell poprzysiągł sobie, że usunie owego profesora z katedry, jednakże przeważyła jego wrodzona uprzejmość. Lecz potem tenże sam młody profesor opublikował następny esej, w którym pewne nieszczęsne zdanie brzmiało: „A gówno kogo obchodzi jakiś tam Beethoven". I to zakończyło sprawę. Młody profesor nigdy się nie dowiedział, co takiego właściwie się stało, ale w rok później udzielał już lekcji gry na fortepianie w San Francisco.

Wiejski Klub Sokratesa bywał rozrzutny pod jednym tylko względem: gdy szło o skomplikowany system komunikacyjny.

W poranek, kiedy prezydent Kennedy obwieścił na tajnym posiedzeniu doradców swoje ultimatum, jakie przekaże sułtanowi Sherhabenu, wszystkich dwudziestu mężczyzn w wiejskim Klubie Sokratesa uzyskało stosowną informację już w ciągu godziny. I tylko Greenwell wiedział, że informację ową przekazał Oliver Oliphant, Wyrocznia.

Było to kwestią doktryny, że te coroczne chwile odosobnienia wielkich ludzi w żadnym wypadku nie mogły być spożytkowane na układanie planów czy organizowanie spisków; były jedynie okazją do komunikowania ogólnych celów, informowania o ogólnych sprawach i likwidowania nieporozumień podczas operowania skomplikowanymi strukturami społecznymi. W tym właśnie celu George Greenwell zaprosił we wtorek na lunch trzech innych wielkich ludzi, ściągając ich do jednego z pawilonów tuż za kortami tenisowymi.

Najmłodszy z nich, Lawrence Salentine, był właścicielem jednej z największych sieci telewizyjnych i kilku telewizji kablowych, gazet w trzech wielkich miastach, pięciu magazynów ilustrowanych i jednej z największych wytwórni filmowych. Był również, poprzez podległe mu przedsiębiorstwa, właścicielem wielkiego wydawnictwa. Należało również do niego dwanaście lokalnych stacji telewizyjnych w wielkich miastach. To tylko w samych Stanach Zjednoczonych. Bo był nadto potęgą środków masowego przekazu za granicą. Salentine miał zaledwie czterdzieści pięć lat, był szczupłym i przystojnym mężczyzną z bujną srebrną czupryną w stylu cesarzy rzymskich, będącą teraz w modzie u intelektualistów, ludzi sztuki i bywalców Hollywood. Robił wrażenie wyglądem i inteligencją, i był jedną z najbardziej wpływowych postaci w polityce amerykańskiej. Nie było takiego kongresmana, senatora czy członka gabinetu, który nie przyjmowałby jego zaproszeń. Nie udało mu się jednak zaprzyjaźnić z prezydentem Kennedym, który zdawał się traktować jak osobistą zniewagę owo wrogie nastawienie, z jakim środki masowego przekazu oceniały nowe programy społeczne przygotowane przez jego administrację.

Drugim był Louis Inch, posiadający więcej ważnych nieruchomości w wielkich miastach Ameryki niż jakakolwiek inna osoba czy firma. Będąc jeszcze dość młodym — gdyż lat miał zaledwie czterdzieści — jako pierwszy pojął prawdziwą konieczność wznoszenia wysokich gmachów pomiędzy istniejącymi już budynkami, a następnie zbudował ogromne drapacze chmur. Bardziej niż ktokolwiek inny zmienił pejzaże miast, gdyż pomiędzy komercyjnymi budynkami utworzył niekończące się mroczne kaniony, które okazały się bardziej potrzebne, niż ktokolwiek mógłby przypuszczać. Sprawił, że czynsze w Nowym Jorku, Chicago i Los Angeles stały się dla zwykłych rodzin tak niebywale wysokie, że tylko bogacze albo ludzie niezwykle zamożni mogli tam zamieszkiwać. Przypochlebiał się albo przekupywał urzędników miejskich, by udzielali mu zniżek podatkowych i ograniczali kontrolę czynszów. Dzięki temu przechwalał się nawet, że kiedyś jego czynsz za stopę kwadratową dorówna czynszowi w Tokio.

Jego wpływy polityczne, pomimo wielkich ambicji, były jednak mniejsze niż pozostałych mężczyzn, którzy spotkali się w pawilonie. Posiadał osobisty majątek wartości ponad pięciu miliardów dolarów, ale jego bogactwo przejawiało jakąś specyficzną inercję, tak charakterystyczną dla pieniędzy ulokowanych w gruntach. Jego prawdziwa siła była znacznie bardziej złowroga. Uważał bowiem za swój cel gromadzenie bogactw i władzy bez rzeczywistej odpowiedzialności wobec cywilizacji, w ramach której żył. Dawał łapówki licznym funkcjonariuszom rządowym i związkowym. Zakładał hotele z kasynami w Atlantic City i Las Vegas, wykluczając z tych miast szefów mafii. Czyniąc to jednak, w jakiś dziwny sposób zdobywał poparcie drugorzędnych bossów imperiów kryminalnych. Wszystkie działy w jego licznych hotelach miały kontrakty z firmami, które dostarczały zastawy stołowej, wykonywały usługi pralnicze, zapewniały personel, alkohol i żywność. Poprzez podległych sobie ludzi miał związki z podziemiem przestępczym. Nie był, rzecz jasna, tak głupi, aby pozwolić na to, iżby ten związek był czymś więcej niż tylko mikroskopijnym śladem.

Do nazwiska Louisa Incha nigdy nie przywarł nawet cień skandalu — nie tylko dzięki jego przezorności, lecz także dzięki brakowi osobistej charyzmy.

Z tych to powodów niemal wszyscy członkowie Klubu Sokratesa nie cierpieli go na gruncie prywatnym. Tolerowali go tylko z tej przyczyny, że do jednej z jego firm należał teren otaczający klub i dlatego ciągle zachodziła obawa, iż może on na nim zbudować tanie domy dla pięćdziesięciu tysięcy rodzin i zalać najbliższą okolicę Latynosami albo Murzynami.

Trzeci z nich, Martin Mutford, ubrany w sportowe spodnie, niebieski blezer i białą koszulę rozpiętą pod szyją, liczył sobie sześćdziesiąt lat i był chyba najbardziej wpływowym z całej czwórki, ponieważ sprawował kontrolę nad kapitałami w wielu różnych dziedzinach. Jako młody człowiek należał do protegowanych Wyroczni i dobrze sobie przyswoił zadawane mu lekcje. Opowiadał o swoim mistrzu pełne bałwochwalczego podziwu historie, budząc zachwyt słuchaczy w Klubie Sokratesa.

Mutford rozpoczął karierę od inwestycji bankowych i na samym początku, dzięki wpływowi Wyroczni — jak przynajmniej sam twierdził — zyskał sobie bardzo niepewny start. Będąc młodym mężczyzną, przejawiał ponoć ogromną aktywność seksualną. Ku swemu wielkiemu zdziwieniu stwierdził, że mężowie kilku młodych kobiet, które kiedyś uwiódł, przychodzili do niego nie po to, aby szukać zemsty, lecz po pożyczkę bankową. Na twarzach mieli wówczas niewyraźne uśmiechy i byli w bardzo dobrych humorach. Kierując się instynktem, udzielił im osobistych pożyczek, gdyż podejrzewał, że nigdy ich nie spłacą. W owym czasie nie wiedział jeszcze, że urzędnicy bankowi, udzielając niepewnych pożyczek małym firmom, biorą w zamian prezenty i łapówki. Łatwo było obchodzić papierkowe wymogi, gdyż ludzie, którzy zarządzali bankami, chcieli pożyczać pieniądze — to był wszak ich interes i to był ich zysk — toteż przepisy celowo zostały spreparowane w ten sposób, aby ułatwić sprawę urzędnikom. Oczywiście należało wykazać się papierkową robotą, przedstawić zapisy rozmów i tak dalej. Niemniej Mutford kosztował bank aż kilkaset tysięcy dolarów, zanim został przeniesiony do innego oddziału i innego miasta — wszystko to dzięki czemuś, co uważał za szczęśliwy zbieg okoliczności, a co w rezultacie było, jak sobie później zdał sprawę, jedynie gestem tolerancji ze strony zwierzchników.

Zostawiwszy błędy młodości daleko za sobą, już zapomniane i wybaczone, i otrzymawszy niezgorszą nauczkę, Mutford począł robić karierę. I oto w trzydzieści lat później zasiadał w pawilonie Klubu Sokratesa i był najpotężniejszą postacią świata finansów w Stanach Zjednoczonych. Był prezesem wielkiego banku i posiadał znaczące udziały w sieciach telewizyjnych. Wraz z przyjaciółmi sprawował kontrolę nad gigantycznym przemysłem samochodowym, wiążąc się też z przedsiębiorstwami transportu lotniczego. Użył pieniędzy jako pajęczej sieci i złowił lwią część udziałów w elektronice. Nadzorował również firmy inwestycyjne z Wall Street, które podpisywały umowy z myślą o wykupieniu ogromnych konsorcjów i przyłączeniu ich do innych, już posiadanych. Podobnie jak jego współbiesiadnicy „wykupił był" i „posiadł na własność" niektórych członków Kongresu i Senatu.

Ci trzej mężczyźni siedzieli teraz przy okrągłym stole, w pawilonie na poboczu kortów tenisowych. Otaczały ich iście kalifornijskie kwiaty i zda się prawdziwa zieleń z Nowej Anglii. Pierwszy odezwał się George Greenwell:

— Co myślicie o decyzji prezydenta?

— To świństwo, co zrobili z jego córką — stwierdził Mutford. — Ale zniszczenie majątku wartego pięćdziesiąt miliardów dolarów jest odwetem nieadekwatnym.

Kelner, Latynos w białych spodniach i koszuli z krótkimi rękawami oraz emblematem klubu, przyjął od nich zamówienia na drinki.

— Naród amerykański będzie uważał Kennedy'ego za prawdziwego bohatera, jeżeli tylko uda mu się to przeprowadzić — powiedział z namysłem Salentine. — Zostanie wybrany ponownie, zdobywając większość głosów w całym kraju.

— Tak, tyle że to nazbyt drastyczna odpowiedź, wszyscy o tym wiemy — odparł Greenwell. — Stosunki zagraniczne przez całe lata będą na tym cierpieć.

— W kraju dzieje się wspaniale — rzekł Mutford. — Wreszcie władza ustawodawcza ma jakąś kontrolę nad władzą wykonawczą. Czy odwrócenie tej przewagi przyniesie krajowi korzyść?

— Co, u diabła, może zrobić Kennedy, nawet jeśli zostanie ponownie wybrany? — zapytał Inch. — Kongres wszystko kontroluje, a my mamy w nim dużo do powiedzenia. Zaledwie jakichś pięćdziesięciu członków Izby zostało wybranych bez współudziału naszych pieniędzy. A w Senacie nie ma ani jednego człowieka, który nie byłby milionerem. Nie musimy się martwić prezydentem.

Greenwell patrzył w dal, poza korty tenisowe, na cudowny błękit Pacyfiku, który był tak spokojny, a jednocześnie tak majestatyczny. Na ocean, który w tej właśnie chwili kołysał na swych falach statki warte miliardy dolarów. Statki, które rozwoziły jego zboże po całym świecie.

Zaczął mówić, ale przerwał mu kelner, który przyniósł drinki. Znając możliwości swego wieku, Greenwell był bardzo rozważny, toteż poprosił o wodę mineralną. Począł ją sączyć ze szklanki, a kiedy kelner odszedł, przemówił jeszcze raz swoim starannie modulowanym głosem. Przejawiał on ten rodzaj wykwintnej kurtuazji, jaka staje się w końcu udziałem tych, którzy przez całe życie muszą z najwyższym żalem podejmować same brutalne decyzje.

— Nie wolno nam zapominać — powiedział — że urząd prezydenta Stanów Zjednoczonych może stanowić ogromne zagrożenie dla demokratycznego procesu funkcjonowania naszego państwa.

— To nonsens — odparł Salentine. — Inni członkowie rządu przeszkodzą mu w podjęciu osobistej decyzji. Wojskowi, choć przecież tacy ciemni, nie pozwolą mu na to, chyba że cały ów krok zasadzałby się na czymś niezwykle rozsądnym. Sam przecież o tym wiesz, George.

— To prawda, oczywiście — odparł Greenwell. — W normalnych czasach. Ale spójrz na Lincolna. On faktycznie zawiesił prawo *habeas corpus* i wszelkie swobody osobiste w czasie wojny secesyjnej. Spójrz tylko na Franklina Roosevelta. Przyjrzyj się osobistym prerogatywom prezydenta. Ma on władzę absolutnego ułaskawiania każdej zbrodni. To władza iście królewska. Czy wiesz, co można zrobić, mając taką władzę? Jak bardzo zniewolić społeczeństwo? A on ma władzę prawie nieograniczoną, którą jedynie silny Kongres może kontrolować. Na szczęście mamy taki Kongres. Ale musimy patrzeć przed siebie; musimy dbać o to, by władza wykonawcza została podporządkowana słusznie wybranym przedstawicielom narodu.

— Przy naszej telewizji oraz innych mediach Kennedy nie przetrwałby ani jednego dnia, gdyby próbował jakichkolwiek zagrań dyktatorskich. Po prostu nie ma takiego wyboru. Najsilniejszą wiarą w dzisiejszej Ameryce jest wiara w wolność jednostki. — Przerwał na chwilę i dodał: — Sam dobrze o tym wiesz, George. Sprzeciwiałeś się przecież temu niesławnemu embargo.

— Nie rozumiesz sedna sprawy — odparł Greenwell. — Odważny prezydent może przezwyciężyć i te przeszkody. A Kennedy w czasie obecnego kryzysu zachowuje się bardzo odważnie.

Inch poderwał się zniecierpliwiony.

— Czy chodzi ci o to, że powinniśmy stworzyć jednolity front przeciwko ultimatum Kennedy'ego dla Sherhabenu? Osobiście uważam, że to wspaniale, iż jest taki twardy. Siła i nacisk działają na rządy tak samo jak na ludzi.

We wczesnym okresie swojej kariery Inch stosował taktykę wywierania presji na lokatorów osiedli mieszkaniowych, ilekroć tylko chciał opróżnić budynki. Wyłączał ogrzewanie, dopływ wody i zabraniał wykonywania napraw; sprawiał, że życie tysięcy ludzi stawało się niesłychanie uciążliwe. Zasiedlał niektóre kwartały całymi rzeszami Murzynów, byle tylko wypłoszyć stamtąd białych mieszkańców; przekupywał władze miejskie i stanowe i napełniał kieszenie kontrolerów federalnych. Wiedział, o czym mówi. Jego sukcesy miały swe źródło w presji.

— Znowu nic nie rozumiesz. Za godzinę odbędziemy telewizyjną konferencję z Bertem Audickiem. Wybaczcie mi, proszę, że zgodziłem się na to bez konsultacji z wami. Uznałem jednak, że jest to sprawa zbyt pilna, by zwlekać; wszystko teraz toczy się tak szybko. Niemniej chodzi tu o pięćdziesiąt miliardów dolarów Berta Audicka, toteż on strasznie się tym martwi. Rzecz w tym, abyśmy spojrzeli w przyszłość. Jeżeli prezydent może wyciąć podobny numer Audickowi, może go wyciąć i nam.

— Kennedy nie jest chyba zdrów na umyśle — powiedział z namysłem Mutford.

— Uważam, że powinniśmy dojść do jakiegoś porozumienia przed tą konferencją — stwierdził Salentine.

— On naprawdę jest zboczony na punkcie utrzymania złóż ropy — odezwał się Inch. Inch zawsze uważał, że sprawy ropy naftowej kolidują w jakiś sposób z interesami handlu nieruchomościami.

— Musimy w pełni rozważyć problemy Berta. Jesteśmy mu to winni — powiedział Greenwell.

Czterej mężczyźni zgromadzili się w centrum komunikacyjnym Klubu Sokratesa, gdy na ekranie telewizyjnym pojawił się wizerunek Berta Audicka. Pozdrowił ich uśmiechem, ale jego twarz była nienaturalnie czerwona, co mogło być spowodowane złym dostrojeniem koloru lub też wynikać z faktu, że był po prostu wściekły. Głos Audicka brzmiał spokojnie.

— Lecę do Sherhabenu — powiedział. — I może będzie to ostatnie spojrzenie na moje pięćdziesiąt miliardów dolców.

Mężczyźni w pomieszczeniu komunikacyjnym mogli przemawiać wprost do jego wizerunku, tak jakby był z nimi w klubie. Na monitorze zaś widzieli swe własne oblicza, dokładnie w taki sam sposób, w jaki Audick widział je u siebie w biurze. Musieli więc kontrolować wyraz swoich twarzy w równym stopniu, co i natężenie głosów.

— Rzeczywiście lecisz? — upewniał się Inch.

— Tak — odparł Audick. — Sułtan jest moim przyjacielem, ale to bardzo drażliwa sytuacja. Mogę zrobić wiele dobrego dla naszego kraju, jeśli będę tam osobiście.

— Według korespondentów znajdujących się na mojej liście płac, Kongres i Senat starają się postawić veto decyzji prezydenta. Czy jest to możliwe? — zapytał Salentine.

Wizerunek Audicka uśmiechnął się do nich.

— Nie tylko możliwe, ale prawie pewne. Rozmawiałem z członkami gabinetu. Proponują, by czasowo usunąć prezydenta z urzędu z powodu osobistej chęci zemsty, która wskazuje na czasowe zaburzenia umysłowe. Jest to zgodne z poprawką do Konstytucji. Potrzebujemy tylko podpisów członków gabinetu i wiceprezydenta. Powinni poprzeć petycję, którą potem ratyfikuje Kongres. Nawet jeśli to zawieszenie nie potrwa dłużej niż trzydzieści dni, zdołamy jakoś powstrzymać zagładę Daku. A ja gwarantuję, że jeśli będę w Sherhabenie, zakładnicy zostaną zwolnieni. Niemniej uważam, że wy wszyscy winniście udzielić poparcia Kongresowi gwoli usunięcia prezydenta. Jesteście to winni amerykańskiej demokracji, podobnie jak i ja jestem to winien moim akcjonariuszom. Wszyscy wiemy, i to cholernie dobrze, że gdyby ktokolwiek inny został zabity, nigdy nie podjąłby tak drastycznej akcji.

— Bert — oświadczył Geenwell — nasza czwórka omówiła już tę sprawę i zgodziliśmy się, że udzielimy poparcia tobie i Kongresowi — to przecież nasz obowiązek. Odbędziemy konieczne rozmowy telefoniczne i skoordynujemy nasze wysiłki. Poza tym Lawrence Salentine ma kilka istotnych uwag, które chciałby ci przedstawić.

Twarz Audicka wyrażała teraz gniew i obrzydzenie.

— Larry — powiedział — to nie pora, by twoje środki masowego przekazu trzymały się na uboczu, wierz mi. Skoro Kennedy może mnie kosztować pięćdziesiąt miliardów dolarów, to kto wie, czy nie przyjdzie jeszcze taki czas, że wszystkie twoje stacje telewizyjne utracą licencję federalną i wtedy będziesz mógł się wypchać. Nie kiwnę nawet palcem, żeby ci pomóc.

Greenwell żachnął się na wulgarność i bezpośredniość tej odpowiedzi. Inch i Mutford uśmiechnęli się tylko. Salentine nie okazywał żadnych uczuć. Odpowiedział spokojnym, łagodzącym tonem.

— Bert, jestem całym sercem z tobą, nie miej co do tego żadnych wątpliwości. Uważam, że człowiek, który w arbitralny sposób decyduje o zaprzepaszczeniu pięćdziesięciu miliardów dolarów jedynie dla poparcia swojej groźby, jest bez wątpienia niezrównoważony psychicznie i nie nadaje się do kierowania rządem Stanów Zjednoczonych. Całkowicie cię popieram, możesz być tego pewien. Telewizja będzie przerywać normalne programy informacjami, że prezydent Kennedy jest właśnie badany przez psychiatrów i że traumatyczne przeżycia związane ze śmiercią córki mogły wpłynąć na czasowe zakłócenie pracy jego umysłu. To powinno przygotować grunt dla Kongresu. Lecz rzecz i tak zahacza o obszar, w związku z którym mam trochę więcej doświadczeń niż inni. Naród amerykański zaakceptuje decyzję prezydenta — to naturalna reakcja tłuszczy na wszelkie akty demonstracji siły narodowej. Jeżeli akcja prezydenta się powiedzie i odzyskamy zakładników, prezydent posiądzie wówczas niepojęty wprost kredyt zaufania i głosy wyborców. Kennedy ma odpowiednią inteligencję i energię i jeśli uda mu się zyskać choć trochę przewagi, zmiecie cały ten Kongres z powierzchni ziemi. — Salentine przerwał na chwilę, próbując bardzo starannie dobierać słowa. — Lecz jeśli jego groźba nie odniesie skutku, zakładnicy zostaną zabici, a problem nierozwiązany — wówczas Kennedy będzie skończony jako siła polityczna.

Twarz Berta Audicka wykrzywiła się na ekranie. Powiedział bardzo spokojnym i poważnym głosem:

— Nie ma takiej alternatywy. Jeśli sprawy zajdą tak daleko, wówczas zakładnicy muszą zostać uratowani, a nasz kraj musi odnieść zwycięstwo. Oprócz tego te pięćdziesiąt miliardów dolarów już jest stracone. Żaden prawdziwy Amerykanin nie zechce, by misja Kennedy'ego skończyła się fiaskiem. Być może ten i ów wolałby, aby nie podejmował on aż tak drastycznej akcji, lecz kiedy cała rzecz się rozkręci, wszyscy będą mu życzyć powodzenia.

— Zgadzam się — powiedział Salentine, chociaż naprawdę wcale się nie zgadzał. — Całkowicie się zgadzam. Poruszę jeszcze jedną sprawę. Gdy tylko prezydent dostrzeże niebezpieczeństwo ze strony Kongresu, pierwszą rzeczą, której zechce dokonać, będzie zwrócenie się do narodu za pośrednictwem telewizji. Kennedy ma różne wady, ale gdy chodzi o szklany ekran jest po prostu magikiem. Jeżeli tylko przedstawi swój punkt widzenia na ekranie, Kongres będzie miał w tym kraju niemało kłopotów. A co się stanie, jeśli Kongres odsunie Kennedy'ego od władzy na trzydzieści dni? Zachodzi wszak możliwość, iż prezydent postawił słuszną diagnozę i że kidnaperzy zrobią z tego wszystkiego ciągnącą się w nieskończoność aferę. Kennedy będzie wówczas stał z boku, z dala od tego całego wrzenia. — Salentine przerwał ponownie, starając się być ostrożny. — Wtedy Kennedy stanie się jeszcze większym bohaterem. Nasz najlepszy scenariusz to pozwolić mu wygrać lub przegrać samemu. W ten sposób nie zachodzi żadne długotrwałe niebezpieczeństwo dla politycznej struktury tego kraju. Może się to okazać najlepsze.

— I w ten sposób stracę pięćdziesiąt miliardów dolarów, czyż nie tak? — Twarz Berta Audicka na ogromnym ekranie telewizyjnym poczerwieniała wyraźnie z gniewu. Nie była to zatem kwestia dostrojenia kolorów.

— To znaczna suma, lecz jeszcze nie koniec świata — powiedział Mutford.

Twarz na ekranie miała teraz zadziwiający krwistoczerwony kolor. Salentine znowu doszedł do wniosku, że to chyba jednak kwestia strojenia barw. Żaden człowiek nie mógłby pozostać przy życiu, mając aż takie wypieki. Głos Audicka zdawał się teraz rozsadzać całe pomieszczenie:

— Ja cię pieprzę, Martin! Pieprzę cię i już! I to więcej niż pięćdziesiąt miliardów razy. A co ze stratą dochodów, kiedy będziemy odbudowywać Dak? Czy twoje banki pożyczą mi wówczas pieniądze bez procentu? Masz w dupie więcej gotówki niż cały skarb Stanów Zjednoczonych, ale czy dałbyś mi pięćdziesiąt miliardów? Gówno byś mi dał!

— Bert, Bert, jesteśmy z tobą — zapewnił go pospiesznie Greenwell. — Salentine wskazał tylko na kilka opcji, o których mogłeś nie pomyśleć pod presją wydarzeń. Tak czy owak, nie moglibyśmy wstrzymać akcji Kongresu, nawet gdybyśmy próbowali. Kongres nie pozwoli, by władza wykonawcza wzięła górę w takiej sprawie. A teraz wszyscy mamy sporo do roboty, więc proponuję, abyśmy zakończyli tę konferencję.

Salentine uśmiechnął się.

— Bert, te informacje o stanie umysłowym prezydenta będą w telewizji za trzy godziny. Inne sieci telewizyjne pójdą za naszym przykładem. Zadzwoń do mnie i powiedz, co myślisz, może przyjdzie ci coś do głowy. I jeszcze jedna rzecz: jeżeli Kongres przegłosuje odsunięcie prezydenta od władzy, to kiedy poprosi on o czas w telewizji, sieci telewizyjne mogą mu odmówić, i to na tej podstawie, że został on uznany za niewydolnego psychiczne i że nie jest już prezydentem.

— Zrób to — powiedział Audick, a jego twarz zaczęła teraz blednąć i przybierać normalny kolor. Konferencja zakończyła się kurtuazyjnym pożegnaniem.

— Panowie — odezwał się Salentine — proponuję, żebyśmy wszyscy polecieli do Waszyngtonu moim samolotem. Uważam, że wszyscy powinniśmy złożyć wizytę naszemu staremu przyjacielowi, Oliverowi Oliphantowi.

Mutford uśmiechnął się.

— Wyrocznia, mój stary nauczyciel. On nam da kilka wskazówek.

W ciągu godziny wszyscy byli już w drodze do Waszyngtonu.

Wezwanemu na spotkanie z prezydentem Kennedym ambasadorowi Sherhabenu, Sharifowi Waleebowi, pokazano tajne taśmy wideo CIA, ukazujące Yabrila jedzącego obiad z sułtanem w pałacu tego ostatniego. Ambasador Sherhabenu był autentycznie zaszokowany. Jakże jego władca mógł dać się wplątać w tak niebezpieczne przedsięwzięcie? Sherhaben był maleńkim krajem, krajem łagodnym, miłującym pokój, co było linią słuszną dla państwa militarnie słabego.

Spotkanie odbyło się w Gabinecie Owalnym, w obecności Berta Audicka. Prezydentowi towarzyszyło dwóch członków jego ekipy, Arthur Wix, doradca do spraw bezpieczeństwa narodowego, i Eugene Dazzy, szef ekipy.

Po formalnej prezentacji ambasador Sherhabenu powiedział do Kennedy'ego:

— Szanowny panie prezydencie, proszę mi wierzyć, że nic o tym nie wiedziałem. Proszę przyjąć moje osobiste, najpokorniejsze, płynące z serca wyrazy ubolewania. — Był bliski łez. — Ale muszę powiedzieć jedną rzecz, w którą szczerze wierzę. Sułtan nigdy by się nie zgodził na skrzywdzenie pańskiej biednej córki.

— Mam nadzieję, iż jest to prawdą, gdyż wówczas zgodzi się na moją propozycję — odparł poważnie Francis Kennedy.

Ambasador słuchał z obawą, która była bardziej natury osobistej niż politycznej. Kształcił się na amerykańskich uniwersytetach i podziwiał amerykański styl życia. Uwielbiał amerykańską kuchnię, amerykańskie napoje alkoholowe, amerykańskie kobiety i ich bunt przeciwko jarzmu mężczyzn. Kochał amerykańską muzykę i filmy. Przekazywał pieniądze wszystkim politykierom, którym powinien był je przekazywać, i w ten sposób wzbogacił wielu biurokratów w amerykańskim Departamencie Stanu. Był ekspertem od spraw ropy naftowej i przyjacielem Berta Audicka.

Teraz trwał pogrążony w rozpaczy z racji osobistego nieszczęścia, ale tak naprawdę wcale nie martwił się o Sherhaben ani o jego sułtana. Najgorsze, co mogło się stać, to sankcje ekonomiczne. CIA zmontuje tajne operacje, aby obalić sułtana, lecz to może się tylko okazać dla niego korzystne.

Tak więc przeżył głęboki szok, kiedy usłyszał dobitnie artykułowane słowa Kennedy'ego.

— Niech pan słucha uważnie — powiedział prezydent. — Za trzy godziny znajdzie się pan w samolocie do Sherhabenu, by osobiście przekazać sułtanowi moje posłanie. Pan Bert Audick, którego pan zna, i mój doradca do spraw bezpieczeństwa narodowego, Arthur Wix, będą panu towarzyszyć. A posłanie brzmi następująco: Za dwadzieścia cztery godziny miasto Dak zostanie zniszczone.

Przerażony ambasador nie mógł przepchnąć ani słowa przez ściśnięte gardło.

— Zakładnicy muszą zostać zwolnieni, a terrorysta Yabril przekazany nam. Żywcem. Jeżeli sułtan tego nie zrobi, państwo Sherhaben przestanie istnieć — kontynuował Kennedy.

Ambasador robił wrażenie tak przerażonego, że Kennedy pomyślał, iż może ma on kłopoty ze zrozumieniem. Toteż przerwał na chwilę, a potem ciągnął uspokajającym tonem:

— Wszystko to będzie w dokumentach, które wyślę wraz z panem, by mógł je pan przedstawić pańskiemu sułtanowi.

— Panie prezydencie, proszę mi wybaczyć. Czy mówił pan o zniszczeniu miasta Dak? — spytał oszołomiony ambasador.

— Tak jest — odparł Kennedy. — Pański sułtan nie uwierzy w moje groźby, dopóki nie ujrzy miasta Dak w ruinie. Zatem powtarzam: zakładnicy muszą zostać zwolnieni, a Yabril wydany, i trzeba będzie podjąć wszelkie środki zabezpieczające, by nie odebrał sobie wcześniej życia. Nie będzie żadnych dalszych negocjacji.

— Nie może pan przecież grozić, że zniszczy pan wolny kraj, nawet tak maleńki. A jeśli zniszczy pan Dak, zniszczy pan amerykańskie inwestycje warte miliardy dolarów — powiedział z niedowierzaniem ambasador.

— Może to i prawda — odparł Kennedy. — Zobaczymy. Niech pan zrobi wszystko, by sułtan zrozumiał, że będę w tej sprawie niewzruszony — oto pańskie zadanie. Pan, pan Audick oraz pan Wix polecicie jednym z moich osobistych samolotów. Będą wam towarzyszyć dwie inne maszyny. Jedna przywiezie z powrotem zakładników i ciało mojej córki. Druga — dostarczy Yabrila.

Ambasador nie był w stanie przemówić. W głowie kołatała mu się tylko jedna myśl, iż z całą pewnością jest to jakiś koszmar. Prezydent chyba zwariował.

Kiedy znalazł się sam na sam z Bertem Audickiem, Audick stwierdził ponuro:

— Ten sukinsyn mówił poważnie, ale mamy jeszcze jedną kartę, którą możemy zagrać. Porozmawiam z tobą w samolocie.

W Gabinecie Owalnym Eugene Dazzy sporządzał notatki.

— Czy załatwiłeś, by wszystkie dokumenty zostały dostarczone do biura ambasadora i do samolotu? — zapytał Francis Kennedy.

— Trochę to ubarwiliśmy — odparł Dazzy. — Zmiecenie miasta Dak z powierzchni ziemi brzmi już wystarczająco groźnie, ale nie możemy przecież obwieścić drukiem, że zniszczymy całe państwo Sherhaben. Niemniej to przesłanie jest jasne. Po co wysyłasz Wixa?

Kennedy uśmiechnął się.

— Sułtan zrozumie, że skoro posyłam mu mojego doradcę do spraw bezpieczeństwa narodowego, jestem śmiertelnie poważny. A Arthur powtórzy mu moje słowne orędzie.

— Czy sądzisz, że to zadziała? — spytał Dazzy.

— Poczekaj, aż runie Dak — odparł Kennedy. — Wówczas rzecz poskutkuje, i to jak wszyscy diabli. Chyba że sułtan jest kompletnym wariatem.

Rozdział 11

Zawieszenie prezydenta Stanów Zjednoczonych w ciągu dwudziestu czterech godzin wydawało się rzeczą prawie niemożliwą. Ale w cztery godziny po ultimatum Kennedy'ego dla Sherhabenu, Kongres i Klub Sokratesa mieli już to zwycięstwo niemal w zasięgu ręki.

Kiedy Christian Klee opuścił naradę, sekcja nadzoru komputerowego jego specjalnego oddziału FBI dostarczyła mu kompletny raport na temat poczynań przywódców Kongresu i członków Klubu Sokratesa. Zanotowano trzy tysiące rozmów telefonicznych. Zapiski i dane o wszystkich odbytych spotkaniach również stanowiły część raportu. Dowody były wyraźne i przytłaczające. W ciągu następnych dwudziestu czterech godzin Izba Reprezentantów i Senat Stanów Zjednoczonych będą starały się zawiesić prezydenta w pełnieniu jego funkcji.

Christian, rozwścieczony, włożył raporty do teczki i pobiegł do Białego Domu. Ale nim wyszedł, kazał Peterowi Clootowi odwołać dziesięć tysięcy agentów od ich normalnych zajęć i posłać do Waszyngtonu.

Dokładnie w tym samym czasie, w środę późnym wieczorem, senator Thomas Lambertino, „mocny człowiek" Senatu, wraz ze swoją asystentką Elizabeth Stone i kongresmanem Alfredem Jintzem, demokratycznym przewodniczącym Izby Reprezentantów, spotkali się w biurze Lambertina. Sal Troyca, prawa ręka kongresmana Jintza, znajdował się tam również, żeby, jak to często powtarzał, osłaniać dupę swojemu szefowi, który był skończonym idiotą. Co do przebiegłości Sala Troyki nie było cienia wątpliwości. Tego zdania był zarówno on sam, jak i ludzie z Kapitolu. W tym właśnie gnieździe legislatywy Sal Troyca był również pierwszym kobieciarzem i eleganckim inspiratorem stosunków damsko-męskich. Zdążył już zauważyć, że asystentka senatora, Elizabeth Stone, to skończona piękność, ale musiał się jeszcze dowiedzieć, w jakim stopniu była związana uczuciowo ze swoim szefem. Lecz teraz winien był się skoncentrować na bieżącej sprawie.

Troyca przeczytał na głos odpowiednie zdanie z Dwudziestej piątej poprawki do Konstytucji Stanów Zjednoczonych, tu i ówdzie podkreślając pewne zdania i słowa. Czytał pięknie modulowanym tenorem, powoli i wyraźnie.

— „Jeżeli wiceprezydent i większość głównych funkcjonariuszy departamentów wykonawczych — tu chodzi o gabinet — szepnął na boku do Jintza — lub jakiekolwiek inne ciało mogące reprezentować Kongres, przekaże Senatowi i Izbie Reprezentantów pisemną deklarację stwierdzającą, że prezydent nie jest w stanie pełnić swego urzędu, wówczas obowiązki i władzę przejmuje wiceprezydent, stając się dzięki temu urzędującym prezydentem".

— A gówno! — wrzasnął kongresman Jintz. — Zawieszenie prezydenta nie może być taką prostą sprawą.

— I nie jest — odparł uspokajającym głosem senator Lambertino. — Czytaj dalej, Sal.

Sal Troyca pomyślał z goryczą, iż jest to typowe, że jego szef nie zna konstytucji, chociaż skądinąd uważał ją za świętość. Porzucił jednak tę myśl. Do diabła z konstytucją. Jintz nigdy jej nie zrozumie. Będzie mu ją musiał wyłożyć prostymi słowami. Powiedział więc:

— Istota sprawy polega na tym, że wiceprezydent i gabinet, żeby zawiesić Kennedy'ego, muszą podpisać oświadczenie o jego niezdolności do sprawowania funkcji. Wówczas wiceprezydent zostaje prezydentem. Lecz zaraz potem Kennedy przedstawi swoje kontroświadczenie, w którym stwierdzi, że pod względem psychicznym czuje się znakomicie. I znów będzie prezydentem. Wówczas decyzję podejmie Kongres. Ale podczas tej zwłoki Kennedy będzie mógł robić, co zechce.

— No i po Daku — podsumował kongresman Jintz.

— Większość członków gabinetu podpisze oświadczenie — powiedział senator Lambertino. — Musimy poczekać na panią wiceprezydent... nie możemy posuwać się dalej bez jej podpisu. Kongres nie może się zebrać później niż w czwartek o dziesiątej wieczorem, żeby podjąć na czas decyzję i nie dopuścić do zniszczenia Daku. Żeby wygrać, musimy mieć dwie trzecie głosów, zarówno w Izbie jak i w Senacie. No, ale czy Izba zdoła wykonać tę robotę? Ja mogę ręczyć za Senat.

— Jasne — powiedział kongresman Jintz. — Miałem telefon z Klubu Sokratesa. Zamierzają wywrzeć nacisk na każdego z członków Izby.

Troyca wyjaśniał z powagą:

— Konstytucja powiada: „Jakiekolwiek inne ciało mogące zgodnie z prawem reprezentować Kongres". Dlaczegóż więc nie ominąć tego całego podpisywania przez gabinet i wiceprezydenta i nie ustanowić Kongresu tym ciałem? Wówczas będzie on mógł zadecydować natychmiast.

— Sal, to się przecież nie uda — tłumaczył cierpliwie kongresman Jintz. — To nie może wyglądać na osobistą wendetę. Elektorat będzie po jego stronie, a my będziemy musieli później za to płacić. Pamiętaj, że Kennedy jest popularny w narodzie — demagog ma zawsze tę przewagę nad odpowiedzialnymi legislatorami.

— Nie powinniśmy mieć żadnych kłopotów, jeżeli będziemy trzymać się procedury — stwierdził senator Lambertino. — Ultimatum prezydenta dla Sherhabenu jest nazbyt ekstremalne i wskazuje na psychikę czasowo zachwianą wskutek osobistej tragedii. Współczuję mu ogromnie i jest mi bardzo smutno z tego powodu. Jak i nam wszystkim.

— Moi ludzie w Izbie stają do ponownych wyborów co dwa lata. Kennedy mógłby sporo spośród nich wykluczyć, gdyby po trzydziestu dniach został uznany za zdolnego do dalszego pełnienia funkcji. Musimy go więc trzymać z daleka od sprawy — powiedział kongresman Jintz.

Senator Lambertino pokiwał głową. Wiedział, że sześcioletnia kadencja senatorska zawsze kłuła w oczy członków Izby.

— To prawda — przyznał. — Ale pamiętajcie, że zostanie postawiona diagnoza, iż prezydent ma poważne problemy psychiczne, a to może zostać wykorzystane dla odsunięcia go od pełnienia funkcji, kiedy Partia Demokratyczna po prostu nie udzieli mu nominacji.

Troyca zauważył pewną rzecz. Elizabeth Stone, główny doradca senatora, nie wymówiła w czasie tego spotkania ani słowa. Niemniej miała za szefa faceta z głową nie od parady, nie musiała bronić Lambertina przed jego własną głupotą.

— A więc — powiedział Troyca — jeśli wiceprezydent i większość gabinetu będą głosować za zawieszeniem prezydenta, będą musieli podpisać oświadczenie dzisiaj po południu. Osobisty zespół prezydenta nadal będzie odmawiał złożenia podpisów. Byłoby to nam bardzo pomocne, gdyby podpisali, ale nie podpiszą i już. Zgodnie z procedurą konstytucyjną jedynym istotnym podpisem jest podpis wiceprezydenta, a wiceprezydent, tradycyjnie, popiera całokształt polityki prezydenta. Czy jesteśmy absolutnie pewni, że ona to podpisze? Albo że nie będzie grać na zwłokę? Czas jest tu dla nas sprawą bardzo istotną.

— A któryż wiceprezydent nie chciałby być prezydentem? — roześmiał się Jintz. — Od trzech lat ma nadzieję, że Kennedy'ego grzmotnie jakiś zawał.

Elizabeth Stone odezwała się po raz pierwszy.

— Wiceprezydent nie myśli w ten sposób. Jest całkowicie lojalna w stosunku do prezydenta — powiedziała chłodno. — To prawda, że prawie na pewno podpisze oświadczenie. Ale kierując się jedynie słusznymi powodami.

Kongresman Jintz spojrzał na nią ze stoicką rezygnacją i uczynił uspokajający gest. Lambertino zmarszczył czoło. Troyca nic nie dał po sobie poznać, ale w głębi duszy był zachwycony.

— Nadal uważam, że trzeba wszystkich pominąć. Niech się tym Kongres zajmie aż do końca — powiedział.

Kongresman Jintz podniósł się ze swojego wygodnego krzesła.

— Nie martw się, Sal. Wiceprezydent aż się pali, żeby wysadzić Kennedy'ego z siodła. Na pewno podpisze. Tylko po prostu nie chce wyglądać na uzurpatora. — Słowa „uzurpator" często używano w Izbie Reprezentantów w odniesieniu do prezydenta Kennedy'ego.

Senator Lambertino popatrzył na Troycę z niesmakiem. Nie podobała mu się pewna familiarność w manierach tego człowieka, kwestionowanie planów ludzi znacznie lepszych od siebie.

— Ta akcja z zawieszeniem prezydenta jest z pewnością legalna, choć bezprecedensowa — powiedział. — Dwudziesta piąta poprawka do Konstytucji nie wyszczególnia dowodów medycznych. Ale jego decyzja o zniszczeniu Daku jest dowodem.

Troyca nie mógł się powstrzymać.

— Kiedy już raz to zostanie zrobione, z całą pewnością stworzony zostanie precedens. Dwie trzecie głosów Kongresu zdoła wówczas zawiesić każdego prezydenta. Przynajmniej w teorii. — Zauważył z satysfakcją, że udało mu się zwrócić na siebie uwagę Elizabeth Stone. Ciągnął więc: — Będziemy jeszcze jedną republiką bananową. Tyle że u nas dyktatorem będzie ciało ustawodawcze.

— Już sama definicja wszystkiemu tu zaprzecza — przerwał mu sucho senator Lambertino. — Ciało ustawodawcze jest bezpośrednio wybierane przez naród, nie może więc dyktować praw w ten sposób, w jaki uczyniłby to jeden człowiek.

Chyba że Klub Sokratesa dobierze się wam do dupy, pomyślał z pogardą Troyca, a potem zdał sobie sprawę, co takiego rozgniewało senatora. Senator uważał się za materiał na prezydenta i nie podobało mu się, jeśli ktokolwiek mówił, iż Kongres jest w stanie pozbyć się głowy państwa, kiedy mu tylko przyjdzie na to ochota.

— Skończmy z tym — powiedział Jintz. — Wszyscy mamy cholernie dużo roboty. Tak naprawdę jest to krok w kierunku prawdziwej demokracji.

Troyca nadal nie był przyzwyczajony do bezpośredniej prostoty wielkich ludzi, takich jak senator i przewodniczący, którzy z taką szczerością przechodzili do istoty własnych interesów. Dostrzegł pewien wyraz na twarzy Elizabeth Stone i zdał sobie sprawę, że myśli ona dokładnie o tym samym, co i on. Och, zamierzał do niej uderzyć bez względu na cenę. Niemniej odezwał się z pozorną szczerością i skromnością:

— Czy jest to w ogóle możliwe, żeby prezydent uznał, iż Kongres unieważnia nakaz wykonawczy, z którym się nie zgadza, a następnie sprzeciwił się głosowaniu Kongresu? Czy może się zwrócić do Kongresu przez telewizję jeszcze dziś wieczorem, zanim Kongres się zbierze? I czy nie wyda się to ludziom prawdopodobne, że skoro sztab Kennedy'ego odmawia podpisania oświadczenia, to znaczy, że prezydent jest całkiem zdrowy? Może być sporo kłopotów. Zwłaszcza jeśli po zawieszeniu Kennedy'ego zakładnicy zginą. Mogą być potworne reperkusje w Kongresie.

Ta analiza nie zrobiła wrażenia ani na senatorze, ani na kongresmanie. Jintz poklepał go po ramieniu.

— Sal, pomyśleliśmy o wszystkim. Dopilnuj tylko, żeby wykonano papierkową robotę.

W tej chwili zadzwonił telefon i Elizabeth Stone odebrała go. Słuchała przez chwilę, a potem powiedziała:

— Senatorze, to wiceprezydent.

Przed podjęciem decyzji wiceprezydent Helen Du Pray postanowiła odbyć swój codzienny bieg.

Pierwsza kobieta-wiceprezydent Stanów Zjednoczonych miała pięćdziesiąt pięć lat i według wszelkich standardów odznaczała się niezwykłą inteligencją. Wciąż jeszcze była piękna, być może dlatego, że w wieku dwudziestu kilku lat, kiedy pełniła funkcję zastępcy prokuratora okręgowego i była w ciąży, dostała naraz bzika na punkcie zdrowej żywności.

W wieku kilkunastu lat, nim jeszcze wyszła za mąż, została biegaczką. Ówczesny kochanek zabierał ją ze sobą codziennie na pięciomilowe dystanse, zmuszając do wyczynów bardziej forsownych niż jogging. Cytował jej łacińskie przysłowie *Mens sana in corpore sano*, tłumacząc je zarazem: „Jeżeli ciało jest zdrowe, to i umysł jest zdrowy". Z powodu pretekcjonalności, z jaką jej to tłumaczył, i wskutek dosłownego traktowania idei tegoż cytatu — ileż to zdrowych umysłów zostało zmarnowanych przez nazbyt zdrowe ciało! — Helen odrzuciła go jako kochanka.

Ale równie ważna była dla niej dyscyplina dietetyczna, która rozpuszczała trucizny w organizmie i wytwarzała ogromną energię, stosując dodatkową premię w postaci wspaniałej figury. Jej przeciwnicy polityczni żartowali z niej, że nie posiada kubeczków smakowych, ale nie było to prawdą. Potrafiła rozkoszować się różaną brzoskwinią, dojrzałą gruszką, ostrym smakiem świeżych jarzyn, a podczas mrocznych dni duszy, przed którymi nikt nie umknie, potrafiła również zjeść całe pudełko czekoladowych ciasteczek.

Przez przypadek dostała bzika na punkcie zdrowej żywności. Wiele lat temu, jako prokurator okręgowy, postawiła w stan oskarżenia autora książki dietetycznej za oszukańcze i szkodliwe dla czytelników stwierdzenia. Przygotowując się do rozprawy, zbadała tę kwestię, przeczytała wszystko na temat odżywiania, kierując się przeświadczeniem, że aby wykryć fałsz, należy poznać prawdę. Skazała autora, zmusiła go do zapłacenia ogromnej grzywny, lecz miała dziwne odczucie, że jest jego dłużniczką.

I nawet jako wiceprezydent Stanów Zjednoczonych Helen Du Pray jadała bardzo skromnie i zawsze biegała przynajmniej pięć mil dziennie — w czasie weekendów robiła aż dziesięć

210

mil. Teraz, w dniu, który mógł się okazać najważniejszym w jej życiu i w obliczu złożenia podpisu na oświadczeniu mogącym spowodować zawieszenie prezydenta, postanowiła odbyć jakże zbawienny dla umysłu bieg.

Odpowiedzialny za nią funkcjonariusz z Secret Service musiał to wziąć na siebie. Początkowo dowódca jej oddziału ochrony myślał, że ten jej poranny trening nie będzie stanowił żadnego problemu. Tak czy owak jego ludzie byli wprost okazami fizycznej sprawności. Ale wiceprezydent Du Pray nie tylko odbywała swe biegi wcześnie rano i do tego w lasach, gdzie widoczność była ograniczona, lecz ponadto, biegając co tydzień aż dziesięć mil, pozostawiała ochronę daleko za sobą. Dowódca był zdziwiony, że ta pięćdziesięciokilkuletnia kobieta może biegać aż tak szybko. I na takich dystansach.

Wiceprezydent nie chciała, żeby cokolwiek zakłócało jej trening; była to w końcu w jej życiu prawdziwa świętość. Zastępował jej on „zabawę", to znaczy radość jedzenia, picia alkoholu, uprawiania seksu i życia rodzinnego — wszystkiego, co bezpowrotnie straciła, gdy sześć lat temu zmarł jej mąż.

Wtedy to wydłużyła trasę biegów i odsunęła od siebie wszelką myśl o ponownym związaniu się z jakimś mężczyzną; zajmowała już zbyt wysoką pozycję w hierarchii politycznej, by ryzykować więzy z człowiekiem, który mógłby dla niej okazać się pułapką, człowiekiem tającym jakieś skandaliczne sekrety, mogące stanowić przyczynę jej klęski. Wystarczały jej dwie córki i aktywne życie towarzyskie. Miała wielu przyjaciół, zarówno mężczyzn, jak i kobiety.

Zyskała sobie poparcie grup feministycznych w kraju, i to nie za sprawą zwykłych pustych pochlebstw, ale dzięki swej chłodnej inteligencji i niezmiennej prawości. Przeprowadziła bezlitosny atak na antyaborcjonistów i zniszczyła w dyskusji tych męskich zagorzalców, którzy bez osobistego ryzyka starali się wprowadzić prawo regulujące zakres dysponowania przez kobietę własnym ciałem. Wygrała i w rezultacie posunęła się znacznie w hierarchii politycznej.

Przez całe życie pogardzała teoriami, że mężczyźni i kobiety powinni być bardziej do siebie podobni; cieszyły ją właśnie różnice między nimi. Różnica jest w sensie moralnym rzeczą wartościową, tak jak cenna jest wariacja w muzyce i wariacja wśród bogów. Cóż, oczywiście istnieje znaczna różnica. W swej karierze politycznej, w ciągu długich lat, jakie spędziła jako prokurator okręgowy, zaobserwowała, że kobiety — w większości najważniejszych życiowych spraw — są po prostu lepsze od mężczyzn. I miała dane statystyczne, w oparciu o które mogła to udowodnić. Mężczyźni popełniali znacznie więcej morderstw, więcej rabunków bankowych, więcej krzywoprzysięstw, więcej zdrad wobec przyjaciół i najbliższych. Jako urzędnicy państwowi byli daleko bardziej skorumpowani, jako wierzący w Boga daleko okrutniejsi, jako kochankowie — o wiele bardziej samolubni, a we wszystkich dziedzinach życia o wiele bardziej bezwzględnie korzystali z posiadanej władzy. Było też wysoce prawdopodobne, że podczas wojny mężczyźni ochoczo zniszczą całą ziemię, gdyż znacznie bardziej od kobiet lękają się śmierci. Lecz pominąwszy to wszystko, nie kłóciła się z mężczyznami.

W ów wtorek Helen Du Pray rozpoczęła swój bieg, poczynając od pilnowanego przez szofera samochodu, zaparkowanego w lasach na przedmieściach Waszyngtonu. Uciekała od tego rozstrzygającego dokumentu, który czekał na jej biurku. Ludzie z ochrony zajęli swe pozycje: jeden z przodu, drugi z tyłu, po obu bokach, a wszyscy oddaleni od niej przynajmniej o dwadzieścia kroków. Był kiedyś taki okres, kiedy sprawiało jej ogromną przyjemność patrzeć, jak ociekają wręcz potem, aby za nią nadążyć. W końcu mieli na sobie kompletne ubrania, podczas gdy ona była tylko w stroju do joggingu. Ponadto musieli dźwigać broń, amunicję i urządzenia nadawczo-odbiorcze. Obrywali niezły wycisk, dopóki dowódca oddziału ochrony, tracąc już cierpliwość, nie zwerbował w jakichś małych college'ach mistrzów w biegach, co trochę utemperowało animusz Helen.

Im bardziej pięła się wzwyż po drabinie politycznej, tym wcześniej rano wstawała. Największą przyjemność sprawiało jej, gdy biegała z nią jedna z córek. Był to nadto wspaniały temat dla mass mediów. Tu wszystko się liczyło.

Wiceprezydent Helen Du Pray pokonała wiele przeszkód, żeby dojść do tak wysokiego urzędu. Pierwszą z nich, rzecz jasna, była jej płeć, a następną — już nie tak oczywistą — jej uroda. Uroda często wzbudza wrogość u obu płci. Przezwyciężyła tę wrogość swoją inteligencją, skromnością i wrodzonym poczuciem moralności. Była również na swój sposób przebiegła. Jest rzeczą powszechnie wiadomą, że amerykański elektorat preferuje przystojnych mężczyzn i brzydkie kobiety, widząc w nich najlepszych kandydatów na urząd. Tak więc Helen Du Pray przekształciła swą uwodzicielską urodę w surową aparycję typu Joanny d'Arc. Srebrzystoblond włosy miała krótko przycięte, figurę szczupłą i chłopięcą, natomiast piersi zwykła maskować pod zbroją żakietu. Z biżuterii nosiła jedynie sznur pereł, na palcu — złotą ślubną obrączkę. Szalik, bluzka z falbankami, czasami rękawiczki, stanowiły kobiece akcenty jej stroju. Sprawiała wrażenie surowej kobiecości, lecz tylko do momentu, póki się nie uśmiechnęła, bo wówczas walory jej płci olśniewały niczym błyskawica. Była kobieca, będąc zarazem daleka od kokieterii; była silna, ale nie kryła w sobie ani śladu cech męskich. Krótko mówiąc, była doskonałym wzorcem pierwszej kobiety-prezydenta Stanów Zjednoczonych. Gdyż pewnie nim zostanie, jeśli podpisze oświadczenie spoczywające teraz na biurku.

To dziwne, pomyślała. Nieustannie walczyła, żeby uniknąć pułapki jednokierunkowego życia. Była znakomitą prawniczką i kochającą matką dwójki dzieci; będąc szczęśliwą i wierną mężatką, umiała robić karierę polityczną. Wpierw została wspólniczką potężnej firmy adwokackiej, potem kongresmanką, następnie senatorem, lecz cały czas była również oddaną i czułą matką. Wiodła życie bez skazy, a wszystko tylko po to, by skończyć jako inny rodzaj kury domowej, a mianowicie jako wiceprezydent Stanów Zjednoczonych.

Jako wiceprezydent musiała sprzątać po swoim politycznym małżonku, prezydencie, i wykonywać za niego wszelkie prace fizyczne. Podejmowała przywódców małych krajów, zasiadała w nic nieznaczących komisjach, ale za to noszących poważnie brzmiące nazwy, przyjmowała pobłażliwe nagany, udzielała rad, które były traktowane z kurtuazją, lecz których nie rozważano z należną im uwagą. Musiała też powielać opinie i wspierać poczynania pana prezydenta.

Podziwiała Francisa Kennedy'ego i była mu wdzięczna, że na urząd wiceprezydenta wybrał właśnie ją, niemniej różniła się od niego w poglądach na bardzo wiele spraw. Czasami bawiło ją to, że jako mężatka uniknęła pułapki bycia tym mniej znaczącym partnerem, jednakże teraz, na najwyższym stanowisku osiągniętym kiedykolwiek przez amerykańską kobietę, polityczne reguły gry nakazywały jej posłuszeństwo politycznemu mężowi.

Lecz oto dziś mogła zostać polityczną wdową. Z pewnością nie mogłaby narzekać na swą polisę ubezpieczeniową, urząd prezydenta Stanów Zjednoczonych. Mimo wszystko nie tworzyli ze sobą szczęśliwego „stadła". Francis Kennedy zmierzał przed siebie za szybko, zbyt agresywnie. Helen Du Pray zaczęła już nawet snuć fantazje na temat jego śmierci, tak jak to robi wiele nieszczęśliwych żon.

Podpisując oświadczenie, mogła stać się polityczną rozwódką i zgarnąć cały łup. Mogła zająć jego miejsce. Dla kobiety mniejszego kalibru byłoby to rzeczą wprost cudownie rozkoszną.

Wiedziała, że jest sprawą niemożliwą kontrolowanie wybryków mózgu, nie doznawała więc poczucia winy z racji swych fantazji; mogła je jednak odczuwać w stosunku do rzeczywistości, jaką dopomogła zrealizować. Kiedy rozeszły się pogłoski, że Kennedy nie będzie stawał do ponownych wyborów, zaalarmowała swoją sieć polityczną. Kennedy udzielił jej wtedy swojego błogosławieństwa. Lecz wszystko to się zmieniło.

Teraz musiała oczyścić swój umysł. Oświadczenie zostało już podpisane przez większą część członków gabinetu, sekretarza stanu, sekretarza obrony, sekretarza skarbu i innych.

Brakowało podpisu szefa CIA, tego sprytnego, pozbawionego skrupułów drania, Tappeya. I oczywiście Christiana Klee, człowieka, którego nie znosiła. Ale musiała podjąć decyzję w zgodzie ze swym osądem i sumieniem. Musiała działać dla dobra publicznego, nie kierując się żadną ambicją osobistą.

Czyż mogła to podpisać, popełnić akt osobistej zdrady i zachować szacunek dla siebie? Lecz aspekt osobisty był sprawą drugorzędną. Należało rozważyć tylko fakty.

Podobnie jak Christian Klee i wielu innych, zauważyła, jak bardzo Kennedy się zmienił po śmierci żony, tuż przed wyborem na prezydenta. Zdawało się, iż stracił chęć do życia. A Helen Du Pray wiedziała, tak jak wiedzieli o tym wszyscy, że po to, by prezydentura mogła godziwie funkcjonować, należy prowadzić politykę jedynie poprzez budowanie porozumienia z władzą ustawodawczą. Trzeba uwodzić, pochlebiać, a czasem nawet rozdzielić parę kopniaków. Trzeba podchodzić, infiltrować i kokietować biurokrację. Trzeba trzymać gabinet pod pantoflem, natomiast osobisty zespół doradców winien być bandą Attylów i stadem Salomonów. Trzeba się targować, niekiedy nagradzać, a od czasu do czasu cisnąć kilka gromów. I w jakiś sposób sprawić, żeby każdy mówił: „Tak, to wszystko dla dobra kraju i dla mojego dobra".

To, że tego nie robił, było wadą Kennedy'ego jako prezydenta; a także to, że wyprzedził znacznie swą epokę. Jego sztab powinien mieć więcej rozumu. Człowiek tak inteligentny jak Kennedy powinien mieć więcej rozumu. A jednak wyczuwała w posunięciach Kennedy'ego rodzaj moralnej desperacji, coś na kształt hazardowej gry o wszystko, dobra przeciwko złu.

Wierzyła i miała nadzieję, że nie zapędza się w staroświecki kobiecy sentymentalizm, że śmierć żony Kennedy'ego była przyczyną sprawczą rozłamu w szeregach jego administracji. Ale czy tak niezwykli ludzie jak Kennedy załamują się jedynie z powodu jakiejś osobistej tragedii? Odpowiedź na to brzmi: tak.

Ona sama czuła się wprost stworzona do polityki, natomiast

uważała, iż Kennedy nie ma po temu należytej kondycji psychicznej. Był raczej naukowcem, uczonym, nauczycielem. Zbyt wiele miał w sobie idealizmu, był — choć w najlepszym tego słowa znaczeniu — po prostu naiwny. To znaczy nazbyt ufny.

Kongres, obie izby, prowadziły brutalną wojnę z władzą wykonawczą i zazwyczaj wygrywały. Cóż, ją to z pewnością ominie.

Teraz podniosła z biurka oświadczenie i przeanalizowała je. Stwierdzano w nim, że Francis Xavier Kennedy nie jest w stanie sprawować urzędu prezydenta z powodu czasowego załamania psychicznego, wywołanego śmiercią córki. Fakt ten wpłynął poważnie na jego władze umysłowe, bowiem decyzja zrównania z ziemią miasta Dak i groźba zniszczenia niezawisłego narodu jest czynem irracjonalnym, sięganiem po represje zbyt ciężkiego kalibru, niebezpiecznym precedensem, który może zwrócić opinię światową przeciwko Stanom Zjednoczonym.

Przypomniała sobie argument Kennedy'ego, przedstawiony na konferencji sztabu i gabinetu; w grę wchodzi spisek międzynarodowy, w wyniku którego zabito papieża i zamordowano córkę prezydenta Stanów Zjednoczonych. Znaczna liczba zakładników nie odzyskała po dziś dzień wolności i spiskowcy mogą przeciągnąć tę sytuację na całe tygodnie lub nawet miesiące. Ponadto Stany Zjednoczone będą chyba musiały wypuścić na wolność zabójcę papieża. Jakaż to ogromna utrata autorytetu dla najpotężniejszego kraju na świecie, rzecznika demokracji i, oczywiście, demokratycznego kapitalizmu!

Któż więc mógłby gwarantować, że drakońska odpowiedź zaproponowana przez prezydenta nie jest jedynym właściwym posunięciem? Jeśli Kennedy nie blefuje, środki przez niego podjęte z pewnością odniosą skutek. Sułtan Sherhabenu musi paść na kolana. O jakimż więc innym rozwiązaniu można by tutaj mówić?

Punkt: Kennedy podjął tę decyzję bez właściwej dyskusji z gabinetem, swoimi doradcami i przywódcami Kongresu. To

bardzo ważna rzecz, ponadto stanowiąca zapowiedź niebezpieczeństwa. Przywódca gangu ogłaszający wendetę.

Wiedział, że wszyscy będą przeciw niemu. Był przekonany,
że ma rację. Miał nazbyt mało czasu. I owa determinacja, tak
bardzo charakterystyczna dla Francisa Kennedy'ego w okresie,
nim został prezydentem.

Punkt: Działał w ramach uprawnień wykonawczych prezydenta. Jego decyzja była zgodna z prawem. Oświadczenie
o zawieszeniu Kennedy'ego nie zostało podpisane przez ani
jednego członka jego osobistego grona doradców, ludzi stojących najbliżej niego. Dlatego też zarzut o niezdolności do
pełnienia funkcji i zachwianiach psychicznych jest kwestią
reakcji na podjętą przezeń decyzję. Dlatego oświadczenie o zawieszeniu go jest nielegalną próbą odebrania mu władzy.
Kongres nie zgadza się z decyzją prezydenta i dlatego próbuje
zmienić tę decyzję, usuwając go. Wyraźne pogwałcenie Konstytucji.

Były również przesłanki moralne i prawne. Więc teraz
musi zdecydować, co leży w jej najlepiej pojmowanym interesie.

Znała dobrze mechanizm. Gabinet podpisał, więc jeśli teraz
ona również podpisze to oświadczenie, zostanie prezydentem
Stanów Zjednoczonych. Lecz potem Kennedy podpisze z kolei
swój dokument, a ona znów powróci do swej uprzedniej funkcji.
Potem zbierze się Kongres i większością dwóch trzecich głosów
zawiesi Kennedy'ego, tak iż ona znowu odzyska fotel na
przynajmniej trzydzieści dni, dopóki kryzys nie minie.

Czynnik dodatkowy: przez dobrych kilka chwil będzie pierwszą kobietą-prezydentem Stanów Zjednoczonych. A może aż
do końca kadencji Kennedy'ego, która upływa w styczniu
przyszłego roku? Lecz nie powinna mieć złudzeń. Nigdy nie
zdobędzie nominacji po zakończeniu kadencji.

Osiągnie prezydenturę dzięki czemuś, co niektórzy uznają
za akt zdrady — dzięki faktowi, iż jest kobietą. Wystarczy już,
że literatura światowa zawsze przedstawiała kobiety jako te,
które powodują upadek wielkich ludzi, że istnieje ten wszech-

obecny mit, iż mężczyźni nigdy nie powinni ufać płci przeciwnej. Będzie to uważane za „niewierność": ów wielki grzech kobiecy, którego mężczyźni nigdy nie wybaczają. A ona będzie zdradzać wielki narodowy mit Kennedych. Będzie jeszcze jedną Modred.

Wtedy właśnie wpadło jej to do głowy. Uśmiechnęła się, gdyż zdała sobie sprawę, iż oto znalazła się w sytuacji typu „nic do stracenia". Po prostu mogłaby odmówić złożenia podpisu.

Nie, nie sprzeciwi się Kongresowi. Kongres, działając bezprawnie, i bez jej podpisu zawiesi Kennedy'ego, natomiast Konstytucja zapewni jej sukcesję. Lecz udowodni swoją „wierność" i jeśli Francis Kennedy powróci po trzydziestu dniach, nadal będzie się cieszyć jego poparciem. Potężna grupa zwolenników Kennedy'ego będzie wspierała jej nominację. A co się tyczy Kongresu, to zawsze był jej wrogi, bez względu na to, jak postępowała. Dlaczegóż więc ma być ich polityczną Jezabel? Ich Dalilą?

Rzecz stawała się dla niej coraz bardziej jasna. Jeśliby podpisała oświadczenie, elektorat nigdy by jej tego nie wybaczył, a politycy żywiliby dla niej pogardę. Później zaś, gdyby istotnie została prezydentem, ją również prawdopodobnie zechcieliby zawiesić. Jej każdą nieudolność kładliby zapewne na karb zaburzeń menstruacyjnych i to okrutne męskie określenie stałoby się inspiracją dla komiksów w całym kraju.

Podjęła decyzję. NIE podpisze oświadczenia. Dowiedzie w ten sposób, że wcale nie jest chorobliwie ambitna, że umie być lojalna.

Zaczęła pisać swoje własne oświadczenie, aby następnie oddać je jednemu z podwładnych. Napisała w nim po prostu, że nie może bez szkody dla sumienia podpisać dokumentu, który w efekcie wyniósłby ją na tak wysoki urząd. Że pozostanie w tej walce neutralna. Lecz nawet to mogło okazać się niebezpieczne. Zmięła kartkę. Po prostu odmówi podpisania; od tej chwili rzecz poprowadzi Kongres. Kazała się połączyć z senatorem Lambertino. Później zatelefonuje do innych przedstawicieli Kongresu i wyjaśni im swoją sytuację. Ale niczego na piśmie.

W dwa dni po zastrzeleniu tekturowej podobizny Kennedy'ego, David Jatney został wylany z Uniwersytetu Brigham. Jatney nie wrócił do swojego domu w Utah, do surowych mormońskich rodziców, którzy byli właścicielami sieci pralni chemicznych. Wiedział, co go tam czeka, gdyż przeżył to już wcześniej. Jego ojciec uważał, że syn musi zaczynać od samego dołu, zajmując się tobołami przepoconych ubrań, spodni, sukienek i męskich marynarek, które zdawały się ważyć całe tony. Lecz kontakt z owymi tkaninami, przesączonymi ciepłem ludzkich ciał, był dla niego wprost męką.

Jak wielu młodych, miał już po dziurki w nosie swych rodziców. Byli dobrymi, pracowitymi ludźmi, którzy szukali rozrywki w towarzystwie przyjaciół, cenili sobie zbudowaną własnymi rękoma firmę, a także poczucie braterstwa, jakie dawał im Kościół mormoński. Lecz według syna byli dwojgiem najnudniejszych stworzeń na świecie.

Davida irytowało nawet to, że wiedli szczęśliwe życie. Rodzice kochali go, gdy był jeszcze mały, lecz kiedy dorastając, okazał się bardzo trudnym obiektem ich uczuć, poczęli sobie żartować, iż zapewne w szpitalu podmieniono im dziecko. Mieli taśmy wideo z uwiecznionymi na nich wszystkimi etapami rozwoju Davida: maleńkie bobo raczkujące po podłodze, dziecko hasające sobie gdzieś na wakacjach, mały chłopiec po raz pierwszy zasiadający w szkolnej ławie, dzień ukończenia szkoły podstawowej, otrzymanie nagrody za wypracowanie z angielskiego w szkole średniej, na rybach z ojcem, na polowaniu z wujem.

Gdy skończył piętnaście lat, nie pozwalał, by go filmowano. Przerażały go banalne wydarzenia z życia utrwalone na taśmie wideo; czuł się jak owad zaprogramowany w tym celu, by spędzić życie w wieczności rzeczy bliźniaczo do siebie podobnych. Postanowił, że będzie kiedyś kimś całkiem innym niż jego rodzice, nie zdając sobie sprawy, że wpada tym samym w kolejny banał.

Fizycznie rzecz biorąc, był ich przeciwieństwem. Podczas gdy oni byli wysocy i jasnowłosi, a w wieku średnim masywni, David miał śniadą skórę, był chudy i żylasty. Rodzice żartowali na temat tej odmienności, ale przepowiadali, że z wiekiem bardziej się do nich upodobni, co napełniało go przerażeniem. Nim skończył piętnaście lat, objawiał w stosunku do nich chłód, którego nie sposób było zignorować. Nie osłabiało to wcale ich uczuć, niemniej doznali ulgi, gdy trafił wreszcie do Brigham Young.

Wyprzystojniał, a jego włosy nabrały czarnogranatowego odcienia. Rysy twarzy miał typowo amerykańskie: prosty nos, silnie zarysowane, ale niezbyt wydatne wargi, broda podana nieco ku przodowi, aczkolwiek bez przesady. Początkowo, jeśli znało się go tylko przez krótki czas, wydawał się po prosu niezwykle ruchliwy. Gdy mówił, musiał mieć czymś zajęte ręce. Lecz kiedy indziej znów ogarniało go znużenie, które sprawiało, że jak gdyby zamierał i stawał się ponury.

W college'u jego witalność i inteligencja przyciągały innych studentów. Atoli w swych reakcjach był trochę zbyt ekstrawagancki. Czasami wprost zdumiewał swą pobłażliwością, lecz kiedy indziej bywał arogancki i brutalny.

Prawdą było, że David cierpiał straszliwe męki oczekiwania, by wreszcie stać się sławnym, by zostać bohaterem, aby świat się dowiedział, jak bardzo jest niezwykły.

Z kobietami poczynał sobie z jakąś przedziwną nieśmiałą pewnością siebie, co często je urzekało. Uważały go za interesującego i dzięki temu miewał liczne przygody miłosne. Lecz nigdy nie trwały one długo. Był jakiś dziwnie odległy, trzymał się na dystans i po pierwszych kilku tygodniach ożywienia i dobrego humoru pogrążał się znów w sobie. Nawet uprawiając seks, czynił to jakby na dystans, jak gdyby nie chciał stracić kontroli nad własnym ciałem. Jego największym niedociągnięciem w dziedzinie miłości było to, że nawet w momencie zalotów nie potrafił ubóstwiać swej wybranki, a jeśli robił, co mógł, by się zakochać naprawdę, sprawiał poniekąd wrażenie lokaja stającego na głowie, by dostać suty napiwek.

Zawsze interesował się polityką i strukturą organizacji społecznych. Jak większość młodych ludzi, żywił pogardę dla wszelkich autorytetów; dzięki studiom historycznym odkrył, że historia ludzkości jest jedynie niekończącą się wojną pomiędzy potężną elitą i bezsilną masą. Pożądał sławy, by móc dołączyć do potężnych.

Było rzeczą naturalną, iż w grze w zabójstwo, w którą bawiono się corocznie w Brigham Young, obwołano go Naczelnym Łowczym. I właśnie jego sprytny plan przyniósł zwycięstwo. Nadzorował również wykonanie podobizny, która w doskonały wprost sposób oddawała rysy Kennedy'ego.

Po strzałach oddanych do tej podobizny i po triumfalnym bankiecie David Jatney poczuł wstręt do studenckiego życia. Nadszedł czas, by zrobić karierę. Od dawna już pisywał wiersze oraz prowadził dziennik, w którym — we własnym odczuciu — mógł się wykazać dowcipem i inteligencją. Ponieważ był przeświadczony, że osiągnie sławę, owo prowadzenie dziennika z myślą o potomności nie było dlań raczej skrajnym przejawem zarozumialstwa. Odnotował tam w końcu: „Opuszczam college, nauczyłem się już wszystkiego, czego tu byli w stanie mnie nauczyć. Jutro jadę do Kalifornii, żeby zobaczyć, czy uda mi się zrobić karierę w świecie filmu".

Kiedy David Jatney przyjechał do Los Angeles, nie znał tam w ogóle nikogo. To mu odpowiadało. Lubił to uczucie. Nie mając żadnych obowiązków, mógł się skoncentrować jedynie na swoich myślach, mógł podumać nad światem. Pierwszą noc przespał w małym motelu, a następnie znalazł garsonierę w Santa Monica: tańszą, niż się spodziewał. Znalazł ją dzięki uprzejmości pewnej skłonnej do przejawiania macierzyńskich uczuć kobiety, która pracowała jako kelnerka w kawiarni, gdzie David zjadł swoje pierwsze w Kalifornii śniadanie. Było ono jak zwykle skromne — szklanka soku pomarańczowego, grzanka i kawa — a kelnerka zauważyła, że studiuje w „Los Angeles Times" dział ogłoszeń o wynajmie mieszkań. Zapytała go, czy szuka jakiegoś lokum, a on potwierdził. A więc na skrawku papieru zapisała mu numer telefonu i powiedziała, iż w grę wchodzi tu tylko mieszkanie jednopokojowe, ale czynsz jest rozsądny, gdyż ludzie z Santa Monica stoczyli długą batalię z przedsiębiorstwami handlu nieruchomościami i teraz obowiązuje surowe prawo kontroli. A Santa Monica jest piękna i będzie miał zaledwie kilka minut do plaży w Venice i do mola, a to wielka frajda.

Początkowo David był podejrzliwy. Dlaczegóż to obca kobieta zainteresowała się nagle jego wygodami? Miała wprawdzie macierzyński wygląd, ale było w niej również coś seksownego. Oczywiście była bardzo stara — musiała mieć przynajmniej czterdziestkę. Lecz chyba się do niego nie dostawiała. Kiedy wychodził, rzuciła mu wesołe „do widzenia". Dowiedział się niebawem, że ludzie w Kalifornii tak właśnie się zachowują. Tutejsze promienne słońce musiało chyba sprawić, że stali się łagodni. Po prostu złagodnieli. To było właśnie to. Nic ją nie kosztowało oddać mu tę przysługę.

David przyjechał z Utah samochodem, który rodzice kupili mu z myślą o college'u. Był on jego jedynym dobrem doczesnym, jeśli nie liczyć gitary, na której kiedyś chciał się nauczyć grać, a która znajdowała się teraz w Utah. Najważniejsza jednak była przenośna maszyna do pisania, której używał do tworzenia swojego dziennika, wierszy, opowiadań i powieści. Teraz, skoro znalazł się w Kalifornii, postanowił napisać swój pierwszy scenariusz.

Wszystko układało się znakomicie. Znalazł mieszkanie, małe, z prysznicem, ale bez osobnej łazienki. Wyglądało ono jak domek dla lalek, z falbankowymi firankami w jedynym oknie i reprodukcjami słynnych obrazów na ścianie. Mieściło się w szeregu dwupiętrowych domów za Montana Avenue i mógł nawet parkować swój samochód w pobliskiej małej uliczce. Miał więc ogromne szczęście.

wstydził się swojej własnej, poniżającej wprost wdzięczności. Jasne, ten facet to gruba ryba; jasne, że jego czas jest cenny — lecz jedenasta rano? Oznaczało to, że nie zostanie zaproszony na lunch. Będzie to jedna z tych krótkich, grzecznościowych rozmów, żeby facet nie miał później poczucia winy. Żeby jego krewni w Utah nie mówili, że przewróciło mu się w głowie. Podła uprzejmość, właściwie fakt bez znaczenia.

Ale następny dzień okazał się całkiem inny, niż się spodziewał. Biuro Deana Hockena znajdowało się w długim niskim budynku przy parkingu wytwórni i było imponujące. W wielkiej poczekalni, której ściany pokrywały plakaty filmowe, siedziała recepcjonistka. W dwóch innych pomieszczeniach za recepcją siedziały jeszcze dwie sekretarki, a dalej znajdował się wielki gabinet. Był pięknie umeblowany wygodnymi fotelami i sofami. Podłogę zaścielały dywany, a na ścianach wisiały oryginalne obrazy. Był tam również bar z dużą lodówką. W rogu stało biurko z blatem pokrytym skórą. Nad nim, na ścianie, wisiała ogromna fotografia, na której Dean Hocken ściskał rękę prezydenta, Francisa Xaviera Kennedy'ego. Był również stolik do kawy zasypany pismami ilustrowanymi i oprawionymi maszynopisami. Gabinet był pusty.

Sekretarka, która go tu wprowadziła, powiedziała:

— Pan Hocken będzie za dziesięć minut. Czy podać panu drinka albo kawę?

David uprzejmie odmówił. Wiedział, że młoda sekretarka obrzuca go taksującym spojrzeniem. Użył więc w stosunku do niej swojego słodziutkiego głosu. Wiedział, że zrobił dobre wrażenie. Zawsze na samym wstępie podobał się kobietom; dopiero kiedy lepiej go poznawały, przestawał im się podobać. Ale może działo się tak z tej przyczyny, że to one przestawały mu się z czasem podobać.

Musiał odczekać piętnaście minut, nim Dean Hocken wszedł do biura tylnymi drzwiami, które były prawie niewidoczne. Po raz pierwszy w życiu David naprawdę był pod wrażeniem. Oto facet, który rzeczywiście wyglądał na człowieka sukcesu i władzy; kiedy ujął Davida za rękę, promieniowała zeń pewność siebie i dziwnie przyjazny nastrój.

Dean Hocken był wysoki, toteż David przeklinał swój własny niski wzrost. Hocken miał co najmniej sześć stóp i dwa cale, i wyglądał zadziwiająco młodo, chociaż musiał być w tym samym wieku, co ojciec Davida, to znaczy mieć pięćdziesiąt pięć lat. Ubrany był po sportowemu, ale jego biała koszula sprawiała wrażenie bielszej niż którakolwiek z tych, jakie David do tej pory widział. Marynarkę miał z jakiejś lnianej tkaniny i pięknie na nim leżała. A spodnie także z lnu, niezdecydowanie kremowego koloru. Opalona na brąz twarz Hockena wydawała się pozbawiona zmarszczek.

Hocken okazał się bardzo miły. Dyplomatycznie wspomniał coś o tęsknocie za górami Utah, za mormońskim życiem, ciszą i spokojem wiejskiej egzystencji, za spokojnymi miastami wraz z ich świątyniami. Wyjawił także, iż starał się o rękę matki Davida.

— Twoja matka była moją dziewczyną — powiedział Dean Hocken. — Twój ojciec mi ją ukradł. Ale to lepiej, bo tych dwoje naprawdę się kochało, uszczęśliwiając się wzajem.

David pomyślał sobie, że owszem, to prawda. Jego ojciec i matka istotnie się kochali i tą swoją doskonałą miłością odgradzali go od siebie. W długie zimowe wieczory szukali swego ciepła w małżeńskim łożu, podczas gdy on oglądał telewizję. Ale to było dawno temu.

Patrzył, słuchał Deana Hockena, ulegał jego czarowi, lecz mimo to zauważył pewne oznaki starości, skrywane pod starannie konserwowanym pancerzem opalonej skóry, zbyt ściśle opiętej na twarzy, by było to naturalne. Ten facet nie miał ani śladu drugiego podbródka, który wyrósł już jego ojcu. Zastanawiał się, dlaczego jest dlań aż taki miły.

— Odkąd opuściłem Utah, miałem już cztery żony — powiedział Hocken. — Ale byłbym dużo szczęśliwszy z twoją matką. — David wypatrywał jakichś oznak egoizmu, węszył sugestię, że jego matka także być może byłaby szczęśliwsza, gdyby trzymała się człowieka sukcesu, Deana Hockena. Lecz nie dopatrzył się niczego. Ten człowiek, mimo kalifornijskiej ogłady, nadal był jakby zwykłym wiejskim chłopakiem.

Słuchał więc grzecznie i śmiał się z dowcipów. Zwracał się do Deana Hockena przez „proszę pana", dopóki ten nie powiedział mu, że jeśli chce, może się do niego zwracać po prostu per „Hock". I mówił przez dobrą godzinę, a potem spojrzał na zegarek i oświadczył znienacka:

— Dobrze było zobaczyć się z kimś z domu, ale podejrzewam, że nie przyszedłeś tutaj, żeby słuchać o Utah. Co robisz?

— Jestem pisarzem — odparł David. — Ot, powieść, którą zresztą wyrzuciłem, i kilka scenariuszy. Ciągle jeszcze się uczę. — Choć tak naprawdę nigdy nie napisał powieści.

Hocken pokiwał głową, ujęty jego skromnością.

— Z czasem można dojść do wszystkiego. Oto, co mogę zrobić dla ciebie od ręki. Mogę ci załatwić miejsce w dziale lektorów na liście płac studia. Czytasz scenariusze i piszesz z nich streszczenia, opatrując je również swoją opinią. Po prostu pół strony na temat każdego skryptu, jaki przeczytasz. Ja właśnie tak zaczynałem. Poznajesz wtedy ludzi i uczysz się od podstaw. Prawdą jest, że nikt nie zwraca większej uwagi na te recenzje, ale staraj się jak możesz. To tylko punkt wyjścia. Zaraz to wszystko załatwię i jedna z moich sekretarek skontaktuje się z tobą za kilka dni. I wkrótce zjemy razem obiad. Prześlij ode mnie gorące pozdrowienia matce i ojcu. — I Hock odprowadził Davida do drzwi. Nie zjedzą razem lunchu, pomyślał Jatney, a obietnica obiadu odwlecze się w nieskończoność. Ale przynajmniej dostanie pracę, wepchnie jedną nogę między drzwi, a potem, kiedy napisze swoje scenariusze, wszystko się zaraz zmieni.

Odmowa Helen Du Pray była szokującym ciosem dla kongresmana Jintza i senatora Lambertino. Tylko kobieta mogła być tak przewrotna, tak ślepa wobec politycznej konieczności, tak głupia, żeby nie schwycić tej szansy zostania prezydentem Stanów Zjednoczonych. Ale będą musieli obejść się bez niej.

Ocenili swoje możliwości — sprawę trzeba przeprowadzić do końca. Sal Troyca szedł dobrą drogą — wszystkie początkowe etapy trzeba wyeliminować. Kongres musi sam siebie wyznaczyć na ciało, które już od początku będzie decydować. Lecz Lambertino i Jintz nadal szukali jakiegoś sposobu, żeby sprawić wrażenie, iż Kongres jest bezstronny. Nie zauważyli jednak, że przy okazji Sal Troyca zakochał się w Elizabeth Stone.

„Nigdy nie rżnij kobiety powyżej trzydziestki" — tak brzmiała maksyma Troyki. Ale po raz pierwszy stwierdził, że mógłby zrobić wyjątek dla doradczyni senatora Lambertino. Była wysoka i wiotka, z wielkimi szarymi oczyma i twarzą, na której malowała się słodycz spokoju. Z pewnością była inteligentna, a jednak wiedziała, jak trzymać buzię na kłódkę. Ale zakochał się w niej dopiero wtedy, gdy dowiedzieli się, że wiceprezydent Helen Du Pray odmawia podpisania deklaracji, a ona uśmiechnęła się do niego zupełnie w ten sposób, jak gdyby uznała go za jasnowidza — gdyż tylko on zaproponował właściwe rozwiązanie.

Troyca miał wiele słusznych powodów, żeby zajmować takie stanowisko. Po pierwsze, tak naprawdę, kobiety wcale nie przepadają za rżnięciem aż do tego stopnia, co mężczyźni. Pod każdym względem ryzykują tu znacznie bardziej. Ale przed trzydziestką mają więcej soków witalnych niż rozumu. Po trzydziestce w ich oczach zapalają się jakieś chytre błyski, stają się cwane i zaczynają myśleć, że mężczyznom jest za dobrze, że i w naturze, i w społeczeństwie zbierają dla siebie wszystko, co najlepsze. I człowiek nigdy nie wie, czy po prostu dostaje dupy, czy też podpisuje jakiś weksel. Lecz Elizabeth Stone, szczupła i wręcz dziewicza, zdawała się doń przejawiać jakąś łagodną skłonność, a oprócz tego miała więcej władzy niż on. Nie będzie się musiał martwić, że coś na nim wymusza. Nie miało też znaczenia, że zbliżała się do czterdziestki.

Planując swą strategię z senatorem Lambertino, kongresman Jintz zauważył, że Troyca wykazuje zainteresowanie jego doradczynią. Nie martwiło go to. Lambertino był jednym z wyjątkowo cnotliwych mężczyzn w Kongresie. Pod względem seksualnym nie sposób mu było cokolwiek zarzucić; od trzydziestu lat miał żonę, a nadto był ojcem czwórki dorosłych już dzieci. Pod względem finansowym również: był bogaty dzięki samemu sobie. Pod względem politycznym był czysty, rzecz jasna na miarę amerykańskiego polityka, a nadto w sposób autentyczny leżały mu na sercu sprawy kraju i ludzi. To prawda, był ambitny, lecz ambicje stanowią wszak esencję życia politycznego. Jego cnoty nie sprawiały jednak, iżby zapomniał o przeróżnych machinacjach, jakże właściwych dla tego świata. Odmowa wiceprezydenta zdziwiła kongresmana Jintza, ale senator nie dał się tak łatwo zaskoczyć. Zawsze uważał Helen Du Pray za bardzo mądrą kobietę. Lambertino dobrze jej życzył, zwłaszcza że wierzył, iż żadna kobieta nie ma dość trwałych koneksji politycznych ani też źródeł finansowego wsparcia, aby móc wygrać w wyborach prezydenckich. Będzie więc łatwym przeciwnikiem w walce o przyszłą nominację.

— Musimy działać szybko — powiedział senator Lambertino. — Kongres musi ustanowić jakieś ciało albo też sam sprawić, żeby uznano prezydenta za niezdolnego do sprawowania funkcji.

— A co z dziesięcioma senatorami, którzy się sprzeciwią? — zapytał z krzywym uśmieszkiem kongresman Jintz.

— A co z pięćdziesięcioosobowym komitetem Izby Reprezentantów, którzy mają we łbach same gówna? — odrzekł zirytowany senator Lambertino.

— Mam dla pana godziwą niespodziankę, senatorze — powiedział uspokajająco Jintz. — Sądzę, że uda mi się nakłonić jednego z osobistych doradców prezydenta do podpisania oświadczenia o zawieszeniu.

To by załatwiło sprawę, pomyślał Troyca. Ale któryż z nich miałby to być? W żadnym wypadku nie Klee ani nie Dazzy. Musi to być albo Oddblood Gray, albo doradca do spraw bezpieczeństwa narodowego, Wix. I pomyślał: Nie, Wix jest przecież w Sherhabenie.

— Mamy dzisiaj do spełnienia bardzo bolesny obowiązek. Obowiązek niemal historyczny. Więc lepiej zaczynajmy — stwierdził żwawo Lambertino.

Troycę zdziwiło, że Lambertino nie zapytał o nazwisko doradcy, a potem zdał sobie sprawę, że senator wcale nie chce go znać.

— Ma pan na to moje słowo — powiedział Jintz i wyciągnął rękę do uścisku, który cieszył się sławą niezłomnej przysięgi.

Albert Jintz osiągnął znaczenie jako przewodniczący Izby dzięki temu, że dotrzymywał słowa. Gazety często pisały na ten temat. Uścisk dłoni Jintza był czymś bardziej ważkim niż niejeden zakuwający w kajdany dokument prawny. Chociaż wyglądał jak zapijaczony malwersant bankowy z dowcipów rysunkowych — niski i okrągły, z czerwonym jak wiśnia nosem i rozwichrzonymi białymi włosami, niczym bożonarodzeniowa choinka po zamieci śnieżnej — uważano go pod względem politycznym za najbardziej honorowego człowieka w Kongresie. Jeśli obiecał spory kęs z pozbawionej dna beczki budżetu, to kęs ów bezwzględnie trafiał do adresata. Jeżeli współkongresman chciał zablokowania jakiejś ustawy, a Jintz miał względem niego polityczny dług wdzięczności, dana ustawa była blokowana. Gdy jakiś inny chciał przeforsować ustawę pod własnym nazwiskiem — dobijano targu. To prawda, że często udostępniał prasie tajne informacje, ale dlatego właśnie ukazywało się tyle artykułów o jego niezłomnym uścisku dłoni.

A tego popołudnia Jintz miał do wykonania pracę gońca, aby upewnić się, że Izba będzie głosować za zawieszeniem prezydenta Kennedy'ego. Trzeba było wykonać setki rozmów telefonicznych i uczynić dziesiątki obietnic, by zapewnić sobie dwie trzecie głosów. Nie chodziło o to, że Kongres nie chciał tego zrobić, ale że trzeba było za to zapłacić. I wszystko to należało wykonać w czasie krótszym niż dwadzieścia cztery godziny.

Sal Troyca szedł przez amfiladę pokoi biurowych swojego kongresmana; jego mózg układał w kolejności wszystkie rozmowy telefoniczne, które będzie musiał wykonać, sortował wszystkie dokumenty, jakie powinien dostarczyć. Wiedział, że uwikłał się w wielki moment historyczny, wiedział również, że gdyby doszło do jakiejś straszliwej odmiany losu, jego kariera polityczna może zostać zwichnięta. Był zaskoczony, że ludzie tacy jak Jintz i Lambertino, których miał w niejakiej pogardzie, mogą wykazać aż tyle odwagi i stanąć na pierwszej linii ognia. Krok, jaki podejmowali, był bardzo niebezpieczny. Opierając się na mglistej interpretacji Konstytucji, gotowi byli uczynić z Kongresu ciało, które władne było zawiesić prezydenta Stanów Zjednoczonych.

Poruszał się w niesamowitej zielonej poświacie tuzina komputerów, na których pracował zespół biura. Bogu niech będą dzięki za te komputery. Jakim to niby cudem radzono sobie bez nich przedtem? Mijając jedną z operatorek, dotknął jej ramienia przyjacielskim gestem, który nie mógł być wszakże uznany za żadną seksualną nachalność.

— Nie stawiaj żadnych dat. Będziemy tu aż do rana — powiedział.

„The New York Times Magazine" opublikował niedawno artykuł o obyczajach seksualnych na Kapitolu, gdzie miały swoje siedziby zarówno Senat jak i Izba Reprezentantów oraz ich personel. W artykule zwrócono uwagę, że wśród stu senatorów, czterystu trzydziestu pięciu kongresmanów i ich gigantycznego personelu, a więc w grupie liczącej wiele tysięcy osób, ponad połowę stanowiły kobiety.

Artykuł sugerował znaczną aktywność seksualną tejże grupy. Stwierdzono w nim, że z powodu długich godzin pracy i napięcia spowodowanego wykonywaniem zadań w granicach nieprzekraczalnych terminów, personel nie ma zbyt wiele czasu na życie towarzyskie i dlatego też, z konieczności, musi szukać odrobiny rekreacji w czasie zajęć. Zwrócono uwagę, że biura kongresmanów i gabinety senatorów umeblowane są kanapami. W artykule wyjaśniano, że w instytucjach rządowych istnieją specjalne kliniki i są lekarze, których obowiązkiem jest dyskretne leczenie chorób wenerycznych. Dane te były oczywiście tajne, lecz autor utrzymywał, iż pozwolono mu do nich zajrzeć, dzięki czemu mógł stwierdzić, iż procent tych zachorowań przewyższa średnią krajową. Autor przypisywał to nie tyle uprawianiu stosunków pozamałżeńskich, co kazirodczym wręcz kontaktom w ramach tej samej grupy. Zastanawiał się nadto, czy całe to porubstwo ma jakiś wpływ na jakość działań prawodawczych na wzgórzu Kapitolu, które określał mianem Królikarni.

Sal Troyca odebrał ten artykuł, jakby dotyczył go osobiście. Pracował średnio szesnaście godzin dziennie przez sześć dni w tygodniu, będąc ponadto na każde wezwanie w niedziele. Czy nie miał prawa do normalnego życia płciowego, jak każdy inny obywatel? Do diabła, nie miał czasu, żeby chodzić na przyjęcia, romansować z kobietami, zawrzeć jakiś trwały związek. To wszystko musiało zatem odbywać się tutaj, w niezliczonych gabinetach i na korytarzach, w mglistym zielonym świetle komputerów, wśród iście koszarowego brzęczenia telefonów. Trzeba to było zawrzeć w kilku zaledwie minutach przekomarzań, w znaczącym uśmiechu, w zawiłej strategii pracy. Ten pieprzony autor z „Timesa" zapewne chodził sobie na wszystkie wydawnicze przyjęcia, zabierał ludzi na długie lunche, ucinał niespieszne pogawędki z innymi dziennikarzami, a nadto mógł łazić na dziwki, nie żywiąc obaw, że jakaś gazeta poda wszystkie sekretne szczegóły.

Troyca wszedł do swego prywatnego gabinetu, potem do łazienki i wydał westchnienie ulgi, gdy wreszcie z piórem w ręku usiadł na sedesie. Nagryzmolił notatki w związku z tym wszystkim, co wypadało mu zrobić. Umył ręce, żonglując przy tym notatnikiem i piórem ze znaczkiem Kongresu, wyrytym złoconymi komputerowymi liniami, i poczuwszy się znacznie lepiej (napięcie związane z akcją zawieszenia prezydenta przyprawiało go o skurcze żołądka), podszedł do małego ruchomego wózka z napojami, z maleńkiej lodówki wyjął lód i przygotował sobie dżin z tonikiem. Pomyślał o Elizabeth Stone. Był pewien, że nic jej nie łączy z szefem-senatorem. Bo ona była inteligentna, inteligentniejsza od niego, i potrafiła trzymać buzię zamkniętą na kłódkę.

Drzwi jego biura otworzyły się i weszła dziewczyna, którą poklepał po ramieniu. Niosła całe naręcze wydruków komputerowych i Sal przysiadł na biurku, aby je przejrzeć. Stała obok niego. Czuł żar jej ciała, żar wytworzony przez długie godziny, które spędziła dzisiaj przy komputerze.

Troyca przeprowadzał rozmowę z tą dziewczyną, kiedy starała się o przyjęcie do pracy. Często mówił, że gdyby tylko dziewczyny, które pracują w biurze, wciąż wyglądały tak ładnie, jak w dniu rozmowy kwalifikacyjnej, mógłby im wszystkim załatwić pracę w „Playboyu", a gdyby mimo to nadal pozostały równie poważne i słodkie — ożeniłby się z nimi. Ta dziewczyna nazywała się Janet Wyngale i była naprawdę piękna. Pierwszego dnia, kiedy ją zobaczył, przez myśl przemknął mu wers z Dantego: „Oto bogini, która mnie ujarzmi". Rzecz jasna nie pozwolił, ażeby przydarzyło mu się takie nieszczęście. Ale tego pierwszego dnia była taka piękna. Nigdy potem już taka nie była. Włosy nadal miała blond, ale już nie złociste; oczy wprawdzie nadal miały ów zadziwiający błękitny kolor, ale teraz nosiła już okulary i bez niegdysiejszego, jakże doskonałego makijażu wydawała się nieco brzydka. Jej usta również nie były już wiśniowe. Ciało nie przejawiało owej zmysłowości, tej co pierwszego dnia, rzecz całkiem naturalna, jeżeli zważyć na to, że była pilną pracownicą i ubierała się wygodnie, aby podkreślić swą fachowość. Podjął właściwą decyzję. W jej spojrzeniu nie dostrzegał jeszcze żadnych przebłysków złośliwości.

Janet Wyngale, cóż za wspaniałe nazwisko. Pochylała mu się nad ramieniem, żeby coś pokazać na wydrukach komputerowych. Miał świadomość, że przestąpiła z nogi na nogę, stojąc teraz raczej tuż koło niego niż za nim. Jej złote włosy omiotły mu policzek; były jedwabiste, ciepłe i pachnące przywiędłymi kwiatami.

— Masz wspaniałe perfumy — powiedział Sal i niemal zadrżał, kiedy żar jej ciała owionął go swym podmuchem. Nie poruszyła się ani nie odezwała. Ale jej włosy na jego policzku były niczym licznik Geigera, wychwytujący promieniowanie chuci w jego ciele. Było to zwykłe przyjacielskie pożądanie, ot, dwoje kumpli, którzy nagle znaleźli się razem. Przez całą noc będą przeglądać wydruki komputerowe, wysłuchiwać diabelskiego zgiełku telefonicznych rozmów, zawiadamiać o pilnych spotkaniach. Będą walczyć ramię w ramię.

Trzymając wydruki w lewej ręce, Troyca pozwolił, by jego prawa dłoń dotknęła z tyłu jej uda pod spódnicą. Nie poruszyła się. Oboje z napięciem wpatrywali się w arkusze papieru. Pozwolił, by jego dłoń znieruchomiała, płonąc, zda się, żywym ogniem na jedwabistej skórze, której dotyk elektryzował mu mosznę. Nie dostrzegł nawet, że wydruki upadły na biurko. Jej kwiatowe włosy opływały mu twarz. Odwrócił się i wówczas obie jego ręce znalazły się pod spódnicą, obie dłonie — niczym małe stopy, przebiegające jedwabiste rozłogi ukryte pod nylonem majteczek. Później pomknęły głębiej, ku miękkiej runi i wilgotnej, jakże bolesnej słodyczy zawartej nieco niżej. Troyca lewitował z krzesła, zdawało mu się, że zawisa nieruchomo w powietrzu; jego ciało utworzyło przedziwne orle gniazdo i Janet Wyngale, z rozgłośnym łopotem skrzydeł, spoczęła na jego kolanach. Cudownym zrządzeniem usiadła dokładnie na jego żądliszczu, które wyłoniło się w jakiś tajemniczy sposób, i oto znaleźli się twarzą w twarz, w powodzi pocałunków; on, tonąc w przywiędłych blond kwiatach, jęcząc z pożądania, i Janet Wyngale, wciąż powtarzająca czułe słówka, które w końcu zdołał jakoś pojąć. „Zamknij drzwi", mówiła bez przerwy, i Troyca uwolnił swą wilgotną lewą dłoń i przycisnął elektroniczny guzik, który zda się uwięził ich w tym doskonałym, krótkim momencie ekstazy. Oboje wdzięcznym, jakby uskrzydlonym ruchem zwalili się na podłogę; ona oplotła mu szyję swoimi długimi nogami, on zobaczył smukłe, mlecznobiałe uda i osiągnęli orgazm unisono. Troyca szeptał w ekstazie:

— Och, bosko, bosko.

A potem oboje wstali, z zaróżowionymi policzkami, z oczyma błyszczącymi z rozkoszy, odnowieni, radośni, gotowi stawić czoło męczącym, długim godzinom wspólnej pracy. Troyca pełnym galanterii gestem podał jej dżin z tonikiem i radośnie podzwaniającymi kostkami lodu. Zanurzyła w nim wyschłe wargi. Troyca powiedział: „Było cudownie", a ona poklepała go czule po szyi i pocałowała. „Było wspaniale".

W kilka chwil później z powrotem stali przy biurku i pilnie studiowali wydruki komputerowe, koncentrując się na ich języku i cyfrach. Janet była cudowną redaktorką. Sal czuł dla niej ogromną wdzięczność i wyszeptał z autentycznym podziwem:

— Janet, naprawdę za tobą szaleję. Jak tylko skończy się ten kryzys, musimy umówić się na randkę, dobrze?

— Uhm — odpowiedziała Janet. Obdarzyła go ciepłym uśmiechem. Po prostu przyjacielskim. — Uwielbiam z tobą pracować — powiedziała.

Rozdział 12

Telewizja nigdy jeszcze nie miała tak cudownego tygodnia. W niedzielę program o zabójstwie papieża powtórzono dziesiątki razy w sieciach telewizyjnych, na kanałach telewizji kablowej i w specjalnych doniesieniach ośrodka rządowego. We wtorek jeszcze częściej odgrzewano scenę śmierci Theresy Kennedy. Wydarzenie to, zda się, bez końca trwało na falach radiowych wszechświata.

Twarz Yabrila, przypominająca swymi ostrymi rysami oblicze pustynnego jastrzębia, nawiedziła każdy dom w Ameryce. Stał się on mitycznym baśniowym potworem wieczornych wiadomości, niezniszczalnym koszmarem zakłócającym spokojny sen Amerykanów. Miliony ludzi słały do Białego Domu wyrazy współczucia. We wszystkich wielkich miastach obywatele amerykańscy wychodzili na ulice z czarnymi opaskami na rękawach. Tak więc, kiedy stacje telewizyjne doszły już do punktu szczytowego, przekazując niepotwierdzone jeszcze wiadomości o ultimatum prezydenta wobec Sherhabenu, w całych Stanach Zjednoczonych zebrały się wielkie tłumy, ożywione szaleńczą wprost radością. Nie było wątpliwości, że społeczeństwo popiera decyzję Kennedy'ego. Korespondenci, którzy przeprowadzali wywiady wprost na ulicy, byli przerażeni krwiożerczością usłyszanych komentarzy. Nagminnym wezwaniem było: „A rzucić na tych drani bombę atomową". W końcu od naczelnych szefów sieci telewizyjnych nadeszły rozkazy zaprzestania ulicznych sond i wywiadów. Decyzje te pochodziły od Salentine'a, który utworzył specjalną radę, skupiającą wielu udziałowców środków masowego przekazu.

W Białym Domu prezydent Kennedy nie miał nawet czasu, by opłakiwać śmierć córki. Za pośrednictwem gorącej linii łączył się z przywódcami państw sojuszniczych, aby zapewnić, że na Bliskim Wschodzie nie dojdzie do żadnej terytorialnej grabieży, i aby prosić ich o współdziałanie oraz wytłumaczyć, iż jego własne stanowisko jest nieodwołalne: prezydent USA nie blefuje, miasto Dak pójdzie w gruzy, jeżeli ultimatum pozostanie bez echa. Sułtanat Sherhabenu także zostanie zniszczony.

Arthur Wix i Bert Audick znajdowali się już w drodze do Sherhabenu w szybkim pasażerskim odrzutowcu, jeszcze niedostępnym dla cywilnego przemysłu lotniczego. Oddblood Gray nerwowo zabiegał o poparcie Kongresu dla prezydenta i zanim dzień dobiegł końca, wiedział już, że mu się nie powiodło. Eugene Dazzy najspokojniej w świecie ślęczał nad notatkami służbowymi, które napływały do niego od członków gabinetu i z Departamentu Obrony, przysłoniwszy zarazem uszy słuchawkami walkmana, aby zniechęcić swych współpracowników do niepotrzebnych rozmów. Christian Klee pojawiał się na krótko, by potem udać się gdzieś w tajemniczej misji.

Przez całą środę kongresman Jintz i senator Lambertino odbywali spotkania z kolegami w Izbie Reprezentantów i w Senacie, mając na celu zawieszenie Kennedy'ego w obowiązkach. Klub Sokratesa wezwał wszystkich swoich wpływowych członków. To prawda, trzeba było przyznać, że owa interpretacja Konstytucji była trochę naciągana w stwierdzeniu, że Kongres sam siebie może wyznaczyć na ciało podejmujące decyzje, niemniej sytuacja upoważniała ich do tak drastycznego działania. Wszak ultimatum Kennedy'ego wynikało w sposób oczywisty z pobudek prywatnych, a nie z racji stanu.

W środę pod wieczór utworzono koalicję. Obie Izby, zaledwie

z dwoma trzecimi głosów, zbiorą się w czwartek wieczorem, na kilka godzin przed ostatecznym terminem Kennedy'ego w sprawie miasta Dak.

Lambertino i Jintz na bieżąco informowali o wszystkim Oddblooda Graya, mając nadzieję, że uda mu się namówić Francisa Kennedy'ego do odwołania ultimatum dla Sherhabenu. Oddblood Gray oświadczył im, że prezydent tego nie uczyni. Następnie przedstawił Francisowi całą sytuację.

— Otto — powiedział Francis Kennedy — myślę, że ty, Chris i Dazzy powinniście zjeść dzisiaj ze mną obiad. Najlepiej późnym wieczorem, powiedzmy około jedenastej. I nie planuj przypadkiem, że zaraz potem udasz się do domu.

Prezydent i jego współpracownicy jedli obiad w Żółtym Pokoju, ulubionym pomieszczeniu Kennedy'ego, choć kuchnia i kelnerzy mieli z tego powodu sporo dodatkowej pracy. Dla Kennedy'ego jak zwykle przygotowano bardzo prosty posiłek, mały stek z rusztu, półmisek cienko pokrajanych pomidorów, a następnie kawę z różnymi ciastkami z kremem i śmietaną. Christianowi i pozostałym zaproponowano do wyboru rybę. Jednakże żaden z nich nie przełknął więcej niż ledwie parę kęsów.

Kennedy sprawiał wrażenie całkowicie spokojnego, natomiast pozostali czuli się dość niezręcznie. Wszyscy mieli na rękawach czarne opaski, tak samo jak Kennedy. Wszyscy w Białym Domu, włącznie ze służbą, nosili identyczne symbole żałoby, co Christianowi wydawało się przeżytkiem. Wiedział, że Eugene Dazzy rozesłał memorandum, by właśnie tak postąpiono.

— Christianie — zagaił Kennedy — uważam, że nadszedł czas, abyśmy podzielili się uwagami na temat naszego problemu. Ale nie może to wyjść poza nasze grono. Toteż żadnych oświadczeń.

— To poważna sprawa — stwierdził Christian. I wyjawił, co wydarzyło się w związku z faktem groźby użycia bomby atomowej. Poinformował ich, że za radą adwokata obaj młodzi ludzie odmówili składania zeznań.

— W Nowym Jorku podłożono bombę atomową? Nie wierzę. Przecież wszystkie te gówna nie mogły rozlać się naraz — powiedział z niedowierzaniem Oddblood Gray.

— Czy jesteś pewny, że istotnie podłożyli tę bombę? — upewniał się Dazzy.

— Uważam, że jest na to tylko dziesięć procent szans. — Christian wierzył, że tak naprawdę istnieje aż ponad dziewięćdziesiąt procent szans, lecz wcale nie miał zamiaru im tego mówić.

— Co zamierzasz z tym począć? — zapytał Dazzy.

— Wysłaliśmy ekipy specjalne — odparł Christian. — Chodzi jednak o czas. — I zwracając się bezpośrednio do Kennedy'ego: — Nadal potrzebuję twojego podpisu, by uruchomić ekipę medyczną i aby móc zastosować test na prawdomówność. — Wyjaśnił tajny fragment w ustawie o bezpieczeństwie atomowym.

— Nie — uciął krótko Francis Kennedy. Odmowa prezydenta zaskoczyła ich.

— Nie możemy ryzykować — powiedział Dazzy. — Niech pan podpisze ten rozkaz.

Kennedy uśmiechnął się.

— Ingerowanie w mózg jednostki przez funkcjonariuszy rządu to sprawa niebezpieczna. — Przerwał, a po chwili dodał: — Nie możemy naruszać obywatelskich praw jednostki li tylko na podstawie podejrzeń. Szczególnie gdy idzie o tak potencjalnie cennych obywateli, jak ci dwaj młodzi ludzie, Chris. Kiedy będziesz miał trochę więcej dowodów, poproś mnie jeszcze raz. — Następnie zwrócił się do Oddblooda Graya: — Otto, przedstaw Christianowi i Dazzy'emu problem Kongresu.

— Oto ich plan gry — powiedział Gray. — Wiedzą już, że wiceprezydent nie podpisze deklaracji mogącej pana zawiesić na podstawie Dwudziestej piątej poprawki. Ale podpisała ją wystarczająco duża liczba członków gabinetu, by móc prowadzić dalsze działania. Wyznaczą Kongres na drugie ciało, które zadecyduje o pańskiej zdolności do sprawowania funkcji. Zbiorą się we czwartek późnym wieczorem, a później będą głosować nad zawieszeniem pana. Po to tylko, by wykluczyć pana z negocjacji w sprawie uwolnienia zakładników. Argumentują to tym, że jest pan w zbyt wielkim stresie po śmierci córki. Kiedy zostanie pan usunięty, sekretarz obrony unieważni pańskie rozkazy zbombardowania miasta Dak. Liczą na to, że Bert Audick przekona sułtana, iżby uwolnił zakładników w terminie do trzydziestu dni. A sułtan niemal na pewno wyrazi na to zgodę.

— Wyślij dyrektywę — zwrócił się Kennedy do Dazzy'ego. — Żadnemu z członków tego rządu nie wolno się kontaktować z Sherhabenem. Jeśli któryś to uczyni, będzie to uważane za zdradę stanu.

— Jeżeli większość gabinetu jest przeciwko panu, nie ma możliwości, by pańskie rozkazy zostały wykonane. W obecnej chwili nie ma pan żadnej władzy — powiedział cicho Dazzy.

Kennedy zwrócił się do prokuratora generalnego.

— Chris — powiedział — a więc potrzebują dwóch trzecich głosów, by usunąć mnie z urzędu, tak?

— Tak — odparł Christian. — Ale bez podpisu wiceprezydenta jest to w istocie nielegalne.

Kennedy spojrzał mu w oczy.

— Czyż nie możesz czegoś z tym zrobić?

W tym momencie umysł Christiana Klee wykonał następny zwrot. Francis sądził, że on może coś zrobić, ale cóż takiego? Powiedział więc niepewnie:

— Możemy się odwołać do Sądu Najwyższego i oświadczyć, że Kongres działa wbrew Konstytucji. Sformułowania Dwudziestej piątej poprawki są niejasne. Możemy także utrzymywać, że Kongres działa niezgodnie z duchem poprawki, ustanawiając siebie jako ciało przejmujące władzę, gdyż wiceprezydent odmówiła podpisania deklaracji. Mogę skontaktować się z sądem, tak żeby mógł wydać werdykt zaraz po głosowaniu Kongresu.

Spostrzegł na twarzy Kennedy'ego wyraz rozczarowania i począł gwałtownie szukać czegoś w pamięci. Bo coś jak gdyby przeoczył.

— Kongres zakwestionuje pańską wydolność psychiczną — powiedział z niepokojem Oddblood Gray. — Oni wciąż powołują się na tamten tydzień, kiedy pan nie raczył się zjawić. Tuż przed pańską inauguracją.

— To nie ich sprawa — odparł Kennedy. Christian zrozumiał, że pozostali oczekują, aby coś powiedział. Wiedzieli, że był z prezydentem w czasie tego tajemniczego tygodnia. Toteż zabrał głos:

— Wszystko to, co wydarzyło się w ciągu tamtego tygodnia, nie przysporzy nam szkody.

— Euge, przygotuj odpowiednie papiery, żebym mógł wylać cały gabinet z wyjątkiem Theodore'a Tappeya — powiedział Francis Kennedy. — Załatw to najszybciej jak się tylko da, a ja od razu podpiszę. Każ, by sekretarz prasowy dostarczył to środkom masowego przekazu, zanim jeszcze zbierze się Kongres.

Eugene Dazzy zanotował zlecenia, a potem spytał:

— A co z przewodniczącym Połączonych Sztabów? Jego także wykopać?

— Nie — odparł Francis Kennedy. — On w gruncie rzeczy nas popiera, lecz pozostali go przegłosowali. Kongres nie byłby w stanie tego zrobić, gdyby nie te skurczybyki z Klubu Sokratesa.

— Prowadzę przesłuchanie tych dwóch chłopców — powiedział Christian. — Postanowili milczeć. I jeśli ich adwokat postawi na swoim, jutro wyjdą za kaucją.

— W Ustawie o bezpieczeństwie atomowym jest taki paragraf, który umożliwi ci zatrzymanie ich — stwierdził ostro Dazzy. — Zawiesza on prawo *habeas corpus* i prawa cywilne. Powinieneś o tym wiedzieć, Christianie.

— Po pierwsze — stwierdził Christian — po co ich przetrzymywać, skoro Francis odmawia podpisania nakazu przesłuchania medycznego? Ich adwokat zwróci się o wypuszczenie za kaucją, a jeżeli im odmówimy, nadal będziemy potrzebowali podpisu prezydenta, mogącego zawiesić prawo *habeas corpus*. Francisie, czy zamierzasz podpisać nakaz zawieszenia prawa?

Kennedy uśmiechnął się do niego.

— Nie. Bo Kongres wykorzystałby to przeciwko mnie.

Christian miał teraz pewność, jednakże przez chwilę doznał lekkich mdłości i poczuł żółć, która podeszła mu do gardła. Lecz potem wszystko minęło i wiedział już, czego chce Kennedy. Wiedział, co musi zrobić.

Kennedy sączył kawę; skończyli posiłek, ale żaden z nich nie zjadł więcej niż parę kęsów.

— Przedyskutujmy prawdziwy problem — odezwał się Kennedy. — Czy za czterdzieści osiem godzin wciąż jeszcze będę prezydentem?

— Niech pan odwoła rozkaz zbombardowania Daku i odda sprawę negocjacji w ręce specjalnej ekipy, a wtedy Kongres nie podejmie żadnej akcji.

— Kto ci przekazał te warunki? — zapytał Kennedy.

— Senator Lambertino i kongresman Jintz — odparł Otto Gray. — Lambertino to naprawdę równy facet, a Jintz w takich sytuacjach jak ta bywa rzeczywiście odpowiedzialny. Nie wykołują nas.

— W porządku, to jeszcze jedno wyjście — powiedział Kennedy. — To i zwrócenie się do Sądu Najwyższego. Co jeszcze?

— Musisz wystąpić jutro w telewizji, zanim zbierze się Kongres i zwrócić się do narodu — stwierdził Dazzy. — Ludzie cię poprą, a to może powstrzymać Kongres.

— W porządku. Euge, załatw to z ludźmi z telewizji, żebym mógł wystąpić na wszystkich kanałach. Potrzebujemy tylko piętnastu minut.

— Francisie, podejmujemy szalenie ważną decyzję — powiedział cicho Dazzy. — Prezydent i Kongres stają do bezpośredniej konfrontacji, a następnie wzywa się masy do zabrania głosu. To może przybrać niepokojący obrót.

— Ten facet, Yabril, może nas tak trzymać całymi tygodniami i sprawić, że cały kraj będzie niebawem wyglądał jak wielka sterta gówna — dorzucił Gray.

Odezwał się również Christian.

— Krążą pogłoski, że ktoś z naszej grupy albo też Arthur Wix zamierza podpisać deklarację w celu usunięcia prezydenta. Ktokolwiek to jest, niech teraz przemówi.

— Takie pogłoski to bzdura — stwierdził niecierpliwie Kennedy. — Jeśli którykolwiek z was zamierzałby to zrobić, już wcześniej podałby się do dymisji. Wszystkich was znam za dobrze... żaden z was by nie zdradził.

Po obiedzie przeszli z Żółtego Pokoju do małej salki kinowej po drugiej stronie Białego Domu. Kennedy powiedział wcześniej Dazzy'emu, że chce, aby wszyscy obejrzeli telewizyjny zapis sceny śmierci jego córki.

W ciemności rozległ się podenerwowany głos Eugene'a Dazzy'ego:

— O, właśnie się zaczyna!

Przez kilka sekund ekran pocięty był czarnymi paskami, które zdawały się przelewać z dołu ku górze. Następnie rozświetlił się jaskrawymi kolorami, a kamery telewizyjne skupiły się na ogromnym samolocie stojącym pośród piasków pustyni. Później przeniosły się na postać Yabrila, który towarzyszył w drzwiach Theresie Kennedy. Prezydent znowu ujrzał, jak jego córka uśmiecha się lekko i macha w stronę kamery. Był to dziwny ruch, wyrażający pewność siebie, a jednak zarazem jakby zniewolenie. Yabril stał tuż obok, potem za nią. A później ruch prawej ręki, niewidoczna broń i płaski odgłos wystrzału. Potem rozprzestrzeniająca się niesamowita różowa mgła i padające ciało. Kennedy usłyszał jęk tłumu i odebrał go jako głos żalu, a nie triumfu. Potem w drzwiach znów ukazała się postać Yabrila. Trzymał w górze pistolet, połyskliwy kawał metalu. Trzymał go tak, jak gladiator trzyma miecz, lecz widzowie oszczędzili mu wiwatów.

Film dobiegł końca. Eugene Dazzy ocenił go bardzo surowo.

Zapaliły się światła, lecz Kennedy nawet nie drgnął. W całym ciele czuł ów znajomy bezwład. Nie mógł poruszyć nogami ani tułowiem. Ale jego umysł zachował jasność; jego umysłem nie zawładnął szok ani chaos. Nie odczuwał bezradności ofiary tragedii. Nie będzie musiał walczyć z losem ani z Bogiem. Będzie się zmagać jedynie ze swoimi wrogami i zwycięży ich.

Nie pozwoli, by zwyciężył go jakiś śmiertelnik. Kiedy zmarła mu żona, nie miał dość sił, by walczyć z wyrokiem boskim i z błędami natury. Ukorzył całe swe jestestwo, godząc się z losem. Ale śmierć córki zadana przez człowieka, będąca wynikiem przewrotności — to przecież winien ukarać i pomścić. Tym razem nie skłoni głowy. Biada temu światu! Biada wrogom! Biada wszystkim złym ludziom tego świata!

Kiedy w końcu zdołał się podnieść z krzesła, uśmiechnął się łagodnie do otaczających go ludzi. Dokonał tego, o co mu właśnie chodziło. Sprawił, że najbliżsi i najpotężniejsi spośród przyjaciół cierpieli wraz z nim. Nie sprzeciwią się teraz tak łatwo akcjom, które musi przedsięwziąć.

Kennedy opuścił salę, a jego doradcy siedzieli w milczeniu. Wydawało się niemal, że atmosfera władzy, nasycona korupcją, rozsiała w całej sali odór siarki. Groza, która zrodziła się na pustyni Sherhabenu, w straszliwy sposób wtargnęła do tej sali.

I chyba tylko nikt dotąd nie zawarł w słowach faktu, że wszystkich bardziej trapił problem Francisa Kennedy'ego niż Yabrila.

W końcu Oddblood Gray przerwał milczenie.

— Czy nie uważacie, że prezydent jest trochę nie tego? — zapytał.

Eugene Dazzy potrząsnął głową.

— To nieważne. Być może wszyscy po trosze zwariowaliśmy. Ale musimy to teraz popierać. Musimy wygrać.

Doktor Zed Annaccone był niskim chudym mężczyzną o szerokiej klatce piersiowej. Sprawiał wrażenie niezwykle czujnego, a to, co w wyrazie jego twarzy sugerowało pychę, było w istocie pewnością siebie człowieka, który wierzy, iż wie znacznie więcej o ważnych sprawach tego świata niż ktokolwiek inny. I było to całkowitą prawdą.

Doktor Annaccone był doradcą prezydenta Stanów Zjednoczonych do spraw nauk medycznych. Był również dyrektorem Narodowego Instytutu Badań nad Mózgiem i szefem administracyjnym Doradczej Grupy Medycznej Komisji do spraw Bezpieczeństwa Atomowego. Pewnego razu, w czasie przyjęcia w Białym Domu, Klee usłyszał, jak Annaccone mówił, iż mózg jest tak niezwykle subtelnym organem, że może produkować wszystkie możliwe chemikalia, jakich tylko potrzebuje ciało. A Klee pomyślał po prostu: No to co?

Doktor, jakby czytając mu w myślach, poklepał go po ramieniu.

— Ten fakt jest ważniejszy dla cywilizacji niż cokolwiek innego, co wy, chłopcy, możecie zdziałać tu, w Białym Domu. I potrzebujemy jedynie miliarda dolarów, żeby to udowodnić. Cóż to, do diabła, znaczy? Jeden samolot transportowy? — powiedział, a potem uśmiechnął się do Christiana, żeby pokazać, że nie chciał go urazić.

I teraz, kiedy Klee wszedł do biura, uśmiechnął się również.

— Tak więc — powiedział doktor Annaccone — w końcu nawet prawnicy przychodzą do mnie. Czy zdaje pan sobie sprawę, że nasze filozofie krańcowo się różnią?

Klee wiedział, że doktor Annaccone zaraz rzuci jakiś żart na temat zawodu prawnika, i był trochę zły. Dlaczego ludzie zawsze robią jakieś głupkowate uwagi na temat prawników?

— To prawda — powiedział doktor Annaccone. — Prawnicy zawsze próbują ukryć to, co my, naukowcy, pragniemy ujawnić. — Uśmiechnął się ponownie.

— Nie, nie — powiedział Klee i uśmiechnął się również, by pokazać, że nie brak mu poczucia humoru. — Przyszedłem tu po informacje. Jesteśmy w sytuacji, która wymaga tego specjalnego badania mózgu, zgodnie z Ustawą o bezpieczeństwie atomowym.

— Wie pan, że do tego potrzeba podpisu prezydenta? — zapytał doktor Annaccone. — Osobiście zastosowałbym tę procedurę w wielu innych sytuacjach, ale zwolennicy swobód obywatelskich dokopaliby mi za to do szmat.

— Wiem — odparł Christian. A następnie wyjaśnił sprawę bomby atomowej oraz schwytania Gresse'a i Tibbota. — Nikt nie uważa, by rzeczywiście istniała jakaś bomba, lecz gdyby naprawdę było coś na rzeczy, wówczas element czasu miałby kluczowe znaczenie. A prezydent odmawia podpisania nakazu.

— Dlaczego? — zapytał doktor Annaccone.

— Ponieważ zachodzi niebezpieczeństwo uszkodzenia mózgu w czasie badań — odparł Klee.

Doktora Annaccone zdawało się to dziwić. Zastanawiał się przez chwilę.

— Niebezpieczeństwo istotnego uszkodzenia mózgu jest bardzo niewielkie — powiedział. — Może dziesięć procent. Większe niebezpieczeństwo stanowi rzadki przypadek ataku serca i jeszcze rzadszy efekt uboczny całkowitej i trwałej utraty pamięci. Całkowitej amnezji. Ale nawet i to nie powinno go w tym wypadku odwieść od przeprowadzenia badań. Przesłałem prezydentowi artykuły na ten temat i mam nadzieję, że je przeczyta.

— On wszystko czyta — powiedział Christian. — Ale obawiam się, że nie zmieni swojej decyzji.

— Wielka szkoda, że nie mamy więcej czasu — powiedział doktor Annaccone. — Właśnie kończymy testy, które dadzą niezawodny wykrywacz kłamstw, oparty na komputerowym pomiarze chemicznych zmian w mózgu. Nowy test bardzo przypomina poprzedni, ale bez owego dziesięcioprocentowego marginesu ryzyka uszkodzenia mózgu. Będzie zupełnie bezpieczny. Nie możemy go jednak teraz zastosować, gdyż kryje w sobie jeszcze zbyt wiele elementów wątpliwych. Przyjdzie zatem poczekać aż do czasu zebrania dalszych danych i zaspokojenia tym samym prawniczych wymogów.

Christian poczuł dreszcz podniecenia.

— Bezpieczny, niezawodny wykrywacz kłamstw, który zostanie zaaprobowany przez sąd? — zapytał.

— Co się tyczy zaaprobowania przez sąd, to nie wiem — powiedział doktor Annaccone. — Pod względem naukowym, kiedy już nasze testy zostaną gruntownie przeanalizowane i zebrane przez komputery, nowy wykrywacz kłamstw będzie równie niezawodny jak badania struktur DNA i odcisków palców. To jedno. Ale kwestia, by został zaakceptowany pod względem prawnym, to drugie. Grupy występujące w obronie swobód obywatelskich będą go zażarcie zwalczały. Żywią one bowiem przekonanie, że człowiek nie może być wykorzystywany do świadczenia przeciwko sobie. A jak ludziom w Kongresie spodoba się pomysł, aby nakazem sądowym można było zmusić obwinionego do poddania się takim testom?

— Ja bym im się nie poddał — powiedział Klee.

Annaccone roześmiał się.

— Kongres sam by podpisał na siebie wyrok śmierci. Poza tym gdzież prawdziwa logika? Nasze prawa zostały ustanowione tak, by zapobiegać wymuszaniu zeznań. Lecz mimo wszystko jest to przecież nauka. — Przerwał na chwilę. — Bo co by było z wielkimi biznesmenami, a nawet z niewiernymi żonami i mężami?

— To rzeczywiście trochę niesamowite — przyznał Klee.

— A cóż by się stało z tymi wszystkimi starymi powiedzeniami w rodzaju: „Prawda cię wyzwoli"? Albo: „Prawda jest największą z cnót"? Czy też: „Prawda jest rzeczywistą istotą życia"? Czy stwierdzeniem, że największym ideałem człowieka jest jego walka, aby odkryć prawdę? — Doktor Annaccone roześmiał się. — Idę o zakład, że jeśli nasze testy się potwierdzą, budżet mojego instytutu zostanie obcięty.

— To należy do moich kompetencji. Ubierzemy to w język prawniczy. Sprecyzujemy, że pański test może być stosowany jedynie w ważnych sprawach kryminalnych. Ograniczymy jego zastosowanie do prerogatyw rządu. Upodobnimy do ściśle kontrolowanych substancji narkotycznych czy do produkcji broni. Tak więc, jeśli potwierdzi pan ten test naukowo, ja załatwię stronę prawną. — Potem zapytał: — A tak dokładniej, to jak to, u diabła, działa?

— Ten nowy test? Jest bardzo prosty. Nie ma tu żadnej fizycznej ingerencji. Żadnego chirurga ze skalpelem w dłoni.

Żadnych widocznych blizn. Jedynie drobne wstrzyknięcie substancji chemicznych do mózgu za pośrednictwem naczyń krwionośnych. Chemiczny autosabotaż przy zastosowaniu środków psychofarmaceutycznych.

— To dla mnie czarna magia — powiedział Christian. — Powinien pan być teraz w więzieniu razem z tamtymi dwoma fizykami.

Doktor Annaccone roześmiał się.

— Nie mam z nimi żadnych powiązań — oświadczył. — Ci faceci wyłażą ze skóry, żeby wysadzić świat w powietrze. A ja pracuję, by odkryć pewne utajone dotąd prawidła. Jak człowiek faktycznie myśli i co rzeczywiście czuje.

Lecz nawet doktor Annaccone wiedział, że nowy domózgowy wykrywacz kłamstw oznacza kłopoty prawne.

— Być może będzie to najważniejsze odkrycie w historii medycyny naszych czasów — powiedział. — Niech pan sobie wyobrazi, że będziemy w stanie czytać w głębi mózgu. Wówczas wszyscy pańscy prawnicy znajdą się na bruku.

— Czy sądzi pan, że naprawdę jest rzeczą możliwą sprecyzować zasady działania mózgu? — zapytał Christian.

Doktor Annaccone wzruszył ramionami.

— Nie — odrzekł. — Gdyby mózg był organem aż tak bardzo prostym, my bylibyśmy wówczas nazbyt prymitywni, żeby na to wpaść. — Raz jeszcze uśmiechnął się szeroko do Christiana. — Paragraf dwadzieścia dwa. Nasz mózg nigdy nie nadąży za... mózgiem. Dlatego właśnie, bez względu na to, co się stanie, ludzkość nie może być niczym więcej, niż tylko wyższą formą ewolucji zwierzęcia. — Był tym faktem najwyraźniej rozradowany. Zamyślił się na chwilę. — Wie pan, „duch w maszynie" to wyrażenie Koestlera. Właściwie człowiek posiada aż dwa mózgi, mózg prymitywny, a w nim ten drugi, cywilizowany. Czy zauważył pan, że w istotach ludzkich kryje się pewna niewytłumaczalna złośliwość? Taka zupełnie niczym nieuzasadniona?

— Niech pan zadzwoni do prezydenta w sprawie badań. I niech go pan spróbuje przekonać — powiedział Christian.

— Zrobię to — odparł doktor Annaccone. — On doprawdy jest zbyt strachliwy. Nie wyrządzimy przecież żadnej krzywdy tym dzieciakom.

Pogłoski, że jeden z osobistych współpracowników prezydenta w Białym Domu gotów jest podpisać petycję o zawieszenie Kennedy'ego, zapaliły sygnały ostrzegawcze w umyśle Christiana Klee.

Eugene Dazzy siedział przy biurku, otoczony trzema sekretarkami, i pilnie notował wskazania co do akcji, jakie winien podjąć jego osobisty zespół. Na uszach miał słuchawki walkmana, lecz głos był wyłączony. Jego zazwyczaj pogodna twarz była teraz ponura. Podniósł wzrok na swego nieproszonego gościa i oświadczył:

— Chris, wybrałeś sobie chyba najgorszą porę, ażeby przyjść tu węszyć.

— Przestań mi wciskać ciemnotę, Eugene — warknął Christian. — Czyżby nikt nie był ciekaw, kto jest tym zdrajcą w zespole, facetem, o którym tyle się mówi? Bo chyba już wszyscy to wiedzą z wyjątkiem mnie. A przecież to właśnie ja powinienem wiedzieć.

Dazzy zwolnił sekretarki. Zostali teraz w biurze sami. Uśmiechnął się do Christiana.

— Nawet nie przyszło mi do głowy, że mógłbyś o tym nie wiedzieć. Bo przecież wszystko śledzisz na bieżąco, wraz z twoim FBI i Secret Service, tajnym wywiadem i urządzeniami podsłuchowymi. Wraz z tymi tysiącami agentów, o których Kongres nie wie, że znajdują się na twojej liście płac. Jak możesz być tak niedoinformowany?

— Wiem za to, że dwa razy w tygodniu posuwasz pewną tancerkę, czyniąc to w apartamentach, które należą do restauracji Jeralyn — odparł chłodno Christian.

— A więc to tak — westchnął Dazzy. — Ten kongresman, który udostępnia mi apartament, zjawił się kiedyś u mnie. I poprosił o podpisanie tego dokumentu w sprawie zawieszenia prezydenta. Zachowywał się przyzwoicie i nie stosował żadnych bezpośrednich gróźb, ale implikacje były całkiem jasne. Podpisz to albo wszystkie twoje drobne grzeszki znajdą się na pierwszych stronach gazet i telewizji. — Dazzy roześmiał się. — Nie mogłem w to uwierzyć. Bo jakże oni mogą być tacy głupi?

— Więc jaką odpowiedź mu dałeś? — zapytał Christian.

— Wykreśliłem go z listy mych przyjaciół. Zakazałem pojawiania się tutaj. I powiedziałem, że podam jego nazwisko dobremu kumplowi, Christianowi Klee, jako miano człowieka stanowiącego potencjalne zagrożenie dla bezpieczeństwa prezydenta. Następnie powiedziałem o tym Francisowi. Kazał mi zapomnieć o całej sprawie.

— Kto przysłał tego faceta?

— Jedynym gościem, który mógłby się na to odważyć, byłby jedynie ktoś z członków Klubu Sokratesa — odparł Dazzy. — I sądzę, że chodzi tu o naszego starego przyjaciela, „Traktujcie to jako sprawę prywatną", Martina Mutforda.

— On jest na to za sprytny — odrzekł Christian.

— Jasne, że tak — stwierdził ponuro Dazzy. — Wszyscy są na to za sprytni, dopóki nie wpadną w panikę. Kiedy wiceprezydent odmówiła podpisania tamtego memorandum o zawieszeniu, zaraz wpadli w panikę. A oprócz tego nigdy nie wiadomo, kiedy ktoś się załamie.

Christianowi nadal się to nie podobało.

— Oni ciebie znają. Wiedzą, że pominąwszy te wszystkie skłonności do zgrywy, jesteś twardym facetem. Widziałem cię w działaniu. Prowadzisz jedną z największych firm w Stanach Zjednoczonych i ledwie pięć lat temu wyciąłeś IBM-owi całkiem niekiepski numer. Któż więc by mógł przypuszczać, że jesteś w stanie się załamać?

Dazzy wzruszył ramionami.

— Każdy zawsze uważa, że jest silniejszy od wszystkich pozostałych. — Przerwał na chwilę. — Ty sam też tak uważasz, choć tego nie rozgłaszasz. Ja zresztą tak samo. Podobnie jak i Gray. Lecz Francis tak nie uważa. Być może po prostu jest silniejszy. Toteż ze względu na Francisa powinniśmy być ostrożni. Musimy uważać, żeby nam zbytnio nie stwardniał.

Christian Klee złożył wizytę Jeralyn Albanese, która była właścicielką najsłynniejszej restauracji w Waszyngtonie, rzecz jasna nazwanej „Jera". Składały się na nią trzy ogromne sale jadalne, oddzielone od siebie wspaniałym, luksusowym barem. Republikanie skłaniali się ku jednej z tych sal, demokraci ku drugiej, a członkowie władz wykonawczych i przedstawiciele Białego Domu zwykli byli jadać w trzecim pomieszczeniu. Wszystkie jednakowoż frakcje zgadzały się w tym punkcie, że jedzenie było tu smaczne, obsługa znakomita, a gospodyni należała do najbardziej czarujących kobiet na świecie.

Dwadzieścia lat wcześniej Jeralyn, wówczas trzydziestoletnia, pracowała u pewnego kongresmana zainteresowanego sprawami bankowości. To właśnie on przedstawił ją Martinowi Mutfordowi, który wówczas jeszcze nie zyskał sobie przydomka „Prywatny", ale już robił karierę. Martina Mutforda oczarował jej dowcip, tupet i żądza przygód. Przez pięć lat łączył ich romans, który nie wywierał jednak żadnego wpływu na ich życie prywatne. Jeralyn Albanese nadal uprawiała zawód lobbystki, fach znacznie bardziej skomplikowany i subtelny, niż się na ogół uważa, wymagający wielkich umiejętności badawczych i geniuszu administracyjnego. I dziwna rzecz, jednym z jej najcenniejszych atutów był fakt, że w college'u zdobyła tytuł mistrzyni tenisa.

Gdy była asystentką głównego lobbysty, a nawet pracując gdzieś w banku, większą część tygodnia spędzała, gromadząc dane, które miały nakłonić ekspertów z komisji finansowych Kongresu do forsowania ustaw korzystnych dla banków. Potem zaczęła wydawać przyjęcia dla kongresmanów i senatorów, połączone z czymś na kształt konferencji. Zaskoczyła ją chutliwość tych z pozoru spokojnych urzędników. Prywatnie zachowywali się jak rozpasani poszukiwacze złota, pili w nadmiarze, śpiewali i podszczypywali ją z wprawą godną rozhukanych kowboi. Owe wściekłe żądze dziwiły ją, lecz i zachwycały. W jakiś zupełnie naturalny sposób doszło do tego, iż poczęła jeździć na Bahamy albo do Las Vegas z młodszymi i przystojniejszymi spośród swoich gości, zawsze pod pozorem jakichś konferencji, a raz nawet wyrwała się do Londynu na konwencję doradców ekonomicznych z całego świata. Nie żeby wpływać na wynik głosowania nad jakąś tam ustawą, czy żeby spowodować jakiś konkretny szwindel. Niemniej jeśli następowała równowaga głosów i piękna dziewczyna pokroju Jeralyn Albanese przedstawiała znienacka gruby co najmniej na stopę plik zwyczajowych opinii napisanych przez znakomitych ekonomistów, istniała wówczas poważna szansa, że pojawią się dodatkowe głosy za danym rozwiązaniem. Bo, jak powiadał Martin Mutford, w takich sytuacjach trudno jest mężczyźnie głosować przeciwko dziewczynie, która minionej nocy obciągała mu członka. To właśnie Mutford nauczył ją cenić w życiu piękne rzeczy. Zabierał ją do muzeów w Nowym Jorku; zabierał do Hamptonów, ażeby mogła przebywać wśród bogaczy i artystów, wśród przedstawicieli starych fortun i nowego szmalu, słynnych dziennikarzy i podpór telewizji oraz pisarzy, którzy produkowali znaczące powieści i ważne scenariusze do liczących się filmów. Jako jeszcze jedna ładna twarz nie robiła tam raczej furory, ale fakt, że dobrze grała w tenisa, dawał jej sporą przewagę.

Więcej mężczyzn zakochiwało się w Jeralyn z powodu jej gry w tenisa niż z racji urody. A był to sport, który mężczyźni, na ogół zwykli amatorzy, jakimi zazwyczaj bywają politycy i artyści, bardzo lubią uprawiać w towarzystwie pięknych kobiet. Jeralyn zaś umiała nawiązywać sportowy kontakt z partnerami w deblach mieszanych, żwawo poruszając swymi zgrabnymi kończynami we wspólnej walce o zwycięstwo.

Lecz nadszedł czas, kiedy musiała pomyśleć o swojej przyszłości. Nie była zamężna i miała lat czterdzieści, toteż zgrozą przepełniała ją myśl, iż mogłoby jej przyjść pracować dokładnie w tym samym fachu nawet w nieatrakcyjnym wieku sześćdziesięciu czy siedemdziesięciu wiosen.

Martin Mutford chętnie by ją promował na coraz wyższe szczeble bankowej hierarchii, atoli po okresie podniecającego życia w Waszyngtonie świat bankowości wydawał jej się czymś niezwykle nudnym. Natomiast amerykańscy prawodawcy byli niezwykle fascynujący ze swoim szokującym wprost zakłamaniem w sprawach publicznych i swą czarującą niewinnością w sprawach seksu. To właśnie Mutford wpadł na rozwiązanie. Nie chciał utracić Jeralyn gdzieś w labiryntach komputerowych raportów. W Waszyngtonie jej pięknie umeblowany apartament dostarczał schronienia przed niemiłymi obowiązkami. I właśnie Mutford wpadł na pomysł, że powinna mieć i prowadzić restaurację, stanowiącą swoiste centrum życia politycznego.

Funduszy dostarczyli członkowie American Sterling Trustees, grupy kongresmanów, która reprezentowała interesy banków. Uczynili to w formie pożyczki w wysokości pięciu milionów dolarów. Jeralyn kazała wybudować restaurację według własnych wskazówek. Miał to być ekskluzywny klub, jak gdyby drugi dom dla politykierów z Waszyngtonu. Wielu kongresmanów, w porze obrad Kongresu, było rozłączonych z rodzinami, a restauracja „Jera" stanowiła miejsce, gdzie mogli spędzać wieczory. Oprócz trzech sal jadalnych, hallu i baru, były tam także sala telewizyjna i czytelnia, w których znajdowały się egzemplarze wszystkich ważniejszych gazet wychodzących w Stanach i w Anglii. Był też pokój do gry w szachy, warcaby lub karty. Ale największą atrakcję stanowił obszar mieszkalny znajdujący się nad restauracją. Zajmował on aż trzy piętra i mieściło się tam dwadzieścia apartamentów, wynajmowanych przez ludzi związanych z Kongresem, którzy odstępowali je kongresmanom i ważnym funkcjonariuszom rządowym dla ich sekretnych przygód. Wiadomo było, że „Jera" jest w tych sprawach kwintesencją dyskrecji. Klucze przechowywała sama Jeralyn.

Dziwiło ją, że ci zapracowani mężczyźni mają czas na aż tyle flirtów. Byli wprost niestrudzeni. Najbardziej aktywni okazywali się ci starsi, posiadający już od dawna rodziny, niektórzy nawet wnuki. Jeralyn uwielbiała oglądać tych samych kongresmanów i senatorów w telewizji, takich spokojnych i dystyngowanych, prawiących kazania na temat moralności, potępiających narkotyki i swobodny styl życia, a nadto podkreślających wagę staroświeckich zasad. Tak naprawdę nigdy nie uważała ich za hipokrytów. Bo w końcu przecież ludzie, którzy tracili tyle zdrowia i czasu dla swego kraju, zasługiwali na wyjątkowe traktowanie.

Nie lubiła arogancji, przymilnej pewności siebie i samozadowolenia młodszych kongresmanów, za to ceniła sobie starszych mężczyzn, ludzi w stylu pewnego gniewnego senatora o surowym obliczu, który wprawdzie publicznie nigdy się nie uśmiechał, ale przynajmniej dwa razy w tygodniu uganiał się z gołym tyłkiem za młodymi „modelkami". I ludzi pokroju kongresmana Jintza, z ciałem jak poszarpana powłoka zeppelina i z twarzą tak brzydką, że cały kraj wierzył niezbicie, iż jest on na wskroś uczciwy. Wszyscy ci kongresmani, rozebrani do naga, wyglądali wprost ohydnie. Ale za to byli czarujący.

Kobiety-kongresmanki rzadko przychodziły do restauracji i nigdy nie korzystały z apartamentów. Feminizm nie zaszedł jeszcze tak daleko. Ażeby to nadrobić, Jeralyn wydawała w restauracji przyjęcia dla swoich przyjaciółek parających się sztuką, ładnych aktorek, piosenkarek i tancerek.

Nie było jej sprawą, że te ładne młode kobiety nawiązywały tam intymne przyjaźnie z wysoko postawionymi przedstawicielami narodu amerykańskiego. Niemniej poczuła się zaskoczona, kiedy Eugene Dazzy, szef sztabu prezydenta Stanów Zjednoczonych, mężczyzna wielki i niechlujny, nawiązał romans z pewną młodą tancerką i umówił się z Jeralyn, że udostępni mu klucz od jednego z apartamentów nad restauracją. Zaskoczenie jej przybrało na sile, gdy romans ów przekształcił się w „związek". I nie w tym rzecz, by Dazzy miał aż tyle wolnego czasu — w apartamencie spędzał zazwyczaj kilka godzin po lunchu. Po prostu Jeralyn nie miała złudzeń, iż najwyższe korzyści czerpie tu opłacający całą tę imprezę lobbysta. Nie wpływało to wcale na decyzje Dazzy'ego, ale mógł on, przynajmniej w niektórych wypadkach, przedstawiać prośby swego sponsora w Białym Domu, tak że klienci tamtego wpadali w oszołomienie, widząc siłę jego wpływów.

W czasie prywatnych pogawędek Jeralyn przekazywała wszystkie te informacje Martinowi Mutfordowi. Wiadomo było, że zdobyte przez nich dane nie mogły być w żaden sposób wykorzystane, zwłaszcza w formie szantażu. Mogłoby się to bowiem okazać wprost katastrofalne i unicestwić główny cel istnienia restauracji, którym było stwarzanie atmosfery dobrego koleżeństwa i zręcznych sytuacji, wykorzystywanych następnie przez tych przedstawicieli świata finansjery, którzy płacili rachunki. Ponadto fakt, że restauracja stanowiła główne źródło dochodów Jeralyn, wykluczał możliwość posuwania się do granic ryzyka.

Tak więc Jeralyn była bardzo zdziwiona, gdy raz, w porze pomiędzy lunchem a obiadem, kiedy w lokalu panowały niemal zupełne pustki, wpadł do niej Christian Klee. Przyjęła go w biurze. Lubiła Christiana, choć rzadko jadał w „Jerze" i nigdy nie korzystał z położonych nad nią apartamentów. Nie odczuła żadnego niepokoju; wiedziała, że nie ma nic takiego, z powodu czego mógłby jej czynić wyrzuty. Gdyby nawet zanosiło się na jakiś skandal, bez względu na to, co wyniuchali reporterzy czy też co tam chlapnęła któraś z młodszych dziewcząt, ona była po prostu czysta.

Wyszeptała kilka słów współczucia, mając na myśli troski, jakie musiały go trapić w związku z morderstwem i uprowadzeniem samolotu, ale baczyła na to, by nie dawać w żaden sposób powodu do podejrzeń, że próbuje z niego wydobyć jakieś poufne informacje. Klee podziękował jej, a następnie powiedział:

— Jeralyn, znamy się już od dawna i chcę cię ostrzec z uwagi na twoje bezpieczeństwo. Wiem, że to, co zaraz powiem, może cię zaszokować w równym stopniu, jak i mnie.

Tam do cholery, pomyślała Jeralyn. Ktoś mi tu nieźle bruździ.

A Christian Klee mówił dalej:

— Pewien facet z lobby, reprezentujący interesy świata finansów, jest wprawdzie dobrym przyjacielem Eugene'a Dazzy'ego, niemniej próbował go wepchnąć w całkiem nieliche łajno. Nakłaniał Dazzy'ego do podpisania papieru, który mógłby wyrządzić prezydentowi Kennedy'emu wielką krzywdę. Ostrzegł przy tym Dazzy'ego, że rozgłosi, iż korzysta on z jednego z tych twoich apartamentów i w ten sposób zniweczy jego karierę i spokój małżeński. — Klee roześmiał się. — Boże, kto by kiedyś pomyślał, że Eugene jest zdolny do takich rzeczy! Do licha, wszyscy jesteśmy tylko ludźmi.

Jeralyn nie dała się zwieść dobremu humorowi Christiana. Wiedziała, że musi być bardzo ostrożna, gdyż w przeciwnym razie zabiegi całego jej życia pójdą na marne. Klee był Prokuratorem Generalnym Stanów Zjednoczonych i zyskał sobie reputację człowieka bardzo niebezpiecznego. Mógł jej przysporzyć więcej kłopotów, niż byłaby w stanie znieść, chociaż jej asem ukrytym w rękawie był sam Martin Mutford.

— Nie miałam z tym nic wspólnego — powiedziała. — Jasne, dałam Dazzy'emu klucz do jednego z tych apartamentów na górze. Ale, do diabła, to tylko uprzejmość ze strony tej tu instytucji. Nie prowadzę żadnych rejestrów. Więc nikt nie może niczego udowodnić. Ani mnie, ani Dazzy'emu.

— Jasne, wiem o tym — odparł Christian. — Ale czy nie uważasz, że żaden lobbysta sam by tego nie zrobił? To pewnie ktoś znacznie wyżej postawiony wskazał mu, jak ma postąpić.

Jeralyn zaniepokoiła się.

— Christianie, przysięgam, że nigdy nikomu tego nie wychlapałam. Nigdy nie naraziłabym mojej knajpy na niebezpieczeństwo. Nie jestem taka głupia.

— Wiem, wiem — powiedział uspokajająco Christian. — Ale ty i Martin od dawna jesteście dobrymi przyjaciółmi. Może mu o tym wspomniałaś w formie ciekawej plotki?

Jeralyn przeraziła się nie na żarty. Nagle znalazła się na rubieży starcia dwóch potężnych mężczyzn, którzy gotowali się właśnie do walki. Bardziej niż czegokolwiek pragnęła teraz możliwości odwrotu. Wiedziała też, że najgorszym rozwiązaniem byłoby kłamstwo.

— Martin nigdy nie zrobiłby czegoś tak głupiego — powiedziała. — Nie dopuściłby się przecież tak idiotycznego szantażu. — Mówiąc to, przyznała się zarazem, że istotnie wspomniała o tym Martinowi. Choć równocześnie mogła jeszcze wycofać się z swych zwierzeń.

Christian nadal ją uspokajał. Wiedział, że nie odgadła prawdziwego celu jego odwiedzin.

— Eugene Dazzy zalecił temu lobbyście, żeby się zaraz odpieprzył — powiedział. — Potem wyjawił mi wszystko, a ja powiedziałem, że zajmę się tą sprawą. Teraz, rzecz jasna, wiem, że nie mogą Dazzy'emu niczego udowodnić. W przeciwnym razie zdruzgotałbym i ciebie, i tę twoją restaurację, czyniąc to z siłą czołgu. Musiałabyś ujawnić wszystkich ludzi z Kongresu, którzy kiedykolwiek korzystali z tych apartamentów. Byłby potworny skandal. Twój przyjaciel miał więc po prostu nadzieję, że Dazzy straci opanowanie. Ale Eugene połapał się w czym rzecz.

Jeralyn wciąż jeszcze nie mogła uwierzyć.

— Martin nigdy nie rozpętałby czegoś tak bardzo niebezpiecznego. Jest przecież bankierem. — Uśmiechnęła się do Christiana, który westchnął i zadecydował, że nadszedł czas, by działać bardziej stanowczo.

— Posłuchaj, Jeralyn — powiedział. — Czy muszę ci przypominać, że ten stary „Traktujcie to prywatnie", Martin, po prostu nie jest tym dobrze ci znanym sympatycznym, statecznym, konserwatywnym bankierem? Miał w życiu kilka kłopotliwych momentów. I nie zarobił swoich miliardów w bezpiecznej grze. Już przedtem zagrywał dość ryzykownie. — Przerwał na chwilę. — A teraz miesza się w coś bardzo niebezpiecznego, i to zarówno dla ciebie, jak i dla niego.

Jeralyn pogardliwie machnęła ręką.

— Sam powiedziałeś, że wiesz, że nie mam nic wspólnego z tym, co on, do cholery, robi.

— To prawda — odparł Christian. — Wiem o tym. Ale Martin jest człowiekiem, którego muszę obserwować. I chcę, żebyś mi w tym pomogła.

256

Jeralyn była stanowcza.

— Ani myślę — powiedziała. — Martin zawsze traktował mnie przyzwoicie. Jest prawdziwym przyjacielem.

— Przecież nie chcę z ciebie robić szpiega — odparł Christian. — Nie chcę też żadnych informacji o jego interesach ani o jego życiu osobistym. Proszę jedynie o to, byś, skoro tylko dowiesz się albo też odkryjesz coś, co wskazywałoby na to, iż zamierza on podjąć jakieś kroki przeciwko prezydentowi, zawczasu mnie ostrzegła.

— Och, odpieprz się — powiedziała Jeralyn. — Wynoś się stąd, do diabła, muszę się przygotować na przyjęcie tego całego tłumu, który zwali się tutaj w porze kolacji.

— Jasne — odrzekł już nieco przyjaźniejszym tonem. — Już się stąd zmywam. Ale pamiętaj, że jestem Prokuratorem Generalnym Stanów Zjednoczonych. Żyjemy w ciężkich czasach i nie zaszkodzi mieć mnie za przyjaciela. Pomyśl więc dobrze, kiedy nadejdzie ów stosowny moment. Jeśli prześlesz mi chociaż drobne ostrzeżenie, nikt się o tym nie dowie. Rusz zatem swym zdrowym rozsądkiem.

Wyszedł. Osiągnął swój cel. Może Jeralyn wspomni Mutfordowi o tej rozmowie? I bardzo dobrze, bo spowoduje w ten sposób, że Mutford będzie ostrożniejszy. Albo nie powie nic i kiedy nadejdzie czas, po prostu go sypnie. On tak czy owak tylko na tym zyska.

Kierowca wyłączył syrenę i bezszelestnie przejechali przez bramę posiadłości Wyroczni. Christian zauważył, że na półkolistym podjeździe czekają trzy limuzyny. I, rzecz ciekawa, szoferzy siedzieli za kierownicami, miast palić na zewnątrz papierosy. Obok każdego samochodu przechadzał się wysoki, dobrze ubrany mężczyzna. Christian od razu ich rozpoznał. Ludzie z obstawy. A więc Wyrocznia miał teraz ważnych gości. I dlatego właśnie staruszek wezwał go tak pilnie.

Został powitany przez kamerdynera, który następnie powiódł go do przygotowanego do konferencji salonu. Wyrocznia czekał już w swoim wózku inwalidzkim. Wokół stołu siedziało pięciu członków Klubu Sokratesa. Christian był zaskoczony, że ich tu widzi. Wszak jego ostatni raport donosił, że trzech spośród nich przebywa w Kalifornii.

Wyrocznia podjechał swoim wózkiem do szczytu stołu.

— Christianie, musisz mi wybaczyć to małe oszustwo — powiedział. — Uznałem, że jest rzeczą ważną, byś spotkał się z moimi przyjaciółmi właśnie w tym krytycznym momencie. Bardzo chcą z tobą porozmawiać.

Służba rozmieściła na stole konferencyjnym kawę i półmiski z kanapkami. Podano również drinki. Służbę wzywano przez naciśnięcie brzęczyka pod stołem, co mógł uczynić jedynie Wyrocznia. Pięciu członków Klubu Sokratesa zdążyło się już tu nawet zadomowić. Martin Mutford zapalił ogromne cygaro, rozpiął kołnierzyk koszuli i rozluźnił krawat. Miał trochę ponurą minę, ale Christian wiedział, że ta ponurość częstokroć spowodowana była sztucznym napięciem mięśni twarzy, gwoli ukrycia wyrazu niepokoju.

— Martinie — powiedział — Eugene Dazzy doniósł mi, że dzisiaj jeden z twoich lobbystów udzielił mu złej rady. Mam nadzieję, że nie miałeś z tym nic wspólnego.

— Dazzy potrafi oddzielić ziarno od plew — powiedział Mutford. — W przeciwnym razie nie byłby szefem sztabu prezydenta.

— Jasne, że potrafi — odparł Christian. — I nie potrzebuje mojej rady, jak komuś urwać jaja. Ale mogę mu w tym dopomóc.

Christian spostrzegł, że Wyrocznia i George Greenwell nie wiedzą, o czym mówi. Ale Lawrence Salentine i Louis Inch uśmiechnęli się z lekka.

— To nieważne, to nie ma związku z naszym dzisiejszym spotkaniem — rzucił niecierpliwie Inch.

— A więc o cóż, u diabła, może tutaj chodzić? — zapytał Christian.

Odpowiedział mu Salentine, czyniąc to łagodnym, uspokajającym tonem, wypracowanym w trakcie rozlicznych konfrontacji.

— To bardzo trudny okres — oświadczył. — Uważam, że nawet niebezpieczny. Wszyscy odpowiedzialni ludzie winni więc poszukiwać godziwego rozwiązania. Wszyscy tu obecni są za odsunięciem prezydenta Kennedy'ego od władzy na okres trzydziestu dni. Jutro wieczorem Kongres będzie nad tym głosował na specjalnej sesji. Odmowa podpisania petycji przez wiceprezydent Du Pray oczywiście utrudnia sprawę, ale jej nie uniemożliwia. Byłoby rzeczą bardzo pomocną, gdybyś ty, jako członek osobistego sztabu prezydenta, podpisał, co trzeba. O to cię właśnie prosimy.

Christian był zbyt zaskoczony, by odpowiedzieć. Włączył się więc Wyrocznia.

— Zgadzam się. Lepiej będzie dla Kennedy'ego, jeżeli nie będzie prowadził tej konkretnej sprawy. Jego dzisiejsze postępowanie było całkowicie irracjonalne i wynikało z żądzy zemsty. Może to doprowadzić do potwornych wprost następstw. Christianie, błagam cię, byś wysłuchał tych ludzi.

— Nie ma na to cienia szansy. — Christian mówił bardzo powoli. Zwracał się bezpośrednio do Wyroczni. — Jak możesz więc brać w tym udział? Jak możesz ty, akurat właśnie ty, być przeciwko mnie?

Wyrocznia potrząsnął głową.

— Nie jestem przeciwko tobie — powiedział.

— On po prostu nie ma prawa zniszczyć pięćdziesięciu miliardów dolarów, czyniąc to z tej przyczyny, że przeżył osobistą tragedię. Nie na tym przecież polega demokracja — odezwał się Salentine.

Christian odzyskał panowanie nad sobą.

— To nieprawda — powiedział spokojnym tonem. — Francis Kennedy doszedł do tego drogą rozumowania. Nie chce, by porywacze trzymali nas tygodniami w niepewności, dostarczając wody na młyn twoich telewizyjnych sieci, panie Salentine, podczas gdy Stany Zjednoczone stawać się będą pośmiewiskiem. Na litość boską, przecież oni zabili głowę Kościoła katolickiego, zamordowali córkę prezydenta Stanów Zjednoczonych. I chcecie teraz z nimi negocjować? Chcecie uwolnić zabójcę papieża? Uważacie się za patriotów? Twierdzicie, że los tego kraju spędza wam sen z powiek? Jesteście zwykłą bandą hipokrytów!

George Greenwell odezwał się po raz pierwszy.

— A co z pozostałymi zakładnikami? Jesteście gotowi ich poświęcić?

Christian rzucił bez namysłu:

— No cóż... — Zamilkł na chwilę, a następnie powiedział: — Uważam, że wszelkie poczynania prezydenta są najlepszym sposobem, by wydostać ich żywych.

— Jak wiesz — powiedział Greenwell — Bert Audick przebywa teraz w Sherhabenie. Zapewnił nas, że jest w stanie nakłonić porywaczy i sułtana, by uwolnili pozostałych zakładników.

— Słyszałem, jak zapewniał prezydenta Stanów Zjednoczonych, że Theresie Kennedy nie stanie się żadna krzywda. A teraz ona nie żyje — mruknął z pogardą Christian.

— Panie Klee — odezwał się Salentine — o te drobniejsze sprawy możemy się tu spierać aż do sądnego dnia. Lecz problem zasadniczy należy rozwiązać bezzwłocznie. Mieliśmy cichą nadzieję, że pan się do nas przyłączy i ułatwi nam to, co trzeba. Bo to, co winno być zrobione, zostanie i tak zrobione, bez względu na to, czy pan się zgodzi, czy nie. Zapewniam pana. Tyle że niby po co ta dzisiejsza utarczka miałaby nas podzielić? Skoro nie chce pan służyć prezydentowi przez przyłączenie się do nas...

Christian zmierzył go lodowatym spojrzeniem.

— I po co ta blaga? Pozwólcie, że powiem wam jedno. Wiem, że wy, tutaj zebrani, zgromadziliście w swych rękach spory potencjał władzy. I to władzy, która nie jest konstytucyjna. Gdy tylko minie ten kryzys, mój urząd weźmie was wszystkich pod lupę.

Greenwell westchnął. Gwałtowne i bezsensowne wybuchy gniewu młodych ludzi nudziły go po prostu.

— Panie Klee, jesteśmy panu wdzięczni za przybycie. I mam nadzieję, że nie będzie między nami żadnych osobistych animozji. Działamy tylko po to, by pomóc naszemu krajowi — powiedział.

— Działacie po to, by ocalić dla Audicka jego pięćdziesiąt miliardów dolarów — oświadczył Christian. I zaraz wszystko zrozumiał. Ci ludzie, tak naprawdę, wcale nie mieli nadziei przeciągnięcia go na swoją stronę. Była to najzwyczajniej próba zastraszenia. Być może po to, by pozostał neutralny. Zrozumiał też ich obawy. Bali się go. Tego, że ma władzę i, co ważniejsze — wolę. A jedyną osobą, która mogła ich co do niego ostrzec, był Wyrocznia.

Milczeli. Potem głos zabrał Wyrocznia.

— Idź, wiem, że musisz już wracać. Zadzwoń do mnie i powiedz, co się dzieje. Informuj mnie na bieżąco.

Dotknięty zdradą Wyroczni, Christian powiedział:

— Mogłeś mnie ostrzec.

Wyrocznia potrząsnął głową.

— Wówczas byś tu nie przyszedł. A ja nie mógłbym przekonać moich przyjaciół, że nie podpiszesz niczego. Musiałem więc pozwolić, by sami się przekonali. — Zamilkł na chwilę. — Odprowadzę cię — powiedział do Christiana. I wytoczył swój wózek z pokoju. Christian ruszył w ślad za nim.

Lecz jeszcze przed wyjściem Christian odwrócił się do członków Klubu Sokratesa i powiedział:

— Panowie, błagam was, nie pozwólcie, żeby Kongres to zrobił. — Zdanie to zabrzmiało niczym poważna groźba, tak że nikt już nie przemówił ani słowa.

Kiedy Wyrocznia i Klee znaleźli się sami na szczycie rampy wiodącej do hallu, gospodarz zatrzymał swój wózek. Podniósł głowę, upstrzoną brązem starzejącej się skóry, i powiedział do Christiana:

— Jesteś moim chrześniakiem i spadkobiercą. Wszystko to nie ma wpływu na me uczucie do ciebie. Ale uważaj. Kocham mój kraj i twierdzę, że Francis Kennedy stanowi wielkie dlań zagrożenie.

Po raz pierwszy Christian odczuł gorycz w stosunku do tego starego człowieka, którego wszak zawsze kochał.

— Ty i ten cały twój Klub Sokratesa chcecie powiesić Francisa za jaja — rzekł. — To właśnie wy stanowicie największe zagrożenie.

Wyrocznia przyjrzał mu się bacznie.

— Ale nie wyglądasz na specjalnie tym zmartwionego. Christianie, błagam cię, nie działaj zbyt pochopnie. Nie zrób przypadkiem czegoś nieodwracalnego w skutkach. Wiem, że masz spory zasób władzy i, co ważniejsze, jesteś bardzo przebiegły. Jesteś też utalentowany, wiem o tym. Ale nie próbuj zwyciężyć historii.

— Nie wiem, o czym mówisz — odparł Christian. Spieszył się. Przed powrotem do Białego Domu musiał jeszcze zatrzymać się w pewnym miejscu.

Wyrocznia westchnął.

— Pamiętaj, bez względu na to, co się stanie, nadal darzę cię uczuciem. Jesteś jedyną żyjącą osobą, którą kocham. I jeśli będzie to w mojej mocy, nigdy nie pozwolę, żeby cokolwiek ci się stało. Zadzwoń do mnie. Informuj mnie na bieżąco.

Mimo iż pogrążony w gniewie, Christian doznał przypływu dawnego uczucia do Wyroczni. Ścisnął mu ramię.

— Do diabła, przecież to tylko polityczna różnica zdań. Już przedtem takie między nami bywały. Nie martw się, zadzwonię do ciebie.

Wyrocznia uśmiechnął się doń nieco krzywo.

— I nie zapomnij o moim przyjęciu urodzinowym. Jeśli to wszystko się skończy, a my obaj nadal jeszcze będziemy żyć.

Christian pochylił się, by ucałować jego twarz, zda się pergaminową i chłodną niczym szkło. I ku swemu zdziwieniu spostrzegł łzy spadające na zwiędłe starcze policzki.

Christan Klee późno wrócił do Białego Domu. Jego kolejny pośredni przystanek znajdował się bowiem w więzieniu Tibbota i Gresse'a, gdzie odbywało się tajne przesłuchanie.

Udał się bezpośrednio do biura Oddblooda Graya, lecz sekretarka powiedziała mu, że Gray jest właśnie na konferencji z kongresmanem Jintzem i senatorem Lambertino. Sekretarka wyglądała na przestraszoną. Dobiegły ją pogłoski, że Kongres próbuje usunąć prezydenta Kennedy'ego z urzędu.

— Zadzwoń do niego — powiedział Christian. — I powiedz mu, że to ważne. Pozwól mi też skorzystać z twojego biurka i telefonu. A sama idź do toalety.

Gray odebrał telefon, sądząc, iż rozmawia z sekretarką.

— Mam nadzieję, że to naprawdę jakaś poważna sprawa — zauważył na wstępie.

— Otto, tu Chris — powiedział Christian. — Słuchaj, kilku facetów z Klubu Sokratesa dopiero co poprosiło mnie, żebym podpisał memorandum w sprawie usunięcia prezydenta. Poproszono także Dazzy'ego, żeby to podpisał. Próbowali go szantażować tą sprawą z tancerką. Wiem, że Wix jest w drodze do Sherhabenu, więc nie podpisze petycji. A ty podpiszesz?

Głos Oddblooda brzmiał wyjątkowo jedwabiście.

— To zabawne. Bo właśnie dopiero co dwaj panowie w mym biurze prosili, żebym to podpisał. Już im powiedziałem, że nie. I oświadczyłem też, że nikt inny z osobistego zespołu prezydenta tego nie podpisze. Nie musiałem cię chyba pytać o pozwolenie. — W jego głosie pobrzmiewał sarkazm.

— Wiedziałem, że tego nie podpiszesz, Otto — warknął zniecierpliwiony Christian. — Ale musiałem cię przecież zapytać. Słuchaj, rzuć kilka gromów. Powiedz tym faceciakom, że jako prokurator generalny rozpoczynam śledztwo w sprawie próby szantażu w stosunku do Dazzy'ego. A także to, że mam sporo materiału na temat paru kongresmanów i senatorów i cała sprawa nie będzie zbyt dobrze wyglądała w gazetach. Bo ja to przekażę prasie. Zwłaszcza dane o ich powiązaniach finansowych z Klubem Sokratesa. Nie pora teraz na twoje oksfordzkie pieprzenie.

— Dzięki za radę, koleś — odrzekł gładko Gray. — Ale czemu nie zajmiesz się swoimi sprawami i nie pozwolisz, bym ja wziął się do swoich? I nie proś innych, żeby za ciebie potrząsali mieczem. Sam to lepiej zrób!

Między Oddbloodem Grayem a Christianem Klee zawsze istniał pewien subtelny antagonizm. Osobiście lubili się i szanowali. Fizycznie rzecz biorąc, obaj robili spore wrażenie. Gray był człowiekiem odważnym i do wszystkiego w życiu doszedł sam. Christian urodził się w bogactwie, ale buntował się przeciwko prowadzeniu życia bogacza. Był dzielnym oficerem, a następnie dyrektorem CIA do spraw operacji w terenie, mocno zaangażowanym w przeróżne tajne akcje. Obaj zyskali sobie szacunek otoczenia. Obaj byli oddani Francisowi Kennedy'emu. I obaj wreszcie byli zdolnymi prawnikami.

Jednak obaj lękali się siebie nawzajem. Gray żywił najgłębszą wiarę w rozwój społeczeństw dzięki prawu, dlatego właśnie był tak cenny jako łącznik prezydenta z Kongresem. Był również nieufny w stosunku do tendencji koncentracji władzy, którą reprezentował Klee. Nie było rzeczą zbyt dobrą, że w kraju takim jak Stany Zjednoczone pierwszy lepszy facet mógł zostać dyrektorem FBI, szefem Secret Service lub prokuratorem generalnym. To prawda, Francis Kennedy wyjawił już powody tej koncentracji władzy — miało to dopomóc samemu prezydentowi i ochronić go przed groźbą zamachu. Lecz tak czy owak cała rzecz nie podobała się Grayowi.

Skłonność do kurczowego trzymania się każdego przepisu prawa, jakiej ulegał Gray, zawsze trochę niecierpliwiła Christiana. Gray mógł sobie pozwolić na bycie przestrzegającym prawa mężem stanu; miał do czynienia z politykami i z problemami politycznymi. Ale Christian Klee miał przeczucie, że oto wciąż musi odgarniać zabójcze łajno codziennego życia. Elekcja Francisa Kennedy'ego wywabiła z drewnianej struktury Ameryki wszystkie możliwe korniki. Tylko Klee wiedział o tysiącach morderczych pogróżek, jakie otrzymał prezydent. Jedynie Klee mógł zdeptać to robactwo. I nie zawsze podczas swej roboty mógł pozostawać w zgodzie z co subtelniejszymi wymogami prawa. Przynajmniej on sam tak uważał.

I oto teraz mieli przykład owej różnicy zdań. Klee pragnął użyć władzy, natomiast Gray chciał działać w aksamitnych rękawiczkach.

— W porządku — powiedział Christian. — Zrobię, co będę musiał.

— Świetnie — odparł Gray. — A teraz obaj możemy pójść zobaczyć się z prezydentem. Chce, byśmy stawili się w Sali Gabinetowej, gdy tylko zakończę to tutaj.

Gray, rozmawiając z Christianem przez telefon, był celowo niedyskretny. Teraz odwrócił twarz w stronę kongresmana Jintza i senatora Lambertino, i uśmiechnął się do nich łobuzersko.

— Przykro mi, że musieliście tego wszystkiego wysłuchiwać — odezwał się do nich. — Christianowi nie podoba się ta cała historia z zawieszeniem prezydenta. Robi z tego nieomal sprawę osobistą.

— Odradzałem zwracanie się do Klee'a — stwierdził senator Lambertino. — Ale sądziłem, że z tobą mamy jakieś szanse, Otto. Kiedy prezydent mianował cię łącznikiem z Kongresem, pomyślałem, że to głupota, skoro żaden z naszych kolegów z Południa nie przyszedł jeszcze do siebie. Ale muszę przyznać, że w ciągu ubiegłych trzech lat pozyskałeś ich sobie. Gdyby prezydent cię słuchał, wiele spośród jego propozycji nie upadłoby potem w Kongresie.

Gray zachowywał wciąż ten sam wyraz twarzy. Powiedział swym jedwabistym głosem:

— Cieszę się, że przyszliście do mnie. Ale uważam, że Kongres popełnia poważny błąd z tą całą procedurą zawieszania prezydenta. Wiceprezydent nic nie podpisała. To jasne, macie za sobą niemal cały gabinet, ale nikogo z osobistego sztabu. Tak więc Kongres będzie musiał głosować, ażeby ustanowić siebie ciałem zawieszającym. To cholernie poważny krok. Będzie to oznaczało, że Kongres może zlekceważyć głosy obywateli.

Gray wstał i począł przechadzać się po pokoju. Zazwyczaj nigdy tego nie robił w trakcie negocjacji, ponieważ wiedział, jakie to sprawia wrażenie. Był zbyt potężny fizycznie i jego przechadzki mogłyby się wydawać jakimś agresywnym gestem dominacji. Miał prawie sześć stóp i cztery cale oraz sylwetkę olimpijskiego atlety. Jego garnitur był znakomicie skrojony, a sam Gray mówił z leciutkim angielskim akcentem. Wyglądał dokładnie tak, jak owi menedżerowie z reklam telewizyjnych, z tą jedynie różnicą, że jego skóra była raczej koloru kawy niźli biała. Ale tym razem chciał z lekka zastraszyć słuchaczy.

— Obaj jesteście ludźmi, których podziwiałem w Kongresie — stwierdził. — I zawsze się rozumieliśmy. Wiecie przecież, że doradziłem Kennedy'emu, by nie forsował tych swoich programów społecznych, dopóki my nie zbudujemy dla nich lepszych postaw. Wszyscy trzej rozumiemy jedną ważną rzecz. Trudno o lepszy początek dla zainicjowania tragedii niż głupi pokaz siły. To jeden z najczęstszych błędów w polityce. Lecz coś takiego zrobi właśnie Kongres, kiedy zawiesi prezydenta. Jeżeli wam się powiedzie, dacie początek bardzo niebezpiecznemu precedensowi w naszym rządzie, rzeczy, która może prowadzić do fatalnych wprost reperkusji, jeśli w przyszłości jakiś prezydent posiądzie nadmiar władzy. Może on wówczas uczynić swym pierwszym celem zgniecenie Kongresu. To, co uzyskacie teraz, będzie zwycięstwem na bardzo krótką metę. Zapobiegniecie zniszczeniu Daku i pięćdziesięciomiliardowych inwestycji Berta Audicka. Ale obywatele tego kraju będą wami pogardzać, gdyż, możecie być tego pewni, ludzie popierają Kennedy'ego w jego działaniu. Być może z niewłaściwych pobudek. Wszyscy wiemy, że elektorat zbyt łatwo daje się ponieść oczywistym emocjom, emocjom, które my, jako rządzący, musimy kontrolować i ukierunkowywać. Lecz właśnie teraz Kennedy może rozkazać, by zrzucono bomby atomowe na Sherhaben, a obywatele naszego kraju to zaaprobują. Głupie, prawda? Ale tak właśnie czują masy. Dobrze o tym wiecie. Kongres zrobiłby najsprytniej, siedząc teraz cicho i czekając, czy działania Kennedy'ego doprowadzą do zwolnienia zakładników i uwięzienia porywaczy. Bo wówczas wszyscy byliby szczęśliwi. Lecz gdyby ta polityka zawiodła i gdyby porywacze wymordowali zakładników, wówczas wy bylibyście w stanie usunąć prezydenta i jeszcze wyjść na bohaterów.

Gray próbował swych najlepszych argumentów, lecz wiedział, że sprawa jest beznadziejna. Wieloletnie doświadczenie podpowiadało mu, że jeśli ktoś chce postawić na swoim, to nie przeszkodzą w tym najdonioślejsze racje rozumowe. I nie pomoże żadna perswazja.

Kongresman Jintz nie zawiódł go.

— Sprzeciwiasz się woli Kongresu, Otto.

— W istocie, Otto — dodał senator Lambertino — walczysz za przegraną sprawę. Znam twoją lojalność w stosunku do prezydenta. Wiem, że gdyby wszystko poszło dobrze, prezydent zrobiłby cię ministrem. I pozwól, że ci powiem, iż Senat by to z pewnością zaaprobował. Wciąż może jeszcze do tego dojść, ale nie za prezydentury Kennedy'ego.

Gray skinął głową w podzięce.

— Doceniam to, senatorze. Ale nie mogę zgodzić się na pańską prośbę. Uważam, że prezydent ma pełne prawo do przedsięwzięcia podobnej akcji. Uważam, że przyniesie ona efekty. Że zakładnicy zostaną uwolnieni, a kryminaliści znajdą się pod kluczem.

— To nie ma żadnego znaczenia. Nie możemy mu pozwolić na zniszczenie miasta Dak — odpowiedział krótko Jintz.

— Nie chodzi tylko o pieniądze — odezwał się cicho senator Lambertino. — Tak bestialski czyn wpłynie negatywnie na nasze stosunki ze wszystkimi państwami na świecie. Chyba rozumiesz w czym rzecz, Otto.

— Pozwólcie, że wam coś powiem — rzekł Gray. — Jeżeli Kongres nie odwoła swojej jutrzejszej sesji specjalnej, jeżeli nie wycofa wniosku o zawieszenie, prezydent zwróci się bezpośrednio do narodu amerykańskiego za pośrednictwem telewizji. Proszę, wytłumaczcie to kolegom z Kongresu. — Powstrzymał się przed dorzuceniem: „i z Klubu Sokratesa".

Pożegnali się zapewnieniami o dobrej woli i przyjaznych uczuciach, obowiązującymi w polityce już na długo przed zamordowaniem Juliusza Cezara. Następnie Gray wyszedł, by zabrać Christiana na spotkanie z prezydentem.

Jego ostatnia wypowiedź wstrząsnęła kongresmanem Jintzem. Jintz, podczas wielu lat spędzonych w Kongresie, zgromadził spore bogactwo. Jego żona była współwłaścicielką czy też udziałowcem kilku telewizji kablowych w jego rodzinnym stanie; firma prawnicza syna należała do największych na Południu. Nie miał żadnych problemów materialnych. Ale uwielbiał życie kongresmana, niosło mu ono przyjemności, jakich nie zdołałby kupić tylko za pieniądze. Po odniesieniu sukcesu w dziedzinie polityki wspaniałą rzeczą było móc sobie pomyśleć, że nawet starość może być równie szczęśliwa jak i młodość. Nawet jeśli się było zgrzybiałym staruszkiem, z mózgiem toczonym sklerozą, wszyscy i tak darzyli wówczas człowieka szacunkiem, słuchali go i nieomal całowali w tyłek. Człowiek miał do swojej dyspozycji kongresowe komisje i podkomisje, mógł się tarzać w zawartości całych beczek wieprzowiny. Mógł brać udział w sterowaniu biegiem wydarzeń w najpotężniejszym kraju na świecie. Choć jego ciało było stare i słabe, wciąż drżeli przed nim młodzi, pełni wigoru mężczyźni. Kiedyś — Jintz dobrze o tym wiedział — osłabnie jego apetyt na jedzenie, picie i kobiety, lecz póki będzie działać mu w mózgu choć jedna sprawna komórka, zdoła cieszyć się władzą. I jakże tu się obawiać bliskości śmierci, jeżeli twoi bliźni nadal są ci posłuszni?

Tak więc Jintz miał powody do zmartwienia. Czy to możliwe, by wskutek jakiejś katastrofy mógł utracić swe miejsce w Kongresie? Nie było wyjścia; jego całe życie zależało od usunięcia Francisa Kennedy'ego z urzędu. Powiedział zatem do senatora Lambertino:

— Nie możemy dopuścić, by prezydent wystąpił jutro w telewizji.

Rozdział 13

David Jatney spędził cały miesiąc, czytając scenariusze, które wydawały mu się zupełnie beznadziejne. Pisał krótsze niż pół strony streszczenia, a następnie, na tej samej stronie, dorzucał swoją opinię. Miała się ona sprowadzać do kilku zaledwie zdań, lecz zazwyczaj zużywał po prostu resztę miejsca na kartce.

Pod koniec miesiąca przyszedł doń szef biura i powiedział:

— Davidzie, twoje dowcipy nikogo tu nie interesują. Wystarczą jedynie dwa zdania opinii. I nie traktuj autorów aż tak pogardliwie. Nie nasikali ci przecież na biurko. Oni po prostu próbowali napisać scenariusze.

— Ale wyszło im coś potwornego — odparł Jatney.

— Oczywiście, że tak — potwierdził szef. — Czy sądzisz, że pozwolilibyśmy ci czytać dobre teksty? Od tego mamy bardziej doświadczonych ludzi. A poza tym pamiętaj, że każdy z tych maszynopisów, które ty nazywasz okropnymi, został tu przysłany przez specjalnego agenta. Ten agent ma nadzieję zrobić na nim pieniądze i dlatego przeszły bardzo surowy test. Nie przyjmujemy maszynopisów poniżej pewnego poziomu, a to z obawy przed uwikłaniem się w procesy sądowe. Tak więc, bez względu na to, że są to kiepskie knoty, musimy je przeczytać, gdyż przysyła je agent. Jeżeli nie będziemy czytać złych scenariuszy agenta, to nie przyśle nam dobrych.

— Mógłbym machnąć o wiele lepsze — powiedział David.
Szef biura roześmiał się.

— Podobnie jak każdy z nas — zamilkł na chwilę, a potem dorzucił: — Kiedy go już napiszesz, to pozwól mi przeczytać.

W miesiąc później David Jatney dostarczył mu własny tekst. Szef przeczytał go w swoim gabinecie. Był uprzejmy. I powiedział łagodnie:

— Davidzie, to wcale nie oznacza, że nie powinieneś pisać. Lecz tak naprawdę po prostu nie rozumiesz, na czym polega kino. Widać to w twoich streszczeniach i twoich krytykach. Cały ten twój scenariusz również tego dowodzi. Słuchaj, chcę ci dopomóc. Naprawdę. Poczynając od przyszłego tygodnia, będziesz czytał książki, które zostały już wydane i oceniono, że można według nich napisać scenariusze.

David Jatney podziękował mu uprzejmie, lecz poczuł przypływ dobrze sobie znanej wściekłości. Znów był to głos starszego, niby mądrzejszego faceta, który dzierżył władzę.

Zaledwie w kilka dni później zadzwoniła doń sekretarka Deana Hockena i zapytała, czy ma wolny czas, by tego wieczoru zjeść obiad z jej szefem. David był tak zaskoczony, że potrzebował dobrej chwili, aby wydusić z siebie odpowiedź twierdzącą. Powiedziała mu, że ma stawić się w restauracji Michaela w Santa Monica o ósmej wieczór. Zaczęła udzielać mu informacji, jak znaleźć tę restaurację, lecz odpowiedział jej, że właśnie mieszka w Santa Monica i wie doskonale, gdzie się ta knajpa znajduje, co nie całkiem było zgodne z prawdą.

Niemniej David słyszał o restauracji Michaela. Czytał bowiem wszystkie gazety i magazyny oraz wysłuchiwał plotek w biurze. Lokal u Michaela był ulubioną knajpą ludzi z branży filmowej i muzycznej, którzy mieszkali w kolonii Malibu. Kiedy odłożył słuchawkę, zapytał szefa, czy wie, gdzie dokładnie mieści się ta restauracja, wzmiankując mimochodem, że wieczorem je tam obiad. Stwierdził, że zrobiło to na szefie wrażenie. Zdał sobie sprawę, że powinien był poczekać ze złożeniem swego scenariusza aż do tego obiadu. Zostałby wówczas potraktowany zupełnie inaczej.

Tego wieczoru, kiedy David Jatney wszedł do lokalu Michaela, zdziwiło go to, że tylko przednia jego część była zadaszona — pozostała część restauracji znajdowała się w ogrodzie upiększonym kwiatami i dużymi parasolami, które tworzyły baldachim zabezpieczający przed deszczem. Cała ta przestrzeń jarzyła się od świateł. Było tam po prostu pięknie; balsamiczne powietrze kwietniowego wieczoru, kwiaty oszałamiające zapachem, a nawet złoty księżyc nad głową. Jakież to odmienne od zimy w Utah! Wtedy to właśnie David Jatney postanowił nigdy już nie wracać do domu.

Podał swoje nazwisko recepcjonistce i zdziwił się, kiedy poprowadzono go bezpośrednio do jednego ze stolików w ogrodzie. Zaplanował sobie, że przyjdzie przed Hockenem; znał swoją rolę i zamierzał dobrze ją odegrać. Będzie mu okazywać absolutny szacunek, będzie czekał w restauracji na starego, poczciwego Hocka, ażeby dać mu dowód uznania dla jego władzy. Nadal zastanawiał się co do Hockena. Czy ten facet był rzeczywiście dla niego taki miły, czy też był najzwyczajniej hollywoodzkim udawaczem, zachowującym się protekcjonalnie w stosunku do syna kobiety, która go kiedyś odrzuciła, lecz teraz pewnie bardzo tego żałuje.

Przy stoliku, do którego go prowadzono, zobaczył Deana Hockena. Wraz z Hockenem była tam jakaś para. Pierwszą rzeczą, jaką sobie David uzmysłowił, było to, że Hocken specjalnie podał mu późniejszą godzinę, tak by nie musiał czekać. Niezwykła uprzejmość, która omal nie doprowadziła go do łez. Gdyż okazało się, iż oprócz tego, że David był paranoikiem i upatrywał w zachowaniu się innych ludzi przeróżnych złych motywów, potrafił przypisywać im również nieprawdopodobnie dobrotliwe zamiary.

Hocken wstał od stolika, uraczył go serdecznym „domowym" uściskiem, a następnie przedstawił mężczyźnie i kobiecie. Faceta Jatney rozpoznał od razu. Był to Gibson Grange, jeden z najsłynniejszych hollywoodzkich aktorów. Kobieta nazywała się Rosemary Belair i David zdziwił się, iż jakoś nie może z niczym skojarzyć jej nazwiska, gdyż była taka piękna, że

271

powinna być gwiazdą filmową. Miała długie czarne i połyskliwe włosy, a rysy jej twarzy przejawiały idealną wprost symetrię. Podkreślał to niezwykle wprost fachowo zrobiony makijaż. Nosiła elegancką wieczorową sukienkę, na którą narzuciła jakiś krótki żakiecik.

Pili wino; butelka tkwiła w srebrnym wiaderku. Hocken nalał Jatneyowi kieliszek.

Jedzenie było pyszne, powietrze balsamiczne, ogród niezwykle zaciszny. David odnosił wrażenie, iż żadne troski świata nie mają tu wstępu. Z mężczyzn i kobiet przy sąsiednich stolikach promieniowała pewność siebie; ci ludzie byli niemal panami życia i śmierci. Kiedyś i on znajdzie się w ich gronie.

W czasie obiadu słuchał i mówił mało. Przyglądał się współbiesiadnikom. Dean Hocken, stwierdził, jest bardzo pracowity i rzeczywiście tak miły, jak na to wygląda. Co jednak niekoniecznie znaczy — pomyślał w chwilę potem — że musi być dobrym człowiekiem. Zaczął sobie uświadamiać, że chociaż jest to z pozoru spotkanie towarzyskie, Rosemary i Hock usiłują namówić Gibsona Grange'a, by nakręcił z nimi jakiś film.

Wydawało się, że Rosemary Belair również była producentem. W istocie, uchodziła za jednego z największych producentów Hollywood.

David słuchał i obserwował. Nie brał udziału w rozmowie. Pozostała trójka zauważyła go, lecz wcale nie zamierzała się nim interesować. David był tego pewien.

Ale właśnie w tej chwili bardzo mu to odpowiadało. Zda się niewidzialny, mógł studiować do woli ten bezmierny świat, który miał nadzieję kiedyś podbić. Dziwił go jednak fakt, że Hocken zaaranżował ów obiad jedynie w tym celu, by dać swej przyjaciółce Rosemary okazję do namówienia Gibsona Grange'a, by ten zechciał zagrać w jej filmie. Ale czy musiał to robić? Hockena od Rosemary dzieliło coś na kształt zakłopotania, którego nie powinno tu być, chyba że zastąpiło ono wcześniejsze więzy natury erotycznej. Jawiło się to w sposobie, w jaki Hocken powstrzymywał Rosemary, ilekroć zagalopowywała się zbytnio w swej pogoni za Gibsonem. Przy jakiejś okazji powiedziała nawet do Grange'a:

— Ze mną jest znacznie zabawniej kręcić filmy niż z Hockiem.

A wówczas Hock roześmiał się i odpowiedział:

— Nam też zdarzało się nieźle zabawić, co Gib?

Aktor stwierdził rzeczowo:

— To był tylko interes. — Mówił to bez cienia uśmiechu.

Gibson Grange był „bankową" gwiazdą przemysłu kinematograficznego. Znaczyło to, że jeśli wyraził zgodę na nakręcenie filmu, film ten mógł być natychmiast zrealizowany przez dowolne studio. Dlatego właśnie Rosemary tak zażarcie go nagabywała. Wyglądał dokładnie tak, jak powinien. Był facetem w starym amerykańskim stylu Gary Coopera; chudy, z pociągłą twarzą, przypominał w jakimś stopniu Lincolna, a przypominałby go o wiele bardziej, gdyby Lincoln był przystojniejszy. Miał szczery przyjazny uśmiech i każdego, kto mówił, słuchał z niezwykłą uwagą. Opowiedział o sobie kilka dobrodusznych anegdotek, nawet dosyć śmiesznych. To zyskiwało mu szczególną sympatię. A także i fakt, że ubierał się w stylu, który był znacznie bardziej zgrzebny niż ów oficjalnie hollywoodzki: nosił workowate spodnie i mysioszary, choć najwyraźniej drogi sweter, starą marynarkę i zwykłą wełnianą koszulę. A jednak przyciągał wzrok wszystkich, ktokolwiek znajdował się w ogrodzie. Czy działo się tak dlatego, że jego twarz, w intymnym zbliżeniu kamery, oglądały całe miliony widzów? Czy istniały gdzieś jakieś tajemnicze pokłady ozonu, w których jego twarz miała na zawsze zachować swe rysy? Czy może było to jakieś zjawisko fizyczne, jak dotąd jeszcze nierozwiązane przez naukę? Ten facet był inteligentny i David wiedział o tym. Jego oczy, gdy słuchał Rosemary, były wyraźnie rozbawione, lecz nie protekcjonalne w wyrazie, a choć sprawiał wrażenie, jak gdyby zgadzał się ze wszystkim, co ona mówiła, najwyraźniej nie chciał się dać uwikłać w żadne zobowiązania. Był po prostu taki, jaki David bardzo pragnął być.

Popijali wino. Hocken zamówił deser — wspaniałe francuskie ciastka. Jatney nigdy jeszcze nie jadł czegoś równie smacznego. Jednakże Gibson Grange i Rosemary Belair nawet nie tknęli deseru i odsunęli go. Rosemary z dreszczem zgrozy, a Gibson Grange — z pobłażliwym uśmiechem. Ale to właśnie Rosemary z pewnością pozwoli się skusić w przyszłości. Bo Grange, zdaniem Davida, był całkowicie bezpieczny. Sprawiał wrażenie kogoś, kto nigdy w życiu nie skosztuje deseru, podczas gdy upadek Rosemary zdawał się nieunikniony.

Za namową Hockena David Jatney zjadł pozostałe desery. Potem nadal jeszcze siedzieli i rozmawiali. Hocken zamówił następną butelkę wina, lecz pił ją jedynie z Rosemary. I wtedy Jatney zauważył jeszcze jeden podtekst ich rozmowy — Rosemary zastawiała sidła na Gibsona Grange'a.

Podczas całego wieczoru Rosemary niemal nie odzywała się do Davida, lecz teraz ignorowała go już w takim stopniu, że musiał gawędzić z Hockenem o dawnych czasach w Utah. Ale obu ich w końcu tak bardzo zafascynowały zmagania pomiędzy Rosemary a Gibsonem, że umilkli.

W miarę jak czas upływał, a wino szumiało w głowach, Rosemary poczęła roztaczać pełnię swych uwodzicielskich uroków. Ujawniała wszystkie swoje zalety. Wpierw były to tylko ruchy ramion i mimika twarzy. Później przód jej sukienki w jakiś dziwny sposób osunął się nieco w dół, powiększając i tak już głęboki dekolt. Niespokojnie poruszające się nogi odsłoniły spore fragmenty ud. Jej dłonie delikatnie muskały twarz Gibsona, ilekroć tylko dała się ponieść własnym słowom. Czarowała dowcipem, opowiadała zabawne anegdoty i w ogóle ujawniała swą wrażliwość. Jej piękną twarz ożywiały rozliczne uczucia: sympatia wobec ludzi, z którymi pracowała, troska o członków najbliższej rodziny i zainteresowanie sukcesami przyjaciół. Przyznała się do głębokiego uczucia, jakim darzyła samego Deana Hockena; opowiedziała, jak dobry stary Hock dopomógł jej w karierze, nie szczędząc rad ani starań. W tym miejscu dobry stary Hock przerwał jej, by powiedzieć, że w istocie zasługiwała na taką pomoc, gdyż ciężko pracowała przy wszystkich jego filmach i zawsze była w stosunku do niego lojalna. Kiedy to mówił, Rosemary obdarzyła go pełnym wdzięczności spojrzeniem. W tym samym momencie David, bez reszty zauroczony, stwierdził, że musiał to być dla nich obojga okres wspaniałych wprost doświadczeń. Lecz Rosemary, złakniona dalszego pościgu za Gibsonem, przerwała mu w pół zdania.

David przeżył z tej przyczyny jak gdyby drobny szok, ale — co dziwne — nie poczuł do niej urazy. Była wszak taka piękna i bez reszty skoncentrowana na zdobywaniu tego, czego akurat zdarzyło jej się zapragnąć, podczas gdy cel owych pragnień poczynał jej się jawić z coraz to większą wyrazistością. Dziś w nocy musi mieć w swoim łóżku Gibsona Grange'a! Jej pragnienie było po dziecięcemu czyste i bezpośrednie, co sprawiało, że każda nieuprzejmość z jej strony stawała się nieomal miła.

Lecz nade wszystko podziwiał David zachowanie Gibsona Grange'a. Aktor był całkowicie świadom tego, co się dzieje. Zauważył opryskliwość Rosemary w stosunku do Davida i próbował ją jakoś załagodzić.

— Davidzie, któregoś dnia będziesz miał okazję... — zaczął, jak gdyby przepraszając za sposób bycia ludzi sławnych, których nie interesują wszak ci, co jeszcze nie zdobyli sławy. Lecz Rosemary przerwała mu czym prędzej. A Gibson nie oponował. Było w tym chyba coś więcej niż zwyczajna uprzejmość. Gibson miał w sobie chyba jakiś wrodzony czar, który stanowił, zda się, część jego osobowości. Obserwował Rosemary z autentycznym zainteresowaniem. Jego źrenice błyszczały, nie przestając wpatrywać się w jej oczy. Kiedy muskała go dłońmi, starał się iść w jej ślady. Wcale nie skrywał faktu, że mu się podobała. Jego usta trwały rozwarte w uśmiechu, który ujawniał naturalną słodycz, łagodził surowość twarzy, zmieniając ją w pogodną maskę.

Jednakże najwyraźniej nie reagował w sposób pożądany przez Rosemary. Uderzyła w kowadło, z którego nie posypały się iskry. Pociągnęła zatem łyk wina i rzuciła do gry ostateczną kartę. Wyjawiła bowiem swe najtajniejsze uczucia.

Zwracała się wprost do Gibsona, ignorując pozostałych dwóch mężczyzn. I tak manewrowała swym ciałem, że nagle znalazła się blisko obiektu swych zabiegów, oddzielając teraz Grange'a od Davida Jatneya i Hockena.

Nikt chyba nie byłby w stanie wątpić w namiętną szczerość jej głosu. W jej oczach pojawiły się łzy. Obnażyła przed Gibsonem całą swoją duszę.

— Chcę być kimś prawdziwym — mówiła. — Chcę wreszcie rzucić całe to gówno, to udawanie, ten rzekomy świat filmu. Nie przynosi on mi żadnego zadowolenia. Chcę uczynić świat czymś znacznie lepszym. Tak jak Matka Teresa czy Martin Luther King. Nie robię nic w tym celu, by życie stało się lepsze. Mogłabym przecież być pielęgniarką lub lekarką, mogłabym być pracownikiem opieki społecznej. Nienawidzę tego życia, tych przyjęć, tego ciągłego marnotrawienia czasu w samolocie, byleby tylko zdążyć na spotkanie z kimś ważnym. Nie lubię podejmowania decyzji w związku z jakimiś tam cholernymi filmami, które w żadnej mierze nie dopomogą ludzkości. Chcę zrobić coś prawdziwego. — Wyciągnęła rękę i ujęła dłoń Gibsona Grange'a.

Dla Davida było to czymś wspaniałym, owa możność stwierdzenia, dlaczego Grange został tak potężną gwiazdą w świecie filmu. Dlaczego zwykle reżyserował filmy, w których sam występował. Bo oto Gibson Grange zdecydowanym gestem ujął dłoń Rosemary oraz odsunął krzesło, aby z powrotem zająć centralną pozycję na planie. A Rosemary wciąż wpatrywała się weń namiętnie, czekając na jego odpowiedź. Uśmiechnął się do niej ciepło, a potem zwrócił twarz w stronę Davisa i Hockena. Oświadczył z tonem czułej aprobaty w głosie:

— Sprytna dziewczyna.

Dean Hocken wybuchnął śmiechem. David również nie zdołał powstrzymać uśmiechu. Rosemary wyglądała na oszołomioną, ale po chwili stwierdziła tonem żartobliwej wymówki:

— Gib, ty nigdy niczego nie bierzesz poważnie z wyjątkiem tych twoich podłych filmów. — I aby pokazać, że nie czuje się urażona, wyciągnęła doń rękę, którą Gibson Grange delikatnie ucałował.

David Jatney zastanawiał się nad tym wszystkim. Byli tacy

wyrafinowani i tacy subtelni. Najbardziej podziwiał Gibsona Grange'a. Napawał go podziwem fakt, że potrafił on wzgardzić kobietą tak piękną jak Rosemary Belair. I to, że potrafił ją przechytrzyć.

Rosemary przez cały wieczór ignorowała Davida, ale on w głębi duszy przyznał jej do tego prawo. Była najbardziej wpływową kobietą w najwspanialszej gałęzi przemysłu krajowego. Miała dostęp do znacznie bardziej wartościowych mężczyzn niż on. Toteż ze wszech miar mogła być dlań niegrzeczna. David wiedział, że nie robiła tego ze złośliwości. Po prostu uznała, że on nie istnieje.

Wszyscy byli zaskoczeni tym, że nastała już północ. Byli teraz ostatnimi gośćmi w restauracji. Hocken wstał, a Gibson Grange dopomógł Rosemary przywdziać żakiet, który zdjęła w trakcie swego namiętnego dyskursu. Wstając, zachwiała się lekko; była cokolwiek pijana.

— Och, Boże — powiedziała. — Nie mam odwagi sama prowadzić, a policja w tym mieście jest taka okropna. Gib, czy odwieziesz mnie do hotelu?

Gibson uśmiechnął się do niej.

— To aż w Beverly Hills. Ja i Hock jedziemy do mojego domu w Malibu. Więc David cię podwiezie. Prawda, Davidzie?

— Jasne — odparł Dean Hocken. — Nie masz chyba nic przeciwko temu, co, Davidzie?

— Oczywiście, że nie — stwierdził David Jatney. Lecz jego mózg wciąż pracował na pełnych obrotach. Jak, u diabła, do tego doszło? Dobry stary Hock wyglądał na zakłopotanego. Widocznie Gibson Grange skłamał. Wcale nie chciał odwozić Rosemary do domu, bo wolał uniknąć dalszych starć. A Hock był nie w sosie, bo musiał potwierdzić to kłamstwo, bowiem w przeciwnym razie podpadłby wielkiemu gwiazdorowi. A jest to coś, czego każdy producent unika za wszelką cenę. Potem zobaczył, jak Gibson lekko się doń uśmiecha, odsłaniając mu jakby swe myśli. Rzecz jasna o to chodziło, dlatego właśnie był tak znakomitym aktorem. Potrafił sprawić, że widownia odczytywała jego myśli, ledwie tylko zmarszczył brwi, pochylił głowę lub uśmiechnął się promiennie. A teraz, za sprawą samego spojrzenia, bez cienia złośliwości, przeciwnie, z uśmiechem na twarzy, zdawał się mówić do Davida Jatneya: „Ta suka ignorowała cię przez cały wieczór, była dla ciebie nieuprzejma jak diabli, lecz teraz oto sprawiłem, że stanie się twoją dłużniczką". David spojrzał na Hockena i spostrzegł, że ów również się uśmiecha. Nie był już taki zakłopotany. Właściwie wyglądał nawet na zadowolonego, jak gdyby również odczytał spojrzenie aktora.

Rosemary stwierdziła porywczo:

— Sama poprowadzę. — Kiedy to mówiła, wcale nie patrzyła na Davida.

— Nie mogę na to pozwolić, Rosemary — przerwał jej gładko Hocken. — Jesteś moim gościem. I to ja lałem ci za dużo wina. Jeżeli tak bardzo nie chcesz, żeby to właśnie David cię odwoził, ja sam, rzecz jasna, odtransportuję cię do hotelu. A potem zamówię taksówkę do Malibu.

Było to — z czego David zdawał sobie sprawę — znakomite wprost zagranie. Po raz pierwszy wyczuł w głosie Hockena nieszczerość. Oczywiście Rosemary nie mogła zgodzić się na taką propozycję. Bo gdyby się zgodziła, wyrządziłaby poważną zniewagę młodemu przyjacielowi swojego mentora. Naraziłaby zarówno Hockena jak Gibsona Grange'a na znaczne utrudnienia. Ale i tak nie osiągnęłaby swojego głównego celu, jakim było zmuszenie Gibsona, by odwiózł ją do domu. Została schwytana w pułapkę bez wyjścia.

I wtedy Gibson Grange zadał cios ostateczny.

— Tam do diabła, pojadę z tobą, Hock. Po prostu zdrzemnę się na tylnym siedzeniu, ażeby potem dotrzymać ci towarzystwa w Malibu — powiedział.

Rosemary uśmiechnęła się promiennie do Davida.

— Mam nadzieję, że nie sprawi ci to zbyt wiele kłopotu?

— Nie, nie sprawi — odparł David. Hocken poklepał go po ramieniu, Gibson Grange uśmiechnął się doń promiennie i zmrużył szelmowsko oko. Ów uśmiech i mrugnięcie przekazały Davidowi jeszcze jedną wiadomość. Obaj mężczyźni, jako

i pomógł jej wsiąść. Poczuł zapach wina i perfum. Potem udał się na drugą stronę samochodu, by usiąść na miejscu kierowcy, lecz zanim zdążył użyć kluczyka, drzwi same ustąpiły. To Rosemary otwarła je od środka specjalnie dla niego. Zdziwiło go to, nie sądził bowiem, że coś podobnego leży w jej charakterze.

Kilka minut zajęło mu opanowanie zasad prowadzenia tej ogromnej machiny. Za to ogromną przyjemność sprawiał mu dotyk siedzeń i woń czerwonej skóry obić. Czy był to naturalny zapach, czy też Rosemary spryskiwała swój wóz jakimiś specjalnymi perfumami? A prowadziło się wprost wspaniale. Po raz pierwszy zrozumiał przyjemność, jaką niektórzy ludzie czerpią z prowadzenia samochodu.

Mercedes zdawał się po prostu przelatywać nad powierzchnią mrocznych ulic. Siedzenie za kierownicą sprawiło mu tak wielką satysfakcję, że pół godziny potrzebne, aby dotrzeć do hotelu Beverly Hills, upłynęło jak okamgnienie. Przez cały ten czas Rosemary nie odzywała się doń. Zdjęła okulary i z powrotem włożyła je do torebki, a potem siedziała, milcząc. Raz tylko spojrzała na jego profil, jakby taksując go wzrokiem. Potem patrzyła już tylko przed siebie. David ani razu nie spojrzał w jej stronę ani nie przemówił. Cieszyło go spełnienie marzeń o jeździe pięknym samochodem, z piękną kobietą u boku, przez ulice najwspanialszego miasta na świecie.

Kiedy zatrzymał się przed opatrzonym baldachimem wejściem do hotelu Beverly Hills, wyjął kluczyki ze stacyjki i wręczył je Rosemary. Potem wysiadł i obszedł samochód, aby otworzyć drzwiczki z jej strony. W tej samej chwili jeden z parkingowych podszedł do nich wyłożonym czerwonym chodnikiem podjazdem i Rosemary wręczyła mu kluczyki. I Jatney zdał sobie sprawę, że winien je pozostawić w stacyjce.

Rosemary ruszyła w stronę wejścia do hotelu po wyłożonym czerwonym dywanem podjeździe, a David zrozumiał, że całkiem o nim zapomniała. Zbyt dumny był na to, by jej przypominać, iż zaproponowała mu odwiezienie hotelową limuzyną. Obserwował ją tylko. Pod zielonym baldachimem, w balsamicznym powietrzu, pośród złocistych refleksów świateł, wyglądała niczym zagubiona księżniczka. Potem zatrzymała się i odwróciła; wówczas zobaczył jej twarz i wydała mu się ona tak piękna, że aż poczuł gwałtowny skurcz serca.

Uznał, że widocznie przypomniała sobie o nim i że spodziewa się, iż pójdzie w ślad za nią, lecz odwróciła się znowu i spróbowała wejść po trzech stopniach, które dzieliły ją od drzwi. W tej samej chwili potknęła się, torebka wypadła jej z rąk, a cała jej zawartość rozsypała się po podłodze. Jatney puścił się pędem po czerwonym dywanie, aby jej pomóc.

Liczba zawartych w torebce przedmiotów zdawała się rosnąć! Jakby w jakiś magiczny sposób jawiły się wciąż nowe okazy. Były tam jakieś samotne kredki do warg, kosmetyczka, która się otworzyła, uzewnętrzniając wszelkie tajemice, było kółeczko z kluczami, które natychmiast pękło, rozsiewając po dywanie co najmniej dwadzieścia kluczy. Była fiolka z aspiryną i opakowanie z przepisanymi przez lekarza specyfikami. Ujrzał ogromną różową szczoteczkę do zębów, zapalniczkę — choć wcale nie było tam papierosów — tubkę pasty do zębów Binaca, mały plastikowy woreczek z niebieskimi majtkami i jakimś złowieszczo wyglądającym urządzeniem. A ponadto niezliczone monety, trochę banknotów, przybrudzoną białą lnianą chusteczkę do nosa i okulary w złocistych oprawkach, które z dala od klasycznych rysów twarzy Rosemary wyglądały wręcz staropanieńsko.

Rosemary patrzyła na to wszystko ze zgrozą, a potem rozpłakała się. Jatney przyklęknął na wyłożonym czerwonym dywanem podjeździe i zaczął zgarniać wszystko na powrót do torebki. Rosemary nie pomagała mu. Kiedy z hotelu wyszedł jeden z boyów, Jatney kazał mu przytrzymać otwartą torebkę, podczas gdy sam wpychał do niej wszystkie przedmioty.

W końcu zebrał już wszystko, wziął z rąk boya znów pełną torebkę i wręczył ją Rosemary. Widział jej upokorzenie i zastanawiał się, dlaczego tak to przeżywa.

Rosemary otarła łzy.

— Wejdź do mojego apartamentu na drinka. Zaczekasz, póki nie podjedzie hotelowa limuzyna. Cały wieczór nie miałam okazji z tobą pogadać.

David uśmiechnął się. Przypomniał sobie, jak Gibson Grange powiedział: „Sprytna dziewczyna". Ale był ciekaw, jak wygląda od środka słynny hotel Beverly Hills, i chciał jeszcze przez chwilę zostać w pobliżu Rosemary.

Uznał, że pomalowane na zielono ściany nie licują z tak wysoką klasą hotelu. Właściwie były ponure. Ale kiedy weszli do ogromnego apartamentu, zrobił on na nim wrażenie. Był pięknie umeblowany i miał duży taras. W jednym rogu znajdował się barek. Rosemary podeszła do niego i przyrządziła sobie drinka. Potem, zapytawszy go, czego się napije, przygotowała szklaneczkę również i dla Davida. Poprosił po prostu o czystą szkocką, chociaż rzadko kiedy zdarzyło mu się ją pić. Był trochę zdenerwowany. Rosemary otworzyła szklane rozsuwane drzwi na taras i wyprowadziła go na zewnątrz. Stał tam biały stolik ze szklanym blatem i cztery białe krzesła.

— Siądź tutaj, a ja tymczasem pójdę do łazienki — oznajmiła. — Potem trochę sobie pogawędzimy. — Zniknęła w apartamencie.

David przysiadł na jednym z krzeseł i sączył whisky. Poniżej znajdowały się wewnętrzne ogrody hotelu Beverly Hills. Dojrzał basen i korty tenisowe, ścieżki wiodące do bungalowów. Były tam drzewa i pojedyncze trawniki, a w świetle księżyca trawa zdawała się zieleńsza niż zwykle. Natomiast odbijające się od pomalowanych na różowo ścian hotelu światło nurzało wszystko w surrealistycznej nieomal poświacie.

Mniej więcej w dziesięć minut później wróciła Rosemary. Usiadła i jęła sączyć drinka. Teraz ubrana była w luźne białe spodnie i biały kaszmirowy pulower. Podciągnęła rękawy powyżej łokci. Uśmiechnęła się do niego; był to uśmiech wręcz oszałamiający. Zmyła już z twarzy cały makijaż i teraz bardziej mu się podobała. Jej wargi nie były już tak agresywnie namiętne, a oczy takie władcze. Sprawiała wrażenie młodszej i jakby bezbronnej. Jej głos, kiedy się odezwała, wydał się spokojniejszy, cichszy i mniej stanowczy.

— Hock wspominał, że piszesz scenariusze — powiedziała. — Czy masz coś, co chciałbyś mi pokazać? Możesz przesłać mi to do biura.

— Właściwie nie — odparł David. Odwzajemnił jej uśmiech. Nigdy nie pozwoli sobie na to, by mu coś odrzuciła.

— Ale Hock mówił, że jeden już skończyłeś — nalegała. — Zawsze szukam nowych autorów. Trudno jest znaleźć coś przyzwoitego.

— Cóż — upierał się Jatney. — Napisałem ich cztery czy pięć, ale były tak straszne, że sam je porwałem.

Zamilkli na chwilę. Milczenie nie sprawiało Davidowi trudności; było mu bowiem łatwiej milczeć niż mówić. W końcu Rosemary zapytała:

— Ile masz lat?

David nie cofnął się przed kłamstwem.

— Dwadzieścia sześć — powiedział.

Rosemary uśmiechnęła się do niego.

— Och, Boże, chciałabym znowu być taka młoda. Wiesz, kiedy tu przyjechałam, miałam osiemnaście lat, chciałam być aktorką i grałam same ogony. Wiesz, te jednolinijkowe role w telewizji. Ot, bohaterka kupuje coś od sprzedawczyni. Potem spotkałam Hocka, a on zrobił mnie swoją asystentką i nauczył wszystkiego, co teraz umiem. Pomógł mi zrobić mój pierwszy film i pomagał mi przez te wszystkie lata. Kocham Hocka i zawsze będę go kochać. Ale on jest bardzo twardy, taki jak dzisiaj wieczorem. Zmówili się z Gibsonem przeciwko mnie. — Rosemary potrząsnęła głową. — Zawsze chciałam być taka twarda jak Hock — powiedziała. — Brałam z niego wzór.

— Uważam, że jest miłym, łagodnym facetem — powiedział David.

— Bo on cię lubi — stwierdziła Rosemary. — Naprawdę. Sam mi o tym wspominał. Powiedział, że jesteś taki podobny do swojej matki i zachowujesz się zupełnie jak ona. Mówił, że rzeczywiście jesteś porządnym facetem, a nie naciągaczem. —

283

Przerwała na chwilę, a potem dodała: — Ja także to widzę. Nie wyobrażasz sobie, jakie upokorzenie przeżyłam, kiedy te wszystkie rzeczy wysypały mi się z torebki, a potem zobaczyłam, że ty to wszystko zbierasz, choć wcale przy tym na mnie nie spojrzałeś. Byłeś naprawdę strasznie miły. — Nachyliła się i pocałowała go w policzek. Poczuł inny, słodszy zapach emanujący teraz z jej ciała.

Wstała gwałtownie i weszła do pomieszczenia. Poszedł za nią. Zamknęła szklane drzwi od tarasu i przekręciła w nich klucz.

— Zadzwonię po tę limuzynę — oświadczyła. Uniosła słuchawkę telefonu. Ale zamiast wcisnąć klawisz, trzymała ją w ręce i patrzyła na Davida. On stał całkiem nieruchomo. Na tyle daleko, by nie być w zasięgu jej ręki.

— Davidzie — powiedziała w końcu — poproszę cię teraz o coś, co może dość dziwnie zabrzmi. Czy zostaniesz dzisiaj ze mną na noc? Czuję się bardzo podle i potrzebuję towarzystwa, ale chcę, żebyś mi obiecał, że nie będziesz niczego próbował. Czy moglibyśmy spać razem, ot, po prostu jak para przyjaciół?

Jatney był oszołomiony. Nigdy nie marzył, że ta piękna kobieta może chcieć kogoś takiego, jak on. Własne szczęście przyprawiło go o zawrót głowy. Lecz Rosemary czym prędzej rzuciła ostro:

— Mówię poważnie. Po prostu potrzebuję kogoś tak miłego jak ty, żeby był ze mną dziś w nocy. Musisz obiecać, że niczego nie będziesz próbował. Bo jeśliby tak było, bardzo bym się gniewała.

Davidowi zdawało się to nazbyt zagmatwane. Uśmiechnął się i, jakby nie rozumiejąc, powiedział:

— Będę siedział na tarasie albo spał tutaj, na kanapie w salonie.

— Nie — zaprotestowała Rosemary. — Nie. Po prostu chcę, żeby ktoś mnie przytulił i zasnął wraz ze mną. Po prostu nie chcę być sama. Możesz mi to obiecać?

David usłyszał teraz swój własny głos:

— Nie mam co na siebie włożyć. To znaczy... w łóżku.

— Weź po prostu prysznic i śpij nago, nie sprawi mi to żadnej różnicy — odrzekła żwawo Rosemary.

Z salonu wchodziło się do hallu. Była tam dodatkowa łazienka, z której Rosemary poleciła Davidowi skorzystać. Nie chciała, aby zaglądał do jej łazienki. Jatney wziął prysznic i umył zęby, używając mydła i chusteczek higienicznych. Po wewnętrznej stronie na drzwiach wisiał szlafrok kąpielowy z wyszytymi na niebiesko literami, które w elegancki sposób układały się w napis Hotel Beverly Hills. Wszedł do sypialni i stwierdził, że Rosemary nadal jeszcze przebywa w drugiej łazience. Stał niepewny, nie śmiejąc wejść do łóżka, które zostało już rozesłane przez pokojówkę. W końcu Rosemary wyszła z łazienki ubrana we flanelową nocną koszulę, która była tak elegancko skrojona i opatrzona tak wspaniałym wzorem, iż jej właścicielka wyglądała niczym lalka na wystawie sklepu z zabawkami.

— Chodź, wejdź do łóżka — powiedziała. — Czy potrzebujesz valium lub tabletkę nasenną? — I David wiedział, że ona już jedną zażyła. Usiadła na brzegu łóżka, a potem wślizgnęła się pod pościel. W końcu on także poszedł w jej ślady, lecz wciąż jeszcze miał na sobie szlafrok kąpielowy. Leżeli jedno przy drugim. Kiedy zgasiła lampkę na nocnym stoliku po swojej stronie, zapanował nieprzejrzany mrok.

— Przytul mnie — powiedziała, a potem przez długą chwilę trzymali się w objęciach. Później Rosemary przetoczyła się na swoją stronę łóżka, mówiąc:

— Przyjemnych snów.

David leżał na wznak i wpatrywał się w sufit. Nie śmiał zdjąć szlafroka, nie chciał, żeby pomyślała, iż chce leżeć obok niej nagi. Zastanawiał się, czy ma powiedzieć o tym Hockowi, kiedy spotkają się następnym razem, ale zrozumiał, że zostałoby to uznane za żart, że spał z tak piękną kobietą i do niczego nie doszło. A może Hock uznałby, że kłamie? Żałował, że nie zażył tabletki nasennej, którą proponowała mu Rosemary. Ona już spała, pochrapując ledwie dosłyszalnie.

David postanowił wrócić do salonu i wyszedł z łóżka. Rosemary obudziła się.

— Możesz mi przynieść trochę wody „Evian"? — wymruczała sennie.

Poszedł do salonu i nalał dwie szklanki wody „Evian" z odrobiną lodu. Upił trochę ze swojej szklanki, dopełnił ją znowu, a potem wrócił do sypialni. W świetle padającym z hallu zobaczył, że Rosemary siada, mocno otulając się pościelą. Podał jej szklankę, a ona wyciągnęła po nią nagie ramię. W ciemności dotknął górnej części jej ciała. Dopiero później odnalazł wyciągniętą rękę i zdołał podać szklankę. Wtedy zdał sobie sprawę, że Rosemary jest naga. Kiedy piła, wsunął się do łóżka, ale wcześniej pozwolił, by jego szlafrok osunął się na podłogę.

Usłyszał, że odstawia szklankę na nocny stolik, a wtedy wyciągnął rękę i dotknął jej. Poczuł nagie plecy i miękkość pośladków. Obróciła się na bok, wpadając mu wprost w ramiona, a jego tors przylgnął do jej nagich piersi. Wzięła go w objęcia, a żar ich ciał sprawił, że całując się, zrzucili z siebie kołdrę. Całowali się długo. Rosemary wsunęła mu język do ust, a wtedy on nie zdołał już dłużej wytrzymać i znalazł się na niej. Potem jej dłoń, gładka niczym jedwab, przyzwalająco skierowała go w głąb. Kochali się niemal w milczeniu, jak gdyby w obawie, że ktoś ich podsłucha, aż w końcu oba ciała wygięły się w łuk, szybując gdzieś ku niedosiężnym szczytom. A potem znowu legli oddzieleni.

Wówczas wyszeptała:

— A teraz śpij. — Pocałowała go delikatnie w sam kącik ust.

— Chcę cię zobaczyć — powiedział.

— Nie — szepnęła.

David sięgnął ponad nią i zapalił lampkę na jej nocnym stoliku. Rosemary zamknęła oczy. Nadal była piękna. Nawet kiedy zaspokoiła już pragnienie i leżała w bezruchu, całkiem odarta ze wszelkich upiększeń, własnej kokieterii tudzież gry refleksów specjalnego oświetlenia. Ale było to już inne piękno.

Kochał się z nią ze zwierzęcej potrzeby, dlatego że była blisko. Ot, naturalna fizyczna reakcja jego ciała. Ona zaś kochała się z nim z potrzeby serca, z powodu jakiegoś natarczywego bodźca kołaczącego w mózgu. A teraz, w blasku jednej tylko lampki, jej nagie ciało nie napawało już przerażeniem. Jej piersi były małe, z maleńkimi brodawkami, jej ciało zdawało się teraz jakby mniejsze, nogi nie takie długie, biodra nie tak szerokie, uda trochę za szczupłe. Rozwarła oczy, patrząc wprost na niego.

— Jesteś taka piękna — powiedział.

Ucałował jej piersi, a kiedy to robił, ona wyciągnęła rękę i zgasiła światło. Kochali się znowu, a potem zasnęli.

Kiedy się obudził i wyciągnął rękę, jej już nie było. Ubrał się więc pospiesznie i założył zegarek. Była siódma rano. Zastał ją na tarasie w czerwonym dresie do joggingu, na tle którego jej czarne włosy wydawały się jeszcze ciemniejsze. Służba hotelowa wtoczyła już stolik ze srebrnym dzbankiem z kawą, srebrnym dzbanuszkiem z mlekiem i pełnym asortymentem talerzy przykrytych metalowymi pokrywkami, żeby jedzenie nie wystygło.

Rosemary uśmiechnęła się do niego, mówiąc:

— Zamówiłam dla ciebie. Właśnie miałam cię obudzić. Ja muszę odbyć swój poranny bieg, zanim zacznę pracę.

Usiadł przy stoliku, a ona nalała mu kawy i zdjęła pokrywkę z talerza, na którym znajdowały się jajka i pokrajane w plasterki owoce. Potem wypiła swój sok pomarańczowy i wstała.

— Nie spiesz się — powiedziała. — Dziękuję, że zostałeś wczoraj w nocy.

David chciał, żeby zjadła z nim śniadanie, chciał, aby dowiodła, że naprawdę go lubi, chciał mieć jakąś szansę, porozmawiać z nią, opowiedzieć jej o swoim życiu, powiedzieć coś, co by sprawiło, aby się nim zainteresowała. Lecz ona nałożyła na włosy białą opaskę i właśnie sznurowała buty do joggingu. Wstała. David powiedział, nie wiedząc, że twarz drga mu nerwowo z emocji:

— Kiedy cię znów zobaczę? — I ledwie to powiedział, zrozumiał, że popełnił straszny błąd.

Rosemary zmierzała już ku drzwiom, lecz zatrzymała się.

— Przez następne kilka tygodni będę bardzo zajęta. Muszę jechać do Nowego Jorku. Kiedy wrócę, zadzwonię do ciebie. — Nie zapytała go nawet o numer telefonu.

samcy, stali po jego stronie. Samotna, acz potężna samica zawstydziła jednego z braci samców i teraz miała ponieść karę. Ponadto fakt, że za mocno szarżowała na Gibsona. To nie było na miejscu, by kobieta robiła coś takiego wobec mężczyzny, który przewyższał ją władzą. Zadali więc jej *ego* mistrzowski cios, żeby w ten sposób osadzić ją na właściwym miejscu. A wszystko to zostało zrobione z takim cudownym humorem i niby tak uprzejmie. I jeszcze jedna sprawa. Ci faceci nie zapomnieli jeszcze o czasach, gdy byli równie młodzi i silni jak David. Zaprosili go na obiad, ażeby mu dowieść, że sukces nie sprawił, iż przestali być wierni braciom-samcom. Uświęcona przez czas praktyka, doskonalona w ciągu całych wieków i polegająca na tym, by niweczyć jakikolwiek przejaw zawiści i zemsty. Rosemary nie honorowała tych zasad, nie pamiętała już czasów, gdy sama była bezsilna, dlatego dziś wieczorem otrzymała nauczkę. A jednak David był po stronie Rosemary — zbyt była piękna, ażeby ją ranić.

Wyszli razem na parking, a następnie, kiedy dwaj mężczyźni wsiedli do porsche Hockena i odjechali z głośnym rykiem silnika, David poprowadził Rosemary do swojej starej toyoty.

— Do licha — powiedziała Rosemary — przecież nie mogę wysiąść przed hotelem Beverly Hills z takiej koszmarnej gabloty. — Rozejrzała się i dodała: — Muszę odnaleźć mój samochód. Słuchaj, Davidzie, czy masz coś przeciwko temu, żeby mnie odwieźć moim mercedesem? Jest tu gdzieś w pobliżu. A potem każę cię odwieźć hotelową limuzyną. W ten sposób nie będę musiała rano sprowadzać mojego samochodu. Moglibyśmy tak zrobić? — Uśmiechnęła się do niego słodko, a potem sięgnęła do torebki i włożyła okulary. Wskazała na jeden z niewielu samochodów, które jeszcze stały na parkingu, i powiedziała: — O, tam jest.

Jatney, który dostrzegł jej samochód, ledwie tylko wyszli na zewnątrz, był zdziwiony. Potem zdał sobie sprawę, że Rosemary musi być chyba okropnym krótkowidzem. Może to właśnie ów krótki wzrok był przyczyną, że ignorowała go podczas obiadu.

Podała mu kluczyki, a on otworzył drzwiczki po jej stronie

Potem jak gdyby uderzyła ją inna myśl. Podniosła słuchawkę i zadzwoniła po limuzynę, która miała odwieźć Davida z powrotem do Santa Monica. Powiedziała do niego:

— To zostanie zapisane na mój rachunek. Czy potrzebujesz jakichś drobnych na napiwek dla kierowcy?

David przez dłuższą chwilę wpatrywał się w nią zdumiony. A ona sięgnęła po torebkę, otworzyła ją i spytała:

— Ile będziesz potrzebował na napiwek?

Jatney nie mógł się już powstrzymać. Nie wiedział, że jego twarz wykrzywia teraz grymas złości i nienawiści. Powiedział, świadomie chcąc ją obrazić:

— Powinnaś to chyba wiedzieć lepiej ode mnie.

Rosemary zatrzasnęła torebkę i wyszła z apartamentu.

Nigdy do niego nie zadzwoniła. Czekał aż dwa miesiące, a potem, któregoś dnia na parkingu studia filmowego, zobaczył, jak wychodziła z biura Hockena wraz z Gibsonem Grange'em i Deanem. Czekał w pobliżu miejsca Hockena na parkingu, tak aby musieli się z nim przywitać. Hocken uścisnął go lekko i powiedział, że muszą kiedyś umówić się na obiad. Pytał, jak idzie mu praca. Gibson Grange podał mu rękę i obdarzył krzywym, choć przyjaznym uśmiechem, a jego przystojna twarz promieniowała spokojną pewnością siebie. Rosemary spojrzała nań bez cienia uśmiechu. Tak naprawdę sprawiła mu ból, gdyż niemal odniósł wrażenie, iż rzeczywiście o nim zapomniała.

Rozdział 14

Matthew Gladyce, sekretarz prasowy prezydenta, wiedział, że w ciągu następnych dwudziestu czterech godzin będzie zmuszony podjąć najważniejszą decyzję w swej zawodowej karierze. Do jego zadań należało kontrolowanie wypowiedzi środków masowego przekazu na temat tragicznych i wstrząsających wydarzeń ostatnich trzech dni. Miał teraz poinformować naród amerykański, jakie kroki podjął prezydent, ażeby stawić czoło wydarzeniom, a także usprawiedliwić jego poczynania. Gladyce musiał być bardzo ostrożny.

I oto teraz, w ten czwartkowy ranek po Wielkanocy, tkwiąc w samy środku prawdziwej ognistej kuli kłopotów, Matthew Gladyce odciął się od bezpośredniego kontaktu z mediami. Jego młodsi asystenci zwoływali wprawdzie spotkania w Sali Konferencji Prasowych Białego Domu, niemniej musieli się ograniczać do wydawania starannie skomponowanych komunikatów prasowych i stosowania uników wobec natarczywych pytań.

Matthew nie odbierał telefonów dzwoniących bez przerwy w biurze; jego sekretarki przyjmowały wszelkie rozmowy, spławiając nachalnych dziennikarzy i wpływowych komentatorów telewizyjnych, próbujących wyegzekwować długi, jakie miał względem nich. Jego zadaniem było chronienie prezydenta Stanów Zjednoczonych.

Ze swojego wieloletniego doświadczenia dziennikarskiego Matthew Gladyce wiedział, że nie ma w Ameryce bardziej otaczanego czcią rytuału niż tradycyjna bezczelność prasy i telewizji w stosunku do ważnych członków establishmentu. Wszechwładne gwiazdy telewizyjne zakrzykiwały z reguły łagodnych członków gabinetu, załatwiały na cacy samego prezydenta i z zajadłością godną prokuratorów poddawały męczącym przesłuchaniom kandydatów na wysokie urzędy. W imię wolności słowa gazety drukowały szkalujące artykuły. W swoim czasie był częścią tego wszystkiego i nawet to podziwiał. Sprawiała mu przyjemność zapiekła nienawiść, jaką każdy urzędnik państwowy wyższego szczebla odczuwał do przedstawicieli środków masowego przekazu. Lecz ten stan rzeczy zmienił się podczas trzech lat, które spędził jako sekretarz prasowy. Podobnie jak i pozostali członkowie administracji — a w istocie tak samo jak wszyscy funkcjonariusze w dziejach rządów tego kraju — począł stopniowo lekceważyć i dewaluować ową wielką instytucję demokracji zwaną wolnością słowa. Tak jak wszyscy ludzie związani z władzą, zaczął uważać swobody dla prasy za najzwyklejszą zbrodnię. Środki masowego przekazu to uświęceni przestępcy, którzy odzierali zarówno instytucje, jak i prywatnych obywateli z ich dobrego imienia, czyniąc to tylko po to, by sprzedać swoje gazety i reklamówki w nakładzie aż trzydziestu milionów egzemplarzy.

Ale dzisiaj nie odda tym draniom ani piędzi boiska. I będzie im posyłał same szybkie piłki.

Wrócił myślami do ostatnich czterech dni i do wszystkich tych pytań, jakie przyszło mu odparowywać. Prezydent odciął się od wszelkich bezpośrednich kontaktów i oto Matthew Gladyce ponosił tego skutki. W poniedziałek treścią napaści było: „Dlaczego porywacze nie zgłosili żadnych żądań? Czy porwanie córki prezydenta ma jakiś związek z zabójstwem papieża?". Dzięki Bogu już samo życie odpowiedziało na to pytanie. Teraz już wiadomo. Oba fakty były ze sobą powiązane. Porywacze przedstawili żądania.

Pod bezpośrednim nadzorem samego prezydenta Gladyce

przygotował oświadczenie prasowe. Oba wydarzenia były jednomyślnym atakiem na prestiż i światowy autorytet Stanów Zjednoczonych. A potem zamordowanie córki prezydenta i te głupie pieprzone pytania: „Jak zareagował prezydent, kiedy usłyszał o zabójstwie?". W tym momencie Gladyce stracił już całe swe opanowanie. „A jak, u diabła, miał zareagować? Jak sądzisz, debilu?", zapytał komentatora. A potem jeszcze drugi głos w tym samym stylu: „Czy to przywodzi jakieś wspomnienia z czasów, kiedy zamordowano stryjów prezydenta?". Wówczas Gladyce postanowił, że zostawi prowadzenie owych konferencji swym młodszym asystentom.

Ale teraz musiał zająć miejsce na scenie. Będzie musiał bronić ultimatum prezydenta, wysuniętego wobec sułtana Sherhabenu. Pominie milczeniem groźbę zniszczenia sułtanatu. Powie, że jeśli zakładnicy zostaną uwolnieni, a Yabril uwięziony, miasto Dak uniknie zagłady. To sformułowanie pozostawi mu furtkę na wypadek, gdyby Dak został obrócony w gruzy. Ale najważniejsze ze wszystkiego było to, że prezydent Stanów Zjednoczonych wystąpi po południu w telewizji z ważnym przesłaniem do narodu.

Zerknął przez okno swojego biura. Biały Dom był otoczony telewizyjnymi wozami transmisyjnymi i korespondentami z całego świata. A pieprzyć ich, pomyślał Gladyce. Dowiedzą się tylko tego, co zechcę, żeby wiedzieli.

Czwartek
Sherhaben

Wysłannicy Stanów Zjednoczonych przybyli do Sherhabenu. Ich samolot wylądował na równoległym pasie, daleko od obszaru, na którym znajdował się samolot z zakładnikami, pozostający w mocy Yabrila i nadal otoczony przez wojska sułtana. Za tymi oddziałami stały watahy telewizyjnych wozów transmisyjnych, kłębili się korespondenci z całego świata i stał ogromny tłum gapiów, którzy ściągnęli tu z miasta Dak.

Ambasador Sherhabenu, Sharif Waleeb, zażył tabletki, by przespać większą część drogi. Bert Audick i Arthur Wix rozmawiali. Audick próbował nakłonić Wixa, by zmodyfikował żądania prezydenta, tak aby uzyskać zwolnienie zakładników bez podejmowania żadnej drastycznej akcji.

W końcu Wix powiedział do Audicka:

— Nie mam żadnych upoważnień do prowadzenia jakichkolwiek negocjacji. Otrzymałem od prezydenta bardzo surowe polecenie — poigrali już sobie, a teraz mają tańczyć tak, jak my im zagramy.

— Na litość boską, jesteś przecież doradcą do spraw bezpieczeństwa narodowego! A więc poradź coś! — odparł ponuro Audick.

Lecz Wix trwał nieporuszenie przy swoim:

— Nie ma tu nic do doradzania. Prezydent podjął decyzję i cześć!

Po przyjeździe do pałacu Wixa i Audicka odprowadzono do ich apartamentów, pilnowanych przez uzbrojonych strażników. Właściwie wyglądało na to, że pałac został zajęty przez jednostki wojskowe. Ambasadora Waleeba zaprowadzono przed oblicze sułtana, gdzie formalnie przedstawił dokument z ultimatum.

Sułtan nie uwierzył w groźbę. Uznał, iż tego małego człowieczka, jego ambasadora, byłby w stanie zastraszyć każdy, kto by tylko zechciał.

— Jakie wrażenie robił Kennedy, kiedy ci o tym mówił? — zapytał. Czyżby miał się okazać człowiekiem, który rzuca tak straszliwe groźby na wiatr? Czy jego rząd istotnie poparłby taką akcję? Kennedy rzuciłby przecież w ten sposób na szalę całą swą karierę polityczną. Czyż nie jest to jedynie chwyt, aby ułatwić sobie negocjacje?

Waleeb podniósł się z obitego złotym brokatem krzesła, na którym siedział. Jego maleńka, niby marionetkowa postać nabrała nagle jakby cech wielkości. „Facet ma dobry głos", zauważył sułtan.

— Wasza Wysokość — powiedział Waleeb. — Kennedy

292

wiedział dokładnie, co ma nam powiedzieć, i to słowo po słowie. W dwadzieścia cztery godziny po zniszczeniu Daku, jeżeli Wasza Wysokość i wówczas nie zastosuje się do jego żądań, zostanie zniszczony cały Sherhaben. Dlatego właśnie nie można ocalić Daku. To jedyny sposób, w jaki on może przekonać Waszą Wysokość o powadze swego zamiaru. Powiedział także, że wie, iż dopiero wówczas, gdy Dak pójdzie w gruzy, Wasza Wysokość przystanie na jego żądania. Ale nie wcześniej. Był całkiem spokojny. Uśmiechał się. Nie jest już tym człowiekiem, którym był kiedyś. Jest Azazelem.

Nieco później obaj wysłannicy prezydenta Stanów Zjednoczonych zostali wprowadzeni do pięknej sali audiencyjnej, do której przynależały również klimatyzowane tarasy i basen. Obsługiwali ich służący w arabskich strojach, którzy przynieśli im jadło i napoje bezalkoholowe. Sułtan przywitał ich w otoczeniu doradców i obstawy.

Ambasador Waleeb dokonał prezentacji. Berta Audicka sułtan już znał. W przeszłości byli mocno ze sobą związani za sprawą handlu ropą. Audick gościł go również u siebie, kiedy sułtan parę razy odwiedzał Amerykę. Był dyskretnym i dbałym gospodarzem. Toteż sułtan witał go bardzo ciepło.

Natomiast drugi mężczyzna stanowił dlań niespodziankę. Toteż sułtan doznał nagłego skurczu serca i, czując bliskość niebezpieczeństwa, nieomal zaczął wierzyć w realność groźby Kennedy'ego. Gdyż drugim z trybunów, jak ich określał w myśli sułtan, był nie kto inny, jak tylko Arthur Wix, doradca prezydenta do spraw bezpieczeństwa narodowego, a ponadto Żyd. Cieszył się on reputacją najbardziej wpływowej postaci w USA, gdy szło o sprawy militarne, i był zawziętym wrogiem państw arabskich w ich walce z Izraelem. Sułtan zauważył, że Arthur Wix nie wyciągnął ręki na powitanie, a jedynie skłonił się z zimną kurtuazją.

Następnie sułtan pomyślał, że skoro groźba prezydenta jest realna, to dlaczego wysyła tak wysokiej rangi urzędników w tak niebezpieczne miejsce? A gdyby tak on, sułtan, wziął ich za zakładników, to czyż mogliby być bezpieczni w trakcie ataku na Sherhaben? Czy rzeczywiście Bert Audick zechciałby przylecieć tutaj i ryzykować własne życie? Z tego, co wiedział o Audicku — z całą pewnością nie. Oznaczało to więc, że możliwość negocjacji istnieje i że groźba Kennedy'ego to tylko blef. Lub też, że Kennedy to zwykły szaleniec i nie dba o to, co stanie się z jego wysłannikami. I tak czy owak spełni swoją groźbę. Rozejrzał się po swojej sali audiencyjnej, która służyła również za salę tronową. Była daleko bardziej luksusowa niż jakiekolwiek pomieszczenie w Białym Domu. Ściany pomalowane były na złoto, dywany należały do najdroższych na świecie, a pokrywały je jedyne w swym rodzaju wzory; marmur olśniewał czystością i doskonałością rysunku. I teraz to wszystko miałoby ulec zagładzie?

Przemówił ze spokojnym dostojeństwem:

— Mój ambasador doręczył mi przesłanie waszego prezydenta. Bardzo trudno mi uwierzyć, że przywódca wolnego państwa ośmiela się rzucać taką groźbą, a jeszcze trudniej, że mógłby ją zrealizować. I nie wiem, co począć. Jakiż mogę mieć wpływ na tego bandytę, Yabrila? Czyżby wasz prezydent był następnym Attylą? Czy wyobraża sobie, że włada starożytnym Rzymem, a nie Ameryką?

Teraz z kolei odezwał się Audick.

— Sułtanie Maurobi, przybyłem tutaj jako twój przyjaciel, by pomóc tobie i twojemu krajowi. Prezydent zamierza zrobić to, czym grozi. Wydaje mi się, że nie masz alternatywy i musisz nam wydać Yabrila.

Sułtan milczał przez dłuższą chwilę, a następnie zwrócił się do Arthura Wixa.

— A co pan tutaj robi? — powiedział z ironią. — Czy Ameryka może sobie pozwolić na utratę tak ważnego człowieka, jak pan, jeżeli nie zastosuję się do żądań prezydenta?

— Fakt, że Wasza Wysokość może nas zatrzymać jako zakładników, został starannie przedyskutowany — odparł Arthur Wix. Był całkowicie bierny. Nie okazywał gniewu ani nienawiści, jakie zazwyczaj odczuwał w stosunku do sułtana. — Jako głowa niezawisłego państwa Wasza Wysokość ma całkowitą rację, wybuchając gniewem i odpowiadając pogróżkami. Ale z tego właśnie powodu tu jestem. Żeby zapewnić Waszą Wysokość, iż zostały wydane niezbędne rozkazy wojskowe. Prezydent ma w tej mierze uprawnienia, jako głównodowodzący amerykańskich sił zbrojnych. Już wkrótce miasto Dak przestanie istnieć. A w dwadzieścia cztery godziny później, jeżeli Wasza Wysokość nie zastosuje się do naszych żądań, również i państwo Sherhaben zostanie zniszczone. Wszystko to pójdzie w gruzy — omiótł ruchem ręki całą salę — a Wasza Wysokość będzie żyć na łasce władców sąsiednich państw. Wasza Wysokość nadal będzie sułtanem, ale sułtanem pustkowi.

Sułtan nie okazał trawiącej go teraz wściekłości. Zwrócił się do drugiego Amerykanina.

— Czy ma pan jeszcze coś do dodania?

Bert Audick tłumaczył pokrętnie:

— Nie ma wątpliwości, że Kennedy zamierza spełnić swoją groźbę. Ale w naszym rządzie są również inni ludzie, a ci wyrażają wręcz przeciwne zdanie. Ten czyn może przesądzić o jego prezydenturze. — Zwrócił się do Arthura Wixa i rzekł przepraszającym tonem: — Wydaje mi się, że powinniśmy mówić o tym otwarcie.

Wix spojrzał nań ponuro. Obawiał się tej możliwości. Pod względem strategicznym zawsze istnieje ewentualność, że Audick będzie próbował coś wykombinować. Skurczybyk, będzie chciał wywrócić cały interes do góry nogami. Tylko po to, żeby uratować swoje pieprzone pięćdziesiąt miliardów!

Arthur Wix spojrzał jadowicie na Audicka i rzekł do sułtana:

— Nie ma już czasu na żadne negocjacje.

Audick rzucił Wixowi wyzywające spojrzenie, a następnie zwrócił się znów do sułtana.

— Uważam, że będzie rzeczą uczciwą, zważywszy na nasze długoletnie związki, powiedzieć, że istnieje jeszcze jedna nadzieja. I czuję, że muszę to zrobić teraz, raczej w obecności mojego rodaka niźli na audiencji prywatnej, co mógłbym wszakże uczynić z łatwością. Kongres Stanów Zjednoczonych zwołuje właśnie specjalną sesję, aby zawiesić prezydenta Kennedy'ego w jego uprawnieniach. Jeżeli ogłosimy wiadomość, że zakładnicy odzyskają wolność, wówczas gwarantuję, że miasto Dak nie zostanie zniszczone.

— I nie będę musiał wydawać Yabrila? — zapytał sułtan.

— Nie — odparł Bert Audick. — Ale nie możesz zabiegać o zwolnienie zabójcy papieża.

Sułtan, pomimo swych dobrych manier, nie potrafił ukryć nuty radości, która pobrzmiewała w jego głosie, gdy powiedział:

— Panie Wix, czy to nie rozsądniejsze rozwiązanie?

— Mój prezydent miałby być zawieszony z tej racji, że jakiś terrorysta zamordował mu córkę? A potem jeszcze morderca miałby ujść wolno? — zapytał Wix. — Nie, w żadnym wypadku.

— Zawsze możemy dopaść tego faceta później — zauważył Audick.

Wix obdarzył go spojrzeniem tak pełnym pogardy i nienawiści, iż Audick przekonał się, że ma w nim odtąd dozgonnego wroga.

— Za dwie godziny wszyscy spotkamy się z moim przyjacielem Yabrilem — powiedział sułtan. — Razem zjemy obiad i dojdziemy do porozumienia. Postaram się go nakłonić, bądź to za pomocą słodkich słów, bądź za pomocą siły. A zakładnicy będą wolni, gdy tylko dowiemy się, że miasto Dak jest bezpieczne. Panowie, macie na to moje słowo muzułmanina i władcy Sherhabenu.

Następnie sułtan wydał rozkazy dla swojego centrum komunikacyjnego, by zawiadomiło go o wynikach głosowania w Kongresie, gdy tylko będą one znane. Kazał odprowadzić amerykańskich wysłanników do ich pokoi, by mogli się wykąpać i przebrać.

Sułtan rozkazał, by przemycono jakoś Yabrila z samolotu i dostarczono go do pałacu. Yabrilowi kazano czekać w ogromnej sali audiencyjnej. Zauważył wówczas, że wypełniają ją umundurowani strażnicy. Były i inne oznaki, że pałac jest w stanie gotowości bojowej. Yabril natychmiast wyczuł, że znalazł się w pułapce, ale nie mógł nic na to poradzić.

Kiedy go wprowadzono do sali, poczuł ulgę, gdyż sułtan powitał go uśmiechem. Następnie poinformował go, co takiego wydarzyło się podczas wizyty amerykańskich wysłanników.

— Obiecałem im, że uwolnisz zakładników bez dalszych negocjacji — oświadczył sułtan. — A teraz czekamy na decyzje amerykańskiego Kongresu.

— Ale to będzie oznaczać, że opuściłem mojego przyjaciela, Romea — powiedział Yabril. — To cios dla mojej reputacji!

Sułtan uśmiechnął się.

— Jeżeli będą go sądzić za zamordowanie papieża, to twoja sprawa zyska jeszcze większy rozgłos. A fakt, że ujdziesz wolno po zamordowaniu córki prezydenta Stanów Zjednoczonych, przyniesie ci tylko chwałę. Na koniec zrobiłeś mi przykrą niespodziankę. Zabić młodą dziewczynę, i to z zimną krwią! To mi się nie podoba i właściwie wcale nie było mądre.

— To uzmysłowiło światu pewną sprawę — powiedział Yabril. — Że nigdy nie zamierzałem wypuścić jej żywej z tego samolotu.

— Teraz z pewnością jesteś zadowolony — podsumował sułtan. — Bo w rezultacie wysadziłeś z siodła prezydenta Stanów Zjednoczonych. A to już wykraczało poza twoje najśmielsze marzenia.

Sułtan wydał rozkaz jednemu z członków świty:

— Idź do apartamentów tego Amerykanina, pana Audicka, i przyprowadź go do nas.

Kiedy Bert Audick wszedł do sali, nie zdradzał bynajmniej zamiaru, iż chce podać Yabrilowi rękę lub też wykonać jakikolwiek inny przyjazny gest. Po prostu gapił się na niego. Yabril skłonił głowę i uśmiechnął się. Znał te typy, te pijawki złaknione arabskiej krwi, które układały się z sułtanami i królami, byle tylko wzbogacić Amerykę i inne obce kraje.

— Panie Audick — powiedział sułtan — proszę wyjaśnić mojemu przyjacielowi mechanizm, dzięki któremu pozbędziecie się waszego prezydenta.

I Audick uczynił to. Był tak przekonywający, że Yabril mu uwierzył. Lecz nagle zapytał znienacka:

— A jeśli coś się nie uda i nie uzyskacie dwóch trzecich głosów?

— Wtedy ty, ja i sułtan będziemy skończeni — odparł ponuro Audick.

Prezydent Francis Kennedy przejrzał papiery, które podał mu Matthew Gladyce, a następnie zaparafował je. Zobaczył wyraz satysfakcji na twarzy Gladyce'a i wiedział dokładnie, co on oznacza. Że razem wycinają niezły numer amerykańskiemu społeczeństwu. Innym razem i w innych okolicznościach czym prędzej pozbawiłby go tej pewnej siebie miny, lecz teraz Francis Kennedy zdawał sobie sprawę, że przeżywa najniebezpieczniejszy moment w swojej karierze politycznej i musi korzystać z wszelkiej dostępnej mu broni.

Dzisiaj wieczorem Kongres będzie próbował go zawiesić. Podejmując tę próbę, będą się starali wykorzystać dość mętne sformułowania Dwudziestej piątej poprawki do Konstytucji. Być może na dłuższą metę wygra, ale wówczas już może być za późno. Bert Audick załatwi zwolnienie zakładników, zorganizuje ucieczkę Yabrila w zamian za życie pasażerów samolotu. Śmierć jego córki pozostanie niepomszczona; morderca papieża ujdzie wolno. Ale Kennedy liczył, że po jego apelu do narodu napłynie taka fala telegramów z protestami, że Kongres zacznie się wahać. Wiedział, że ludzie poprą jego akcję; zamordowanie papieża i córki prezydenta rozwścieczyło ich. Czuli jego ból. A ponadto odczuwał teraz ich gorącą sympatię. Byli jego sprzymierzeńcami przeciwko skorumpowanemu Kongresowi i pragmatycznym, bezlitosnym biznesmenom, takim jak Bert Audick.

Przez całe życie współczuł tragediom nieszczęśliwych mas ludzkich, z trudem przedzierających się przez życie. Na początku kariery poprzysiągł sobie, że nigdy nie podda się korupcji ani też typowemu dla wielu umiłowaniu pieniędzy. Zaczął pogardzać potęgą bogaczy, ich mamoną stosowaną jako miecz. Zawsze czuł podświadomie — chociaż dopiero teraz zdał sobie z tego sprawę — że jest czymś w rodzaju herosa, niezwyciężalnego i znajdującego się gdzieś ponad niedolami bliźnich. Nigdy dotąd nie pojmował, jak wielką nienawiść odczuwać muszą warstwy niższe. Za to teraz czuł to doskonale. Gdyż teraz tamci, potężni i bogaci, zamierzają go obalić. I teraz musi zwyciężyć dla samego siebie.

Nie mógł sobie pozwolić, aby jego gniew rozwiał się niczym dym. W trakcie nadchodzącego kryzysu musi zachować jasny umysł. Nawet gdyby został zawieszony, musi sobie zabezpieczyć powrót. Wówczas wcieli w życie dalekosiężne plany. Być może Kongres i bogacze wygrają tę jedną bitwę, niemniej dostrzegał jasno fakt, iż z całą pewnością nie zwyciężą w tej wojnie. Naród Stanów Zjednoczonych nie zniesie upokorzenia. W listopadzie odbędą się następne wybory i ten cały kryzys, nawet gdyby przegrał, może się obrócić na jego korzyść. Osobista tragedia będzie stosowną bronią. Ale musi ukrywać swe dalekosiężne plany nawet przed swoimi bliskimi współpracownikami.

Kennedy rozumiał, że przygotowuje się do sięgnięcia po najwyższą władzę. Nie ma innej możliwości, chyba że pogodzi się z porażką i z jej następstwami. Lecz tego nigdy by nie przeżył.

W czwartek po południu, na dziesięć godzin przed specjalną sesją Kongresu, która miała zawiesić prezydenta Stanów Zjednoczonych w pełnieniu obowiązków, Francis Kennedy spotkał się ze swymi doradcami, współpracownikami oraz z wiceprezydent Helen Du Pray.

Miała to być ich ostatnia narada przed głosowaniem w Kongresie. Wszyscy dobrze wiedzieli, że przeciwnik zapewnił sobie wymagane dwie trzecie głosów. Kennedy natychmiast zauważył, że w pokoju panuje nastrój przygnębienia i klęski.

Obdarzył wszystkich wesołym uśmiechem i otworzył naradę, dziękując szefowi CIA, Theodore'owi Tappeyowi, za niepodpisanie wniosku o zawieszenie. Następnie zwrócił się do wiceprezydent Du Pray, śmiejąc się wręcz radośnie.

— Helen — powiedział — za nic w świecie nie chciałbym być teraz na twoim miejscu. Czy wiesz, ilu sobie narobiłaś wrogów, odmawiając podpisania tego wniosku? Mogłaś zostać pierwszą kobietą-prezydentem Stanów Zjednoczonych. Kongres cię nienawidzi, bo bez twojego podpisu im się nie uda. Wszyscy mężczyźni będą cię nienawidzić za to, że jesteś aż tak wielkoduszna. Feministki będą cię uważały za zdrajczynię. O Boże, jakim cudem taka stara profesjonalistka jak ty mogła się znaleźć w podobnym położeniu? A tak nawiasem mówiąc, to chcę ci podziękować za twoją lojalność.

— Oni wszyscy się mylą, panie prezydencie — odparła Du Pray. — I są również w błędzie, pragnąc teraz to wszystko kontynuować. Czy jest jakaś szansa na negocjacje z Kongresem?

— Ja nie mogę negocjować — powiedział Kennedy. — A oni zechcą. — Potem zwrócił się do Dazzy'ego: — Czy wykonano już moje polecenia? Czy siły powietrzne marynarki wojennej zmierzają już w stronę Daku?

— Tak, panie prezydencie — potwierdził Dazzy, a później poruszył się niespokojnie na krześle. — Ale szefowie sztabów nie wydali jeszcze ostatecznego rozkazu do ataku. Będą się powstrzymywać aż do momentu dzisiejszego wieczornego głosowania Kongresu. Jeżeli tam powiedzie się sprawa zawieszenia, wycofają samoloty do kraju. — Przerwał na chwilę. — Nie byli panu nieposłuszni. Wykonali pańskie rozkazy. Po prostu kombinują, jak by to wszystko odkręcić, jeśli pan dzisiaj przegra.

Kennedy zwrócił się do Helen Du Pray. Twarz miał bardzo poważną.

— Jeżeli uda im się mnie zawiesić, wówczas ty będziesz prezydentem — powiedział. — Możesz rozkazać szefom sztabów kontynuowanie akcji w celu zniszczenia miasta Dak. Czy wydasz taki rozkaz?

— Nie — odrzekła stanowczo. W pokoju zapadła długa, męcząca cisza. A Helen, zachowując spokojny wyraz twarzy, przemówiła bezpośrednio do Kennedy'ego. — Udowodniłam ci swą lojalność. Jako wiceprezydent poparłam twoją decyzję w sprawie Daku, bo to było moim obowiązkiem. Oparłam się naciskom, bym podpisała wniosek o zawieszenie. Ale jeżeli zostanę prezydentem, a mam gorącą nadzieję, że to nie nastąpi, wówczas podejmę decyzję zgodnie z własnym sumieniem.

Kennedy skinął głową. Uśmiechnął się do niej. Był to uśmiech łagodny, który jednak zdawał się ranić jej serce.

— Masz całkowitą rację — rzekł. — Zadałem ci to pytanie tylko po to, ażeby się dowiedzieć. Nie żeby cię namawiać. — Zwrócił się do pozostałych osób w pokoju: — A teraz najważniejszą rzeczą będzie przygotowanie szkicu mojego telewizyjnego przemówienia. Eugene, czy ustaliłeś wszystko z sieciami telewizyjnymi? Czy nadali już komunikat, że będę przemawiał dziś wieczorem?

— Jest tutaj Lawrence Salentine — powiedział ostrożnie Eugene Dazzy — i chce z tobą o tym porozmawiać. Wygląda to podejrzanie. Czy mam kazać go przywołać? Jest w moim biurze.

— Nie ośmielą się. Nie ośmielą się na tak jawne użycie siły. — Kennedy zamyślił się na dłuższą chwilę. — Przyślij go.

Oczekując, dyskutowali nad tym, jak długie powinno być wiadome przemówienie.

— Nie dłuższe niż pół godziny — powiedział Kennedy. — Przez ten czas powinienem załatwić całą sprawę.

Wszyscy wiedzieli, co miał na myśli. Występując na małym ekranie, Francis Kennedy umiał sobie podporządkować każdą publiczność. Zawdzięczał to, zda się, swemu magicznemu sposobowi mówienia, aksamitnemu głosowi, w którym pobrzmiewały niejako struny wielkich irlandzkich bardów. Nie przeszkadzało to jednak faktowi, że jego rozumowanie zawsze było logiczne, a wywód niezwykle klarowny.

Gdy wprowadzono Lawrence'a Salentine'a, Kennedy zwrócił się do niego wprost, bez słowa powitania:

— Mam nadzieję, że nie powie pan tego, co sądzę, że pan powie.

— Nie jestem w stanie odgadnąć, co pan właściwie myśli — odparł chłodno Salentine. — Zostałem wybrany przez przedstawicieli pozostałych sieci, aby przekazać naszą decyzję o nieudzieleniu panu dziś wieczorem czasu antenowego. Gdybyśmy to bowiem zrobili, wmieszalibyśmy się w proces zawieszenia pana.

Kennedy uśmiechnął się do niego.

— Panie Salentine, zawieszenie, nawet jeśli do niego dojdzie, trwa zaledwie trzydzieści dni. A co potem?

Rzucanie gróźb nie było w stylu Kennedy'ego. Niemniej Salentine'owi od razu przyszło na myśl, że zarówno on, jak i szefowie innych sieci telewizyjnych wdali się w bardzo niebezpieczną grę. W praktyce prawne podstawy rządu federalnego do wydawania i rewidowania zezwoleń na zakładanie stacji telewizyjnych stały się przeżytkiem, ale silny prezydent mógł z nich ponownie uczynić groźną broń. Salentine wiedział, że musi działać bardzo rozważnie.

— Panie prezydencie — powiedział. — Musimy odmówić panu czasu antenowego, ponieważ poczuwamy się do wielkiej odpowiedzialności. Sprawa pańskiego zawieszenia jest w toku, ku mojemu niezmiernemu żalowi. I smutkowi wszystkich Amerykanów. To wprost straszliwa tragedia, toteż bardzo panu współczuję. Ale szefowie sieci zgodnie doszli do wniosku, że jeśli pozwolimy panu przemówić, będzie to sprzeczne z najlepiej pojętymi interesami narodu i naszej demokracji. — Zamilkł na chwilę. — Za to po głosowaniu Kongresu, bez względu na fakt, czy wygra pan, czy przegra, damy panu czas na antenie.

Francis Kennedy roześmiał się z przymusem.

— Może pan odejść — powiedział.

Jeden z członków ochrony z Secret Service doprowadził Lawrence'a Salentine'a aż do drzwi.

Następnie Francis Kennedy oświadczył swoim współpracownikom:

— Moi państwo, uwierzcie w to, co wam teraz powiem. — Na jego twarzy nie było nawet cienia uśmiechu, a błękit oczu nabrał cięższej, ołowianej tonacji. — Oni zagrali zbyt mocno. Zadali gwałt duchowi Konstytucji.

Na wiele mil wokół Białego Domu ruch uległ tak potężnemu zagęszczeniu, że wśród oficjalnych pojazdów zostały zaledwie bardzo wąskie przesmyki. Kamery telewizyjne i wspomagające je wozy transmisyjne zawładnęły całą przestrzenią. Kongresmani udający się na wzgórze Kapitolu byli bezceremonialnie nagabywani przez dziennikarzy telewizyjnych i wypytywani na temat owej specjalnej sesji Kongresu. W końcu w sieciach telewizyjnych podano oficjalny komunikat, że Kongres zbierze się o jedenastej wieczorem, aby poddać pod głosowanie wniosek o usunięcie prezydenta Kennedy'ego z urzędu.

W samym Białym Domu Kennedy i jego współpracownicy zrobili już wszystko, co tylko mogli, by odparować atak. Oddblood Gray dzwonił do senatorów i kongresmanów, prosząc, by nie głosowali za wnioskiem. Eugene Dazzy odbył niezliczone rozmowy telefoniczne z członkami Klubu Sokratesa, próbując zapewnić sobie poparcie niektórych kół wielkiego biznesu. Christian Klee wysłał przywódcom Kongresu noty prawne, podkreślając fakt, że bez podpisu wiceprezydenta zawieszenie jest nielegalne.

Tuż przed jedenastą Kennedy spotkał się ze swoimi współpracownikami w Żółtym Pokoju, aby obejrzeć transmisję na wielkim ekranie telewizyjnym, który tam wniesiono. Chociaż sesja Kongresu nie była transmitowana przez komercjalne stacje, to jednak filmowano ją z myślą o przyszłym użytku, a specjalny kabel przenosił obraz aż do Białego Domu.

Kongresman Jintz i senator Lambertino dobrze wykonali swoją pracę. Wszystko zostało doskonale zsynchronizowane. Sal Troyca i Elizabeth Stone dzięki swej współpracy dograli wszystkie szczegóły administracyjne. Przygotowano wszelkie dokumenty konieczne do obalenia rządu.

W Żółtym Pokoju Francis Kennedy i jego współpracownicy oglądali przebieg sesji na ekranie telewizora. Trochę czasu zajmie Kongresowi przebrnięcie przez wszelkie formalności przemówień i odczytywania listy obecności przed głosowaniem. Ale wszyscy wiedzieli, jaki będzie wynik. Na tę okazję Kongres i Klub Sokratesa zmontowali ogromny, miażdżący wszystko na swej drodze walec.

— Otto, zrobiłeś wszystko, co było w twojej mocy — powiedział Kennedy do Oddblooda Graya.

W tej samej chwili wszedł jeden z oficerów pełniących służbę w Białym Domu i wręczył Dazzy'emu kartkę z notatką. Dazzy spojrzał na nią, a potem zaczął ją uważnie studiować. Na jego twarzy pojawił się wyraz zaszokowania. Wręczył arkusik Kennedy'emu.

Na ekranie telewizyjnym, z marginesem głosów znacznie przekraczającym wymagane dwie trzecie, Kongres przegłosował właśnie zawieszenie Francisa Xaviera Kennedy'ego w pełnieniu obowiązków prezydenta.

Piątek 6.00 rano
Sherhaben

Była dopiero jedenasta w nocy czasu waszygtońskiego, ale już szósta rano w Sherhabenie, kiedy sułtan kazał wezwać wszystkich na wczesne śniadanie do tarasowej sali przyjęć. Amerykanie — Bert Audick i Arthur Wix — przybyli niezwłocznie. Yabrila wprowadził sam sułtan. Ogromny stół zastawiony był niezliczonymi owocami i napojami, zarówno gorącymi, jak i zimnymi.

Sułtan Maurobi uśmiechał się szeroko. Nie przedstawił Yabrila Amerykanom ani nie zachowywał żadnych pozorów kurtuazji.

— Cieszę się, mogąc ogłosić — powiedział w końcu — a dodam nawet, że serce przepełnia mi bezbrzeżna wprost radość, iż mój przyjaciel Yabril zgodził się zwolnić waszych zakładników. Nie wysunie żadnych dalszych żądań i mam nadzieję, że i wasz kraj również ich nie wysunie.

Arthur Wix, na którego twarzy perliły się krople potu, powiedział:

— Nie mogę negocjować ani też w żaden sposób zmieniać warunków mojego prezydenta. Musi pan wydać mordercę.

Sułtan uśmiechnął się.

— Kennedy nie jest już pańskim prezydentem. Kongres amerykański przegłosował jego zawieszenie. Otrzymałem informacje, że rozkaz zbombardowania miasta Dak został odwołany. Zakładnicy zostaną uwolnieni, a więc odnieśliście zwycięstwo. I o nic więcej nie możecie prosić.

Yabril poczuł w swym ciele ogromny przypływ energii. Zawiesił wszak prezydenta Stanów Zjednoczonych w pełnieniu obowiązków. Wbił wzrok w oczy Wixa i ujrzał w nich nienawiść. Oto najwyższy rangą człowiek w najpotężniejszej armii na powierzchni ziemi, a on, Yabril, zdołał go pokonać. Przez chwilę widział oczyma wyobraźni siebie, jak przykłada broń do jedwabistych włosów Theresy Kennedy. Przypomniał sobie znowu owo doznanie bolesnej straty i żalu, kiedy naciskał spust, a także lekkie ukłucie niepokoju, kiedy jej ciało padało wprost na pustynię. Skinął głową Wixowi i pozostałym zebranym.

Sułtan Maurobi ruchem ręki nakazał służącym podać patery z owocami i napoje swoim gościom. Jednakże Arthur Wix odsunął kieliszek i zapytał:

— Czy Wasza Wysokość jest zupełnie pewien, że jego informacja o zawieszeniu prezydenta jest całkowicie prawdziwa?

— Zorganizuję to tak — powiedział sułtan — by mógł pan porozmawiać bezpośrednio ze swoim biurem w Stanach Zjednoczonych. — Przerwał na chwilę. — Ale przede wszystkim muszę tu pełnić nadal obowiązki gospodarza.

Sułtan chciał, by zjedli wspólnie posiłek, i nalegał, by w czasie jego trwania podjęto ostateczne ustalenia w sprawie zwolnienia zakładników. Yabril zajął miejsce po prawej ręce sułtana, a Arthur Wix — po lewej.

Spoczęli właśnie na sofach stojących wzdłuż długiego stołu, gdy nagle wbiegł premier sułtana i szepnął mu coś do ucha. Sułtan uniósł brwi w geście zdumienia, a następnie powiedział do swych gości:

— Wydarzyło się coś całkiem nieprzewidzianego. Wszelkie połączenia ze Stanami Zjednoczonymi zostały odcięte. I to nie tylko w stosunku do nas, ale i całego świata. Proszę, nie przeszkadzajcie sobie w śniadaniu, tymczasem ja naradzę się z moimi współpracownikami.

Jednakże gdy sułtan wyszedł, mężczyźni przy stole przerwali wszelkie rozmowy. Jedynie Yabril nałożył sobie jedzenia na talerz.

Stopniowo Amerykanie odsunęli się od stołu i przeszli na taras. Służba przyniosła im zimne napoje. Yabril jadł nadal.

Na tarasie Bert Audick powiedział do Wixa:

— Mam nadzieję, że Kennedy nie zrobił czegoś głupiego. I nie próbował podeprzeć się Konstytucją.

— O Boże — jęknął Wix. — Najpierw utracił córkę, a teraz cały kraj. A wszystko przez tego zbolałego kutasa, który obżera się tam jak świnia.

— To wszystko takie straszne — powiedział Audick, a potem wszedł do środka i zwrócił się do Yabrila: — Nażryj się porządnie. Poza tym mam nadzieję, że znalazłeś sobie jakąś dobrą metę, ażeby móc się tam schować w przyszłości. Bo całe mnóstwo ludzi zacznie niebawem cię szukać.

Yabril roześmiał się tylko. Skończył jeść i zapalił papierosa.

— No cóż — odrzekł. — Zostanę żebrakiem w Jerozolimie.

W tym momencie do sali wszedł sułtan Maurobi. Za nim — przynajmniej pięćdziesięciu uzbrojonych ludzi, którzy zajęli czym prędzej upatrzone pozycje. Czterech z nich stanęło za Yabrilem. Czterech innych — na tarasie, tuż za Amerykanami. Na twarzy sułtana malowały się zdumienie i szok. Jego skóra nagle jakby pożółkła. Oczy miał szeroko rozwarte, a powieki jak gdyby zapadły się gdzieś w głąb.

— Panowie — powiedział łamiącym się głosem. — Moi drodzy panowie, będzie to równie niewiarygodne dla was, jak i dla mnie. Otóż Kongres anulował głosowanie zawieszające Kennedy'ego i ogłosił stan wojenny. — Przerwał na chwilę i oparł rękę na ramieniu Yabrila. — I, panowie... w tej właśnie chwili samoloty amerykańskiej Szóstej Floty niszczą moje miasto Dak.

Arthur Wix zapytał nieomal radośnie:

— Więc Dak jest bombardowane?

— Tak — odparł sułtan. — To barbarzyński wyczyn, ale przekonywający.

Wszyscy patrzyli na Yabrila, którego otaczało teraz czterech uzbrojonych mężczyzn.

— A więc w końcu zobaczę Amerykę. Zawsze o tym marzyłem — powiedział Yabril z namysłem. Spoglądał wprawdzie na Amerykanów, lecz mówił do sułtana. — Sądzę, że mógłbym tam odnieść wielki sukces.

— Bez wątpienia — przytaknął sułtan. — Jedno z ich żądań głosi, bym cię dostarczył żywego. Obawiam się, że muszę wydać niezbędne rozkazy, byś sobie nie zrobił krzywdy.

— Ameryka to cywilizowany kraj — powiedział Yabril. — Czeka mnie proces sądowy, który będzie wlókł się bez końca, bo przecież będę miał najznakomitszych adwokatów. Po cóż więc robić sobie krzywdę? Będzie to tylko nowe doświadczenie, a kto wie, co się tam może stać? Świat się zawsze zmienia. Ameryka jest zbyt cywilizowana, by stosować tortury, a oprócz tego przeżyłem męczarnie zadane mi przez Żydów, toteż nic mnie już nie zdziwi. — Uśmiechnął się do Wixa.

— Jak już zauważyłeś, świat się ciągle zmienia. Nie udało ci się. I nie będziesz aż takim bohaterem — odparł spokojnie Wix.

Yabril roześmiał się zachwycony. Wyrzucił ramiona do góry w geście entuzjazmu.

— Udało mi się! — wykrzyknął nieomal. — Wytrąciłem wasz świat z jego osi. Czy sądzicie, że ktoś będzie słuchał gadek o waszym zakłamanym idealizmie po tym, jak wasze samoloty zniszczyły miasto Dak? Czyż świat zdoła zapomnieć moje imię? I czy uważacie, że zejdę ze sceny, kiedy najlepsze dopiero przed nami?

Sułtan klasnął w dłonie i rzucił rozkaz żołnierzom. Pochwycili Yabrila, skuli mu ręce kajdankami i zarzucili sznur na szyję.

— Spokojnie, spokojnie — powtarzał sułtan. Kiedy Yabrila już związano, dotknął delikatnie jego czoła, mówiąc: — Błagam cię o przebaczenie. Ale nie mam wyboru. Muszę sprzedawać ropę i odbudować miasto. Dobrze ci życzę, stary przyjacielu. Powodzenia w Ameryce.

Czwartek w nocy
Nowy Jork

Podczas gdy Kongres zawieszał prezydenta Kennedy'ego i podczas gdy cały świat oczekiwał rozwiązania problemu terrorystów, po Nowym Jorku snuły się całe setki tysięcy ludzi, których gówno to obchodziło. Mieli swe własne życie i własne problemy. Tej łagodnej wiosennej nocy wielu spośród nich znalazło się w okolicy Times Square, w miejscu, które niegdyś było sercem największego miasta na świecie, którędy niegdyś biegła Wielka Biała Droga, sam Broadway, wiodąca aż do Central Parku.

Ludzie ci mieli przeróżne zainteresowania. Nerwowi, mieszkający na przedmieściach faceci z klasy średniej rozglądali się za księgarniami porno. Miłośnicy kina przeglądali całe mile taśm z nagimi parami, folgującymi sobie w najintymniejszych zbliżeniach bądź też zażywającymi uciechy z przeróżnymi okazami fauny. Młodociane gangi, ze śmiercionośnymi, acz dopuszczanymi przez prawo śrubokrętami w kieszeniach, ruszały do boju na podobieństwo dawnych błędnych rycerzy, by unicestwić smoki rodem z warstw zamożnych. Alfonsi, prostytutki, mordercy, rabusie — każde z nich rozkładało po zapadnięciu ciemności swój kramik, nie myśląc nawet płacić zawrotnych sum za neony. Przyświecał im bowiem niegdysiejszy blask lepszych dni Białej Drogi. Zewsząd ściągali turyści, chcący za wszelką cenę zobaczyć Times Square, owo sławetne miejsce, gdzie w noc sylwestrową wylądował balon, głosząc nastanie kolejnego Nowego Roku. Na większości budynków w tym rejonie, a także na ulicach slumsów, które prowadziły ku Times Square, widniały plakaty z ogromnym czerwonym sercem i umieszczonym wewnątrz serca napisem: KOCHAM NOWY JORK. Zawieszone tam dzięki uprzejmości Louisa Incha.

W ten czwartek, około północy, Blade Booker kręcił się w pobliżu baru „Times Square" i Klubu Filmowego, szukając klienta. Booker był młodym Murzynem, znanym ze swych umiejętności w rzemiośle wymuszania. Mógł człowiekowi załatwić kokę, mógł zdobyć herę i wszelkie możliwe gatunki prochów. Mógł także skombinować broń, lecz raczej nic dużego. Ot, pistolety, rewolwery, dwudziestkidwójki, bez zadawania przy tym zbędnych pytań. Nie był alfonsem, ale miał swoje dojścia do dziewczynek. Był bardzo dobrym słuchaczem. Niejedną noc spędził z przeróżnymi dziewczynami na słuchaniu ich zwierzeń. Nawet najgorsza zdzira, która zwykle wyczyniała z facetami takie numery, że aż dech zapierało, miewała przecież swe intymne marzenia i chciała je wyjawić. Booker słuchał; lubił to, czuł się dobrze, kiedy dziewczynki zwierzały mu się ze swych skrytych pragnień. Uwielbiał te ich pierdoły. Ależ wtedy wstawiały jaja! A Booker, jako wybitny znawca astrologii, dowodził, że w przyszłym roku pokocha je jakiś facet, że będą mieć dziecko lub dzieci, które wyrosną potem na lekarzy, prawników i profesorów uniwersyteckich albo też będą występować w telewizji. Będą umiały śpiewać, tańczyć lub grać, a nawet wygłupiać się przed kamerami, tak jak to robi sam Richard Pryor. I kto wie, może nawet zostaną następcami Eddiego Murphy'ego.

Blade Booker czekał, aż „Szwedzki Pałac Filmu" opróżni się po zakończeniu seansu dla dorosłych. Bowiem wówczas wielu miłośników kina powinno zatrzymać się tutaj na drinka i hamburgera lub też w nadziei dorwania jakiejś kurewki. Będą wychodzić pojedynczo, ale łatwo ich przyjdzie rozpoznać po niewidzącym spojrzeniu, zupełnie jakby zastanawiali się nad jakimś nierozwiązywalnym problemem naukowym. A także po tym, że większość z nich będzie miała na twarzy wyraz melancholii. Przeważnie samotni ludzie.

W całym lokalu pełno było kurew, lecz tę swoją własną Booker ulokował w bardziej strategicznym punkcie. Siedzący przy barze mężczyźni mogli ją oglądać przy małym stoliku, którego blat niemal w całości zajmowała jej wielka czerwona torba. Była blondynką, a pochodziła z Duluth, z Minnesoty. Booker ocalił ją przed losem gorszym od śmierci, to znaczy przed życiem na farmie, gdzie mroźne zimy ścinałyby jej cycki na kamień. Lecz tak czy owak zawsze był z nią ostrożny. Miała swą reputację, a on był zaledwie jednym z wielu, którzy chcieli ją mieć w swej stajni.

Nazywała się Kimberly Ansley i sześć lat temu zarąbała swego alfonsa siekierą, kiedy spał. „Uważajcie na dziewczyny o imieniu Kimberly albo Tiffany", zwykł powtarzać Booker. Została pojmana i oskarżona, miała proces i otrzymała wyrok, lecz skazana została jedynie za zabójstwo w afekcie, gdyż jej obrona udowodniła, że miała całe ciało pokryte siniakami i była niepoczytalna wskutek ostrego głodu heroinowego. Wysłano ją do instytucji poprawczej, wyleczono, uznano za zdrową na umyśle i wypuszczono na ulice Nowego Jorku. Tu zamieszkała w slumsach otaczających Greenwich Village. Dano jej mieszkanie w jednym z tych osiedli wybudowanych przez miasto, z których nawet biedacy uciekali.

Blade Booker i Kimberly byli wspólnikami. On był w połowie czymś w rodzaju alfonsa, a w połowie rabusiem. Szczycił się tym rozróżnieniem. Kimberly podrywała jakiegoś kinomana w barze „Times Square", a następnie prowadziła go do czynszowej kamienicy w pobliżu Dziewiątej Alei na kilka szybkich numerów. A potem z mroków nocy wyłaniał się Blade i walił gościa w łeb pałką należącą niegdyś do Wydziału Policji miasta Nowy Jork. Dzielili się pieniędzmi z portfela, niemniej Blade zagarniał tylko dla siebie biżuterię i karty kredytowe. Nie z chciwości, ale dlatego, że nie dowierzał rozsądkowi Kimberly.

Cały smaczek zawierał się w tym, że okradziony facet był zazwyczaj jakimś zbłąkanym mężem, który wcale nie miał ochoty zgłaszać tego wypadku na policji i odpowiadać na pytania, co właściwie robił w ciemnej sieni przy Dziewiątej

Alei, podczas gdy żona czekała nań z utęsknieniem w Merrick, Long Island czy Trenton w stanie New Jersey. Ze względu na wymogi bezpieczeństwa zarówno Blade jak i Kim po prostu unikali potem przez tydzień baru „Times Square" i Dziewiątej Alei. Przenosili się wówczas na Drugą Aleję. W takim mieście jak Nowy Jork równało się to właściwie przenosinom do innej czarnej dziury w tej samej galaktyce. Dlatego właśnie Blade Booker kochał Nowy Jork. Był tutaj niewidzialny. Jak Cień. Jak Człowiek o Tysiącu Twarzy. I był niczym te owady i ptaki, które widywał w programach telewizyjnych, zdolne wciąż zmieniać kolor, aby zlać się z podłożem. Jak stworzenia, które potrafią zagrzebać się w ziemię, aby umknąć swym prześladowcom. Krótko mówiąc, w przeciwieństwie do większości obywateli, Blade Booker czuł się w Nowym Jorku bezpieczny.

W czwartek wieczorem niewiele było do podrywania. Lecz w świetle zmierzchu Kimberly wyglądała wprost wspaniale. Jej blond włosy sprawiały wrażenie aureoli, a przypudrowane piersi, podobne do dwóch księżyców w pełni, nader śmiało wynurzały się z głęboko wyciętego dekoltu zielonej sukienki. Jakiś sympatyczny dżentelmen, najwyraźniej w szampańskim humorze i z lekka tylko powodowany żądzą, przyszedł wraz z drinkiem do jej stolika i zapytał uprzejmie, czy może się przysiąść. Blade obserwował ich i dziwił się bardzo ironii rządzącej tym światem. Oto ten dobrze ubrany mężczyzna, bez wątpienia figura i jakiś prawnik, profesor, czy może nawet pomniejszy polityk, na przykład radny miejski lub senator stanowy, przysiada się do morderczyni, aby w ramach deseru oberwać pałą w łeb. A wszystko z powodu palanta. Wielu facetów, idąc za głosem fujary, sprawia wrażenie zwyczajnych półgłówków. To po prostu koszmar. Może, nim jeszcze zaprawi faceta w czachę, da mu czas, żeby przerżnął Kimberly i ulżył sobie trochę. Gość wyglądał na całkiem porządnego i naprawdę zachowywał się jak prawdziwy dżentelmen. Podawał Kimberly ognia, stawiał jej drinki i wcale nie popędzał, choć aż rzucało się w oczy, jak bardzo teraz był napalony.

Blade wysączył właśnie swą szklaneczkę, kiedy Kimberly dała mu umówiony znak. Zobaczył, że powoli wstaje, bierze swoją czerwoną torbę, a potem grzebie w niej, szukając Bóg wie czego. Blade wyszedł z baru na ulicę. Była pogodna wczesnowiosenna noc, a zapach smażonych na rożnach pod gołym niebem hot dogów, hamburgerów i cebuli sprawił, że poczuł głód. Lecz musiał z tym poczekać, aż robota będzie wykonana. Ruszył Czterdziestą Drugą. Nadal były tu tłumy, choć dochodziła już północ, a twarze ludzi nabierały przedziwnych barw wskutek niezliczonych neonów umieszczonych nad szeregiem kin i restauracji na świeżym powietrzu, za sprawą gigantycznych reklam i snopów światła rzucanych przez reflektory u podjazdów hoteli. Uwielbiał te przechadzki z Siódmej aż na Dziewiątą Aleję. Wszedł do dobrze sobie znanej sieni i zajął stanowisko na klatce schodowej. Mógł ruszyć do akcji, gdy tylko Kim obejmie faceta. Zapalił papierosa i wyjął pałkę z kabury pod kurtką.

Usłyszał, że weszli do sieni. Zatrzasnęły się drzwi i zgrzytnął zamek torebki. A potem jeszcze rozległ się głos Kim wypowiadający hasło: „To tylko jeden podest". Odczekał kilka minut, nim wyszedł z klatki schodowej, lecz nagle stanął jak wryty, gdyż ujrzał jedyną w swym rodzaju scenę. Oto Kim stała na pierwszym stopniu, z rozłożonymi nogami, połyskując bielą ślicznych masywnych ud, a tamten rozkoszniak, tak schludnie przyodziany, ściskał właśnie w garści swego ptaka, aby skierować go w jej gniazdko. Przez chwilę miał wrażenie, że Kim unosi się w powietrzu, a później stwierdził ze zgrozą, że nie jest to przywidzeniem, gdyż Kim istotnie pofrunęła w górę, i to wraz ze schodami. Potem ujrzał nad głową jaśniejszy prostokąt nieba, gdyż jakaś siła zniosła cały wierzch budynku. Podniósł pałkę do góry w iście błagalnym geście, jak gdyby chciał się modlić o pozostawienie go przy życiu. Lecz wszystko trwało ledwie ułamek sekundy.

Cecil Clarkson i Isabel Domaine wyszli razem z teatru na Broadwayu po obejrzeniu wspaniałego musicalu i ruszyli spacerem wzdłuż Czterdziestej Drugiej Ulicy i Times Square.

Oboje byli czarni, podobnie jak większość ludzi, których widziało się tu na ulicach, za to w niczym nie byli podobni do Blade'a Bookera. Cecil Clarkson miał dziewiętnaście lat i uczęszczał na kursy do Nowej Szkoły Badań Społecznych. Isabel miała osiemnaście lat. Chodziła na wszystkie przedstawienia na Broadwayu i nie tylko, ponieważ kochała teatr i miała nadzieję, że któregoś dnia zostanie aktorką. Kochali się nawzajem, i to prawdziwą miłością nastolatków, bez reszty przeświadczeni, że są jedyną parą zakochanych na świecie. Kiedy wkroczyli z Siódmej Alei w Ósmą, oślepiające światła neonów skąpały ich swym blaskiem, tworząc wokół magiczny krąg, który chronił ich przed natarczywymi żebrakami, na wpół zwariowanymi narkomanami, oszustami, alfonsami i przyszłymi bandytami. Lecz Cecil był postawnym i najwyraźniej silnym młodzieńcem, który sprawiał wrażenie, że byłby w stanie zmasakrować każdego, kto ośmieliłby się choć tknąć Isabel.

Przystanęli obok dużej smażalni kiełbasek i hamburgerów, aby posilić się wprost przy ladzie. Nie mieli ochoty wejść do środka, gdzie podłoga była brudna i zasłana papierowymi serwetkami oraz tekturowymi tackami. Cecil pił piwo, a Isabel pepsi. Zajadali hot dogi i hamburgery. Obserwowali przelewające się fale tłumu, który wypełniał chodniki nawet o tak późnej godzinie. Z całym spokojem patrzyli na zalew ludzkich wyrzutków, szlamu miasta, który przetaczał się tuż obok nich, i ani razu nie przyszło im do głowy, że mogą się oto znaleźć w obliczu jakiegoś rychłego niebezpieczeństwa. Odczuwali litość dla wszystkich tych ludzi, najwyraźniej pozbawionych cienia szans, gdy szło o teraźniejszość, przyszłość, a nawet i o sfery niebiańskiej szczęśliwości. Gdy fale odpłynęły, wrócili na ulicę i znów podjęli spacer od Siódmej do Ósmej Alei. Isabel poczuła na twarzy tchnienie wiosennego wietrzyka i wtuliła twarz w ramię Cecila. Jedną dłoń wsparła na jego piersi, a drugą gładziła go po karku. Cecil poczuł nagły przypływ tkliwości. Oboje byli niesłychanie szczęśliwi, zakochani i młodzi, tak jak przed nimi całe miliardy wcześniejszych ludzkich istot, przeżywając jedną z nielicznych cudownych chwil w ży-

313

ciu. Lecz potem, ku zdziwieniu Cecila, wszystkie te kiczowate czerwone i zielone światła zniknęły gdzieś nagle i ujrzał nad sobą już tylko sklepienie nieba. A później oboje, wciąż jeszcze nurzając się w odmętach szczęścia, zapadli w bezdenną nicość.

Grupa ośmiorga turystów odwiedzających Nowy Jork w czasie ferii wielkanocnych minęła katedrę Świętego Patryka przy Piątej Alei, skręciła w Czterdziestą Drugą Ulicę i szła niespiesznie w kierunku przywołującego ich lasu neonowych świateł. Kiedy dotarli do Times Square, doznali rozczarowania. Widzieli to miejsce w telewizji w sylwestra, kiedy przybyły tam setki ludzi, aby pokazać się w telewizji i powitać nadchodzący Nowy Rok.

Plac był brudny, ulice pokrywał cały kobierzec śmieci. Tłum sprawiał wrażenie groźnego, pijanego, znarkotyzowanego lub też pogrążonego w amoku. Oszalałego z tej racji, iż oto został zamknięty wśród wielkich żelbetonowych wież, pomiędzy którymi musi się poruszać. Kobiety miały na sobie wyzywające stroje, niczym kobiety z reklam przed kinami porno. Przybyszom wydało się teraz, że przemierzają różne poziomy piekła, że wędrują przez pustkę nieba bez gwiazd, wśród lamp ulicznych ociekających podobną do żółci ropą.

Turyści, cztery pary małżeńskie z małego miasteczka w Ohio, stadła z odchowanymi już dziećmi, postanowili odbyć podróż do Nowego Jorku jako coś w rodzaju świątecznej wycieczki. Zakończyli właśnie pewien etap w życiu, spełnili wymogi przeznaczenia. Pobrali się, wychowali dzieci, udało im się zrobić umiarkowanie korzystne kariery, a teraz miał dla nich nastąpić całkiem nowy początek, początek nowego życia. Ich główna batalia została bowiem wygrana.

Kino porno nie interesowało ich; sporo tego mieli nawet w Ohio. Fascynowało ich i przerażało to, że Times Square jest taki brzydki, a ludzie wypełniający ulice robią wrażenie z gruntu złych. Wszyscy turyści mieli przypięte na piersi wielkie czerwone plakietki z napisem *Kocham Nowy Jork*, które kupili już pierwszego dnia. Lecz teraz jedna z kobiet odpięła znaczek i wyrzuciła go do rynsztoka.

— Chodźmy stąd — powiedziała.

Cała grupa zawróciła, zmierzając na powrót w kierunku Szóstej Alei, oddalając się od wielkiego kanionu neonów. Właśnie skręcali za róg, gdy nagle usłyszeli jakieś odległe bum, a następnie poczuli lekki powiew wiatru. Za to później, wzdłuż długich wąwozów zawartych pomiędzy Dziewiątą i Szóstą Aleją, przemknęło prawdziwe tornado, niosąc puszki do wodzie sodowej, kosze na śmieci, a nawet kilka samochodów, które zdawały się latać. Wiedziona zwierzęcym instynktem grupa skręciła za róg Szóstej Alei, schodząc z drogi groźnemu podmuchowi, ale została rychło powalona przez pęd nadciągającego skądinąd huraganu. Z oddali dobiegał odgłos walących się budynków i rozpaczliwe krzyki tysięcy konających. Przykucnęli w zaciszu narożnika, nie wiedząc, co się stało.

Udało im się wymknąć ze strefy zniszczenia, spowodowanego przez wybuch bomby atomowej. Zaledwie osiem osób przeżyło tę katastrofę, największą, jaka wydarzyła się w Stanach Zjednoczonych w czasie pokoju.

Jeden z mężczyzn podźwignął się z trudem na nogi i pomógł wstać pozostałym.

— Cholerny Nowy Jork — powiedział. — Mam nadzieję, że wytłukło wszystkich taksówkarzy.

W policyjnym wozie patrolowym, który przedzierał się wolno przez tłumy pomiędzy Siódmą i Ósmą Aleją, siedziało dwóch młodych policjantów, Włoch i Murzyn. Nie przeszkadzało im to, że utknęli w korku, choć znajdowali się właśnie w najniebezpieczniejszym miejscu w całym rejonie. Wiedzieli, że w ciemniejszych bocznych uliczkach mogliby wypłoszyć złodziei kradnących radia z samochodów, podrzędnych alfonsów, a także rabusiów, dybiących na bezpieczeństwo spokojnych przechodniów, ale nie chcieli mieszać się w te historie. Wydział Policji miasta Nowy Jork tolerował obecnie takie drobne przestępstwa.

W Nowym Jorku rozpowszechniła się teraz swoista licencja, zgodnie z którą gorzej sytuowani mogli żerować na zamożnych, praworządnych obywatelach miasta. W końcu czy to słuszne, aby jednych stać było na samochody za pięćdziesiąt tysięcy dolarów, z radiami i wyposażeniem muzycznym wartym co najmniej tysiąc, skoro po ulicach snują się tłumy bezdomnych, których nie stać na sterylną zdrową igłę, by strzelić sobie w kanał? I czy to słuszne, by ci zamożni, umysłowo spłaszczeni i jakże radzi siebie obywatele, którzy mieli czelność chodzić ulicami Nowego Jorku bez broni lub chociaż śmiercionośnego śrubokrętu w kieszeni, sądzili, że mogą się rozkoszować bajecznymi widokami największego miasta na świecie i nie zapłacić za to należytej ceny? Wszak w końcu w Ameryce wciąż jeszcze tli się iskra dawnego ducha rewolucji, tak bardzo podatnego na pewne pokusy. A sądy, wyżsi dostojnicy policyjni i wydawcy najszacowniejszych gazet po cichu popierali ów republikański etos złodziejstwa, rabunku, włamań, gwałtu, a nawet morderstw na ulicach Nowego Jorku. Biedacy tego miasta po prostu nie mieli innego wyjścia: ich życie zostało zniszczone przez nędzę i warunki, w jakich rozwijały się ich rodziny, wreszcie przez samą architekturę wznoszących się wokół gmachów. Toteż któryś z felietonistów utrzymywał, że wszystkie te zbrodnie można by śmiało przypisać Louisowi Inchowi, potentatowi handlu nieruchomościami, który przebudował był Nowy Jork, tworząc wysokie na milę kondominia, które swymi żelbetowymi ścianami przysłaniały cały blask słońca.

Dwaj policjanci obserwowali, jak Blade Booker wychodził z restauracji przy Times Square. Znali go dobrze. Więc jeden zagadnął drugiego: „Jedziemy za nim?". Lecz drugi odpowiedział: „Szkoda czasu. Moglibyśmy go przyłapać na gorącym uczynku, a i tak by się wywinął". Zobaczyli, że duża blondyna i jej amant idą w tę samą stronę, w kierunku Dziewiątej Alei. „Biedny facet — powiedział jeden z nich. — Myśli, że sobie pociupcia, a co najwyżej oberwie przez łeb". A drugi dodał: „I wyskoczy mu guz nie mniejszy od jego palanta". I obaj roześmiali się.

Wóz nadal jechał powoli, cal za calem, a obaj policjanci obserwowali ulicę. Była północ, ich służba wkrótce miała się skończyć, nie chcieli więc wdawać się w nic, co by ich mogło zatrzymać na ulicy. Patrzyli na niezliczone prostytutki zastępujące drogę przechodniom, na handlarzy narkotyków, którzy zachęcali do kupna swych towarów równie śmiało jak telewizyjni spece od reklamy, na rabusiów i kieszonkowców poszturchujących swe przyszłe ofiary i próbujących nawiązywać rozmowy z turystami. Siedząc w ciemności wozu patrolowego i spoglądając na ulice, jasne od świateł neonów, widzieli wszystkie nowojorskie szumowiny ciągnące w stronę przynależnych sobie piekieł.

Dwaj gliniarze przez cały czas trwali w napięciu, bojąc się, że jakiś wariat może wepchnąć przez okienko broń i zacząć strzelać. Stwierdzili, że dwóch handlarzy narkotyków ruszyło krok w krok za dobrze ubranym mężczyzną, który próbował im się wymknąć, lecz powstrzymały go nagle dwie pary rąk. Kierowca wozu patrolowego nacisnął pedał gazu i zatrzymał się przy nich. Handlarze opuścili ręce; dobrze ubrany facet uśmiechnął się z ulgą. I w tym samym momencie obie strony ulicy zapadły się niespodzianie i pogrzebały całą Czterdziestą Drugą, od Dziewiątej aż do Siódmej Alei.

Wszystkie światła na Wielkiej Białej Drodze, na bajecznym Broadwayu, pogasły. Ciemność rozjaśniały jedynie pożary, płonące budynki oraz objęte ogniem ciała ofiar. Samochody, całe w płomieniach, poruszały się w mroku niczym żywe pochodnie. I wszędzie rozlegał się donośny głos dzwonów przeplatany przeciągłym wyciem syren, kiedy wozy strażackie, karetki i auta policyjne wjeżdżały wprost w porażone serce Nowego Jorku.

Dziesięć tysięcy ludzi zginęło na miejscu, a dwadzieścia tysięcy odniosło ciężkie rany wskutek wybuchu bomby nuklearnej, podłożonej przez Gresse'a i Tibbota w budynku Zarządu Portu, na skrzyżowaniu Dziewiątej Alei i Czterdziestej Drugiej Ulicy.

Eksplozja ta była jednym potężnym łoskotem, po którym nastąpiło dzikie wycie wiatru i wreszcie zgrzyt kruszonego betonu i gnącej się stali. Wybuch dokonał swego dzieła zniszczenia z matematyczną precyzją. Przestrzeń pomiędzy Siódmą Aleją a rzeką Hudson i między Czterdziestą Drugą a Czterdziestą Piątą Ulicą została dosłownie zmieciona z powierzchni ziemi. Poza tym terenem zniszczenia był stosunkowo niewielkie. Litość i geniusz Gresse'a oraz Tibbota sprawiły, że promieniowanie zebrało śmiertelne żniwo jedynie na wymienionym obszarze.

W całej dzielnicy Manhattan szyby wypadły z okien, a samochody zdruzgotał walący się gruz gmachów. W ciągu godziny po wybuchu wszystkie mosty zostały zablokowane przez pojazdy, których właściciele usiłowali się wymknąć z miasta do New Jersey albo na Long Island.

Wśród zabitych siedemdziesiąt procent stanowili czarni lub Latynosi; pozostałe trzydzieści procent — biali nowojorczycy lub zagraniczni turyści. Na Dziewiątej i Dziesiątej Alei, które stały się polem kempingowym dla bezdomnych, i w samym budynku Zarządu Portu, w którym nocowało wielu przyjezdnych, zwęglone ciała sprawiały wrażenie małych, bezkształtnych klocków.

Rozdział 15

Centrum Komunikacyjne Białego Domu otrzymało wiadomość o wybuchu bomby w Nowym Jorku dokładnie sześć
minut po północy. Oficer dyżurny natychmiast powiadomił
o tym prezydenta. W dwadzieścia minut później Francis Kennedy zwrócił się do Kongresu. Towarzyszyli mu wiceprezydent
Du Pray, Oddblood Gray i Christian Klee.

Kennedy był bardzo poważny. W najistotniejszym momencie
swego życia nie miał czasu na nic innego oprócz mówienia
wprost. Oficjalnie nie był już prezydentem Stanów Zjednoczonych. Przemawiał jednak tak, jak gdyby nadal dzierżył władzę
głowy państwa.

— Przybywam do was dzisiejszej nocy, nie żywiąc żadnej
urazy — powiedział. — Ta straszliwa tragedia, ten wielki cios
dla naszego narodu musi nas połączyć. Winniście teraz zdać
sobie sprawę, że podjąłem właściwe działania. To był ostatni
cios w terrorystycznym planie Yabrila, za sprawą którego —
jak uważa — zdoła rzucić Amerykę na kolana i sprawić, że
przystanie ona na jego żądania. Nasuwa się więc konkluzja, że
istnieje dalekosiężny spisek przeciwko Stanom Zjednoczonym.
Zmuszeni jesteśmy teraz zebrać wszystkie siły i działać wspólnie. I bezwarunkowo winniśmy się pogodzić.

Dlatego też proszę was o anulowanie waszego zawieszenia

mnie w obowiązkach. Będę szczery: nawet jeżeli tego nie zrobicie, nadal będę próbował uratować ten kraj. Odrzucę wasze postanowienie, ogłoszę je bezprawnym i wprowadzę stan wyjątkowy, aby zapobiec dalszym morderczym aktom terroryzmu. Pozwólcie, że was poinformuję, iż Kongres, to chwalebne ciało, które przez cały okres swego trwania chroniło wolność Ameryki, jest teraz kontrolowany przez sześć jednostek Secret Service i pułk Wojskowych Służb Specjalnych. Kiedy już kryzys minie, możecie ponownie głosować nad zawieszeniem mnie w prawach, ale nie wcześniej. Oto największe niebezpieczeństwo, w obliczu którego stanął kraj. Nie mogę pozwolić, abyśmy przemilczeli rzucone nam wyzwanie. Błagam was, nie pozwólcie, by nasz potężny kraj został podzielony wskutek różnic politycznych. Nie dopuśćcie, by ogarnęła go wojna domowa, celowo rozpętana przez naszych wrogów. Połączmy się przeciw nim! I anulujcie decyzję o zawieszeniu!

W sali rozległ się szmer głosów. Kongres zdał sobie sprawę, iż to, co właśnie powiedział Kennedy, oznacza, że są nie tylko strzeżeni, ale również znajdują się na jego łasce.

Senator Lambertino był pierwszym, który zabrał głos po Kennedym. Zaproponował, by anulowano wyniki głosowania i aby obie Izby Kongresu udzieliły pełnego poparcia prezydentowi Stanów Zjednoczonych, Francisowi Xavierowi Kennedy'emu.

Kongresman Jintz wstał, aby poprzeć wniosek. Oświadczył, że wypadki dowiodły, iż Kennedy ma rację i że nastąpiło zwykłe nieporozumienie. Należy zatem udowodnić, że prezydent i Kongres potrafią pójść ręka w rękę, aby ocalić Amerykę przed wrogami.

Przystąpiono do głosowania. To poprzednie, zawieszające prezydenta, uznano za niebyłe.

Głosowano jednomyślnie.

Christian Klee zachwycał się wspaniałym wystąpieniem Francisa Kennedy'ego. Nie sposób było wątpić w szczerość jego słów. Lecz po raz pierwszy w ciągu tych wszystkich lat

Christian przyłapał Kennedy'ego na oczywistym i świadomym kłamstwie. Na stwierdzeniu wobec Kongresu USA, że Yabril był zamieszany w podłożenie bomby nuklearnej. A przecież Christian Klee dobrze wiedział, że nie było na to żadnych dowodów. Kennedy również był świadom, że mija się z prawdą.

A więc miał rację, pomyślał Christian Klee. I odgadł, czego Francis spodziewał się po nim.

Księga IV

Rozdział 16

Prezydent Francis Kennedy, pewny swej władzy i urzędu, pokonawszy już wrogów, zastanawiał się nad swoim przeznaczeniem. Należało uczynić ostateczny krok, podjąć końcową decyzję. Stracił żonę i dziecko, jego osobiste życie nie miało żadnego sensu. Zostało mu jedynie życie splecione z losami narodu Ameryki. Do jakich granic chciał się z nim utożsamiać?

Obwieścił, że będzie się ubiegał o ponowny wybór w listopadzie i zorganizuje kampanię. Christian Klee dostał polecenie, by wywrzeć prawny nacisk na wszystkie wielkie korporacje, a szczególnie na firmy od mass mediów, by powstrzymały się przed ingerowaniem w przebieg wyborów. Wiceprezydent Du Pray mobilizowała amerykańskie kobiety. Arthur Wix, który był potęgą w kręgach liberalnych na Wschodnim Wybrzeżu, i Eugene Dazzy, który przewodził oświeconym bossom biznesu w kraju, zabiegali o pieniądze. Ale Francis Kennedy wiedział, że w ostatecznym rozrachunku wszystko to miało drugorzędne znaczenie. Wszystko zależało od niego, od tego, jak dalece naród będzie chciał kroczyć wraz z nim.

Był to istotny punkt: tym razem ludzie muszą wybrać Kongres, który poprze bez wahania prezydenta Stanów Zjednoczonych. Życzył sobie takiego Kongresu, który działałby dokładnie według jego wskazań.

A teraz Francis Kennedy musiał zdać sobie sprawę z najskrytszych uczuć i pragnień Ameryki. Gdyż naród amerykański znajdował się w stanie szoku.

Za sprawą sugestii Oddblooda Kennedy pojechał wraz z nim do Nowego Jorku. Przeszli Piątą Aleją, prowadząc wielką żałobną procesję aż do gigantycznego krateru utworzonego przez wybuch bomby. Uczynili to, by wykazać narodowi, że nie ma już żadnego niebezpieczeństwa promieniowania ani też groźby, że kryje się gdzieś jeszcze jedna bomba. Kennedy odegrał swoją rolę podczas nabożeństwa za zmarłych i oznajmił o postanowieniu narodu, aby założyć park, mający upamiętniać miejsce tej tragedii. Część jego przemowy poświęcona była groźbie wynikającej z nieograniczonej wolności jednostki, żyjącej w tej jakże niebezpiecznej stechnologizowanej epoce. A nadto jego przekonaniu, że wolność jednostki musi być podporządkowana dziełu tworzenia umowy społecznej i że jednostka musi ponieść jakieś wyrzeczenia, aby polepszyć życie całych mas społecznych. Powiedział to jakby mimochodem, niemniej środki masowego przekazu poświęciły tym słowom bardzo wiele uwagi.

Oddblooda Graya, kiedy usłyszał ogłuszające wiwaty tłumu, zalała fala jadowitej ironii. Czy tak straszliwy akt zniszczenia mógł być aż tak szczęśliwym zbiegiem okoliczności dla jednego człowieka?

W mniejszych miastach i okręgach wiejskich, kiedy minął już pierwszy szok i przerażenie, zapanowało uczucie ponurej satysfakcji. Nowy Jork dostał to, na co sobie zasłużył. Szkoda, że bomba nie była większa i nie zmiotła całego miasta wraz z jego rozpasanymi bogaczami, wiecznie coś knującymi Semitami i czarnymi bandziorami. Pomimo wszystko w niebiosach zasiadał jeszcze sprawiedliwy Bóg! Wybrał stosowny moment i spuścił wielką plagę. Lecz w całym kraju panował raczej strach — że los ogółu, życie, cały intymny świat i potomstwo wszystkich obywateli mogą stać się igraszką w rękach zwykłych zboczeńców. Kennedy wszystko to wyczuł.

Co piątek wieczór prezydent zdawał w telewizji sprawozdanie narodowi. I choć były to tylko z lekka kamuflowane przemówienia wyborcze, nie miał żadnego problemu z uzyskaniem czasu antenowego.

Używał pewnych sformułowań i chwytów retorycznych, które trafiały wprost do serca słuchaczy.

— Wypowiemy wojnę codziennym tragediom ludzkiej egzystencji — mówił. — Lecz nie innym narodom.

Powtórzył słynną kwestię wykorzystaną podczas pierwszej kampanii:

— Jak to się dzieje, że po zakończeniu każdej wielkiej wojny, po wydaniu i zmarnotrawieniu bilionów dolarów, na świecie następuje okres prosperity? A co by się stało, gdyby tak te biliony zostały wydane na polepszenie bytu ludzkości?

Żartował, że za koszt zbudowanej jednej atomowej łodzi podwodnej rząd mógłby sfinansować tysiąc domów dla biednych. Za cenę eskadry bombowców Stealth można by wybudować milion takich domów.

— Będziemy po prostu udawać, że zaginęły gdzieś podczas manewrów — mówił. — Do licha, przecież zdarzało się to już przedtem, a oprócz tego ginęli także wartościowi ludzie. Moglibyśmy udawać, że o niczym nie wiemy. — A kiedy krytykanci wytykali mu, że ucierpi na tym obronność Stanów Zjednoczonych, odpowiadał, iż dane statystyczne z Departamentu Obrony są przecież ściśle tajne i nikt nie będzie wiedział o zmniejszeniu wydatków na obronę.

Obwieścił, że w czasie drugiej kadencji będzie jeszcze ostrzej zwalczał przestępczość. Będzie znów walczył o to, aby każdemu Amerykaninowi dać szansę kupienia sobie nowego domu, pokrycia kosztów opieki zdrowotnej i zdobycia wyższego wykształcenia. Podkreślał też, że nie jest to żaden socjalizm. Koszty tych programów zostaną po prostu opłacone przez częściowe uszczknięcie zasobów wielkich korporacji amerykańskich. Oświadczył, że wcale nie ma zamiaru gardłować za socjalizmem, że chce jedynie ochronić naród amerykański przed iście monarszą samowolą bogaczy. I stale to podkreślał.

Dla Kongresu i członków Klubu Sokratesa oznaczało to, że prezydent wypowiedział im wojnę.

Klub Sokratesa postanowił zwołać w Kalifornii wielką naradę, poświęconą możności pokonania Kennedy'ego w listopadowych wyborach. Lawrence Salentine bardzo się tym martwił. Wiedział, że prokurator generalny przygotowuje poważne oskarżenia w sprawie działalności Berta Audicka i wzmaga śledztwo w związku z finansowymi operacjami Martina Mutforda. Greenwell był nazbyt czysty, by mieć jakieś kłopoty, więc Salentine nie przejmował się nim. Lecz Salentine wiedział, że jego własne imperium środków masowego przekazu jest bardzo łatwym celem. Przez tyle lat udawało im się uchodzić cało, że w końcu stali się nieostrożni. Jego wydawnictwo, książki i gazety były w porządku. Nikt nie mógł wyrządzić krzywdy słowu drukowanemu, ochrona konstytucyjna była na to za silna, chyba że wziąć pod uwagę możliwość, iż taki kutas jak Klee mógłby jeszcze spowodować podniesienie opłat pocztowych.

Ale tak naprawdę Salentine martwił się głównie o swoje imperium telewizyjne. Fale eteru należały w końcu do rządu i były wydzielane przez rząd. Stacje telewizyjne posiadały jedynie licencje. Dla Salentine'a źródłem wiecznego zdumienia był fakt, że rząd pozwala prywatnym przedsiębiorstwom robić tak wielkie pieniądze na falach radiowych, nie nakładając na nich odpowiedniego podatku. Wzdrygnął się na myśl o wyposażonym w odpowiednie środki federalnym komisarzu do spraw radia i telewizji, działającym pod kierunkiem Kennedy'ego. Mogło to oznaczać koniec towarzystw telewizyjnych, przynajmniej w takiej formie, w jakiej teraz istniały.

Louis Inch, gorliwy patriota, żywił swoisty nielojalny podziw dla prezydenta Kennedy'ego. Mimo że nadal był najbardziej znienawidzonym człowiekiem w Nowym Jorku, zgłosił chęć zagospodarowania zniszczonego przez bombę obszaru. Osiem przecznic miało być zaludnionych przez marmurowe pomniki i otoczonych zielonymi ścianami drzew. Chciał to zrobić po kosztach własnych, zrezygnować z zysku i całą rzecz zakończyć w ciągu sześciu miesięcy. Dzięki Bogu, że promieniowanie było minimalne.

Wszyscy wiedzieli, że Inch lepiej załatwia te rzeczy niż jakakolwiek agencja rządowa. Rzecz jasna, on sam wiedział, że i tak zarobi na tym kupę pieniędzy poprzez podległe sobie firmy budowlane, komisje planowania i komitety doradcze. A reklama będzie wprost bezcenna.

Inch był jednym z najbogatszych ludzi w Ameryce. Jego ojciec był typowym despotycznym wielkomiejskim kamienicznikiem, który nie dogrzewał mieszkań, żałował pieniędzy na remonty i wyrzucał lokatorów na bruk, aby przerabiać lokale na droższe. Przekupywanie inspektorów budowlanych było umiejętnością, której Louis Inch nauczył się już, siedząc na kolanach ojca. Później, zbrojny w dyplom uniwersytecki z dziedziny zarządzania i prawa, przekupywał radnych miejskich, prezydentów okręgów i ich personel. Nawet burmistrzów.

To właśnie Louis Inch zwalczał prawo kontroli czynszów w Nowym Jorku i przejął firmy handlu nieruchomościami. Zaowocowało to wybudowaniem drapaczy chmur wzdłuż Central Parku, który miał teraz zadaszenie w postaci monstrualnych stalowych budowli, dających schronienie maklerom z Wall Street, profesorom ze sławnych uniwersytetów, słynnym pisarzom, modnym artystom i szefom kuchni w ekskluzywnych restauracjach.

Działacze społeczni oskarżyli Incha o to, że jest odpowiedzialny za potworne slumsy w górnej części West Side i w Bronksie, w Harlemie i na Coney Island, a to z powodu zlikwidowania wielkiej liczby przyzwoitych mieszkań, które kazał wyburzyć, przebudowując Nowy Jork. A także za to, że blokuje rehabilitację obszaru Times Square, podczas gdy po kryjomu wykupuje budynki i całe ulice. Inch odpowiadał na to, że pomawiający go awanturnicy należą do tego typu ludzi, co to — jeśli dowiedzą się, że masz worek gówna — natychmiast zażądają połowy.

Inną strategią Incha było popieranie praw miejskich, które nakazywały właścicielom wynajmować przestrzeń mieszkalną każdemu, bez względu na rasę, barwę skóry czy wyznania. Wygłaszał przemówienia wspierające te prawa, ponieważ pomagały mu one wypędzać z rynku drobnych kamieniczników. Właściciel, który miał do wynajęcia jedynie górę lub suterenę swojego domu, musiał przyjmować pijaków, schizofreników, handlarzy narkotyków, gwałcicieli czy rabusiów. W końcu ci drobni właściciele zniechęcali się, sprzedawali swoje domy i przenosili się na przedmieścia.

Ale Inch był teraz ponad tym wszystkim, gdyż awansował w hierarchii społecznej. Milionerów było na pęczki, natomiast Louis Inch stał się jednym z około stu miliarderów w Ameryce. Był właścicielem sieci autobusowych, hoteli i linii lotniczych. Był posiadaczem jednego z wielkich kasyn hotelowych w Atlantic City, do niego należały całe kompleksy budynków mieszkalnych w Santa Monica w Kalifornii. To właśnie nieruchomości w Santa Monica przysparzały mu najwięcej kłopotów.

Louis Inch wstąpił do Klubu Sokratesa, ponieważ wierzył, że jego potężni członkowie pomogą mu w rozwiązaniu problemów z nieruchomościami w Santa Monica. Partie golfa były doskonałą okazją do zawiązywania spisków, bowiem wśród żartów i ruchu na świeżym powietrzu można się było jakoś dogadać. Jakże tu sobie wyobrazić coś bardziej niewinnego? Najwścieklejszy pies gończy z komisji Kongresu czy nawet najbardziej krwiożerczy moraliści z prasy nie mogli oskarżać graczy w golfa o przestępcze zamiary.

Okazało się, że Klub Sokratesa jest lepszy, niż się Inch spodziewał. Zaprzyjaźnił się tu z jakąś setką ludzi, którzy kierowali ekonomicznym aparatem państwa i całą machiną polityczną. W Klubie Sokratesa Inch został członkiem Gildii Monetarnej, która w ramach jednej transakcji mogłaby kupić całą stanową delegację do Kongresu. Oczywiście nie można jej było kupić z duszą i ciałem — nie mówiło się tu bowiem o abstraktach, takich jak Bóg czy diabeł, dobro czy zło, cnota czy grzech. O nie, mówiło się wyłącznie o polityce. Mówiło się tylko o tym, co było możliwe do zrealizowania. Były takie wypadki, że kongresman musiał ci stanąć okoniem, ażeby zostać ponownie wybrany. To prawda, że dziewięćdziesiąt osiem procent kongresmanów wygrywało w następnych wyborach, ale tak czy owak pozostawało jeszcze dwa procent, które musiało słuchać swych wyborców.

Louis Inch snuł nieziszczalne marzenia. Nie, nie o tym, żeby zostać prezydentem Stanów Zjednoczonych. Wiedział bowiem, że nic nie wymaże faktu, iż był niegdyś kamienicznikiem. Zeszpecenie oblicza Nowego Jorku było architektonicznym morderstwem. Miliony mieszkańców slumsów w Nowym Jorku, w Chicago, a zwłaszcza w Santa Monica wypełniłyby ulice, gotowe wbić jego głowę na pal. O nie, jego marzeniem było zostać pierwszym bilionerem we współczesnym cywilizowanym świecie. Plebejskim bilionerem, który zdobył majątek utrudzonymi rękoma człowieka pracującego.

Inch żył w oczekiwaniu tego dnia, w którym będzie mógł powiedzieć Bertowi Audickowi: „Mam już tysiąc jednostek". Zawsze irytował go fakt, że teksascy nafciarze mówili o jednostkach. „Jednostką" nazywano w Teksasie sto milionów dolarów. Audick mówił o zniszczeniu miasta Dak: „O Boże, straciłem tam pięćset jednostek". — Więc Inch poprzysiągł sobie, że pewnego dnia powie Audickowi: „Tam do diabła, ulokowałem tysiąc jednostek w nieruchomościach". A wtedy Audick gwizdnie przeciągle i powie: „Sto miliardów dolarów!". Ale Inch go poprawi: „Och, nie, po prostu bilion dolarów". W Nowym Jorku jednostka to miliard dolarów. I raz na zawsze zagnie tych teksaskich gnojków.

W celu urzeczywistnienia tych marzeń Louis Inch kapitalizował koncepcję przestrzeni powietrznej. To znaczy kupował przestrzeń nad istniejącymi już budynkami w wielkich miastach, a potem nadbudowywał dalsze piętra. Przestrzeń można było kupować ze bezcen; było to całkiem nowe rozwiązanie, podobnie jak wykupowanie mokradeł, czym parał się jego dziadek, wiedząc, że technika rozwiąże w przyszłości problem osuszania bagien i zamieni je w przynoszące zysk akry budowlane.

Problem polegał na tym, aby przeszkodzić ludziom i ich prawodawcom. Na to potrzeba było czasu i ogromnych inwestycji, ale był przekonany, że zdoła tego dokonać. Prawda, miasta takie jak Chicago, Nowy Jork, Dallas i Miami staną się wówczas gigantycznymi więzieniami ze stali i betonu, ale ludzie nie muszą przecież mieszkać akurat w nich, z wyjątkiem elity, która kocha muzea, kina, teatr i muzykę. Będą też oczywiście niewielkie kwartały ze sklepami dla artystów.

No i, rzecz jasna, kiedy w końcu Louisowi Inchowi się powiedzie, nie będzie już żadnych slumsów w Nowym Jorku. Nie będzie po prostu czynszów, na które by sobie mogli pozwolić kryminaliści i robotnicy. Ci będą dojeżdżać z przedmieść, specjalnymi pociągami i autobusami. I odjeżdżać przed zapadnięciem nocy. Najemcy domków i mieszkań w korporacji Incha będą mogli uczęszczać do teatrów, chodzić na dyskoteki i do kosztownych restauracji, nie trapiąc się wcale mrocznymi ulicami. Będą mogli przechadzać się alejami, a nawet zapuszczać w boczne uliczki i spacerować po parkach w poczuciu względnego bezpieczeństwa. A ileż będą płacić za taki raj? Prawdziwe fortuny!

Wezwany na spotkanie Klubu Sokratesa w Kalifornii, Louis Inch zaczął podróż po Stanach gwoli odbycia konferencji z wielkimi korporacjami handlu nieruchomościami w miastach-gigantach. Uzyskał od nich obietnicę kontrybucji pieniężnych w celu pokonania Kennedy'ego. Zjawiwszy się w kilka dni później w Los Angeles, postanowił przed udaniem się na naradę zajrzeć do Santa Monica.

Santa Monica jest jednym z najpiękniejszych miast w Ameryce, głównie dlatego, że jej mieszkańcom udawało się opierać wysiłkom przedsiębiorstw handlu nieruchomościami, pragnących zbudować tu drapacze chmur. Przegłosowali też prawa utrzymujące czynsze na jednakowym poziomie i kontrolowali plany zabudowy. Piękne mieszkanie na Ocean Avenue kosztowało zaledwie jedną szóstą dochodu obywatela. Ta sytuacja już od dwudziestu lat doprowadzała Incha do obłędu.

Inch uważał Santa Monica za obrazę, zniewagę zadaną amerykańskiemu duchowi prywatnej przedsiębiorczości. W dzisiejszych czasach wszystkie te budynki można by wynająć, dyktując dziesięciokrotnie wyższy czynsz. Wykupił wiele bloków mieszkalnych. Były to urzekające budowle w stylu kolonialnym, marnotrawiące cenną przestrzeń budowlaną za sprawą wewnętrznych dziedzińców i ogrodów oraz skandalicznie znikomej liczby pięter. Lecz zgodnie z duchem przepisów nie mógł w tym raju nawet podnieść czynszów. Och, przestrzeń powietrzna nad Santa Monica warta była miliardy! A widok na Pacyfik również. Czasami Inch miewał szalone pomysły, by wznosić drapacze chmur wprost na oceanie. Już sama taka myśl przyprawiała go o zawrót głowy.

Oczywiście nie próbował bezpośrednio przekupywać trzech radnych miejskich, których zaprosił do „Michaela". Opowiedział im natomiast o swoich planach. Dowiódł im, że jeśli zmieni się pewne przepisy, wówczas wszyscy staną się multimilionerami. Był zdziwiony, kiedy tamci nie wykazali żadnego zainteresowania. Ale nie to było najgorsze. Kiedy już Inch wsiadł do swojej limuzyny, rozległ się jakiś huk. Szkło zasłało całe wnętrze samochodu, tylne okno rozpadło się, w przedniej szybie powstała duża dziura, a wokół niej pajęczyna pęknięć.

Kiedy przyjechała policja, Inchowi powiedziano, że szkodę wyrządziła kula wystrzelona z karabinu. Gdy zapytano go, czy ma jakichś wrogów, Louis Inch stwierdził z całkowitą szczerością, że nie.

Specjalne seminarium Klubu Sokratesa na temat „Demagogia w demokracji" rozpoczęło się następnego dnia. Wśród obecnych był Bert Audick, oskarżony o współdziałanie z przestępczością zorganizowaną; George Greenwell, który swym wyglądem przywodził na myśl stare pszeniczne ziarno zgromadzone w jego silosach na Środkowym Zachodzie; Louis Inch, facet o przystojnej, acz nadętej twarzy, jeszcze cokolwiek bladej wskutek wczorajszego otarcia się o śmierć; Martin „Traktujcie mnie prywatnie" Mutford, ubrany w garnitur od Armaniego, który nie mógł jednakże ukryć jego otyłości, i wreszcie Lawrence Salentine.

Pierwszy zabrał głos Bert Audick.

— Czy ktoś może mi wyjaśnić, jak to jest, że Kennedy'ego nie uważa się za komunistę? — zapytał. — Kennedy chce uspołecznić opiekę medyczną i budownictwo mieszkaniowe. Kazał mnie oskarżyć, powołując się na prawo zwalczające zorganizowaną przestępczość, a ja przecież nawet nie jestem Włochem. — Nikt się nie roześmiał z tego drobnego żartu, więc mówił dalej: — Możemy się wściekać, ile chcemy, ale musimy zdać sobie sprawę z jednego najistotniejszego faktu. Kennedy stanowi ogromne zagrożenie dla wszystkiego, co my, tu obecni, reprezentujemy. Musimy zatem podjąć jakieś drastyczne kroki.

— On mógłby cię oskarżyć, ale nie mógłby cię skazać — powiedział spokojnie George Greenwell. — Obywatelowi w tym kraju nadal jeszcze przysługuje sąd. Cóż, wiem, że zniosłeś wiele prowokacji. Ale jeżeli usłyszę w tym pomieszczeniu jakieś niebezpieczne gadanie, natychmiast stąd wyjdę. Nie będę słuchał niczego, co pachnie zdradą czy podjudzaniem.

Audick obraził się.

— Kocham mój kraj bardziej niż ktokolwiek z zebranych w tej sali. I to mnie właśnie dręczy. Oskarżenie mówi, że działałem w sposób zdradziecki. Ja! Moi przodkowie żyli w tym kraju już wtedy, kiedy ta pieprzona rodzina Kennedych ćpała jeszcze kartofle w Irlandii! Byłem bogaty, kiedy oni ledwie zaczynali się brać za szmugiel w Bostonie. Tamci żołnierze strzelali do amerykańskich samolotów nad Dakiem, ale nie na mój rozkaz. To jasne, dogadałem się z sułtanem Sherhabenu, ale działałem w najlepiej pojętym interesie Stanów Zjednoczonych.

— Wiemy, że Kennedy stanowi nie lada problem — odrzekł sucho Salentine. — Jesteśmy tu po to, by znaleźć jakieś rozwiązanie. Bo to jest naszym prawem i naszym obowiązkiem.

— To, co Kennedy opowiada narodowi, jest zupełną bzdurą — odezwał się Mutford. — Bo niby skąd ma się wziąć masa kapitałowa na pokrycie tych programów? Głosi coś, co jest zmodyfikowaną formą komunizmu. Jeżeli uda nam się tego dowieść w środkach masowego przekazu, ludzie się odeń odwrócą. Każdy mężczyzna i każda kobieta w tym kraju wierzą, że któregoś dnia zostaną milionerami. I już teraz trapią się wzrostem podatków.

— Dlaczego więc wszystkie badania opinii publicznej wykazują, że Kennedy wygra w listopadzie? — zapytał z irytacją Salentine. Jak tyle razy przedtem, trochę zaskoczyła go tępota ludzi wpływowych. Sprawiali wrażenie, jak gdyby wcale nie zdawali sobie sprawy z osobistego czaru Kennedy'ego. Z sentymentu, jakim darzyły go masy.

Nastała cisza, a potem głos zabrał Martin Mutford.

— Rzuciłem trochę okiem na projekty ustaw, jakie się przygotowuje w celu uregulowania spraw giełdy i banków. Jeśli Kennedy wygra, bardzo niewiele zbierzemy. A jeśli uruchomi zastępy swoich ludzi z agencji do spraw regulacji, więzienia zapełnią się bogaczami.

— Będę tam na nich czekał — powiedział Audick, uśmiechając się szeroko. Z jakiegoś niewiadomego powodu, mimo oskarżenia, był w bardzo dobrym humorze. — Do tej pory zdążę już zostać mężem zaufania i będę bardzo dbał o to, żebyście wszyscy mieli kwiaty w celach.

— Ty będziesz w jednym z tych więzień przypominających ekskluzywne kluby podmiejskie — stwierdził zniecierpliwiony Inch. — I będziesz się zabawiał komputerami, które śledzą trasy twoich tankowców.

Audick nigdy nie lubił Louisa Incha. Nie cierpiał faceta, który spiętrzał istoty ludzkie od podziemi do gwiazd i liczył sobie milion dolarów za mieszkanie o powierzchni nie większej niż spluwaczka.

— Jestem przekonany, że w mojej celi będzie więcej miejsca, niż w którejś z tych twoich cudacznych klitek — powiedział. — A kiedy już mnie zdrutują, nie bądź taki cholernie pewny, że dorwiesz skądś ropę, aby ogrzać te drapacze chmur. I jeszcze jedno: będę miał znacznie większe szanse, grając sobie w gry komputerowe w więzieniu niż bawiąc się ruletką w którymś z twoich kasyn w Atlantic City.

Greenwell, jako najstarszy i najbardziej doświadczony w układaniu się z rządem, poczuł, że będzie musiał teraz ukierunkować rozmowę.

— Uważam, że powinniśmy poprzez nasze firmy i innych przedstawicieli włożyć sporo gotówki w kampanię przeciwnika Kennedy'ego. Martinie, uważam, że powinieneś zgłosić się na szefa kampanii.

— Najpierw zadecydujmy, o jakich pieniądzach mówimy i w jaki sposób zostaną one ściągnięte — powiedział Martin Mutford.

— Co powiecie na okrągłą sumkę pięciuset milionów dolarów? — rzucił Greenwell.

— Chwileczkę — zaoponował Audick. — Dopiero co straciłem pięćdziesiąt miliardów, a wy chcecie, żebym odpalił jeszcze jedną jednostkę?

— To tylko jedna jednostka, Bert — stwierdził złośliwie Inch. — Czyżby nafciarze chcieli obarczyć tym całym gównem tylko nas? Wy, Teksańczycy, nie zdołacie wysupłać marnych stu milionów?

— Telewizja kosztuje mnóstwo pieniędzy — powiedział Salentine. — Jeżeli zamierzamy nasączyć fale eteru naszą kontrpropagandą, i to od dziś aż do listopada, zajmie to nam całe pięć miesięcy. To będzie bardzo kosztowna zabawa.

— A twoja sieć telewizyjna uszczknie z tego spory kęs — rzucił agresywnie Inch. Dumny był ze swej reputacji zajadłego negocjatora. — Wy, faceci z telewizji, wkładacie niby swój udział do jednej kieszeni, a on, w magiczny sposób, przemieszcza się do tej drugiej. Uważam, że powinien to być czynnik, który weźmiemy pod uwagę, gdy przyjdzie do wpłacenia udziałów.

— Hej, przestańcie wreszcie chrzanić o detalach! — zaprotestował Mutford.

Wszystkich to rozzłościło. „Bierzcie mnie prywatnie", Mutford, słynny był ze swego nonszalanckiego podejścia do pieniędzy. Dla niego oznaczały one tylko teleks przenoszący jakiś rodzaj duchowej substancji od jednego eterycznego ciała ku drugiemu. Nie były dlań czymś realnym. Przypadkowe przyjaciółki obdarzał nowiutkimi mercedesami. Ot, drobna ekscentryczność, której nauczył się od bogatych Teksańczyków. Jeżeli miał kochankę przez rok, kupował jej kamienicę, aby ją zabezpieczyć na starość. Któraś z jego utrzymanek miała willę w Malibu, inna — zamek we Włoszech i apartament w Rzymie. Nieślubnemu synowi kupił udział w kasynie w Anglii. Nic go to nie kosztowało, podpisał jedynie parę świstków papieru. I zawsze miał się gdzie zatrzymać w czasie podróży. Tamta dziewczyna, Albanese, w podobny sposób doszła do swojej słynnej restauracji i budynku. A było wszak wiele innych. Pieniądze dla „Prywatnego" Mutforda w ogóle nic nie znaczyły.

— Zapłaciłem już swój udział w Daku — warknął agresywnie Audick.

— Bert — powiedział Mutford — nie stoisz teraz przed agendami Kongresu ani też nie przemawiasz w sprawie zmniejszających się zasobów ropy.

— Nie masz wyboru — dorzucił Inch. — Jeżeli Kennedy zostanie wybrany i opanuje Kongres, ty pójdziesz do mamra.

George Greenwell znów począł się zastanawiać, czy aby nie powinien oficjalnie zerwać związków z tymi ludźmi. Mimo wszystko był już za stary na takie przygody. Jego zbożowe imperium wydawało się mniej zagrożone niż dziedziny działania tamtych. Przemysł naftowy zbyt jawnie szantażował rząd, by móc osiągnąć skandaliczne wprost zyski. Jego własny zbożowy kramik był przedsięwzięciem znacznie cichszym; ludzie na ogół nie wiedzieli, że tylko pięć czy sześć prywatnych firm kontroluje cały chleb na świecie. Greenwell bał się, że taki porywczy, zapalczywy facet jak Bert Audick może ich wszystkich wpakować w poważne kłopoty. Jednakże lubił godziny spędzone w Klubie Sokratesa, te tygodniowe seminaria wypełnione interesującymi dyskusjami na temat polityki światowej, wieczory gry w tryktraka i w brydża. Pozbył się już owego upartego pragnienia wydarcia swoim bliźnim wszystkiego, co najlepsze.

— Daj spokój, Bert — odezwał się Inch. — Czym, do diabła, jest jedna marna jednostka dla przemysłu naftowego? Przez ostatnie sto lat wysysaliście społeczeństwo zupełnie bez umiaru tym waszym zmniejszaniem zapasów ropy.

Martin Mutford roześmiał się.

— Skończcie z tymi bzdurami — powiedział. — Wszyscy w tym tkwimy po uszy. I razem będziemy wisieć, jeśli Kennedy wygra. Zapomnijcie o pieniądzach i przejdźmy wreszcie do sprawy. Zastanówmy się, jak zaatakować Kennedy'ego podczas tej kampanii. Może by wywlec tę sprawę, że nie podjął w porę żadnych kroków, aby zapobiec wybuchowi podłożonej bomby atomowej? A może ten fakt, że od śmierci swej żony nigdy nie miał kobiety? Albo że pieprzy się z dziwkami w Białym Domu, tak jak to robił jego stryj Jack? A może wreszcie miliony innych rzeczy? A jego osobisty personel? Mamy mnóstwo roboty do odwalenia.

To ich zainteresowało. Audick oświadczył z namysłem:

— Nie ma żadnej kobiety. Już to kazałem sprawdzić. Być może jest pedałem.

— No to co? — powiedział Salentine. Niektórzy z głównych gwiazdorów jego sieci byli homoseksualistami, toteż był na tym punkcie bardzo czuły. Język Audicka raził go.

Lecz Louis, całkiem niespodziewanie, przyjął punkt widzenia Berta.

— Daj spokój — rzekł. — Ludziom nie przeszkadza, że jeden z twoich kretyńskich aktorów jest pedrylem. Ale gdyby nim był prezydent Stanów Zjednoczonych?

— Do tego nigdy nie dojdzie — oświadczył Salentine.

— Nie możemy czekać — odparł Mutford. — A poza tym prezydent wcale nie jest pedałem. Znajduje się tylko w stanie swoistej hibernacji seksualnej.

— Uważam, że naszym najlepszym strzałem byłoby zaatakowanie go poprzez personel — powiedział sucho Mutford.

338

Zastanawiał się jeszcze przez chwilę, a potem dodał: — Prokurator generalny, Christian Klee. Kazałem kilku ludziom go sprawdzić. Wiecie, to trochę zbyt tajemniczy facet, jak na osobistość z życia publicznego. Bardzo bogaty, znacznie bogatszy, niż się ludziom zdaje. A ja, nieoficjalnie, rzuciłem okiem na jego rachunki bankowe. Nie wydaje zbyt dużo, nie traci forsy na kobiety ani na narkotyki. Bo to by się widziało, biorąc pod lupę jego obroty gotówkowe. Znakomity prawnik, który aż tak bardzo nie przejmuje się prawem. Choć nie w tym najlepszym znaczeniu. Wiemy, że jest oddany Kennedy'emu, a ochrona, jaką otacza prezydenta, jest cudem sprawności w tej mierze. Ale ta sprawność przeszkadza Kennedy'emu w kampanii, bo Klee nie pozwala mu się narażać. A zatem zważywszy na to wszystko, skoncentrowałbym się na Christianie Klee.

— Klee był kiedyś w CIA — powiedział Audick. — I działał na wysokim szczeblu. Słyszałem o nim parę dziwnych historii.

— Być może te historie staną się naszą amunicją — podchwycił Mutford.

— Ale to tylko historie — podkreślił Audick. — Bo z kartotek CIA nigdy niczego nie wydobędziesz, przynajmniej dopóki Tappey prowadzi ten interes.

Greenwell wtrącił mimochodem:

— Przypadkiem mam kilka informacji na temat szefa sztabu prezydenta, tego całego Dazzy'ego. Ma on cokolwiek zabałaganione życie osobiste. Kłóci się z żoną i miewa spotkania z pewną młodą dziewczyną.

Och, do diabła, pomyślał Mutford, muszę ich skierować na inny tor. Jeralyn Albanese powiedziała mu wszystko o groźbie Christiana Klee.

— To nazbyt drobna rzecz — powiedział. — Cóż zyskamy, jeżeli nawet usuniemy Dazzy'ego? Społeczeństwo nigdy nie zwróci się przeciw prezydentowi tylko z tej przyczyny, że członek jego personelu posuwa sobie cichcem jakąś młodą dziewczynę. Chyba że byłby to gwałt albo wymuszenie.

— Więc zwróćmy się do dziewczyny. Damy jej milion dolarów i każemy narobić wrzasku, że to był gwałt — podsunął Audick.

— Tak, ale musiałaby wrzeszczeć, że był to gwałt ciągnący się aż trzy lata, podczas których ją dmuchał i płacił jej rachunki. To nie trzyma się kupy — odrzekł Mutford.

George Greenwell wniósł do dyskusji najcenniejszą uwagę.

— Powinniśmy się skoncentrować na wybuchu bomby atomowej w Nowym Jorku. Uważam, że kongresman Jintz i senator Lambertino winni powołać komisję do zbadania tej sprawy, zarówno w Izbie jak i w Senacie, i wezwać do złożenia zeznań wszystkich urzędników rządowych. Nawet jeśli nie wykryją niczego konkretnego, ujawnią wystarczająco dużo dziwnych zbiegów okoliczności, by środki masowego przekazu miały nieliche żniwo. Tu właśnie będziesz musiał wykorzystać wszelkie swoje wpływy — powiedział do Salentine'a. — Bo to nasza największa nadzieja. A teraz proponuję, żebyśmy wszyscy wzięli się do roboty. — Zwrócił się do Mutforda: — Więc zorganizuj swoje komitety wyborcze. Gwarantuję, że dostaniesz ode mnie sto milionów. To będzie rozsądna inwestycja.

Gdy spotkanie dobiegło końca, jedynie Bert Audick myślał jeszcze o bardziej radykalnych środkach.

Tuż po spotkaniu Lawrence Salentine został wezwany przez prezydenta. Kiedy pojawił się w Gabinecie Owalnym, zobaczył, że obecny jest tam również prokurator generalny Christian Klee, co sprawiło, że zaczął się mieć na baczności. Nie wymieniono żadnych uprzejmości; nie był to już ten czarujący Kennedy co niegdyś, lecz — Salentine to czuł — człowiek żyjący zemstą.

— Panie Salentine — odezwał się Kennedy — nie chcę niczego owijać w bawełnę. Chcę być absolutnie szczery. Prokurator generalny, pan Klee, omawiał ze mną problem wysunięcia w stosunku do pańskiej sieci telewizyjnej, a także wobec innych sieci, zarzutów uprawiania zorganizowanej działalności przestępczej. Odwiódł mnie jednak od tego, twierdząc, że byłoby to może zbyt surową karą. Lecz pan i pozostali potentaci środków masowego przekazu braliście udział w spisku mającym na celu usunięcie mnie z prezydentury. Popieraliście Kongres, kiedy ten mnie zawieszał.

— Naszym obowiązkiem jako firmy zajmującej się informacją było zdawanie sprawozdań z rozwoju sytuacji politycznej — odparł Salentine.

— Nie pieprz, Lawrence, wy wszyscy zmówiliście się przeciw nam — powiedział zimno Klee.

— To już przeszłość — rzekł Kennedy. — Idźmy zatem naprzód. Przez lata, przez całe dziesiątki lat, wy, spece od mass mediów, mieliście prawdziwy piknik. Nie zamierzam dopuszczać, by parasol korporacji dominował w tym kraju nad środkami przekazu. Prawo własności stacji telewizyjnych zostanie ograniczone tylko do telewizji. Nie będą one mogły być właścicielami wydawnictw. Ani właścicielami pism ilustrowanych. Nie zezwoli im się na wydawanie dzienników. Nie będą mogły posiadać na własność studiów filmowych ani sieci telewizji kablowej. Macie i tak zbyt wiele władzy. Nadajecie zbyt wiele reklam. To także zostanie ograniczone. Chcę, żebyś zaniósł tę wiadomość swoim przyjaciołom. Gdy trwała procedura zawieszania, bezprawnie odmówiłeś prezydentowi Stanów Zjednoczonych dostępu do fal eteru. Lecz to się już nigdy więcej nie powtórzy.

Salentine powiedział prezydentowi, że nie sądzi, aby Kongres pozwolił mu zrobić to, co zaplanował. Kennedy uśmiechnął się doń szeroko.

— Ten Kongres z pewnością nie, lecz w listopadzie mamy już wybory. A ja będę się ubiegał o ponowny wybór. I będę prowadził kampanię na rzecz tych ludzi w Kongresie, którzy poprą moje poglądy.

Lawrence Salentine udał się do swoich kolegów-właścicieli stacji telewizyjnych i przekazał im złą wiadomość.

— Mamy dwie możliwości — powiedział. — Możemy

zacząć pomagać prezydentowi w wygraniu wyborów, popierając go, kiedy będziemy mówić o jego poczynaniach i polityce. Możemy też pozostać wolni i niezależni i sprzeciwiać się mu, kiedy tylko uznamy to za konieczne. — Przerwał na chwilę i dodał: — Może to być dla nas bardzo niebezpieczny okres. Nie tylko utrata dochodów, nie tylko regulacje ograniczające, bo gdy Kennedy posunie się zbyt daleko, może to nawet oznaczać utratę naszych licencji.

Tego było już za wiele. Nie mieściło im się bowiem w głowach, że mogliby utracić swe licencje. Przypominali cokolwiek osadników z wczesnego pionierskiego okresu, którzy patrzyli w osłupieniu, jak ich ziemia powraca w ręce rządu. Uzyskanie licencji na zakładanie stacji telewizyjnych, czy wolny dostęp do fal eteru, nigdy nie stanowiły problemu dla ludzi pokroju Salentine'a. Wydawało im się to niemal naturalnym prawem. Tak więc właściciele podjęli decyzję, że nie będą się płaszczyć przed prezydentem Stanów Zjednoczonych, lecz pozostaną wolni i niezależni. I że ujawnią, iż Kennedy stanowi niebezpieczne zagrożenie dla amerykańskiego demokratycznego kapitalizmu. Salentine miał przekazać tę decyzję wpływowym członkom Klubu Sokratesa.

Przez wiele dni Salentine rozmyślał nad tym, jak w swojej sieci telewizyjnej zmontować kampanię antyprezydencką, tak aby rzecz nie stała się nazbyt oczywista. Pomimo wszystko społeczeństwo amerykańskie wierzyło w zasadę *fair play*; zbyt nachalne wymachiwanie siekierą zrodziłoby jedynie niechęć. Społeczeństwo amerykańskie wierzyło w godziwy proces sądowy, choć było ono w istocie najbardziej kryminogennym społeczeństwem na świecie.

Poruszał się zatem ostrożnie. Pierwszy krok — musi zaangażować Cassandrę Chutt, która prowadziła najwyżej oceniany w kraju serwis wiadomości. Oczywiście nie można było zwrócić się do niej wprost; komentatorzy telewizyjni wystrzegali się starannie wszystkich jawnych interwencji. Nie osiągali jednak większej sławy, nie idąc na ustępstwa wobec szefów. A Cassandra Chutt umiała być ustępliwa.

Przez ostatnie dwadzieścia lat Salentine dopomagał jej w karierze. Znał ją jeszcze z czasów, kiedy występowała we wczesnoporannych programach, a także i potem, kiedy awansowała do wiadomości wieczornych. Zawsze była bezwstydna, jeżeli szło o pogoń za awansem. Znana była z tego, że raz złapała za kołnierz sekretarza stanu i rozpłakała się, krzycząc przy tym, że jeśli nie udzieli jej dwuminutowego wywiadu, to ona straci pracę. Namawiała, przypochlebiała się i szantażowała sławne osobistości, by pojawiły się w jej programie, nadawanym w porze największej oglądalności, a następnie niszczyła je, zadając osobiste i wręcz wulgarne pytania. Salentine uważał Cassandrę Chutt za najordynarniejszą osobę, jaką tylko znał w świecie radiowym i telewizyjnym.

Zaprosił ją na obiad w swoim apartamencie. Bo w gruncie rzeczy lubił towarzystwo ordynarnych ludzi.

Kiedy Cassandra przybyła, Salentine opracowywał właśnie taśmę wideo. Zaprowadził ją do pracowni wyposażonej w najnowszy sprzęt wideo, w monitory i maszyny do cięcia, a wszystko to sprzężone z niewielkimi komputerami.

Cassandra przysiadła na stołku i zapytała:

— Do cholery, Lawrence, czy znowu będę musiała się gapić, jak tniesz *Przeminęło z wiatrem*?

Zamiast odpowiedzi przyniósł jej drinka z małego barku w kącie pokoju.

Salentine miał swoje hobby. Brał taśmę wideo z jakiegoś filmu (jego kolekcja zawierała setkę filmów, które on uważał za najlepsze, jakie kiedykolwiek nakręcono) i ciął ją ponownie, starając się ulepszyć. Nawet wśród ulubionych filmów zdarzała się jakaś scena czy dialog, którą uważał za źle nakręconą lub niepotrzebną, i usuwał ją przy użyciu swojej maszynerii. Na półce w jego salonie stało sto wideokaset z najlepszymi filmami, może trochę krótszymi, ale doskonałymi. Było nawet kilka filmów, w których wyciął niezadowalające zakończenie.

Jedząc z Cassandrą obiad podany przez kamerdynera, dopytywał się o jej przyszłe programy. To zawsze wprawiało ją w dobry humor. Opowiedziała Salentine'owi o swoich planach odwiedzenia krajów arabskich i ukazania ich w jednym programie razem z Izraelem. Potem miały być wywiady z trzema europejskimi premierami, którzy zechcieliby z nią rozmawiać. Rozprawiała na temat podróży do Japonii, gdzie chciała przeprowadzić wywiad z cesarzem. Salentine słuchał jej cierpliwie. Cassandra Chutt cierpiała na kompleks wielkości, lecz od czasu do czasu udawało jej się istotnie zrobić coś niezwykłego.

W końcu przerwał jej, pytając żartobliwie:

— Dlaczego nie zaprosisz do swojego programu prezydenta Kennedy'ego?

Cassandra Chutt straciła dobry humor.

— Po tym, co mu zmalowaliście, nigdy nie da mi szansy.

— Nie wyszło to zbyt fajnie — przyznał Salentine. — Ale skoro nie możesz dostać Kennedy'ego, to dlaczego nie przejdziesz na przeciwną stronę? Dlaczego nie zaprosisz kongresmana Jintza i senatora Lambertino, aby opowiedzieli ci swoją wersję tej historii?

Cassandra Chutt uśmiechnęła się do niego.

— Ty podstępny draniu! — powiedziała. — Oni są już przegrani. Najzwyczajniej przepadli, a Kennedy zarżnie ich podczas wyborów. Dlaczego miałabym zapraszać do mojego programu jakichś tam denatów? Kto zechce ich oglądać w telewizji?

— Jintz mówił, że mają bardzo ważną informację na temat wybuchu tej bomby — odrzekł Salentine. — Może administracja nie pospieszyła się zbytnio? Może nie wykorzystali właściwie nuklearnych ekip poszukiwawczych, które zapewne odnalazłyby bombę jeszcze przed wybuchem? Wyjawią to w twoim programie. Dostaniesz się na nagłówki gazet na całym świecie.

Cassandra Chutt była oszołomiona. Lecz potem zaczęła się śmiać.

— Mój Boże — westchnęła. — To straszne, ale zaraz po tym, gdy mi to podsunąłeś, przyszło mi do głowy pytanie, jakie powinnam zadać tym dwóm przegranym faceciakom. A brzmi

344

ono: „Czy naprawdę uważacie, że prezydent Stanów Zjednoczonych ponosi odpowiedzialność za śmierć dziesięciu tysięcy ludzi, którzy zginęli w czasie wybuchu bomby atomowej w Nowym Jorku?".

— To bardzo dobre pytanie — oświadczył Salentine.

W czerwcu Bert Audick poleciał swoim prywatnym samolotem do Sherhabenu, żeby omówić z sułtanem odbudowę Daku. Sułtan przyjął go po monarszemu. Były tancerki, wspaniałe jedzenie i konsorcjum międzynarodowych finansistów, których zebrał sułtan, chętnych do zainwestowania pieniędzy w nowym Daku. Audick spędził cudowny tydzień na ciężkiej pracy, wykradając im z kieszeni „jednostkę" stu milionów dolarów tu, „jednostkę" tam, świadom jednak, że prawdziwe pieniądze będą musiały pochodzić z jego własnej firmy naftowej i od sułtana Sherhabenu.

Ostatnią noc swego pobytu spędził z sułtanem w pałacu. Pod koniec posiłku Maurobi odprawił służbę i obstawę.

Uśmiechnął się do Audicka i powiedział:

— Myślę, że teraz powinniśmy przystąpić do właściwego interesu. — Zamilkł na chwilę. — Czy przywiózł pan to, o co prosiłem?

— Chcę, żeby zrozumiał pan jedno — odparł Audick. — Nie działam przeciwko mojej ojczyźnie. Po prostu muszę się pozbyć tego drania Kennedy'ego, bo w przeciwnym razie wyląduję w więzieniu. A on prześledzi wszystkie przychody i rozchody w naszych interesach na przestrzeni ostatnich dziesięciu lat. Więc to, co robię, leży także w pańskim interesie.

— Rozumiem — odparł łagodnie sułtan. — Nic nas zupełnie nie łączy z wydarzeniami, jakie będą mieć miejsce. Czy upewnił się pan, że w żadnym wypadku nie zdołają dojść do tego, iż owe dokumenty mają jakiś związek z panem?

— Oczywiście — powiedział Audick. A następnie wręczył sułtanowi skórzaną aktówkę, którą miał przy sobie. Maurobi wziął ją i wyjął skoroszyt, który zawierał fotografie i diagramy.

345

Przyjrzał się im uważnie. Były to fotografie przedstawiające wnętrze Białego Domu, a diagramy — rozmieszczenie posterunków kontrolnych w różnych częściach budynku.

— To aktualne? — zapytał.

— Nie — odparł Bert Audick. — Po objęciu stanowiska przez Kennedy'ego, trzy lata temu, Christian Klee, który jest szefem FBI i Secret Service, wiele z tego zmienił. Dodał w Białym Domu jeszcze jedno piętro na rezydencję dla prezydenta. Wiem, że trzecie piętro przypomina stalowe pudło. Nikt nie wie, jak wygląda ochrona, nigdy nic się na ten temat nie publikuje, a jest chyba jasne jak słońce, że nie pozwalają nikomu nic się na ten temat dowiadywać. Wszystko jest tajne. I to dla każdego, z wyjątkiem najbliższych doradców i przyjaciół prezydenta.

— To może okazać się pomocne — powiedział sułtan.

Audick wzruszył ramionami.

— Mogę dopomóc, gdy idzie o pieniądze. Potrzebne nam szybkie działanie, najlepiej zanim Kennedy zostanie ponownie wybrany.

— Setce zawsze przydadzą się pieniądze — odparł sułtan. — Dopilnuję, żeby do nich dotarły. Musi pan jednak zrozumieć, że ci ludzie działają powodowani własną, najprawdziwszą wiarą. Nie są najemnymi zabójcami. Tak więc będą musieli wierzyć, że pieniądze pochodzą ode mnie, jako od szefa rządu uciśnionego kraju. — Uśmiechnął się. — Myślę, że po zniszczeniu Daku Sherhaben kwalifikuje się jako taki.

— To już inna sprawa, którą też chciałbym omówić — odparł Audick. — Kiedy Dak został zniszczony, moja firma straciła pięćdziesiąt miliardów dolarów. Uważam, że powinniśmy renegocjować warunki umowy, jaką mamy w odniesieniu do pańskiej ropy. Ostatnim razem był pan bardzo twardy.

Sułtan roześmiał się, ale raczej przyjaźnie.

— Panie Audick — powiedział — przez ostatnie pięćdziesiąt lat amerykańskie i brytyjskie firmy naftowe obrabowywały arabską ziemię z ropy. Dawaliście tępym arabskim szejkom marne grosze, sami zarabiając miliardy. Po prostu hańba. A teraz pańscy rodacy oburzają się, kiedy chcemy liczyć za ropę tyle, ile jest ona warta. Tak jakbyśmy my mieli cokolwiek do powiedzenia w sprawie cen waszego ciężkiego sprzętu i technologii, za które tak drogo sobie liczycie. Ale teraz wasza kolej płacić należycie, wasza kolej być wykorzystywanymi, jeśli za takich się uważacie. Proszę się nie obrażać, ale chciałem nawet poprosić pana o drobną dopłatę do naszego układu.

Rozpoznali w sobie nawzajem pokrewne dusze, które nigdy nie tracą szans do negocjacji. Uśmiechnęli się do siebie przyjaźnie.

— Wydaje mi się, że konsument amerykański będzie musiał płacić rachunki zwariowanego prezydenta, którego sam wybrał na ten urząd — powiedział Audick. — Naprawdę bardzo żałuję, że muszę im to zrobić.

— Ale zrobi pan — odparł sułtan. — Mimo wszystko jest pan biznesmenem, nie politykiem.

— W drodze do więzienia — powiedział Audick ze śmiechem. — Chyba że mi się poszczęści i Kennedy zniknie. Nie chcę, żeby mnie pan źle zrozumiał. Zrobiłbym wszystko dla mojej ojczyzny, ale nie zamierzam pozwolić, aby poszturchiwali mnie politycy.

Sułtan uśmiechnął się na znak zgody.

— Tak jak ja nie pozwolę na to mojemu parlamentowi. — Klasnął w dłonie na służbę, a następnie zwrócił się do Audicka: — Myślę, że teraz pora, byśmy się zabawili. Dość już tych brudnych interesów, rządzenia i władzy. Żyjmy, póki nam dane.

Wkrótce zasiedli do wykwintnego obiadu. Audick lubił arabskie potrawy, nie krzywił się tak jak inni Amerykanie; głowy i oczy baranie smakowały mu niczym matczyne mleko.

Kiedy jedli, Audick powiedział do sułtana:

— Jeżeli ma pan kogoś w Ameryce, czy gdziekolwiek indziej, kto potrzebowałby pracy albo innej pomocy, niech pan prześle mi wiadomość. A jeśli potrzebuje pan pieniędzy na jakiś wzniosły cel, mogę załatwić ich transfer z jakiegoś niewykrywalnego źródła tam, u siebie. To dla mnie bardzo ważne, byśmy zrobili coś z Kennedym.

— Doskonale to rozumiem — odparł sułtan. — Ale teraz nie mówmy już o interesach. Mam obowiązki jako pański gospodarz.

Annee, która ukrywała się u rodziny na Sycylii, zdziwiła się, kiedy wezwano ją na spotkanie z kolegami z Setki.

Spotkała się z nimi w Palermo. Byli to dwaj młodzi mężczyźni, których znała z czasów, kiedy wszyscy byli jeszcze studentami w Rzymie. Najstarszego, teraz około trzydziestoletniego, zawsze bardzo lubiła. Był wysoki, ale przygarbiony i nosił okulary w złotych oprawkach. Był zdolnym naukowcem i miał przed sobą wspaniałą karierę jako profesor etruskolog. Zawsze łagodny i miły w obejściu. Jego opryskliwość w kontaktach politycznych była, zda się, wytworem umysłu, który nie znosił okrutnego braku logiki systemu kapitalistycznego. Na imię miał Giancarlo.

O drugim członku Setki wiedziała, że jest podżegaczem lewicowych partii na uniwersytecie. Krzykacz, ale znakomity mówca, uwielbiał podjudzać tłumy do aktów przemocy, chociaż sam był w istocie bardzo niewprawny w działaniu. Zmienił się bardzo, odkąd został pojmany przez specjalną brygadę antyterrorystyczną i poddany brutalnym przesłuchaniom. Innymi słowy, pomyślała Annee, dokopali mu do szmat i wpakowali na miesiąc do szpitala. Potem już Sallu, bo tak miał na imię, mniej mówił, a więcej działał. Został w końcu uznany za jednego z Chrystusów Przemocy, za jednego ze Świętej Setki.

Obaj mężczyźni, Giancarlo i Sallu, żyli teraz w podziemiu, by zmylić policję antyterrorystyczną. I starannie zaaranżowali to spotkanie. Annee została wezwana do Palermo i poinstruowana, by chodziła po mieście i podziwiała widoki, aż w końcu ktoś nawiąże z nią kontakt. Na drugi dzień spotkała w pewnym butiku kobietę imieniem Livia, która zabrała ją do małej restauracji, gdzie były jedynymi gośćmi. I zaraz potem restauracja zamknęła swe podwoje; właściciel i jedyny kelner byli widocznie członkami sekcji. Potem z kuchni wyłonił się Giancarlo i Sallu. Giancarlo miał na sobie wszelkie atrybuty szefa kuchni, a w oczach błysk rozbawienia. W rękach dzierżył ogromną misę spaghetti zabarwionego na czarno atramentem pokrajanej ośmiornicy. Idący za nim Sallu niósł wiklinowy koszyk wypełniony złocistym chlebem posypanym sezamem oraz butelkę wina.

Wszyscy czworo — Annee, Livia, Giancarlo i Sallu — zasiedli do lunchu. Giancarlo nałożył im z misy porcje spaghetti, a kelner podał sałatę, półmisek różowej szynki i czarno-biały ziarnisty ser.

— Nie powinniśmy głodować z tej tylko przyczyny, że walczymy o lepszy świat — powiedział Giancarlo. Uśmiechał się i robił wrażenie całkowicie rozluźnionego.

— Ani umrzeć z pragnienia — dodał Sallu i nalał wina. Niemniej był podenerwowany.

Kobiety pozwoliły, by je obsłużono; było kwestią rewolucyjnego protokołu nie przyjmować stereotypowych kobiecych ról. Były jednak rozbawione; znalazły się przecież tutaj, by odebrać od mężczyzn rozkazy.

Podczas jedzenia Giancarlo rozpoczął naradę.

— Obie byłyście bardzo sprytne — powiedział. — Wydaje się, że nie ciąży na was żadne podejrzenie w związku z akcją wielkanocną. Zdecydowano więc, że możemy was wykorzystać do nowego zadania. Obie macie znakomite kwalifikacje. Posiadacie doświadczenie, ale — co ważniejsze — macie silną wolę. Dlatego was wezwano. Muszę was jednak ostrzec. Ta akcja jest bardziej niebezpieczna od poprzedniej.

— Czy musimy zgłosić się na ochotnika, zanim jeszcze usłyszymy szczegóły? — zapytała Livia.

Odpowiedział jej Sallu, szybko i zwięźle:

— Tak.

— Bo zawsze trzymacie się tej swojej rutyny i pytacie: „Czy wyrażasz gotowość?" — rzuciła niecierpliwie Annee. — Czy przyszłyśmy tu tylko na to podłe spaghetti? Jeżeli przychodzimy, znaczy to, że wyrażamy gotowość. Więc mów, o co chodzi.

Giancarlo skinął głową. Uważał, że jest zabawna.

— Oczywiście, oczywiście — powiedział.

Giancarlo raczej się nie spieszył. Stwierdził tylko z namysłem:

— To spaghetti wcale nie jest złe.

Wszyscy się roześmiali i ledwie tylko ich śmiech umilkł, Giancarlo powiedział:

— Operacja ta wymierzona jest przeciwko prezydentowi Stanów Zjednoczonych. Musi on zostać zlikwidowany. Pan Kennedy wiąże naszą organizację z wybuchem bomby atomowej w swoim kraju. Jego rząd planuje powołanie specjalnych grup operacyjnych, skierowanych przeciwko nam w skali globalnej. Przybywam ze spotkania, na którym nasi przedstawiciele z całego świata podjęli decyzję o współpracy z nami w tej właśnie materii.

— W Ameryce to dla nas niemożliwe — powiedziała Livia. — Jakim cudem zdobędziemy pieniądze i jak nawiążemy łączność? Jak uda nam się założyć bezpieczne kryjówki i zwerbować personel? A przede wszystkim w jaki sposób zdobędziemy konieczny materiał wywiadowczy? Nie mamy tam żadnej bazy.

— Pieniądze nie stanowią problemu — odparł Sallu. — Zostaniemy sfinansowani. Personel zostanie poddany infiltracji i będzie posiadał tylko bardzo ograniczone dane.

— Livio, ty pojedziesz pierwsza — powiedział Giancarlo. — Mamy w Ameryce swoje tajne wsparcie. Bardzo potężnych ludzi. Oni pomogą ci założyć kryjówki i siatki komunikacyjne. W pewnych bankach będziesz miała fundusze, z których możesz korzystać. A ty, Annee, pojedziesz później jako dowódca całej operacji. Ty więc zajmiesz się tą niebezpieczniejszą częścią.

Annee poczuła dreszcz rozkoszy. Będzie szefem operacji. W końcu dorówna Romeowi i Yabrilowi.

Z zamyślenia wyrwał ją głos Livii.

— Jakie są nasze szanse?

— Twoje są bardzo duże, Livio — odparł uspokajająco Sallu. — Jeśli dowiedzą się o nas, pozwolą ci ujść wolno, żeby potem móc nas wszystkich zgarnąć. Zanim Annee zajmie się całą operacją, będziesz już na powrót we Włoszech.

— To prawda — powiedział Giancarlo. — To Annee będzie najbardziej zagrożona.

— Rozumiem — odparła Annee.

— Ja także — stwierdziła Livia. — Chciałam tylko zapytać, jakie są nasze szanse na powodzenie.

— Znikome — powiedział Giancarlo. — Ale nawet jeśli nam się nie powiedzie, zyskamy na tym. Potwierdzimy naszą niewinność.

Resztę popołudnia spędzili na przeglądaniu planów operacyjnych i kodów, jakich będą używać, a nadto schematów specjalnych sieci.

Kiedy skończyli, zdążył już zapaść zmierzch. Annee wystąpiła z pytaniem, które dotąd wcale jeszcze nie padło:

— Powiedz mi, czy ów najbardziej pesymistyczny scenariusz przewiduje, że cała misja może się okazać samobójcza?

Sallu pochylił głowę. Łagodne oczy Giancarla spoczęły na Annee. A potem skinął głową.

— Wszystko możliwe — powiedział. — Ale to będzie twoja decyzja, nie nasza. Romeo i Yabril nadal żyją i mamy nadzieję ich uwolnić. Obiecuję ci zresztą to samo, jeśli zostaniesz pojmana.

Rozdział 17

Specjalny oddział FBI Christiana Klee sprawował nadzór komputerowy nad Klubem Sokratesa i członkami Kongresu. Klee zawsze rozpoczynał poranek od przeglądania raportów. Własnoręcznie obsługiwał swój osobisty komputer, który zawierał prywatne kartoteki zakodowane pod stosownymi hasłami.

Tego właśnie dnia wywołał kartotekę Davida Jatneya i Crydera Cole'a. Klee miał szczególną słabość do swoich przeczuć, a przeczucie mówiło mu, że z Jatneyem mogą być kłopoty. Nie musiał się już martwić Cole'em; ten młody człowiek został entuzjastą motorów i oto rozwalił sobie łeb o stromą skałę w Provo, w Utah. Przyglądał się teraz wizerunkowi, który pojawił się na monitorze: wrażliwej twarzy, ciemnym, głęboko osadzonym oczom. Owa twarz zmieniała się z przystojnej — kiedy była spokojna — we wręcz przerażającą, gdy powodowały nią emocje. Czy działo się to za sprawą niechlubnych pragnień, czy też sprawiała to sama budowa oblicza? Jatney znajdował się pod luźnym nadzorem, a więc było to tylko przeczucie. Kiedy jednak Klee przeczytał na ekranie odpowiednie raporty, poczuł przypływ satysfakcji. Straszny owad, skryty dotąd w jajeczku — a był nim David Jatney — począł z wolna rozrywać skorupkę.

David wypalił ze strzelby do Louisa Incha z powodu młodej kobiety, Irene Fletcher. Irene była zachwycona faktem, że ktoś próbował zabić Incha, ale nie domyślała się, że uczynił to właśnie jej kochanek. Pomimo że codziennie widywała się z nim, ażeby informować go o swych najskrytszych myślach.

Spotkali się na Montana Avenue, gdzie Irene pracowała jako sprzedawczyni w słynnym sklepie „Fioma Bake", sprzedającym najlepszy chleb w całej Ameryce. David zajrzał tam, ażeby kupić herbatniki i bułki, i gawędził z Irene, podczas gdy ta go obsługiwała. Któregoś dnia zagadnęła go:

— Czy wybrałbyś się gdzieś ze mną dziś wieczorem? Każde płaciłoby za siebie.

David uśmiechnął się. Nie była jedną z typowych kalifornijskich blond dziewczyn. Miała ładną krągłą twarz o zdecydowanym wyrazie. Była może trochę zbyt piersiasta i wyglądała na znacznie od niego starszą, choć miała co najwyżej dwadzieścia pięć lat. Ale w jej oczach płonęły żywe ogniki, a podczas ich długich rozmów zawsze wywierała na nim dodatnie wrażenie, toteż wyraził zgodę. Poza tym, prawdę mówiąc, czuł się trochę samotny.

Nawiązali niezobowiązujący przyjacielski romans; Irene Fletcher nie mała czasu na nic poważniejszego ani też nie przejawiała w tym kierunku żadnych szczególnie wybujałych skłonności. Studiowała gorliwie religie Wschodu, co u młodej osoby z południowej Kalifornii wcale nie było czymś niezwykłym. Dla Jatneya stanowiło to szczególnie odświeżające doświadczenie. Irene często przyprowadzała swojego małego synka, Josepha Campbella, na spotkania, które niejednokrotnie przeciągały się aż do późnej nocy, po czym, najzwyczajniej, zawijała chłopca w indiański koc i kładła spać na podłodze. Sama natomiast żarliwie roztrząsała zalety jakiegoś kandydata do politycznego urzędu lub też słowa któregoś z proroków Dalekiego Wschodu. Czasami David zasypiał na podłodze razem z chłopcem.

Dla Jatneya był to związek doskonały — bo właściwie nie mieli ze sobą nic wspólnego. On nienawidził religii i gardził polityką. Natomiast Irene nie znosiła filmów i interesowała się tylko książkami na temat egzotycznych religii tudzież lewicowymi studiami socjologicznymi. Ale dotrzymywali sobie wzajem towarzystwa. Jedno wypełniało drugiemu pewną lukę w egzystencji. Kiedy uprawiali seks, oboje byli może cokolwiek zbyt zdawkowi, ale zawsze czynili to w przyjacielskim nastroju. Niekiedy tylko Irene ulegała podczas takich zbliżeń przypływom czułości, co zresztą potem natychmiast starała się zminimalizować.

Było tu rzeczą pomocną, że Irene uwielbiała mówić, a David — milczeć. Kiedy leżeli w łóżku, Irene mówiła całymi godzinami, a David tylko słuchał. Czasami rozprawiała o czymś ciekawym, a czasami nie. Ciekawe było choćby to, że nadal trwała walka pomiędzy handlarzami nieruchomościami a właścicielami małych domów i lokatorami w Santa Monica. Jatney czuł do tych ostatnich sympatię. Kochał Santa Monica; kochał niski horyzont jednopiętrowych domów, parterowych sklepów i willi w hiszpańskim stylu; ogólną atmosferę spokoju i całkowity brak chłodnych kultowych budowli, podobnych mormońskim świątyniom w jego rodzinnym Utah. Kochał wielką przestrzeń Pacyfiku, niezaciemnianą przez drapacze chmur ze szkła i betonu. Uważał Irene za bohaterkę w walce o zachowanie tego wszystkiego, sprzeciwiającą się rekinom handlu nieruchomościami.

Rozprawiała o modnych hinduskich guru, odtwarzała z taśm ich mantry i nauki. Owi guru byli dużo milsi i mieli większe poczucie humoru niż nadęta starszyzna Kościoła mormońskiego, której słuchał, kiedy jeszcze był chłopcem, a ich wierzenia wydawały się bardziej poetyczne, ich cuda czystsze, bardziej uduchowione i bardziej eteryczne niźli słynne mormońskie historie o tablicach ze złota i anioł Moroni. Lecz w końcu jednak były równie nudne, gdyż odrzucały uciechy tego świata i owoce sukcesu na ziemi, wszystko to, czego tak żarliwie pragnął Jatney.

A Irene nigdy nie przestawała mówić; wpadała w pewien rodzaj ekstazy nawet wówczas, kiedy mówiła o najzwyklejszych rzeczach pod słońcem. Odmiennie niż Jatney, uważała swoje życie — choć tak bardzo zwyczajne — za niezwykle znaczące.

Czasami, kiedy dawała się ponieść elokwencji i roztrząsała swe koncepcje przez dobrą godzinę, czuł się tak, jakby była nieomal gwiazdą na niebie, która staje się coraz większa i jaśniejsza, i jakby on sam zapadał się w bezdenną czarną dziurę, czyli wszechświat. Jakby zapadał się w przepastną głąb, a ona wcale tego nie zauważała.

Podobało mu się również, że jest szczodra w sprawych materialnych, a oszczędna w uczuciach. Nigdy naprawdę nie popadała w smutek ani też nie nurzała się w jakimś uniwersalnym mroku. Był pewny, że jej gwiazda zawsze będzie powiększać swe rozmiary i nigdy nie straci blasku. Cieszył się, że tak właśnie będzie. Nie życzył sobie bowiem jej towarzystwa w mroku.

Pewnego wieczoru poszli na spacer plażą w okolice Malibu. Davidowi Jatneyowi wydawało się dziwne, że po jednej stronie znajdował się tutaj bezmierny ocean, po drugiej — rząd domów, a zaraz potem góry. Było to wprost nienaturalne, że góry graniczyły z oceanem. Irene zabrała ze sobą koce, poduszkę i dziecko. Leżeli na plaży, a chłopczyk spał opatulony w koce. Irene i David siedzieli w milczeniu, chłonąc piękno nocy. Przez krótką chwilę byli w sobie naprawdę zakochani. Patrzyli na ocean, granatowy w świetle księżyca, i na jakieś smukłe ptaki, które umykały przed nadciągającymi falami.

— Davidzie — powiedziała Irene. — Tak naprawdę to nigdy mi nic o sobie nie mówiłeś. Chcę cię pokochać. Ale ty nie pozwalasz mi się bliżej poznać.

David był wzruszony. Roześmiał się trochę nerwowo, a potem stwierdził:

— Pierwszą rzeczą, jaką powinnaś o mnie wiedzieć, jest to, że jestem dziesięciomilowym mormonem.

— Nawet nie przypuszczałam, że możesz być mormonem — odparła Irene.

— A katecheci mormońscy uczą, że nie wolno pić alkoholu, palić ani cudzołożyć — powiedział David. — Jeżeli więc to czynisz, upewnij się wprzódy, czy aby znajdujesz się przynajmniej o dziesięć mil od miejsca, gdzie ktokolwiek cię zna. — A następnie opowiedział jej o swoim dzieciństwie. I o tym, że nienawidzi Kościoła mormońskiego.

— Oni uczą, że dobrze jest kłamać, jeżeli tylko to pomaga Kościołowi — powiedział David. — A w dodatku ci wstrętni hipokryci wciskają ci całe to gówno o aniele Moronim i jakiejś tam złotej Biblii. I noszą anielskie gacie, w które, muszę to przyznać, moja matka i ojciec nigdy nie wierzyli. Ale można je zobaczyć, te pieprzone anielskie łachy, wiszące na wszystkich sznurach z bielizną. Najśmieszniejsza rzecz, jaką w życiu widziałem.

— Co to są te anielskie gacie? — zapytała Irene. Ujęła go za rękę, by zachęcić do dalszego mówienia.

— To taki rodzaj nocnej koszuli, którą noszą, żeby rypanie nie sprawiało im przyjemności — odparł David. — A przy tym są takimi ignorantami, że nie wiedzą, iż już w szesnastym wieku papiści wynaleźli taki sam rodzaj ubioru, który osłaniał całe ciało i miał w sobie tylko jedną małą dziurkę, tak iżby się można było pieprzyć pozornie bez przyjemności. Kiedy byłem dzieckiem, widywałem te anielskie gacie wiszące na sznurach do bielizny. Muszę to przyznać moim rodzicom, że nie wierzyli w podobne bzdury, ale ponieważ ojciec był starszym Kościoła, musieli wywieszać te szmaty na zewnątrz. — David roześmiał się, a potem dodał: — Boże, co za religia!

— To wprawdzie fascynujące, ale zarazem takie prymitywne... — powiedziała Irene.

David pomyślał: A co, u diabła, jest cywilizowanego u tych pieprzonych guru, którzy wmawiają ci, że krowy są święte, że istnieje reinkarnacja i że to życie w ogóle nic nie znaczy. I odstawiają wszystkie te idiotyczne numery z karmą. Ale Irene poczuła, że cały się spina, a przecież chciała, żeby mówił dalej. Wsunęła mu więc ręce za koszulę, tak aby móc wyczuwać gwałtowne bicie serca.

— Czy ich nienawidziłeś? — zapytała.

— Nigdy nie nienawidziłem moich rodziców — odparł. — Zawsze byli dla mnie dobrzy.

— Miałam na myśli cały Kościół mormoński.

— Nienawidziłem Kościoła — odrzekł David — odkąd tylko pamiętam. Nienawidziłem go już jako małe dziecko. Nienawidziłem twarzy starszyzny, nienawidziłem sposobu, w jaki mój ojciec i matka włazili im w dupę. Nienawidziłem tej ich hipokryzji. Bo oni, jeśli nie zgadzasz się ze wskazaniami Kościoła, mogą nawet kazać cię ukatrupić. To religia biznesu, wszyscy trzymają się razem. W ten właśnie sposób mój ojciec stał się człowiekiem bogatym. Ale powiem ci, co mnie napełniało szczególnym obrzydzeniem. Oni mają takie szczególne namaszczenia, i główni przedstawiciele starszyzny fundują je sobie w sekrecie, tak aby mogli dostać się do nieba na długo przed innymi. To tak, jakby ktoś wciskał ci się na przód kolejki, kiedy czekasz na taksówkę albo na stolik w modnej restauracji.

— Większość religii jest taka, z wyjątkiem religii hinduskich — powiedziała Irene. — Trzeba tylko uważać na karmę. — Przerwała na chwilę. — Dlatego staram się być wolna od chciwości na pieniądze i nie mogę walczyć z bliźnimi o ziemskie dobra. Mój duch musi być czysty. Odbywamy specjalne spotkania. W Santa Monica doszło teraz do strasznego kryzysu. Jeżeli nie będziemy się mieć na baczności, firmy handlujące nieruchomościami zniszczą wszystko, o co walczyliśmy, a to miasto pełne będzie drapaczy chmur. I podniosą czynsze, a ty i ja zostaniemy zmuszeni do opuszczenia naszych mieszkań.

Mówiła dalej, a David Jatney słuchał z uczuciem spokoju. Mógłby leżeć na tej plaży w nieskończoność, zagubiony w czasie, zatracony w pięknie, zatracony w niewinności tej dziewczyny, która nie bała się tego, co może się jej przydarzyć na tym świecie. Mówiła mu o człowieku, który nazywał się Louis Inch i który próbował przekupić radę miejską, by zmieniła prawa budowlane oraz przepisy najmu. Sprawiała wrażenie, że bardzo wiele wie o tym człowieku, Inchu, i że przeprowadziła na jego temat szczegółowe badania. Ten facet mógłby z całym powodzeniem być starszym w Kościele mormońskim! W końcu Irene powiedziała:

— Gdyby nie było to takie zgubne dla mojej karmy, byłabym w stanie zabić tego drania.

David roześmiał się.

— Ja już raz zastrzeliłem prezydenta. — I opowiedział jej o zabawie w zamach i o tym, jak został jednodniowym bohaterem Brigham Young. — Ale mormońska starszyzna, która tam rządzi, kazała mnie wyrzucić — dodał.

Lecz Irene zajęta była teraz swoim mały synkiem, któremu pewnie śniło się coś niedobrego, bo obudził się z płaczem. Uspokoiła go i powiedziała do Davida:

— Jutro wieczorem ten Inch je obiad z paroma facetami z rady miejskiej. Zabiera ich do Michaela, a wiesz, co to znaczy. Będzie próbował ich przekupić. Naprawdę miałabym ochotę rozwalić tego drania.

— Ja tam się nie przejmuję moją karmą — powiedział David. — Zastrzelę go dla ciebie. — Oboje się roześmiali.

Następnego wieczoru David wyczyścił strzelbę myśliwską, którą przywiózł jeszcze z Utah, a potem oddał strzał, który roztrzaskał szybę w limuzynie Louisa Incha. Właściwie nie strzelał, aby kogoś zabić; w rzeczywistości pocisk przeszedł znacznie bliżej ofiary, niż zamierzał. Był jedynie ciekaw, czy się na coś takiego zdobędzie.

Rozdział 18

To właśnie Sal Troyca postanowił przygwoździć Christiana Klee. Przeglądając zeznania komisji Kongresu, badających sprawę wybuchu bomby atomowej, zwrócił uwagę na zeznanie Christiana, w którym ten stwierdzał, że wielki kryzys międzynarodowy był wówczas rzeczą najważniejszą. Były tam jednak pewne niejasności. Troyca zauważył, że zaistniała pewna luka w czasie. Christian Klee zniknął nagle ze sceny w Białym Domu. Ale dokąd poszedł?

Nie dowiedzą się tego od niego, to pewne. Niemniej jedyną rzeczą, która mogła spowodować zniknięcie Christiana w czasie tego kryzysu, było coś niesłychanie ważnego. A może Klee poszedł przesłuchiwać Gresse'a i Tibbota?

Troyca nie konsultował się ze swoim szefem, kongresmanem Jintzem; zadzwonił tylko do Elizabeth Stone, administracyjnej pomocy senatora Lambertino, i umówił się z nią na obiad w nieznanej restauracji. W ciągu paru miesięcy po wybuchu bomby atomowej pomiędzy nimi dwojgiem zawiązał się partnerski układ, obejmujący zarówno życie zawodowe, jak i prywatne.

Do porozumienia doszli już w czasie pierwszego spotkania, zainicjowanego przez Troycę. Pod chłodną bezosobową urodą Elizabeth Stone krył się w istocie ognisty temperament seksualny, niemniej umysł miała zimny jak stal. Pierwszą rzeczą, którą zaproponowała, było:

— Już w listopadzie nasi szefowie stracą robotę. Uważam, że ty i ja powinniśmy poczynić jakieś plany w związku z naszą przyszłością.

Sal Troyca był zaskoczony. Elizabeth Stone słynęła z tego, że jest jedną z owych lojalnych „prawych rąk" przywódców kongresowych.

— Walka jeszcze się nie skończyła — powiedział.

— Oczywiście, że się skończyła — odparła Elizabeth. — Nasi szefowie próbowali zawiesić prezydenta. A teraz Kennedy jest największym bohaterem, jakiego ten kraj miał od czasów Waszyngtona. Toteż dokopie im do szmat.

Troyca był niezwykle lojalny wobec swego szefa. Nie z poczucia honoru, ale dlatego, że był ambitny i nie lubił myśleć o sobie jako o kimś znajdującym się po stronie, która przegrywa.

— No cóż, możemy to przeciągnąć w czasie — powiedziała Elizabeth Stone. — Nie możemy wyglądać na ludzi, którzy opuszczają tonący statek. Zrobimy to tak, aby cała rzecz dobrze wyglądała. Niemniej mogę nam obojgu załatwić lepszą pracę. — Uśmiechnęła się do niego figlarnie, a Troyca zakochał się w tym uśmiechu. Był to uśmiech pełen radosnej obietnicy, lecz zarazem przebiegły, uśmiech, który mówił, że jeśli Troyca nie mdleje w tej chwili z zachwytu, to musi być chyba skończonym wariatem. Odpowiedział jej również uśmiechem.

Sal Troyca posiadał — i był tego świadom — coś na kształt przyciężkiego wieprzkowatego uroku, który działał tylko na pewien typ kobiet, zdumiewając natomiast wszystkich mężczyzn. Mężczyźni szanowali Troycę za jego przebiegłość, ogromne zasoby energii i jego zdolność wykonywania poleceń. Ale fakt, że w tak tajemniczy sposób potrafił oczarować kobiety, wzbudzał wręcz ich podziw.

A teraz zapytał Elizabeth Stone:

— Czy to oznacza, że gdy zostaniemy wspólnikami, będę cię mógł przelecieć?

— Tylko wtedy, gdy podejmiesz pewne zobowiązania.

Dwóch słów Sal Troyca nienawidził bardziej niż jakichkolwiek innych w języku angielskim. Jednym z nich były „zobowiązania", a drugim „związek".

— Chcesz powiedzieć, że winien to być prawdziwy związek, zobowiązanie jednej osoby względem drugiej, miłość? — zapytał. — Stosunek zbliżony do tego, jaki łączy murzyńską służbę domową z jej panami na starym, kochanym Południu?

Westchnęła, mówiąc:

— To twoje gówniane *machismo* może stanowić spory problem. — A potem dodała: — Mogę ubić dla nas interes. Bardzo pomogłam pani wiceprezydent w jej karierze politycznej. Ma dług względem mnie. A teraz musisz spojrzeć trzeźwo na rzeczywistość. Jintz i Lambertino dostaną w listopadowych wyborach dużego kopa. Helen Du Pray reorganizuje swoją ekipę, a ja będę jednym z jej głównych doradców. Masz zatem fuchę jako mój pomocnik.

— To dla mnie degradacja — odparł z uśmiechem Sal. — Ale jeżeli jesteś taka dobra w łóżku, jak mi się wydaje, to się zastanowię.

— To nie będzie żadna degradacja — tłumaczyła cierpliwie Elizabeth Stone — gdyż nie będziesz miał żadnego stanowiska. Lecz jeśli ja będę się wspinać, ty również będziesz to czynił. I obejmiesz własny dział w ekipie wiceprezydenta. — Przerwała na chwilę. — Posłuchaj — stwierdziła — w gabinecie senatora poczuliśmy do siebie pociąg. Może nie miłość, ale z pewnością żądzę od pierwszego wejrzenia. A ja słyszałam o tym, że pieprzysz się z własnym personelem. Ale rozumiem to. Oboje tak ciężko pracujemy, że nie mamy czasu na prawdziwe życie towarzyskie ani prawdziwą miłość. A jestem już zmęczona sypianiem z facetami tylko dlatego, że kilka razy w miesiącu czuję się samotna. Chcę prawdziwego związku.

— Idziesz za szybko — powiedział Troyca. — Cóż, gdyby chodziło o ekipę prezydenta... — wzruszył ramionami, uśmiechając się, by dowieść, że żartuje.

Elizabeth Stone ponownie obdarzyła go uśmiechem. Właściwie był to uśmiech bardzo chłodny, ale Troyca uznał go za czarujący.

— Ludzie z rodziny Kennedych nigdy nie mieli szczęścia — powiedziała. — Wiceprezydent może zostać prezydentem. Ale, proszę, bądź poważny. Dlaczego nie możemy być wspólnikami, skoro wolisz tak to nazywać? Żadne z nas nie chce małżeństwa. Żadne z nas nie chce dzieci. Dlaczego nie możemy tak jakby na wpół żyć ze sobą; zachować, rzecz jasna, swoje mieszkania, ale w pewnym sensie żyć razem? Możemy mieć towarzystwo, seks i możemy też razem pracować jako zespół. Możemy zaspokajać nasze ludzkie potrzeby i działać na najwyższym stopniu wydajności. Cała rzecz może się okazać wspaniałym układem. A jeśli nie, możemy najzwyczajniej tego wszystkiego zaprzestać. Mamy czas aż do listopada.

Tej nocy poszli do łóżka i Elizabeth Stone okazała się dla Troyki rewelacją. Podobnie jak wielu innych nieśmiałych, zamkniętych w sobie ludzi, obojętnie czy mężczyzn, czy kobiet, w łóżku stawała się autentycznie gorąca i czuła. Sprzyjało im również i to, że akt spełnienia miał miejsce w domu Elizabeth. Troyca nie wiedział, że jest ona kobietą aż tak zamożną. Jak przystało na prawdziwą damę, pomyślał, ukrywała ten fakt, aby nie kłuć nim w oczy. Troyca natychmiast zauważył, że ów dom byłby dla nich znakomitym miejscem do mieszkania, znacznie lepszym, niż jego w zasadzie skromna rezydencja. Tutaj z Elizabeth mogliby założyć biuro. W domu było aż troje służby, toteż mógłby się pozbyć czasochłonnych i kłopotliwych zajęć, jak posyłanie ubrań do czyszczenia, kupowanie jedzenia i napojów.

A Elizabeth Stone, chociaż była taką zagorzałą feministką, w łóżku zachowywała się jak jakaś legendarna kurtyzana. Była niewolnicą jego zachcianek. Cóż, tylko za pierwszym razem kobiety tak się zachowują, pomyślał Troyca. Podobnie jak wówczas, gdy przychodzą na pierwszą rozmowę w sprawie pracy. Lecz ona w ciągu następnego miesiąca udowodniła mu, że się myli.

Stworzyli niemal doskonały związek. Dla obojga było rzeczą cudowną móc przyjść do domu po długich godzinach spędzonych z Jintzem i Lambertino, wyjść na późną kolację, a potem spać razem i kochać się. Rano wspólnie wychodzili do pracy. Po raz pierwszy w życiu Sal Troyca pomyślał o małżeństwie. Niemniej przeczuwał, że jest to coś, czego Elizabeth nie zechce.

Prowadzili spokojne życie, nawet nie spostrzegając rodzącego się uczucia. Ale najlepszą i najsmakowitszą częścią wspólnie spędzonego czasu było knowanie, jak zmienić bieg wydarzeń w ich świecie. Oboje zgadzali się co do tego, że w listopadzie Kennedy zostanie ponownie wybrany na prezydenta. Elizabeth była pewna, że kampania, jaką zmontował przeciwko prezydentowi Kongres i Klub Sokratesa, skazana jest na fiasko. Lecz Troyca nie był tego taki pewien. Można było jeszcze zagrać wieloma kartami.

Elizabeth nienawidziła Kennedy'ego. Nie była to jednak nienawiść osobista, lecz niezłomny opór wobec kogoś, kogo uważała za tyrana.

— Jest ważną rzeczą — powiedziała — żeby Kennedy'emu nie pozwolono na zorganizowanie po następnych wyborach swojego własnego Kongresu. Bo właśnie tam winno się znajdować pole bitwy. Z wypowiedzi Kennedy'ego podczas kampanii jasno wynika, że chce on zmienić strukturę amerykańskiej demokracji. A to stworzy bardzo niebezpieczną sytuację historyczną.

— Jeżeli teraz jesteś mu tak przeciwna, to jakim niby cudem przyjmiesz posadę w ekipie wiceprezydenta po wyborach? — zapytał ją Sal.

— Nie jesteśmy politykami — odparła Elizabeth. — Jesteśmy pracownikami administracji. Możemy pracować dla każdego.

Po pierwszym spędzonym razem miesiącu Elizabeth bardzo się zdziwiła, kiedy Sal poprosił, aby raczej spotkali się gdzieś w restauracji miast w zaciszu domu, który teraz dzielili. Bardzo na to nalegał.

Przy pierwszych drinkach w restauracji Elizabeth zapytała:

— Dlaczego nie mogliśmy porozmawiać w domu?

— Wiesz, studiowałem mnóstwo dokumentów sięgających daleko wstecz — odpowiedział z namysłem Sal. — Nasz prokurator generalny, Christian Klee, jest bardzo niebezpiecznym człowiekiem.

— No to co? — zapytała Elizabeth.

— Może kazał założyć w twoim domu podsłuch — odparł Sal.

Elizabeth roześmiała się.

— Wpadasz w paranoję — powiedziała.

— Tak — odparł Sal. — A co powiesz na to? Christian Klee trzymał w areszcie tych dwóch dzieciaków, Gresse'a i Tibbota, i nie przesłuchał ich od razu. Istnieje luka w czasie. Ale smarkacze dostali cynk i kazano im trzymać buzie na kłódkę, póki rodziny nie zapewnią adwokatów. A co z Yabrilem? Klee kazał go gdzieś ukryć, nikt nie może się z nim zobaczyć ani porozmawiać. Klee stanął kamiennym murem, a Kennedy go popiera. Uważam, że Klee jest zdolny do wszystkiego.

— Możesz nakłonić Jintza, żeby wezwał prokuratora generalnego, by stawił się przed odpowiednim komitetem Kongresu. A ja mogę poprosić senatora Lambertino, żeby zrobił to samo. Możemy wykurzyć Christiana Klee z nory.

— Kennedy skorzysta z przywileju władzy wykonawczej i zabroni mu składania zeznań — powiedział Sal. — Będziemy mogli sobie podetrzeć tyłki tymi wezwaniami.

Elizabeth zazwyczaj bawiło jego wulgarne słownictwo, zwłaszcza w łóżku, ale teraz nie sprawiała wrażenia rozbawionej.

— Korzystanie z przywileju władzy wykonawczej tylko mu zaszkodzi — powiedziała. — Gazety i telewizja zamordują go.

— W porząsiu, możemy to zrobić — powiedział Sal. — A może poszlibyśmy razem pogadać z Oddbloodem Grayem i spróbowali go przyszpilić? Nie możemy zmuszać go do mówienia, ale może zechce nam coś wyjawić. W głębi duszy jest idealistą i być może psychologicznie przeraża go sposób, w jaki Klee zatuszował incydent z bombą atomową. Może nawet wie coś konkretnego.

Było rzeczą niefortunną, że wybrali akurat Oddblooda Graya. Gray nie miał ochoty spotykać się z nimi, ale przyjaźń Elizabeth z wiceprezydentem Helen Du Pray okazała się czynnikiem przemawiającym na ich korzyść. Gray żywił dla pani wiceprezydent ogromny szacunek.

Sal Troyca rozpoczął dyskusję pytaniem:

— Czy to nie dziwne, że prokurator generalny, Christian Klee, trzymał tych dwóch młodych ludzi w areszcie jeszcze przed wybuchem bomby i nie wydobył od nich żadnej informacji?

— Broniło ich konstytucyjne prawo — odrzekł ostrożnie Gray.

— Klee ma raczej reputację człowieka silnego i pomysłowego — stwierdził sucho Troyca. — Czy dwoje takich dzieciaków jak Gresse i Tibbot mogłoby mu się oprzeć?

Gray wzruszył ramionami.

— Z Christianem nigdy nic nie wiadomo.

Elizabeth Stone zapytała wprost:

— Panie Gray, czy posiada pan jakieś informacje lub też ma pan powód, by sądzić, że prokurator generalny sekretnie przesłuchiwał obu tych młodych ludzi?

To pytanie sprawiło, że Gray poczuł nagły przypływ gniewu. Ale cóż... Czemu właściwie, u diabła, miałby osłaniać Christiana? W końcu większość ludzi zabitych w Nowym Jorku stanowili Murzyni.

— To sprawa nieoficjalna — powiedział. — I zaprzeczę temu choćby pod przysięgą. W istocie, Klee przeprowadził sekretne przesłuchanie przy wyłączonej aparaturze podsłuchowej. Lecz nie ma żadnych zapisów. Można zatem uwierzyć choćby i w najgorsze. Ale jeżeli to zrobicie, musicie też uwierzyć, że prezydent nie miał z tym nic wspólnego.

Rozdział 19

Wczesnym majowym rankiem przed spotkaniem z prezydentem Helen Du Pray odbywała pięciomilowy bieg, by wzmóc jasność myślenia. Wiedziała, że nie tylko administracja, ale i ona sama znajduje się teraz na bardzo niebezpiecznym rozdrożu.

Przyjemnie było wiedzieć, że w chwili obecnej była dla Kennedy'ego i wyższego rangą personelu bohaterką, ponieważ odmówiła podpisania petycji w sprawie odsunięcia prezydenta od władzy — chociaż uczucie to wynikało z męskiego pojęcia honoru, który wszak miała w pogardzie.

Istniało sporo niebezpiecznych problemów. Co właściwie zrobił Klee? Czy to możliwe, że mógł zapobiec eksplozji bomby atomowej? I czy pozwolił na jej wybuch, ponieważ wiedział, iż ocali to prezydenta? Mogła w to uwierzyć, jeśli szło o Christiana, ale nie o Francisa Kennedy'ego. A przecież można to było zrobić jedynie za zgodą Kennedy'ego...

A jednak... A jednak... Z osobowości Kennedy'ego emanowała teraz aura bezpieczeństwa. Jasne było, że będzie próbował stworzyć powolny sobie Kongres, zdolny wykonywać jego wolę. A co każe temu Kongresowi czynić? To chyba oczywiste, że będzie naciskał, aby wszyscy znaczący członkowie Klubu Sokratesa zostali oskarżeni o zbrodniczą działalność. Było to bardzo niebezpieczne zastosowanie uprawnień wynikających z władzy. Czy odrzuci wszystkie demokratyczne i etyczne zasady, by podtrzymać swą wizję lepszej Ameryki? Kennedy próbował osłaniać Christiana, a Oddblood Gray buntował się przeciw temu. Helen Du Pray bała się tej niezgody. Ekipa prezydenta istnieje wszak po to, by służyć prezydentowi. Wiceprezydent musi podążać za prezydentem. Musi. Chyba że poda się do dymisji. A jakim potwornym ciosem byłoby to dla Kennedy'ego! Podobnie jak i końcem jej kariery politycznej. Byłaby ostatnim zdrajcą. I biedny Francis... Cóż on by począł w sprawie Yabrila?

Zdawała sobie bowiem sprawę, że Kennedy potrafi być równie bezwzględny, jak jego przeciwnicy: Kongres, Klub Sokratesa i Yabril. Och, Francis potrafiłby ich wszystkich zniszczyć! Tragiczne wydarzenia jego życia nieodwracalnie wypaczyły mu mózg.

Czuła na plecach krople potu, bolały ją mięśnie ud, marzyła, by móc biegać tak zawsze, bez końca, i nigdy nie wracać do Białego Domu.

Doktor Zed Annaccone bał się spotkania z prezydentem Kennedym i jego ekipą. Mówienie o nauce i mieszanie tego z politycznymi i socjologicznymi celami trochę go deprymowało. Nigdy by nie zgodził się na objęcie stanowiska doradcy prezydenta do spraw nauk medycznych, gdyby nie fakt, że był to jedyny sposób zapewnienia sobie odpowiednich funduszy dla ukochanego Narodowego Instytutu Badań Mózgu.

Nie było tak źle, jeśli miał do czynienia bezpośrednio z Francisem Kennedym. Człowiek ten był błyskotliwy i czuł pociąg do nauki, chociaż dziennikarskie opowieści, utrzymujące, iż prezydent mógłby być wspaniałym naukowcem, były po prostu bzdurą. Niemniej Kennedy z pewnością rozumiał subtelną wartość pracy badawczej i ów fakt, że nawet najbardziej ryzykowne teorie naukowe mogą przynieść cudowne wprost rezultaty. Kennedy nie stanowił problemu. Najwyżej jego zespół i Kongres, i wszystkie te biurokratyczne potwory. Na dodatek CIA i FBI, które ciągle zaglądają człowiekowi przez ramię.

Dopóki nie podjął pracy w Waszyngtonie, doktor Annaccone nie zdawał sobie w pełni sprawy z potwornej luki pomiędzy nauką a społeczeństwem jako takim. Było rzeczą skandaliczną, że podczas gdy umysł ludzki uczynił w naukach ścisłych tak wielki skok do przodu, nauki polityczne i socjologiczne stały niemal w miejscu.

Uważał za rzecz niewiarygodną, że ludzkość nadal prowadzi wojny, przy tak ogromnych kosztach, a bez żadnej korzyści. Że mężczyźni i kobiety mordują się wzajem, mimo że istnieją przecież systemy kuracji, zdolne rozproszyć mordercze skłonności istot ludzkich. Uważał za rzecz godną pogardy, że politycy i mass media atakują zasadność istnienia inżynierii genetycznej, jakby wdzieranie się w biologię było co najmniej próbą skorumpowania samego Ducha Świętego. Szczególnie kiedy stawało się oczywiste, że rodzaj ludzki, zbudowany tak, jak w chwili obecnej, skazany jest na zagładę.

Doktora Annaccone poinformowano, czego ma dotyczyć spotkanie. Nadal istniały pewne wątpliwości, czy wybuch bomby atomowej był częścią spisku terrorystycznego, mającego na celu destabilizację amerykańskich wpływów na świecie — to znaczy, czy istniało jakieś powiązanie między dwoma młodymi profesorami fizyki, Gresse'em i Tibbotem, a przywódcą terrorystów, Yabrilem. Zostanie zapytany, czy powinno się zastosować test badania mózgowego celem przesłuchania więźniów i ustalenia prawdy.

To wprawiło doktora Annaccone w irytację. Dlaczego nie poproszono go, by przeprowadził test, zanim bomba wybuchła? Christian Klee utrzymywał, że był zajęty w związku z porwaniem i że groźba wybuchu bomby nie wydawała się poważna. Typowe pieprzenie w bambus. A prezydent Kennedy ze względów humanitarnych nie zgodził się na propozycję przeprowadzenia testów. No tak, gdyby ci dwaj młodzi ludzie byli niewinni, a w czasie testu wyrządzono by krzywdę ich mózgom, byłby to czyn nieludzki. Ale Annaccone wiedział, że to tylko pewien polityk starannie chroni swój tyłek. Poinformował dokładnie Kennedy'ego o przebiegu testu i Kennedy zrozumiał, iż test jest niemal całkowicie bezpieczny i sprawi, że poddany mu osobnik będzie odpowiadał zgodnie z prawdą. Można by wówczas zlokalizować bombę i rozbroić ją. Gdyż byłby na to czas.

Oględnie mówiąc, szkoda, że zginęło oraz zostało rannych aż tylu ludzi. Jednakże Annaccone odczuwał w głębi duszy podziw dla dwóch młodych naukowców. Żałował, że nie ma ich odwagi, bo oni jednak coś udowodnili, coś szaleńczego, to prawda, a jednak zawsze coś. Że zachodzi spore prawdopodobieństwo, iż pojedynczy osobnik może spowodować katastrofę nuklearną. Prawdą także było to, że chciwość indywidualnego przedsiębiorcy czy megalomania przywódcy politycznego może doprowadzić do takich samych skutków. Jednakże tych dwóch dzieciaków myślało widocznie o kontroli politycznej, nie naukowej. Myśleli o zniewoleniu nauki, o powstrzymaniu jej marszu naprzód. Prawdziwą odpowiedzią było, rzecz jasna, zmienienie genetycznej struktury człowieka, tak by gwałt stał się czynem niemożliwym. Zamontowanie hamulców do genów, tak jak montuje się hamulce do lokomotywy. To było takie proste.

Czekając w Sali Gabinetowej na przybycie prezydenta, Annaccone odseparował się od innych, czytając swój plik notatek i artykułów. Zawsze czuł jakieś opory w stosunku do ekipy prezydenta. Christian Klee śledził poczynania Narodowego Instytutu Badań Mózgu i czasami nakazywał utajnienie jego odkryć. Annaccone nie cierpiał tego i stosował przeróżne praktyki dywersyjne. Często dziwił się, że Christian Klee potrafi go w tej mierze przechytrzyć. Pozostali członkowie ekipy, Eugene Dazzy, Oddblood Gray i Arthur Wix byli prymitywami bez żadnego zrozumienia dla nauki, toteż zagłębiali się tylko we względnie nieważnych sprawach dotyczących społeczeństwa i państwowości.

Zauważył, że obecna była tam również wiceprezydent Helen Du Pray, a także Theodore Tappey, szef CIA. Zawsze go dziwiło, że kobieta może być wiceprezydentem Stanów Zjednoczonych. Czuł, że nauka jest czemuś takiemu przeciwna. W swoich badaniach mózgu zawsze podejrzewał, iż pewnego dnia natknie się na jakąś fundamentalną różnicę pomiędzy mózgiem mężczyzny a kobiety, i bawiło go, że do tej pory jeszcze to się nie stało. Bawiło go, bo gdyby odkrył podobny dymorfizm, posypałyby się wręcz wióry.

Theodore'a Tappeya zawsze uważał za neandertalczyka. Znajdować upodobanie w tych wszystkich jałowych machinacjach! Na dłuższą metę było to wszak daremne przedsięwzięcie.

Doktor Annaccone wyjął z teczki jakieś papiery. Miał tam interesujący artykuł na temat hipotetycznej cząstki materii zwanej tachyonem. Pomyślał, że ani jedna osoba w tym pokoju nigdy nie słyszała tego słowa. Choć polem jego działania był mózg, doktor Annaccone posiadał rozległą wiedzę we wszystkich dziedzinach nauki.

I oto teraz studiował artykuł na temat tachyonów. Czy tachyony rzeczywiście istnieją? Przez ostatnie dwadzieścia lat fizycy spierali się co do tego. Tachyony, gdyby tylko istniały, rozbiłyby w puch teorię Einsteina; tachyony przemieszczałyby się szybciej niż prędkość światła, co Einstein uważał za niemożliwe. Jasne, istniało wytłumaczenie, że tachyony poruszały się szybciej od światła już od samego początku, ale cóż to, u diabła, miało właściwie oznaczać? Podobnie jak i to, że masa tachyonów winna być określana przez liczby ujemne. Lecz rzecz niemożliwa w świecie rzeczywistym mogła się stać możliwa w wariackim świecie matematyki. I co wtedy? Kto to wie? Komu na tym zależy? Z pewnością nikomu w tym pokoju, w którym przebywali teraz najbardziej wpływowi ludzie planety. Już samo w sobie było to ironią. Tachyony byłyby w stanie zmienić życie ludzkie bardziej niźli jakakolwiek rzecz, którą ci ludzie zdołaliby wymyślić.

W końcu wszedł prezydent, a obecni w pokoju powstali. Doktor Annaccone odłożył swe papiery. To spotkanie być może sprawiłoby mu przyjemność, pod warunkiem, że miałby się na baczności i zdołał policzyć wszystkie mrugnięcia okiem zgromadzonych tu osób. Badania dowodziły, iż mrugnięcia okiem mogą wyjawić, czy dana osoba kłamie, czy też nie. Cóż, będzie tu sporo mrugania.

Francis Kennedy przyszedł na spotkanie ubrany w wygodne luźne spodnie i białą koszulę, na którą nałożył niebieski kaszmirowy pulower. Jak na człowieka osaczonego przez tak wiele kłopotów był w niezwykle dobrym humorze.

Powitawszy ich, oświadczył:

— Jest tu z nami dzisiaj doktor Annaccone, dzięki czemu będziemy mogli rozstrzygnąć problem, czy terrorysta Yabril był w jakikolwiek sposób związany z wybuchem bomby atomowej. A także zdołamy jakoś odpowiedzieć na zarzuty wyrażane w gazetach i telewizji, że my, jako administracja, mogliśmy przecież znaleźć bombę, zanim jeszcze wybuchła.

Helen Du Pray czuła, że musi koniecznie zadać to pytanie:

— Panie prezydencie, w swoim przemówieniu do Kongresu stwierdził pan, że Yabril brał udział w spisku z bombą atomową. Podkreślił pan to wyraźnie. Czy było to oparte na poważnych dowodach?

Kennedy spodziewał się tego pytania, toteż odpowiedział ze spokojną precyzją:

— Wówczas wierzyłem, że to prawda. Wierzę w to również i teraz.

— Ale jakie ma pan na to dowody? — naciskał Oddblood Gray.

Oczy Kennedy'ego spotkały się na chwilę z oczyma Christiana Klee. Lecz zaraz potem zwrócił się z przyjemnym uśmiechem do Annaccone'a.

— Po to się tu spotkaliśmy. Aby się tego dowiedzieć. Doktorze Annaccone, co pan myśli na ten temat? Może potrafi pan nam pomóc. Niech pan będzie tak miły i przestanie kombinować o tajemnicach wszechświata w tym swoim notatniku. Odkrył już pan wystarczająco dużo, by wpędzić nas w kłopoty.

Doktor Annaccone wypisywał matematyczne równania w leżącym przed nim notesie.

Zdał sobie natychmiast sprawę, iż była to przygana, obleczona w formę komplementu.

371

— Nadal nie rozumiem, dlaczego nie podpisał pan nakazu przeprowadzenia testu mózgowego, nim jeszcze nastąpił wybuch — powiedział. — Obaj młodzi ludzie znajdowali się już wtedy pod kluczem. Miał pan do tego prawo zgodnie z Ustawą o bezpieczeństwie atomowym.

— Jak pan pamięta — powiedział szybko Christian — byliśmy wówczas w samym centrum czegoś, co uważaliśmy za kryzys daleko ważniejszy. Myślałem, że ta sprawa może poczekać jeszcze jeden dzień. Gresse i Tibbot utrzymywali, że są niewinni, a my mieliśmy tylko tyle dowodów, żeby można było ich przymknąć. Nie mieliśmy wystarczających danych, by móc ich oskarżyć. A wówczas ojciec Tibbota dostał cynk i cała zgraja znanych adwokatów zagroziła nam, że narobią kłopotów. Pomyśleliśmy więc, że poczekamy, aż tamten wcześniejszy kryzys się skończy i może zdobędziemy więcej konkretów.

— Christianie, czy domyślasz się, w jaki sposób Tibbot senior dostał cynk? — zapytała Helen Du Pray.

— Przeglądamy zapisy wszystkich rozmów towarzystw telefonicznych w Bostonie — odparł Christian — w celu sprawdzenia źródła telefonów, jakie otrzymał Tibbot senior. Jak dotąd nie mieliśmy szczęścia.

— Z całym tym swoim wysokiej klasy sprzętem powinieneś był to odkryć już dawno — powiedział szef CIA, Theodore Tappey.

— Helen, sprawiłaś, że odbiegamy od głównego tematu spotkania — odezwał się Kennedy. — Trzymajcie się głównej sprawy. Doktorze Annaccone, niech pan pozwoli odpowiedzieć mi na pańskie pytanie. Christian usiłuje wziąć na siebie część mojej odpowiedzialności. Po to właśnie prezydent ma swoją ekipę. Ale to ja podjąłem decyzję, żeby nie wydawać zezwolenia na test mózgowy. Według protokołów istnieje pewne niebezpieczeństwo uszkodzenia mózgu i nie chciałem ryzykować. Tych dwóch młodych ludzi zaprzeczało wszystkiemu, a nie było żadnych dowodów, że bomba rzeczywiście istnieje, z wyjątkiem listu z ostrzeżeniem. Mamy tu do czynienia z nieprzyzwoitym atakiem środków masowego przekazu popieranych przez członków Kongresu. Chcę postawić konkretne pytanie. Czy wyeliminujemy jakiekolwiek współdziałanie pomiędzy Yabrilem a profesorami Tibbotem i Gresse'em, jeżeli ich wszystkich poddamy testowi mózgowemu? Czy to rozwiąże problem?

— Tak — odparł zwięźle doktor Annaccone. — Ale teraz zachodzą inne okoliczności. Może pan zastosować ustawę o przesłuchaniu medycznym w celu zebrania dowodów w procesie kryminalnym, lecz nie w celu odkrycia miejsca, w którym znajduje się bomba atomowa. Ustawa o bezpieczeństwie nie pozwala na zastosowanie testu mózgowego w tych okolicznościach.

— Ponadto — dodał Dazzy — przy takiej drużynie adwokackiej nie uda nam się nawet zbliżyć do tych dzieciaków.

Prezydent Kennedy obdarzył Dazzy'ego chłodnym uśmiechem.

— Doktorze — powiedział — nadal mamy przecież Yabrila. Chcę, żeby to właśnie jego poddać próbie mózgowej. Zada mu się następujące pytanie: Czy istniał jakiś spisek? I czy wybuch bomby atomowej był częścią tego spisku? Cóż, jeżeli odpowiedź okaże się twierdząca, implikacje będą wręcz olbrzymie. Ten spisek istnieje być może nadal. I w grę może wchodzić coś znacznie więcej niż sam Nowy Jork. Inni członkowie Setki też mogą podłożyć ładunki atomowe. Czy pan to rozumie?

— Panie prezydencie — zapytał doktor Annaccone — czy pan rzeczywiście poważnie rozważa taką możliwość?

— Musimy pozbyć się wszelkich wątpliwości — odparł Kennedy. — Wydam zarządzenie, by tło medyczne badania mózgu zostało uzasadnione przez Ustawę o Bezpieczeństwie Atomowym.

— Podniesie się cholerny wrzask — odezwał się Arthur Wix. — Będą utrzymywać, że dokonujemy lobotomii.

— A czyż nie dokonujemy? — zapytał sucho Eugene Dazzy.

Nagle doktor Annaccone rozzłościł się bardziej, niż wypadało się złościć w obecności prezydenta Stanów Zjednoczonych.

— To nie żadna lobotomia — powiedział. — To tylko

badanie mózgu przy zastosowaniu interwencji chemicznej. Po zakończeniu przesłuchania pacjent jest dokładnie w takim samym stanie jak przedtem.

— Chyba że coś nie wyjdzie — powiedział Dazzy.

— Panie prezydencie — odezwał się sekretarz prasowy, Matthew Gladyce — wynik zadecyduje o treści oświadczenia, jakie złożymy. Musimy być bardzo ostrożni. Jeżeli test dowiedzie, że istniał spisek wiążący Yabrila, Gresse'a i Tibbota, będziemy czyści. Jeżeli natomiast wykaże, że nie było żadnego związku, będzie się pan musiał nieźle tłumaczyć.

— Przejdźmy do innych spraw — odrzekł krótko Kennedy.

Eugene Dazzy przeczytał z leżących przed nim notatek:

— Kongres chce postawić Christiana przed jedną ze swych komisji śledczych. Senator Lambertino i kongresman Jintz chcą się do niego dobrać. Utrzymują, i głoszą to we wszystkich mediach, że prokurator generalny Christian Klee jest kluczem do wszelkich nieczystych gier, jakie miały tu miejsce.

— Powołaj się na przywilej członka rządu — powiedział Kennedy. — Jako prezydent zabraniam mu stawiania się przed jakąkolwiek komisją kongresową.

Doktor Annaccone, znudzony politycznymi dyskusjami, powiedział żartobliwie:

— Christianie, dlaczego pan na ochotnika nie zgodzi się na nasz test? Mógłby pan ustalić w sposób niepodważalny swoją niewinność. I jeszcze poprzeć twierdzenie o całkowicie moralnym charakterze tego rodzaju badań.

— Doktorze — odparł Christian — nie zależy mi na udowadnianiu mojej niewinności, jak to pan raczył określić. Niewinność jest tą jedyną pieprzoną rzeczą, której pańska nauka nigdy nie będzie w stanie ustalić. Nie interesują mnie również aspekty moralne testu mózgowego, mającego ustalić prawdomówność innej ludzkiej istoty. I nie dyskutujmy tutaj o niewinności czy też moralności w ogóle. Porozmawiajmy o zastosowaniu władzy, która umożliwiłaby lepsze funkcjonowanie społeczeństwa. To jeszcze jeden obszar, na którym pańska nauka jest bezużyteczna. Jak mi pan często mówił, nie należy się bawić czymś, na czym się człowiek nie zna. Więc niech się pan odpieprzy.

Rzadko się zdarzało, aby na spotkaniach ekipy prezydenckiej ktoś pozwalał sobie na wybuch niczym niekontrolowanych emocji. Jeszcze rzadsze było używanie wulgarnych określeń, zwłaszcza jeśli w posiedzeniu uczestniczyła wiceprezydent Du Pray. I nie w tym rzecz, by była ona kobietą pruderyjną. Tak czy owak wszystkich zgromadzonych w Sali Gabinetowej zadziwił nagły wybuch Christiana Klee.

Doktor Annaccone był zaskoczony. Po prostu trochę zażartował. Lubił Christiana, podobnie jak i większość tu obecnych. Facet był kulturalny, grzeczny i robił wrażenie inteligentniejszego niż inni prawnicy. Doktor Annaccone, choć uchodził za wielkiego naukowca, szczycił się wszakże tym, że jest w stanie pojąć wszystkie sprawy pod słońcem. Toteż drażniła go teraz godna pożałowania świadomość doznania urazy. Powiedział więc bez zastanowienia:

— Przecież był pan w CIA, panie Klee. A w siedzibie głównej CIA znajduje się marmurowa tablica z wyrytym mottem: „Poznaj prawdę, a prawda cię wyzwoli".

Christian odzyskał dobry humor.

— Ja tego nie napisałem — powiedział — i osobiście w to wątpię.

Doktor Annaccone również odzyskał równowagę ducha. I zaczął całą sprawę dokładnie analizować. Skąd taki wściekły odruch na jego żartobliwe pytanie? Czy istotnie prokurator generalny, najwyższy reprezentant prawa w kraju, miał tutaj coś do ukrycia? Ogromną przyjemność sprawiłoby mu teraz poddanie go testowi.

Francis Kennedy śledził ich utarczkę z poważną, acz nieco rozbawioną miną. I przemówił łagodnie:

— Zed, kiedy udoskonalisz już mózgowy detektor kłamstwa, tak że test można będzie przeprowadzać bez efektów ubocznych, być może przyjdzie nam o nim zapomnieć. Bo nie ma w tym kraju polityka, który zdołałby żyć ze świadomością czegoś podobnego.

Doktor Annaccone przerwał mu:

— Wszystkie te stwierdzenia są nieistotne. Proces został już odkryty. Nauka rozpoczęła eksplorację ludzkiego umysłu. Nie da się nigdy zatrzymać badań, które już raz ruszyły z miejsca. Chcąc nie chcąc, dowiedli tego luddyści, gdy próbowali powstrzymać rewolucję przemysłową. Nie można wszak zakazać używania prochu, jak mieli możność przekonać się o tym Japończycy, którzy na setki lat zakazali broni palnej i zostali w końcu pokonani przez Zachód. Gdy tylko odkryto atom, nie można było nie zbudować bomby. Toteż mózgowy detektor kłamstwa wejdzie do normalnego użytku, zapewniam was.

— To pogwałcenie Konstytucji — powiedział Klee.

— Więc może będziemy musieli zmienić Konstytucję — wtrącił się żwawo Kennedy.

Teraz odezwał się Matthew Gladyce. Na jego twarzy widniał wyraz przerażenia.

— Gdyby środki przekazu mogły usłyszeć tę rozmowę, na pewno wypędzono by nas z miasta.

— Toteż naszym zadaniem jest powtórzenie tego, o czym tu była mowa, tyle że odpowiednim językiem i w odpowiednim czasie — powiedział Kennedy. — Pamiętajcie o tym. Zadecyduje naród amerykański. Zgodnie z Konstytucją. A teraz uważam, że odpowiedzią na wszelkie nasze problemy jest zorganizowanie kontrataku. Christianie, naciskaj na postawienie Berta Audicka w stan oskarżenia, opierając się na przepisach o zbrodni zorganizowanej. Jego firma zostanie oskarżona o kryminalny spisek z państwem Sherhaben w celu okradzenia społeczeństwa amerykańskiego poprzez nielegalne wywoływanie braków ropy gwoli podniesienia cen. To pierwsza sprawa. — Po czym zwrócił się do Oddblooda Graya: — A ty podsuń Kongresowi pod nos wiadomość, że nowa Federalna Komisja do Spraw Komunikacji odmówi udzielenia licencji wielkim stacjom telewizyjnym, kiedy tylko wystąpią z prośbą o ich odnowienie. A nowe prawa obejmą nadzorem wszystkie te mętne transakcje na Wall Street, podobnie jak i te określane mianem operacji bankowych. Sprezentujemy im coś, co przysporzy im nieco zmartwień, Otto.

Helen Du Pray wiedziała, że na podobnych prywatnych naradach miała prawo nie zgadzać się z prezydentem, choć w trakcie publicznych wystąpień jednomyślność była obowiązkowa. Zawahała się jednak, zanim przemówiła niepewnie:

— Czy nie sądzisz, że przysparzamy sobie zbyt wielu wrogów równocześnie? Czy nie lepiej by było poczekać, aż zostaniemy wybrani na drugą kadencję? Jeżeli rzeczywiście uda nam się stworzyć Kongres bardziej przychylny dla naszej polityki, to po co walczyć z obecnym Kongresem? Po co bez potrzeby zrażać sobie wszystkie grupy interesów, jeśli nie mamy najsilniejszej pozycji?

— Nie możemy czekać — odparł Kennedy. — Zaatakują nas bez względu na to, co zrobimy. Będą nadal próbowali nie dopuścić do mojej reelekcji i reelekcji mojego Kongresu, bez względu na to, jak bardzo będziemy ugodowi. Atakując ich, sprawimy, że się zastanowią. Nie możemy im pozwolić, aby szli prosto naprzód, tak jakby nie mieli najmniejszych kłopotów.

Wszyscy milczeli. Kennedy wstał i powiedział do swego personelu:

— Możecie opracować szczegóły i naszkicować konieczne memoranda.

Wtedy Arthur Wix doniósł o zainspirowanej przez Kongres w środkach masowego przekazu kampanii antyprezydenckiej, polegającej na wyjawieniu danych, jak wielu ludzi i jak wielkie pieniądze zostały zaangażowane w osobistą ochronę Kennedy'ego.

— W kampanii tej — powiedział Wix — mają cię odmalować jako kogoś na podobieństwo Cezara, a twoją służbę tajną — jako rodzaj pałacowej gwardii przybocznej. Społeczeństwu dziesięć tysięcy ludzi i sto milionów dolarów, użytych po to, by strzec jednego człowieka, choćby i prezydenta Stanów Zjednoczonych, z pewnością wyda się przesadą. I stworzy fatalny obraz całej twojej kadencji.

Wszyscy milczeli. Wspomnienie zabójstwa Kennedych czyniło z tego dość drażliwą kwestię. Wszyscy spośród zebranych, znajdując się tak blisko prezydenta, zdawali sobie także sprawę, że jest on teraz owładnięty straszliwą obsesją zamachu. Zdziwili się więc, kiedy zwrócił się do prokuratora generalnego, mówiąc:

— W tym wypadku uważam, że nasi krytykanci mają rację. Christianie, wiem, że udzieliłem ci prawa weta odnośnie do wprowadzenia jakichkolwiek zmian w systemie ochrony. Ale może tak wydalibyśmy oświadczenie, że zmniejszamy o połowę stan Oddziału Ochrony Białego Domu? I budżet na te sprawy też o połowę. Christianie, chciałbym, żebyś nie korzystał ze swoich uprawnień.

Christian uśmiechnął się i powiedział:

— Może cokolwiek przeholowałem, panie prezydencie. Nie skorzystam z mojego prawa weta, żeby pan mógł skorzystać ze swego. — Wszyscy się roześmiali.

Gladyce'a jednakże martwiło trochę owo pozornie łatwe zwycięstwo.

— Panie prokuratorze generalny, nie może pan tak po prostu powiedzieć, że pan to wszystko zrobi, choć naprawdę wstrzyma się pan od wszelkich tego typu kroków. Bo przecież Kongres będzie starannie badał cały nasz budżet i odnośne liczby — powiedział.

— W porządku — odparł Christian. — Ale kiedy wyda pan oświadczenie prasie, niech pan wyraźnie podkreśli, że dzieje się tak mimo moich stanowczych sprzeciwów. I niech pan to tak przedstawi, ażeby wyglądało, iż prezydent ugina się pod naciskiem Kongresu.

— Dziękuję wszystkim — powiedział Kennedy. — Naradę możemy uznać za skończoną.

Dyrektor Wojskowego Biura Białego Domu, pułkownik w stanie spoczynku Henry Canoo, był najweselszym i najspokojniejszym człowiekiem w całej administracji. Był wesoły, gdyż miał to, co uważał za najlepszą posadę w kraju. Nie odpowiadał przed nikim z wyjątkiem prezydenta Stanów Zjednoczonych i kontrolował tajne fundusze prezydenckie kredytowane Pentagonowi, które nie podlegały księgowości, a tylko jemu i prezydentowi. W dobry humor wprawiało go również i to, że był po prostu administratorem; nie decydował w żadnych kwestiach politycznych, nie musiał nawet udzielać żadnych rad. To on zarządzał wszystkimi samolotami, helikopterami i limuzynami prezydenta i jego współpracowników. To on rozdzielał fundusze na budowę i utrzymanie budynków podlegających Białemu Domowi, które to fundusze zaklasyfikowane zostały jako tajne. Prowadził administrację „Futbolu", nadzorował właściwego podoficera i jego teczkę, w której zawarte były szyfry atomowe dla prezydenta. Kiedy tylko prezydent chciał zrobić coś, na co potrzebne były pieniądze, a nie chciał, żeby Kongres czy media o tym się dowiedziały, Henry Canoo dawał mu potrzebne sumy z tajnego funduszu, a na arkuszach księgowych przybijał pieczątkę „ściśle tajne".

Tak więc, kiedy pewnego późnego majowego popołudnia do jego biura wszedł Christian Klee, powitał go bardzo ciepło. Już przedtem ubijali różne interesy, a zaraz na początku kadencji prezydent wydał Canoo instrukcję, że prokurator generalny może brać z tajnego funduszu, ile tylko zechce. Początkowo wszystkie wypłaty dla Christiana Klee sprawdzał u prezydenta, lecz teraz już tego zaprzestał.

— Christianie — zagadnął jowialnie — szukasz tu informacji, czy gotówki?

— Jednego i drugiego — odparł Christian. — Ale najpierw pieniędzy. Zamierzam obiecać publicznie zredukowanie oddziału służby specjalnej aż o połowę, a także obciąć budżet na bezpieczeństwo. Muszę podjąć te kroki. Będzie to tylko papierkowy transfer i nic się nie zmieni. Ale nie chcę, żeby Kongres węszył na tropie finansowym. Tak więc twoje biuro doradcy wojskowego zwróci się do budżetu Pentagonu o pieniądze. I przybij jeszcze na stosownym piśmie tę swoją pieczątkę „ściśle tajne".

— O Jezu — jęknął Henry Canoo — to przecież mnóstwo forsy. — Owszem, mogę to robić, ale nie nazbyt długo.

— Tylko do wyborów w listopadzie — powiedział Christian. — Potem albo wykopią nas na łeb, albo też będziemy zbyt silni, aby Kongres mógł nas kontrolować. Teraz jednak musimy robić dobre wrażenie.

— W porządku — zgodził się Canoo.

— A teraz informacja — powiedział Christian. — Czy węszyła tutaj ostatnio któraś z komisji Kongresu?

— Och, jasne — odparł Canoo. — I to bardziej niż zwykle. Próbują się dowiedzieć, ile helikopterów ma prezydent, ile limuzyn i ile dużych samolotów. Takie tam duperele. Próbują się dowiedzieć, co robi dział administracyjny. Gdyby wiedzieli, ile naprawdę mamy, zesraliby się z wrażenia.

— A który kongresman szczególnie? — zapytał Christian.

— Szczególnie Jintz — odparł Canoo. — Ma on tego swojego asystenta administracyjnego, Sala Troycę, sprytnego skurczybyka. Mówi, że chce tylko wiedzieć, ile mamy helikopterów, więc ja mu powiadam, że trzy. A on na to: „Słyszałem, że piętnaście". Więc ja: „A co, do diabła, miałby Biały Dom robić z piętnastoma helikopterami?". Ale był całkiem bliski prawdy, bo mamy ich szesnaście.

Klee był zdziwiony.

— A co my, u licha, robimy z szesnastoma?

— Helikoptery zawsze się psują — odparł Canoo. — Jeśli prezydent poprosi o helikopter, to czy mam mu powiedzieć, że nie, bo są w warsztatach? A oprócz tego zawsze ktoś z ekipy prosi o maszynę. Ty nie jesteś taki zły, Christianie, ale Tappey z CIA i ten Wix w rzeczy samej często gęsto korzystają z helikopterów. Dazzy także, a z jakiego powodu — sam nie wiem.

— I pewnie nie chcesz wiedzieć — odrzekł Christian. — Natomiast ja chcę od ciebie otrzymywać raporty o każdym tropicielu z Kongresu, który spróbuje się dowiadywać, jak wygląda logistyka wspierająca poczynania prezydenta. Ma to wpływ na bezpieczeństwo. Raporty do mnie i wszystko ściśle tajne.

— W porządku — odparł wesoło Canoo. — A gdybyś kiedyś potrzebował, aby zmieniono coś w twojej osobistej rezydencji, możemy na to również znaleźć stosowne fundusze.

— Piękne dzięki — odparł Christian. — Mam własne pieniądze.

Tego samego dnia, późnym popołudniem, prezydent Kennedy siedział w Gabinecie Owalnym i palił swoje cienkie hawańskie cygaro. Przebiegał myślą wydarzenia dnia. Wszystko poszło dokładnie tak, jak zaplanował. Pokazał, jakimi kartami dysponuje, i uczynił to w ten sposób, by zyskać poparcie swej ekipy.

Klee zareagował zgodnie ze swym charakterem, jak gdyby czytał w myślach prezydenta. Canoo sprawdził, co trzeba. Annaccone da sobą pokierować. Helen Du Pray mogła stanowić problem, gdyby nie był ostrożny, niemniej potrzebował jej inteligencji i jej bazy politycznej, którą stanowiły organizacje kobiece.

Francis Kennedy był zaskoczony faktem, że tak dobrze się czuje. Wydźwignął się z depresji, a poziom jego energii był wyższy niż kiedykolwiek od czasu śmierci żony. Czy działo się tak dlatego, że w końcu uzyskał kontrolę nad tą ogromną i złożoną polityczną maszynerią Ameryki?

Rozdział 20

Prezydent Kennedy chciał, żeby Christian Klee przyszedł do części sypialnej apartamentów Białego Domu na śniadanie. Podobne spotkania rzadko kiedy odbywały się w prywatnej części gmachu.

Jefferson, osobisty kamerdyner i zarazem funkcjonariusz Secret Service, podał obfite śniadanie. Zaraz potem wycofał się dyskretnie do pokoju kredensowego, by pojawiać się tylko wtedy, gdy wzywał go dzwonek.

Kennedy zapytał mimochodem:

— Czy wiesz o tym, że Jefferson był kiedyś wspaniałym studentem i znakomitym sportowcem? I nigdy nie pozwalał sobie, by ktoś nim pomiatał? — Przerwał na chwilę i dodał: — Więc jak to się stało, że został kamerdynerem, Christianie?

Christian wiedział, że musi powiedzieć prawdę.

— Jest także najlepszym agentem Secret Service. Sam go zwerbowałem właśnie do tej roboty.

— To nadal nie wyjaśnia sprawy — powiedział Kennedy. — Bo po jakiego diabła przyjął pracę właśnie w służbie specjalnej? I to jako kamerdyner?

— Ma tam bardzo wysoką rangę — odparł Christian.

— No tak, ale jednak... — powiedział Kennedy.

— Zorganizowałem bardzo wnikliwą procedurę selekcji,

gdy idzie o kandydatów na tego typu posady. Jefferson okazał się najlepszy i tak naprawdę jest po prostu szefem służb Białego Domu.

— A jednak... — upierał się Kennedy.

— Obiecałem mu, że zanim opuścisz Biały Dom, załatwię mu przydział w Departamencie Zdrowia, Edukacji i Opieki Społecznej. Posadę kierowniczą.

— A, to sprytne — powiedział Kennedy. — Ale jak wówczas będzie wyglądał w aktach przebieg jego służby? Z kamerdynera wprost na kierownika? Jak to, do diabła, załatwisz?

— W jego opisie służby będzie widniało po prostu: Osobisty asystent prokuratora generalnego — odparł Christian.

Kennedy uniósł kubek z kawą. Biała glazura naczynia ozdobiona była wizerunkami orłów.

— Cóż, nie zrozum mnie źle, ale zauważyłem, że wszyscy moi osobiści służący w Białym Domu są bardzo sprawni, gdy idzie o robotę. Czy wszyscy należą do służb specjalnych? To wprost niewiarygodne!

— Kwestia specjalnego szkolenia oraz indoktrynacji, odwołującej się do ich dumy zawodowej — odparł Christian. — Nie, nie wszyscy.

Kennedy roześmiał się głośno.

— Nawet kucharze? — spytał.

— Zwłaszcza kucharze — odpowiedział Christian z uśmiechem. — Wszyscy kucharze to wariaci. — Jak wielu innych, Christian często korzystał z przeróżnych stereotypowych powiedzonek, by zyskać czas do namysłu. Znał metody stosowane przez Kennedy'ego, gdy ten sposobił się do przejścia na jakiś niebezpieczny grunt, przejawiając zarazem dobry humor i odrobinę wiedzy, której miał rzekomo w ogóle nie posiadać.

Zjedli śniadanie. Kennedy odgrywał rolę, jak to sam nazywał, „matki", podając talerze i nalewając kawę. Porcelana, z wyjątkiem specjalnego kubka Kennedy'ego była piękna, ozdobiona niebieskimi prezydenckimi insygniami i tak krucha jak skorupka jajka. W końcu Kennedy powiedział jakby mimochodem:

— Chciałbym spędzić godzinę sam na sam z Yabrilem. Oczekuję, że zajmiesz się tym osobiście. — Dostrzegł wyraz zaniepokojenia na twarzy Christiana. — Tylko przez godzinę i tylko ten jeden raz.

— Co na tym zyskasz, Francisie? — zapytał Christian. — To może się dla ciebie okazać zbyt bolesne. — Na twarzy Kennedy'ego pojawiły się teraz zmarszczki, których nigdy dotąd nie zauważył.

— Och, potrafię jakoś to znieść — odparł Kennedy.

— Kiedy wiadomość o tym spotkaniu przecieknie do prasy, nastąpi mnóstwo pytań — powiedział Christian.

— Wobec tego zabezpiecz się tak, żeby nie było przecieków — stwierdził prezydent. — Nie poczynimy żadnych pisemnych notatek ani żadnego zapisu w dzienniku Białego Domu. No więc, kiedy?

— Potrzeba mi paru dni na niezbędne przygotowania — zauważył Christian. — A, i Jefferson też musi o tym wiedzieć.

— Ktoś jeszcze? — zapytał Kennedy.

— Może jeszcze sześciu moich ludzi z sekcji specjalnej — odparł Christian. — Będą musieli wiedzieć, że Yabril trafi do Białego Domu, choć niekoniecznie, podobnie jak i o tym, że pragniesz się z nim spotkać. Poza tym wiele spraw zdołają odgadnąć, chociaż nie będą wiedzieć niczego na pewno.

— Jeżeli to konieczne, mogę pojechać tam, gdzie go przetrzymujesz — powiedział Kennedy.

— To wykluczone — sprzeciwił się Christian. — Biały Dom jest najlepszym miejscem. Powinno się to odbyć tuż po dwunastej. Proponuję pierwszą w nocy.

— A więc w porządku. Pojutrze — powiedział Kennedy.

— Tak — odparł Christian. — Będziesz musiał podpisać kilka papierków, które mogą ci się wydać dość niejasne, za to dostarczą mi osłony, gdyby coś się nie powiodło.

Kennedy westchnął, jakby z ulgą, a potem dodał żywo:

— On nie jest żadnym supermanem. Nie martw się. Chcę móc z nim swobodnie porozmawiać i żeby on odpowiadał jasno, z nieprzymuszonej woli. Nie chcę, żeby był nafaszerowany prochami lub w jakikolwiek inny sposób przymuszony. Chcę zrozumieć, jak działa jego umysł, i może wówczas nie będę go tak bardzo nienawidził. Chcę się dowiedzieć, co tacy ludzie jak on właściwie czują.

— Muszę być choćby tylko fizycznie obecny przy takim spotkaniu — wtrącił niezręcznie Christian. — Bo to ja ponoszę za wszystko odpowiedzialność.

— A może byś tak zaczekał na zewnątrz razem z Jeffersonem? — zapytał Kennedy.

Christian, przerażony ewentualnymi następstwami spełnienia tej prośby, odstawił gwałtownie delikatną filiżankę i powiedział żartobliwym tonem:

— Błagam cię, Francisie, nie mogę tego zrobić. Zabezpieczymy cię, naturalnie, i tamten typ nie będzie w stanie wyrządzić ci żadnej krzywdy, ale ja tak czy owak muszę stać między wami. Ten jeden jedyny raz muszę skorzystać z prawa weta, jakie mi przyznałeś — starał się ukryć strach przed tym, co Francis mógłby ewentualnie zrobić.

Obaj uśmiechnęli się. Stanowiło to część ich układu, ilekroć Christian gwarantował bezpieczeństwo prezydenta. To, że Christian, jako szef Secret Service, mógł zastosować weto wobec planów jakiegokolwiek wystąpienia publicznego prezydenta.

— Nigdy nie nadużywałem tego przywileju — dorzucił Christian.

— Ale ostro z niego korzystałeś. — Kennedy skrzywił się. — W porządku, możesz zostać w pokoju, niemniej spróbuj się wtopić w tę kolonialną boazerię. Za to Jefferson pozostanie za drzwiami.

— Załatwię wszystko, co trzeba — powiedział Christian. — Ale, Francisie, to ci właściwie nic nie da.

Christian Klee przygotował Yabrila na spotkanie z prezydentem Kennedym. Przeprowadzono już, oczywiście, wiele różnych przesłuchań, ale Yabril z uśmiechem odmawiał odpowiedzi na wszelkie pytania. Był bardzo opanowany i bardzo pewny siebie.

Chętnie prowadził rozmowy na tematy ogólne — wdawał się bowiem w dyskusję o polityce, o teorii marksistowskiej i o problemie palestyńskim, który określał mianem problemu izraelskiego — ale nie chciał poruszać kwestii swojego pochodzenia ani też zagadnień związanych z akcjami zwolenników terroru. Nie chciał rozmawiać na temat swojego wspólnika, Romea; omijał problem śmierci Theresy Kennedy i temat swoich powiązań z sułtanem Sherhabenu.

Więzienie Yabrila stanowił mały szpital na dziesięć łóżek, założony przez FBI w celu przetrzymywania niebezpiecznych więźniów i ważnych informatorów. Personel szpitala stanowili członkowie Secret Service o wykształceniu medycznym, a ochronę — asystenci z sekcji specjalnej. W Stanach Zjednoczonych było pięć takich szpitali-więzień. Jeden w okolicach Waszyngtonu, drugi w Chicago, trzeci w Los Angeles, a dwa pozostałe w Nevadzie i na Long Island.

Szpitale te były niekiedy wykorzystywane do przeprowadzania tajnych medycznych eksperymentów na więźniach-ochotnikach. Ale Klee opróżnił szpital w Waszyngtonie, by móc trzymać tam Yabrila w zupełnej izolacji. Oczyścił także szpital na Long Island, by zamknąć tam dwóch młodych naukowców, którzy skonstruowali bombę atomową.

Tu, w Waszyngtonie, Yabril zajmował specjalną salę, pełną urządzeń zdolnych udaremnić mu wszelkie próby samobójstwa przy użyciu siły lub poprzez głodówkę. Znajdowały się w niej środki fizycznego przymusu i urządzenia do karmienia dożylnego.

Każdy cal ciała Yabrila, włączając w to nawet zęby, został prześwietlony, a przez cały czas, ze względów bezpieczeństwa, miał on na sobie specjalnie skonstruowany kaftan, który pozwalał mu tylko na częściową swobodę w poruszaniu rękami i nogami. Mógł czytać i pisać, chodzić drobnymi kroczkami, nie mógł jednak wykonywać żadnych gwałtownych ruchów. Przez dwadzieścia cztery godziny, dzięki specjalnemu zwierciadłu, pozostawał pod nadzorem ekip tajnych agentów z sekcji specjalnej.

Po wyjściu od prezydenta Kennedy'ego, Christian Klee udał się do Yabrila, wiedząc, że sprawa nie będzie zbyt łatwa. W towarzystwie dwóch agentów służby specjalnej wszedł do pomieszczeń więźnia. Usiadł na jednej z wygodnych kanap i kazał doprowadzić z sypialni Yabrila. Popchnął go łagodnie na fotel, a jego agenci sprawdzili dokładnie kaftan.

— Przy całej pańskiej władzy jest pan jednak bardzo ostrożnym człowiekiem — powiedział z pogardą Yabril.

— Wierzę w środki ostrożności — stwierdził rzeczowo Christian. — Jestem w tej mierze podobny do tych inżynierów, którzy budują mosty i budynki zdolne wytrzymać sto razy większy nacisk, niż to jest konieczne. Tak właśnie podchodzę do swojej pracy.

— Niby tak — powiedział Yabril. — Ale i tak nie sposób przewidzieć wszystkich zrządzeń losu.

— Wiem — odparł Christian. — Niemniej łagodzi to mój niepokój i dobrze służy sprawie. A teraz powód mojej wizyty: przyszedłem prosić o przysługę. — W tym momencie Yabril roześmiał się. Zaniósł się cienkim i szyderczym śmiechem, w którym czuło się jednak nutę autentycznego rozbawienia.

Christian popatrzył na niego i uśmiechnął się.

— No nie, poważnie. To przysługa, której możesz mi odmówić. A teraz słuchaj dobrze. Nie najgorzej cię tu traktowano — to moja zasługa, a także zasługa przepisów prawnych tego kraju. Wiem, że to bez sensu grozić ci czymkolwiek, wiem, że masz swoją dumę, niemniej proszę cię o drobną rzecz, która w żaden sposób cię nie skompromituje. W zamian obiecuję ci zrobić wszystko, aby nic złego nie spotkało cię aż do samego końca. Wiem, że ciągle jeszcze nie wyzbyłeś się nadziei. Sądzisz, że twoi towarzysze z Setki wymyślą coś sprytnego, tak byśmy musieli cię uwolnić.

Szczupła, smagła twarz Yabrila straciła wyraz wisielczej wesołości.

— Już kilka razy próbowaliśmy zmontować akcję przeciwko waszemu prezydentowi Kennedy'emu. Były to operacje sprytne i bardzo skomplikowane. I wszystkie, w jakiś przedziwny i tajemniczy sposób, kończyły się fiaskiem, zanim nawet udało nam się przedostać na teren Stanów. Osobiście prowadziłem śledztwo w sprawie wszystkich tych niepowodzeń i śmierci naszych ludzi. Ślady zawsze wiodły do pana. Toteż wiem, że prowadzi pan teraz podobną działalność. Wiem, że nie jest pan jednym z tych polityków, którzy lękają się ryzyka. Niech więc pan powie jasno, o jaką przysługę pan prosi. I niech pan zechce przyjąć, że jestem dość inteligentny, by wszystko to dokładnie rozważyć.

Christian rozparł się na kanapie. Mimochodem doszedł do wniosku, że skoro Yabril odkrył ślad jego działalności, stał się tym samym nazbyt niebezpieczny, by w jakichkolwiek okolicznościach móc jeszcze wyjść na wolność. Yabril był po prostu głupi, wyjawiając mu to wszystko. Później już Christian skoncentrował się na sprawie, z którą tu przyszedł.

— Prezydent Kennedy jest człowiekiem wprost nieodgadnionym — powiedział. — Usiłuje zrozumieć ludzi i wydarzenia. Toteż chce się z tobą spotkać twarzą w twarz i zadać ci pewne pytanie, słowem nawiązać dialog. Jak człowiek z człowiekiem. Chce pojąć, co sprawiło, że zabiłeś jego córkę; chce, być może, rozgrzeszyć się z własnego poczucia winy. Więc wszystko, o co cię proszę, to to, żebyś z nim porozmawiał i odpowiedział na jego pytania. I proszę cię ponadto, byś się zachował jak należy. Czy zrobisz to?

Yabril, choć luźno spętany swym kaftanem, próbował unieść ręce do góry w geście odmowy. Nie odczuwał żadnego fizycznego strachu, a jednak myśl o spotkaniu z ojcem dziewczyny, którą zamordował, poruszyła go w sposób wręcz zaskakujący. Mimo wszystko był to krok polityczny, a prezydent Stanów Zjednoczonych powinien to zrozumieć lepiej niż ktokolwiek inny. Jednakże byłoby rzeczą interesującą spojrzeć w oczy najbardziej wpływowemu człowiekowi na świecie i powiedzieć: „Zabiłem pańską córkę. Zraniłem pana poważniej, niż może mnie pan kiedykolwiek zranić, mimo tych wielu tysięcy pańskich okrętów wojennych i dziesiątków tysięcy pańskich szybkich jak błyskawica samolotów".

— Tak, oddam panu tę drobną przysługę — stwierdził Yabril. — Choć może potem wcale mi pan za to nie podziękuje.

Klee wstał z kanapy i położył Yabrilowi rękę na ramieniu. Ale ten strącił ją z pogardą.

— To nieważne — powiedział Klee. — Choć i tak będę ci wdzięczny.

W dwa dni później, godzinę po północy, prezydent Kennedy wszedł do Żółtego Pokoju Owalnego i zastał tam już Yabrila siedzącego na krześle przy kominku. Christian stał tuż za nim.

Na małym owalnym stoliku z blatem inkrustowanym we wzór narodowej flagi stała srebrna patera z maleńkimi kanapkami, a nadto srebrny dzbanek do kawy oraz filiżanki i spodeczki zdobne w złote szlaczki na obrzeżach. Jefferson nalał kawy do trzech filiżanek, a następnie cofnął się pod drzwi i oparł się o nie szerokimi plecami. Kennedy dostrzegł, że Yabril, który wcześniej skłonił przed nim głowę, siedzi na krześle dziwnie nieruchomo.

— Nie daliście mu chyba żadnych środków uspokajających? — zapytał ostro.

— Nie, panie prezydencie — odparł Christian. — To sprawa kaftana i spętania nóg.

— Czy nie możecie nic zrobić, aby było mu trochę wygodniej? — zapytał Kennedy.

— Nie, panie prezydencie — stwierdził Christian.

— Przykro mi, ale nie do mnie należy ostatnie słowo w tych sprawach — zwrócił się Kennedy bezpośrednio do Yabrila. — Nie będę cię zbyt długo zatrzymywał. Chciałbym tylko zadać ci kilka pytań.

Yabril skinął głową. Z powodu kaftana z niejakim trudem sięgnął po jedną z kanapek, które sprawiały wrażenie znakomitych. I w jakiś dziwny sposób pomogło to jego dumie, że wróg widzi, iż nie jest całkowicie bezradny. Przyglądał się twarzy Kennedy'ego i uderzył go fakt, że jest to człowiek, którego w innych okolicznościach instynktownie darzyłby szacunkiem i w jakiejś mierze mu ufał. Na twarzy prezydenta malowało się cierpienie, ale zarazem potężna wola przeciwstawienia się wszelkim udrękom. Widać było również, iż naprawdę martwią go niewygody więźnia; nie było w tym żadnej protekcjonalności czy fałszywego współczucia. Lecz poza tym twarz Kennedy'ego ocieniała jeszcze jakaś inna, ponura siła.

Yabril przemówił cicho i uprzejmie. I być może pokorniej, niż zamierzał.

— Panie Kennedy, nim zaczniemy, musi mi pan wpierw odpowiedzieć na jedno pytanie. Czy istotnie pan wierzy, że to ja ponoszę odpowiedzialność za wybuch bomby atomowej w pańskim kraju?

— Nie — odparł Kennedy. A Christian poczuł ulgę, że nie powiedział nic więcej na ten temat.

— Dziękuję — odrzekł Yabril. — Bo czyż można mnie uważać za tak wielkiego głupca? I byłoby mi żal, gdyby próbował pan użyć tego oskarżenia jako broni przeciwko mnie. A teraz może mnie pan pytać, o co pan zechce.

Kennedy dał Jeffersonowi znak ręką, żeby opuścił pokój i odczekał, aż tamten wyjdzie. Potem zwrócił się ściszonym głosem do Yabrila. Christian pochylił głowę, żeby sprawić wrażenie, iż nic go to nie obchodzi. Bo i rzeczywiście, nie chciał słuchać.

— Wiemy, że zaplanowałeś cały ciąg wydarzeń — powiedział Kennedy. — Zamordowanie papieża, ów wybieg z doprowadzeniem do ujęcia twojego wspólnika, tak byś mógł potem żądać jego uwolnienia. Porwanie samolotu. I zabójstwo mojej córki, które było zaplanowane od samego początku. Teraz wiemy to z całą pewnością, ale chciałbym, żebyś ty sam mi powiedział, czy to prawda. Nawiasem mówiąc, widzę w tym pewną logikę.

Yabril spojrzał mu prosto w oczy.

— Tak, to prawda. Ale jestem zaskoczony, że tak szybko udało się panu powiązać te wszystkie wydarzenia ze sobą. To bardzo sprytne.

— Obawiam się, że nie ma tu z czego być dumnym — powiedział Kennedy. — Oznacza to, że w gruncie rzeczy mam taki sam typ umysłowości jak i ty. Lub też, że ludzkie umysły nie są aż tak bardzo zróżnicowane, gdy w grę wchodzi przebiegłość.

— A jednak było to chyba za sprytne — powiedział Yabril. — Naruszył pan zasady gry. Ale, rzecz jasna, nie chodzi tu o szachy, toteż zasady nie muszą być tak ścisłe. Bo miał pan być zaledwie pionkiem i wykonywać ruchy pionka.

Kennedy usiadł i napił się trochę kawy. Zwyczajny towarzyski gest. Christian widział, że prezydent jest bardzo spięty, a dla Yabrila ta pozorna swoboda Kennedy'ego była wręcz przejrzysta. Zastanawiał się, jakie są rzeczywiste intencje tego człowieka. Było zrozumiałe, że nie są one złośliwe; prezydent nie miał bynajmniej zamiaru użyć swej władzy, ażeby go zastraszyć czy też skrzywdzić.

— Wiedziałem o tym od samego początku — powiedział Kennedy. — Już od momentu uprowadzenia samolotu byłem przekonany, że zabijesz moją córkę. Kiedy twój wspólnik został pojmany, wiedziałem, że stanowiło to część twojego planu. Nic mnie tu nie zdziwiło. Moi doradcy nie zgadzali się ze mną aż do późniejszego etapu twojego scenariusza. Tak więc martwi mnie to, że mój umysł musi być cokolwiek podobny do twojego. A jednak chyba do tego się wszystko sprowadza. Nie sposób mi sobie wyobrazić, że przeprowadzam taką operację. Chcę uniknąć podjęcia tego następnego kroku, dlatego właśnie pragnąłem tej rozmowy. Żeby się czegoś nauczyć, móc wiele spraw przewidzieć, a nadto żeby się ustrzec przed samym sobą.

Yabril był pod wrażeniem uprzejmych manier Kennedy'ego oraz spokoju jego wypowiedzi. Jego pragnienia dojścia do jądra prawdy.

Kennedy mówił dalej:

— Jaką z tego wszystkiego odniosłeś korzyść? Miejsce papieża zajmie przecież ktoś inny, a śmierć mojej córki nie unicestwi naszego statusu mocarstwa. Jakiż więc stąd zysk?

Yabril pomyślał: Toż to prastary problem kapitalizmu. Do

tego się wszystko sprowadza. Poczuł, że przez moment dłonie Christiana spoczęły lekko na jego ramionach. Wówczas zawahał się i powiedział:

— Ameryka to kolos, któremu państwo Izrael zawdzięcza swój byt. Ta rzecz już sama w sobie dręczy moich rodaków. Wasz system kapitalistyczny uciska nędzarzy na całym świecie, a nawet w waszym własnym kraju. Jest rzeczą konieczną, aby jakoś przełamać lęk przed waszą siłą. Papież stanowi część tego autorytetu. Kościół katolicki przez długie wieki terroryzował biedaków, straszył piekłem, a nawet i niebem. Jakież to haniebne! I ten stan rzeczy trwał aż dwa tysiące lat. Doprowadzenie do śmierci papieża było czymś więcej niż tylko polityczną satysfakcją.

Christian odstąpił od krzesła Yabrila, nadal jednak trwał w pogotowiu, gotów interweniować. Otworzył drzwi gabinetu, by przez chwilę poszeptać z Jeffersonem. Yabril zauważył to, lecz przyjął rzecz w milczeniu, a następnie ciągnął:

— Jednakże wszystkie moje akcje wymierzone przeciwko panu zawiodły. Zorganizowałem dwie bardzo skomplikowane operacje w celu uśmiercenia pana, lecz te zakończyły się fiaskiem. Może pan kiedyś poprosić pana Klee o szczegóły. Na pewno pana zadziwią. Prokurator generalny... cóż za dobrotliwy tytuł! Muszę przyznać, że początkowo dałem się temu zwieść. Ten facet unicestwił moje przedsięwzięcia z bezwzględnością, która zdołała wzbudzić mój podziw. Ale w końcu ma do dyspozycji aż tylu ludzi i taką technikę. Byłem bezsilny. Jednakże to właśnie pańska nietykalność osobista doprowadziła do śmierci pańskiej córki, i wiem, jak bardzo musi to pana dręczyć. Mówię zupełnie szczerze, bo przecież takie było pańskie życzenie.

Christian stanął na powrót za krzesłem Yabrila i starał się unikać wzroku Kennedy'ego. Yabril poczuł dziwny dreszcz niepokoju, ale mówił dalej:

— Niech pan to rozważy. — Uniósł nieco ramiona, aby podkreślić swoje słowa gestem. — Jeżeli uprowadzam samolot, zyskuję sobie miano potwora. Jeśli Izraelczycy bombardują bezbronne palestyńskie miasteczko i zabijają setki ludzi, wymierzają im cios w imię wolności. Co więcej, mszczą holokaust, z którym Arabowie nie mieli nic wspólnego. Więc jaki mamy wybór? Nie dysponujemy wszak siłą militarną, nie mamy stosownych technologii. I kto jest większym bohaterem? Cóż, w obu przypadkach umierają niewinni. Lecz co ze sprawiedliwością? Izrael powstał dzięki obcym mocarstwom, a moi ludzie zostali wyrzuceni na pustynię. Jesteśmy nowymi bezdomnymi, nowymi Żydami, cóż za ironia! Czy świat spodziewa się po nas, że nie będziemy walczyć? A z czego możemy korzystać, jeśli nie z terroru? Bo z czego korzystali Żydzi, kiedy walczyli z Brytyjczykami o stworzenie swojego państwa? Wszystkiego o terrorze nauczyliśmy się od ówczesnych Żydów. A owi terroryści są teraz bohaterami, choć to przecież mordercy niewinnych. Jeden z nich został nawet premierem Izraela i był podejmowany przez głowy państw, tak jakby jego rąk nigdy nie splamiła krew. A ja? Czyż jestem od niego straszniejszy?

Yabril przerwał na chwilę i spróbował wstać, ale Christian popchnął go z powrotem na krzesło. Kennedy dał mu znak ręką, by kontynuował.

— Pytał pan, co takiego osiągnąłem — powiedział Yabril. — W pewnym sensie poniosłem klęskę, a dowodem jest to, że znajduję się tutaj jako więzień. Za to jaki cios zadałem waszemu prestiżowi w świecie! Mimo wszystko Ameryka nie jest aż tak wielka. Wprawdzie mogło się to dla mnie skończyć lepiej, ale i tak nie jest to bynajmniej całkowita klęska. Dowiodłem światu, jak w istocie bezwzględna jest ta cała wasza pozornie humanitarna demokracja. Zniszczył pan wielkie miasto, bezlitośnie podporządkował swojej woli obcy naród. Ale to właśnie ja zmusiłem was do odsłonięcia waszego krwiożerczego oblicza, tak aby cały świat zamarł przejęty grozą. Zraziliście do siebie niemal całą ludność globu. Ta wasza Ameryka przestała już teraz być obiektem uwielbienia. Natomiast we własnym kraju doprowadził pan do skłócenia wszelkich ugrupowań politycznych. Przestał pan już być czcigodnym doktorem Jekyllem, przeobrażając się w straszliwego pana Hyde'a.

Yabril przerwał na chwilę, by opanować gwałtowne wyładowanie emocji, które uzewnętrzniły się na jego twarzy. Zmusił się do większego spokoju i większej powagi.

— Przejdę teraz do tego, co chciałby pan usłyszeć i czego wypowiedzenie sprawia mi dotkliwy ból. Śmierć pańskiej córki była rzeczą konieczną. Jako córka najbardziej wpływowego człowieka na świecie, była ona symbolem Ameryki. Czy wie pan, jak coś takiego działa na ludzi, którzy boją się władzy? Daje im jakąś nadzieję. I nieważne, że być może część spośród nich pana kocha lub że niektórzy widzą w panu dobroczyńcę albo przyjaciela. Ludzie na dłuższą metę nienawidzą swoich dobroczyńców. I oto spostrzegają, że nie jest pan potężniejszy od nich, że nie muszą się pana bać. Byłoby to, rzecz jasna, jeszcze bardziej skuteczne, gdyby udało mi się ujść wolno. Bo zważmy tylko na to: Papież nie żyje, pańska córka zabita, a pan musiałby wypuścić mnie na wolność. Jakże bezsilny wydawałby się pan wówczas światu! Podobnie zresztą jak i cała Ameryka...

Yabril odchylił się na oparcie krzesła, aby złagodzić nieco ucisk więzów, i uśmiechnął się do Kennedy'ego.

— Zrobiłem tylko jeden błąd. Fatalnie pana oceniłem. Bo w dziejach pańskiego żywota nie było nic takiego, co mogłoby usprawiedliwiać moje wnioski. Pan, wielki liberał, wzór zasad etycznych. Sądziłem, że uwolni pan mego przyjaciela. Uznałem, że nie będzie pan w stanie dość szybko złożyć wszystkich fragmentów łamigłówki i nawet w snach nie byłbym w stanie przypuścić, że popełni pan taką wielką zbrodnię.

— Bombardowanie Daku przysporzyło znikomych tylko ofiar — powiedział Kennedy. — Na wiele godzin wcześniej zrzuciliśmy ulotki.

— Rozumiem — powiedział Yabril. — Była to odpowiedź godna doświadczonego terrorysty. Sam bym tak postąpił. Ale nigdy nie zrobiłbym tego, czego pan dokonał z myślą o ratowaniu własnej skóry. Mam na myśli ten wybuch bomby atomowej w jednym z waszych miast.

— Mylisz się — powiedział Kennedy. A Christian znowu odczuł ulgę, że prezydent nie powiedział nic więcej. Odczuł również satysfakcję, że Kennedy nie traktował tego oskarżenia poważnie. Bo Kennedy właściwie od razu przeszedł do czegoś innego.

— Powiedz mi, jakim cudem możesz pogodzić we własnym sercu rzeczy, których się dopuściłeś? Bo weźmy choćby tylko nadużycie cudzego zaufania... Czytałem twoje dossier. Czy jakakolwiek istota ludzka może sobie powiedzieć: Naprawię świat, zabijając niewinnych mężczyzn, kobiety i dzieci? Albo: Wydźwignę ludzkość z głębi rozpaczy, zdradzając najlepszego przyjaciela?... I wszystko to na przekór prawom ludzkim i boskim, że już pominę zwyczajne współczucie. Jak śmiesz uzurpować sobie aż taką władzę?

Yabril czekał cierpliwie, jak gdyby spodziewał się jeszcze jednego pytania. A później powiedział:

— Czyny, jakich się dopuściłem, nie są aż tak dziwaczne, jak to utrzymuje prasa i różni moraliści. A co z waszymi pilotami bombowców, którzy sieją zniszczenie, jak gdyby ludzie poniżej nich byli zwykłymi mrówkami? To chłopcy o dobrych sercach, pełni wszelakich zalet. Lecz nauczono ich spełniania obowiązków. Myślę, że chyba nie jestem od nich gorszy. Tyle że nie mam odpowiednich środków, aby zadawać śmierć z wysokości paru tysięcy stóp. Ani też dział krążowników, które zmiatają wszystko z odległości dwudziestu mil. Muszę więc sobie brudzić ręce krwią. I dlatego winienem przejawiać wielką siłę moralną, podobnie jak i umysłową czystość, aby móc bezpośrednio przelewać krew za sprawę, w którą wierzę. Cóż, wszystko to jest potwornie oczywiste, same stare argumenty, tak że wytaczanie ich sprawia wrażenie tchórzostwa. A pan mnie pyta, jakim prawem uzurpuję sobie aż taką władzę, skoro nie aprobuje tego żadna nadrzędna racja? To bardzo skomplikowane. Niech pan spróbuje zrozumieć, że ogrom cierpień, jakich byłem świadkiem w moim kraju, daje mi taką władzę. Niechże pan zatem przyjmie do wiadomości, że książki, które czytałem, muzyka, jakiej słuchałem, i przykład ludzi daleko lepszych niż ja dały mi siłę, bym działał według moich własnych zasad. Jest to trudniejsze dla mnie niż dla pana, gdyż pan cieszy się poparciem setek milionów, toteż dokonuje pan aktów terroru w imię obowiązku względem nich, jako ich przedstawiciel.

Tu Yabril przerwał i pociągnął łyk kawy z filiżanki. A potem ciągnął z pełnym godności spokojem:

— Poświęciłem swe życie rewolucji wymierzonej przeciwko ustalonemu porządkowi, władzy, którą pogardzam. Umrę wierząc, że to, co zrobiłem, jest słuszne. A jak pan wie, nie ma takiego prawa moralnego, które by trwało wiecznie.

W końcu zmęczył się. Rozparł się na krześle, a jego ramiona sprawiały wrażenie, jak gdyby więzy wyłamały je ze stawów. Kennedy słuchał go bez żadnych oznak dezaprobaty. Nie wysunął żadnego kontrargumentu. Zapanowała długa cisza i w końcu prezydent powiedział:

— Nie mogę spierać się o moralność... W zasadzie zrobiłem to samo, co i ty uczyniłeś. I, jak mówisz, znacznie łatwiej to robić, kiedy człowiek osobiście nie brudzi sobie rąk krwią. Lecz za to, jak również powiadasz, działam z upoważnienia narodu, nie powodując się żadną osobistą niechęcią.

— To nie tak — przerwał mu Yabril. — Kongres nie aprobował pańskiego postępowania; członkowie pańskiego gabinetu także nie. W istocie działał pan tak samo jak ja, nadużywając osobistej władzy. A więc jest pan również terrorystą.

— Ale mnie aprobuje ludność mego kraju i mój elektorat — powiedział Kennedy.

— Tłum — odparł Yabril — zawsze coś aprobuje. Nie chce dostrzegać zagrożeń związanych z takimi czynami. To, co pan zrobił, było i politycznie, i moralnie złe. Działał pan powodowany pragnieniem osobistej zemsty. — Yabril uśmiechnął się. — A ja myślałem, że zdławi pan w sobie podobne odruchy. To tyle, jeśli chodzi o moralność.

Kennedy milczał przez chwilę, jakby starannie rozważał odpowiedź. A następnie powiedział:

— Mam nadzieję, że się mylisz. Zresztą czas to pokaże. Chcę ci podziękować za to, że tak szczerze ze mną rozmawiałeś. Zwłaszcza że, jak mi wiadomo, odmówiłeś współpracy w trakcie poprzednich przesłuchań. Wiesz oczywiście, że sułtan Sherhabenu wynajął dla ciebie najlepszą firmę prawniczą w Stanach Zjednoczonych i wkrótce uzyska ona zezwolenie na konsultację z tobą w sprawie twojej obrony.

Kennedy uśmiechnął się i wstał, aby wyjść z pokoju. Znajdował się już niemal przy drzwiach, kiedy te nagle się otwarły. Miał już przekroczyć próg, kiedy niespodziewanie usłyszał głos Yabrila. Yabril z trudem dźwignął się z krzesła i, mimo więzów, próbował utrzymać równowagę. Zwrócił się do Kennedy'ego.

— Panie prezydencie. — Prezydent odwrócił się i stanął z nim twarzą w twarz.

Yabril powoli uniósł ramiona do góry, zmagając się z rękawami nylonowo-drucianego kaftana.

— Panie prezydencie — powiedział raz jeszcze. — Nie oszuka mnie pan. Wiem, że nigdy nie będę się mógł zobaczyć ani porozmawiać z moimi adwokatami.

Christian ustawił się pomiędzy nimi oboma, a Jefferson zajął miejsce u boku Kennedy'ego.

Prezydent uśmiechnął się chłodno.

— Masz moją osobistą gwarancję, że będziesz się z nimi widział i rozmawiał — odparł i wyszedł z pokoju.

W tym momencie Christian Klee poczuł niepokój bliski niemal mdłościom. Zawsze był przekonany, że zna Francisa Kennedy'ego, ale teraz zdał sobie sprawę, że tak nie jest. Albowiem przez ułamek sekundy ujrzał na twarzy prezydenta wyraz straszliwej nienawiści, zda się zupełnie obcej wszelkim cechom jego charakteru.

Księga V

Rozdział 21

Kiedy Franco Sebbediccio był jeszcze małym chłopcem, opowiadał się po stronie prawa i porządku na Sycylii. I to nie tylko dlatego, że wydawały mu się one stroną silniejszą, ale z tej przyczyny, że uwielbiał ową błogość, jaką daje życie ujęte w surowe rygory przepisów. Mafia była dlań czymś mgławicowym, a świat handlu zbyt niepewnym, toteż wkrótce został policjantem, natomiast w trzydzieści lat później — szefem brygady antyterrorystycznej, obejmującej swym zasięgiem całe Włochy.

Miał teraz u siebie w areszcie zabójcę papieża, młodego Włocha z dobrej rodziny, Armanda Giangiego, pseudonim „Romeo". Pseudonim ten ogromnie irytował Sebbediccia. Toteż uwięził Romea w najlepiej strzeżonych celach swego rzymskiego aresztu.

Specjalny nadzór roztoczono również nad Ritą Fallicią, której pseudonim brzmiał „Annee". Łatwo ją było wytropić, gdyż już od wczesnej młodości sprawiała policji sporo kłopotów. Była agitatorką na uniwersytecie i wojowniczą przywódczynią licznych demonstracji. Maczała także palce w uprowadzeniu czołowego mediolańskiego bankiera.

Dowody napływały lawiną. Bezpieczne kryjówki zostały oczyszczone przez grupy antyterrorystyczne, ale ci biedni głupcy i tak nie mieli pojęcia o naukowych metodach między-narodowej sieci policyjnej. Znaleziono ręcznik ze śladami spermy, dzięki którym zidentyfikowano Romea. Jeden z poj-manych mężczyzn, po surowym przesłuchaniu, złożył obciąża-jące zeznania. Ale Sebbediccio nie aresztował Annee. Miała pozostać na wolności.

Franco Sebbediccio obawiał się, że proces morderców pa-pieża zamieni się w rodzaj trybuny politycznej. Że oskarżeni staną się bohaterami i spędzą lata odsiadki we względnym komforcie. We Włoszech nie było kary śmierci, mogli więc dostać jedynie dożywocie, co zakrawało niemal na żart. Wziąw-szy zaś pod uwagę skrócenie kary za dobre sprawowanie i rozliczne amnestie, mogliby wyjść na wolność jeszcze w sto-sunkowo młodym wieku.

Byłoby inaczej, gdyby Sebbediccio zabrał się nieco ostrzej do przesłuchiwania Romea. Ponieważ jednak ten łajdak zabił samego papieża, jego prawa stały się od razu przed-miotem obrony całego świata zachodniego. W Skandynawii i Anglii odezwały się protesty ugrupowań walczących o pra-wa człowieka, nawet z Ameryki nadszedł karcący list od prawnika nazwiskiem Whitney Cheever. Wszyscy wokół głosili, iż obu morderców należy traktować humanitarnie i nie poddawać torturom ani innym szykanom. Natomiast „góra" żądała: Nie hańbić włoskiego wymiaru sprawied-liwości niczym, co mogłoby stanowić punkt zaczepienia dla partii lewicowych we Włoszech. Wszystko w rękawicz-kach!

Franco Sebbediccio zdążył poznać to wszystko już wcześniej. Lecz tym razem chodziło o zamordowanie papieża. Ponowne wypłynięcie grup terrorystycznych stanowiło w tej mierze dodatkowy problem. Musiał zdobyć informacje, lecz więź-niowie nie kwapili się ich udzielać. Niemniej ostateczną kroplę goryczy stanowił fakt, że ledwie tydzień temu sędzia śledczy Franca Sebbediccia zginął zamordowany, a przy zwłokach pozostawiono wiadomość, że jest to ledwie początek serii podobnych zabójstw, które ustaną dopiero wówczas, gdy wszyscy mordercy papieża znajdą się na wolności. Śmieszne żądanie, które stanowiło wymówkę dla społeczeństwa i miało usprawiedliwiać zabicie sędziego.

Lecz on, Franco Sebbediccio, przedrze się przez gąszcz tych wszystkich nonsensów i wyśle terrorystom wiadomość. Bo Franco Sebbediccio zdążył już postanowić, że ów Romeo alias Armando Giangi, popełni samobójstwo.

Romeo spędzał czas w więzieniu, snując romantyczne marzenia. Siedząc samotnie w celi, postanowił zakochać się w amerykańskiej dziewczynie, Dorothei. Przypominał sobie, jak czekała na niego na lotnisku; oczyma wyobraźni widział delikatną bliznę na jej brodzie. W marzeniach wydawała mu się taka piękna i taka miła... Próbował przypomnieć sobie rozmowę, jaką odbył z nią owej nocy, którą spędził w Hamptons. Teraz, we wspomnieniach, wydawało mu się, iż zdążyła się w nim zakochać. Że każdy jej gest stanowił jakby pretekst do wyjawienia uczucia. Przypominał sobie jej wszystkie wdzięczne i kuszące pozy. I to, że jej oczy wpatrywały się weń uważnie, podobne dwóm wielkim jeziorom mrocznego błękitu. I że jej blade policzki okrywały się z lada przyczyny rumieńcami. Toteż przeklinał swą nieśmiałość. Nigdy nawet nie dotknął jej skóry. Przypominał sobie jej długie smukłe nogi i w myślach zarzucał je sobie na szyję. Wyobrażał sobie pocałunki, których ulewą pokryłby jej włosy, oczy i całe jędrne ciało.

A potem widywał ją we śnie, stojącą w blasku słońca, z rękoma już w okowach, patrzącą nań z wyrzutem i rozpaczą. Snuł fantazje w związku z przyszłością. Ona odsiedzi tylko krótki wyrok. Będzie na niego czekała. A on również zostanie uwolniony. Dzięki amnestii lub dzięki wymianie zakładników. Być może tylko dzięki zwykłemu chrześcijańskiemu miłosierdziu. I wtedy ją odnajdzie.

Bywały jednakże noce, kiedy wpadał w rozpacz i myślał o zdradzie Yabrila. Morderstwo Theresy Kennedy nigdy nie stanowiło części ich planu i w głębi serca wierzył, że on sam nigdy by nie przystał na podobny czyn. Czuł obrzydzenie wobec swego wspólnika, wobec własnych przekonań i własnego życia. Czasami szlochał w ciemności. Lecz wówczas rychło pocieszał się i zatracał w marzeniach o Dorothei. Wiedział, że to fałsz. Wiedział, że to słabość, a jednak nie mógł się przed tym powstrzymać.

Romeo przyjął Franca Sebbediccia w swej pustej celi. Przystroił twarz w sardoniczny uśmiech. W spojrzeniu chłopskich oczu dostrzegał groźne błyski nienawiści. Wyczuwał też zdziwienie tamtego, że ktoś pochodzący z dobrej i zasobnej rodziny, prowadzącej dostatnie i beztroskie życie, mógł zostać rewolucjonistą. Zdawał sobie sprawę, że Sebbediccio przeżywa rozgoryczenie, iż nadzór międzynarodowej opinii publicznej wyklucza możliwość zastosowania wobec więźnia wszelkich brutalnych obostrzeń.

Sebbediccio kazał się zamknąć w celi sam na sam z więźniem, podczas gdy dwaj strażnicy i funkcjonariusz z biura rządowego obserwowali ich spoza drzwi, nie mogąc jednak usłyszeć ani słowa. Sprawiało to wrażenie, jak gdyby ów gburowaty starszawy mężczyzna wręcz prowokował los. Jednakże Romeo wiedział, że działo się tak po prostu dlatego, iż tamten wierzył w moc swego autorytetu. Romeo żywił pogardę dla tego rodzaju ludzi, ufnych w porządek i prawo, spętanych okowami swych przekonań i burżuazyjnej moralności. Dlatego też zdziwił się niezmiernie, kiedy Sebbediccio rzucił jak gdyby od niechcenia i bardzo cichym głosem:

— Giangi, ułatwisz nam wszystkim życie. Popełnisz samobójstwo.

Romeo roześmiał się.

— Nie, nie popełnię, wyjdę z więzienia, zanim pan zdąży umrzeć na nadciśnienie i wrzody. Będę sobie spacerował po ulicach Rzymu, podczas gdy pan spocznie w rodzinnym grobowcu. Przyjdę i zaśpiewam wesołą piosenkę aniołom na pańskim nagrobku. A odchodząc od pańskiego grobu, będę pogwizdywał.

— Chciałem cię tylko powiadomić, że ty i cały twój oddział popełnicie samobójstwo — tłumaczył cierpliwie Sebediccio. — Dwaj spośród moich ludzi ponieśli śmierć z rąk twoich kumpli, żeby zastraszyć mnie i moich współpracowników. Lecz moją odpowiedzią będzie seria waszych samobójstw.

— Nie mogę pana zadowolić — odparł Romeo. — Zbyt cieszę się jeszcze życiem. A zważywszy na to, że cały świat bacznie nam się przygląda, nie ośmieli się pan nawet solidnie kopnąć mnie w tyłek.

Sebbediccio obdarzył go dobrotliwym uśmiechem. Skrywał bowiem w rękawie atutowego asa.

Ojciec Romea, który przez całe życie nie uczynił niczego dla ludzkości, zrobił obecnie coś z myślą o swoim synu. Strzelił sobie w łeb. Kawaler maltański, ojciec mordercy papieża, który żył tylko dla własnej egoistycznej przyjemności, z jakichś niezgłębionych przyczyn postanowił oblec się w płaszcz winy.

Kiedy świeżo owdowiała matka Romea poprosiła o umożliwienie jej odwiedzenia syna w więziennej celi i kiedy jej odmówiono, gazety czym prędzej przystąpiły do akcji. Znaczący cios wymierzał obrońca Romea, który w wywiadzie telewizyjnym powiedział: „Na Boga, przecież on tylko chce się zobaczyć z matką". Znalazło to odzew nie tylko we Włoszech, ale i całym świecie zachodnim. Wiele gazet umieściło te słowa w nagłówkach na pierwszych stronach, cytując je dosłownie.

Nie było to aż do końca prawdziwe: matka Romea chciała zobaczyć się z synem, ale on wcale tego nie pragnął.

Pod tak ogromną presją rząd musiał udzielić pani Giangi pozwolenia na odwiedzenie syna. Doprowadziło to Franca Sebbediccia do ataku wściekłości. Sprzeciwiał się tej wizycie; chciał trzymać Romea w odosobnieniu, odciętego od całego świata zewnętrznego. Cóż to bowiem za świat, który ośmiela się udzielać takiej łaski zabójcy papieża? Jednakże naczelnik więzienia zlekceważył sobie te obiekcje.

Naczelnik miał iście pałacowe biuro i właśnie tam wezwał Sebbediccia.

— Drogi panie — powiedział — mam ścisłą instrukcję, należy zezwolić na odwiedziny. I to nie w jego celi, gdzie rozmowa może być podsłuchiwana, ale właśnie tu, w biurze. Nikt nie może się znajdować w zasięgu głosu, ale kamery będą mogły zarejestrować ostatnie pięć minut. W końcu środki przekazu muszą coś na tym zyskać.

— Ale dlaczego w ogóle na to się zezwala? — zapytał Sebbediccio.

Naczelnik obdarzył go uśmiechem, rezerwowanym zazwyczaj dla więźniów i członków własnego personelu, którzy też w znacznej mierze zdążyli się upodobnić do więźniów.

— Żeby syn mógł się zobaczyć ze swoją owdowiałą matką. Cóż może być świętszego?

Sebbediccio nienawidził naczelnika, gdyż ten zawsze w czasie przesłuchań dopuszczał pod drzwi obserwatorów.

— To przecież facet, który zamordował papieża! — rzucił ostro. — I on miałby się zobaczyć z matką? To dlaczego z nią nie porozmawiał, nim wybrał się mordować?

Naczelnik wzruszył ramionami.

— Tak zadecydowano tam, w górze. Niech się pan z tym pogodzi. A także z tym, że obrońcy nalegają, aby to biuro zostało oczyszczone z elektronicznych urządzeń podsłuchowych, więc niech pan nie sądzi, że uda się tu panu coś zamontować.

— Aha — powiedział Sebbediccio. — Ale w jaki sposób ten cały obrońca zamierza przeprowadzić swoje odpluskwianie?

— Sprowadzi własnych specjalistów — odparł naczelnik. — Wykonają swoją pracę w obecności obrońcy, bezpośrednio przed spotkaniem.

— Ale to bardzo ważne — stwierdził Sebbediccio — żebyśmy mogli usłyszeć ich rozmowę.

— To nonsens — odparł naczelnik. — Jego matka to typowa bogata rzymska matrona. O niczym nie wie, gdyż on nigdy by jej nic istotnego nie zdradził. To po prostu jeszcze jeden głupi epizod w tym i tak dość już śmiesznym dramacie naszych czasów. Niech pan nie bierze tego zbyt poważnie.

Jednakże Sebbediccio brał to bardzo poważnie. Uważał rzecz za jeszcze jedną drwinę ze sprawiedliwości, jeszcze jeden przykład pogardy dla władz. I miał nadzieję, że Romeowi coś się wymknie w czasie, gdy będzie rozmawiał z matką.

Jako szef brygady antyterrorystycznej na całe Włochy, Sebbediccio miał spore kompetencje. Obrońca Romea znalazł się już na tajnej liście lewicowych radykałów i został wzięty pod nadzór. Telefon miał na podsłuchu, jego pocztę przechwytywano i czytano, zanim jeszcze została doręczona. Tak więc było rzeczą łatwą odnaleźć firmę elektroniczną, z której zamierzał skorzystać obrońca, by obszukać biuro naczelnika. Sebbediccio użył swego przyjaciela, aby zaaranżować „przypadkowe" spotkanie w restauracji z właścicielem firmy.

Nawet bez stosowania siły Franco Sebbediccio umiał przekonywać. Chodziło o małą spółkę elektroniczną, która przynosiła wprawdzie zyski, w żadnym jednak razie nie odniosła nigdy oszałamiającego sukcesu. A Sebbediccio zasugerował, że brygada antyterrorystyczna ma ogromne zapotrzebowanie na elektroniczne urządzenia antypodsłuchowe, w związku z czym on sam może otoczyć wybrane firmy specjalną opieką. Słowem, może wydatnie zwiększyć obroty przedsiębiorstwa.

Jednakże tak korzyść, jak i zaufanie muszą być obopólne. Bo tak czy owak dlaczegóż niby firmie zajmującej się elektroniką miałoby akurat zależeć na mordercach papieża? I dlaczego miałaby ryzykować swoją przyszłą świetność, wzbraniając się przed zarejestrowaniem takiej bzdury, jak rozmowa matki z synem? Dlaczegóż to firma elektroniczna nie miałaby zainstalować podsłuchu pod pozorem odpluskwiania biura naczelnika? Przecież nikt się o tym nie dowie. Później już sam Sebbediccio załatwi, by wszystko uprzątnięto.

Wszystko to miało charakter przyjacielskiej rozmowy, niemniej w którymś momencie, już podczas obiadu, Sebbediccio dał do zrozumienia, że jeśli spotka się z odmową, firma elektroniczna wpadnie w najbliższych latach w ogromne kłopoty.

Chociaż on sam nie żywiłby wówczas żadnej osobistej urazy, to czyż jego rządowi zwierzchnicy mogliby ufać ludziom chroniącym mordercę papieża?

Wszystko zostało uzgodnione i Sebbediccio pozwolił, by tamten drugi facet zapłacił rachunek. Nie miał bynajmniej zamiaru płacić za to ze swej własnej kieszeni, a gdyby wydatek ów został pokryty z funduszu reprezentacyjnego, mógłby dzięki temu pozostać jakiś pisany ślad w aktach. Poza tym przecież zamierzał nabić tamtemu kabzę.

Rozmowa pomiędzy Armandem — „Romeem" — Giangi a jego matką została więc w pełni zapisana. Wysłuchał jej jedynie Sebbediccio, co sprawiło mu ogromną rozkosz. Usunięcie podsłuchu zajęło trochę czasu. Zwlekał z tym z ciekawości, aby się jeszcze dowiedzieć, jaki naprawdę jest ten cały naczelnik więzienia. Lecz w tym przypadku rzecz skończyła się fiaskiem.

Sebbediccio działał nader ostrożnie. Przesłuchał taśmę w domu, kiedy jego żona już zasnęła. Żaden z jego kolegów nie mógł się o tym dowiedzieć. Nie był złym człowiekiem i omal sam nie wybuchnął płaczem, słuchając, jak pani Giangi szlochała nad swoim synem i zaklinała go, żeby wyjawił, że tak naprawdę wcale nie zabił papieża i że osłania złego towarzysza. Sebbediccio słyszał pocałunki tej kobiety, kiedy obsypywała nimi twarz syna-mordercy. Następnie łzawe zawodzenia ucichły, a rozmowa przybrała bardzo ciekawy dla Sebbediccia obrót.

Posłyszał głos Romea, który próbował uspokajać matkę. „Nie rozumiem, dlaczego twój mąż się zabił" — mówił Romeo. Czuł taką pogardę dla tego człowieka, że nigdy nie mógł uznać go za ojca. „Nie dbał o swój kraj ani o świat i, wybacz mi, nie kochał nawet swojej rodziny. Prowadził całkowicie egoistyczne i egocentryczne życie. Dlaczego więc uznał za konieczne palnąć sobie w łeb?".

Głos matki był na taśmie dziwnie syczący. „Z próżności — odrzekła. — Przez całe swoje życie twój ojciec był człowiekiem próżnym. Codziennie chodził do fryzjera, a raz na tydzień brał lekcje śpiewu. Chciał śpiewać... ale gdzie? I wydał całą fortunę, byle tylko zostać kawalerem maltańskim, choć trudniej byłoby znaleźć kogoś bardziej niż on pozbawionego ducha. W Wielkanoc przywdział nawet biały garnitur z tym krzyżem z palmowych liści, w jakiś szczególny sposób wplecionych w kanwę materiału. Och, cóż to była za wspaniała postać w rzymskim towarzystwie! Przyjęcia, bale, nominacje na członka komitetów kulturalnych, na których posiedzenia nigdy nie uczęszczał. Ojciec syna, który skończył uniwersytet. Był taki dumny z ciebie i z twojej inteligencji. Ach, przechadzał się ulicami Rzymu dumny niczym paw. Nigdy nie widziałam człowieka równie szczęśliwego i równie pustego". Na taśmie nastąpiła teraz chwila ciszy. „Po tym, co zrobiłeś, twój ojciec już nigdy nie mógłby się pokazać w żadnym towarzystwie. Jego dawne życie rozpadło się w pył i dlatego właśnie się zastrzelił. Ale teraz niech odpoczywa w spokoju. Pięknie wyglądał w trumnie w tym swoim nowym świątecznym garniturze".

Potem rozległ się głos Romea, który powiedział coś, co wprawiło Sebbediccia w zachwyt: „Mój ojciec nigdy w życiu mi nic nie dał, a poprzez swoje samobójstwo pozbawił mnie wyboru. Albowiem śmierć stanowi moją jedyną ucieczkę".

Sebbediccio wysłuchał reszty taśmy, gdzie Romeo dał się nakłonić matce do spotkania z księdzem, a potem, kiedy już do pokoju wpuszczono kamerzystów i dziennikarzy, wyłączył magnetofon. Resztę widział w telewizji. Ale miał to, czego chciał.

Kiedy złożył następną wizytę Romeowi, był tak zachwycony, że wszedł do celi niemal tanecznym krokiem i powitał więźnia niezwykle serdecznie.

— Giangi — powiedział — stajesz się coraz sławniejszy. Krążą pogłoski, że kiedy będziemy mieć nowego papieża, to być może poprosi on dla ciebie o skorzystanie z prawa łaski. Okaż więc wdzięczność, udziel mi trochę informacji, których tak potrzebuję.

— Ależ z pana małpa — odparł Romeo.

Sebbediccio skłonił głowę, pytając:

— Więc to twoje ostatnie słowo?

Trudno było o lepszą sytuację. Miał wszak nagranie, które świadczyło o tym, że Romeo myśli o odebraniu sobie życia.

W tydzień później podano światu wiadomość, że morderca papieża, Armando „Romeo" Giangi popełnił samobójstwo, wieszając się w swojej celi.

W Nowym Jorku Annee wypełniała swoją misję. Była przejęta faktem, że jest pierwszą kobietą-dowódcą operacyjnego uderzenia Setki. Była przekonana, że na pewno jej się powiedzie.

Dwie kryjówki, apartamenty na East Side w Nowym Jorku, zaopatrzone były w jedzenie, broń i inne potrzebne materiały. Grupy uderzeniowe miały przybyć na tydzień przed datą akcji, a wówczas ona wydałaby im rozkaz, by pozostały w swych kryjówkach aż do ostatniego dnia. Drogi ucieczki przez Meksyk i Kanadę zostały przygotowane z myślą o wszystkich, którzy przeżyją. Bo ona sama zamierzała pozostać w Stanach Zjednoczonych jeszcze przez kilka miesięcy, tyle że w innej, wiadomej sobie kryjówce.

Mimo swych obowiązków Annee miała mnóstwo czasu i spędzała go, wałęsając się po mieście. Przeraziły ją slumsy, zwłaszcza Harlem; pomyślała, że nigdy nie widziała równie brudnego miasta, równie źle utrzymanego, gdzie całe dzielnice wyglądały, jakby dopiero co wyszły spod ostrzału artyleryjskiego. Napawały ją obrzydzeniem wielkie masy bezdomnych, nieuprzejma obsługa sklepów i wrogość urzędników. Nigdy przedtem nie znalazła się jeszcze w tak nieprzyjaznym sobie miejscu.

Wszechobecne zagrożenie stanowiło odrębną kwestię. Miasto było strefą wojenną, bardziej niebezpieczną niż Sycylia, gdyż na Sycylii przemoc kierowała się ścisłymi prawami logicznie pojmowanego własnego interesu, podczas gdy w Nowym Jorku sprawiała wrażenie płodu jakiejś smrodliwej choroby iście zwierzęcego stada.

Aż w końcu nadszedł pewien szczególnie bogaty w wydarzenia dzień, który sprawił, że Annee postanowiła zaszyć się w swoim mieszkaniu i przebywać odtąd głównie w nim. Późnym popołudniem wybrała się na amerykański film, który zirytował ją do reszty swoją kretyńską atmosferą *machismo*. Miałaby wielką ochotę spotkać tamtego muskularnego bohatera, i to jedynie po to, ażeby mu dowieść, jak łatwo przyszłoby jej odstrzelić mu jaja.

Po filmie ruszyła spacerkiem Lexington Avenue, aby z publicznych budek odbyć parę rozmów, jakich wymagała jej misja. Weszła do pewnej słynnej restauracji, by zrobić sobie niewielką przyjemność, lecz tam zirytowało ją chamstwo obsługi i kiepskie naśladownictwo dań włoskiej kuchni, jakie jej zaproponowano. Jak oni śmią! We Francji ani chybi zlinczowano by właściciela podobnej knajpy. We Włoszech mafia spaliłaby taką garkuchnię, oddając tym samym nie lada przysługę społeczeństwu.

Prawdę mówiąc, podziałało to na nią jak kubeł zimnej wody, niczym ostateczna z tych rozlicznych zniewag, których miasto Nowy Jork nie szczędzi ani gościom, ani swoim stałym mieszkańcom.

Podczas wieczornej przechadzki — bowiem mały późny spacer umożliwiał jej zaśnięcie — padła ofiarą dwóch niezależnych od siebie prób gwałtu i rabunku. Przyjęła je z ulgą, gdyż pozwoliły jej się pozbyć nagromadzonej żółci.

Pierwszy atak, tuż po zmierzchu, bardzo ją zdziwił. Przydarzył jej się bowiem dokładnie na Piątej Alei, kiedy oglądała witryny sklepu Tiffany'ego. Mężczyzna i kobieta, bardzo młodzi, niemający nawet po dwadzieścia lat, przywarli do niej nagle z obu stron. Facet miał dziwnie kocią twarz nieuleczalnego narkomana. Był niezwykle brzydki i Annee, która wielbiła fizyczne piękno, natychmiast poczuła do niego odrazę. Dziewczyna sprawiała wrażenie dość ładnej, na twarzy miała jednak wypisane zepsucie i tupet typowej amerykańskiej nastolatki. Ot, jedna z wielu, jakie Annee widywała tu na ulicach. Ubrana była jak kurwa, styl ten bowiem stał się ostatnio krzykiem mody, rozpropagowanym przez najnowszych idolów srebrnego ekranu.

Facet przysunął się bliżej i poprzez cienki żakiet, jaki miała na sobie, Annee poczuła dotyk twardego metalu. Ale nie odczuła lęku.

— Mam broń — syknął tamten. — Kopsnij mojej dziewczynie torebkę. Grzecznie i po dobroci. Tylko bez rozrób, a nic ci się nie stanie.

— Czy już głosujesz? — zapytała Annee.

Zdezorientowany chłopak zapytał: „Że co?". Jego dziewczyna wyciągnęła rękę po torebkę. Annee chwyciła ją za ramię, następnie obróciła niczym tarczę i równocześnie drugą ręką zadała jej cios prosto w twarz, starając się, by trafić ją dokładnie pierścionkiem, jaki miała na palcu. Niewiarygodnie wprost obfite bryzgi krwi skalały elegancko udekorowaną wystawę Tiffany'ego, sprawiając, że przechodnie zatrzymali się zdumieni.

Wówczas Annee powiedziała chłodno do chłopaka:

— Masz broń, więc strzelaj.

Wtedy tamten obrócił się do niej tym bokiem, gdzie w kieszeni trzymał dłoń na spluwie. Debil, pewnie skopiował ten ruch z filmów gangsterskich. Nie wiedział jednak, że jest to postawa całkowicie bezużyteczna, chyba że ofiara trwa w zupełnym bezruchu. Aby się jednak jakoś zabezpieczyć, Annee chwyciła go wolną ręką za ramię i wyłamała mu je ze stawu. Kiedy tamten zaczął wrzeszczeć z bólu, jego dłoń wysunęła się z kieszeni i na chodnik z głośnym brzękiem upadł śrubokręt. No jasne, pomyślała Annee, gówniarz zgrywa ważniaka. Pozostawiła ich i ruszyła przed siebie.

Teraz byłoby rzeczą ze wszech miar roztropną zawrócić do mieszkania, jednakże — ulegając jakiemuś przekornemu imperatywowi — wędrowała nadal. Lecz wówczas, już na Central Park South, tam gdzie stoją szeregiem drogie luksusowe hotele, strzeżone przez umundurowanych portierów, i gdzie wzdłuż chodnika parkują limuzyny z gburowatymi szoferami za kierownicą, została nagle otoczona przez czterech czarnych wyrostków.

Byli to dość przystojni i weseli chłopcy, którzy od razu jej się spodobali. Bardzo przypominali młodocianych rzymskich chuliganów, którzy za swój obowiązek uważają zaczepianie kobiet na ulicach. Jeden z chłopaków zagadnął ją wesoło:

— Hej, dziecinko, chodź z nami na spacerek do parku. Zobaczysz, fajnie się zabawimy.

Osaczyli ją w miejscu. Byli nawet zabawni i nie miała wątpliwości, że naprawdę dobrze by się z nimi bawiła. Lecz w sumie rozgniewali ją. Podobnie jak i tamci szoferacy, którzy świadomie ignorowali fakt, iż znalazła się w opałach.

— Odejdźcie — powiedziała — albo zacznę krzyczeć i portierzy wezwą policję. — Lecz tak czy owak wiedziała, że wcale nie podniesie krzyku, gdyż nie może sobie na to pozwolić ze względu na swoją misję.

Jeden z chłopaków z uśmiechem powiedział:

— No to już, laleczko, możesz sobie wrzeszczeć. — Lecz aż rzucało się w oczy, że cała czwórka sposobi się do odwrotu.

Ponieważ jednak Annee nie wszczęła alarmu, tamci doszli do wniosku, że wcale nie zamierza przyzywać pomocy.

— Nie, ona będzie cicho — powiedział któryś z nich. — Słyszycie ten jej akcent? Pójdę o zakład, że ma przy sobie prochy. Hej, mała, odpal nam trochę.

Roześmiali się radośnie. A inny powiedział:

— Bo jak nie, to wezwiemy policję. — I znowu wybuchnęli śmiechem.

Nim opuściła Włochy, poinformowano ją, jak niebezpieczne mogą się okazać ulice Nowego Jorku. Była jednak znakomicie wyszkolonym agentem operacyjnym i miała zaufanie do swych umiejętności. Dlatego nie nosiła przy sobie broni, obawiając się, iż mogłoby to skompromitować wszystkie jej planowane kroki. Miała jednak na palcu specjalnie zaprojektowany pierścionek z cyrkonią, którym mogła nieźle poranić każdego napastnika. A w torebce nosiła parę nożyczek, bardziej śmiercionośnych niźli wenecki sztylet. Dlatego też nie czuła się zagrożona. Bała się tylko, by w sprawę nie wmieszała się policja i nie poddała jej przesłuchaniom. Lecz tak czy owak była pewna, że uda jej się wymknąć, nie powodując większego zamieszania.

Nie wzięła jednak pod uwagę stanu swoich nerwów i swej wrodzonej agresywności. Jeden z chłopaków wyciągnął rękę, by dotknąć jej włosów, lecz Annee syknęła niczym żmija:

— Zejdź mi z drogi, ty czarny skurwielu, bo rozgniotę jak gnidę.

Wszyscy czterej zamilkli, a ich dobry humor zniknął bez śladu. Spostrzegła teraz w ich oczach jakiś ponury wyraz i przez moment poczuła się winna. Zdała sobie sprawę, że popełniła błąd. Nazwała wszak tamtego czarnym skurwielem bez żadnych rasistowskich uprzedzeń. Był to swoisty sycylijski sposób rzucania inwektyw, gdzie — jeśli ktoś kłóci się z garbusem — nazywa go skurwielem garbusem, a jeśli ktoś kłóci się z kaleką, nazywa go skurwielem kulasem. Ale skąd niby ci chłopcy mieli o tym wiedzieć? Omal nie wyrwała się z przeprosinami. Lecz było już za późno.

Jeden z czarnych powiedział:

— Zaraz przysunę tej białej cipie w mordę. — I w tejże samej chwili Annee straciła całe opanowanie. Przejechała mu dłonią z pierścionkiem po oku. Pojawiło się ohydne rozcięcie, które niemal odłączyło powiekę chłopaka od reszty twarzy. Pozostali przyglądali się temu ze zgrozą, gdy tymczasem Annee spokojnie skręciła za róg, by potem puścić się biegiem.

Tego już było za wiele, nawet dla Annee. Kiedy znalazła się na powrót w swym mieszkaniu, opadły ją wyrzuty sumienia, że była tak brutalna, że wskutek swej bezmyślności mogła narazić misję na niebezpieczeństwo. Że najzwyczajniej w świecie szuka kłopotów, aby złagodzić swe stany nerwowe.

Nie może jednak podejmować dalszego ryzyka, nie może opuszczać mieszkania, chyba że chodziłoby o czynności niezbędne dla wypełnienia poruczonych jej zadań. Musi przestać wspominać Romea i kontrolować swoją wściekłość, narosłą wskutek mordu, jakiego na nim się dopuszczono. I, co najważniejsze, musi podjąć ostateczną decyzję — jeżeli wszystko zawiedzie, to czy ich misja winna się zmienić w przedsięwzięcie samobójcze.

Christian Klee przyleciał do Rzymu, aby zjeść obiad z Sebbedicciem. Zauważył, że Sebbediccio miał wokół siebie niemal dwudziestu goryli, co zdawało się w ogóle nie wpływać na jego apetyt.

Włoch był we wspaniałym humorze.

— Czyż to nie szczęśliwy zbieg okoliczności, że nasz zabójca papieża odebrał sobie życie? — powiedział do Christiana. — Bo jakimż cyrkiem musiałby się okazać proces, z tymi wszystkimi lewicowymi koteriami wiecującymi na znak poparcia! To kiepsko, że ten facet, Yabril, nie chce oddać panu podobnej przysługi.

Klee roześmiał się.

— Kwestia różnych systemów rządzenia. Ale za to widzę, że jest pan dobrze chroniony.

Sebbediccio wzruszył ramionami.

— Sądzę, że tamci polują teraz na grubszą zwierzynę. Ale mam dla pana pewne informacje. Tamta kobieta, Annee, którą wypuściliśmy. Jakimś sposobem zdołała zmylić ślady. Podejrzewamy jednak, że przebywa obecnie w Ameryce.

— Czy wie pan, ku czemu konkretnie zmierza? I jakiego nazwiska używa?

— Tego nie wiemy — odparł Sebbediccio. — Sądzimy jednak, że chodzi tu teraz o operację na większą skalę.

— Dlaczego jej nie zgarnęliście? — zapytał Christian.

— Wiążemy z nią wielkie nadzieje — odparł Sebbediccio. — Ona jest teraz gotowa na wszystko i z całą pewnością zajdzie bardzo daleko w ruchu terrorystycznym. Jeśli zechcę ją złowić, będę musiał użyć bardzo obszernej sieci. Ale pan, mój przyjacielu, ma całkiem inny kłopot. Doszły nas pogłoski, że tamci montują akcję w Stanach Zjednoczonych. I może ona być skierowana przeciwko Kennedy'emu. Annee, choć taka bojowa, nie zdoła tego zrobić sama. Dlatego też muszą być w to zamieszani inni ludzie. Znając system ochrony prezydenta, zorganizują akcję, która będzie wymagała znacznej ilości środków i wielu kryjówek. Lecz na ten temat nie mam żadnych informacji. A zatem musi się pan sam zabrać do roboty.

Klee nie musiał pytać, dlaczego szef włoskiej służby bezpieczeństwa nie przesłał tej informacji do Waszyngtonu, korzystając ze zwykłych w takich wypadkach kanałów. Wiedział, że Sebbediccio nie chce, aby dane o jego ścisłym nadzorze nad Annee stały się częścią oficjalnego raportu dla Stanów Zjednoczonych. Nie ufał amerykańskiemu aktowi Swobody Informacji. Chciał także, by Christian Klee zaciągnął wobec niego osobisty dług wdzięczności.

W Sherhabenie sułtan Maurobi przyjął Christiana Klee z najwyższą życzliwością, jak gdyby zbrojny kryzys sprzed kilku miesięcy w ogóle nie miał miejsca. Sułtan był wylewny, ale robił wrażenie, jakby miał się na baczności i sprawiał przy tym wrażenie cokolwiek zaskoczonego.

— Mam nadzieję, że przywozi mi pan dobre wiadomości — powiedział do swego gościa. — Gdyż po wszystkich tych godnych pożałowania kłopotach bardzo mi zależy na poprawieniu stosunków ze Stanami Zjednoczonymi i, oczywiście, z prezydentem Kennedym. Prawdę mówiąc, mam nadzieję, że pańska wizyta jakoś mi w tym dopomoże.

Klee uśmiechnął się.

— Moja wizyta ma właśnie to na celu. Gdyż, jak sądzę, dostarczy ona panu sposobności wyświadczenia nam przysługi i naprawienia mocno nadwerężonych stosunków.

— Ach, ogromnie się z tego cieszę — odrzekł sułtan. — Wie pan zapewne, iż nie znałem zamiarów Yabrila. Nie mogłem przewidzieć, co Yabril zrobi z córką prezydenta. Oczywiście wyraziłem to już oficjalnie, ale czy zechciałby pan osobiście donieść prezydentowi, że przez ostatnie miesiące bardzo nad tym bolałem? Tylko nie miałem już możliwości odwrócenia całej tej tragedii.

Klee wierzył, że morderstwo nie figurowało w początkowych planach terrorystów. I pomyślał, że nawet tak wszechpotężni ludzie, jak sułtan Maurobi i Francis Kennedy bywają czasami bezsilni w obliczu niekontrolowanych wydarzeń tudzież niedających się przewidzieć posunięć swoich podwładnych.

Powiedział jednak do sułtana:

— Pańska ekstradycja Yabrila przekonała prezydenta w tym względzie. — Obaj jednak wiedzieli, że jest to zdawkowa grzeczność. Klee przerwał na chwilę, a potem mówił dalej: — Jestem tu jednak po to, by prosić pana o wyświadczenie mi osobistej przysługi. Wie pan, że odpowiadam za bezpieczeństwo mojego prezydenta. Posiadam informacje, że oto powstał spisek mający na celu zgładzenie go. Terroryści zdążyli już przeniknąć do Stanów Zjednoczonych. Byłoby jednak dla nas rzeczą niezwykle pomocną, abym mógł otrzymać jakąś informację odnośnie do ich planów, personaliów i miejsca pobytu. Pomyślałem więc, że dzięki swoim kontaktom dowiedział się pan być może czegoś za pośrednictwem swych agencji wywiadowczych. I, być może, jest pan w stanie przekazać mi jakieś strzępki tych informacji. Proszę przyjąć moje zapewnienie, iż pozostałoby to tylko między nami. Pomiędzy panem i mną. Nie będzie tu mowy o żadnych oficjalnych powiązaniach.

Sułtan sprawiał wrażenie zaskoczonego. Jego inteligentna twarz przybrała wyraz rozbawionego niedowierzania.

— Jak może pan w ogóle myśleć o czymś takim? — zapytał. — Po tym, jak zniszczyliście mój kraj, po wszystkich naszych tragediach?... Czyż mógłbym dać się wciągnąć w podobnie niebezpieczne działania? Jestem władcą bogatego, acz niewielkiego kraju, który nie ma możliwości pozostania niezależnym bez przyjaźni i życzliwości wielkich mocarstw. Nie mogę nic zrobić ani dla was, ani przeciwko wam.

Klee skinął głową na znak zgody.

— To chyba oczywiste. Niemniej Bert Audick był tu u pana

z wizytą i wiem, że miało to coś wspólnego z przemysłem naftowym. Niechaj jednak pozwoli mi pan sobie donieść, że Bert Audick ma teraz w Stanach poważne kłopoty. I w ciągu najbliższych lat byłby dla pana wyjątkowo niewłaściwym sojusznikiem.

— A pan byłby tym właściwym? — zapytał z uśmiechem sułtan.

— Tak — odparł Klee. — Jestem sojusznikiem, który może pana uratować. Jeżeli zgodzi się pan na współpracę ze mną.

— Zechce pan to wyjaśnić — powiedział sułtan. Owa zamaskowana groźba wyraźnie go rozsierdziła.

— Bert Audick — rozpoczął ostrożnie Klee — został oskarżony o spiskowanie przeciwko rządowi Stanów Zjednoczonych, ponieważ jego najemnicy, lub ludzie z jego firmy, strzelali do naszych samolotów bombardujących pański miasto Dak. Jest również oskarżony o inne rzeczy. Jego imperium naftowe może zostać zniszczone w oparciu o pewne nasze prawa. W obecnej chwili bynajmniej nie jest silnym sojusznikiem.

— Oskarżony, ale nie skazany. Wydaje mi się, że to drugie będzie jednak trudniejsze — wtrącił nieśmiało sułtan.

— To prawda — przyznał Klee. — Jednakże za kilka miesięcy Francis Kennedy zostanie ponownie wybrany prezydentem. Jego popularność pozwoli na wybranie Kongresu, który ratyfikuje wszystkie jego programy. Będzie najpotężniejszym prezydentem w historii Stanów Zjednoczonych. I wtedy Audick zostanie skazany, mogę pana o tym zapewnić. A owa struktura władzy, której część stanowi, zostanie unicestwiona.

— Ale nie widzę sposobu, w jaki mógłbym panu dopomóc — powiedział sułtan. A później dodał bardziej władczym tonem: — Ani w jaki sposób mógłby dopomóc pan mnie. Zdaje mi się, że pańska sytuacja we własnym kraju jest w tej chwili raczej nieszczególna.

— Może tak jest istotnie, a może nie — odparł Klee. — Co zaś się tyczy mojej sytuacji, która, jak pan powiada, jest raczej nieszczególna, sprawa zostanie rozwiązana po ponownym wyborze Kennedy'ego. Jestem jego najbliższym przyjacielem i najbliższym doradcą, a Kennedy znany jest ze swej lojalności. Jeśli zaś chodzi o kwestię, w jaki sposób możemy sobie pomóc nawzajem, to niech pan pozwoli, że powiem prosto z mostu, choć bez zamiaru obrażania pana. Czy mogę to zrobić?

Owa kurtuazja wywarła chyba odpowiednie wrażenie, a nawet ubawiła sułtana.

— Jak najbardziej — powiedział.

— Po pierwsze — rzekł Klee — i najważniejsze; oto jak ja mogę panu dopomóc. Mogę być pańskim sojusznikiem. Prezydent Stanów Zjednoczonych chętnie słucha mych opinii, a nadto cieszę się jego zaufaniem. Żyjemy w trudnych czasach.

Sułtan przerwał mu z uśmiechem:

— Ja zawsze żyłem w trudnych czasach.

— Toteż potrafi pan docenić to, co mówię. I to lepiej niż inni — zaripostował ostro Klee.

— A co się stanie, jeśli pańskiemu Kennedy'emu nie uda się osiągnąć swoich celów? — zapytał sułtan. — Takie wypadki się zdarzają, a niebo nie zawsze jest łaskawe.

Christian Klee stwierdził chłodno:

— Chce pan powiedzieć, co się stanie, jeśli powiedzie się spisek mający na celu uśmiercenie Kennedy'ego? Jestem tutaj po to, by panu powiedzieć, że tak się nie stanie. Nieważne, jak sprytni czy zdeterminowani mogą być zabójcy. A jeżeli spróbują i nie powiedzie się im, jakikolwiek ślad zaś będzie prowadził do pana, wówczas zostanie pan unicestwiony. Nie musi jednak wcale do tego dojść. Jestem rozsądnym człowiekiem i rozumiem pańską sytuację. Proponuję jedynie wymianę informacji między panem a mną, i to na płaszczyźnie czysto osobistej. Nie wiem, co panu zaproponował Audick, lecz lepiej będzie postawić jednak na mnie. Jeżeli wygra Audick i jego sprzymierzeńcy, to pan zyska i tak. Gdyż on nic o nas nie wie. Jeżeli wygra Kennedy, będzie pan miał we mnie sojusznika. To właśnie ja stanowię pańską polisę ubezpieczeniową.

Sułtan skinął głową, a następnie zaprowadził go na wystawny bankiet. W czasie posiłku zadawał mu niezliczone pytania na temat Kennedy'ego. W końcu, nieomal z wahaniem, zapytał o Yabrila.

Klee spojrzał mu prosto w oczy.

— Nie ma sposobu na to, by Yabril umknął swojemu przeznaczeniu. Jeśli jego koledzy-terroryści sądzą, że zdołają go uwolnić, biorąc do niewoli nawet nie wiem jak ważnego zakładnika, to niech im pan powie, by o tym zapomnieli. Kennedy nigdy nie wypuści go z rąk.

Sułtan westchnął.

— Pański Kennedy się zmienił — powiedział. — Zachowuje się jak człowiek, który stracił rozum.

Klee nie odpowiedział. A sułtan ciągnął powoli:

— Myślę, że mnie pan przekonał. Pan i ja powinniśmy zostać sprzymierzeńcami.

Kiedy Christian Klee wrócił do Stanów, pierwszą osobą, jaką odwiedził, był Wyrocznia. Starzec przyjął go w części sypialnej domu, siedząc w samobieżnym wózku inwalidzkim. Stół tuż obok nakryto do angielskiej herbaty. Na Christiana czekał już wygodny fotel.

Wyrocznia powitał go lekkim skinieniem ręki, wskazując, żeby usiadł. Christian nalał mu herbaty, podał maleńki kawałek tortu i niewielką kanapkę. Później obsłużył siebie. Wyrocznia pociągnął łyk herbaty i zmełł w ustach odrobinę ciasta. Siedzieli tak przez dłuższą chwilę.

Potem Wyrocznia próbował się uśmiechnąć. Był to zaledwie znikomy ruch warg; jego skóra zmartwiała już do tego stopnia, że właściwie wcale nie była podatna na żadną mimikę.

— Wdepnąłeś w niezły pasztet z powodu tego twojego pieprzonego kumpla Kennedy'ego — powiedział.

To wulgarne wyrażenie, wygłoszone tonem niewinnego dziecka, sprawiło że Christian musiał się uśmiechnąć. Począł się zastanawiać, czy to aby nie przejaw starości i rozmiękczenia mózgu, że Wyrocznia, który nigdy dotąd nie używał brzydkich słów, wypowiadał je teraz tak swobodnie. Poczekał z odpowiedzią. Zjadł najpierw kilka kanapek i popił je gorącą herbatą. A potem rzekł:

— Który pasztet? Tkwię już po uszy w wielu.

— Mówię o tej historii z bombą atomową — odparł Wyrocznia. — Bo cała reszta tego gówna raczej się nie liczy. Ale przypisują ci odpowiedzialność za zamordowanie tysięcy obywateli tego kraju. Mają na ciebie haka. Na to wygląda, ale ja w to nie wierzę, żebyś mógł być aż tak bardzo głupi. Nieludzki... owszem, w końcu przecież robisz w polityce. Czy rzeczywiście ty to zmajstrowałeś? — w głosie starca pobrzmiewała raczej ciekawość niźli przeświadczenie.

Któż jeszcze na świecie mógłby to powiedzieć? Któż jeszcze mógłby to zrozumieć?

— Dziwi mnie tylko to — powiedział Klee — że tak szybko się do mnie dobrali.

— Umysł ludzki rwie się ku pojmowaniu zła — powiedział Wyrocznia. — Dziwisz się, ponieważ w człowieku, który popełnia zły czyn, jest pewna doza niewinności. Uważa ten czyn za tak straszny, że wprost niewyobrażalny dla innej istoty ludzkiej. Ale to jest właśnie pierwsza rzecz, o jakiej się myśli. Zło nie jest żadną tajemnicą, za to miłość tak. — Przerwał na chwilę, znów podjął, a następnie rozparł się wygodnie w swoim wózku z na wpół przymkniętymi oczyma.

— Musisz zrozumieć — powiedział Christian — że pozwolić na to, by się coś wydarzyło, jest znacznie łatwiej niż rzeczywiście coś zrobić. Nastał kryzys i Kongres miał zawiesić Francisa Kennedy'ego. A mnie wtedy zaświtało w głowie, że gdyby bomba wybuchła, nastąpiłoby odwrócenie całego biegu wydarzeń. To właśnie wtedy poleciłem Peterowi Clootowi, żeby nie przesłuchiwał Gresse'a i Tibbota. Miałem czas, by to zrobić. I stało się.

— Dolej mi jeszcze trochę gorącej herbaty i podaj jeszcze jeden kawałek ciasta. — Wsunął kęs do ust. Maleńkie okruszyny usiały jego przypominające bliznę usta. — I tak, i nie. Czy przesłuchiwałeś Gresse'a i Tibbota przed wybuchem bomby? Czy uzyskałeś od nich jakąś informację, lecz potem nie podjąłeś żadnych kroków?

Christian westchnął.

— Oni byli jak dzieci. Rozpracowałem ich w ciągu pięciu minut. Właśnie dlatego nie mogłem się zgodzić na obecność Cloota przy przesłuchaniach. Ale nie chciałem, żeby bomba wybuchła. Po prostu wszystko potoczyło się zbyt szybko.

Wyrocznia wybuchnął śmiechem. Był to dziwaczny śmiech, nawet jak na tak starego człowieka. Jak gdyby długi ciąg pomruków. Coś w rodzaju wyjątkowo głuchych „ha, ha, ha".

— Odwracasz kota ogonem — powiedział Wyrocznia. — Już wcześniej postanowiłeś, że pozwolisz tej bombie wybuchnąć. Zanim jeszcze poleciłeś Clootowi, żeby ich nie przesłuchiwał. Nie odbyło się to w ciągu sekundy, wszystko zaplanowałeś już grubo przedtem.

Christian Klee był nieco zaskoczony. Gdyż to, co powiedział Wyrocznia, było prawdą.

— A wszystko po to, aby ocalić twego bohatera, Francisa Kennedy'ego. Człowieka, który by nawet muchy nie skrzywdził, chyba że przy okazji podpalenia świata. — Wyrocznia położył wcześniej na stole pudełko cienkich hawańskich cygar. Christian wziął jedno z nich i zapalił.

— Miałeś szczęście — powiedział Wyrocznia. — Ci ludzie, którzy zginęli, byli w większości bezwartościowi. Pijacy, włóczędzy, kryminaliści. A to nie taka znów wielka zbrodnia. Przynajmniej nie w historii naszego gatunku.

— Francis rzeczywiście dał mi pozwolenie — odparł Klee. Wyrocznia przycisnął jakiś guzik i wówczas oparcie wózka uniosło się niemal pionowo.

— Twój świątobliwy prezydent? — mruknął. — Za bardzo był uwikłany w pęta własnej hipokryzji, podobnie jak i wszyscy mężczyźni z rodziny Kennedych. Za nic w świecie nie maczałby palców w czymś podobnym.

— Może po prostu próbuję się usprawiedliwiać — powiedział Christian. — To nie było nic wyraźnego. Ale znam Francisa tak dobrze... Jesteśmy niemal jak bracia. Poprosiłem go o zezwolenie na przeprowadzenie testu mózgowego. To by natychmiast zlikwidowało cały kłopot z bombą atomową. Ale

Francis nie chciał złożyć podpisu. Jasne, przedstawił swoje powody: prawa jednostki i zasady humanitarne. To leżało w jego charakterze. Lecz zanim jeszcze zabito mu córkę. Później już nie. Ale to było wszak po. Przypomnij sobie, w tym czasie rozkazał już zniszczyć miasto Dak. Zagroził, że zniszczy całe państwo Sherhaben, jeżeli zakładnicy nie zostaną uwolnieni. Tak więc jego charakter zmienił się ogromnie. Później już podpisałby nakaz przeprowadzenia testu. A wówczas, kiedy odmówił swej zgody, spojrzał na mnie tak jakoś... Nie potrafię tego opisać, ale odniosłem wrażenie, jakby mi mówił, żebym niczemu nie próbował zapobiec.

Wyrocznia wyraźnie się teraz ożywił.

— To wszystko nie ma znaczenia — stwierdził stanowczo. — Ważne jest, żebyś teraz ratował swój tyłek. Jeśli Kennedy nie zostanie wybrany ponownie, możesz spędzić wiele lat w więzieniu. A nawet jeśli Kennedy zostanie wybrany, również może zaistnieć pewne niebezpieczeństwo.

— Kennedy wygra wybory — powiedział Christian. — I nic mi nie będzie w stanie zagrozić. — Przerwał na chwilę. — Znam go.

— Znasz tego dawnego Kennedy'ego — stwierdził Wyrocznia. A potem, jakby tracąc zainteresowanie sprawą, dodał: — Co z tym moim przyjęciem urodzinowym? Skończyłem już sto lat, a wszystkich to gówno obchodzi.

Christian roześmiał się.

— Mnie obchodzi. Nie martw się. Po wyborach będziesz miał przyjęcie w Ogrodzie Różanym Białego Domu. Przyjęcie godne monarchy.

Wyrocznia uśmiechnął się wesoło, a potem wtrącił podstępnie:

— A ten twój Francis Kennedy zostanie królem. Wiesz, że jeśli zostanie wybrany ponownie i zdoła przepchnąć swoich kandydatów do Kongresu, stanie się w efekcie dyktatorem?

— To wręcz niemożliwe — odparł Christian Klee. — W tym kraju nigdy nie było dyktatorów. Zabezpieczyliśmy się przed tym. I czasami dochodzę do wniosku, że może aż za dobrze.

— Och — westchnął Wyrocznia. — To jeszcze młody kraj. Mamy czas. A diabeł przybiera różne uwodzicielskie kształty.

Zamilkli na jakiś czas, a potem Christian wstał i ruszył w stronę wyjścia. Żegnając się, zwykli dotykać wzajem swych dłoni. Gdyż dłoń Wyroczni byłaby nazbyt krucha na prawdziwy uścisk.

— Bądź ostrożny — powiedział Wyrocznia. — Kiedy człowiek osiąga władzę absolutną, zazwyczaj pozbywa się tych, którzy byli najbliżej. Tych, którzy znają jego sekrety.

Rozdział 22

Sędzia federalny uwolnił Henry'ego Tibbota i Adama Gresse'a.

Rząd nie sprzeciwił się zarzutowi, iż aresztowanie nastąpiło niezgodnie z prawem. Nie zaprzeczał też faktowi, iż nie wydano w tej mierze żadnych nakazów. Ekipa obrońców Gresse'a i Tibbota wykorzystała każdą lukę prawną.

Naród amerykański był oburzony. Winił administrację Kennedy'ego, przeklinał system prawny. Na ulicach wielkich miast zbierały się tłumy domagające się śmierci podejrzanych. Utworzono grupy czuwające nad tym, by dokonała się sprawiedliwość ludu.

Gresse i Tibbot uciekli do Ameryki Południowej i zniknęli w kryjówce opłaconej przez swych bogatych rodziców.

Na dwa miesiące przed wyborami prezydenckimi wyniki badania opinii publicznej wykazywały, że margines zwycięstwa Francisa Kennedy'ego nie będzie na tyle duży, by mógł wprowadzić swoich kandydatów do Kongresu.

Było też więcej problemów: skandal, w który zamieszana była kochanka Eugene'a Dazzy'ego; wciąż aktualne zarzuty, że prokurator generalny, Christian Klee, świadomie pozwolił na wybuch bomby atomowej; skandal związany z wykorzystywaniem przez Canoo i Klee funduszy doradcy wojskowego dla wspierania Secret Service.

Być może nawet sam Francis Kennedy posunął się za daleko. Ameryka nie była jeszcze gotowa, żeby zaakceptować tę jego odmianę socjalizmu. Nie byłaby jeszcze w stanie odrzucić swej korporacyjnej struktury. Obywatele amerykańscy nie chcieli być równi, chcieli być bogaci. Prawie we wszystkich stanach funkcjonowały loterie, których wygrane osiągały wielomilionowe sumy. Więcej ludzi kupowało losy loteryjne, niż brało udział w ogólnopaństwowych wyborach.

Miażdżąca była również siła wpływów kongresmanów i senatorów. Rząd opłacał ich pracowników. Korporacje zasilały ich ogromnymi sumami pieniężnymi, których oni z kolei używali do zdominowania telewizji poprzez swoje doskonale opracowane reklamówki. Zajmując rządowe stanowiska, mogli pojawiać się w specjalnych politycznych programach telewizyjnych i gazetach, powiększając tym samym stopień rozpoznawalności własnego nazwiska przez odbiorcę.

Lawrence Salentine, z delikatną precyzją renesansowego truciciela, zorganizował całościową kampanię przeciwko Kennedy'emu. Uczynił to tak znakomicie, że stał się teraz przywódcą Klubu Sokratesa.

Prezydent Kennedy studiował raport swoich współpracowników, który przewidywał, że jego pieczołowicie wyselekcjonowani kandydaci do Kongresu prawdopodobnie przepadną w wyborach. Myśl, że może ponownie stać się bezsilnym przywódcą, wywarła na nim wręcz fizyczny skutek. Poczuł się chory. A oprócz tego czuł dziwną wściekłość, podszytą odrażającym wręcz uporem. Wstydził się tego uczucia, dlatego też skoncentrował się teraz na tajnych planach działania dostarczonych przez Christiana Klee.

Zauważył, że Klee przesłał ten raport wprost na jego ręce. To i lepiej. Informacje brzmiały przerażająco, ale jeszcze bardziej niezwykły był plan Christiana.

Trzeba będzie poświęcić zasady moralne, stwierdził w duchu Kennedy, a następnie, mając pełną świadomość kosztów, wyraził swą zgodę na marginesie dokumentów.

Trzeciego września Christian Klee wszedł niezapowiedziany do gabinetu pani wiceprezydent. W ramach wzmożenia bezpieczeństwa wydał najpierw specjalne instrukcje szefowi jednostki ochrony Helen Du Pray, a dopiero później przedstawił się jej sekretarce i oświadczył, że ma pilną sprawę.

Wiceprezydent ta jego wizyta cokolwiek zaskoczyła. Odwiedziny bez uprzedzenia były sprzeczne z zasadami protokołu. Przez chwilę Christian bał się, że może ją nawet obrazić, ale Helen Du Pray była zbyt inteligentna, by żywić podobne niechęci. Zorientowała się natychmiast, że Christian Klee byłby zdolny wejść w kolizję z protokołem jedynie wówczas, gdyby miał po temu jakieś ważkie przyczyny. Miotały nią liczne obawy. Lecz czy mogło ją jeszcze czekać coś równie złego, jak wydarzenia minionych miesięcy?

Klee natychmiast wyczuł jej zaniepokojenie.

— Nie ma się czym przejmować — powiedział. — Chodzi tylko o to, że mamy kłopoty z ochroną prezydenta. W ramach wycinka naszej akcji zabezpieczyliśmy pani biuro. Najlepiej będzie, jeśli wstrzyma się pani od odbierania telefonów, ograniczając swe kontakty tylko do najbliższych współpracowników. Natomiast ja, osobiście, będę nad panią czuwał przez cały dzień.

Du Pray zrozumiała natychmiast, że bez względu na to, co się teraz stanie, nie będzie mogła objąć dowodzenia krajem, i po to właśnie zjawił się u niej Klee.

— Skoro istnieją problemy z bezpieczeństwem prezydenta, to dlaczego zajął się pan mną? — zapytała. I, nie czekając na odpowiedź, stwierdziła: — Będę musiała to osobiście sprawdzić u Kennedy'ego.

— Jest na roboczym obiedzie w Nowym Jorku — odparł Klee.

— Wiem — odrzekła Helen Du Pray.

Klee spojrzał na zegarek.

— Prezydent zatelefonuje do pani mniej więcej za pół godziny — powiedział.

Kiedy doszło do wspomnianej rozmowy, Klee bacznie obserwował twarz Helen Du Pray. Nie okazywała po sobie żadnego zaskoczenia; zadała mu tylko dwa pytania. W porządku, pomyślał Klee, nie będzie z nią kłopotów, nie musi się o nią martwić. Lecz potem zrobiła coś, co wzbudziło podziw Christiana; nie sądził, że porwie się na rzecz w tym stylu — wiceprezydenci znani byli na ogół z nieśmiałości. Zapytała Kennedy'ego, czy nie mogłaby porozmawiać z Eugene'em Dazzym, szefem sztabu prezydenta. Kiedy Dazzy podszedł do telefonu, zadała mu proste pytania dotyczące ich harmonogramu pracy na przyszły tydzień. A potem odłożyła słuchawkę. Sprawdziła, czy osoba po drugiej stronie kabla rzeczywiście jest Kennedym, pomimo faktu, że rozpoznała jego głos. Z pytań, jakie zadała, jedynie Dazzy mógł zrozumieć, o co jej chodzi. Upewniła się, czy ktoś nie naśladuje głosu Kennedy'ego.

I zaraz też zwróciła się do Christiana Klee. Przemawiała tak lodowatym tonem, iż Christian domyślił się, że pewnie coś zwąchała.

— Prezydent poinformował mnie — oświadczyła — że będzie pan korzystał z mojego biura jako z punktu dowodzenia. I że powinnam stosować się do pańskich dyspozycji. Uważam to za cokolwiek dziwne. Może udzieli mi pan wyjaśnień.

— Proszę mi wybaczyć — odparł Klee. — Gdybym tak tylko mógł dostać trochę kawy, wówczas z całą ochotą wprowadzę panią w te wszystkie subtelności. Będzie pani wiedziała o wszystkim tyle samo, co i prezydent. — Było to prawdą, aczkolwiek trochę pokrętną. Nie mogła przecież wiedzieć tyle samo, co Klee.

Helen Du Pray przyglądała mu się bardzo uważnie. Klee wiedział, że mu nie ufa. Ale kobiety nie rozumieją zasad rządzenia, nie pojmują skuteczności przemocy. Zebrał więc całą energię, aby przekonać ją o swej szczerości. Kiedy skończył — niemal w godzinę później — sprawiała wrażenie, jak gdyby przeszła teraz na jego stronę. Jest bardzo piękną i inteligentną kobietą, pomyślał Christian. Wielka szkoda, że nigdy nie zostanie prezydentem Stanów.

W ten jakże pogodny letni dzień prezydent Francis Kennedy miał przemawiać w trakcie obiadu w nowojorskim centrum konferencyjnym w hotelu „Sheraton", skąd miał wyruszyć na czele triumfalnej kawalkady samochodów wzdłuż Piątej Alei. Planowano też, że następnie wygłosi mowę w pobliżu rejonu zniszczeń dokonanych przez bombę atomową. Wystąpienie to zaplanowano już trzy miesiące wcześniej i nadano mu duży rozgłos. Takich sytuacji Klee po prostu nie znosił. Prezydent ryzykował wówczas zbyt wiele. Nie trudno wszak było o ludzi niezrównoważonych psychicznie, a nawet i sama policja stanowiła o oczach szefa Secret Service spore niebezpieczeństwo, gdyż była uzbrojona, a także z tej przyczyny, że policjanci byli całkowicie zdemoralizowani przez niekontrolowane organizacje przestępcze w mieście.

Klee podjął zatem własne, skomplikowane środki ostrożności. Tylko jego oddział operacyjny z Secret Service znał wiele zadziwiających szczegółów, podobnie jak i liczbę ludzi zatrudnionych dla ochrony prezydenta w czasie tych rzadkich publicznych wystąpień.

Zawczasu wysłano specjalne ekipy. Patrolowały one i przeszukiwały cały teren przyszłej wizyty dwadzieścia cztery godziny na dobę. Dwa dni przed przybyciem prezydenta wysłano następny tysiąc ludzi, by wmieszali się w tłumy witające Kennedy'ego. Tworzyli oni linię wzdłuż chodników, a także i od czoła. Zachowywali się wprawdzie jak część tłumu, w istocie jednak tworzyli coś na kształt linii Maginota. Następnych pięciuset ludzi ustawiono na dachach, by ustawicznie wpatrywali się w okna wychodzące na trasę przejazdu. Byli oni uzbrojeni po zęby. Ponadto zadbano jeszcze o specjalny osobisty oddział prezydenta w liczbie stu ludzi. No i, oczywiście, byli też ludzie z Secret Service, utajnieni jako dziennikarze liczących się gazet i stacji telewizyjnych, bowiem nosili reporterskie aparaty fotograficzne oraz kręcili się wokół wozów transmisyjnych.

Christian Klee miał w zanadrzu inne jeszcze fortele. W czasie niemal czterech lat prezydentury Kennedy'ego doszło do pięciu prób zamachu. Jednak żadna z nich nie otarła się nawet o cel. Niedoszli zabójcy byli, rzecz oczywista, ludźmi niezbyt normalnymi i teraz znajdowali się za kratkami w najsurowszych więzieniach federalnych. A Klee zabezpieczył się, aby po ich ewentualnym wyjściu na wolność wyszukać jakiś powód, żeby móc ich tam wsadzić ponownie. Atoli było rzeczą niemożliwą pakować do więzień wszystkich wariatów w Stanach Zjednoczonych, którzy grozili, że zabiją prezydenta. Którzy głosili to drogą listowną, przez telefon, spiskując lub wykrzykując swe pogróżki na ulicach. Niemniej Christian Klee uczynił z ich życia koszmar, tak że byli zbyt zajęci zachowaniem własnego bezpieczeństwa, by trapić się jakimiś tam wzniosłymi ideami. Kazał kontrolować ich korespondencję i rozmowy telefoniczne, chodzić za nimi, nadzorować komputerowo i dokładnie badać ich zeznania podatkowe. Gdyby tylko któryś z nich ośmielił się choć splunąć na chodnik, już mógłby napytać sobie rozlicznych kłopotów.

Wszystkie te środki ostrożności, wszystkie te ustalenia zostały podjęte i wcielone w życie właśnie trzeciego września, kiedy prezydent Francis Xavier Kennedy wygłaszał swoje przemówienie na obiedzie w centrum konferencyjnym hotelu „Sheraton" w Nowym Jorku. Setki tajnych agentów wmieszało się w audytorium, a po jego wejściu budynek zamknięto.

Kiedy Christian Klee udawał się rankiem do biura pani wiceprezydent, wiedział już, że doskonale kontroluje całą sytuację. Wiedział, że tego właśnie dnia zostanie dokonany zamach na życie prezydenta. Był świadom, że zdoła unicestwić całą operację, zanim ta rozpocznie się na dobre, niemniej chciał, by doszło do zamachu. Cały naród zrozumie wówczas, że prezydent Stanów Zjednoczonych żyje pod ciągłą groźbą utraty życia. Przez cały naród przebiegnie wtedy wszechogarniająca fala miłości do Kennedy'ego. Miało to być wydarzenie, którego mass media nie mogły zlekceważyć — bo tak czy owak i one dadzą się przecież wciągnąć w prawdziwy wir iście społecznych odczuć. Owa fala emocji sięgnie nawet odległych o dwa miesiące wyborów, a wówczas Francis Kennedy zdoła obrócić w pył wszystko, co tylko stanie mu na drodze. Nie tylko zostanie ponownie wybrany przez ogromną większość, ale pociągnie również za sobą swych kandydatów do Kongresu.

Kongresman Jintz powróci na swoją farmę, senator Lambertino wróci do swojej firmy prawniczej w Nowym Jorku, a Bert Audick znajdzie się w więzieniu.

Tego samego trzeciego dnia września Annee wybrała się na zakupy na Piątą Aleję. W ciągu trzech tygodni spędzonych w Stanach zabiegała o to, by wszystko odbyło się zgodnie z planem. Przeprowadziła niezbędne rozmowy telefoniczne i odbyła spotkanie z dwiema grupami zamachowców, którzy w końcu dotarli do Nowego Jorku jako członkowie załogi jednego z tankowców Berta Audicka. Wprowadzili się do przygotowanych dla nich dwóch mieszkań. Tam właśnie złożona została broń, dostarczona przez specjalną podziemną drużynę logistyczną, która nie brała udziału w realizacji planu centralnego.

Annee nie mogła wiedzieć, że FBI Christiana Klee przechwytuje wszystkie jej rozmowy telefoniczne, że każdy jej ruch jest śledzony. I że meldunki telefoniczne członków grup, przekazywane z ulicznych budek, również są kontrolowane i rozpracowywane przez ludzi Christiana.

Nie wyznała natomiast nikomu, że podjęła już decyzję, aby przekształcić tę operację w misję samobójczą.

Pomyślała, że to dziwne, udawać się na zakupy zaledwie cztery godziny przed wydarzeniem, które położy kres jej życiu.

Sal Troyca i Elizabeth Stone pracowali wytrwale w biurze, składając w całość ułamki informacji zdolne udowodnić, że Christian Klee mógł zapobiec wybuchowi bomby atomowej.

Miejski dom Elizabeth Stone znajdował się zaledwie o dziesięć minut jazdy od biura. Toteż w porze lunchu spędzili dwie godziny w łóżku.

Leżąc w pościeli, zapominali o wszystkich stresach dnia. Po jakimś czasie Elizabeth udała się do łazienki, aby wziąć prysznic, a Sal poszedł do salonu i, w dalszym ciągu nagi, włączył telewizor. I nagle stanął jak wryty, zaszokowany tym, co ujrzał. Patrzył jeszcze przez kilka chwil, a następnie pobiegł do łazienki i wyciągnął Elizabeth spod natrysku. Przestraszyła ją nieco gwałtowność, z jaką powlókł ją nagą i ociekającą wodą do salonu.

Spojrzawszy w ekran telewizora wybuchnęła płaczem. Sal objął ją ramieniem.

— Spójrz na to w inny sposób — powiedział. — Bo właśnie skończyły się nasze kłopoty.

Przemówienie kampanijne w Nowym Jorku, w dniu trzeciego września, miało stanowić jedno z najważniejszych posunięć prezydenta Kennedy'ego w walce o reelekcję. Zaplanowano je tak, by wywarło wielki psychologiczny skutek.

Po pierwsze w centrum konferencyjnym hotelu „Sheraton" na Pięćdziesiątej Ósmej Ulicy wydano lunch. Prezydent miał tam zwrócić się do najważniejszych i najbardziej wpływowych ludzi w mieście. Podczas lunchu miano zebrać dodatkowe fundusze na rewaloryzację ośmiu kwartałów miasta, które zostały zrównane z ziemią przez wybuch bomby atomowej w czasie wielkanocnego kryzysu. Architekt, nie pobierając za to żadnego honorarium, zaprojektował wielki pomnik, mający zająć część zdewastowanego obszaru, natomiast resztę przestrzeni planował przysłonić parkiem z maleńkim jeziorkiem pośrodku. Miasto winno było zakupić te grunta ze swych własnych funduszy.

Po lunchu Kennedy i jego grupa mieli stanąć na czele kawalkady, która powinna była wyruszyć ze Sto Dwudziestej Piątej Ulicy, a potem przejechać wzdłuż Siódmej i Piątej Alei, by złożyć pierwszy symboliczny wieniec na kupie gruzów, jakie pozostały po Times Square.

Louis Inch, jako jeden ze sponsorów lunchu, miał siedzieć wraz z prezydentem Kennedym na podwyższeniu i towarzyszyć mu aż do oczekującego nań samochodu, zwracając tym samym na siebie uwagę środków masowego przekazu. Jednakże ku swojemu zdziwieniu został odcięty od prezydenta przez kordon agentów z Secret Service. Prezydenta poprowadzono przez drzwi znajdujące się na tyłach podium. Kiedy Kennedy wyszedł, Inch zdał sobie sprawę, że cała obszerna sala znajdowała się pod nadzorem, tak że wszyscy ci ludzie, z których każdy zapłacił dziesięć tysięcy dolarów za uczestnictwo w lunchu, zostali teraz uwięzieni i nie byli w stanie wyjść.

Na zewnątrz na ulicach zgromadziły się ogromne tłumy. Secret Service oczyściła obszar, tak że wokół prezydenckiej limuzyny utworzył się wolny krąg o średnicy co najmniej stu stóp. Było tu dostatecznie wielu agentów, by otoczyć tę przestrzeń solidnym kordonem. Poza nim tłumy kontrolowała zwyczajna policja. Na obrzeżu tego kręgu znajdowali się fotografowie i ekipy telewizyjne, które natychmiast naparły do przodu, kiedy tylko z hotelu wyszła przednia straż agentów Secret Service. A potem, z niewyjaśnionych przyczyn, nastąpiła piętnastominutowa zwłoka.

W końcu prezydent wyłonił się z drzwi hotelu, zasłonięty przed obiektywami kamer telewizyjnych, i podszedł spiesznie do czekającego nań samochodu. Dokładnie w tej samej chwili rozpętał się krwawy balet o z góry przygotowanej choreografii.

Jakichś sześciu mężczyzn przedarło się przez ochronną linię funkcjonariuszy, kosząc część policyjnego muru i pędząc w kierunku pancernej limuzyny prezydenta. W sekundę później inna grupa sześciu mężczyzn przełamała linię okręgu z drugiej strony i zasypała pięćdziesięciu agentów Secret Service otaczających pancerną limuzynę gradem pocisków z broni maszynowej.

Dokładnie w następnej sekundzie osiem samochodów wjechało na pusty obszar. Wypadli z nich agenci Secret Service w pełnym rynsztunku bojowym i w kuloodpornych kamizelkach, które sprawiały, że wyglądali jak gigantyczne balony. Zaszli napastników od tyłu. Strzelali celnie, bijąc krótkimi seriami. I oto wszystkich dwunastu napastników legło martwych pośród alei, z zamilkłą nagle bronią. Prezydencka limuzyna odjechała od krawężnika z głośnym rykiem motoru, a za nią pozostałe wozy Secret Service.

W tej samej chwili Annee, siląc się na odwagę, zastąpiła drogę prezydenckiej limuzynie. W ręku dzierżyła swoje obie torby, wypełnione aż po brzegi wybuchowym żelem. Słowem, dwie potężne bomby, które wybuchły w momencie, kiedy samochód próbował bezskutecznie skręcić w bok. Prezydencki pojazd wyleciał w górę na wysokość co najmniej dziesięciu stóp, po czym opadł na jezdnię, już jako kłąb płomieni. Siła wybuchu zamieniła wszystkich pasażerów w strzępy. Podobnie zresztą jak i Annee, po której zostało jedynie parę wesołych, jaskrawych strzępków papieru z obu toreb.

Operator kamery telewizyjnej był na tyle przytomny, by odpowiednio ustawić obiektyw i zrobić panoramiczne ujęcie wszystkiego, co tylko się działo. Kiedy wybuchła strzelanina, tysiące ludzi rzuciło się na ziemię i teraz nadal leżało nieruchomo, jakby błagając jakieś nieprzejednane bóstwo o litość. Z tej nieruchomej masy ściekały strumyczki krwi, pochodzące z ciał tych, których dosięgnął ogień zamachowców lub których uśmiercił wybuch obu potężnych bomb. Wiele osób z tłumu doznało obrażeń i kiedy minął moment zagrożenia, podniosło się z ziemi i odeszło chwiejnym krokiem, nie wiedząc, co począć. Kamera uchwyciła to wszystko dla telewizji, przejmując widzów zgrozą.

W biurze wiceprezydent Du Pray Christian Klee zerwał się z krzesła, wrzeszcząc:

— O, ja was pieprzę! Co się stało?!

Helen Du Pray wbiła wzrok w ekran telewizora, a potem zwróciła się ostro do Christiana:

— Kim był ten biedak, który zajął miejsce prezydenta?

— Jednym z moich agentów z Secret Service — odparł Christian Klee. — Nie spodziewaliśmy się, że podejdą aż tak blisko.

Du Pray spojrzała nań lodowatym wzrokiem, a potem nagle wybuchnęła straszliwym gniewem. Jeszcze nigdy dotąd nie widział jej tak rozjuszonej.

— Dlaczego, u diabła, nie odwołał pan całej tej imprezy? — krzyknęła. — Dlaczego nie zapobiegł pan tragedii? Tam, na ulicy, leżą martwi obywatele, którzy przyszli zobaczyć swojego prezydenta. Dopuścił pan do zagłady podległych sobie ludzi! Obiecuję panu, że pańskie czyny zostaną zakwestionowane przeze mnie przed prezydentem i odpowiednimi komisjami Kongresu.

— Do diabła, sama pani nie wie, co pani gada — odparł Klee. — Czy wie pani, ile pogróżek dziennie pada pod adresem prezydenta? Gdybyśmy je wszystkie traktowali poważnie, prezydent byłby więźniem Białego Domu.

Helen Du Pray obserwowała bacznie jego twarz, gdy mówił.

— Dlaczego tym razem użył pan sobowtóra? — zapytała w końcu. — To przecież krańcowy środek. A jeśli rzecz była aż tak poważna, dlaczego w ogóle pozwolił pan prezydentowi tam się udać?

— Kiedy pani zostanie prezydentem, wówczas będzie pani mogła zadawać mi takie pytania — odparł zwięźle Klee.

— Gdzie jest teraz Francis?

Klee patrzył na nią przez chwilę, jakby wcale nie zamierzał odpowiedzieć.

— Jest w drodze do Waszyngtonu. Nie znamy zasięgu tego spisku, chcemy więc, żeby był tutaj. Jest całkiem bezpieczny.

— W porządku, wiem, że jest bezpieczny — stwierdziła kpiącym tonem Du Pray. — Zakładam, że poinformował pan także innych członków gabinetu, więc i oni wiedzą, że jest bezpieczny. Ale jeżeli chodzi o obywateli Ameryki? Kiedy oni dowiedzą się o tym, że prezydent jest bezpieczny?

— Dazzy wszystko załatwił — odparł Christian Klee. — Prezydent wystąpi w telewizji i przemówi do narodu, gdy tylko postawi stopę w Białym Domu.

— To trochę późno — odparła wiceprezydent. — Dlaczego nie może pan powiadomić środków masowego przekazu i już teraz uspokoić ludzi?

— Dlatego, że nie wiemy, co się tam teraz dzieje — odpowiedział jej stanowczym tonem Christian Klee. — Być może nie zaszkodzi to społeczności amerykańskiej, jeśli się trochę o niego pomartwi.

W tej chwili Helen Du Pray wydało się, że wszystko rozumie. Pojęła, że Klee mógł przeciąć całą tę sprawę, nim jeszcze osiągnęła ona punkt kulminacyjny. Poczuła ogarniającą ją pogardę dla tego człowieka, a potem — przypominając sobie zarzuty, że mógł zapobiec wybuchowi bomby atomowej, ale tego nie zrobił — nabrała przeświadczenia, że i to oskarżenie może być prawdziwe.

Ogarnęła ją bezbrzeżna rozpacz: zdała sobie bowiem sprawę, że Klee nigdy nie mógłby tego zrobić bez zgody prezydenta Francisa Kennedy'ego.

Rozdział 23

Sondaże dowiodły, iż nieudany zamach wydźwignął Kennedy'ego na szczyty popularności. W listopadzie Francis Kennedy został ponownie wybrany prezydentem Stanów Zjednoczonych. Było to zwycięstwo tak znaczne, że przyniosło w efekcie nominacje prawie wszystkim starannie wybranym przez niego kandydatom do Izby Reprezentantów i Senatu. Teraz prezydent kontrolował już obie Izby Kongresu.

W okresie poprzedzającym inaugurację, od listopada do stycznia, Kennedy polecił swemu sztabowi przygotować szkice nowych zaleceń i przepisów dla nowego i chętnego do współpracy Kongresu. Skutecznego poparcia dostarczyły mu prasa i telewizja, które snuły fantazje zdające się sugerować, że Gresse i Tibbot powiązani byli z Yabrilem, a próba zabójstwa prezydenta stanowiła tylko fragment szeroko rozgałęzionego, wprost gigantycznego spisku. Tygodniki poświęcały temu tematowi swoje pierwsze strony.

Kiedy prezydent Kennedy przedstawił gabinetowi swe rewolucyjne plany przekształcenia rządu Stanów Zjednoczonych, wszystkich ogarnął lęk. Wielki biznes miał zostać okaleczony przez agencje regulacyjne, wyposażone w daleko idące uprawnienia. Korporacje miały podlegać prawu karnemu, a nie — jak dotąd — tylko cywilnemu. Jasne było, że finałem tych wszystkich posunięć okaże się postawienie wielu osób w stan oskarżenia pod zarzutem uczestniczenia w przestępstwach zorganizowanych. W rzeczy samej Kennedy wymienił nazwiska Incha, Salentine'a, Audicka i Greenwella.

Kennedy podkreślił, że najpewniejszym sposobem zyskania poparcia społecznego dla jego propozycji będzie wykorzenienie przestępczości. Zaproponował poprawki do Konstytucji, które przewidywały drakońskie kary dla przestępców kryminalnych. Nie tylko zapragnął zmienić przepisy o postępowaniu dowodowym, prawo — według jego projektów — miało również obligować sądy do stosowania testów mózgowych w przypadku większości przestępstw pospolitych.

Najbardziej zaskakująca była jednak propozycja założenia kolonii karnych gdzieś w ostępach Alaski, utrzymywanych z myślą o tych, którzy trzykrotnie naruszyli przepisy prawa karnego. Miały tu wchodzić w grę jedynie wyroki dożywotnie.

Francis Kennedy oświadczył swym współpracownikom:

— Chcę, żebyście przestudiowali te propozycje. Jeżeli nie zdołacie się z nimi pogodzić, to choć będzie to dla mnie ogromnie bolesne, będę gotów przyjąć wasze rezygnacje. Oczekuję odpowiedzi w ciągu trzech dni.

W ciągu tych właśnie trzech dni Oddblood Gray poprosił o prywatne spotkanie z prezydentem. Spotkali się przy lunchu w Żółtym Pokoju Owalnym.

Gray był bardzo oficjalny; świadomie zacierał ślady swych minionych związków z Kennedym.

— Panie prezydencie — powiedział. — Muszę panu oświadczyć, że sprzeciwiam się pańskiemu programowi kontrolowania przestępczości w tym kraju.

— Ten program jest niezbędny — odparł poważnie Kennedy. — A w końcu mamy przecież Kongres, który zadecyduje o jego przydatności.

— Nie mogę przystać na te obozy pracy na Alasce — powiedział Gray.

— A to dlaczego? — zapytał Kennedy. — Pójdą tam tylko recydywiści. Setki lat temu Anglia rozwiązała ten sam problem, wysyłając przestępców do Australii. Przyniosło to korzyści obu stronom.

Kennedy był bardzo szorstki, ale Oddblood Gray nie dał się zastraszyć.

— Przecież pan wie, że większość tych przestępców to będą czarnoskórzy — powiedział z goryczą.

— To niech przestaną popełniać przestępstwa — odparł Kennedy. — I niech dołączą do reszty społeczeństwa.

— Niech więc pan zakaże swoim wielkim korporacjom używać czarnych do iście niewolniczej pracy — kontratakował Gray.

— Przestań, Otto. To nie kwestia rasy. W minionych latach pracowaliśmy razem. Wielokrotnie udowodniłem ci chyba, że nie jestem rasistą. A teraz możesz zaufać albo mnie, albo Klubowi Sokratesa.

— W tej kwestii nie ufam nikomu — odparł Oddblood Gray.

— Powiem ci, jaka jest rzeczywistość — powiedział Kennedy nieomal ze złością. — Czarną populację Stanów oczyści się z czarnych kryminalistów. I cóż w tym złego? Wszak głównie czarni padają ich ofiarami. Dlaczegóż więc ofiary miałyby ochraniać swoich prześladowców? Otto, muszę być szczery. Biali ludzie w tym kraju, słusznie czy nie, śmiertelnie boją się warstwy czarnych przestępców. Co w tym złego, że większość czarnej populacji zintegruje się z klasą średnią?

— Proponuje pan faktycznie wyeliminowanie znacznej części pokolenia młodych czarnoskórych — powiedział Gray. — A to już dno upadku, więc powiadam nie. — Przerwał na chwilę i dodał: — Powiedzmy, że ci zaufam, Francisie, ale co będzie z następnym prezydentem? Może przecież wykorzystać te obozy do osadzenia tam przeciwników politycznych.

— Nie jest to moim zamiarem — odparł Kennedy. Uśmiechnął się. — I może będę rządził dłużej, niż sądzisz.

Stwierdzenie to zmroziło Graya. Czyżby Kennedy planował zmianę Konstytucji, aby w ten sposób móc się ubiegać o trzecią kadencję? W mózgu Graya zabrzmiały dzwonki alarmowe.

— To wszystko nie jest takie proste — powiedział. A potem dodał śmiało: — Ty również mogłeś się zmienić.

I w tym momencie poczuł, że Kennedy się zmienia. Gdyż nagle stali się wrogami.

— Albo jesteś ze mną, albo nie — powiedział Kennedy. — Oskarżasz mnie o chęć wyeliminowania całej generacji czarnych. A to nieprawda. Pojadą tylko do obozu pracy, gdzie zostaną przeszkoleni i podporządkowani wymogom stosownej dyscypliny, tak aby nauczyli się wspierać nasze stosunki społeczne. Daleko bardziej drastyczny będę z Klubem Sokratesa. Im nie dam żadnych szans. Zamierzam ich bowiem wyeliminować.

Gray spostrzegł, że Kennedy nie ma w tej mierze żadnych wątpliwości. Nigdy dotąd nie widział prezydenta równie zdecydowanego i chłodnego w obejściu. Poczuł, że sam słabnie. Wówczas Kennedy położył mu rękę na ramieniu i powiedział:

— Otto, nie opuszczaj mnie teraz. Zbudujemy wielką Amerykę.

— Dam ci odpowiedź zaraz po inauguracji — odparł Gray. — Ale, Francisie, to dla mnie prawdziwy dramat. Nie zdradź mnie. Jeżeli moim ludziom będą musiały marznąć tyłki na Alasce, to chcę, żeby wraz z nimi marzło również wiele białych tyłków.

Prezydent Kennedy spotkał się ze swoją ekipą w Sali Gabinetowej. Dzięki oficjalnemu zaproszeniu obecni tam byli również wiceprezydent Du Pray i doktor Annaccone. Kennedy wiedział, że musi być bardzo ostrożny. Zebrali się tu ludzie, którzy znali go najlepiej; nie mógł więc sobie pozwolić, aby odgadli jego prawdziwe plany.

— Doktor Annaccone ma do powiedzenia coś, co może was zaskoczyć — oświadczył.

Słuchał z roztargnieniem słów Annaccone'a, który obwieszczał, że chemiczny test mózgowy zostanie znacznie udoskonalony, tak iż dziesięć procent ryzyka zatrzymania akcji serca i całkowitej utraty pamięci zostanie zredukowane do jednej dziesiątej procenta. Uśmiechnął się blado, kiedy Helen Du Pray wyraziła głośno swe oburzenie wobec planów, by każdy obywatel mógł zostać zmuszony za sprawą przepisów prawnych do poddania się temu testowi. Kennedy spodziewał się tego po niej. Uśmiechnął się także, gdy doktor Annaccone dał wyraz swym urażonym uczuciom. Zed był zbyt wielkim uczonym, aby móc sobie pozwalać na tak znaczną wrażliwość.

Z nie mniejszym rozbawieniem słuchał głosów Graya, Wixa i Dazzy'ego, popierających wiceprezydent. Słusznie natomiast przewidział, że Christian Klee w ogóle się nie odezwie.

Wszyscy patrzyli na Kennedy'ego, czekali na jego wypowiedź, próbując zarazem odgadnąć, do którego z poglądów się przychyli. Będzie ich bowiem musiał przekonać, że ma rację. Prezydent zaczął wolno:

— Wiem o wszystkich związanych z tym trudnościach — powiedział. — Jestem jednak zdecydowany uczynić ten test częścią naszego systemu prawnego. Choć nie w pełni — nadal bowiem istnieje pewna doza ryzyka, chociaż już tak niewielka. Doktor Annaccone zapewnił mnie jednak, że przy dalszych badaniach nawet i to ryzyko zostanie zredukowane do zera. Jest to test naukowy, który zrewolucjonizuje nasze społeczeństwo. Nieważne są trudności: przezwyciężymy je.

— Ale Kongres nie uchwali takiego prawa — powiedział spokojnie Annaccone.

— Zmusimy ich do tego — stwierdził ponuro Kennedy. — Będą je stosowały również inne kraje. Inne agencje wywiadowcze. — Roześmiał się i powiedział do Annaccone'a: — Będę musiał okroić pański budżet. Pańskie odkrycia sprawiają zbyt wiele kłopotów i pozbawiają adwokatów pracy. Lecz dzięki temu testowi żaden niewinny człowiek nigdy nie zostanie uznany za winnego.

Z wolna dźwignął się z miejsca i podszedł do drzwi, które wychodziły na Ogród Różany. A potem stwierdził:

— Dowiodę wam, jak bardzo w to wierzę. Nasi wrogowie ciągle mnie oskarżają, że jestem odpowiedzialny za wybuch bomby atomowej. Twierdzą, że mogłem temu zapobiec. Euge, chcę, żebyś pomógł doktorowi Annaccone w przygotowaniach. Chcę bowiem być pierwszą osobą, która podda się sprawdzianowi tego testu. I to natychmiast. Załatw świadków i formalności prawne.

Uśmiechnął się do Christiana Klee.

— Zadadzą mi pytanie: „Czy jest pan w jakikolwiek sposób odpowiedzialny za wybuch bomby atomowej?". A ja na nie odpowiem. — Przerwał na chwilę, a potem dodał: — Poddam się testowi, tak samo zresztą, jak i mój prokurator generalny. Nieprawdaż, Chris?

— Jasne — zażartował z niepokojem Klee. — Ale ty pójdziesz pierwszy.

W szpitalu imienia Waltera Reeda apartament zarezerwowany dla prezydenta Kennedy'ego miał specjalną salę konferencyjną. Znajdowali się w niej teraz Wix, Gray, Dazzy i Du Pray, a nadto kongresman Jintz i senator Lambertino oraz zespół trzech wykwalifikowanych lekarzy, którzy mieli śledzić i weryfikować wyniki testu mózgowego. Teraz przysłuchiwali się słowom doktora Annaccone, który wyjaśniał im procedurę.

Doktor Annaccone przygotował slajdy i włączył projektor. Następnie rozpoczął wykład.

— Test ów, jak niektórzy z was już wiedzą — powiedział — stanowi niezawodny wykrywacz kłamstw. Prawda określana jest przez mierzenie poziomów aktywności pewnych chemikaliów w mózgu. Dokonano tego poprzez udoskonalenie tomograficznego skanowania emisji pozytronów. Po raz pierwszy, choć w ograniczony sposób, zademonstrowano ów proces na Wydziale Medycznym Uniwersytetu Waszyngtońskiego. Wykonano wówczas slajdy przedstawiające funkcjonowanie ludzkiego mózgu.

Na ogromnym białym ekranie pojawiło się duże przezrocze. Potem następne. I kolejne. Pojawiały się jaskrawe barwy rozświetlające różne partie mózgu, kiedy pacjenci czytali, słuchali lub mówili. Albo po prostu myśleli o znaczeniu danego słowa. Doktor Annaccone używał krwi i glukozy, by dołączyć do nich radioaktywne obciążniki.

— W gruncie rzeczy — powiedział — mózg przemawia żywym kolorem. Plamka z tyłu mózgu rozjaśnia się, kiedy pacjent czyta. W środkowej partii mózgu, na ciemnoniebieskim tle, widzicie nieregularną białą plamkę z maleńkim różowym kleksem i niebieskimi smugami. Pojawia się to w trakcie mówienia. W czasie procesu myślenia w przedniej części ujawnia się podobna plamka. Na te obrazy nałożyliśmy magnetyczny schemat anatomii mózgu. Cały mózg jest teraz latarnią magiczną.

Doktor Annaccone rozejrzał się po pokoju, żeby zobaczyć, czy wszyscy podążają za tokiem jego myśli. A potem kontynuował:

— Widzicie, jak zmienia się ta plamka w środkowej partii mózgu. Kiedy pacjent kłamie, następuje wzrost przepływu krwi, co w efekcie stwarza zupełnie inny obraz.

Pośrodku białej plamki, umieszczonej na większym, nieregularnym żółtym polu, ukazał się teraz znienacka jakiś czerwony krążek.

— Oto pacjent kłamie — powiedział doktor Annaccone. — Kiedy będziemy testować prezydenta, musimy wypatrywać właśnie takiej czerwonej plamki na żółtym tle. — Skinął głową Kennedy'emu. — A teraz przejdźmy do gabinetu zabiegowego — powiedział.

Wewnątrz pomieszczenia o ścianach pokrytych płytami ołowiu Francis Kennedy ułożył się na zimnym twardym stole. Za nim majaczył długi metalowy cylinder. Gdy doktor Annaccone mocował mu na czole i pod brodą plastikową maskę, Kennedy poczuł nagły dreszcz lęku. Nie cierpiał jakichkolwiek przedmiotów na twarzy. Następnie przywiązano mu ręce do boków. Później poczuł, jak doktor Annaccone wsuwa stół w głąb cylindra. Wnętrze cylindra było węższe, niż się spodziewał. Ciemno. Cicho. Teraz otaczał go tylko krąg radioaktywnych kryształów wykrywających prawdę.

Potem Kennedy usłyszał echo głosu Annaccone'a, który pouczał go, że ma patrzeć bezpośrednio na krzyż znajdujący się na wprost jego oczu. Głos brzmiał dziwnie bezbarwnie.

— Musi pan bez przerwy wpatrywać się w krzyż — powtórzył doktor.

W pomieszczeniu znajdującym się pięć pięter niżej, w suterenie szpitala, znajdowała się rura pneumatyczna, zaopatrzona w strzykawkę z radioaktywnym tlenem.

Gdy z gabinetu powyżej nadeszło polecenie, owa rura powędrowała w górę. Ołowiana rakieta zdążająca przez ukryte w ścianach szpitala tunele, aż do osiągnięcia wyznaczonego celu.

Doktor Annaccone otworzył tubę i wyjął strzykawkę. Podszedł do skanera od tyłu i zawołał do Kennedy'ego. Znów jego głos brzmiał drętwo niczym echo. Kennedy usłyszał: „Zastrzyk", a następnie poczuł, że doktor wkłuwa mu się w ramię.

Z odgrodzonego szybami pomieszczenia przy końcu skanera współpracownicy Kennedy'ego widzieli tylko podeszwy jego stóp. Doktor Annaccone znów znalazł się w ich gronie, włączył stojący wysoko nad ich głowami komputer, tak by wszyscy mogli obserwować pracę mózgu Kennedy'ego. Przyglądali się, jak wstrzyknięta substancja wędruje przez krew prezydenta, jak wydziela pozytrony, cząsteczki antymaterii, które zderzają się z elektronami i powodują eksplozje energii promieni gamma.

Patrzyli, jak radioaktywna krew płynie do kory mózgowej Kennedy'ego, wytwarzając strumienie promieni gamma, wychwytywane natychmiast przez krąg radioaktywnych detektorów. Przez cały czas prezydent wpatrywał się w biały krzyż, tak jak go pouczono.

Następnie, przez mikrofon podłączony bezpośrednio do skanera, Kennedy usłyszał pytania doktora Annaccone:

— Jak brzmi pańskie imię i nazwisko?

— Francis Xavier Kennedy.

— Czym się pan zajmuje?

— Jestem prezydentem Stanów Zjednoczonych.

— Czy w jakikolwiek sposób przyczynił się pan do wybuchu bomby atomowej w Nowym Jorku?

444

— Nie.

— A czy posiadał pan jakiekolwiek informacje, które mogłyby zapobiec wybuchowi bomby?

— Nie — odparł Kennedy. A wewnątrz mrocznego cylindra jego słowa zdawały się owiewać mu twarz niczym wiatr.

Doktor Annaccone wpatrywał się w ekran komputera. Komputer ukazywał, jak w błękitnej masie mózgu tworzą się przeróżne wzory, wypełniające teraz kształtną czaszkę Kennedy'ego.

Współpracownicy patrzyli z obawą.

Atoli nie pojawiła się żadna wyjawiająca prawdę żółta kropka ani też żaden czerwony krążek.

— Prezydent mówi prawdę — powiedział Annaccone. Christian Klee poczuł, że uginają się pod nim kolana.

Wiedział, że nie zdoła przebyć podobnego testu.

Rozdział 24

— Nie rozumiem, jak on przez to przebrnął — powiedział Christian Klee.

Wyrocznia odpowiedział z pogardą, z lekka tylko ujawnianą z racji kruchości jego starczego organizmu.

— A więc teraz nasza cywilizacja ma niezawodny test. Test wręcz naukowy, pozwalający stwierdzić, czy człowiek mówi prawdę. Pierwsza osoba, która mu się poddaje, łże niczym z nut i uchodzi jej to na sucho. „Możemy teraz rozwiązywać najmroczniejsze zagadki niewinności i winy!". Cóż za bzdura! Mężczyźni i kobiety stale się oszukują. Mam już sto lat, a nadal nie wiem, czy moje życie było prawdą, czy kłamstwem. Po prostu nie wiem...

Christian wziął od Wyroczni cygaro. Zapalił je, a mały krążek żaru sprawił, że twarz starego wyglądała teraz jak maska z muzeum.

— Pozwoliłem na wybuch tej bomby atomowej — powiedział Christian. — Jestem za to odpowiedzialny. Więc kiedy poddam się temu testowi, będę znał prawdę, a skaner również ją pozna. Ale sądziłem, że rozumiem Kennedy'ego lepiej niż ktokolwiek inny. Zawsze potrafiłem go przejrzeć. Chciał, żebym nie przesłuchiwał Gresse'a i Tibbota. Chciał, żeby doszło do tego wybuchu. Jak wobec tego, u diabła, przebrnął przez ten test?

— Gdyby mózg był aż tak prosty, bylibyśmy zbyt prymitywni, aby to zrozumieć — powiedział Wyrocznia. — Na tym właśnie polega spryt twojego Annaccone'a. I oto cała odpowiedź. Mózg Kennedy'ego odmówił uznania własnej winy. Dlatego komputer w skanerze stwierdził, że jest on niewinny. Ty i ja wiemy co innego, bo ja wierzę w to, co mówisz. Ale on na zawsze pozostanie niewinny, nawet we własnym sercu.

— A ja, w przeciwieństwie do Kennedy'ego, zawsze będę winny.

— Rozchmurz się — powiedział Wyrocznia. — Zabiłeś tylko dziesięć, czy też może dwadzieścia tysięcy ludzi? A więc twoją jedyną nadzieją jest nie poddawać się testowi.

— Obiecałem to Francisowi — powiedział Christian. — A środki masowego przekazu ukrzyżowałyby mnie za odmowę.

— Więc po jakie licho się godziłeś? — zapytał Wyrocznia.

— Myślałem, że Francis blefuje — odparł Christian. — Sądziłem, że nie może sobie pozwolić na poddanie się testowi, więc się wycofa. Dlatego też nalegałem, żeby pierwszy się mu poddał.

Wyrocznia dał wyraz swemu zniecierpliwieniu, włączając silnik przy wózku.

— Wdrap się na Statuę Wolności — powiedział. — Powołaj się na swoje swobody obywatelskie i ludzką godność. Uda ci się na pewno. Nikt nie chce, żeby taka piekielna sztuczka stała się instrumentem prawa.

— Jasne — powiedział Christian. — Będę to musiał zrobić. Ale Francis dowie się dzięki temu, że jestem winny.

— Christianie — powiedział Wyrocznia — gdyby w czasie tego testu zapytano cię, czy jesteś łotrem, cóż mógłbyś wówczas odpowiedzieć?

Christian wybuchnął szczerym, rozgłośnym śmiechem.

— Odpowiedziałbym, że nie, nie jestem. I przeszedłbym

ten test. To naprawdę zabawne. — Z wdzięcznością ścisnął ramię Wyroczni. — Będę pamiętał o twoim przyjęciu urodzinowym — dodał.

To właśnie wiceprezydent Du Pray zareagowała najszybciej i najgniewniej na oświadczenie Christiana Klee.

— Czy zdaje pan sobie sprawę — zapytała — że jeśli pan odmówi, będzie pan musiał podać się do dymisji, a nawet i wówczas pańska postawa przysporzy wiele szkód prezydenturze?

— Wcale tak nie uważam — odparł Klee. — Czy mam się zgodzić na to, by tacy faceci jak Annaccone grzebali w moim mózgu, i to jedynie w tym celu, bym zachował posadę? Czy też uważa pani, iż naprawdę jestem winny? — Dostrzegł odpowiedź w jej oczach i pomyślał, że jeszcze nigdy dotąd nie widział tak przystojnego sędziego ferującego wyrok śmierci. I dodał, próbując obrony: — Jest jeszcze Konstytucja Stanów Zjednoczonych. Moje prawo do wolności osobistej pozwala mi nie zgodzić się na podobny test.

— Nie przywiązujesz aż takiej wagi do Konstytucji, kiedy chodzi o przestępców — powiedział surowo Otto Gray. — Chcesz ich czym prędzej wysłać na Alaskę.

— Ależ Otto, chyba nie wierzysz, że mógłbym to zrobić. Czyż nie tak? — zapytał Klee i poczuł ulgę, kiedy Otto odparł:

— Oczywiście, że nie, ale uważam, że powinieneś poddać się testowi. — Przerwał na chwilę, a potem dodał: — Albo podać się do dymisji.

Klee zwrócił się do Wixa i Dazzy'ego:

— A co wy o tym sądzicie? — zapytał, uśmiechając się do nich.

Pierwszy odpowiedział Wix.

— Nie mam najmniejszych wątpliwości, że jesteś niewinny — powiedział. — Zarzuty pod twoim adresem są całkowitą bzdurą. Ale jeśli odmówisz poddania się testowi, w oczach społeczeństwa będziesz winny. A wówczas będziesz musiał opuścić urząd.

Klee zwrócił się do Dazzy'ego:

— A ty, Eugene?

Dazzy nie chciał spojrzeć mu w oczy, a przecież miał wobec niego pewne zobowiązania. Lecz zaraz potem stwierdził, udając głos rozsądku:

— Musisz się poddać testowi, Christianie. Nawet twoja dymisja niewiele nam pomoże. Ogłosiliśmy już, że się mu poddasz, bo przecież się zgodziłeś. Dlaczego zmieniłeś zamiar? Chyba się nie boisz?

— Obiecałem dowieść swej lojalności względem Francisa Kennedy'ego — powiedział Klee. — Lecz teraz to przemyślałem i uważam, że ryzyko jest zbyt wielkie.

Dazzy westchnął.

— Wolałbym, cholera, żebyś przemyślał to wcześniej. Co zaś się tyczy twojej dymisji, sądzę, że to sprawa prezydenta.

Wszyscy spojrzeli na Francisa Kennedy'ego. Jego twarz była śmiertelnie blada, jego oczy, zazwyczaj tak jasne, zdawały się ciemniejsze, wpadały jakby w głębszy, mrocznobłękitny kolor. Jednakże jego głos brzmiał zaskakująco łagodnie:

— Christianie — powiedział — czy powołując się na naszą długą i zażyłą przyjaźń, mogę cię do tego nakłonić? Ja już poddałem się testowi i podjąłem ryzyko, bo uważałem, że jest to ważne dla naszego kraju i prezydentury. A poza tym dlatego, że byłem niewinny. Ty nigdy mnie nie zawiodłeś, Christianie. Więc liczę na ciebie.

Przez chwilę Klee poczuł nienawiść do Kennedy'ego. Jakim cudem ten facet zdołał ukryć winę przed samym sobą? I dlaczego teraz najlepszy przyjaciel składa go na ołtarzu prawdy? Lecz odpowiedział spokojnie:

— Po prostu nie mogę tego zrobić, Francisie.

— No cóż... Nie chcę, żebyś podawał się do dymisji, bo nie pozwolę, byś musiał przeżyć tę hańbę. A teraz przejdźmy dalej — stwierdził Kennedy.

— Czy muszę złożyć oświadczenie dla prasy? — zapytał Dazzy.

— Nie — odparł Kennedy. — Jeżeli będą pytać, powiedz,

że prokurator generalny ma grypę i podda się testowi, kiedy wyzdrowieje. To da nam miesiąc.

— A za miesiąc? — zapytał Dazzy.

— Przemyślimy to jeszcze raz — odparł Kennedy.

Prezydent Kennedy wezwał Theodore'a Tappeya, dyrektora CIA, na prywatne spotkanie w Żółtym Owalnym Pokoju. Usunął z sąsiedztwa wszystkich, nie chciał bowiem żadnych świadków, żadnego zapisu.

Kennedy nie marnował czasu na grzeczności. Nie było żadnych ozdóbek w rodzaju spokojnie popijanej herbatki. Na wstępie oświadczył krótko:

— Theo, mam poważny problem, który tylko ty i ja jesteśmy w stanie pojąć. I tylko ty i ja możemy go rozwiązać.

— Zrobię, co będę mógł, panie prezydencie — odparł Tappey. A Kennedy ujrzał w jego oczach jakiś dziwny wyraz. Jak gdyby tamten zwietrzył krew.

— Wszystko, co tutaj powiemy, jest ściśle tajne. To przywilej rządzących — powiedział Kennedy. — Nie wolno ci tego nikomu powtarzać, nawet członkom mojego zespołu. — Teraz już Tappey wiedział, że sprawa jest niezwykle drażliwa, ponieważ Kennedy zwykł informować swoich współpracowników o wszystkim.

— Chodzi o Yabrila — powiedział Kennedy. — Jestem pewien... — uśmiechnął się — jestem przekonany, że wszystko to już sobie przemyślałeś. Yabril będzie miał proces. Odgrzebie się w ten sposób zastarzałą niechęć do Ameryki. Zostanie skazany i dostanie dożywocie. Ale gdzieś tam po drodze dojdzie do akcji terrorystycznej, w czasie której zostaną wzięci ważni zakładnicy. Jednym z żądań będzie uwolnienie Yabrila. Lecz wtedy ja nie będę już prezydentem, więc Yabril wyjdzie na wolność. I nadal będzie bardzo niebezpiecznym facetem.

Kennedy dostrzegł u Tappeya odruch sceptycyzmu. Nie była to jednak żadna istotna oznaka, gdyż Tappey miał zbyt wielkie doświadczenie w myleniu rozmówców. Jego twarz straciła już po prostu wszelki wyraz, jeśli idzie o oczy albo zarys ust. Stał się tak bezbarwny, żeby nie można go było rozszyfrować.

Lecz teraz Tappey uśmiechnął się.

— Musiał pan pewnie czytać wewnętrzne notatki, jakie przedkładał mi mój szef kontrwywiadu.

— Jak więc mamy temu zapobiec? — spytał Kennedy. Było to jednak pytanie retoryczne i Tappey nic nie odpowiedział.

Kennedy zdecydował, że nadszedł już czas.

— Zapewniam cię, że potrafimy nakłonić Yabrila, aby poddał się testowi mózgowemu. Zajmę się nim. Społeczeństwo musi wiedzieć, że wyniki testu powiążą wybuch bomby atomowej z Yabrilem i udowodnią raz na zawsze, że był to spisek o globalnym zasięgu. Możemy oczyścić Christiana i dopaść tamtych smarkaczy, a przynajmniej zainscenizować polowanie i doprowadzić ich przed oblicze sprawiedliwości.

Po raz pierwszy w czasie ich znajomości Kennedy stwierdził, że Tappey wpatruje się weń przenikliwym, taksującym spojrzeniem współkonspiratora. Wiedział, że zwykł on przemyśliwać wiele rzeczy na zapas.

— A tak naprawdę, to wcale nie potrzebujemy żadnej odpowiedzi Yabrila. Czyż nie tak?

— Owszem — powiedział Kennedy.

— Czy Christian weźmie w tym udział? — zapytał Tappey.

To było trudne pytanie dla Kennedy'ego. Choć nie poruszało ono jeszcze owej najpoważniejszej sprawy.

— Zapomnij o Christianie — wycedził powoli.

Tappey skinął głową. Tappey śledził tok jego myśli. Tappey go rozumiał. Patrzył teraz na Kennedy'ego, tak jak służący może patrzyć na pana, który ma zamiar poprosić go o przysługę zdolną związać ich razem na zawsze.

— Rozumiem, że nie dostanę niczego na piśmie — powiedział Tappey.

— Nie — odparł Kennedy. — I zamierzam dać ci od razu dokładne instrukcje.

— Bardzo dokładne, jeśli łaska, panie prezydencie — odrzekł Theodore Tappey.

Kennedy uśmiechnął się. Ubawił go opanowany ton tej odpowiedzi.

— Doktor Annaccone nigdy tego nie zrobi — powiedział. — Rok temu nawet i mnie wcale by się nie śniło, że mógłbym się na to poważyć.

— Rozumiem, panie prezydencie — powiedział Tappey.

Kennedy wiedział, że nie może dłużej się wahać.

— Gdy Yabril zgodzi się na test, przekażę go twojemu medycznemu departamentowi CIA. Twoi ludzie wykonają skanowanie. I przeprowadzą test. — Widział ów wyraz w oczach Tappeya, coś jakby przebłysk wątpliwości; nie moralnego oburzenia, ale zwątpienia, gdy idzie o wiarygodność.

— Nie mówimy tutaj o morderstwie — rzucił niecierpliwie Kennedy. — Nie jestem ani taki głupi, ani tak niemoralny. I gdybym chciał, żeby to zrobiono, pogadałbym z Christianem.

Tappey czekał.

Kennedy wiedział, że musi wypowiedzieć owe doniosłe słowa.

— Przysięgam, że proszę cię o to jedynie dla dobra naszego kraju. Bez względu na to, czy przebywając w więzieniu, czy też znajdując się na wolności, Yabril nie może dłużej stanowić dla nas zagrożenia. Chcę, by twoja ekipa medyczna wykorzystała test do ostatnich granic. Według doktora Annaccone to właśnie w takich okolicznościach pojawiają się efekty uboczne. I następuje całkowite wymazanie pamięci. Człowiek bez pamięci, bez wierzeń i przekonań, jest nieszkodliwy. Będzie prowadził spokojne życie.

Kennedy rozpoznał ów błysk w oczach Tappeya — była to reakcja drapieżcy, który odkrył inny, dorównujący mu krwiożerczością gatunek.

— Czy możesz zebrać zespół, który to wykona? — zapytał Kennedy.

— Kiedy tylko wyjaśnię im sytuację — odparł Tappey. — Bo nigdy nie zostaliby zwerbowani, gdyby nie byli tak bardzo oddani swojemu krajowi.

Jeszcze tej samej nocy Theodore Tappey sprowadził Yabrila

do apartamentów Kennedy'ego. Spotkanie znów było krótkie, a Kennedy przez cały czas mówił o interesach. Nie podano żadnej herbaty, nie było też wymiany wzajemnych uprzejmości. Kennedy od razu przystąpił do rzeczy i przedstawił swoją propozycję.

— Dla Ameryki jest ogromnie ważne — powiedział do Yabrila — wiedzieć, czy należałeś do spisku z bombą atomową. Aby pozbyć się wątpliwości. Dla ciebie natomiast jest ważne, by oczyścić swe imię w tej konkretnej sprawie. Cóż, oczywiście staniesz przed sądem z powodu innych zbrodni i zostaniesz skazany na dożywocie. Ale obiecam, że pozwolę ci się porozumiewać z twoimi przyjaciółmi z zewnątrz. Przypuśćmy, że będą na tyle lojalni, by zorganizować akcję wzięcia zakładników i zażądać twojego uwolnienia. Będę skłonny przystać na takie żądanie. Lecz będę mógł to zrobić tylko wtedy, kiedy zostaniesz oczyszczony z winy za spowodowanie wybuchu bomby atomowej... Widzę, że masz pewne wątpliwości.

Yabril wzruszył ramionami i powiedział:

— Uważam pańską ofertę za nazbyt szczodrą.

Kennedy zebrał wszystkie możliwe siły, ażeby zrobić to, co musiał uczynić. Przypomniał sobie, jak Yabril czarował jego córkę, Theresę, zanim przystawił jej pistolet do karku. Nie, taki czar nie podziała na Yabrila. Mógł jedynie nakłonić tego człowieka, przekonując go co do własnej niewzruszonej moralności.

— Robię to, aby wymazać strach z umysłów obywateli mojego kraju — powiedział Kennedy. — To moja największa troska. Gdyby chodziło o mnie, to z przyjemnością zostawiłbym cię na zawsze w więzieniu. Tak więc czynię tę propozycję z poczucia obowiązku.

— Dlaczego więc zadaje pan sobie tyle trudu, żeby mnie przekonać? — zapytał Yabril.

— Bo lada jakie wypełnianie obowiązków nie leży w mojej naturze — odrzekł Kennedy i stwierdził, że Yabril również zaczyna w to wierzyć, wierzyć, że Kennedy jest człowiekiem głęboko moralnym i że w ramach tej moralności można mu zaufać. A Kennedy raz jeszcze przywołał obraz Theresy i całą jej wiarę w łagodność Yabrila. A potem powiedział: — Oburzyła mnie sugestia, że to twoi ludzie zorganizowali wybuch bomby atomowej. Oto szansa oczyszczenia twojego imienia i imienia twoich towarzyszy. Dlaczego miałbyś jej nie wykorzystać? Czy boisz się, że nie przebrniesz przez test? Zawsze istnieje taka możliwość. Właśnie teraz przychodzi mi to na myśl, choć tak naprawdę wcale w to nie wierzę.

Yabril spojrzał mu prosto w oczy.

— Nie wierzę, by jakikolwiek człowiek mógł przebaczyć to, co ja panu zrobiłem. — Zamilkł. Wyglądał na zmęczonego. Ale nie dał się oszukać. Istotą amerykańskiej korupcji było właśnie wysuwanie podobnych propozycji, gwoli zrealizowania jakże niemoralnych planów politycznych.

Nie wiedział nic na temat tego, co przydarzyło się w ciągu ostatnich sześciu miesięcy. Odizolowano go bowiem w celu przeprowadzenia żmudnych przesłuchań. A Kennedy nalegał:

— Poddanie się temu testowi jest twoją jedyną nadzieją odzyskania wolności. Pod warunkiem, rzecz jasna, że przejdziesz go zwycięsko. — Westchnął. — Nie wybaczyłem ci. Ale rozumiem twe pobudki. Rozumiem, że zrobiłeś to, co zrobiłeś, by pomóc naszemu światu. Tak jak ja robię teraz to, co robię, i leży to w mojej mocy. Jesteśmy odmiennymi ludźmi, nie mogę zrobić tego, co ty robisz, a ty, nie chcę cię tu obrazić, nie możesz zrobić tego, co ja właśnie robię. Pozwolić ci wyjść na wolność.

Odczuł nieomal smutek, stwierdzając, że przekonał Yabrila. Lecz nadal go nakłaniał, wykorzystywał całą swą inteligencję, cały swój urok i pozory swojej uczciwości. Stwarzał wszystkie obrazy tego, czym kiedyś był, i tego, co Yabril zdołał u niego zauważyć, zanim on posunął się do fałszu, aby przekonać Yabrila. Wiedział, że w końcu mu się udało, gdyż oto stwierdził, że uśmiech na twarzy więźnia jest uśmiechem współczucia i pogardy. Doszedł wówczas do wniosku, że zyskał jego zaufanie.

W cztery dni później, po medycznym przesłuchaniu z zastosowaniem testu mózgowego i po przeniesieniu terrorysty na powrót pod nadzór FBI, odwiedzili go dwaj goście. Byli to Francis Kennedy i Theodore Tappey.

Yabril był całkowicie swobodny i wolny od jakichkolwiek pęt.

Trzej mężczyźni spędzili spokojną godzinę, popijając herbatę i jedząc małe kanapki. Kennedy przyglądał się Yabrilowi. Wydawało mu się, że twarz tego człowieka uległa przeobrażeniu. Było to dziwnie wrażliwe oblicze. Oczy więźnia kryły w sobie lekki wyraz melancholii, lecz spoglądały dobrotliwie. Mówił mało, przyglądał się tylko uważnie Kennedy'emu i Tappeyowi, jak gdyby usiłował rozwiązać jakąś tajemnicę.

Robił wrażenie zadowolonego. Mogłoby się wydawać, iż wie, kim jest. I zdawał się przejawiać taką czystość duszy, że Kennedy nie zdołał mu się dłużej przypatrywać, dlatego w końcu wyszedł.

Decyzja w związku z Christianem Klee była dla Francisa Kennedy'ego jeszcze boleśniejsza. Dla Christiana stanowiło to niespodziankę. Kennedy poprosił go do Żółtego Pokoju na prywatne spotkanie. Rozpoczął je z całym spokojem, mówiąc:

— Christianie, byłeś mi bliższy niż ktokolwiek prócz mojej własnej rodziny. Sądzę, że znamy się doskonale. Zrozumiesz zatem, że muszę poprosić cię o dymisję, i to natychmiast po inauguracji, w czasie, kiedy postanowię ją przyjąć.

Klee zapatrzył się w przystojną, uśmiechniętą twarz prezydenta. Jakoś nie mógł uwierzyć, że Kennedy zwalnia go bez żadnych wyjaśnień. Powiedział więc spokojnie:

— Wiem, że tu i ówdzie nie szedłem zbyt prostą drogą. Lecz moim ostatecznym celem zawsze było chronienie cię przed niebezpieczeństwami.

— Dopuściłeś do wybuchu bomby atomowej. Mogłeś temu zapobiec.

Christian Klee chłodno rozważał rysującą się przed nim sytuację. Nigdy więcej nie poczuje już swej dawnej sympatii do Kennedy'ego. Nigdy już nie uwierzy w swój humanitaryzm, w słuszność tego, co zrobił. I nagle pojął, że nigdy też nie zniesie owego wielkiego ciężaru. Że Francis Kennedy musi wszak dzielić z nim odpowiedzialność za to, co się stało. Choćby prywatnie.

Klee wpatrywał się w jasnoniebieskie oczy, które znał przecież tak dobrze, i szukał w nich łaski.

— Francisie, sam chciałeś, żebym zrobił to, co zrobiłem. Obaj wiedzieliśmy, że była to jedyna rzecz, jaka mogła cię ocalić. Ale wiedziałem, że nie możesz podjąć takiej decyzji. Zniszczyłaby cię ona, Francisie, byłeś tak osłabiony. Francisie, nie potępiaj mnie i nie osądzaj. Mogli cię przecież odsunąć od władzy, a ty byś tego nie zniósł. Byłeś na samym dnie rozpaczy i tylko ja zdawałem sobie z tego sprawę. A tamci nie pomściliby twojej córki. Pozwoliliby, iżby Yabril uszedł wolno i zostawiliby Amerykę pogrążoną w hańbie. — Klee przerwał, zdziwiony, że Francis Kennedy patrzy na niego tak beznamiętnie.

— Więc sądziłeś, że chodzi mi o zemstę? — zapytał Kennedy.

— Nie na Yabrilu — odparł Klee. — Może raczej na losie.

— Możesz ustąpić zaraz po inauguracji — oświadczył Kennedy. — Zasłużyłeś na to. Ale wciąż jeszcze jesteś punktem zapalnym, celem. Muszę kazać ci zniknąć, by móc potem posprzątać. — Przerwał na chwilę. — Myliłeś się, sądząc, że chciałem, byś zrobił to, co zrobiłeś, Chris. Myliłeś się także uznając, że działam z chęci zemsty.

Christian Klee poczuł obawę, iż oto w jakiś dziwny sposób odrywa się od swego świata. Był to lęk, którego nie potrafił nawet zdefiniować.

— Francisie — powiedział. — Znam cię i rozumiem. Zawsze byliśmy jak bracia. Zawsze czułem, że tak naprawdę jesteśmy braćmi. I ocaliłem cię. Tak jak bratu przystało. Podjąłem decyzję, przyjąłem winę na siebie. Mogę dopuścić, aby świat mnie potępił. Lecz świat nie może potępić ciebie. — Przerwał na chwilę. — Potrzebujesz mnie, Francisie. Zwłaszcza teraz, ze względu na kierunek działań, jakie podejmujesz. Pozwól mi zostać.

Francis Kennedy westchnął.

— Nie kwestionuję twojej lojalności, Christianie. Ale po inauguracji będziesz musiał odejść. I nigdy więcej nie będziemy na ten temat dyskutować.

— Zrobiłem to, żeby cię ocalić — powiedział Christian.

— I ocaliłeś — stwierdził Kennedy.

Christian rozmyślał o owym dniu na początku grudnia, ponad cztery lata temu, kiedy Francis Kennedy, prezydent-elekt Stanów Zjednoczonych — który miał zostać zaprzysiężony na swój urząd w styczniu — czekał nań przed klasztorem w Vermont. Kennedy zniknął na tydzień. Gazety i jego polityczni przeciwnicy spekulowali, że pewnie znajduje się pod opieką psychiatryczną, że przeżył załamanie nerwowe i potajemny romans. Ale tylko dwóch ludzi — przeor klasztoru i Christian Klee — znało prawdę: Francis Kennedy odsunął się od życia, by głęboko, w spokoju, opłakiwać śmierć żony.

W tydzień po wyborze Christian zawiózł Kennedy'ego do katolickiego klasztoru, położonego tuż przy White River Junction w Vermont. Powitał ich sam przeor, jedyny, który znał tożsamość gościa.

Zamieszkali tam mnisi żyli w oddaleniu od świata, odcięci od wszelkich środków masowego przekazu, a nawet i od samego miasteczka. Porozumiewali się jedynie z Bogiem i ziemią, która dawała im pożywienie. Wszyscy oni złożyli śluby milczenia, toteż nie odzywali się ani słowem, jedynie w modlitwie lub w bólu, kiedy byli chorzy albo też gdy odnieśli jakąś przypadkową kontuzję.

Jedynie przeor miał telewizor i dostęp do gazet. Dzienniki telewizyjne były dla niego źródłem ustawicznego rozbawienia. Upodobał sobie szczególnie maniery głównego prezentera wieczornych programów i często myślał o sobie ironicznie jako o jednym z prezenterów Boga. Przypominał sobie w ten sposób o niezbędnej skromności i pokorze.

Kiedy podjechał samochód, przeor czekał już na nich przy bramie klasztoru, w asyście dwóch mnichów w obszarpanych brązowych habitach, obutych w sandały. Christian wyjął z bagażnika torbę podróżną Kennedy'ego i patrzył, jak przeor ściska rękę prezydenta-elekta. Przeor bardziej przypominał karczmarza niźli świątobliwą osobę. Okrasił twarz wesołym powitalnym uśmiechem, a kiedy przedstawiono go Christianowi, powiedział jowialnie: „Czemu i pan nie zostanie? Tydzień milczenia nie przyniósłby panu szkody. Widziałem pana w telewizji — musi pan być już zmęczony mówieniem".

Christian uśmiechnął się w podziękę, ale nie odpowiedział. Patrzył na Francisa Kennedy'ego, kiedy ściskali sobie ręce. Jego przystojna twarz była opanowana, a uścisk nie zdradzał emocji. Kennedy nie należał do ludzi, którzy objawiają swe uczucia. Nie robił wrażenia, że boleje nad śmiercią żony. Bardziej już przypominał człowieka przejętego, zmuszonego pójść do szpitala na pomniejszą operację.

— Miejmy nadzieję, że uda nam się to zachować w tajemnicy — powiedział Christian. — Ludzie nie lubią takich religijnych odosobnień. Mogliby jeszcze pomyśleć, że ci coś odbiło.

Twarz Francisa Kennedy'ego wykrzywiła się w lekkim uśmiechu. Ot, kontrolowana, acz naturalna kurtuazja.

— Nie dowiedzą się — powiedział. — I wiem, że będziesz mnie kryć. Przyjedź po mnie za tydzień. Tyle czasu powinno wystarczyć.

Co też się będzie działo z Francisem w ciągu tych dni? — pomyślał Christian. Czuł bliskość łez. Chwycił Kennedy'ego za ramiona i zapytał:

— Chcesz, żebym został z tobą?

Kennedy potrząsnął głową i przeszedł przez bramę klasztoru. Tamtego dnia Christian pomyślał, iż sprawia wrażenie, jakby mu nic nie było.

Następny dzień po Bożym Narodzeniu był tak czysty i jasny, tak przefiltrowany przez mróz, że mogło się wydawać, iż cały świat został zawarty pod szkłem; niebo stało się lustrem, a ziemia mroczną stalą. Kiedy Christian podjechał do bramy klasztoru, Francis Kennedy stał tam, czekając na niego, bez żadnego bagażu, z rękoma uniesionymi nad głową, z całym ciałem napiętym i jakby rwącym gdzieś ku górze. Rozpierała go radość odzyskanej swobody.

Kiedy Christian wysiadł z samochodu, by się z nim przywitać, Kennedy uścisnął go przelotnie i krzyknął coś radośnie na powitanie. Pobyt w klasztorze odmłodził go. Uśmiechnął się do Christiana, i był to jeden z tych jego rzadkich promiennych uśmiechów, które oczarowywały całe rzesze ludzi. Uśmiech, który zapewniał świat, że można osiągnąć szczęście, że ludzie są dobrzy i nasza planeta zawsze będzie dążyć do coraz to lepszych rzeczy. Christian poczuł ogromną ulgę, że widzi go uśmiechniętego. A więc z Francisem wszystko będzie w porządku. Będzie równie silny, jak przedtem. Będzie nadzieją świata, niezłomnym strażnikiem swego kraju i współobywateli. Dopiero teraz dokonają naprawdę wielkich czynów.

Następnie, wciąż z tym samym promiennym uśmiechem, Kennedy chwycił Christiana za ramię, spojrzał mu w oczy i powiedział, zwyczajnie, a jednak jakby z rozbawieniem, jak gdyby to naprawdę nic nie znaczyło i jakby przekazywał jakąś zupełnie błahą informację:

— Bóg mi nie pomógł.

Toteż wśród tego mroźnego, zda się wyczyszczonego do połysku świata zimowego poranka, Christian zdał sobie sprawę, że w końcu w Kennedym coś pękło. Że nigdy nie będzie już tym samym człowiekiem. Że odrąbano jakąś część jego mózgu. Tak, będzie taki sam jak przedtem, ale teraz tkwi w nim już jakaś maleńka grudka fałszu, której nigdy dotąd w sobie nie nosił. Był przeświadczony, że sam Kennedy nie jest jeszcze tego świadom i że nikt inny prócz niego nie będzie o tym wiedział. Że on sam, Christian, wie o tym jedynie dlatego, iż znalazł się tutaj właśnie w tym momencie, by móc zobaczyć ten promienny uśmiech i usłyszeć żartobliwe słowa: „Bóg mi nie pomógł".

— Co u diabła? — powiedział Christian. — Przecież dałeś Mu na to ledwie siedem dni.

Kennedy roześmiał się.

— Ale On jest potwornie zajętym facetem — powiedział.

Wsiedli do samochodu. Spędzili wspaniały dzień. Kennedy nigdy przedtem nie był tak dowcipny ani też nie znajdował się w tak cudownym nastroju. Był pełen planów, pilno mu było zebrać swych współpracowników i sprawić, by w ciągu przyszłych czterech lat wydarzyły się same cudowne rzeczy. Robił wrażenie człowieka, który pogodził się ze swym nieszczęściem, odnawiając pokłady energii. I to niemal do reszty przekonało Christiana...

Christian Klee zaczął czynić przygotowania do opuszczenia służby rządowej. Jedną z najważniejszych rzeczy było wymazanie wszelkich śladów jego dyskretnych zatargów z prawem w trosce o prezydenta. Musiał usunąć wszystkie nielegalne dane z nadzoru komputerowego nad członkami Klubu Sokratesa.

Siedząc za swym masywnym biurkiem w biurze prokuratora generalnego, Klee używał osobistego komputera do wymazywania obciążających go informacji. W końcu dotarł do dossier Davida Jatneya. Miałem rację co do tego faceta, pomyślał. To właśnie on był jockerem w talii kart. Ta raczej przystojna twarz nosiła na sobie piętno mocno niezrównoważonego umysłu. Oczy Jatneya rozjaśniały elektrostatyczne błyski, produkt systemu nerwowego prowadzącego wojnę z samym sobą. Ostatnia informacja dowodziła, że jest on właśnie w drodze do Waszyngtonu.

Tak, ten facet może przysporzyć kłopotów. Potem przypomniał sobie przepowiednię Wyroczni. „Kiedy człowiek dochodzi do władzy absolutnej, zazwyczaj pozbywa się tych, co byli najbliżej niego, tych, którzy znają jego sekrety". Długo o tym rozmyślał. A potem doszedł do wniosku: niechaj zadecyduje los. Cokolwiek się wówczas stanie, nie można będzie o to winić jego, Christiana Klee.

Przycisnął w komputerze klawisz „Zmazać" i David Jatney zniknął bez śladu ze wszystkich rządowych danych.

Rozdział 25

Na dwa tygodnie przed inauguracją prezydenta David Jatney zrobił się dziwnie niespokojny. Chciał uciec przed nieustannym słońcem Kalifornii, wszechobecnym rozgwarem wylewnie przyjaznych głosów i blaskiem księżyca oblewającym tutejsze upojne plaże. Czuł, że grzęźnie w brązowawym syropowatym powietrzu tego społeczeństwa, a jednak nie chciał powracać do swego domu w Utah, by być codziennym świadkiem szczęścia swoich rodziców.

Irene wprowadziła się do niego. Chciała zaoszczędzić na czynszu, żeby móc udać się w podróż do Indii i tam studiować u wybranego guru. Grupa jej przyjaciół zbierała już środki, by wyczarterować samolot, toteż pragnęła do nich dołączyć wraz ze swym małym synkiem, Josephem Campbellem.

David był zaskoczony, gdy powiedziała mu o swoich planach. Nie zapytała go, czy może się do niego wprowadzić, po prostu uznała, że ma do tego prawo. Prawo to zasadzało się na fakcie, iż teraz spotykali się trzy razy w tygodniu, chodzili do kina i uprawiali seks. Przedstawiła mu to jak kumpel kumplowi, jakby był jednym z jej kalifornijskich przyjaciół, którzy rutynowo wprowadzali się do siebie wzajem na tydzień albo dłużej. Nie stanowiło to jednak sprytnego wstępu do małżeństwa; było po prostu niezobowiązującym aktem przyjaźni. Nie miała żadnych skrupułów, że się narzuca, że jego życie zostanie rozbite przez to, iż kobieta i dziecko staną się częścią jego codzienności.

Najbardziej przerażało Davida to, że Irene zamierzała zabrać ze sobą do Indii swego małego synka. Irene była kobietą bez reszty przeświadczoną, że poradzi sobie w każdym miejscu kuli ziemskiej; była pewna, iż los będzie jej sprzyjał, że nie przydarzy się jej żadne nieszczęście. Ale David snuł wizje: oto mały chłopiec sypia na ulicach Kalkuty wraz z tysiącami chorych nędzarzy tego miasta. W przypływie gniewu wygarnął jej kiedyś, iż nie pojmuje, jak ktoś może wierzyć w religię, która płodzi setki milionów ludzi, należących do najbardziej dotkniętych przez nędzę na świecie. Odpowiedziała mu wówczas, że to, co dzieje się na tym świecie, wcale nie jest ważne, albowiem dopiero to, co wydarzy się w przyszłym życiu, będzie znacznie ciekawsze i wszystko wynagrodzi. David nie widział w tym żadnej logiki. Jeżeli człowiek ma zostać reinkarnowany, to dlaczego nie miałby odżyć w dokładnie tych samych nędznych warunkach, jakie opuścił?

Jatneya fascynowała Irene i sposób, w jaki traktowała swojego syna. Często zabierała ze sobą małego Josepha na mityngi polityczne, bo nie zawsze udawało się jej namówić matkę, by przy nim została, a była zbyt dumna, by często o to prosić. W czasie tych politycznych i duchowych imprez rozkładała Campbellowi u swych stóp mały śpiwór. Czasami brała go nawet ze sobą do pracy, kiedy specjalne przedszkole, do którego chodził, było z jakichś powodów zamknięte.

Była niezwykle oddaną matką. Jednakże Davidowi jej stosunek do macierzyństwa zdawał się wręcz zadziwiający. Nie było w niej zwykłej troski, by chronić swe dziecko czy martwić się o jakieś psychologiczne wpływy, mogące wyrządzić mu krzywdę. Traktowała je tak, jak ktoś mógłby traktować ukochane stworzenie, psa czy kota. Sprawiała wrażenie, jakby nic jej nie obchodziło, co dziecko myśli czy czuje. Była do głębi przeświadczona, że to, iż jest matką dziecka, nie może w żaden sposób ograniczać jej życia. Że nie pozwoli, by macierzyństwo stało się jakąś więzią, że zachowa swą wolność. David uważał, iż jest trochę szalona.

Była jednak ładną kobietą, a kiedy koncentrowała się na seksie, potrafiła być niebywale atrakcyjna. David lubił z nią przebywać. Była ogromnie przydatna, gdy chodziło o wszystkie detale codziennego życia, i rzeczywiście nie przysparzała kłopotów. Pozwolił więc się jej wprowadzić.

A jednak dwóch następstw zupełnie nie przewidział. Bo oto stał się impotentem. I ogromnie polubił małego Campbella.

Przygotował się na ich przybycie, kupując ogromną skrzynię i zamykając w niej swą broń, przybory do jej czyszczenia i amunicję. Nie chciał, by czteroletni dzieciak przypadkowo dorwał się do broni. Bo w owym czasie David Jatney miał już wystarczającą ilość śmiercionośnych narzędzi. Mogłyby one stanowić wyposażenie superbandyty: dwa karabiny, pistolet maszynowy i całą kolekcję broni krótkiej. Należał do niej pistolet kaliber .22, który nosił w kieszeni kurtki w małej skórzanej kaburze, właściwie bardziej przypominającej rękawiczkę. W nocy zazwyczaj kładł go pod łóżko. Kiedy Irene i Campbell wprowadzili się doń, zamknął pistolet w skrzyni wraz z pozostałą bronią. Założył solidną kłódkę. A nawet gdyby dzieciak zastał skrzynię otwartą, w żaden sposób nie wpadłby przecież na to, jak załadować pistolet. Irene to już co innego. Nie żeby jej nie ufał, niemniej była trochę zwariowana, a wariactwo i broń kiepsko chodzą w parze.

W dniu, w którym się sprowadzili, Jatney kupił Campbellowi kilka zabawek, żeby nie czuł się zbyt zagubiony. Tego pierwszego wieczoru, kiedy Irene była już gotowa pójść spać, ułożyła dla chłopca na kanapie poduszki i koc oraz przebrała go w łazience w piżamkę. Jatney zobaczył, że malec przygląda mu się uważnie. W jego spojrzeniu kryła się jakby ostrożność, nieco lęku, a także coś nader skomplikowanego, co z pozoru mogło się wydawać okolicznościowym zdziwieniem. Jatney błyskawicznie przetłumaczył sobie to spojrzenie. Jako mały chłopiec wiedział, że ojciec i matka opuszczają go, by kochać się w swoim pokoju.

— Słuchaj — powiedział do Irene — ja położę się na kanapie, a dzieciak może spać z tobą.

— To niezbyt mądry pomysł — odparła Irene. — Przecież ty wcale mu nie przeszkadzasz, prawda, Campbell?

Chłopiec potrząsnął głową. Odzywał się bardzo rzadko. Irene oświadczyła z dumą:

— On jest dzielnym chłopcem, prawda, Campbell?

W tym momencie David Jatney poczuł do niej najzwyklejszą nienawiść. Powstrzymał się jednak i powiedział:

— Muszę coś napisać i będę siedział do późna. Myślę, że przez pierwszych parę nocy mały powinien spać z tobą.

— Jeżeli musisz pracować, to w porządku — stwierdziła pogodnie Irene.

Wyciągnęła rękę do Campbella i malec zeskoczył z kanapy rzucając się jej w ramiona. Ukrył głowę na jej piersi.

— Czy powiesz swojemu wujkowi Jatowi dobranoc? — zapytała go. I uśmiechnęła się promiennie do Davida, uśmiechem, który sprawił, że była nieomal piękna. A on zrozumiał, że był to z jej strony drobny, choć uczciwy żart, sposób dania mu do zrozumienia, że właśnie tak przedstawiała dziecku swoich kochanków i że wdzięczna mu jest za jego trosliwość, albowiem jej wiara w świat została podtrzymana.

Chłopiec nadal miał główkę wtuloną w jej pierś, więc David poklepał go delikatnie i powiedział:

— Dobranoc, Campbellu. — Chłopiec uniósł wzrok i spojrzał Jatneyowi w oczy. Było to owo szczególne, pytające spojrzenie małych dzieci; spoglądanie na przedmiot, który jest całkowicie obcy ich światu.

Davida to spojrzenie niemal poraziło. Stwierdził znienacka i z pewną dozą lęku, że chłopiec ma niezwykle urodziwą twarz jak na tak małe dziecko. Szerokie czoło, błyszczące szare oczy i silnie zarysowane, niemal stanowcze usta.

Campbell uśmiechnął się do Jatneya, a skutek tego był wręcz cudowny. Cała twarzyczka dziecka rozpromieniła się ufnością. Mały wyciągnął rękę i dotknął twarzy Davida. A potem Irene zabrała go ze sobą do sypialni.

W kilka minut później przyszła do Davida i pocałowała go.

— Dzięki za twą trosliwość — powiedziała. — Możemy

się teraz cokolwiek popieprzyć, zanim tam wrócę. — Kiedy to mówiła, nie uczyniła żadnego uwodzicielskiego gestu. Po prostu złożyła mu przyjacielską propozycję.

David pomyślał o małym chłopcu za drzwiami sypialni, czekającym na swoją matkę. I odmówił.

— W porządku — odparła pogodnie i wróciła do sypialni.

Przez następne kilka tygodni Irene była szaleńczo zajęta. Wzięła dodatkową marnie płatną pracę nocną, by wspomóc kampanię reelekcyjną. Była zagorzałą zwolenniczką Francisa Kennedy'ego. Mówiła o programach społecznych, jakie popierał, o jego walce przeciwko bogaczom w Ameryce i o dążeniach do zreformowania systemu prawnego. David uważał, że jest wręcz zakochana w Kennedym, w magii jego głosu. Sądził, że pracuje w sztabie kampanii raczej z powodu zauroczenia niż z racji przekonań politycznych.

Trzy dni po tym, jak się wprowadziła, zajrzał do siedziby sztabu kampanii wyborczej w Santa Monica i zastał ją przy pracy na komputerze, a małego Campbella u jej stóp. Chłopiec leżał w śpiworze, ale był całkiem rozbudzony. David widział jego otwarte oczy.

— Zabiorę go do domu i położę spać — zadecydował.

— Nic mu nie jest — odparła Irene. — Nie chciałabym cię wykorzystywać.

David wyciągnął Campbella ze śpiwora; chłopiec był ubrany, nie miał tylko butów. Wziął go za rękę i kiedy poczuł dotyk ciepłej skóry dziecka, był przez chwilę szczęśliwy.

— Najpierw zabiorę go na pizzę i na lody, dobrze? — zapytał Irene.

Była zajęta przy komputerze.

— Nie rozpieszczaj go — powiedziała. — Kiedy cię nie ma, dostaje zdrowy jogurt z lodówki — oderwała się na chwilę od klawiatury i uśmiechnęła doń, a potem pocałowała Campbella.

— Czy mam na ciebie czekać? — zapytał.

— Po co? — odpowiedziała szybko, a następnie dodała: — Wrócę późno.

Wyszedł, prowadząc chłopca za rękę. Pojechał na Montana Avenue i zatrzymał się w małej włoskiej restauracji, gdzie sprzedawano pizzę. Patrzył, jak Campbell je. Tylko jeden kawałek. I raczej go stłamsił, niż zjadł. Niemniej jedzenie interesowało go i to uszczęśliwiło Davida. Za to lody zmiótł zupełnie. Przed wyjściem David zebrał resztki pizzy do pudełka.

W domu włożył pizzę do lodówki i wówczas zauważył, że kubek z jogurtem pokrył się warstewką lodu. Wysłał Campbella do łóżka, pozwalając mu się samemu umyć i przebrać w piżamę. Pościelił sobie na kanapie, włączył po cichu telewizor i oglądał program.

Było tam wiele politycznych dyskusji i wywiadów. Zdawało się, że Francis Kennedy zstępuje ze wszystkich galaktyk i studiów telewizji kablowej. David, chcąc nie chcąc, musiał przyznać, że na ekranie ten facet jest wprost znieważający. Marzył o tym, żeby być kimś podobnym i równie zwycięskim. Jakże go musiał kochać cały naród! I jak rozległą miał władzę! Widział też ludzi z Secret Service, facetów o kamiennych twarzach, majaczących gdzieś w tle. Ach, jakiż ten Kennedy był bezpieczny i jaki bogaty! David często marzył o tym, że jest Francisem Kennedym. Jakże by Rosemary go wtedy kochała! Pomyślał również o Hocku i Gibsonie Grange'u. Wszyscy oni bywaliby na przyjęciach u niego, w Białym Domu, i rozmawialiby z nim, i Rosemary też by z nim rozmawiała, w ten swój przedziwny, podniecający sposób, dotykając jego kolan i mówiąc mu o swych najskrytszych uczuciach.

Pomyślał o Irene i o tym, co do niej czuł. Zdał sobie sprawę, iż raczej go zadziwiała, niż fascynowała. Wydawało mu się, że, przy całej swej otwartości, była dlań całkowicie zamknięta. Nigdy nie mógłby jej kochać naprawdę. Pomyślał o Campbellu, który otrzymał to miano na cześć pisarza Josepha Campbella, słynnego dzięki swoim książkom o mitach.

David nie żywił owego, jakże częstego u dorosłych, pragnienia oczarowywania małych dzieci. Lecz bardzo lubił zabierać malca na przejażdżki przez kaniony Malibu, kiedy obaj milczeli w samochodzie, a Campbell wskazywał tylko czasami przemykającego w oddali kojota. Przyglądał mu się zadumany, tak jak to robią dzieci. David lubił zatrzymywać się w małych kawiarenkach, żeby nakarmić małego. Kładł przed nim hamburgera z frytkami i stawiał szklankę mleka ze słodem. Campbell zjadał tyle, na ile miał ochotę, a resztę zostawiał.

Czasami David brał chłopca za rękę i chodził z nim wzdłuż publicznych plaż w Malibu, aż do drucianego płotu, który odgradzał kolonię bogatych i potężnych od reszty gawiedzi, i wpatrywał się w ludzi-wybrańców bogów. Tam właśnie mieszkała Rosemary Belair. Zawsze wytężał wzrok, żeby sprawdzić, czy nie ujrzy jej gdzieś na plaży, i raz wydało mu się, że widzi ją w oddali.

Po kilku dniach Campbell zaczął się zwracać do niego per „wujek Jat" i zawsze wsuwał swoją małą rączkę w jego dłoń. Jatney akceptował to. Bardzo lubił te niewinne oznaki uczucia, jakie okazywał mu chłopiec. Irene nigdy tego nie robiła. W ciągu ostatnich dwóch tygodni bardzo podniosło go na duchu owo przelewanie uczucia na drugą istotę ludzką.

Gdy idzie o Irene, był zupełnym impotentem. Zawarli swoisty układ: on sypiał na kanapie, a Campbell z Irene w sypialni. Z jej ciągłej paplaniny na każdy możliwy temat wynikało, że jego impotencja jest tylko najzwyklejszym zahamowaniem, biorącym się z faktu, że oto mieszka z nimi pewien mały chłopiec. Bo ona w żadnym wypadku nie ponosiła za to winy. Uznał, że może to i prawda, ale uważał także, iż może z tym mieć jakiś związek jej postępujący brak czułości. Chętnie odszedłby od niej, lecz martwił się, że wówczas brakowałoby mu Campbella.

I właśnie wtedy stracił pracę w studio. Znalazłby się w niekiepskich opałach, gdyby nie Hock, jego „wujek" Hock. Kiedy go wylano, dostał wiadomość, żeby przyszedł do biura Hocka, a ponieważ sądził, że Campbellowi spodoba się wizyta w studio filmowym, zabrał dziecko ze sobą. Chłopca zadziwiło i zachwyciło kręcenie filmu, kamery, rozgłośne polecenia, a także aktorzy i aktorki odgrywający sceny. Ale Jatney wiedział, że jego poczucie rzeczywistości jest nieco zniekształcone, że nie potrafił odróżnić rzeczywistości ludzi grających swe role pośród dekoracji od warunków zwykłego ulicznego życia. W końcu Jatney ujął go za rękę i wprowadził do gabinetu Hocka.

Kiedy Hock przywitał się z nim, David poczuł, jak wielkim uczuciem darzy tego człowieka. Hock był bardzo serdeczny. Czym prędzej wysłał jedną ze swych sekretarek do kantyny po lody dla chłopczyka, a potem pokazał Campbellowi kilka rekwizytów do filmu, który właśnie kręcił.

Campbell był tym wszystkim oczarowany, a Jatney poczuł lekkie ukłucie zazdrości, że Hocka tak bardzo zachwyciło to dziecko. Ale rychło zrozumiał, że to znakomity sposób na usunięcie wszelkich przeszkód, mogących im utrudniać to spotkanie. Bo kiedy Campbell zajął się rekwizytami, Hock uścisnął rękę Jatneya i powiedział:

— Przykro mi, że cię wylali. Tną etaty w dziale lektorów, a wszyscy inni mają dłuższy od ciebie staż. Ale bądź ze mną w kontakcie, to coś ci załatwię.

— Poradzę sobie — odrzekł David Jatney.

Hock spojrzał nań uważnie.

— Jesteś okropnie chudy, Davidzie. Może powinieneś na trochę pojechać w odwiedziny do domu? To dobre powietrze Utah i ten odprężający styl mormońskiego życia... Czy to dzieciak twojej przyjaciółki?

— Tak — odparł Jatney. — Właściwie nie jest ona moją przyjaciółką, raczej już przyjacielem. Mieszkamy razem, bo chce zaoszczędzić na czynszu, żeby pojechać do Indii.

Hock zmarszczył na chwilę czoło i zaczął coś mówić. David po raz pierwszy zobaczył, że Hock tak się marszczy.

— Jeżeli będziesz chciał finansować każdą dziewczynę w Kalifornii, która zechce pojechać do Indii, szybko zostaniesz bankrutem — stwierdził z humorem Hock. — A one wszystkie mają dzieci.

Usiadł przy biurku, wyjął z szuflady pokaźnych rozmiarów książeczkę czekową i coś w niej pisał. A potem wyrwał czek i wręczył Jatneyowi.

— To za wszystkie prezenty, urodzinowe i na koniec roku

szkolnego, których nigdy nie miałem czasu ci posłać. — Uśmiechnął się do Jatneya. Jatney spojrzał na czek. Zdziwił się, widząc, iż opiewa on na pięć tysięcy dolarów.

— Och, daj spokój, Hock, nie mogę tego przyjąć — powiedział. Uczuł, że do oczu napływają mu łzy, łzy wdzięczności, upokorzenia i nienawiści.

— Oczywiście, że możesz — odparł Hock. — Słuchaj, chcę, żebyś trochę odpoczął i zabawił się. Może zapłacisz tej dziewczynie za przelot do Indii, tak żeby miała to, czego chce, i w zamian zyskasz sobie kompletną swobodę. Kiedy przyjaźnisz się z dziewczyną, problem polega na tym, że spadają na ciebie wszystkie kłopoty kochanka, choć nie zyskujesz sobie przy tym korzyści przyjaciela. Za to ona ma wspaniałego chłopca. Może miałbym kiedyś coś dla niego, gdybym w końcu zebrał dość odwagi i zrobił film dla dzieci.

Jatney wsunął czek do kieszeni. Zrozumiał wszystko, co powiedział Hock.

— Tak, mały jest ładnym dzieckiem.

— To nie tylko to — odparł Hock. — Spójrz, ma taką wdzięczną twarz, po prostu stworzoną do tragedii. Spojrzysz na niego i już ci się chce płakać.

A Jatney pomyślał, że jego przyjaciel Hock jest bardzo inteligentny. Gdyż „wdzięczna" było dokładnie tym słowem, które oddawało charakter twarzy Campbella. Irene stanowiła żywioł i, niczym Bóg, skonstruowała przyszłą tragedię.

Hock uścisnął go, mówiąc:

— Davidzie, bądź ze mną w kontakcie. Mówię poważnie. Trzymaj się. Kiedy jest się młodym, czasy zawsze zmieniają się na lepsze. — Dał Campbellowi jeden z rekwizytów, piękną miniaturkę samolotu przyszłości, a chłopiec przytulił ją do piersi i zapytał:

— Wujku Jat, czy mogę to sobie wziąć? — Wówczas Jatney zobaczył uśmiech na twarzy Hocka.

— Pozdrów ode mnie Rosemary — powiedział David.

W ciągu całego spotkania pragnął jakoś przemycić właśnie te słowa.

Hock obrzucił go zdziwionym spojrzeniem.

— Zrobię to — powiedział. — Zostaliśmy zaproszeni na inaugurację Kennedy'ego w styczniu. Ja, Gibson i Rosemary. Wtedy jej to powiem.

I nagle David Jatney poczuł, że wypadł za orbitę wirującego świata.

Leżąc teraz na kanapie i czekając, aż Irene wróci do domu, Jatney patrzył na mętny odblask świtu za oknem i myślał o Rosemary Belair. O tym, jak odwróciła się do niego w łóżku i zatraciła w jego ciele. Przypomniał sobie zapach jej perfum i dziwną ociężałość, być może spowodowaną przez tabletki nasenne, znieczulające mięśnie jej ciała. Myślał o niej, widzianej o poranku, w stroju do joggingu, o jej pewności siebie i poczuciu władzy, i o tym, jak go odprawiła. Przeżywał na nowo ów moment, kiedy chciała dać mu pieniądze, by miał na napiwek dla szofera limuzyny, i jak odmówił ich przyjęcia. Ale dlaczego ją obraził, dlaczego powiedział, że ona wie lepiej niż on, ile potrzeba, sugerując, że kiedyś i ją odesłano do domu w ten sposób i w podobnych okolicznościach?

Stwierdził, że zapada teraz jedynie w krótkie drzemki, nadsłuchując, czy aby Campbell się nie przebudził, i wyczekując powrotu Irene. Myślał o swoich rodzicach, tam, w Utah; wiedział, że o nim zapomnieli, bezpieczni we własnym szczęściu, ich hipokryzyjne „anielskie gacie" powiewają na wietrze, podczas gdy oni wciąż uprawiają miłość nago. Gdyby tak do nich zadzwonił, musieliby się rozdzielić.

David Jatney śnił o tym, że spotka Rosemary Belair. Że powie jej, że ją kocha. „Słuchaj — oświadczy — gdyby jakaś wielka gwiazda spadła nagle z nieba, zasłoniłbym cię przed nią własnym ciałem. I słuchaj, gdyby ktoś próbował cię zabić, powstrzymałbym ostrze własnym sercem, a kulę własną skronią". „Słuchaj — powie — gdybym miał tylko jedną kroplę wody z fontanny młodości, która mogłaby sprawić, że na zawsze pozostałbym młodym, a ty byś się starzała, oddałbym ci tę kroplę, tak abyś to ty zachowała młodość".

470

I być może zrozumiał, że jego wspomnienie o Rosemary przetrwało dzięki otoczce jej potęgi i władzy. Że modlił się do jakiegoś bóstwa, by uczyniło go czymś więcej niż tylko zwykłym kawałkiem gliny. Że błagał je o władzę, nieskończone bogactwa, urodę, o wszelkie możliwe życiowe osiągnięcia, tak aby jego bliźni zauważyli jego obecność na tej ziemi, tak iżby nie utonął bezgłośnie w ogromnym oceanie ludzkości.

Kiedy pokazał Irene czek Hocka, zrobił to, aby wywrzeć na niej wrażenie, by udowodnić jej, że ktoś się na tyle o niego troszczy, by dać mu tak ogromną sumę pieniędzy jako przypadkowy prezent. Nie zrobiło to jednak na niej wrażenia; z jej doświadczeń wynikało, że jest wszak rzeczą zwyczajną, iż przyjaciele dzielą się ze sobą. A nawet powiedziała, że człowiek tak szalenie bogaty jak Hock mógłby z łatwością dać jeszcze większą sumę. Kiedy David zaproponował, że da jej połowę, by natychmiast mogła pojechać do Indii, odmówiła.

— Zawsze korzystam tylko z własnych pieniędzy i sama zarabiam na życie — powiedziała. — Gdybym wzięła od ciebie tę forsę, czułbyś, że masz do mnie jakieś prawo. A tak naprawdę chcesz to zrobić tylko dla Campbella, nie dla mnie.

Był zaskoczony jej odmową i stwierdzeniem, że interesuje się Campbellem. Po prostu chciał się pozbyć ich obojga. Chciał znowu być sam i żyć swymi marzeniami o przyszłości.

Potem zapytała go, co by zrobił, gdyby wzięła połowę sumy i pojechała do Indii. Co by zrobił z tą drugą połową. Zauważył, że nie zaproponowała, by pojechali do Indii wspólnie. Zwrócił również uwagę, że powiedziała „z twoją połową pieniędzy", tak jakby w myślach przyjęła już jego ofertę.

A potem popełnił błąd, gdyż powiedział jej, co zrobi ze swoimi dwoma i pół tysiącami dolarów.

— Chcę zwiedzić kraj i obejrzeć inaugurację Kennedy'ego. Pomyślałem, że może to być zabawne. Coś zupełnie nowego. Wiesz, chcę wziąć samochód i przejechać przez cały kraj. Zobaczyć całe Stany Zjednoczone. Chcę nawet widzieć śnieg i lód, i poczuć prawdziwe zimno.

Irene zamyśliła się na chwilę. A potem zaczęła się żwawo

przechadzać po mieszkaniu, jak gdyby licząc należące do niej przedmioty.

— To wspaniały pomysł — powiedziała. — Ja także chcę zobaczyć Kennedy'ego. Chcę go zobaczyć na żywo, bo inaczej nigdy nie będę mogła tak naprawdę poznać jego karmy. Wezmę sobie urlop, są mi winni mnóstwo dni. A Campbellowi dobrze zrobi obejrzenie kraju, tych wszystkich jakże różnych stanów. Weźmiemy moją furgonetkę, to zaoszczędzimy w ten sposób na rachunkach za motele.

Irene miała małą furgonetkę, którą wyposażyła w półki na książki i małą pryczę dla Campbella. Ta furgonetka była dla niej wprost bezcenna, ponieważ nawet wówczas, gdy Campbell był niemowlęciem, odbywała podróże po całej Kalifornii, by uczestniczyć w spotkaniach i seminariach poświęconych religiom Wschodu.

David poczuł, że znalazł się w pułapce. I wyruszyli w podróż. Irene prowadziła — lubiła prowadzić. Campbell siedział między nimi, małą rączkę trzymał w ręce Davida. David wpłacił połowę czeku na konto bankowe Irene na podróż do Indii, a teraz jeszcze z pozostałych dwóch i pół tysiąca musiał płacić za nich troje, miast tylko za siebie. Pocieszało go jedynie to, że pistolet kaliber .22 tkwił ukryty w skórzanej rękawiczce, a rękawiczka w kieszeni jego kurtki. Na wschodzie Ameryki zbyt wielu było rabusiów i bandziorów, a on musiał przecież chronić Irene i Campbella.

Ku zdziwieniu Jatneya w czasie pierwszych czterech dni spokojnej jazdy było im wspaniale. Campbell i Irene spali w furgonetce, a on na powietrzu, wśród pól. Wreszcie w Arkansas dopadły ich chłody; skręcili więc na południe, żeby unikać zimna, jak długo to będzie możliwe. Potem przez kilka nocy korzystali z pokoi w przypadkowych motelach. Dopiero w Kentucky mieli pierwsze kłopoty i to w pewnym sensie zdziwiło Davida.

Zrobiło się zimno i postanowili spędzić noc w motelu. Następnego ranka pojechali do miasteczka na śniadanie w kawiarence przy trafice z gazetami.

Facet za ladą był mniej więcej w wieku Davida. Irene, w swój bezpośredni, iście kalifornijski sposób, nawiązała z nim rozmowę. Uczyniła to, ponieważ jego szybkość i sprawność obsługi zrobiły na niej wrażenie. Często powtarzała, że to taka przyjemność patrzeć na kogoś, kto naprawę dobrze wykonuje swoją pracę, bez względu na to jaką. Mówiła, że to oznaka dobrej karmy. Jatney nigdy tak naprawdę nie pojął słowa „karma".

Ale zrozumiał je facet za ladą. On także był zwolennikiem religii Wschodu. Wdał się z Irene w długą i zażartą dyskusję. Campbell zrobił się niespokojny, więc Jatney zapłacił rachunek i wyszedł poczekać na zewnątrz. Trwało to dobre piętnaście minut, zanim Irene wyszła.

— To naprawdę świetny facet — powiedziała. — Na imię ma Christopher, ale każe się wołać Kriszna.

Jatney był rozdrażniony, bo musiał czekać, i nic nie odpowiedział. W drodze powrotnej do motelu Irene stwierdziła:

— Myślę, że powinniśmy tu zostać na cały dzień. Campbell musi odpocząć. A wygląda na to, że to dobre miasteczko na zrobienie zakupów świątecznych. Możemy nie mieć na to czasu w Waszyngtonie.

— W porządku — odparł Jatney. Była to szczególna rzecz w ich dotychczasowej podróży. Miejscowość ta, jak wszystkie inne miasteczka, była świątecznie udekorowana. W poprzek głównych ulic biegły łańcuchy kolorowych lampek. Prawdziwy łańcuch świateł wzdłuż całej Ameryki.

Spędzili resztę poranka i całe popołudnie na zakupach, chociaż Irene niewiele kupowała. Zjedli bardzo wczesną kolację w chińskiej restauracji. Zamierzali pójść wcześnie spać, tak aby nazajutrz wieczorem znaleźć się już w stanach wschodnich.

Przebywali w swym pokoju motelowym ledwie od paru godzin, kiedy Irene, która była zbyt niespokojna, by grać w warcaby z Campbellem, powiedziała nagle, że wybiera się na małą przejażdżkę po mieście i pewnie coś tam przekąsi. Wyszła, a David podjął partię warcabów z chłopcem, który pokonywał go w każdej kolejnej rozgrywce. Dziecko grało wprost fantastycznie. Nauczyła je tego Irene, gdy miało zaledwie dwa lata. W pewnym momencie Campbell uniósł swą wdzięczną głowę o szerokim czole i zapytał:

— Wujku Jat, a ty nie lubisz grać w warcaby?

Kiedy Irene wróciła, była już niemal północ. Motel znajdował się na niewielkim wzniesieniu i Jatney z Campbellem patrzyli przez okno, kiedy znajoma furgonetka zajechała na parking, a za nią jeszcze jakiś inny samochód.

Jatney ze zdziwieniem zobaczył, że Irene wysiada od strony miejsca dla pasażera, choć zawsze się upierała, żeby móc prowadzić. Od strony kierowcy wyłonił się młody chłopak imieniem Kriszna i wręczył jej kluczyki. Ona w zamian obdarzyła go siostrzanym pocałunkiem. Z drugiego samochodu wysiadło dwóch młodych mężczyzn, których też obdarowała siostrzanym dotykiem warg. Irene ruszyła w kierunku wejścia do motelu, a trzej faceci objęli się ramionami i odśpiewali jej serenadę.

— Dobranoc, Irene! — śpiewali. — Dobranoc, Irene!

Kiedy Irene weszła do pokoju i nadal jeszcze słyszała ich śpiew, uśmiechnęła się promiennie do Davida.

— Tak ciekawie się z nimi rozmawiało, że zapomniałam, która to godzina — stwierdziła i podeszła do okna, by pomachać im ręką.

— Chyba będę musiał tam pójść i powiedzieć im, żeby przestali — odparł David. W głowie zamajaczyła mu wizja, jak strzela do nich z pistoletu, który miał w kieszeni. Widział, jak kule drążą na wylot ich mózgi. Ci faceci, kiedy tak śpiewali, byli jednak znacznie mniej interesujący.

— Nie dałbyś rady ich powstrzymać — oświadczyła Irene. Uniosła Campbella. Trzymając go w ramionach, skłoniła się na znak, że przyjmuje ich hołd, a potem wskazała na dziecko. Śpiew ustał natychmiast. Potem David usłyszał, że samochód rusza z parkingu.

Irene nigdy nie piła. Czasami jednak brała narkotyki. Jatney zawsze to umiał po niej poznać. Po narkotykach miała taki cudowny, promienny uśmiech. Uśmiechała się w ten sposób pewnej nocy, kiedy czekał na nią w Santa Monica. W świetle tamtego świtu oskarżył ją o to, że była z kimś w łóżku. Odpowiedziała spokojnie:

— Ktoś przecież musi mnie pieprzyć, a ty nie chcesz.

Przyjął słuszność tej uwagi.

W wigilię Bożego Narodzenia nadal byli w drodze i spali w innym motelu. Nie zamierzali świętować tego dnia. Irene twierdziła, że święta są fałszem wobec prawdziwego ducha religii. A David nie chciał przywoływać wspomnień wcześniejszego, bardziej niewinnego życia. Pomimo obiekcji Irene kupił jednak Campbellowi szklaną kulę z wirującymi płatkami śniegu. Wcześnie rano, w dzień Bożego Narodzenia, wstał i przyglądał się im obojgu, jak śpią. Teraz zawsze nosił pistolet w kieszeni kurtki i częstokroć dotykał miękkiej skóry rękawiczki. Jak łatwo i jak błogo byłoby teraz zabić ich oboje, pomyślał.

Trzy dni później znaleźli się w stolicy. Chcąc oglądać uroczystość, musieli przeczekać aż do następnego dnia. David objechał wszystkie miejsca, które powinni byli zobaczyć. A potem sporządził plan przemarszu parady inauguracyjnej. Chcieli pójść i zobaczyć, jak Francis Kennedy składa przysięgę związaną z objęciem urzędu prezydenta Stanów Zjednoczonych.

Księga VI

DZIEŃ
INAUGURACJI

Rozdział 26

W dzień inauguracji prezydenckiej Francisa Xaviera Kennedy'ego obudził o świcie Jefferson, by go przygotować i ubrać. Szare światło budzącego się dnia było w miarę jasne, ponieważ zaczął padać śnieg. Ogromne białe płatki pokryły miasto Waszyngton, a kuloodporne przydymione okna garderoby Francisa Kennedy'ego powodowały, że czuł się jakby uwięziony w szklanej kuli pośród zawieruchy wirujących płatków.

— Czy będziesz na paradzie? — zapytał Jeffersona.

— Nie, panie prezydencie — odparł tamten. — Muszę trwać na posterunku tutaj, w Białym Domu. — Poprawił Kennedy'emu krawat. — Wszyscy czekają na pana na dole, w Czerwonej Sali.

Kiedy Kennedy był już gotów, ujął Jeffersona za rękę.

— Życz mi szczęścia — powiedział.

Jefferson odprowadził go do windy. Dwóch agentów Secret Service zwiozło prezydenta na parter.

W Czerwonej Sali czekali nań już wszyscy. Wiceprezydent Helen Du Pray wyglądała niczym monarchini, spowita w obłok białej satyny. Ekipa prezydenta stanowiła niemal jego odbicie; wszyscy w białych i czarnych smokingach, tak bardzo kontrastujących z jaskrawymi barwami ścian Czerwonej Sali. Arthur Wix, Oddblood Gray, Eugene Dazzy i Christian Klee tworzyli odrębny krąg. Byli poważni i napięci, wręcz przytłoczeni wagą wydarzeń tego dnia. Francis Kennedy uśmiechnął się do nich. Wiceprezydent i tych czterech mężczyzn stanowili dlań przecież coś w rodzaju rodziny.

Kiedy prezydent Francis Kennedy wyszedł z Białego Domu, zdziwił się na widok ogromnego morza ludzi, które wypełniło każdą ulicę, zdawało się podmywać fundamenty wszystkich majestatycznych budynków oraz przelewać się przez linię telewizyjnych wozów transmisyjnych i zwarty kordon reporterów. Nigdy czegoś podobnego nie widział, toteż zawołał do Eugene'a Dazzy'ego:

— Ilu ich tam jest?

— Do licha! Dużo więcej, niż się spodziewaliśmy — odparł Dazzy. — Może będziemy potrzebować batalionu piechoty morskiej z bazy, żeby nam pomógł kontrolować ruch uliczny.

— Nie — stwierdził prezydent. Zdziwiło go, że Dazzy odpowiedział na jego pytanie w ten sposób, jak gdyby tłumy stanowiły znaczne zagrożenie. Uważał je bowiem raczej za przejaw triumfu, nagrodę za wszystko, co uczynił od czasów ubiegłej Niedzieli Wielkanocnej.

Francis Kennedy nigdy nie czuł się pewniej niż teraz. Przewidział wszystko, co mogło się wydarzyć, tragedie i triumfy. Podjął właściwe decyzje i odniósł zwycięstwo. Pokonał swoich wrogów. Spojrzał teraz ponad głowami bezbrzeżnego tłumu i poczuł przemożną miłość do całego narodu amerykańskiego. Uwolni go od cierpień. Oczyści mu przestrzeń życiową.

Kennedy nigdy dotąd nie czuł takiej jasności umysłu i nigdy też nie powodowały nim równie jednoznaczne pobudki. Przemógł smutek trapiący go z powodu śmierci żony i z racji zamordowania córki. Ów smutek, który przytępiał mu umysł, ulotnił się gdzieś bez śladu. Był teraz niemal szczęśliwy.

Wydawało mu się, że pokonał los, a dzięki własnej wytrwałości i trzeźwości osądu ugruntował swą obecną i przyszłą chwałę. Stanął wśród wirujących płatków śniegu, aby złożyć przysięgę, a następnie poprowadzić inauguracyjną paradę wzdłuż Pennsylvania Avenue. By podjąć swą drogę ku jeszcze większej chwale.

David Jatney zameldował siebie, Irene i Campbella w motelu znajdującym się jakieś dwadzieścia mil od Waszyngtonu. W samej stolicy panował niebywały tłok. Na dzień przed inauguracją pojechali do Waszyngtonu, żeby obejrzeć zabytki, Biały Dom, pomnik Lincolna i wszystkie inne słynne miejsca stolicy. David przeszedł również trasę parady inauguracyjnej, żeby znaleźć miejsce, w którym najlepiej byłoby im przystanąć.

Owego dnia zbudzili się o świcie i zjedli śniadanie w małej przydrożnej knajpce. Potem wrócili do motelu, żeby się przebrać w swoje najlepsze ubrania. Irene, nieomal na przekór samej sobie, bardzo starannie wyszczotkowała i ułożyła włosy. Przywdziała swoje najlepsze spłowiałe dżinsy i czerwoną koszulę, a na to włożyła zielony luźny sweter, którego David nigdy przedtem nie widział. Trzymała go w ukryciu, czy też kupiła tutaj, w Waszyngtonie? I wyszła gdzieś na parę godzin, zostawiając z nim Campbella.

W nocy spadł śnieg i ziemia pokryta była bielą. Duże płatki leniwie wirowały w powietrzu. W Kalifornii nie potrzebowali ciepłych ubrań, ale wybierając się w podróż na Wschód, kupili wiatrówki. Jaskrawoczerwoną dla Campbella, gdyż Irene utrzymywała, że jeśliby się zgubił, wówczas łatwo go odnajdą. Jatneyowi przypadła praktyczna, jasnoniebieska, a Irene kremowa, w której wyglądała bardzo ładnie. Kupiła sobie także robioną na drutach czapkę z białej wełny i drugą, jaskrawoczerwoną z pomponem, dla Campbella. Jatney wolał chodzić z gołą głową — nie znosił jakiegokolwiek jej nakrycia.

Pamiętnego ranka mieli trochę wolnego czasu, poszli więc na pole za motelem, żeby ulepić bałwana dla Campbella. Irene przeżyła tutaj coś na kształt spazmu szczęścia, rzucała kulami śniegu w synka i w Jatneya. Obaj przyjmowali jej ataki z wielką powagą, lecz nie odwzajemniali ich. Jatney zastanawiał się, skąd się u niej mógł wziąć ów poryw radości. Czy mogła ją wywołać myśl, że w zbliżającej się paradzie zobaczy samego Kennedy'ego? Czy może raczej spowodował to śnieg, tak obcy i tak urokliwy dla mieszkanki Kalifornii?

Campbell był oczarowany śniegiem. Przesiewał go przez palce, patrzył, jak znika i topi się na słońcu. Potem zaczął ostrożnie niszczyć bałwana, wybijając w nim piąstkami małe dziury i rozgniatając mu głowę. Jatney wraz z Irene stali w pewnej odległości i przyglądali mu się. Irene ujęła mocno dłoń Jatneya. Jak na nią był to niezwykły wprost akt fizycznej intymności.

— Muszę ci coś powiedzieć — zaczęła. — Odwiedziłam tutaj w Waszyngtonie pewnych ludzi. Moi przyjaciele z Kalifornii prosili mnie, abym do nich zajrzała. I ci ludzie jadą właśnie do Indii, a ja wraz z nimi. Ja i Campbell. Załatwiłam już sprzedaż furgonetki, ale dam ci z tego trochę forsy, tak żebyś mógł polecieć z powrotem do Los Angeles.

David puścił jej rękę i wsunął dłonie do kieszeni wiatrówki. Jego prawa dłoń dotknęła skórzanej rękawiczki, w której tkwił pistolet. Przez moment widział oczyma wyobraźni, jak Irene leży na ziemi, a jej krew wsiąka w śnieg.

Ten przypływ gniewu bardzo go zdumiał. Mimo wszystko postanowił jechać do Waszyngtonu, gdyż żywił mizerną nadzieję, iż może ujrzy tu Rosemary albo też spotka ją, Hocka i Gibsona Grange'a. Przez ostatnie dni marzył nawet, że może zaproszą go na jeszcze jeden obiad. Że może jego życie zmieni się zupełnie, że uda mu się wetknąć stopę między drzwi, które prowadzą do władzy i chwały. Czyż nie było więc rzeczą naturalną, że Irene chciała jechać do Indii, aby otworzyć sobie drzwi do świata, do którego tak bardzo tęskniła, ażeby być kimś więcej niż tylko zwykłą kobietą z małym dzieckiem, do tego pracującą w fachu, który jej nigdy do niczego nie doprowadzi? Niech sobie jedzie, pomyślał.

— Nie wściekaj się — powiedziała Irene. — Już nawet mnie nie lubisz. Rzuciłbyś mnie pewnie, gdyby nie Campbell.

Uśmiechała się, może trochę kpiąco, ale z pewną dozą smutku.

— W porządku — powiedział David. — Tylko że, tam do diabła! Nie powinnaś brać ze sobą małego dziecka, obojętnie dokąd chcesz jechać. Nawet tutaj nie umiesz się nim opiekować. To ją rozzłościło.

— Campbell jest moim dzieckiem — powiedziała. — Tak go wychowam, jak mi się spodoba. I, jeśli zechcę, zabiorę go na biegun północny. — Przerwała na chwilę, a potem dodała: — W ogóle nic o tym nie wiesz. Uważam, że robisz się trochę dziwny w stosunku do Campbella.

Znowu zobaczył śnieg zbryzgany jej krwią. Małe cieknące strużki i bezlik czerwonych kropek. Powiedział jednak z całkowitym spokojem:

— O co właściwie ci chodzi?

— Wiesz, jesteś trochę dziwny — powiedziała Irene. — To mi się nawet u ciebie z początku podobało. Ale nie wiem dokładnie w czym rzecz. Czasami, kiedy zostawiam Campbella z tobą, bardzo się denerwuję.

— A mimo to jednak zostawiałaś go ze mną? — zapytał Jatney.

— Och, wiem, że nigdy byś go nie skrzywdził — odparła Irene. — Ale pomyślałam sobie, że ja i Campbell powinniśmy się z tobą rozstać i wyjechać do Indii.

— W porządku — powiedział David.

Pozwolili Campbellowi do reszty zniszczyć bałwana, a potem wsiedli do furgonetki i rozpoczęli dwudziestomilową jazdę do Waszyngtonu. Kiedy wjechali na autostradę międzystanową, zdziwili się, widząc, że jak okiem sięgnąć zapełniona jest ona samochodami i autobusami. Udało im się powoli włączyć w ruch, lecz upłynęły aż cztery godziny, zanim bezkresna stalowa gąsienica wypluła ich w stolicy.

Inauguracyjna parada przemierzała szerokie aleje Waszyngtonu, prowadzona teraz przez kolumnę rządowych limuzyn. Posuwała się z wolna, gdyż ogromny tłum przelewał się przez policyjne kordony i tamował jej ruch. Mur policyjnych mundurów jął się stopniowo kruszyć pod naporem wielomiliono-wych rzesz.

Trzy samochody pełne funkcjonariuszy Secret Service po-przedzały limuzynę Kennedy'ego z jej kuloodporną szklaną kopułą. Kennedy stał wewnątrz tego klosza, tak że mógł śledzić radosne gesty tłumów. Niewielkie ludzkie fale docierały wpraw-dzie do samego wozu, lecz potem były spychane przez we-wnętrzny pierścień ludzi z Secret Service gdzieś na zewnątrz. Jednakże każda nowa fala zagorzałych wielbicieli zdawała się dochodzić coraz bliżej. Wewnętrzny pierścień ochrony został w końcu przyparty do samej limuzyny.

W samochodzie jadącym bezpośrednio za Francisem Ken-nedym znajdowała się spora grupka agentów służby tajnej. Część z nich uzbrojona była w wielkokalibrową broń auto-matyczną. Jeszcze inna grupa posuwała się tuż obok pieszo. W następnej limuzynie jechali Christian Klee, Oddblood Gray, Arthur Wix i Eugene Dazzy. Wozy te posuwały się bardzo wolno. Pennsylvania Avenue była teraz we władaniu tłumu, który tamował ruch kawalkady. Wielkie płatki śniegu opadały nader majestatycznie i tworzyły nad tłumem jak gdyby biały baldachim.

Samochód wiozący ekipę prezydencką zatrzymał się i Odd-blood Gray wyjrzał przez okienko.

— O cholera! Prezydent wysiada i rusza dalej pieszo! — wykrzyknął. Spojrzał na Christiana Klee i dodał: — Spójrz, Helen również wysiada ze swego wozu. To niebezpieczne, Chris, musisz go powstrzymać! Skorzystaj ze swego weta!

— Już go nie mam — odparł Klee.

— Uważam, że powinieneś tu wezwać znacznie więcej chłopców z Secret Service — powiedział Arthur Wix.

Wszyscy wysiedli z samochodów i utworzyli coś na kształt muru, posuwając się jednocześnie w ten sposób za swoim prezydentem.

Duże płatki śniegu wciąż szybowały w powietrzu, lecz opadając na postać Francisa Kennedy'ego, stawały się mniej materialne niż komunijny opłatek w zetknięciu z podniebieniem.

Prezydent po raz pierwszy zapragnął kontaktu z ludźmi. Szedł aleją i ściskał dłonie tym, którzy przedarli się przez kordony policji, a potem przez pierścień zebranych wokół niego agentów Secret Service. Bardzo często którejś z fal widzów udawało się przedrzeć doń dzięki naporowi potężnych tłumów z tyłu. Ciżba ludzka przelewała się wówczas przez blokadę agentów, którzy próbowali utrzymać szerszy krąg wokół prezydenta. Francis Kennedy ściskał dłonie mężczyzn i kobiet, starając się zarazem utrzymać tempo marszu. Czuł, że włosy robią mu się mokre od śniegu, ale chłodne powietrze orzeźwiało go. Cieszyły go ponadto głośne wiwaty tłumu. Nie czuł żadnego zmęczenia czy niewygody, choć jego prawe ramię ogarniała jakaś niepokojąca drętwota, a prawa dłoń aż puchła od nieustannych i żywiołowych uścisków. Agenci Secret Service musieli wprost odciągać wielbicieli od prezydenta. Jakaś ładna młoda kobieta w kremowej wiatrówce usiłowała nieco dłużej trzymać jego rękę, toteż musiał ją wyrwać niemal siłą.

David Jatney wywalczył sobie w tłumie skrawek chodnika, zdolny pomieścić jego i Irene, która trzymała na rękach Campbella, gdyż w przeciwnym razie z pewnością by go zdeptano. Tłum nacierał falami, jak ocean.

Znajdowali się nie więcej niż o czterysta jardów od trybuny honorowej, gdy nagle przed ich oczyma pojawiła się prezydencka limuzyna. W ślad za nią nadciągały inne oficjalne samochody z dostojnikami. Za plecami mieli bezkresny tłum, który pragnął przeciągnąć przed trybuną w paradzie inauguracyjnej. David ocenił, że prezydencki pojazd znajduje się nie więcej niż o długość boiska futbolowego od jego dogodnego miejsca. Potem zauważył, że tu i ówdzie tłum zgromadzony wzdłuż alei wdarł się na samą jezdnię i zmusił kawalkadę wozów do zatrzymania się.

— On wysiada! — wrzasnęła Irene. — Idzie! Och, mój Boże, muszę go dotknąć! — Podała Campbella Jatneyowi i próbowała przedostać się pod barierą, ale zatrzymał ją jeden z wielu policjantów. Pobiegła wzdłuż krawężnika i udało jej się sforsować początkową pikietę, lecz zatrzymał ją teraz wewnętrzny łańcuch ludzi z Secret Service. Jatney obserwował ją i rozmyślał. Gdyby Irene była sprytniejsza, pobiegłaby tam wraz z Campbellem. Agenci widzieliby wówczas, że nie stanowi żadnego zagrożenia, i może udałoby się jej jakoś przemknąć. Ujrzał, jak zepchnięto ją z powrotem na chodnik, a później kolejna fala ludzka zmiotła ją gdzieś w bok, tak że stała się jedną z niewielu osób, którym udało się przedrzeć i uścisnąć dłoń prezydenta. Zaraz potem usiłowała pocałować go w policzek, lecz odciągnięto ją brutalnie.

David stwierdził, że Irene nigdy nie uda się wrócić do niego i do Campbella. Była po prostu maleńką plamką w tym ludzkim morzu, które groziło zalaniem szerokiej przestrzeni alei. Coraz więcej ludzi naciskało na zewnętrzny pierścień ochrony, uformowany przez mundurowych policjantów; coraz większe grupy taranowały wewnętrzny krąg agentów z Secret Service. W obu tych kordonach jawiły się pęknięcia. Campbell zaczął płakać, więc Jatney sięgnął do kieszeni wiatrówki po jeden z batoników, które zazwyczaj nosił tam dla chłopca.

I nagle David Jatney poczuł, że robi mu się gorąco. Pomyślał o paru dniach spędzonych w Waszyngtonie, o potężnych budynkach wzniesionych tu po to, by wspierały autorytet państwa, o marmurowych kolumnach sądu i pomników, o dostojnym splendorze fasad, zda się wręcz niezniszczalnym i nieusuwalnym. Pomyślał o biurze Hocka, którego przepychu tak pilnie strzegły czujne sekretarki. Pomyślał też o Kościele mormońskim w Utah, wraz z jego świątyniami błogosławionymi przez specjalne i szczególnie w tym celu przeszkolone anioły. Bo wszystko to istnieje tylko po to, by niektórych ludzi wywyższać ponad ich bliźnich. By zwykłych ludzi, takich właśnie jak on, trzymać zawsze na dystans. Aby skierować na siebie całą miłość ludzką. Prezydenci, guru, starszyzna mormońska, wznosili swe przejmujące nabożną czcią budowle, aby odgrodzić się od reszty ludzkości i poznać zawiść świata. I by poza tym mieć się gdzie schronić przed nienawiścią. Jatney przypomniał sobie swe pamiętne zwycięstwo podczas „polowania" na uniwersytecie; był wówczas bohaterem, ten jeden jedyny raz w życiu. A teraz pogłaskał Campbella, żeby przestał płakać. W kieszeni, pod zimną stalą dwudziestkidwójki, wymacał batonik i dał go chłopcu. Potem, nadal trzymając go w ramionach, zszedł z krawężnika i przedarł się na jezdnię.

Davida przepełniało uczucie zachwytu, które potem ustąpiło miejsca dzikiej radości. To przecież będzie łatwe. Jeszcze większe tłumy poczęły się przedzierać poprzez zewnętrzny krąg umundurowanej policji; spora część tych ludzi pokonywała nawet wewnętrzny pierścień agentów Secret Service, prąc naprzód w usilnym pragnieniu wymiany uścisków dłoni z prezydentem. Obie żywe bariery poczęły się kruszyć, a ci, którzy przedarli się przez nie, szli teraz wraz z Kennedym i wymachiwali ramionami, aby dać wyraz swemu oddaniu. Jatney pobiegł z stronę nadchodzącego prezydenta, niesiony falą widzów, którzy przebili się przez drewniane zapory. Znajdował się teraz tuż przed pierścieniem agentów z Secret Service, którzy usiłowali nie dopuścić nikogo do prezydenta. Ale teraz ich liczba przestała już wystarczać. Toteż z radością stwierdził, że zupełnie go zlekceważyli. Tuląc Campbella lewym ramieniem do siebie, prawą rękę wsunął do kieszeni wiatrówki i wyczuł skórzaną rękawicę; jego palce wymacały spust. W tym momencie pękł pierścień agentów z Secret Service i David znalazł się nagle wewnątrz magicznego kręgu. Zobaczył, że zaledwie o dziesięć stóp dalej Francis Kennedy ściska rękę jakiemuś rozanielonemu nastolatkowi o dzikim wyglądzie. Kennedy wydawał się bardzo szczupły, bardzo wysoki i znacznie starszy niż w telewizji. Nadal trzymając Campbella w ramionach, Jatney postąpił w kierunku prezydenta.

W tejże samej chwili zagrodził mu drogę jakiś bardzo przystojny czarnoskóry facet. Wyciągnął ku niemu rękę. Przez krótką denerwującą chwilę Jatney sądził, że dojrzał on broń w jego kieszeni i będzie chciał mu ją odebrać. Lecz potem zdał sobie sprawę, że mężczyzna ten wygląda dziwnie znajomo i że po prostu chce mu podać rękę. Przez chwilę wpatrywali się w siebie; Jatney omiótł spojrzeniem wyciągniętą czarną rękę i uśmiechającą się doń ciemnoskórą twarz. A potem stwierdził, że w oczach mężczyzny pojawił się nagły błysk podejrzenia i że gwałtownie cofnął ramię. Koncentrując całą siłę mięśni, David cisnął w czarnucha Campbellem i wyjął broń z kieszeni wiatrówki.

Oddblood Gray już od momentu, gdy spojrzał mu prosto w twarz, zrozumiał, że stanie się coś strasznego. Pozwolił, by malec osunął się na ziemię, a potem, nagłym zwodem, zasłonił własnym ciałem zbliżającego się powoli Francisa Kennedy'ego. Ujrzał broń.

Christian Klee, idący tuż za prezydentem, po jego prawej stronie, rozmawiał właśnie przez radiotelefon, wzywając posiłki z Secret Service z myślą o utorowaniu drogi dla prezydenta. Zobaczył, że jakiś mężczyzna z dzieckiem na ręku zbliża się do kordonu chroniącego Francisa. A potem, na mgnienie oka, ujrzał jego twarz.

Utajony dotąd koszmar zapanował nagle nad rzeczywistością. Twarz, którą tyle razy wywoływał na ekranie swojego komputera w ciągu ostatnich dziewięciu miesięcy oraz związany z nią życiorys, który analizował i uzupełniał z pomocą komputerów i specjalnych agentów, wychynęły teraz z mrocznej dżungli mitów, ażeby zapanować nad światem rzeczywistym.

Ujrzał tę twarz nie na fotografii, lecz ożywioną nagłą, niebywałą wprost emocją. I uderzył go fakt, że w miarę przystojne oblicze może się w ciągu sekundy przekształcić w upiorną maskę, zda się wytwór krzywego zwierciadła.

Klee zmierzał właśnie ku Jatneyowi — nadal nie mogąc uwierzyć w ten obraz, próbując uzasadnić widziany przed sobą koszmar — gdy wtem zobaczył, jak Gray wyciąga rękę. I Christian poczuł przypływ ogromnej ulgi. Ten mężczyzna wcale nie musiał być Jatneyem. Był to może po prostu jakiś facet, który niósł swojego dzieciaka i próbował w jakiś sposób otrzeć się o fragment historii.

A potem ujrzał, jak dziecko w czerwonej wiatrówce i małej czerwonej czapeczce zostało nagle wyrzucone w górę. Spostrzegł też broń w dłoni Jatneya. I zobaczył, że Gray pada na ziemię. I nagle Christian Klee, pod wpływem przerażenia, rzucił się na Jatneya i przyjął drugą jego kulę prosto w twarz. Pocisk przeszył mu podniebienie, sprawiając, że zadławił się krwią. Później poczuł oślepiający ból w lewym oku. Padając, wciąż jeszcze był przytomny. Próbował krzyknąć, ale usta pełne miał pokruszonych zębów i strzępków ciała. Ogarnęło go straszliwe poczucie żalu i bezsilności. W poszarpanym mózgu ostatnie neurony rozbłysły jeszcze myślą o Francisie Kennedym; chciał go przestrzec przed śmiercią, prosić o wybaczenie. I wówczas umysł Christiana zgasł, a jego głowa z pustym oczodołem spoczęła na lekkiej puchowej poduszce śniegu.

W tej samej chwili Francis Kennedy zwrócił się w stronę Jatneya i usłyszał odgłos strzału. Zobaczył, że Oddblood pada. Tuż po nim upadł Christian. I w tym momencie wszystkie jego koszmary, wszystkie wspomnienia innych śmierci, wszystkie objawy złośliwego losu ożyły w paraliżującym zdumieniu i rezygnacji. Usłyszał jakiś potworny wibrujący zgrzyt i przez ułamek sekundy czuł, jak kawałek stali rozrywa mu mózg. A potem runął na ziemię.

David Jatney nie mógł uwierzyć własnym oczom. Czarny mężczyzna leżał tam, gdzie upadł. Obok niego ten biały. Prezydent Stanów Zjednoczonych upadł na jego oczach, z nogami ugiętymi w kolanach i z ramionami wyrzuconymi w górę. David strzelał dalej. Czyjeś ręce wyrwały mu broń, poczęły nim szarpać. Próbował biec, lecz kiedy się odwrócił, zobaczył ciżbę ludzką podnoszącą się nagle i ruszającą za nim niczym wielka fala. Niezliczone ramiona sięgały ku niemu. Z twarzą zalaną krwią, poczuł, że ktoś odrywa mu ucho, a potem ujrzał je w czyjejś dłoni. Coś nagle stało się z jego oczyma, gdyż oślepł. Przez chwilę jego ciałem targał potężny ból, a potem zapadł w nicość.

Operator kamery telewizyjnej, ze swoim wszechwidzącym okiem na ramieniu, odnotował co trzeba dla świata. Kiedy błysnęła broń, cofnął się o parę kroków, tylko na tyle, by cała sytuacja znalazła się w kadrze. Uchwycił moment, w którym David Jatney unosił broń, uchwycił Oddblooda Graya, kiedy ten wykonywał swój skok, aby osłonić prezydenta, a potem również utrwalił i Christiana Klee, trafionego kulą w twarz. Nie przeoczył momentu, gdy Francis Kennedy odwrócił się i stanął frontem do zabójcy, tak iż w chwili wystrzału kula wykręciła mu głowę. Uchwycił również wyraz wściekłej determinacji na twarzy Jatneya i twarze zamarłych ze zgrozy agentów Secret Service, którym szok nie pozwolił zrobić użytku z ich fachowej wiedzy. Utrwalił także Jatneya, gdy ten próbował biec i został wchłonięty przez tłum. Za to zepsuł ostatnie ujęcie, czego będzie żałował przez całą resztę życia. Scenę, w której tłum rozrywa Davida na strzępy.

Ponad miastem, omiatając marmurowe budynki i pomniki, wzniósł się wielki lament milionów wielbicieli, którzy stracili właśnie swe marzenia.

Rozdział 27

Prezydent Helen Du Pray wydała w Białym Domu przyjęcie z okazji setnej rocznicy urodzin Wyroczni. Odbyło się ono w Niedzielę Palmową, w trzy miesiące po śmierci Francisa Kennedy'ego.

Ubrana w ten sposób, aby stonować nieco swą urodę, pani prezydent stała pośród Ogrodu Różanego i przyglądała się swoim gościom. Wśród nich byli dawni pracownicy administracji Kennedy'ego. Eugene Dazzy gawędził z Elizabeth Stone i z Salem Troycą.

Powiedziano już Eugene'owi Dazzy'emu, że jego dymisja nabiera mocy z początkiem przyszłego miesiąca. Helen Du Pray, tak naprawdę, nigdy nie lubiła tego człowieka. I nie miało to nic wspólnego z faktem, że Dazzy utrzymywał młode kochanki lub że starał się być przesadnie czarujący w stosunku do Elizabeth Stone.

Prezydent Du Pray powołała Elizabeth Stone do swojego zespołu; dandys Troyca stanowił część tej transakcji. Niemniej Elizabeth była dokładnie tym, czego pani prezydent potrzebowała. Kobietą o niezwykłej energii, wspaniałą administratorką i feministką, zdolną pojmować realia polityki. A i Sal Troyca nie był taki zły; ze swą wiedzą o licznych kantach Kongresu i swoją przebiegłością mógł się okazać przydatny.

Po objęciu prezydentury pani Du Pray została poinformowana przez ekipę Kennedy'ego i innych członków administracji o całym szeregu spraw. Przestudiowała wszystkie proponowane akty prawne, które miał rozważyć nowy Kongres. Zarządziła, by zgromadzono dla niej wszystkie tajne memoranda i wszystkie szczegółowe plany, włączając w to projekty niesławnych teraz obozów pracy na Alasce.

Po miesiącu studiów stało się dla niej aż nadto jasne, że Francis Kennedy, mimo szczerych zamiarów polepszenia losu narodu Stanów Zjednoczonych, zostałby pierwszym dyktatorem w historii swego kraju.

Z Ogrodu Różanego — krzewy nie były jeszcze w pełni pokryte liśćmi — prezydent Du Pray widziała odległy pomnik Lincolna i biel łuków monumentu Waszyngtona, szlachetne symbole miasta, które było stolicą Ameryki. Tutaj, w ogrodzie, zebrali się oto przedstawiciele Stanów przybyli na jej specjalne zaproszenie.

Obecny był Louis Inch, człowiek, którym pogardzała, ale którego pomoc mogła jej być niezbędna. A nadto George Greenwell, Martin Mutford, Bert Audick i Lawrence Salentine. I cieszący się jakże złą sławą Klub Sokratesa. Przyjdzie jej ugodzić się z nimi wszystkimi, dlatego też zaprosiła ich do Białego Domu na urodzinowe przyjęcie Wyroczni. Przynajmniej da im wybór, którego nie dał im Kennedy. Niech pomagają budować nową Amerykę.

Jednakże Helen Du Pray wiedziała, że nie da się odbudować Ameryki bez wielostronnych ustępstw. Wiedziała również, że za kilka lat zostanie wybrany bardziej konserwatywny Kongres. Nie sposób wszak żywić nadziei, że uda się jej przekonać cały naród, tak jak to zrobił Kennedy dzięki swojej charyzmie i osobistej romantycznej historii.

Ujrzała doktora Annaccone siedzącego obok wózka Wyroczni. Doktor zapewne usiłował namówić staruszka, by zapisał swój mózg nauce. Sam doktor Annaccone stanowił ponadto całkiem inny problem. Jego mózgowy test weryfikacyjny został już opublikowany w różnych czasopismach naukowych. Helen

Du Pray zawsze dostrzegała jego plusy i minusy. Czuła, że jest to zagadnienie, które należy rozważyć niezwykle starannie. Rząd, który posiada możliwość wykrywania niepodważalnych prawd, może się stać bardzo niebezpieczny. To prawda, taki test może wykorzenić przestępczość i polityczną korupcję; może zreformować cały system prawny społeczeństwa. Niemniej istnieją jeszcze prawdy skomplikowane, prawdy *status quo*, a ponadto czyż to w końcu nie prawda, że w pewnych momentach historycznych właśnie owa prawda może powstrzymać pewne ewolucyjne zmiany? A co z psyche ludzi żyjących w przeświadczeniu, że lada dzień mogą zostać wyjawione przeróżne prawdy o nich samych?

Spojrzała w kąt Ogrodu Różanego, gdzie w wiklinowych fotelach siedzieli Oddblood Gray i Arthur Wix i rozmawiali z ożywieniem. Teraz Gray, skarżąc się na depresję, codziennie odwiedzał psychiatrę. Psychiatra powiedział mu, że po wydarzeniach ubiegłego roku jest rzeczą zupełnie normalną, że cierpi na tę przypadłość. Po cóż zatem, u diabła, łaził do psychiatry?

Wyrocznia stał się teraz główną atrakcją Ogrodu Różanego. Pokazano mu tort urodzinowy, ogromny tort, który zakrywał cały blat ogrodowego stołu. Na wierzchu, zrobione z czerwonego, białego i niebieskiego lukru, umieszczono pasy i gwiazdy. Wjechały kamery telewizyjne i uchwyciły scenę, jak Wyrocznia zdmuchuje sto urodzinowych świeczek. A zdmuchiwali je wraz z nim prezydent Du Pray, Oddblood Gray, Eugene Dazzy, Arthur Wix i członkowie Klubu Sokratesa.

Wyrocznia przyjął kawałek tortu, a potem pozwolił Cassandrze Chutt przeprowadzić ze sobą wywiad. Udało jej się do tego doprowadzić z pomocą Lawrence'a Salentine'a. Cassandra Chutt zdążyła już wygłosić kilka uwag wstępnych przy zdmuchiwaniu świeczek. A teraz zapytała:

— Jakie to uczucie mieć aż sto lat?

Wyrocznia łypnął na nią złowrogo i w tym momencie wyglądał tak diabelsko, iż Cassandra Chutt uradowała się bardzo, że całe to spotkanie nagrywano na taśmę, aby móc je odtworzyć wieczorem. Boże, jakiż ten człowiek był brzydki! Jego głowę pokrywała masa wątrobianych plam, łuskowata skóra była równie błyszcząca jak tkanka na ranie, a usta prawie nie istniały. Przez chwilę ogarnął ją lęk, że solenizant jest głuchy, więc powtórzyła pytanie:

— Jakie to uczucie, osiągnąć taki wiek?

Wyrocznia uśmiechnął się, skóra jego twarzy załamała się w gęstwę zmarszczek.

— Ależ z ciebie pieprzona idiotka! — powiedział. Ujrzał swoją twarz w jednym z monitorów i doznał skurczu serca. Nagle cała ta urodzinowa impreza przejęła go nienawiścią i odrazą. Spojrzał wprost w kamerę i zapytał:

— Gdzie jest Christian?

Prezydent Helen Du Pray siedziała obok wózka Wyroczni i trzymała go za rękę. Wyrocznia spał bardzo lekkim snem, snem starych ludzi czekających na śmierć. Przyjęcie w Ogrodzie Różanym toczyło się dalej bez niego.

Helen przypomniała sobie samą siebie jako młodą kobietę, z okresu, gdy była jeszcze jedną z protegowanych Wyroczni. Tak bardzo go wtedy podziwiała. Roztaczał wokół siebie swoisty intelektualny urok, błyskotliwy humor, naturalną żywotność i radość życia, a więc to wszystko, co sama pragnęła mieć.

Czy miało to jakieś znaczenie, że zawsze dążył do przekształcenia przyjaźni w związki erotyczne? Pamiętała, jak bardzo zraził ją fakt, iż jego przyjaźń poczęła ustępować miejsca lubieżności. Przesunęła palcami po łuskowatej skórze wyschniętej ręki starca. No cóż, podążyła za przeznaczeniem władzy, podczas gdy większość kobiet idzie za przeznaczeniem miłości. Lecz czy zwycięstwa miłości są słodsze?

Helen Du Pray myślała o swoim przeznaczeniu i o przeznaczeniu całej Ameryki. Nadal była zdziwiona, że po wszystkich strasznych wydarzeniach ubiegłego roku kraj uspokoił się tak łatwo. To prawda, było to w znacznej mierze jej zasługą: dzięki swej przebiegłości i inteligencji zdusiła pożar w zarodku. A jednak...

Opłakiwała śmierć Kennedy'ego. Kochała go na swój sposób. Kochała tragizm wpisany wręcz w rysy twarzy. Kochała jego idealizm i jego wizję tego, czym mogła być w przyszłości Ameryka. Kochała go za uczciwość, za jego moralną czystość i bezinteresowność. Za jego kompletny brak zainteresowania korzyściami materialnymi. Jednakże pomimo wszystko rozumiała, iż był człowiekiem niebezpiecznym.

Helen Du Pray zdawała sobie sprawę, że musi się bronić przed wiarą we własną słuszność. Wierzyła, że w świecie, gdzie tyle jest zagrożeń, ludzkość nie będzie w stanie rozwiązać swych problemów poprzez walkę, uczyni to jedynie za sprawą niezgłębionej wprost cierpliwości. Dlatego też ona sama zrobi, co będzie mogła, i postara się wykorzenić z serca nienawiść do swoich wrogów.

W tej chwili Wyrocznia otworzył oczy i uśmiechnął się. Uścisnął jej rękę i zaczął mówić. Jego głos był bardzo cichy, więc nachyliła głowę ku pomarszczonym wargom.

— Nie martw się — powiedział Wyrocznia. — Będziesz wielkim prezydentem.

Przez chwilę Helen Du Pray odczuła pragnienie, aby wybuchnąć płaczem niczym dziecko, kiedy ktoś chwali je z obawy, że nie spełni pokładanych w nim nadziei. Rozejrzała się po ogrodzie, wypełnionym teraz najbardziej wpływowymi mężczyznami i kobietami Ameryki. Może liczyć na pomoc większości z nich; przed innymi natomiast będzie musiała się strzec. Lecz przede wszystkim będzie musiała się strzec przed samą sobą.

Znów pomyślała o Francisie Kennedym. Spoczywał teraz wraz ze swymi dwoma słynnymi stryjami, czczony jak i oni. I wraz ze swoją córką. Cóż, pomyślała Helen Du Pray, postaram się zastąpić Francisa i wykonam co lepsze prace spośród tych, które on zamierzał przywieść aż do końca. A potem, trzymając Wyrocznię mocno za rękę, zadumała się nad prostotą zła i niebezpiecznymi krętactwami dobra.

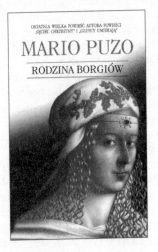

Jeden z największych bestsellerów polskiego rynku wydawniczego w roku 2002. Ostatnia, pośmiertnie wydana powieść wybitnego amerykańskiego pisarza. Barwny fresk historyczny osadzony w realiach Włoch przełomu XV i XVI wieku, ukazuje rodzinę Borgiów, władającą wówczas Rzymem, jako pierwszą włoską mafię, duchowych przodków klanu Corleonów, unieśmiertelnionego w „Ojcu Chrzestnym".

Centralną postacią opowieści jest kardynał Rodrigo Borgia, w 1492 roku wybrany na papieża Aleksandra VI. Człowiek opętany żądzą bogactwa i władzy, bez skrupułów eliminujący rywali i wrogów, choć nie pozbawiony pewnej szlachetności. Obok Rodriga widzimy jego dzieci: Juana i Jofre, Cezara i Lukrecję. Lukrecja, związana z niechcianym mężem, Giovannim Sforzą, intryguje i snuje mordercze plany. Juan jest człowiekiem słabym, Cezar, kardynał, woli być żołnierzem niż księdzem.